Luvas vermelhas

Impresso no Brasil, março de 2014

Copyright © Paul Zsolnay Verlag Wien, 2001
Título original: Rote Handschuhe

Os direitos desta edição pertencem a
É Realizações Editora, Livraria e Distribuidora Ltda.
Caixa Postal 45321 – Cep: 04010-970 – São Paulo SP
Telefax (5511) 5572-5363
e@erealizacoes.com.br / www.erealizacoes.com.br

Editor
Edson Manoel de Oliveira Filho

Gerente editorial
Sonnini Ruiz

Produção editorial
William C. Cruz

Preparação
Carolina Domladovac Silva

Revisão
Bruna Gomes
Lucas Cartaxo

Capa e projeto gráfico
Mauricio Nisi Gonçalves

Diagramação
André Cavalcante Gimenez

Pré-impressão e impressão
Assahi Gráfica e Editora

Reservados todos os direitos desta obra.
Proibida toda e qualquer reprodução desta edição por qualquer meio ou forma, seja ela eletrônica ou mecânica, fotocópia, gravação ou qualquer outro meio de reprodução, sem permissão expressa do editor.

Luvas vermelhas

EGINALD SCHLATTNER

Tradução de Karleno Bocarro

Agradeço a inestimável colaboração de Elpídio Dantas Fonseca, na tradução das expressões em romeno, e de Paulo Cruz, na versificação de um soneto do jovem personagem de Luvas Vermelhas.

Karleno Bocarro

À Susanna Dorothea Ohnweiler, que teve então, com dezoito anos, a coragem e o amor de tornar-se minha esposa, apesar de tudo.

Eginald Schlattner

SUMÁRIO

À Contraluz | 10

A Noite do Irmão | 208

Em Línguas Estrangeiras | 330

Manchas Brancas | 474

Luvas vermelhas

à Contraluz

1

Aquele grande tempo começou sem que eu me desse conta.

Uma mão me empurra para um recinto que não posso ver. "*Stai*! Parado!"

Alguém retira os óculos de ferro de meus olhos. Em seguida, às minhas costas, uma porta range ao ser aferrolhada. Permaneço parado. A viagem rumo ao desconhecido havia chegado ao seu destino.

Após horas de trevas, meus olhos distinguem algumas coisas. O recinto é estreito. Estendendo-se os braços, podiam-se tocar as paredes. Num canto, um balde de metal sem tampa. Eu vomito sem cessar até o momento em que o guarda berra:

"Ei, ei!"

Um rato se agita na fétida beberagem.

Noite. Predomina um silêncio sepulcral. Da parede, à altura do peito, ergue-se um tampo de mesa; embaixo, um aquecedor. O espaço da janela é obstruído de várias formas: arame farpado, vidro à prova de bala, sete barras de ferro. Sobre a porta, atrás de uma grade metálica, brilha uma luz turva. Duas camas de ferro à esquerda e à direita. Tateio a pequena passagem que há entre as duas: três passos e meio de ida, três passos de volta. O ar parece rarefeito; a respiração hesita. Não leio todas as dezoito interdições e obrigações contidas num quadro pregado à parede. O que eles te podem proibir num recinto em que não há nada mais do que uma cama, uma mesa e grades?

"*Camera obscura*", murmuro; receio chamar as coisas pelo nome. Ainda assim, tenho de aceitar a realidade: uma cela de detenção da *Securitate*. Não há outro jeito! Você pertence a esse lugar. Solidão significa não sentir saudades de ninguém.

Eu não tenho saudades de ninguém. A marca de um corpo humano no enxergão de palha é um sinal de que uma pessoa passara muitas noites encolhida ali. Uma tigela foi esquecida.

O guarda abre o postigo na porta; podem-se ver o bigode e o botão superior do uniforme. Ele ordena: "Deitado!"

Eu acomodo meu corpo à parte marcada no enxergão de palha e estremeço quando apalpo a forma: aqui esteve deitada uma mulher, de bruços.

Com o rosto para o interior do recinto, assim é que se deve dormir. Isso é uma prescrição. Ou com o rosto voltado para cima e com as mãos estendidas ao longo do corpo. Mal fecho os olhos e o chefe dos guardas já me afugenta da cama. Sacode-me com o cabo de vassoura, porque eu me havia voltado para a parede. "Vire!"

Ninguém apaga a luz por trás das grades? Faço de meu lenço uma venda para pôr nos olhos.

* * *

Com os olhos vendados, com a mão de um algemada à mão do outro, foi assim que nos trouxeram de Klausenburg. Meu amigo se chamava Tudor Basarabean. Contudo, tínhamos de chamá-lo Michel Seifert. Seifert, conforme o nome da falecida mãe, e Michel, por causa do nome alemão Michel, que ele venerava. Com as mesmas algemas, prenderam a sua mão à minha. Apoiávamos as mãos sobre os joelhos. Com o mais inesperado movimento, as algemas soavam e as braçadeiras cravavam na nossa carne. "Algemas americanas", debochou o oficial da *Securitate*. Algemas provenientes do arqui-inimigo imperialista...

Fui preso pela manhã; fiquei detido durante toda a tarde na *Securitate*, em Klausenburg. Ao anoitecer, iniciou-se a viagem rumo ao desconhecido. Quando subíamos, serpenteando as encostas íngremes da montanha que dominava a cidade, abriu-se à nossa vista a derradeira imagem do mundo: enquanto o sol se extinguia, num frio tom rosado, afundava a cidade num vale de sombras. Soldados nos colocaram óculos que cegavam; no lugar das lentes, placas de metal.

Como se comportar? Meu avô dizia que até a situação mais desesperadora tem uma estética própria. Ele havia passado uma noite e um dia, e mais uma noite, como um náufrago, no Adriático, agarrado a um barril de rum. E tentava parecer uma figura digna: "Não foi fácil, meu filho! Pois o barril de rum girava o tempo todo."

Mas como parecer digno, amarrado, algemado, de olhos vendados?

Eu tinha dito até então que se tratava certamente de um mal-entendido, que podia ser facilmente esclarecido nas esferas influentes de Bucareste. Algo em que ninguém no carro acreditou.

Qual era mesmo a estética do momento?

Opor resistência, como fez o nosso professor de Marxismo e Economia Política, o doutor Raul Volcinski, preso durante uma pausa de aula no corredor da universidade? Escondido atrás da porta do banheiro, acompanhei toda a cena de sua detenção, que resultara grotesca e cruel, e senti admiração por aquele homem.

Arrastaram-no logo após uma aula na qual ele nos explicava a superioridade da economia central e planificada. Quando aqueles senhores pediram gentilmente ao professor que os acompanhasse, ele se recusou. Quando quiseram agarrá-lo, desvencilhou-se; puseram-lhe novamente as mãos, que foram repelidas, e ele saiu correndo. Como se houvessem saído de debaixo da terra, já estavam ali mais dois agentes policiais. Todos eles, quatro ao todo, arrastaram o fugitivo corredor adiante, antes que lograssem dominá-lo e jogá-lo ao chão. Ali, sobre o chão de mosaicos, ele se agitava como um arlequim num picadeiro. Duas estudantes que passavam apressadas e de mãos dadas em direção ao banheiro riram com gosto. Estava claro que se tratava de uma brincadeira, pensaram. Adultos envolvidos numa briga. O camarada Volcinski perdeu o chapéu, que rolou por algum tempo, distanciando-se de seu dono sem que este pudesse agarrá-lo.

Elisa Kroner, que ia dobrar a esquina, voltou no mesmo instante. "Pessoas como nós não devem presenciar de maneira alguma algo assim, muito menos ficar assistindo", escreveu-me ela uma vez. Nós trocávamos cartas de Klausenburg para Klausenburg. Porém, a minha colega de classe preferida, Ruxanda Stoica, pegou o chapéu e o levou consigo como relíquia. Alguém a denunciou. A garota, com os olhos rebeldes das romenas de Erzgebirge, teve a matrícula suspensa por um semestre, o chapéu confiscado e levado ao triturador; o que sobrou foi jogado no rio à noite.

Como, então, manter a dignidade e estar à altura das circunstâncias tal e qual exigia este momento? Eu escutava a minha avó dizer: "Com certas pessoas não se fala. E não porque sejamos melhores do que elas, senão porque são diferentes de nós. Só o silêncio salva." Aquelas pessoas eram diferentes de mim, logo, silenciei. E espreitei o que os guardas falavam entre si. Ainda que os oficiais e soldados quisessem conduzir-nos à loucura com diálogos fingidos, consegui adivinhar o trajeto da viagem: encontrávamo-nos na estrada de Klausenburg para Hermannstadt. Talvez um pouco mais a oeste: para Kronstadt. Agora Stalinstadt – Cidade de Stálin. Ou até Bucareste, do outro lado dos Cárpatos.

"Vejam", disse o oficial aos soldados que estavam de guarda, talvez volvendo a cabeça, "nossos camponeses das fazendas coletivas estão vindo da feira semanal de Deva para casa." Feira semanal? Era praticamente impossível acreditar no que foi dito. Tão impensável como um oficial que não se prenda à verdade. Mas as dúvidas se manifestam: Deva? Como é possível? Querem conduzir-nos para a fortaleza em ruínas que dominava a cidade, em cujas masmorras havia morrido fazia quatrocentos anos o primeiro bispo antitrinitário de Siebenbürgen – Transilvânia –, Franz Davidis? Querem manter-nos presos numa cova medieval? Não faz sentido.

Feira semanal no sábado não existe em lugar nenhum. Além disso, estávamos no fim de dezembro e já levávamos várias horas de viagem. Devia fazer tempo que havia escurecido como breu... Os camponeses, mesmo os das fazendas coletivas, estariam há horas em suas casas, ao calor do pé do fogão. E mais: se realmente estivéssemos viajando em direção a Deva, a estrada desceria suavemente vale abaixo ao longo do Rio Mieresch. Se seguíssemos, todavia, para Hermannstadt, a condução seria sobre um terreno acidentado e montanhoso. Como estudante de Hidrologia, no último semestre do curso, eu não apenas conhecia cada bacia fluvial da Romênia, mas também conhecia, como a palma de minha mão, a natureza tectônica da Transilvânia.

De fato, o barulho do motor aumentava – o carro aderia com dificuldade às subidas e às curvas da estrada; éramos sacudidos de um lado a outro. De Mühlbach adiante, contei cada um dos povoados. Pelo barulho do motor, cuja ressonância suspendia ao passar diante das casas, eu sentia quando passávamos por lugares que me eram familiares pelos passeios de bicicleta com amigos, com garotas... numa outra vida.

Se era certo que nos dirigíamos para Hermannstadt, mudaram-nos de carro. Foi o que constatei ao sermos baldeados nas imediações de uma outra jurisdição administrativa. E o entorno de Hermannstadt-Sibiu já pertencia à região de Stálin. Nesta cidade, no prédio do antigo quartel-general do Exército Imperial e Real, foi aquartelada a *Securitate*, onde, até 1918, o comandante-general contemplava, todas as noites, do terraço, a marcha luminosa de tochas, na época dos imperadores e reis.

Um prédio conhecido por todos. Nós, que nascemos posteriormente, contornávamos os muros medonhos, reforçados e protegidos com arame farpado e cabos de aço. A fachada da casa era ornada por querubins brincalhões e cupidos, até o beiral do telhado. No entanto, por causa dos elevados muros do pátio, mal dava para percebê-los.

O carro parou. Ordenaram-nos que descêssemos, mesmo impedidos de obedecer. Mãos invisíveis nos agarraram e nos empurraram para um outro carro: "*Repede*, rápido!" Seria possível comprovar, como eu presumia, que estávamos em Hermannstadt? Ali estava a via do bonde elétrico, construída em 1905 pelo conselho municipal saxão, a qual fazia um percurso de ida e volta entre Jungen Wald e Neppendorf. E passava repicando a sineta diante de cabanas e palácios, e até diante da fortaleza da *Securitate*. Eu esperava pelo toque. E ele tocava. Isso deveria ser um pouco antes da meia-noite, porque depois das doze horas se interrompia o serviço de bondes elétricos. Só trafegavam os coches. Como destino seguinte, podia-se pensar em Kronstadt ou Bucareste. Logo teríamos a resposta, quando o caminho se bifurcasse na passagem da Roter Turm.

Hermannstadt. Por um momento, me passou pela cabeça que algumas ruas adiante vivia a minha avó; uma pessoa de natureza tão distinta de cujos lábios nunca escapara um nome feio, nem sequer nesses tempos ruins. E a tia Herta, a irmã mais nova de minha mãe, delicada como um gélido suspiro. Havia anos que elas dormiam, imprensadas entre velhos móveis, no único quarto que lhes restara. Elas sonhavam com leques dobráveis de marfim e relógios de pêndulos parados. Nada disso mais me dizia respeito, pois pertencia ao mundo lá fora, ao lugar que eu havia perdido. Até o meu irmão mais novo, Kurtfelix, estudante como eu em Klausenburg, mas na universidade húngara János Bolyai, empalidecia. Eu estivera com ele, na tarde anterior, no cinema – um filme mexicano com Maria

Felix. Durante uma cena em que uma jovem cega executava uma dança estranha, à contraluz, por entre cactos floridos e muares, nos levantamos e partimos como em obediência a uma ordem misteriosa.

Quando passamos por Fogarasch, a pequena cidade, não me senti tocado por nada, apesar das sacudidas que o carro ia dando pelos paralelepípedos de pedras avolumadas. Aqui, na Berivoigasse, número 5, numa casa escavada por gretas e rachaduras, dormiam o meu pai, a minha mãe e o meu irmão caçula, Uwe, acossados por sonhos coalhados de ratazanas.

Quando finalmente chegamos a Kronstadt (em romeno, Orasul Stalin), extinguiu-se o mundo lá fora, do qual eu já estava excluído pelas algemas, pelos óculos de ferro que cegavam e pelo barulho estranho das armas de fogo dos guardas – e, de certa forma, também pelo tempo.

Nesta cidade, minha pequena irmã Elke Adele frequentou o quinto ano do ginásio na Honterusschule. Ela morava com Griso, nossa avó, que administrava a casa de seu genro Fritz e de sua filha Maly. A tia Maly, irmã de meu pai, casou com quarenta anos e tinha levado a sua mãe para morar com ela na casa de fachada barroca do tio Fritz. A casa situava-se em Tannenau – antigamente uma vila de pessoas ricas –; chegava-se lá no bonde elétrico amarelo.

Os quatro dormiam no mesmo cômodo: a tia e a avó na cama de casal; o tio, num sofá aos seus pés; Elke, num canto ao lado do aquecedor de azulejos. Diante da janela, erguiam-se os esqueletos dos pés de maçã; atrás, amontoavam-se pinheiros carregados de neve. A lua sangrava, ferida pelas garras de pedras das montanhas: Hohenstein, Krähenstein. Os adultos roncavam. Minha irmã sonhava com coelhos de Páscoa no meio do inverno e também com ovos tingidos de vermelho.

* * *

Estou deitado sobre o enxergão de palha marcado pelo corpo de uma mulher desconhecida; o guarda acabou de chamar-me à ordem com o cabo da vassoura, e eu reflito que todas aquelas pessoas que fazem parte do eterno retorno da vida de um homem, e pelas quais sinto afeição de maneira distinta, tornaram-se sólidas colunas de sal, com o rosto virado para trás. Pessoas que até ontem me eram próximas, mas que perderam, nesta minha obscura viagem, a dignidade amorosa, o caráter interior... Meus algozes não podem chantagear-me com o amor que tenho por elas.

À nossa chegada, mãos estranhas nos tiraram os óculos e as algemas. Tivemos que nos despir por completo, e eu mirava com repugnância o cano de duas metralhadoras. Conduziram Michel Seifert para outro lugar; não nos despedimos, não apertamos as mãos, nenhuma troca de olhares, nenhuma palavra... Nunca mais!

Postei-me, em minha nudez esplendorosa, diante dos homens da noite, enquanto gotas de suor escorriam de minhas axilas. Há cada profissão nessa vida: apontar, no meio da noite, metralhadoras para homens despidos, enquanto outros inspecionam seus corpos... Pela segunda vez, desde Klausenburg, tive de suportar que uns tipos desprezíveis remexessem minhas roupas, farejassem minhas cuecas, grudassem seus rostos estranhos no meu ânus, afastassem para trás, com seus dedos ensebados, o prepúcio de meu pênis, examinassem grosseiramente os meus dentes e o meu nariz, causando-me fortes dores... As mãos dos guardas se apoderavam de meu corpo, roubavam-no de mim. "Até isso nos pertence!", pareciam dizer... Enquanto, seguindo suas ordens, eu tinha de virar-me, curvar-me, ajoelhar-me, levantar-me e permancer parado.

Ao receber de volta a minha roupa, faltavam o cordão da calça, o elástico da roupa de baixo, a fivela do sapato, os cadarços e a gravata. Qualquer coisa com a qual se possa tirar a própria vida, presumi. Apresentaram-me uma lista com meus haveres e uma caneta. Pouco antes de subscrever – "*repede, repede!,* rápido, rápido!" –, pude constatar, ao correr dos olhos, que até na casa de meus pais, em Fogarasch, eles tinham realizado uma busca domiciliar. Que eles tinham examinado o meu quarto de estudante e confiscado minhas coisas da clínica, eu já sabia desde o inventário de meus objetos feito em Klausenburg.

Pronto! Ao tentar, porém, um tanto acanhado, colocar com as duas mãos os óculos de ferro, minhas calças e cuecas frouxas resvalaram pelo corpo. Eles riram – o eco de suas gargalhadas soou no quarto sem janelas –, para logo em seguida me empurrarem; semidespido, tropecei. Eles então me enfiaram num armário apertado como um sarcófago. Meus joelhos tocavam a porta e os braços grudavam nas laterais. Impossível suportar. A respiração era difícil. Chegado o momento, libertaram-me. Os joelhos não aguentaram. Só tinham que se acostumar a suportar novamente o peso do corpo. Uma mão desconhecida me conduziu, como se faz com um cego, e me enfiou numa cela estranha, da qual mal me dei conta. Precipitei-me em direção a um balde de metal colocado num canto; ali me pus de pé e vomitei, até o guarda berrar: "Ei, ei!" O rato morto dava voltas dentro do balde, como se estivesse embriagado.

Veio-me à lembrança uma noite de verão de minha mais tenra infância em Szentkereszbánya, Szeklerland. Diante da janela do quarto das crianças, entre narcisos e magnólias, sob um céu límpido e sereno, soou de repente um sussurro de algo que começou a afluir e que parecia não deter-se nunca mais... um búfalo, um ser fabuloso? Nós, as crianças, corremos assustadas, em busca de amparo, para acordar a nossa mãe. Ora, era Mariska, a nossa babá húngara, que havia bebido cerveja com o amante.

Deitado na cela, com os olhos fechados, procuro ver a essência das coisas. Como escapar da violência que o tempo nos impõe? Não sei. Um pensamento perfila vagamente: talvez se seguirmos um passo à frente do destino, de algum modo, até o fim...

Adormeço, alguém me incomoda com um cabo de vassoura; sonolento, levanto-me assustado, sinto calafrios à ideia de estar aqui.

Tinha dormido realmente? A luz e o ar são os mesmos; a parede cheia de manchas cinzas e esbranquiçadas. "Levantar!", um grito rude passa pelo postigo. Logo depois, a porta se abre rangendo: um homem, em uniforme de soldado e sapatos de feltro, com um rosto igual a uma máscara de um santo doente, sem dizer uma só palavra, empurra com o pé uma pá de lixo e põe junto a ela uma vassoura.

Sobre a pá percebo a ponta de um cigarro da marca Virgínia. Às vezes, em Klausenburg, eu me permitia fumar o Virgínia. Por exemplo, quando me sentava com Elisa Kroner na elegante confeitaria Progresul, no subsolo do Palácio Pálffy. E sempre que eu ia a Forkeschdorf levava uma carteira dessa variedade para o professor Caruso Spielhaupter, o pai de uma namorada que me amava na época. Este aqui é um Virgínia verde, fumado pela metade, e está coroado pelo vermelho de uma marca cara de batom. Uma mulher aqui? Sim, uma dama!

Além do mais, se podem ver papel de queijo processado e um repugnante tufo de cabelos grisalhos. Um verdadeiro cardápio com informações codificadas! Minha própria contribuição é pobre, depois de haver varrido o chão: migalha de palhas da cama, flocos de sujeira... Ah, e sujeira de ratos!

Quando a porta se abre pela segunda vez, o homem me instrui, com uma cara feroz, que ao escutar o barulho do ferrolho devo pular imediatamente para o fundo do recinto – o rosto colado na parede –, e não devo voltar-me até que me seja mandado. Algo que, para falar a verdade, pouco me importa. Estou aqui apenas como um convidado perdido. Também me irrita que ele chame de recinto a este buraco, a esta *camera*.

Quando, nesta manhã, escura como a noite, a porta volta a abrir-se com um alarme dos infernos, encontro-me sentado sobre a cama, com as pernas cruzadas. Em vez de impelir-me em direção à parede, como é o costume da polícia, o chefe dos guardas enfia no meu rosto os óculos de ferro e diz: *"La program!"* É possível que estejam, assim tão cedo, conduzindo-me para desfrutar algum programa cultural? E por isso este bater e fechar de portas e os passos que se arrastam pelo corredor? Não sinto nenhuma curiosidade.

Eu ajeito os óculos na cavidade dos olhos. Sinto sua incômoda e pegajosa moldura de plástico. O homem invisível me ajusta a armação de lentes de ferro com um gesto agressivo, até que ela se encaixe perfeitamente e eu respire com dificuldade. Ele tampouco escovou os dentes. Então, como para constatar se eu realmente estou cego, ordena-me: "Pegue o balde da latrina!" Com as mãos tateando, chego ao canto da cela e esbarro imediatamente na mesa de parede. Sinto-me confuso, farejo, por fim, a fétida cuba, curvo-me, enfio sem querer a mão na sujeira onde boia o rato, agarro finalmente a alça do balde e escuto a voz do meu senhor sibilar ao meu lado: *"Bine!"* Ele aperta o meu braço esquerdo por debaixo do cotovelo e me empurra impacientemente rumo a um destino desconhecido. Eu tateio e, com passos confusos, vou tropeçando, a cabeça baixa, à espreita; na minha mão direita balança o balde cheio de urina. Após uma brusca virada à direita, um derradeiro empurrão: *"Stai!"* Com um gesto, ele arranca os óculos de minha cabeça. Os cabelos arrepiam-se de dor.

"Repede, repede!", e acrescenta, com aquele rosto de máscara, duas palavras ominosas: "Aprenda a regular os intestinos, a evacuar nas horas certas! Pela manhã e pela noite!"

O que se mostra aos meus olhos desprotegidos é um espaço provido de vários lavatórios e dois vasos sanitários dentro de um nicho sem porta. Nem sequer minhas fezes me pertencem mais: são analisadas com lupas. Esvazio indiferente os meus intestinos. Não me apresso. O tempo não desempenha nenhum papel! No entanto, a falta de papel higiênico me traz o pânico. O que fazer?

Com as calças arriadas, empurro a porta sem trinco e coloco a cabeça para fora, contemplando pela primeira e última vez o corredor; observo uma fileira de portas blindadas com suas terríveis fechaduras, ouço murmúrios e lamentos vindos das celas. E percebo a aproximação a galope, como se tivesse sido picado por uma tarântula, do sublime santo das pantufas; comovido, ele me empurra de volta para a fétida latrina. "Papel higiênico", eu digo. *"Hârtie igienică".*

"Papel higiênico?", ele repete, e entra comigo na cabine. O que ele pretende? Pateando, procuro desviar-me; as calças se arrastam pelo ladrilho sujo. "Sente-se", diz ele com mansidão. Sento-me na borda do vaso sanitário. E descubro que existem métodos mais higiênicos, para manter limpo ali embaixo, do que aqueles praticados até então. O bom homem me ensina, virando-se repetidas vezes, como se alguém o observasse por cima dos ombros. Não se aprende isso nunca, penso. É preciso livrar-se dos costumes. Eu me livro.

Ele me passa uma caneca de alumínio que havia buscado lá fora. "Guarde-a para beber água depois. Assim: derrame a água na concha da mão e lave o seu reto com ela."

Eu não consigo entender bem a nova técnica. Com paciência, ele enche de água a canequinha, que eu tinha esvaziado em vão tantas vezes. Censura-me, elogia-me, enquanto fico humildemente de cócoras diante dele e faço sinceros esforços para tomar a peito suas lições. Finalmente ele disse: *"Minunat!"* Agora, meu traseiro sentia-se fresco e sereno. "E agora, o que mais?", pergunto com as mãos sujas estendidas. "Puxe a descarga! E mantenha as mãos suspensas debaixo do jato d'água!" Sigo o conselho: a água corre, rumoreja e faz espumas.

"E como as seco?"

"Sacuda os braços, agite as gotas fora. O resto seque nas pernas da calça. E, de agora adiante, marche!" Conduz-me como se nos dirigíssemos a um altar. Coloca com cuidado o braço ao redor de minhas ancas; sim, até me agarra na cintura e, assim, ajuda-me a manter levantada a minha calça frouxa. Na cela, retira com brandura os óculos de meu rosto, e promete arranjar-me uma tampa para o fétido balde. Como despedida, diz algo que é proibido e que soa falso naquele lugar: *"Bună ziua."* Bom dia.

Ele trava a porta fazendo tão pouco barulho que me leva a crer que está apenas encostada.

Preciso inventar um nome bonito para o desconhecido. Eu o batizo com o nome de Ninfeias, como as que há em Tannenau. Ao mergulhar entre essas flores, elas tocam delicadamente em você.

O postigo, por sua vez, raramente se abre: no café da manhã, no almoço, no jantar. É quando uma mão sem corpo introduz por ele o que temos de comer. Logo deixo de surpreender-me quando o guarda se aproxima silenciosamente da *camera obscura*, como se caminhasse sobre solas de borracha, espiona pelo olho mágico e se volatiza. Meus ouvidos o escutam.

Quão rápido os sentidos se sentem em casa, aqui, enquanto a alma foge. Fecha-se o mundo com angústia. Contudo, o tempo se torna extenso de modo que se aprende a conhecer o medo.

2

Sento-me na cama e nada espero. No corredor, *la program* segue adiante entre ruídos de passos e de pés que se arrastam. O mundo está submerso nas trevas. Já havia tomado o banho da manhã, com todas suas excitações e confusões. Não há espelhos. Decerto não reconheceremos o próprio rosto quando um dia nos encontrarmos frente a frente com ele. Barbear-se? Nem pensar. É permitido sair duas vezes (pela manhã e pela noite): aprenda a regular os intestinos, a evacuar nas horas certas! Mas em seu ser tudo segue um curso: a calça frouxa escorre pelo seu corpo; pode-se ouvir o estranho rumorejar dos intestinos.

* * *

Ontem, o último sábado do ano de 1957, foi a primeira vez que saí pela manhã. Eu havia solicitado uma permissão para passar o final de semana fora da clínica de Klausenburg.

Submetia-me a um tratamento numa clínica de psiquiatria: cinco vezes por semana eu recebia de madrugada, em jejum, uma injeção de insulina em doses crescentes. Aquilo devorava o açúcar do sangue! Logo eu começava a ter calafrios, o corpo esfriava, a língua endurecia, como se assumisse o contorno de um caramelo, e eu resvalava como um trem rumando a um abismo, com a embriaguez da morte. Após algumas horas de agonia, um enfermeiro vinha e bombeava glicose nas minhas veias. Como se vindo de muito longe, eu recobrava a consciência. Despertava banhado de suor, debilitado e feliz numa cama que parecia uma banheira de espumas, e por algumas horas eu me via livre de pensamentos ruins e sentimentos tristes. Engolia de uma só vez o café da manhã e o almoço, com avidez. Ah, e também bastantes compotas de doce, trazidas à minha cama por cuidadosas estudantes.

Eu havia internado-me voluntariamente naquela clínica, situada na montanha que dominava a cidade. O certo era que ali eu não teria que me preocupar, por um momento, com o pão de cada dia, e o propósito era ganhar tempo para pensar com calma sobre a tristeza que sentia em minha alma.

No entanto, não se tratava de algo mais do que comer e afligir-se de tristeza? Não se levava também em consideração um cálculo secreto empreendido por alguém como eu, que, desde que os russos prorromperam inesperadamente em sua infância, se encontrava em busca de refúgio e proteção? Derradeiro asilo: o sanatório. Lá, assim especulei, não me poriam a mão... O manicômio parecia o último refúgio neste país, cercado de arame farpado e de barreiras mortais. Atrás de muros da época da Monarquia Imperial e Real eu me sentia protegido dos poderes fantásticos que me cercavam, pelos quais eu me via ameaçado desde o *"Zusammenbruch"*, o colapso, como o chamávamos em nossos círculos aquele dia, o 23 de agosto de 1944, em que a Romênia monárquica mudou de lado, passando a aliar-se à União Soviética. A versão oficial que se ouvia era outra: "Libertação da Romênia do jugo fascista graças ao glorioso Exército Vermelho".

Desde aquele dia fatal, ardia em mim a angústia de ser condenado, mesmo sem ter culpa maior do que ser o que eu era: um cidadão da República Popular da Romênia com plenos direitos, mas com ressalvas. Sendo um saxão da Transilvânia, fui assinalado oficialmente membro da *nationalitate germană* e, com isso, para sempre lembrado: eu tinha de responder por Hitler. E, como filho de um comerciante, me tornei também um elemento de origem social doentia, *de origine socială nesănătoasă*.

Ontem eu fiz a última coisa que me restava para escapar de mim mesmo: desci do sanatório à universidade com o intuito de tornar-me membro do Partido Comunista. Uma decisão contra a minha fatal origem e por um futuro escolhido livremente.

Planejei fazer várias coisas neste dia: queria acertar a minha bolsa de estudos e trabalhar até a hora do almoço na biblioteca, pois pretendia estudar algumas fórmulas para determinar a direção e o curso da água nos rios. Para a tarde, eu havia prometido a uma estudante de música de irmos ao cinema e vermos o filme alemão ocidental *Serenadas de Rua,* com Vico Torriani. Para a noite, eu havia aceitado o convite para uma festa na casa de meu amigo Seifert – ele conseguira convencer o pai, o qual não podia perdoar por se chamar Mircea Basarabean e ser um romeno, a deixar a casa à nossa disposição esta noite.

Entre os trezentos estudantes de Klausenburg, que faziam parte do Círculo Literário Joseph Marlin, foi escolhido um pequeno grupo. Para minha companhia, eu havia convidado Elisa Kroner, uma intelectual de beleza clássica. Sua simples aparição em Klausenburg fez muitos de nossos estudantes virarem a cabeça, e ela tinha plantado um ferrão no coração de alguns. Meu irmão Kurtfelix constatou que grassava uma epidemia chamada *Kroneritis*. Todos faziam peregrinações à sua casa na periferia da cidade. Ela morava de aluguel barato junto a uma velha húngara. O pai de Elisa possuíra uma fábrica têxtil, que fora estatizada. Ele deixara para trás a prisão obrigatória destinada a industriais e capitalistas, e agora vivia como um simples tintureiro, e ela, a filha de um trabalhador.

Futuros veterinários e trompetistas diplomados rondavam a porta de sua casa. Queriam impressioná-la com conversas inteligentes, para as quais ela sempre se mostrava educada. No entanto, a coisa terminava por naufragar. Os cavaleiros com flores confundiam *Os Fundamentos do Século XIX* com o *Mito do Século XX* e enfiavam na mesma panela *O Declínio do Ocidente* de Oswald Spengler. Trocavam Schopenhauer por Nietzsche e mal conseguiam distinguir um concubinato de camaradas do verdadeiro matrimônio. E não somente por adentrarem terrenos desconhecidos, mas porque, diante de uma garota, os pensamentos e sentidos se perturbavam. E falar de velhos conhecidos, como Marx e Engels, Lênin e Stálin, ninguém tinha saco, ainda que se visse obrigado a ocupar-se com esses senhores uma vez ou outra. Como cada vez mais acontecia de rapazes levarem um fora, terminaram por apelidá-la de Santa do Gelo.

Dei preferência a Elisa, como companhia para a festa, porque chegara até mim um rumor de que em toda Klausenburg só havia um estudante capaz de impressioná-la: justamente eu. Talvez por eu ter sido o iniciador do círculo literário, talvez por causa de minha personalidade. Não queria saber a resposta.

Sentindo-me um homem livre, deixei ontem a clínica em direção à cidade. O Jardim Botânico, onde podiam passear os loucos inofensivos e as almas levemente equivocadas, estendia-se ao infinito. Sem muito pensar, saltei sobre a sebe, caindo numa escalvada passagem arrodeada por uma vegetação coberta de gelo.

Todo estudante que se prezava devia esgueirar-se sorrateiramente neste jardim para passar uma noite com sua amada. Uma tradição entre nós! Então logo se descobria que uma noite, mesmo a mais curta, pode resultar mais longa do que um dia, e que o tempo esfria sensivelmente de madrugada e que para se manter quente é necessário um aconchego nos braços alheios. É quando a amada escolhida pode ser bem quentinha! Porém, para uma noite como essa, não consegui convencer a minha namorada, Annemarie Schönmund, uma estudante de psicologia. Por meio de um aguçado senso lógico, ela demonstrou que o meu convite era uma completa idiotice. Ao contrário, no início do verão, uma estudante havia dito sim ao convite meio brincalhão que lhe fiz. Escolhemos o pavilhão de chá japonês, e entre três e quatro da manhã, como previsto, o tempo esfriou.

Ontem, por um bom tempo, refugiei-me na estufa do jardim – uma forma legal de sair do país – entre cactos e baobás, passando as horas sem fazer nada. Numa pasta rangia o formulário de filiação ao Partido dos Trabalhadores Romeno. Junto ao requerimento, anexei uma autobiografia ligeiramente falsificada, uma recomendação da União da Juventude Comunista e um documento com as minhas notas. Assim armado, pus-me a caminho à procura de nosso secretário de partido, o doutor Hilarie, professor de oceanografia e geodésia. Nós lhe admirávamos a memória fabulosa: ele conhecia o nome de todas as estações de água da República Popular da Romênia, com suas coordenadas geográficas e seus secretários de partido, bem como o nome de todos os golfos marítimos do mundo – e na língua original. E o que nele mais apreciávamos: ele era um cavalheiro.

Durante muito tempo hesitei... A dolorosa pergunta: conseguiria me tornar um deles? Não seria isso um ato de renúncia contínua de si mesmo? Esta começou com a proscrição do passado: tinha de pôr à parte os meus ancestrais, negar a própria origem; sim, apagar as próprias lembranças. Tratava-se, aqui, de ceder aos poucos, e isso até o fim da vida.

E era algo que já vínhamos exercitando: para não ofender a delicada sensibilidade da classe trabalhadora, minha mãe não estendia roupa no quintal durante o 1º de Maio; por respeito aos sentimentos ateístas do proletariado, acendíamos as velas da árvore de Natal com as cortinas fechadas. No porão, por trás do barril de couve, mofavam o retrato do rei e a foto do casamento de meus pais – minha mãe, num pomposo vestido de noiva; meu pai, de fraque. E uma vez por ano comíamos Wiener Schnitzel, escalope à moda de Viena, mas fechávamos a porta com chave, para não sermos acusados pela *Securitate* de compadrio com o capitalismo internacional.

Ontem, reiteradas vezes, olhei furtivamente ao meu redor. Não me seguia nenhuma sombra? Na esquina da *Strada Armata Roșie*, a rua que levava à universidade, hesitei: algo me deteve. Sem querer, entrei na confeitaria "A Foice Vermelha", um local sem luxo e magia: armações de ferro serviam de mesas e cadeiras; na parede, o único objeto de decoração: uma foice e um martelo. Pedi um café simples, morno, que não tinha sabor. As meias de seda das garçonetes estavam puxadas até o joelho.

A porta se abriu tilintando. De repente, o ambiente é invadido por uma tropa de estudantes de medicina. Eles fediam a formol e falavam em húngaro; largaram seus jalecos sujos sobre o espaldar das cadeiras. Visivelmente excitadas, algumas garotas se atiravam no colo dos rapazes. Todos pediram café, forte e bem quente, o qual sorveram até o fim. E falavam alto e entre si. Ninguém lhes prestava atenção. Um corpo tinha sumido da sala de dissecação. Até Bucareste se encontrava agitada por causa disso. Conspiração húngara!

"Desde 1956 os húngaros são culpados de tudo!" No meio do alarido, a porta se abriu novamente. Um tipo pouco vistoso parou na entrada, examinando atentamente o movimento, enquanto seu rosto desaparecia atrás de um véu de gélidos vapores. Subitamente ele berrou: "*Aici nu este Budapesta!* Aqui não é Budapeste! Esta é uma cidade socialista romena!" Completo silêncio... As garotas escorregavam do colo de seus amados, buscando, perdidas, um lugar para se sentarem. Os estudantes não se mexeram.

"*Mai decent! Unde este morala proletară?* Mais decência! Onde está a moral proletária?", gritou o estranho com uma voz penetrante, que parecia improvável vir de um corpo tão fraco. Ninguém respondeu, nem mesmo as garçonetes. Uma nuvem de friagem envolveu, logo em seguida, o estranho mensageiro. A porta permaneceu aberta. O local se esvaziou. Eu paguei e parti. Alguns passos depois, cheguei ao meu destino.

* * *

Estou sentado com as pernas estiradas na cama de ferro da cela, no antro da *Securitate* de Stalinstadt. A manhã ainda não surgiu. No silêncio, percebo que os sentidos se apoderam com avidez das lembranças, que me assediam inoportunamente: cada passo e cada gesto trazem à tona memórias, pensamentos jamais refletidos. Justo agora, quando desejo não possuir uma biografia. Eu me pergunto, de maneira incisiva (como nunca antes), se existe uma possibilidade de pular fora – pensar e agir de maneira diferente dos que estão submetidos pela história e pelo destino.

Vexados pela prepotência e por épocas obscuras, nós, os saxões da Transilvânia, tínhamos nos atido durante séculos à divisa da imigração: *Ad retinendam coronam*, para proteção da coroa, ou, segundo as palavras de Lutero, sempre submetidos às autoridades superiores. Em janeiro de 1945, quando todas as pessoas aptas ao trabalho foram deportadas para a Rússia, não houve resistência: humildes, elas se deixaram levar aos milhares. De nossa enorme família, deportaram todos aqueles que podiam levar. Meu pai: sua detenção, duas semanas depois do dia em que se havia cumprido o prazo, foi um ato abusivo; com a idade de quarenta e seis anos era mais velho do que o prescrito para ser mobilizado pelos militares romenos. Seu irmão Hermann, nascido em 1900, estava, portanto, à beira da idade limite... Como chorou, lá em Tannenau, a minha avó Griso, que, na verdade, tinha os olhos permanentemente mergulhados em lágrimas. A irmã mais nova de minha mãe, a nossa tia Herta; tão seletiva nos seus gostos pessoais que passava os presentes que ganhava para a faxineira da casa, sem sequer abri-los. O tio Herbert, seu esposo, um verdadeiro *bon vivant* de Bucareste: igualmente generoso com a esposa e com a amante.

Sem reclamar, permitiram que os enfiassem em vagões de gado. Nenhuma resistência! Em todo caso, alguns poucos conseguiram escapar; deixavam-se operar de apêndice ou se escondiam, com ajuda de camponeses romenos, em algum forno de fazer pão. Em contrapartida, velhos e jovens eram presos. Garotas de dezesseis anos morriam de frio durante o transporte, e rapazes choravam amargamente. Às vezes se encontrava algum velho pastor, como Arnold Wortmann de Elisabethstadt, que acompanhava voluntariamente a sua comunidade.

Das aldeias saxônicas, além do Aluta, vinham aos solavancos por um terreno acidentado os desterrados em carroças puxadas a cavalo; atravessavam Fogarasch, a caminho da estação de trem, sob frias neblinas e escoltados por guardas e soldados russos. Em sua maioria eram jovens e meninas; nos ombros, os típicos lenços de lã de três pontas, e no colo, um embrulho com seus haveres. Os pais e os maridos lutaram no *front* pela mãe-pátria alemã contra a pátria romena. As mulheres cantavam *Kein schöner Land in dieser Zeit* – Não há terra mais bela em nossos dias; elas cantavam *Innsbruck, ich muß dich lassen* – Innsbruck, eu tenho de deixar-te, enquanto o hálito frio de suas bocas desfigurava-lhes o rosto. Atrás delas, seguiam as mães, tateando, mas afastadas com violência pelos guardas, e, nas parelhas, os pais dos detidos. Na plataforma da estação de trem, afastadas do grupo a empurrões pelo cordão de isolamento dos soldados russos, as camponesas, movendo ritmicamente o tronco do corpo para a frente e para trás, gritavam: "*Of wat mer erwacht sen!* – Para que nos haveis despertado!" Cobertas com um lenço preto, puxado sobre a testa, pareciam devotas carpideiras. Os pais estavam em pé, imóveis e mudos, o cabo do chicote estendido ao lado do corpo, como se montassem guarda. Quando o trem começou a mover-se, os que estavam nos vagões enfiavam as pontas dos dedos, as luvas e os trapos através das rachaduras e fendas, e saudavam em despedidas – coloridas flâmulas de ternura, mas que logo se perderam na distância férrea. Para isso, fomos despertados!

As deportações em massa levadas a cabo em todo o país chegaram ao fim em 13 de janeiro de 1945. Um grito de lamento ressoou do Broos ao Draas, do nascer ao pôr do sol. Dávamos por certo, logo no início, que ninguém de nossa família seria levado. Nossos pais tinham ultrapassado a idade fatal. Regina, a criada, poderia ter entrado na quota, mas foi levada a salvo para a sua comunidade de origem, Bekokten. A esposa do senhor Szabo, que conduzia, como capataz, a administração de nossa casa, era húngara.

Apesar do perigo propriamente dito ter passado, nossa mãe se ausentava de casa todas as noites. A polícia investigativa ainda perscrutava a cidade. Precisamente por isso, exatamente naquele dia, ela não se enveredou às ocultas até a casa dos Atamian, algumas ruas adiante, aonde eu a conduzia por atalhos escorregadios de neve, por entre jardins... Quem poderia sabê-lo? Lá esperava-a um esconderijo. Por trás de enormes tapetes turcos, que somente o proprietário da casa, um armênio, podia mover, achava-se uma câmara vazia utilizada para guardar temperos. Predominava um cheiro de especiarias do Oriente; e quem permanecia ali muito tempo era logo seduzido por alucinações das mil e uma noites. Era, portanto, um lugar seguro junto a pessoas que não despertavam suspeitas entre os burocratas da justiça, e que também possuíam um apurado sentido para o perigo. Sarko Atamian era o único membro de uma imensa família que tinha escapado do genocídio perpetrado pelos turcos contra os armênios. Mesmo assim, continuava portando o seu fez e fumando narguilé.

Quando, naquela aflitiva noite em meados de janeiro, bateram em nossa porta, todos sabiam o que fazer antes que viesse a ordem, em russo e em romeno: abrir a porta. "*Repede, repede! Bystro, skoro!* Rápido, depressa!" Há alguns anos já se dizia: – "Se os russos vierem..." –, agora eles estavam aqui!

A nossa mãe, nós, os rapazes, Uwe e eu, e Regina corremos apressados para a entrada. Nossa irmã menor dormia atrás, no quarto das crianças. Kurtfelix invisível estava, invisível ficou. Nosso pai estava no quartel – cumpria o seu dever como oficial de operações militares. Uwe, o irmão menor, que tinha acabado de aprender a escrever com as duas mãos, abriu a porta antes que alguém conseguisse detê-lo. Parecia, como ele dizia, que nada lhe poderia acontecer.

Para quem valia aquilo? Presumivelmente, não para mim, já que eu ainda não completara os dezessete anos. No entanto, em relação ao porte físico, há tempos que eu superara a idade. Fiquei ali paralisado. Regina, porém, reagiu. Na segunda vez em que soaram na porta as fortes batidas, ela me agarrou pela mão e correu comigo para o velho armário alemão no fim do corredor e me empurrou lá dentro. Nós escorregamos por entre as fantasias de meus avós. Fantasias à espera de um carnaval que não aconteceria. Elas tinham um cheiro melancólico de perfume e naftalina. Tremíamos tanto que tínhamos de agarrar-nos uns aos outros para ficar quietos e não bater com os trêmulos membros às paredes do armário.

Juridicamente, não havia também razão para recearmos pela vida de nossa mãe: além de estar acima da idade limite com qual se levavam as pessoas, ela tinha a nossa pequena irmã – mães com filhos pequenos estavam expressamente dispensadas de deportação. Tais decretos, entre outros, seguiam uma portaria do comando militar soviético. Essa portaria, escrita em romeno e alemão, com tinta preta sobre um fundo verde, estava fixada no mural de anúncios da igreja evangélica, onde o pastor Stamm fazia soar regularmente o sino anunciando a morte; podia--se lê-la também em nossa escola da rua Martinho Lutero, em cujo salão de festa esperavam apinhados os prisioneiros, e nos portões da antiga diretoria da comunidade alemã, na travessa do matadouro, onde até recentemente tremulava, dia e noite, a bandeira com a cruz suástica. Ademais, nessa portaria, estava escrito o que se podia levar consigo: não mais do que caberia numa mochila; porém dois pares de meias de lã, certamente. Nossa mãe costurou cuidadosamente cinco mochilas de tamanhos decrescentes e de cor verde – até um pequeno alforje de bonecas para minha pequena irmã –, e as encheu com o essencialmente necessário.

Os invasores... Lá estavam eles: um soldado russo, um policial romeno e um civil. Este portava, apesar do frio agudo, um chapéu mole de abas caídas; embora fizesse calor em casa, ele não o tirou. Os outros dois, a fim de manter a vista livre, empurraram o quepe militar em direção à nuca.

"Controle de rotina", disse o homem do chapéu; tinha uma voz fanhosa. "Muitos saxões de nossa cidade e povoados não estão seguindo o convite para trabalhar na reconstrução da União Soviética." O entusiasmo para reconstruir o que as hordas de Hitler destruíram na Ucrânia se mantinha no limite. Além disso, havia erros na lista. Nem todo *etnic german* fora convocado, até mesmo porque a direção da comarca alemã havia destruído, em 23 de agosto de 1944, os registros do distrito rural de Fogarasch. Por outro lado, o diretor da comarca, o porco covarde do Schenker, fugira, vestido de camponês romeno, com os soldados alemães. "Nós sabemos de tudo!"

Essa frase fazia-me estremecer. Regina parecia temer que eu pulasse para fora do armário. Ela beijou meus lábios, sem desejo, como se quisesse somente me tapar a boca.

O homem do chapéu exigiu de minha mãe a carteira de identidade. Ela tinha-a à mão. Mas algo parecia não estar em ordem. Através das fendas do armário, espiei o policial e o comissário vestido de civil se curvarem sobre o documento de minha mãe. Eles cochichavam. Enquanto isso, o soldado russo inspecionava, com olhos atentos, e com a metralhadora em ponto de disparo, as muitas portas do corredor.

De repente, escutou-se uma rude frase em romeno: *"Veniți cu noi!"* E até em russo: *"Igisiuda!"* – venha conosco. Nossa mãe protestou, com uma voz estremecida, que não havia nascido em 1916, senão anos antes. Ao registrarem a data de nascimento num novo documento cometeram um erro, que ela, infelizmente, não percebera. Prontificou-se a buscar imediatamente a certidão de nascimento.

"De jeito nenhum!", e os militares agarraram-na pelos braços.

"Prepare-se!", ela olha confusa para o corredor. Portas, portas... Melhor nem imaginar as sete portas sendo abertas de uma vez. Além destas, o velho armário alemão. Bastava partir rapidamente dali!

Então, diante dos olhos daqueles homens, como que tocada por uma mão fantasma, a parede se abriu: uma oitava porta, uma porta secreta, por meio da qual entrou o meu irmão Kurtfelix. Ele trazia, agarrada às suas costas, embriagada de sono – as pestanas grudadas, mas trêmulas por causa da luz –, a nossa irmãzinha. Quando a garotinha reparou nos dois soldados e se deu conta de que eram soldados, arregalou os olhos, um brilho iluminou o seu rosto, e disse amigavelmente: "*Heil Hitler*!", e levantou a mãozinha para fazer a saudação nazista.

O soldado russo deixou cair a arma, puxou a criança para si; acariciou-a, balançou-a nos braços, elevou-a sobre a sua cabeça, sentando-a nos seus ombros, e trotou com ela de um lado para outro. Embriagado de alegria, ele gritou mais de uma vez: *"Malenkaia, dorogaia malenkaia!"* – minha doce e querida menina! E a pôs nos braços de nossa mãe.

O russo, então, partiu estrondosamente, arrastando consigo o comissário, que teve de segurar o chapéu. O policial romeno fez uma careta. Nosso irmão Uwe passou o ferrolho na porta sibilando: "Ah, isso não é capaz de afetar um marinheiro. Não tenha medo, não tenha medo, Rosemarie!"

Silêncio. Por um momento ninguém se moveu. Nem eu e nem Regina, que estávamos quase sufocados debaixo das bolorentas fantasias de louco. De repente, o hálito de Regina tinha um odor sedutor de pimenta e baunilha. Eu percebi a avidez mútua de nossos lábios; não era um beijo, senão uma busca ansiosa pela boca do outro – uma dor com mágoa! Em algum momento, abriram-se as portas do armário de carvalho talhado: pulamos atrapalhadamente para fora, ainda aos beijos, enquanto as fantasias de veludo e seda escorregavam pelo nosso corpo. Resvalamos pelo chão de mosaicos ainda sujo de vestígios de neve e fomos parar aos pés de minha mãe. E ríamos! Ríamos a gargalhadas. Ríamos até as lágrimas.

No dia seguinte, Regina foi detida quando voltava da padaria do senhor Krempels, na Rua Kronstädter. Meu pai foi preso alguns dias mais tarde; ele trajava o uniforme real. E trajou-o até o último momento, quando a porta automática do vagão para animais deslizou, cerrando-o em seu interior. E cerrado permaneceu até a sua chegada em Donbas. Porque também os mortos viajavam até o fim do trajeto. A cifra tinha de fechar.

Nossa engenhosa mãe logo descobriu que durante as noites em que as luzes dos postes se apagavam, comandos armados patrulhavam a cidade prendendo as pessoas. Logo incluíram alguns outros: romenos notáveis, alguns húngaros (a princípio), pois eram considerados comunistas de primeira hora, nenhum judeu... Porém, ao final, todos tiveram que arcar com as consequências, inclusive o comerciante de tapetes Atamian, com o seu fez e o seu narguilé. E até mesmo o rabino superior da sinagoga, Ernest Glückselich.

* * *

Quando ontem, lá em baixo, cheguei à universidade, o relógio elétrico marcava dez para as onze. O sol, débil, apenas se elevava por cima da linha das casas.

Primeiro, a bolsa de estudos; com efeitos retroativos a dois meses. Em novembro, eu tinha perdido o prazo por causa de uma viagem ao sul da Transilvânia para fazer algumas leituras. Havia lido, nos círculos literários de Kronstadt, Zeiden e Hermannstadt, um de meus contos *Puro Bronze,* que logo apareceria publicado.

Sabiam algo as senhoras camaradas por trás das grades do caixa do decanato? Esticaram a cabeça inquisitivas, cochicharam; olharam-me perplexas antes que uma delas, com um permanente desmazelado e pintado, informasse: eu tinha de subir ao reitorado; lá havia alguém que queria falar comigo. "Depois o senhor poderá receber o seu dinheiro."

Não era nada extraordinário ser citado. Frequentemente me procuravam os repórteres. O Círculo Literário Joseph Marlin era uma novidade. Despreocupado, segui para o lugar indicado. O prédio era da época da Monarquia Real e Imperial; tudo nele possuía uma imponência imperial. O teto, sobre a monumental escadaria, era coberto por uma cúpula em forma de conchas do mar e flanqueado por colunas clássicas. A majestosa escada dominava o largo espaço do vestíbulo. Dividia-se, depois do primeiro patamar, e se elevava graciosa até o pavimento superior em duas suntuosas escadas paralelas.

Em cima, na secretaria, fui remetido por uma senhora solícita para a porta seguinte: a sala de conselho do reitor. Lá, por trás de uma pesada mesa, se encontrava sentado o chefe de ofício. Um único papel em branco estava estendido sobre o tampo de vidro. Antes de voltar-se para o papel, ele observou-me rapidamente com seus olhos castanhos e penetrantes. Este pesado olhar me provocou assombro. Ele disse, com uma voz atônica, que eu devia seguir duas portas adiante, até a sala de espera do reitor, onde uma pessoa me aguardava.

No entanto, aquele que lá estava e se levantou da cadeira não era, não era... Eu pressentia: ele não era parte disso, não pertencia ao meu mundo. O estranho me estendeu a mão, a qual apertei com hesitação. Com um gesto quase embaraçado, indicou-me para tomar o assento ao seu lado, de modo que fiquei de costas para a porta; ele a mantinha à vista.

Mirei a ampla sala. Móveis de junco se agrupavam ao redor da mesa de uma forma elegante. Através das enormes janelas em arco de volta perfeita, ao longo da sala, o sol de dezembro nos enviava seus raios pálidos. Na parede frontal, um retrato do camarada Gheorge Gheorghiu-Dej. Ele, o soberano supremo do Partido, me olhava de cima. O pastor Arnold Wortmann dizia que ele não era um sujeito obscuro. Pelo contrário, era um bom homem, que devotava o coração para o povo; preocupava-se com o bem-estar do trabalhador. Eu pensei: este bom homem de Bucareste anda agora um bocado aflito, porque um cadáver havia desaparecido de seu banho de formol. Quem sabe o que há por trás?

Antes mesmo de o estranho ao meu lado mostrar a sua identificação, da qual decifrei uma única palavra – *Securitate* –, compreendi: era tarde demais! O medo de outrora – na verdade, de quando eu tinha treze anos –, porém, recente como a última noite, havia atingindo o seu alvo.

Durante anos eu imaginei o que aconteceria comigo quando fosse tarde demais. A cena imaginada desatava um espanto ilimitado. Eu afundava numa cratera de horror. Sentia-me evaporar em moléculas de calafrios.

Na realidade, aconteceu de forma distinta. O coração não bateu acelerado, não subiu pela garganta. Somente a boca secava, e sobre a língua se alojou um gosto amargo que lembrava uma de minhas provas importantes na disciplina de hidráulica.

Silenciávamos, eu e o mensageiro do exterior. De repente, apareceram dois homens diante de mim; elegantemente vestidos e com proposital indiferença. Ao vê-los, o meu vizinho se levantou de um salto, assumindo uma postura firme

— as mãos coladas ao lado do sobretudo. Ambos, ainda que vestidos de civis, deveriam ser oficiais.

"Olhe para os sapatos deles", ensinou-me uma vez Michel Seifert, para quem a *Securitate*, desde os seus dezesseis anos, representava um inferno permanente. "Se calçam sapatos da marca *Romarta*, então, são eles." Calçavam sapatos *Romarta*. Eram eles. Os senhores de chapéu e sobretudo se sentaram. Percebi que estavam nervosos. Batiam com as luvas de couro sobre a mesa. Não se sentiam em casa! No momento seguinte, eles se levantaram de um salto. Um deles, importunamente elegante, disse: "Acompanhe-nos, lá não seremos incomodados. Uma pequena conversa completamente amistosa." Quis recolher a minha pasta de documentos, mas o subalterno já a tinha nas mãos. Fui advertido, ao descermos, de que não fizesse nenhum sinal suspeito. Não o fiz. E também para que não corresse! E não escapei correndo.

Eu sabia: ora, no momento em que eles deixaram a escuridão e permitiram que eu olhasse seus rostos, pronto! Condenei-me. Os oficiais me ladeavam, e um perfume adocicado invadia as minhas narinas. O homem que portava a minha pasta vinha atrás. No átrio, mirei o cartaz de nosso círculo literário: "União dos Estudantes Comunistas da Romênia". Embaixo, com letras garrafais e brilhantes: "Círculo Literário Transilvano-Saxão Joseph Marlin. Leitura aberta ao público: escritor Hugo Hügel. Stalinstadt. Quarta-feira, dia 8 de Janeiro de 1958, às 20 horas, no Auditorium maximum". Um dos oficiais empurrou a pesada porta de entrada; um carro de passeio da marca Pobeda, pintado de verde, esperava parado com o motor ligado junto à calçada, ligeiramente afastado das escadarias, debaixo da primeira árvore, que estendia seus galhos imóveis. O outro oficial contornou o carro e entrou, ocupando o assento posterior direito. Em seguida, o primeiro oficial me empurrou ao fundo e se apertou contra mim. O homem com a minha pasta de documentos tomou assento ao lado do motorista e empunhou uma pistola que havia tirado do sobretudo. "Dirija em frente!", ordenou um dos oficiais.

3

O guarda deve ter me acordado bem cedo depois dessa minha primeira noite. Ou o tempo se torna um fio do bicho-da-seda; talvez também porque aqui a pessoa se recuse a pensar no futuro. Mas mesmo o último dia já ficou para trás, numa distância remota.

Quando ontem eu vi, ainda de dentro do carro, o prédio da *Securitate* de Klausenburg, foi uma surpresa. Um amplo edifício de uma escola, na Strada Karl Marx, tinha sido reformado. O prédio situava-se em frente à casa onde minha namorada de uma outra época, Annemarie Schönmund, havia morado quando estudante. Eu ia ali quase que diariamente, muitas vezes à noite; depois nunca mais voltei. Parecia que eu ia ter um ataque cardíaco, logo que o carro parou e senti o aroma agradável de jasmim e o cheiro penetrante de folhas pisadas de hortelã, enquanto meus olhos apanhavam, sobre a sebe de madeira, os ramos desnudos – os lilases discretos.

Desde novembro do ano passado não havia mais visto a face dessa mulher; apaguei-a do pensamento. Com o odor de jasmim e hortelã, com as folhas caídas do lilás, apodreceram as lembranças dos tórridos segredos, dos carinhos trocados à luz do crepúsculo e dos jogos noturnos de amor; porém continuaram preservados nas pontas de meus dedos.

Enquanto o carro parava diante da casa dela, o homem do banco da frente desceu, como se precisasse certificar-se de que o endereço era certo; eu logo me convenci: isso tem a ver com ela. Aqui, diante da porta de seus vizinhos, fazia um ano que eu a deixara, apesar de ela não ter pronunciado a última palavra sobre nós dois. Respirei fundo quando o carro fez a curva, passou pelo caminho do portão da garagem e entrou no pátio da antiga escola, onde monstruosas portas de aço se abrem e se fecham automaticamente sem fazer barulho.

Não se via uma pessoa.

Sair do carro, entrar nos porões da *Securitate*.

Pela primeira vez eu tive de suportar o que para estes homens não era suficientemente absurdo repetir uma e mais vezes: deleitar-se com a minha nudez, bisbilhotar todas as pregas e orifícios do meu corpo, cheirar as minhas vestes... Atiçar o medo até que o suor se acumulasse nas minhas axilas. E finalmente, ostentar uma lista de efeitos e reações, acompanhados de comentários debochados. Um velho tenente, de cabelos grisalhos, ia dando o tom. Diante da marca de meus cigarros, gargalhou ruidosamente: "*Republicane!* Ah, isso já é um bocado suspeito."

"Por quê?", perguntei.

"Aqui você não tem nada pra perguntar. Perguntas somos nós que fazemos! Você sabe muito bem que esta marca se chamava antes *Royal*, o cigarro do rei."

Eles eram bastante zelosos. Provavelmente fizeram uma busca minuciosa, enquanto eu descia pelo caminho da clínica, no meu quarto de estudante: cadernos, pastas de cartas, diários, saíram rolando de um cesto de roupa. Se eu admitia que aquelas frases escritas eram minhas? Sim, admiti. Diante de meus olhos, papéis foram cuidadosamente sopesados e selados, enquanto eu já não via mais do que capas desnudas.

Minhas coisas da clínica foram confiscadas. Da maleta de couro de porco, que eu havia tomado de meu pai, saltaram meus pertences, e, entre os que encontraram, algo incompreensível para eles, um calção de banho de cor verde. "É realmente um loucura, um calção de banho em pleno inverno!" E muitos livros, pois eu tinha em mente passar um bom tempo na clínica. Eu tive que ajudá-los com o registro dos livros soletrando alguns títulos: Thomas Mann, *Contos* – exemplar novo, edição da RDA. *A Colheita*, uma antologia de poemas compilada por Will Vesper: desde a *Oração de Wessobrunn* até a *Peça Final* de Rainer Maria Rilke. Graças a Deus, os últimos poetas, na antologia, haviam falecido antes de 1933. *Ensaios*, de Oswald Spengler, que me foram emprestados pelo professor Caruso Spielhaupter. *Le petit prince*, de Antoine de Saint-Exupéry. Nikolai Ostrovsky: *Como se Endurece o Aço*, em romeno. Pronto, já me tacham de cosmopolita! Comecei a vigiar meus próprios passos.

Fizeram o inventário de tudo, até dos cadarços que me haviam arrancado dos sapatos e, é claro, do calção de banho. Uma caderneta de banco despertou-lhes a atenção: na tarde anterior à minha prisão, enviaram-me de Bucareste, pelos correios, um pequeno honorário pelo meu conto *Puro Bronze*. Na mesma hora, depositei o dinheiro no Banco dos Correios; uma soma tremenda: o salário anual de minha mãe e oito meses de ordenado de meu pai.

Apreciaram pormenorizadamente uma foto de minha irmã mais nova. A adolescente de quinze anos com traje de banho, um cachorrinho à sua direita, um gatinho à esquerda apertado de encontro ao seio virginal e levemente arredondado. "Vejam, gato e cão", os patifes diziam, "como irmã e irmão!" De maneira geral, porém, eles nada diziam. Quando findaram com as indiscrições e anotações e eu pude vestir-me sem que me tocassem um fio de cabelo, disse o tenente encanecido: "Aqui, junto à *Securitate*, procede-se de forma mais meticulosa do que nas linhas ferroviárias."

Após o exame corporal, fui mantido numa cela no subsolo até o final da tarde. Estirei-me na cama, escondendo-me sob o cobertor. Havia dois homens de pé ao meu lado; pedi-lhes para ser deixado em paz. Não queria ver nem ouvir nada. Enquanto um deles, um camponês, se ajoelhou entristecido num canto e começou a murmurar suas orações, o outro não se deixou dissuadir. Era um médico do campo, mas com seu rosto esverdeado mais parecia um trabalhador das minas. Em vão eu lhe pedia para não me dirigir a palavra, que não me fizesse perguntas; tive de dispor-me a perguntas e a respostas. "Não, não há perspectivas de uma anistia." Eu lhe roguei para não me dizer desde quando estava ali. Ele assoprou: "Havia três meses!" A resposta me trouxe o pânico; pedi novamente para ele se calar. Ele continuava falando. Tampei os ouvidos. Ele afastou as minhas mãos, bombardeando-me com inúmeras informações.

"O poder deles é total! Porém nem todos podem tudo", disse-me o doutor. "Por exemplo, o guarda do corredor. Ele tem licença para castigar somente no caso de pequenos delitos: se alguém compartilhar o pão com o vizinho ou estirar-se um segundo na cama. Como punição, ele pode colocá-lo no canto, como nos idílicos tempos do jardim de infância. Mas atenção, não alguns minutos, senão horas, sim, um dia inteiro, se lhe apetecer. No entanto, para isso, são os guardas em grande parte demasiado preguiçosos."

E continuou dizendo: "No caso de uma insubordinação que extrapole o âmbito da cela – se rezou com um prisioneiro ou pegou um rato e, por compaixão, deixou o bicho escapar, ou, movido pelo desejo de morrer, engoliu um pedaço de sabão –, então, o comandante impõe-lhe uma punição segundo um plano estabelecido: tiram-no da cela e trancam-no no armário embutido, como se faz com um santo de pedra ao ser colocado num nicho, só que sem ver o céu." Ele, então, se sentou perto de mim, na margem da cama, e não conseguia conter-se; finalmente esbarrara num intelectual, *"un intelectual veritabil."* E, de repente, disse em alemão: "Ah, que sorte eu poder conversar com o senhor. Espero que fique aqui um bom tempo, caro colega!" E puxou o meu cobertor, beijando-me na testa.

O camponês interrompeu sua ladainha e disse: "Fale em romeno! Eu quero entender o que vocês estão dizendo!"

"Cale-se! Feche de uma vez por todas esta sua maldita boca! Até Deus no céu se alegrará se deixá-lo em paz."

O postigo se abriu, e uma voz gritou, mas com gracejos: "Beijos estão proibidos!" E mandou o infrator se afastar de minha cama. "Em pé, e sem se mexer!"

De pé, seguia o meu mentor a ensinar-me: "Espancar, torturar, abusar... Isso está reservado aos oficiais de patente média, todavia, sob ordem dos de cima, e não sem o conhecimento do comandante."

No vocabulário marxista-leninista isso se chama centralismo democrático, pensei com amargura, enquanto ele, com um ímpeto poético, não parava de falar. Algumas palavras ele dizia em alemão: "É preciso, por razões táticas, infligir-lhe alguma tortura? Não é, portanto, qualquer um dos tiranos aqui que pode proceder por vontade própria. Por exemplo, bater na sua cabeça com o molho de chaves ou apagar o cigarro nos seios de uma prisioneira ou apertar os testículos dos homens, provocando-lhes dor aguda. Isso precisa ser estudado e ordenado. Não é assunto de todos imprensar a sua mão na porta ou quebrar no seu corpo um bastão ou curtir a sua pele com uma corrente de bicicleta. Porém há sim um que pode tudo!", ele levantou as mãos e apontou para o teto do porão. "O lá de cima, o comandante superior, o mais poderoso, o eleito." E acrescentou em voz baixa: "Até que eles o deponham. Aquele que se encontra no alto pode cair até o ponto mais fundo, até onde agora estamos."

Ele falava às pressas, como se estivesse com as horas contadas. "Até mesmo morrer é proibido. Rigorosamente interdito é a morte por decisão própria. Tudo com o que pode acabar consigo mesmo eles tiram de você. Olhe-se!" Ele me descobriu, puxou a minha calça frouxa; balançou, para lá e para cá, o meu sapato desatado. "Não são permitidos na cela objetos de ferro ou de vidro." Indefeso, eu suportava a tudo.

"A cela tem dimensões tão pequenas que é inútil tentar abrir a cabeça contra a parede. Há pouco espaço para se quebrar o pescoço. Pode ser que fique com o pescoço torto e, o mais grave, vivo! Como médico, eu entendo disso. Se se recusar a comer, enfiam-lhe um tubo pela boca – um dispositivo rosqueado que mantém a maxila aberta, por onde introduzem o alimento. A sua assistência e solicitude não conhecem limites."

O postigo foi aberto. Via-se um nariz que me disse: "Coloque o seu cobertor ao pé da cama. Tenho de ver as suas mãos e o seu rosto." No lugar do nariz, que se afastou, surgiram dois lábios e um queixo que se dirigiram ao doutor gritando: "*Terminat!* E agora, doutor, volte pra sua cama. E fique de olho nele!" Nesse instante, um dedo, passando pelo queixo, se enfiou na cela e apontou para minha direção: "Não está muito bem da cabeça."

Mal havia-se sentado, o doutor se danou a coçar vigorosamente as costas, até onde as mãos alcançavam, contorcendo-se todo. Uma suspeita cresceu dentro de mim: tinha ele sentido, no próprio corpo, tudo aquilo que contara com tanto gosto? Então ele berrou para o camponês: "Pare logo com essa lenga-lenga. É capaz de deixar louco o pobre Deus-Pai. Coce aqui nas minhas costas." E foi logo levantando a camisa. Não me contive, cortei-lhe a palavra: "Por favor, tenha um pouco de consideração comigo. Poupe-me a visão dessa sua, sua…" Mordi os lábios para não dizer a palavra tortura; soltei em alemão: "Suas feridas. Eu não quero levar comigo uma impressão desagradável."

No claro-escuro da cela, semelhante a pergaminhos bolorentos, terríveis estrias escalavam a pele de suas costas, enroscando-se em arranhaduras e espirais. "Feridas?", repetia o doutor aparentemente sem entender. "O que o senhor quer dizer com isso?" E seguia adiante, em romeno: "A falta de luz e de sol aqui no subsolo é prejudicial para a pele, afeta o nosso metabolismo. Saiba o senhor: os raios do sol atuam como vitaminas." Sem prestar atenção na sua ladainha, o camponês levantou a camisa de seu companheiro de cela até o pescoço. As unhas afiadas dos dedos do camponês revelavam que ele gastava muito tempo com aquilo. Concentrou-se no trabalho. Ele mantinha as mãos afastadas e abertas, porém com as garras ia desenhando nas costas do prisioneiro cortes perfeitos de sangue. Este gemia de prazer: *"Excelent!"*

De trás da porta, chegava o som repicante de uma baixela. "Ah, o almoço!", farejou o doutor: "Hoje teremos sopa de batatas e, como segundo prato, couve. À noite, aveia ou feijão." Visto que eu não fazia perguntas, acrescentou: "Somente quatro pratos são servidos: couve, feijão, aveia e batatas. Desse jeito, até eu gostaria de ser cozinheiro." O camponês deixou de coçar; inchou as narinas. Os dois colocaram-se lado a lado e receberam as três tigelas de sopa. Eu não me mexi. O soldado de serviço enfiou o nariz pelo buraco, ordenando-me: "Coma!"

"Mais tarde!", respondi. Não tinha a mínima vontade de comer ali.

O guarda não insistiu. Sorvendo com prazer a sopa, ao manter com as duas mãos a tigela grudada nos lábios, o doutor ia dizendo: "Agora verá o que entendem aqui por divisão de trabalho. Primeiro, apresenta-se o comandante da prisão. Ele é aqui o senhor do corpo e da vida! Estes ele tem de manter intactos. Mas ai dele se algo der errado."

A porta foi aberta subitamente. Sem soltar as tigelas das mãos, os dois viraram o rosto para a parede da cela. Eu fiquei na cama, enfiado debaixo do cobertor militar do tio Fritz.

"Por que está deitado?", perguntaram-me bruscamente. Era o tenente de antes, com o cabelo encanecido. Respondi que estava doente, que me haviam arrancado do hospital.

"Por que não tá comendo?"

"Por isso."

Com isso, chegou ao fim o diálogo; o tenente se foi. O doutor retomou a palavra: "Agora é a vez do doutor, um major. E o que se seguirá, já veremos." E novamente retumbou o recinto. Acompanhado pelo tenente, um oficial entrou na cela. Ele apertou os olhos e, piscando-os, lançou um olhar reprovador para a fraca lâmpada acima da porta. Seu uniforme era coberto por dragonas vermelhas, sobre as quais brilhava uma estrela dourada, flanqueada por uma serpente e uma taça de veneno. O guarda, junto à porta entreaberta, mantinha uma posição de sentido após bater os sapatos de feltro um contra o outro.

O médico militar não fez perguntas. Pressionou-me a barriga. Depois mandou que eu mostrasse a língua. Eu estiquei a língua em sua direção. Ele se virou, e eu cobri a minha barriga. Eu disse: "Tiraram-me da clínica de doenças nervosas. Eu me submetia a um tratamento com choque de insulinas. Preciso voltar imediatamente."

O major acrescentou: "Segurem ele!" Ele agora me espancava; suas pancadas estalavam. Eu era tomado pelo medo e, ao mesmo tempo, pela curiosidade.

Trouxeram o cozinheiro. Numa mão, ele não segurava nada parecido com uma colher de cozinha, senão uma correia de calças. Ele próprio portava um uniforme, ainda que com um gorro na cabeça e um avental branco ao redor do bucho gordo; tinha um rosto descolorido, como uma cebola cozida. Ora, que vida a dele! Entra ano, sai ano, sempre a preparar somente quatro pratos: couve, feijão, aveia e batatas. O comandante mandou que eu fizesse o favor de levantar-me e sentar-me na borda da cama. O guarda atou-me as mãos bem apertadas às costas com a correia. Então, o cozinheiro entrou em ação: apertando-me o nariz, enfiava colheradas de sopa na minha goela aberta. O veterano tenente o incentivava. Enquanto todos esses homens se ocupavam com meu bem-estar, vinha-me à mente uma imagem terrível de minha infância em Skentkeresztbánya: a nossa criada húngara cevando, com milho, um ganso para um dia de festa. Com uma mão, ela abria o bico da ave inquieta; com a outra, lhe enfiava os grãos de milho; e, com o dedo médio, lhe socava na goela os angulosos e cortantes grãos. A coisa corria bem até o ganso escapar, gingar alguns passos bêbados sobre a rampa de madeira e dar um giro – morto! Engasgado por tanta bondade.

E, logo em seguida, uma outra imagem: essa mesma garota dando espinafre para o meu irmão, o que ele odiava. Ele gritava como se estivesse preso a um espeto. Resoluta, ela lhe tampou o nariz, de modo que ele abrisse a boca. Ele engolia espinafre e respirava com dificuldade. E engolia e respirava com dificuldade. Porém a última colherada ele cuspiu no rosto da criada.

Não pude deixar de rir, o que aqueles homens, esfalfando-se comigo, julgaram ser um bom agouro. Finalmente me largaram; dei colheradas na sopa, que tinha um gosto de lata e na qual boiavam placas de gordura. Entreguei-me prontamente. Por todos era bem servido.

"Ora, por favor!", dizia o médico do campo, depois que tudo se acalmou, com estalos na língua. "Veja, caro colega: até mesmo a arbitrariedade conhece ordem e graduações."

Após o almoço forçado, sou levado para fora da cela. Com os olhos vendados, fui conduzido degraus acima, degraus abaixo; portas rangiam, os corredores pareciam mais frios, o ar abafado.

"Mantenha o passo!" Uma porta de madeira rangeu. "Recuar! Atenção, degrau!" Recuei, mas esqueci o degrau e caí de costas num nicho de tábuas. Diante de mim, percebo uma porta ser fechada; eu me encontrava imprensado numa caixa vertical. Era tão apertado o espaço que eu não podia elevar as mãos para retirar os óculos de ferro, nem estender as pernas para golpear o revestimento... E eu mal dobrei os joelhos e dei com eles na parede em frente. O nicho dos santos sem céu, lembrei-me. Não, nada disso! Um caixão em pé.

Procurei manter a calma; ouvia a voz de meu avô: "Por pior que as coisas estejam, *Contenance!*" Ouvia a minha avó dizer: "Por pior que as coisas estejam, pense positivo!" E me agarrei ao que estava melhor e mais próximo de mim: um caixão em pé. Onde tinha escutado e lido algo parecido? Uma alegria misteriosa não embalara os convidados de um velório, que se tinham reunido na casa do defunto para velá-lo e chorar a sua partida com aguardente de pera e pão de leite, num povoado de alguma parte das florestas curlandesas? Uma vertigem alegre acometia os parentes enlutados. Eles começaram a dançar. E quando o quarto ficou demasiado estreito para tão frenética animação, pegaram o caixão com o defunto e o encostaram em pé na parede. E continuaram dançando em círculo.

Eu sentia que meus pés começavam a seguir os passos de uma polca, ritmando-se. Inesperadamente, a porta diante de mim cedeu; perdi o apoio, meus joelhos tremeram, dobraram-se. Às cegas, caí para a frente direto nos braços do guarda, o qual sibilou: "Que arrumação é essa?" Eu não disse: "Eu danço a polca." Não. Eu disse: "Minhas pernas tremiam."

"Venha!"

Quando tiraram de meu rosto os óculos de ferro, vi diante de mim, num recinto sem janelas fortemente iluminado, Tudor Basarabean, aliás Michel Seifert; as mãos algemadas no respaldo da cadeira.

"Nenhuma palavra", ralhou-nos um oficial – desnecessariamente, pois eu não tinha em vista dizer quaisquer palavras. Ao encontro do olhar de Seifert seguia um pensamento: Elisa Kroner; ela esperará em vão por mim.

Eu a via diante de mim na cozinha de sua senhoria: como ela, em *pleine parade*, se sentava sobre um banco velho, sob a luz de uma lâmpada vagabunda, metida num vestido azul-marinho, o colar de pérolas de sua avó ao redor do pescoço, assistida pela velha senhora e sombreada por suas puídas calças de jérsei e pelos surrados sutiãs, que secavam sobre o aquecedor, Elisa, intocável como uma pedra de mármore, com o *Doktor Faustus* na mão.

* * *

Quando, mais tarde, íamos sentados no carro militar, assustei-me. A viagem seguia pelos arrebaldes, onde morava Elisa. Envolvê-la-iam nessa coisa suja? No entanto, o desvio tinha razões pessoais: uma gamela, tão redonda que nela poderia caber facilmente um porco abatido inteiro, deveria ser recolhida em algum lugar e entregue em outro. Um banquete na *Securitate*?

Por um momento, uma forte imagem passou pelos meus sentidos: um porco atingido por tiros escapa e corre em zigue-zague como um louco por labirínticos caminhos subterrâneos. O sangue sai fervendo de suas feridas, mas as paredes de feltro abafam seus gritos desesperados. Seus carniceiros batem palmas. Nos calabouços, os prisioneiros fazem soar as correntes.

"Mantenha-se atento ao que tem mais à mão", exortei-me. O mais próximo era o troço de madeira que colocaram sobre os joelhos de nós dois, os presos, e também dos soldados diante de nós. Quando o carro se enfiou, na periferia da cidade, por ruelas escabrosas, onde as casas iam ficando pequenas e árvores rústicas cresciam céu acima, o recipiente para a carne começou a dançar compassado. Nenhum de nós conseguia segurá-lo direito; os soldados da guarda tinham de agarrar suas armas de fogo e nós estávamos acorrentados um ao outro.

O carro se deteve diante de uma casa simples, flanqueada por amoreiras. O capitão, sentado no banco da frente, desceu, dando instruções curtas. Dois soldados desembarcaram o gigantesco vaso de madeira. Colocaram-no respeitosamente diante da porta da casa e voltaram a ocupar rápido os assentos à nossa frente. Miraram-nos com um gesto pouco amistoso, enquanto deixávamos a vista vagar ao redor.

A porta de madeira da casa, recém-pintada, brilhava com sua pintura verde a óleo. A fachada com duas janelas também tinha sido repintada. Seus moradores se aglomeravam na silenciosa ruela e cercavam ansiosos o oficial: duas mulheres, molhadas pelo vapor de cozinha, amarravam habilmente seus aventais ao redor do corpo; um homem robusto cruzava os braços nus e trazia, enfiadas num avental de couro, algumas facas; crianças, com casaco de malha e bonés de peliças, se empurravam sutilmente diante dos adultos. O oficial apertou a mão de cada um, mas sem tirar as luvas. Os três garotos lhe estenderam com cordialidade as suas mãos vermelhas, que ele apertou. Em seguida, ele beliscou a bochecha de uma garota e distribuiu guloseimas a todos.

O oficial superior examinou a lâmina da faca, com a qual o homem de avental iria cortar, no dia seguinte, a garganta do porco cevado; perguntou às mulheres se haviam preparado os ingredientes e os temperos, e ouviu satisfeito que o alho já estava descascado. E ele elogiou o roliço porco que os garotos atraíram com grãos de milho e que de tão gordo mal se sustentava sobre as patas, afundava a cada passo na neve e grunhia; em volta do pescoço, trazia a bandeira tricolor romena.

"Foarte bine", disse o oficial. Depois de amanhã, faria dez anos de proclamação da República Popular. Ele queria, contudo, substituir o pano azul, amarelo e vermelho por um único lenço vermelho. Os adultos assentiam com a cabeça, compreensivos. O homem em mangas de camisa desembainhou novamente a faca de abate. Com dois golpes, cortou o laço vermelho do avental de uma das mulheres e mandou um dos garotos coroar o animal a ser sacrificado. A mulher resmungou: "Cuidado! Ou vai acabar furando as crianças!" A outra explicou: "Ele bebeu muito *raki*. Mas isso faz parte." Os garotos fizeram o que lhes foi mandado, ainda que não inteiramente no sentido que previra o oficial da *Securitate*: à bandeira tricolor associaram a fita vermelha. As cores da pátria, a malha vermelha.

Uma velha chegou arrastando os pés; apoiava-se numa bengala e vestia-se de preto; o rosto coberto por um xale de algodão. As duas mulheres quiseram lhe dar a mão, mas ela rechaçou qualquer ajuda. Sem buscar apoio na porta, amparando-se apenas na bengala, ficou ali de pé, firme. O oficial dirigiu-se a ela; tirou as luvas de couro. Depois se curvou sobre a sua bengala e lhe beijou a mão. A velha o examinou com olhos piscantes e disse: "De novo pelo mundo em difícil missão. Sigam caminho, ou a noite vai pegar vocês!" Ela fez três vezes o sinal da cruz sobre a sua cabeça, que ele curvava solícito.

Seguiram-nos com o olhar quando partimos, e cada um parecia um pouco diferente: o homem com a faca, as mulheres fumegantes, as crianças chupando as guloseimas... A velha vestida de preto nos fitava com rigor, como uma *staretza* num mosteiro de uma floresta. E de maneira muito estanha nos mirava o porco com os adornos festivos.

Sim, era o tempo da grande matança de porcos.

Quando deixamos Klausenburg por estradas esburacadas em direção ao sul, um dos três soldados estendeu, por ordem do oficial, um cobertor sobre nossas pernas. Impressionado com o gesto, Michel Seifert disse espontaneamente que não esperava que se preocupassem sobremaneira conosco. Admirava-se; não, não esperava por isso de maneira alguma.

"O que você acha?", respondeu-lhe o oficial que ia sentado na frente e brincava com a pistola. "Entre nós reina uma ordem ferrenha. Nosso líder supremo, o camarada Ghcorghc Ghcorghiu-Dcj, nos cnsinou quc o ser humano é o mais valioso capital." Mais tarde, quando escureceu tanto no mundo lá fora como dentro do carro, os soldados puxaram sutilmente até mais da metade do cobertor de inverno a fim de cobrir os próprios joelhos. Por mais homens livres que fossem, também sentiam frio.

Apesar desse cuidado quase colegial, os guardas proibiram que nos dirigíssemos a eles como "camaradas". Tínhamos que lhes dar o tratamento de senhor, *domnule*, e saudá-los dizendo *"să trăiți"*. Vida longa ao senhor major, não menos ao senhor cabo!

"Por que razão *domnule*?", perguntou Michel Seifert. Por decreto superior, todo cidadão da República Popular da Romênia é obrigado a tratar seus cocidadãos como camarada – começando pela tia camarada do jardim da infância e terminando com o camarada Lênin.

O oficial replicou bruscamente: "Estão excluídos deste decreto os presidiários e os sacerdotes."

Isso clareou as coisas. Michel Seifert, porém, levou o pensamento até o fim; disse conciliador: "E o rei também."

"Cala o bico!", bufou o oficial, e ordenou que nos colocassem os óculos negros. O carro tinha alcançado as curvas fechadas do cume de *Feleacs*. A cidade, abaixo no vale, submergia num frio violáceo. O último olhar, antes que nos envolvessem as trevas, foi para a montanha ocidental, em cujo cume gelado o sol desaparecia. Um outro sol não veríamos mais.

4

As frestas da janela acima clareiam de modo hesitante. Uma claridade filtrada toca as paredes. O dia amanhece.

Rodas giram no corredor, param, voltam a matraquear. O postigo da porta se abre. Café da manhã! Sustento junto à abertura a minha caneca de alumínio; uma mão cortada verte nela um líquido marrom e, em seguida, um pedaço de pão e um cubo de bolo de milho – *paluka*. "Esta porção é para o dia todo", adverte uma voz invisível. Eu não como, mas observo com atenção a poliédrica composição, o bolo de milho.

Um dia, lá fora, este bolo resplandecia num tom amarelo dourado. A criada vertia a massa, bem batida, de uma panela de ferro sobre uma tábua de madeira, onde adquiria a forma de uma meia-lua quente, vaporosa. Meu pai a cortava em porções com um fio de seda. A minha mãe trazia em delicado equilíbrio, com uma espátula, os pedaços de diferentes tamanhos para os nossos pratos, os das crianças, e espalhava em cima o leite de búfala. Aqui a *paluka* tem um tom cintilante esverdeado.

Quando a lâmpada, por trás da armação de ferro, se põe repentinamente a arder de forma incandescente, desce do céu um som rítmico, um bramido das esferas superiores, que bate contra as grades e os muros, embalando a cela. Levanto-me da cama, fico em pé. Mantenho a cabeça baixa. Junto as mãos, sem rezar.

Toca o grande sino a Igreja Negra de Kronstadt. Como está fendido, é tocado somente nas ocasiões festivas especiais. Algo grandioso deve estar acontecendo.

Mal silencia e sou envolvido por ruídos até então desconhecidos. No corredor, deve estar sendo aberta uma porta que range. A seguir, escutam-se estalos acompanhados de passos que se aproximam; um estrondo se desdobra. Como uma granada em busca de seu alvo, penso. Abaixo-me. Subitamente a porta se abre. Um soldado de botas e, logo atrás, o oficial de guarda, de nome Nenúfar, calçando um par de pantufas e com um rosto glacial.

Sento-me na cama, olho para o chão. O soldado de botas se aproxima, apalpa meus ombros e me estende os óculos de ferro: "Venha!" Ainda sentado, coloco os óculos; perco a visão. Só então me levanto. Uma mão me agarra por baixo do braço esquerdo e me empurra para a frente. Hesito. *"Repede, repede!"* Apavorado, vou pondo um pé após outro, e não só isso; devo obedecer cegamente. "Conte onze degraus, agora três passos. Mais uma vez, onze degraus!" Conto, tropeço, conto. Com a mão livre, seguro as calças a fim de não ficar com o traseiro exposto. "Parado!", uma ordem. Depois: "Em frente!" E novamente: "Permanecer parado! Virar para a parede!" Onde está a parede? Há um cheiro desagradável de sabão vagabundo e perfume barato. Entre as ordens pronunciadas, estalam a fechadura; uma corrente de ar provoca cócegas. Farejo o ar; espreito. Abrem-se vorazes os sentidos.

"Stai!", sibila meu acompanhante. Sou empurrado para algum lugar. Através dos óculos, percebo: aqui há bastante luz. E farejo: um cheiro de carne humana.

Na minha escuridão particular, ouço uma voz masculina que me pergunta: "Você sabe onde está?"

E eu preciso saber onde estou? Murmuro: "Não entendo a pergunta".

"Ahá!", exclama a voz. "Por exemplo, em qual cidade?"

"Em Stalinstadt". A resposta me escapa sem querer.

"Quem te revelou isso?"

"Eu mesmo cheguei a esta conclusão".

"Em qual rua?"

"Na Angergasse".

"Onde?" Eu me oponho à palavra que eles querem obrigar-me a pronunciar. "Onde?", soa a monotônica voz, à minha esquerda.

Engulo em seco: *"Securitate."*

"Que dia é hoje?"

"29 de dezembro."

"Tire os óculos!" Obedeço. Alguém os arranca de minha mão.

Um homem de uniforme ordena: "Sente ali naquela mesinha!" Na mesinha? Diante de tanta luz, não vejo nada. A voz manda incisivamente: "Na mesinha atrás da porta." Pausa. "Não vai obedecer?" Pisco os olhos. Finalmente, consigo vê-la. Sento-me; quero aproximar a cadeira da mesa. A cadeira, a mesa: estão parafusadas no chão.

O lugar está cheio de homens vestidos de civil. Enfileirados ao pé da parede, ao longo do quarto, eles têm lugares fixos. Estão cuidadosamente bem vestidos. E todos têm traços semelhantes. Ternos cinzas sob medida, camisas de popelina em cores discretas, gravatas sérias, sapatos caros. As diferenças desaparecem. Junto à janela com grades, atrás de uma mesa de escritório, está sentado um oficial com duas vistosas estrelas sobre as abas dos ombros, um tenente-coronel. São estes os camaradas, para os quais você se apresentou hesitante, ainda ontem a caminho? Não. Não é aqui onde eu quero chegar.

Ninguém diz uma palavra. Nada acontece. Somente fixam em mim os seus olhares. Eles silenciam. Eu espero.

Ternos sob medida! Em nossa casa, eram as mulheres que advertiam os esposos: "Você precisa ir ao alfaiate." Meu avô, Hans Hermann Ingo Gustav Goldschmidt, com gravata e lenço de cavalheiro, não trajava outra roupa, mesmo em casa. Morreu na hora certa, graças a Deus, como gostavam de salientar as minhas tias Helene e Hermine, em fevereiro de 1947; o rei ainda estava no país e oferecia aos bolcheviques a fronte coroada.

Meu pai… legou-me seu terno escuro de fios de estambre quando me decidi pelos estudos teológicos. Ternos sob medida: até para nós, os garotos, faziam ternos sob medida, com calças afofadas, na alfaiataria do mestre Bardocz, em Fogarasch. Quase sinto, enlevado, as agradáveis cócegas que me fazia o alfaiate quando, ajoelhado no assoalho, corria a fita métrica por entre as coxas e as pernas para fixar o ponto final da calça. De igual modo nos faziam sapatos sob medida: sapatos alpinos, dois números maiores, para acompanhar o nosso crescimento. No início, só podíamos calçá-los aos domingos; os dedos da frente forrados com algodão. Antigamente. Antigamente, pensei de maneira automática: na época do opressor, antes da libertação do jugo do fascismo.

E eu me ouço dizer: "Minha intenção ontem era filiar-me ao Partido. Os formulários correspondentes estão na minha pasta de documentos." Silêncio.

Ninguém se move. A pasta, por sua vez, encontra-se com eles. É domingo de manhã. Eles têm tempo. Mas eu estou com pressa. E eu me ouço dizer com veemência: *"Vreau imediat o confruntare cu un medic psihiatru!* Eu quero ser imediatamente acareado por um médico, um psiquiatra."

Com um leve movimento, os homens vestidos de civil voltam seus olhos para o oficial. Este olha com estranheza. De repente, meus sentidos, por excesso de atenção, são aguçados. Sinto que alguma coisa nas minhas palavras pertubaram aqueles homens; elevo a voz: "Desejo que me coloquem imediatamente em liberdade."

O tenente-coronel pergunta: "Você sabe quem somos?" Os olhares dos outros se retraem; concentram-se outra vez sobre mim. Eu torno a espiar os seus sapatos.

"Sim", respondo.

"Quem somos?"

Hesito, buscando uma formulação neutra: "Da *Securitate*."

"Como descobriu?" Já ia responder: todos calçam sapatos *Romarta*... Quando o oficial disse: "Você sabe demais."

Aperto os joelhos, para que os pés não tremam, e me obrigo a perguntar: "Por que estou aqui? Onde está a minha ordem de prisão?" Nenhuma resposta. Um deles ali deve ser o manda-chuva; não se denunciam.

"Quero que me deixem partir. Não tenho culpa no cartório; não sou um inimigo do regime. Isso eu já provei. Um conto meu, de temática bem atual, recebeu em Bucareste uma distinção e um prêmio em dinheiro. Este terno castanho, com o qual me veem vestido, foi comprado com esse dinheiro."

"Nós sabemos de tudo isso."

"Fundei em Klausenburg o Círculo Literário Joseph Marlin, filiado à União dos Estudantes Comunistas. O nome homenageia um revolucionário saxão, um companheiro de luta de Petöfi. Como este, Marlin também teve uma morte heroica na Revolução de 1848/1849."

"Foi na cama que ele morreu, esse seu revolucionário Josif Marlin! De cólera."

É verdade. "Mas, apesar disso, ele participou da luta", insisti.

"E, em segundo lugar", continuava o oficial, "esse Marlin não significa nada. Em Budapeste, os estudantes húngaros deram o nome de Petöfi, *Petöfikör*, a um círculo literário. E tramaram, sob esse pretexto, uma contrarrevolução. Por isso, estão todos agora num presídio." Ele conclui: "Nós sabemos de tudo. Mas saberemos ainda mais. Para isso reunimos aqui todos vocês, você e os outros. Queremos examinar com toda a calma o que pensam de verdade, o que têm realmente em vista."

Os outros? Eu sei do Michel Seifert. Mas o resto, quem mais? Eu digo ao acaso: "Também os demais são leais cidadãos da República Popular; dedicados e fiéis ao regime." Desejo, sim, acredito nisso. E evoco com todas as minhas forças que eles realmente o sejam.

"Isso é precisamente o que vamos analisar. Nós temos tempo."

Contudo, não tenho tempo. Apressado, continuo a minha fala: "Além de psicastenia, sofro de definhamento da memória. Na clínica, eu recebia tratamento contra isso. Com *glutacide*. O que tenho é simples, como preto no branco: fraquezas da memória. Por consequência, não posso ser útil aqui."

Um gigante em sua melhor idade, um monstro de homem, se levanta: "Formidável! Então este é o melhor lugar para você. Entre nós é como estar num sanatório. Temos diferentes maneiras aqui de recuperar um homem doente. Por exemplo, dores de estômago. Elas melhoram por meio de nossas refeições leves, quase uma dieta. Ou pessoas com problemas nos nervos... Também aqui encontram a cura. E quem padece de memória fraca, como é o teu caso, *amice*, recebe de nós uma ajudinha; nós conhecemos a medicina adequada. Ao nos empenharmos para que cada um obtenha progressos, preenchemos todos os buracos de sua memória como uma esponja, e ela, sem vestígios deficientes, volta a render que é uma maravilha. Sim, eles se lembrarão de coisas que nem sequer lhes aconteceram."

Teria ele falado em demasia? Ninguém lhe retirou a palavra.

Para a cura acontecer é decisiva a colaboração. Mas é assim mesmo com toda doença: o paciente precisa cooperar, ajudar o médico. "*Colaborare!* Esta é a palavra mágica." O gigante se senta ofegante, retomando o seu lugar no meio do grupo dos homens entorpecidos. Todos eles estão sentados sobre cadeiras acolchoadas, um igual ao outro. Contudo, este homem cheio de ânimo, diferente dos outros, mantém as mãos cruzadas sobre a barriga. Os demais as têm apoiadas nas coxas.

"Tem alguma queixa?", pergunta o tenente-coronel atrás de sua mesa.

"Somente que eu esteja aqui. E quero saber o porquê de estar aqui." Mas depois lembro de algo importante: o fato de que não há papel higiênico – uma situação inteiramente constrangedora.

De maneira quase imperceptível, os olhos dos homens deslizam em direção ao homem de mãos cruzadas sobre o ventre. Este diz num tom paternal: "Isso então deixa-o doente? Pois ao dizê-lo, *amice*, fez uma primeira e importante revelação. Porque o papel higiênico não passa de uma invenção burguesa para traseiros mimados e degenerados da classe opressora. Por esse detalhe você não apenas revelou sua origem social, mas também a que ponto está, apesar de todos os seus protestos contrários, à mercê de uma mentalidade burguesa." Com os diabos, cada palavra dita é uma palavra excessiva! "No detalhe se esconde o demônio, o impuro, com sete caudas! E é justamente o diabo que pretendemos expulsar de vocês. A propósito, vocês tinham antes papel higiênico em casa, camaradas?" Os homens balançam a cabeça em três tempos. Não! Nunca.

"Quem entre nós pode sequer se vangloriar de ter tido, no seu tempo, um WC em casa, essa invenção aviltante dos plutocratas ingleses? Uma simples latrina em casa, *pfui*!, com os diabos!"

Logo aquele homem, de uma espécie gigantesca, se danou a descrever uma variedade absurda de como limpar o ânus; mostra-se um perito na matéria: com uma espiga de milho é possível servir toda uma família; no início do verão, com as folhas de ruibarbo; independentemente da estação do ano ou lugar, com os dedos, que logo se pode esfregar nas paredes. Ah, é por isso que as paredes, lá embaixo no banheiro da prisão, estão todas marcadas com umas listras marrons. Até mesmo com um bastão é possível raspar tudo. É daí que vem o ditado: ele tem algo escondido no bastão.

Vem-me à memória que o palestrante esqueceu de mencionar o procedimento com a caneca d'água, pensado e desenvolvido nesta imensa casa. Eles sabem muito, mas não sabem tudo. Por fim, o imponente homem me faz saber que o autêntico proletário – ao contrário do burguês – não precisa de nada disso, pois nele o esfíncter funciona com tanta precisão que os excrementos são cortados a fio de lâmina, "como se fossem um salame."

Finalmente vem a pergunta que interessa: "Quem é Enzio Puter? Fale-nos tudo o que sabe sobre ele!"

Enzio Puter, que nome maldito! Respondo imediatamente com raiva e amargura: "Sei somente de uma coisa: ele me roubou a namorada com quem eu tinha um relacionamento de quatro anos, e agora a leva consigo para a Alemanha. Para mim, é caso passado. Definitivamente!"

"Mas não para nós", diz o oficial. Enquanto o senhor moreno, o orador de antes, completa: "Trata-se de questões da alta política com interesses imperialistas em jogo. O lado pessoal vem num segundo plano."

"Eu não tive nada a ver com esta pessoa, e nem pretendo ter nada a ver com ela."

O oficial balança a cabeça: "Porventura sim, porventura não."

"E nunca mais quero ter algo com ela, com esta…"

"Com sua ex-namorada. Nós sabemos disso, e também que você jurou antes cair numa vala de rua a voltar a tê-la diante de seus olhos."

Era exatamente isso o que eu havia jurado, uma tarde, na porta de sua casa, logo após Enzio Puter retornar para a Alemanha, em novembro de 1956, por meio da empresa de viagens Fröhlich.

Sinto-me exposto, tal como os cadáveres na sala de dissecação do hospital universitário. Todos os estudantes tinham de descer, ao menos uma vez, àquela catacumba da evidência obscena. Isso fazia parte dos anos de estudante – como ir à noite ao jardim botânico, com uma garota escolhida. Os rapazes, diante de mim, fisgavam com longos ganchos corpos cortados para a borda do tanque. Outros se debruçavam sobre a mesa de concreto, remexiam as entranhas encharcadas de formol, lobotomizavam as sinuosidades do cérebro humano ou faziam festas com os órgãos genitais mortos.

"Eu vi este Enzio Puter somente uma vez, e bem rápido."

"E passaste uma noite inteira conversando com ele", completa o oficial, "a sós com ele, na casa da tua namorada. Depois de os três passarem a tarde juntos: ele, você, ela. E antes houve um almoço a quatro: vocês três e a mãe da sua namorada. Um almoço tarde, pois você chegou depois das duas, no trem de Fogarasch, na verdade, a Bartholomä, onde sua namorada o esperava."

"Ela não é mais minha namorada", respondo irritado.

"Sua antiga", transige ele. "No total, você esteve, entre onze e doze de novembro do ano passado, dezoito horas e trinta e três minutos com esse tipo suspeito. E aqui mesmo, nesta cidade, na *Strada* Zion, número 8. Depois ele deixou a casa pela manhã, acompanhado de sua ex-namorada, em direção a Bucareste e, de lá, para a Alemanha." E no mesmo tom suave: "Partida da estação central, onde eles se beijaram na plataforma de embarque até a partida do trem, e, em seguida também, quando o trem começou a movimentar-se, nos degraus do vagão." E, de repente, com uma voz tão estridente que tive de tapar os ouvidos: "Beijaram-se desavergonhadamente, esse bandido do ocidente e a sua puta diabólica, essa traidora da pátria!" Não me vem nada à mente para responder a isso. Minha cabeça é um inferno de horrores. Somente quero ir-me daqui! Para o fim do mundo. Em junho, após as provas finais, partir imediatamente para as correntezas gigantescas dos rios na China: o Huang ho e o Yang-tsé Kiang. O povo irmão socialista havia anunciado que precisava de hidrólogos, no mar Amarelo, bem longe daqui!

O oficial, condutor do inquérito, diz que ainda guarda muitas coisas mais no coração, porém...

Porém todos neste recinto estão de acordo que o poderoso estômago do homem, sentado no centro, resmunga. Então, como se o homem, de estômago resmungão, estivesse à espera da palavra "coração", ele se ergue com todo o seu gigantismo. Os outros se levantam num pulo; assumem uma postura marcial. Não se movem. Este é o manda-chuva, penso perturbado.

Ele deixa o recinto com passos medidos. Embaixo do braço, apertado, um dossiê com a inscrição *"Ministerul de Securitate"*, que ele deixara, sobre a mesa, ao alcance da mão. Ninguém olha para ele, como também não trocam olhares entre si. Simplesmente permanecem postados. Silenciam.

"Você pensará bem e escreverá tudo o que sabe sobre esse indivíduo perigoso, sobre esse agente do imperialismo." O tenente-coronel mira numa folha de papel e soletra corretamente: "Enzio Puter." Ele bate palmas; um guarda aparece.

"De pé", resmunga o oficial; todos me examinam como que instigados por uma ordem de comando. Eu me esforço para levantar. Não consigo. Tento impulsionar-me. Em vão. Os pés não obedecem; parecem atarrachados no chão. Sinto os joelhos chumbados. Os homens balançam a cabeça.

O oficial ordena ao guarda: "Segure-o pelos braços, ajude-o." Ele obedece; suas mãos são de um perito no assunto. Eu levanto, vacilo sobre as pernas bambas; tenho pés de barro. O guarda me estende os óculos. Escondo-me na escuridão por trás das lentes escuras. Marcha avante! Finalmente o ferrolho ressoa.

* * *

O pequeno homem está de pé no fundo da cela de costas para mim. Na escuridão, ele é quase indistinguível. Sua vestimenta tem um aspecto antiquado. Estende-me a mão, fala lentamente: "Louvado seja Deus! Meu nome é Rosmarin", e aperta nervoso uma boina puída, "Anton Rosmarin, de Temesvar." Curva-se.

"Por favor, não me diga desde quando está aqui preso. Eu não aguento nem mais uma hora." Quando me estico sobre a cama, percebo, pela textura do enxergão, que é uma cela diferente daquela de antes.

"Não se deve deitar", diz ele com mansidão.

"Eles têm de me soltar. Tudo não passa de um mal-entedido."

"Isso é no que acredita, no começo, todo pobre diabo", murmura. "Agora levante daí! Se os lá de fora o virem deitado, será castigado; vai ficar ali no canto apoiado num só pé: dão o nome de cegonha para este castigo. Tenho a barba branca de tanto conhecer essas coisas. Estou aqui há seis anos."

"Seis anos! Onde, aqui? Neste buraco?"

"Aqui, nesta cela, não mais que sete meses. Mas sozinho." Puxo o cobertor sobre o meu rosto; e respondo da penumbra com uma voz que soa chorosa: "Não quero saber de nada. Nem desde quando. Nem o porquê. Nada, absolutamente nada. Tenha a gentileza de poupar-me, por favor."

Ele puxa o cobertor de meu rosto; diz: "Mas logo serei solto, os derradeiros dois anos restantes serão perdoados. Se eu fizer tudo certinho, logo estarei em casa." Ele engole, limpa a saliva dos lábios – o único traço brilhante no seu rosto pálido –, e segue falando: "E aí irei direto para a cozinha, e direi: "Mitzi, aqui estou, e quero comer. Quero comer *brânză* com cebola!" Enquanto fala, corta o ar com a mão direita, como se cortasse a cebola.

"Assim é como eu quero a cebola! Cortada bem *finom*. E o queijo eu o quero em pedacinhos. E, depois, a primeira coisa que eu vou perguntar será: cadê as crianças? A Emma e o Toni? De uma maneira ou de outra, eles não me conhecem. Em seguida, vou sentar a minha Mitzi sobre a mesa da cozinha, sobre a tábua de fazer massas, e aí, então, fazer chacoalhar!" Pausa. Ele sussurra: "Por minha alma, o senhor é uma ave rara. O *gardian* já olhou para cá um bom tempo e não soltou um grunhido."

"Como o senhor sabe disso se está de costas para a porta?"

"Escutei com as minhas próprias orelhas. E você, o que andou aprontando?"

"Nada, não fiz nada!"

"Ah, tá", disse ele, "isso é o que todo mundo aqui acha, que é inocente como uma menina antes de ir ao confessionário. Também um espião, como eu, deve acreditar nisso."

Espião! Até este momento, um ser fabuloso de romances e filmes, que pessoas como nós jamais correriam perigo de encontrar (pessoalmente!). E agora o tenho diante de mim! Está certo que um tanto insignificante e despido de glória ou demonismo, mas verdadeiro e real.

Eu reitero: "Não fiz nada que justifique a minha culpa! Absolutamente nada. Apesar de ser um saxão da Transilvânia, sou inteiramente a favor do socialismo." E ainda digo muitas coisas, as palavras se chocam, como se eu quisesse criar, num instante, novas realidades.

"Mas é assim mesmo! Diante da *Securitate*, todos são mais comunistas que o papa. Aqui todo mundo se desfaz de seu passado como o lagarto de seu rabo, ao ser pisado."

Além do mais, estou doente; sofro uma espécie de inflamação da alma. Ideias opressivas caem sobre mim como um surto de febre. "Isso aqui é para mim veneno puro, insuportável! Os médicos me proibiram, terminantemente, espaços apertados e insalubres…"

"Ninguém suporta isso aqui", diz Rosmarin; "é um veneno para qualquer um. A mim também me proibiram os médicos de ficar preso. E desde o início, minha alma se consome no fogo."

"Caminhar bastante por prados distantes, ao ar livre", fito a parede diante de mim, "foi o que me recomendaram. Prados com margaridas e prímulas, com florestas de abetos, montanhosos. Sim, evitar situações de conflito. E, de qualquer modo, no fundo, no fundo, estou farto da vida."

"Ah, então você tá no lugar certo."

Ele pergunta como eu me saí no interrogatório. "O que queriam saber?"

"Nada. Nada especial. Ficavam falando à toa. Quer dizer, somente dois deles, os demais ficaram lá sentados como patetas. Por fim, me perguntaram por alguém com quem eu nunca havia tido qualquer coisa."

"Humm, vai pensando! Com exóticos estrangeiros não se brinca."

Exóticos estrangeiros, que expressão esquisita! Rosmarin quer saber mais, qual a aparência dos dois interrogadores.

"Um estava de uniforme; tinha as sobrancelhas amarelas. O outro, de civil, um homem bem disposto, era gordo; um tipo de pele morena. Talvez fosse este o superior."

"Aquele que cruza as mãos sobre a barguilha da calça, como se estivesse na igreja? Pela minha alma, o senhor é um verdadeiro diabo assado!" Então o comandante da *Securitate*, de nome Crăciun, tinha estado presente no interrogatório desta manhã? Não é dos piores! Dele depende se o sujeito apanha ou como deve apanhar. Porém, nada acontece se o preso não agir como um idiota! O orgulho de seu coração são os cervos e corças que andam ao redor do pátio e do jardim. Mas ai se algo acontece a eles: *"O mei, o mei!"* De mineiro, em Petroschen, foi galgando todos os postos até o ápice. "Chama-se *Director General* da *Securitate* para a região de Stálin." As informações escapuliam dos lábios de Rosmarin como se ele rezasse o rosário. E aquele, com sobrancelhas amarelas e rosto de galinha, era o diretor-chefe Alexandrescu. "Honra demasiada para alguém tão jovem como o senhor."

"De onde conhece isso, e de maneira tão detalhada?"

"Ah, eu sou uma raposa velha, e aqui uma pessoa se inteira de tudo. Você conseguiu ficar de pé, no final?"

"Não", respondo impressionado, "fiquei como que paralisado."

"Então, fez certo. É assim mesmo." Ele parece satisfeito, caminha dando passos de um lado a outro; cinco passos adiante, cinco passos atrás. "Trinta mil passos! Então, chegam com a comida."

"Como sabe disso?"

Ele aponta o dedo indicador para as frestas da janela: "Lá! Meu relógio solar." Determinava a hora conforme a intensidade da luz no vidro blindado. O almoço chega vinte passos mais cedo. Rosmarin permanece parado pensativo alguns instantes. Ou se equivocou com a contagem dos passos? Um barulho agudo, arrastado, soa a intervalos diante das celas de detenção. Louças tilintam. Rosmarin perscruta com suas enormes e grisalhas orelhas: "Lá eles são seis."

"Seis o quê?"

"Seis prisioneiros."

"Isso não existe, eles não poderiam sequer respirar!"

"Treze", diz ele com indulgência, "treze cabem direitinho, bem acomodados, e eles têm de respirar e ficar em pé, se sentar e dormir e peidar e mijar durante anos. Ao nosso lado está um."

"Sozinho?", pergunto horrorizado.

"Um sempre fica só." Escutamos o guarda com um sotaque húngaro, e que nos ordena num mau romeno: *"Linierea!"* – De pé, em fila.

"Esse *gardian* é um magiar. Nós o chamamos de *Păsărilă*, porque faz tudo como um caçador de pássaros. Não gosta de brincadeiras." A portinhola se abre. Um bigode se curva pela abertura e diz: *"Linierea!"* Rosmarin recolhe as duas tigelas com sopa de batata; eu me encarrego dos pratos de alumínio com uma pequena quantidade de um repolho pastoso. "Para a noite teremos mingau de cevada ou feijão." Eu também seria capaz de fazer tal previsão.

Eu dou duas colheradas e já me sinto cheio. Rosmarin não perde tempo. Vira a porção estufada de repolho na sopa, esmigalha o pão dentro e mastiga tudo bem devagar, com movimentos ruminantes e incessantes. Por fim, engole, mas com pesar, como se despedisse de um ente querido, e, então, retém a papa uma vez mais no fundo da goela; saboreia o bocado para finalmente, com um suspiro profundo, dele se separar. A boina ele havia tirado antes de comer e fazer o sinal da cruz. Sua careca ressequida não tem brilho.

"Pronto!", diz ele; passa a ponta da língua nas últimas gotas e migalhas presas nos lábios, esfrega a boca e lambe até brilhar o dorso úmido das mãos. Faz novamente o sinal da cruz sobre o rosto e o peito; murmura algo, coloca a boina na cabeça. Do que sobra do pão, quebra em migalhas. Agacha-se próximo do aquecimento e as espalha no chão: "Para os ratos!" Ao recolher a louça, uma mão de mulher enche de água nossos canecos esmaltados. "É uma cigana!", diz Rosmarin. "Ela se chama piabinha."

"Como?"

"Piabinha. Não ouve como ela sussurra ao fazer as coisas?"

"Como o senhor sabe que ela é uma cigana?"

"Olha as mãos dela. Marrom como chocolate. Então, pronto!" Ele se senta, como prescrito, aos pés da cama de ferro, enquanto eu me deito. O guarda olha através do olho mágico; seu olho se fixa em mim por um bom tempo. Abre o postigo; seu bigode pende dentro da cela; o nariz, em forma de gancho, treme. Revolve os olhos. Eu não me movo. Sem dizer uma palavra, ele recua.

"É realmente um tipo estúpido. Ah, mas agora estamos livres." Rosmarin me explica que aqui não se trabalha aos domingos. Aquilo comigo, hoje pela manhã, foi uma exceção. "Não voltarão a incomodar ninguém até a hora do jantar." A lamentar só temos o pobre *Păsărilă*; detido aqui também. Mas sozinho! Não numa sociedade refinada, como a nossa. Sem ter ninguém com quem se divertir. Rosmarin suspira: "Pobre coitado!"

No entanto, dessa vez ele se engana. A paz dos céus é violada: a porta se abre de um golpe, Rosmarin desaparece sem fazer ruídos na semiescuridão. Entra um oficial baixinho, de bigodinho; calça botas de salto alto. Recua irritado quando se dá conta de que estou na cama; ordena: "Levanta, agora!" Não obedeço. Ele avista Rosmarin, o qual, com o rosto voltado para a parede, permanece inerte; cai sobre ele com uma ordem, que faça o favor de virar-se e limpar o seu enxergão de palha, que parece com os barcos do zoológico de Hermannstadt; deve deixá-lo brilhando. Depois me empurra papel e caneta: "Escreva tudo o que nos prometeu dizer hoje!" Ele coloca um livro sobre a escrivaninha e parte.

"Um livro", constata Rosmarin. "Por minha alma, o senhor é mesmo um cão fantástico. É em alemão. B. Traven: *A Rebelião dos Enforcados*, editora Aufbau. Coisa de primeira." Preocupado, ele acrescenta: "Sente-se à mesa e escreva. Tudo! E também o que o senhor não sabe."

"Eu não sou contra o regime."

"Não importa, diga tudo o que o senhor tramou contra o regime. Eles vão saber mesmo. Mas o senhor vai se sair melhor, e livre."

"Sair! Simplesmente sair! Na quarta-feira, diante de meus estudantes em Klausenburg, eu salientarei: Quem não está conosco, está contra nós."

"Quer dizer, no próximo ano!", ele ri baixinho, como manda o regulamento fixado na parede. Em seguida, acaricia encantado a encardenação do livro, de linho castanho. "O senhor sabe quem é o seu pior inimigo aqui?"

"Eu não tenho inimigos aqui."

"Não é a *Securitate*. Não, é o maldito tempo. Se o senhor matar o tempo e não se deixar devorar por ele, então, a vida que terá aqui será boa. Comer, dormir e não fazer nada... Tudo isso é grátis. Eu sou uma raposa velha, sei onde estão as coisas que interessam. E o senhor percebeu como o tenente-coronel estava inquieto? O primeiro-bailarino. Nunca está em paz. Ai dele se nos acontecer alguma coisa. Pobre miserável."

"Pobre miserável", eu reforço.

"Assim são as coisas: o tempo delas não é o nosso tempo."

É algo que se faz entender. Mas o contrário... Ah, sobre isso vale a pena refletir. O nosso tempo não é o seu tempo. A questão é: há aqui alguma cápsula contra o tempo, onde este não possa seguir-nos? Rosmarin continua: "Eles têm mais medo do que a gente."

"Medo de quê? Por qual razão?", pergunto impressionado.

"De que caiam aqui presos. A nós eles não podem mais encarcerar, pois já estamos aqui. Isso o senhor ainda aprenderá a apreciar."

"Jamais virei a apreciar alguma coisa neste inferno."

"Sim, sim", diz ele, "eu sei, o senhor vive apressado. Porém devagar se vai longe. O senhor não vê como eles jogam com o nosso tempo? Mas onde foi mesmo que o senhor me interrompeu? Ah, sim, uma coisa é certa: quem está livre lá fora pode ser preso a qualquer momento. Qualquer um, inclusive o mais poderoso. Veja o que aconteceu em Aiud: um dia a porta se abre, e quem entra passeando para a cela? O comandante da prisão de Zeiden. Com a cabeça raspada como uma ratazana e vestido de zebra como nós aqui. Que alegria! Mas escute, escute mais." Escuto que uma primeira-sargento não se saiu melhor. Os dois, a primeira--sargento e o comandante foram condenados por manter "um esfrega-esfrega com o inimigo de classe." O comandante tinha aceitado um tapete persa como presente da esposa de um preso; a primeira-sargento tinha passado às escondidas um quilo de açúcar a uma mulher grávida.

"Mas isso não é a mesma coisa."

"Claro que sim! Para os bolcheviques não faz diferença merda nenhuma. Ambos pactuaram com o inimigo de classe." Rosmarin me conduz através do medonho gabinete de todos inimagináveis deslizes até chegar ao ministro mais poderoso.

"Sim", eu digo, "isso nós aprendemos no marxismo: desvios à esquerda, desvios à direita... Pouco partidário, pouco autocrítico ou demasiadamente radical, demasiadamente anarquista... Insuficientemente atento diante de ideias caducas, falsos princípios, sentimentos burgueses."

"Ah, veja o senhor, o velho Marx e eu! E por isso andam sempre com medo: do chefe, dos colegas... Sim, dos próprios filhos! Cada um é espionado, denunciado, por sua gente." E continua a enumeração de suas desgraças: melhor não ter parentes. Origem? Melhor vir de um orfanato. Nenhum amigo, nenhuma paixão amorosa; não se pode falar com vizinhos. "E como eles vivem! Amontoados no mesmo bloco de apartamentos." O camarada da esquerda é seu inimigo; o vizinho de cima, um agente provocador. E nenhum minuto para si mesmo; é preciso sempre comunicar à central onde se está, precisamente. "E mesmo se você está de molho na banheira." Em outras palavras: "Uma vida de cão, pior do que no mundo dos mortos, onde o *Skaraotzki*, o chefe dos demônios, dorme de vez em quando ou fecha um olho, ou passeia por aqui por cima... E pior do que aqui onde estamos."

"Coitados", eu digo.

Para completar, o medo do povo. "Eles estão cagando de medo desde a revolta em Budapeste. Lá eles penduraram os *securistas* pela língua; até de cabeça pra baixo. E, por fim, os camaradas oficiais e suboficiais receberam a terceira bota."

"O que é isso?"

"A terceira bota, na linguagem de Banato, significa um chute no cu. Pois o seu tempo trabalha contra eles", disse Rosmarin alegremente, "e o nosso, porém, a nosso favor. Eles sabem disso."

"O senhor se comporta, senhor Rosmarin, como se fosse uma felicidade estar aqui."

"Mas é assim mesmo. Aqui estamos livres. Eles, por sua vez? Até suas consagrações religiosas, cultos sabáticos e ramadá eles têm de celebrar sozinhos. Inclusive aqui, por trás de cercas elétricas e muralhas."

"Terrível", dou um suspiro confuso.

"Eu conheço e vi todo tipo de problemas. Mas agora estou louco da cabeça de tanto pensar, de tanto falatório." Ele me admoesta mais uma vez: "Passe tudo para o papel o que eles querem saber."

Sento-me à mesa, que se ergue e desce da parede, e escrevo três frases, menos do que sei. Que Enzio Puter é um amigo do Bloco Oriental. Que enviou um amistoso telegrama para o camarada Stálin. E que tinha roubado-me a namorada.

Rosmarin lê. Não parece satisfeito; um olhar, vindo de seu rosto cor de queijo, me lança reprovações. Ele, porém, não abre a boca. Em troca, eu lhe conto a história de Enzio Puter e minha namorada, Annemarie, como se conta a um trabalhador, preocupado com muitas coisas, do bairro Fratelia em Temesvar. Ele entende de que se trata; reitera que a ele aconteceu o mesmo: "Fique é feliz de ter se livrado dessa cabra safada! Ela não era adequada para o senhor. Bem, agora preciso dormir." Ele estira-se na cama e dorme. Estranho: a expressão "cabra safada" para Annemarie Schönmund me faz mal.

Eu abro o livro e o levanto em direção à lâmpada. A intensidade da iluminação varia segundo o quadrado da distância da fonte da luz; o dobro da aproximação, quatro vezes mais claridade. Sob uma luz turva, leio o indignado relato sobre a revolta dos enforcados. É possível imaginar que um médico deixe morrer uma mulher gravemente doente, porque não chega a um acordo com os pobres *campesinos* sobre seus honorários? Sim, e que ainda exija juros – calculados sobre as horas e minutos – pelo tempo que o corpo permanece em sua casa até que os parentes da morta consigam um caixão e levem embora a mãe falecida?

Aliviado, constato: casos assim não acontecem mais entre nós. Visto que o primeiro-secretário do Partido dos Trabalhadores, numa recente reunião do Comitê Central, ameaçou: os médicos que esquecerem de que são servidores da classe trabalhadora, e nada mais, serão enxotados pelas ruas principais com uma argola no nariz e um cartaz ao redor do pescoço. Algo assim escuta com prazer a sofrida classe trabalhadora.

Rosmarin desperta assustado. Sentado, movendo levemente a cabeça, os cotovelos apoiados sobre as coxas, sonâmbulo, ele segreda: "Hitler foi meu deus. Mas já passou!" Enfio-me por baixo do casaco militar; comunico-me com Rosmarin através do fecho na manga. Ele fala: "Lá conduzem um coitado com correntes nos pés. É aquele que temos ao nosso lado. Hein? Para o banheiro; ele que tem os intestinos afetados." Realmente, escuto, vindo do corredor, um novo tom: um tilintar e um arrastar de pés, um arrastar de pés e um tilintar. O bem informado Rosmarin explica: "Correntes nos pés. Completamente amarrado. Esse leva vinte anos na corcunda; talvez até MSV."

"O que é isso?"

"*Muncă silnică pe viață*, trabalhos forçados por toda a vida; ou teriam lhe tirado aqui as correntes. Não se assuste. Este é só um termo que usam. Ele não trabalha. Passa os dias acocorado no seu buraco, pobre alma miserável sem mãe! E agora levante e movimente o corpo para conseguir que o bucho tenha um lugar para o jantar." Eu me levanto da cama e faço alguns movimentos. Desde que a pálida lâmpada, atrás da grade de ferro, reflete a sua sombra entrançada sobre as paredes, a cela parece todavia mais estreita.

No meio da trajetória pendular, entre as camas de ferro, três passos e meio de ida, três passos de volta, pressinto que a respiração começa a hesitar. Anseio por tomar ar. Os lóbulos dos pulmões se distendem e ficam suspensos nas grades do vão da janela. O coração bate acelerado. Titubeio. Ao mesmo tempo, meu corpo cresce a uma proporção monstruosa, e bato com os meus membros de encontro às paredes. Arranco a roupa do corpo. "Ar!", digo arquejando. "Sufoco."

Com os punhos cerrados, grudo à parede e procuro empurrá-la. E fito Rosmarin com olhos estáticos.

Ele está sentado na borda da cama e me observa. "Sim", diz com toda calma, "isso tudo segue a própria exatidão. O senhor está com o rosto bem vermelho. Acredite, o senhor incha como um balão e vai esvaziar como a câmara de ar de um carro. Ou sente que as muralhas caem sobre o senhor, e que algo lhe esmaga por dentro… Ah, não faz diferença. O nome disso é vertigem de prisão. Todo mundo a tem no começo, mas passa com os anos. Sorte que seja o *Apălină* que tá de serviço; ele é uma boa alma. Por isso, nós o chamamos de água calma. Eu vou dizer pra ele abrir os vãos de cima, assim o senhor poderá ganhar um pouco de ar." No entanto, ouço apenas como o sangue gargareja nos ouvidos. "Ar, espaço, altura", ofego, "largas avenidas, campos com margaridas, os cumes do Krähenstein, a estrela polar."

O guarda *Apălină* faz mais do que abrir as frestas de cima para que o ar frio desça em cascatas, cela adentro. Deixa a porta da cela aberta para que o meu imenso e inchado corpo possa soltar o ar no corredor. Enquanto Rosmarin me abana com a sua boina, o soldado de pantufas se senta confortavelmente sobre a cama ao meu lado e conta o terrível que foi em Stalingrado e o maravilhoso que é estar aqui, na prisão. Ele me dá para tomar um xarope que sabe a bromo; vira meio vidro na minha boca. Retorno ao meu corpo; arrasto-me para debaixo da coberta e durmo.

*   *   *

Dois dias depois, eu e Rosmarin, cada um por si, a sós com seus pensamentos, festejamos o Ano-Novo. Às dez horas, como de costume, a ordem: "Apagar as luzes!" Nós nos deitamos, o rosto para cima, os olhos contra a luz acima da porta, a qual ninguém desliga, as mãos obedientemente sobre o cobertor, e fechamos os cílios. Não conseguimos pegar no sono; farejamos a noite através das frestas semiabertas da janela. As horas avançam, mas não trocamos cumprimentos. Nenhum feliz e próspero Ano-Novo. É proibido falar à noite, aqui.

Não penso no ano que passou, não penso no próximo ano; penso em Lorenzo de Médici no drama *Firenza*, de Thomas Mann. Ao magnífico príncipe de Florença faltava um dos órgãos do sentido: não a visão, não a audição, não a virilidade. O que lhe faltava era o olfato. De modo que podia gostar pouco das patuscadas da vida. Tampouco sentia se algo fétido subia aos céus. E nada recebia do perfume das mulheres. Restou-lhe o amor à cidade de Florença, já que era um homem mutilado. Apesar disso, celebrava festas embriagadoras no seu palácio, deleitando-se em ver e ouvir. Porém, durante as pausas do esgotamento festivo, repercutia imperceptivelmente o ressoar das correntes, com as quais os prisioneiros, nos subterrâneos do castelo, anunciavam a sua presença.

Rosmarin permanece reservado. Não muito distante de nós, eles celebram sua festa de inverno em honra do Avô das Neves – uma homenagem pagã ao poder do inverno –, mas com a árvore de Natal cristã. Atrás dos muros e portas de ferro, se desenrolam as suas consagrações e festas sabáticas – suas festas de Natal sem Deus.

Fazemos de conta que dormimos. A música sibila nas grades de ferro. Risadas escandalosas de homens se despedaçam de encontro às paredes da cela. E o grito de mulheres trespassa com cócegas a nossa pele. Canções passam borboleteando. Primeiro, a "Internacional"; depois, tangos de Bucareste intercalados por cantigas romenas; e, à meia-noite, o hino nacional. De repente, se extingue o báquico barulho. "Agora eles têm de ouvir o discurso de Dej", comenta Rosmarin. Segue-se o estouro de champanha, abafado pelo soar do grande sino da Igreja Negra. O Ano-Novo.

Logo a safonada corre solta. Da ardente *hora* até a russa *kalinka*, tudo é experimentado com júbilo.

Permaneço desperto. *"Firenza"*, pronuncio encantado. Eles continuam o banquete; as correntes dos presos tilintam. Um arrepio se apodera de mim. É o outro tempo que se abre, que me envolve. Por alguns místicos minutos cai a teia do medo; rasga a cortina do pavor.

Com um impulso, viro-me para a parede e cubro a cabeça com o cobertor. Ninguém se atreve a incomodar meu sono.

O oficial de guarda não nos deseja um feliz Ano-Novo. Ele não diz: *"La mulți ani!"*, quando vem nos buscar para o banho matinal. E não nos sobra, a Rosmarin e a mim, motivos para felicitações. Novidade mesmo é que, desde antes de ontem, vamos os dois tateando atrás do guarda – eu firmemente enganchado nele, e Rosmarin apoiando a mão direita no meu ombro; com a mão livre leva o balde de urina. "Locomotiva" é o nome que o guarda dá a isso; o arranjo todo Rosmarin denomina de "comboio". O mais refinado luxo: "O senhor imagina o que seria se fôssemos treze ao todo, lá nas latrinas? Treze cagando de uma vez no mesmo buraco! Mas hoje corre tudo muito bem: duas imagens de homem, dois lugares. Muito elegante!" Muito elegante: lavar o rosto, defecar, esfregar o ânus, gargarejar, cada um por si. Ainda que nas carreiras! Mas assim não se tem tempo para sentir vergonha.

De volta à cela; nenhum de nós tem disposição para quebrar a cabeça pensando no Ano-Novo. Recordações devem ser retidas. Estamos sentados um diante do outro, cada um sobre seu enxergão de palha. Lembra uma viagem de trem na primeira classe. Por enquanto, esperamos pelo café da manhã. E depois... Antes o café da manhã.

Na prisão mesmo, começa Rosmarin... Sim, ali, no meio da cela, se encontra uma tina de madeira, onde se pode fazer à vontade suas necessidades. "Em grandes ou em pequenas quantidades, é só sentir comichão." Porém também há um inconveniente: na maioria das vezes, o troço enche antes do tempo, entorna, a merda escorre pelo chão e se esparrama pela cela. "O problema é que há muita gente encarcerada!" Os presos, que levam os pés presos em correntes, arrastam consigo a *graxa* pestilenta dia e noite, até quando caem na cama para dormir. Rosmarin suspira: "Não é um mel para ser lambido!"

Agora ele salta direto para Hermannstadt. Uma bela cidade na Transilvânia, observa; infelizmente não esteve lá mais do que uma vez. Uma autêntica cidade saxã, com tradição e história. De qualquer modo, durante oito séculos, os saxões da Transilvânia não fizeram mais do que trabalhar sem interesse a própria história. Os suábios, ao contrário, ao chegarem há duzentos anos ao Banato, foram logo pondo as mãos na massa; secaram pântanos, construíram casas e limparam janelas. No jardim zoológico de Hermannstadt havia um crocodilo de verdade chamado Francisco José, o imperador. E uma múmia *morta*, a Elvira.

Eu respondo: "Fui muitas vezes ali com o meu avô. Quando o tempo fechava e trovejava, ele dizia: Pedro joga bola com os apóstolos."

"Os peixes dali... Uns sem vergonhas! Beliscam somente o pão que colocamos como isca." E também depois da guerra, no tempo da carestia, quando as pessoas se alegravam com cada pedaço de *paluka*. "Bichinhos mimados!"

"O senhor tem razão!", digo. "O que demos de pão para os peixes comer, eu e meu avô."

Os peixes se juntavam; a superfície da água fervilhava com tantas bocas abertas. Eu queria jogar o pão para os mais afastados da borda, que só por alguns instantes emergiam acima da água. Enquanto eu fazia arremessos apressados, como os demais meninos, aconteceu o inexplicável: o pão não se soltou de minha mão, muito mais, me arrastou com ele. Perdi o equilíbrio e caí no lago. Enquanto a água me engolia, meus pulmões iam inchando... até rebentarem...

"O nome disso é vertigem de calabouço", completa Rosmarin. "O senhor já conhece isso. Logo será uma velha raposa aqui."

Eu escuto meu avô gritar surdamente: *"Finita la commedia!"*, e sinto a ponta de sua bengala procurando pescar-me. *"Finita la commedia!"*

"E como é que não se afogou?"

"Salvaram-me uns romenos corajosos."

"Ah bem, o romeno... É como um gato. Sempre encontra um chão firme para pisar."

"Meu avô tinha em Trieste um negócio com frutas tropicais. Quando o bóreas baixava soprando por entre as íngremes ruelas em direção ao porto, cordas eram esticadas ao longo das calçadas, ou as pessoas corriam o risco de serem lançadas ao mar pelo forte vento. Aliás, chapéus e cachorros também. Você vai correndo pela manhã comprar o pão na esquina... Cinco minutos mais tarde e está morto."

"Broas miseráveis de duras e difíceis são esses peixes de Hermannstadt. Só queriam saber de comer pão!"

Por mais que eu incisivamente protestasse, Rosmarin fazia questão de falar de suas atividades secretas. Preferiria que ele relatasse sobre a sua detenção. Isso é uma ação que dá a medida de cada um. Depois, os destinos se assemelham: levantar-se, esperar, dormir, esperar, por anos e anos.

"Por que não?" Ele despacha a história em poucas palavras: Foi depois de uma inocente viagem, à noite, de Ara para Temesvar no outono de 1951, num compartimento com dois senhores simpáticos e faladores que lhe ofereceram cigarros caros – o Virgínia vermelho –, e que chegaram a lhe ajudar com a pesada bagagem, cheia até a tampa de batatas, farinha de *paluke*, toucinho defumado, *brânză*, tudo para as crianças e para a sua Mitzi... O que fizeram esses nobres senhores? Empurraram-lhe para o banheiro, colocaram-lhe à boca uma fita isolante, algemaram-lhe as mãos e cobriram-lhe a cabeça com um capuz, e tudo isso aconteceu com a rapidez de um raio, e de tal modo que ele sequer percebera o momento em que os farsantes deixaram cair a máscara. E logo começou a contar os degraus: um, dois, três... "E assim foi para o espaço o meu desejo de fazer amor com a minha Mitzi na mesa da cozinha!"

Após a mudança de *front* em agosto de 1944, Rosmarin, como ex-oficial da SS, entrou para uma rede alemã de espionagem. Informações sobre o movimento de tropas russas e romenas eram transmitidas via rádio de Temesvar para Viena.

Ele me contava, com olhos resplandecentes, do comandante do grupo de espiões, um suábio de Banato como ele. O nome dele, porém, Rosmarin preferiu silenciar: "O que eu não sei, não me pode queimar!" Um audaz guerreiro, como aqueles das sagas germânicas, esse rapaz do demônio; louro e robusto como um velho carvalho alemão e com o temperamento de três criadas húngaras. Em Kronstadt, encastelou-se numa cabana na borda do bosque. Ele foi o primeiro de que seguiram o rastro. Mas ele não se fechou na latrina. Pelo contrário, arrancou duas espadas da parede e se armou para a defesa; sim, continuou distribuindo golpes de espada ao seu redor, mesmo após aqueles bandidos lhe terem jogado ao chão. De um, cortou a orelha; do outro, o dedo mindinho. Na Rússia, foi submetido a um rápido processo. "Um grande herói. Prejudicaram a ele. Sua ossada descansa na Sibéria, na neve eterna, e desbota sob um sol frio."

"Como sabe que o seu herói está morto?"

"Quem me contou foi o tenente-coronel Alexandrescu. Aquele mesmo que interrogou o senhor, com as sobrancelhas pardas como as de uma galinha."

Ele acrescenta orgulhoso: "A mim eles só pegaram cinco anos mais tarde, aqueles delicados senhores do trem. Lamento pela *brânză* e pelo toucinho defumado!"

Nicolaus Sturm, o pintor de Tannenau! "Nosso grande herói alemão", como gostava de dizer a tia Maly, que morava duas ruas adiante. De maneira espetacular, anos atrás, ele desapareceu; reapareceu ao cabo de alguns anos de maneira misteriosa. Jamais se disse uma palavra.

E agora isso, a solução do mistério: espionagem, Sibéria, campo de concentração! De lá os olhos inquietos, sempre voltados para o chão. Por causa disso, os motivos macabros de suas pinturas: soldados presos nos arames farpados; rostos com a boca rasgada e olhos horrendos paralisados no meio das investidas militares; caveiras a rolar dos capacetes de aço, esqueletos entrelaçados como pares de apaixonados. Nunca mais a guerra! Gravuras atrozes permitidas pela censura. Nicolaus Sturm, o festejado pintor: mora numa vila na borda da floresta, em Tannenau; dirige um Pobeda russo. Nós, as crianças, podíamos algumas vezes passar a mão nas suas armas brancas presas na parede de seu ateliê.

"Nicolaus Sturm", pronuncio em voz alta. "Ele vive aqui, em Tannenau, e é um homem feito. Faz tempo que retornou para casa; depois de oitos anos, acho eu. Mas ele não fala a respeito…"

"O que disse?", o rosto de Rosmarin se torna acinzentado. Meneia o corpo de um lado para o outro sentado na borda da cama. Depois se deixa cair de costas; bate com o crânio na parede. E lá fica, não se mexe. Somente após eu e o guarda molharmos o seu rosto com água e friccionar a região do coração com um lenço, abre os olhos e balbucia: "Só oito anos, o grande líder. E oito anos eu, o pequeno rato cinzento. E agora o senhor Nic Sturm é um cavalheiro livre!"

Entretanto, não há tempo para aflições. Do corredor estalam passos de botas que se aproximam. A fechadura tilinta com estrépito. Rosmarin escorrega em direção ao fundo da cela. Eu observo.

"Como se chama?", pergunta-me o soldado. Eu digo o meu nome. "E você?"

"Rosmarin me chamam."

"Recolhe todas as suas coisas!" Enquanto embrulha a sua trouxa cuidadosamente, Rosmarin sussurra para mim: "Vocês estudantes quiseram soltar um peido enorme, mas a merda desceu pelas calças." Seu rosto cinzento se transfigura. "Certamente volto pra casa!" Já com os óculos cobrindo os olhos, ele lembra a uma topeira dos livros para crianças de Ida Bohatta; estende-me a mão para me desejar boa sorte: "Diga tudo o que o senhor sabe! Aqui o que conta é o salve-se quem puder! Pense no senhor Nic Sturm!"

"Fale em romeno", adverte o soldado de pantufas.

"Por quê?", diz Rosmarin em alemão. "Na nossa sagrada língua materna podemos cantar e falar naturalmente, como ela bem se desenvolveu no nosso bico. Isso se encontra na constituição de nossa República Popular." E diz, enquanto caminha: "O senhor também esquecerá a sagrada língua materna se não tomar cuidado com o que diz. *Adieu!*" Anton Rosmarin vai embora com a cabeça curvada, à espreita, pendurado como um colegial pelo soldado.

Foi-se ele. A cela está vazia. Eu poderia chorar. Eu poderia rezar. Estou sozinho.

5

Nos dias posteriores à partida de Rosmarin, aparecem debaixo das grades do aquecimento uns ratos andando a passos pequenos que me fazem recordar, com seus olhos de roedor, dos desaparecidos. Os animaizinhos caem sobre as migalhas que eu lhes lanço, fogem com alguns pedaços; retornam ávidos. Mas a sua companhia não me consola.

Já tenho lembranças daqui após uma semana?

De Anton Rosmarin, sim. Lembranças de todos os lados considerados, meditativas, longamente ponderadas – por horas inteiras, sim, dias adentro, como algo que se torna uma mania para o preso.

Que ele tivesse mentido para mim, cheguei a essa conclusão depois de repassar, pelas vias de minha memória, as nossas conversas. Por que falou comigo em alemão, desde o primeiro momento, antes mesmo de eu soltar um pio? Como sabia que eu vinha de um interrogatório? E antes inclusive de eu mencionar o alemão ocidental Enzio Puter, advertiu-me ele, Rosmarin, de que aqui eram em especial rigorosos os procedimentos contra "os exóticos estrangeiros"; comentário que muito me impressionou pela sua curiosa expressão. E de modo algum havia estado por sete meses sozinho nesta cela.

Essa suposição se converteu em certeza, depois que rastreei as palavras que ele não havia pronunciado. Percebi que ele, diferente de meu primeiro companheiro de cela em Klausenburg, não se precipitou sobre mim para me extrair notícias do mundo lá fora: as recentes novidades, a anistia e os americanos, o preço da manteiga e os tipos de cigarro; ou se o sol ainda brilha ou se ainda há casais apaixonados que se beijam sob o frio. Nenhuma pergunta colocada. Nenhuma pergunta…

Então ele sabia de tudo isso; tinha tudo em imagens, a raposa astuta, o rato cinzento... O bom Rosmarin. Ele me faz falta. Sinto frio. Já tenho lembranças daqui – uma semana apenas se passou.

*   *   *

Mal bate uma porta de ferro, o estrondo da fechadura, no corredor atrás de mim – hoje é meu nono dia aqui –, e eu sei: não há saída. Pois o soldado, a própria representação de uma estaca e um bastão, ordena: "Conte onze degraus acima!" Sou empurrado, pressionado. Finalmente uma voz: "Parado!" A pressão da luz sobre os olhos cobertos cresce intensamente. Agora alguém deveria dizer: "Tire os óculos!"

Alguém diz: "Tire os óculos!", e falou na minha língua materna.

"Sente-se na mesinha atrás da porta." E lá eu me sento. Aperto os olhos. A luz provoca dor. Aonde olhar? Lá fora, diante da janela com grades, o Zinnenberg se desmorona.

Com um olhar temeroso, observo o homem atrás da mesa de escritório. Pele amarelada, cabelos negros. Evito os seus olhos. A estrela de cinco pontas sobre as abas dos ombros, que indicava o posto de major, brilha como luzes de natal. Sobre a mesa, um par de luvas, não de cor cáqui, como o uniforme, mas cinzentas e aveludadas.

"O que tem feito? Como está?"

Que perguntas estranhas, como se nos encontrássemos num café. Hesito, busco coragem e digo: "Eu espero, senhor major, que o senhor me liberte."

"Que dia é hoje?"

"Segunda-feira, dia 6 de janeiro de 1958. Depois de amanhã, à noite, gostaria de estar em Klausenburg para a abertura do círculo literário."

"Bom saber."

"Esta será a primeira reunião do ano. Eu tenho de estar lá sem falta."

"De fato? Quando o senhor foi convidado, pela primeira vez, a vir aqui até nós, no domingo da semana passada... A propósito, que dia era aquele?"

"Era o dia 29 de dezembro, um dia após o senhor me trazer pra cá."

"Ah, mas a sua memória está perfeita. Nenhum problema de atrofia mental, como o senhor receia. Ao contrário: nestas circunstâncias, as lembranças caem sobre uma pessoa como um tropel de ratos. A propósito, sobre os ratos, esses animaizinhos extremamente inteligentes, que capacidade extraordinária de adaptação... Mas não nos percamos em divagações. Feliz deve ficar o senhor por saber-se aqui conosco, nesses andares superiores, um lugar para a verdadeira catarse. Mas como o senhor descreveria a catarse?"

Lembro-me que a minha mãe vinha utilizando ultimamente esta palavra; retenho as lágrimas e digo: "Purificação do homem mediante as comoções da alma."

"Correto. Disso trata a nossa principal preocupação aqui. Melhor dizendo: comoção. Uma única comoção. A propósito, como o senhor sabe: hoje e amanhã são dias especiais de festa no nosso país; altamente valorizados por velhos e jovens. Ainda que seja uma festa fundamentada na superstição."

O 6 de janeiro, *Bobotează*, a comemoração do ritual de batizado de Jesus no rio Jordão, uma festividade ortodoxa importante... Nesta data, na época da monarquia, os soldados mergulhavam, vestidos só com ceroulas, nos rios do país; também no gelado Aluta, em Fogarasch. Diante do arcebispo – com uma coroa de ouro e um báculo de pastor de marfim, acompanhado por popes vestidos com suntuosidade e pelos olhos humildes dos fiéis –, eles retiravam das águas a Cruz Santa, sem espirrar ou constipar-se. Nesses dias, os solícitos religiosos iam de porta em porta e abençoavam as casas com água benta. E, nesta semana, as pessoas não só aspergiam suas casas e cabanas com água benta; o vinho também descia a cântaros goela abaixo. Porque o 7 de janeiro, o dia seguinte, era a festa de João Batista, *Sfântu Ion*, o santo de três quartos de todos os romenos.

"Bem, no nosso primeiro encontro aqui em cima, o senhor afirmou que precisava voltar correndo para Cluj por motivo de tratamento clínico. Lembra disso? E agora é para o círculo literário que quer ir."

Respondo num tom baixo: "Certamente. Pois sem mim a coisa não funciona, naufraga. Logo, seria bom se eu estivesse lá depois de amanhã, à noite."

"Ainda mais porque Hugo Hügel fará uma leitura. Um autor jovem, habilidoso, cheio de afiadas ambições. Além disso, um homem de recordes, como ele mesmo gosta de se definir. Pelo passo e compasso, percebe-se que é um tipo esportivo em tudo o que faz. Mesmo na escrita. *O Rei das Ratazanas e o Flautista* é uma obra cheia de alegorias! E obteve o terceiro prêmio no concurso literário de Bucareste. Uma colocação acima do seu conto, o que muito nos surpreendeu.

Sim, como bem salientou o jornal *Neuer Weg*, sempre excessivamente subjetivo no julgamento das obras de arte. Ali, se esquece de que a teoria literária socialista já elaborou critérios tão rigorosos como as fórmulas matemáticas."

E, então, a pergunta propriamente dita (precisa como o arremessador de facas do circo): "Por que o senhor convidou, duas vezes em seguida, esse tal de Hügel para o seu clube literário?" A palavra "clube" me incomoda, soa ameaçadora. "Enquanto vai deixando na antessala, até hoje, os verdadeiros autores socialistas. Por exemplo, Andreas Lillin, Franz Liebhardt, Johannes Buhlhardt, Pitz Schindler?"

Sim, por quê? Estou a ponto de responder: porque Hugo Hügel insistiu um bocado nisso... Quando, advertido por uma voz, respondo com evasivas: "As coisas se encaminharam dessa maneira."

O major ensina-me: "Veja bem, entre nós existem regras. Para perguntas precisas esperamos respostas precisas. O que o senhor acha de Hugo Hügel?"

Uma pergunta muito geral. Não obstante, respondi com precisão: "Ele é redator cultural em Kronstadt... Perdão, perdão, em Stalinstadt... do jornal alemão *Volkszeitung*... Desculpe-me, do órgão impresso, em língua alemã, do Partido dos Trabalhadores para a região de Stálin."

"Isso nós sabemos."

Esse velho colega de literatura, Hugo Hügel, estava pronto para partir comigo para a Sibéria. Inspirado pelo pastor Wortmann, eu tive a ideia de reivindicarmos um território na Sibéria para uma Região Autônoma Socialista Saxá. Ora, afinal nós ainda éramos duzentos mil saxões! "Dai-nos uma porção de terra onde possamos nos estabelecer e deixai-nos administrá-la à vontade. Como um antigo povo de colonos, transformá-la-emos num modelo para a democracia socialista e a economia cooperativa." Isso era o que eu dizia; Hugo Hügel também era fogo e flama: "Fixar sempre objetivos elevados, daqueles que só se consegue tocar com a ponta dos dedos!"

No entanto, a Sibéria não nos acenou, senão o sul da Bulgária. Não faz muito tempo nos foi aberta esta atônita perspectiva. Liuben Tajew, o sobrinho do presidente búlgaro, estudava Germanística em Klausenburg. E ele amava em segredo uma estudante saxá. Razão suficiente para querer inteiramente consigo todos os saxões da Transilvânia, e com este anseio importunar o poderoso tio. Recentemente, Elisa passou a chamar os búlgaros de prussianos dos Bálcãs. Talvez porque

Liuben se sentava com ela na sua cozinha, mas sem querer encetar uma conversa; sequer dizer uma palavra. Ficava lá, sentado como uma lápide sendo arruinada pelo tempo, e passava horas a contemplá-la com seus olhos bicolores de gato, enquanto ela declamava Púchkin ou falava com ele em russo. Mas todos estavam de acordo: ela não queria ser a dama secreta de seu coração; jamais se deixaria levar por ele para uma noite no Jardim Botânico, e não só por causa de sua pele porosa e seus dentes desalinhados e frágeis...

O major disse: "O senhor tá suspirando."

"Sim, realmente."

Ele deixa o recinto. O soldado de guarda planta-se em silêncio ao meu lado, encara-me com olhos inconsoláveis.

O major retorna, mas agora à paisana; o seu traje é cinza-escuro com delicadas e finas listras; o reverso é forrado, e os botões de chifre autêntico. Talvez se vá daqui direto para um aniversário de criança... Nessa sua requintada apresentação burguesa, me faz lembrar de um parente meu afastado, um tio, nas festas de Ano-Novo ou no domingo. Só lhe falta o lenço de cavalheiro, de seda vermelha.

O recém-asseado senhor se dirige para a sua mesa de escritório, mas não toma assento; recolhe da mesa suas luvas de veludo e as acaricia, vindo a sentar-se amistosamente na borda de minha mesinha. Tenho de mirar nos seus olhos. E tenho de acautelar-me para que esse homem não se torne tão encantado como fora o meu tio.

Ele apoia o cotovelo esquerdo sobre a mesinha; deixa repousar o queixo na curvatura formada pelo dedo médio e o indicador. Com a luva da mão direita toma conta da superfície da mesinha; a aproximação é tão invasiva que quase nos tocamos, porque não posso afastar as minhas mãos. Mas posso curvar as pontas dos dedos. Aliás, sem poder cortá-las, as unhas logo se transformaram em garras.

De um dos bolsos do casaco ele puxa com a mão enluvada um livrinho e me estende: Julius Fučík, *Reportagem ao Pé da Forca*; e acrescenta, com estas estranhas palavras: "Não é verdade que Arnold Wortmann lhe recomendou que o lesse? Os saxões o chamam o pastor vermelho. Um socialista, mas não um camarada. O senhor consegue estabelecer a diferença?"

É uma pergunta precisa ou retórica? Eu digo: "Não esqueçamos que este pastor reuniu e orientou politicamente o pequeno grupo de proletários saxões de

Elisabethstadt. Ele não apenas os conduziu, no 1º de Maio, à cidade, ao campo de festas de Kikolbrücke, para que entoassem a "Internacional" com os seus camaradas romenos, húngaros, judeus e armênios, e depois cantassem, dançassem e pulassem juntos, bem como os guiou adiante, com bandeiras vermelhas e sob o olhar da *Siguranţa* e das baionetas da guarda nacional, até o Palácio de Justiça. E numa época em que entre nós valia a boa-fé: 'Uma vez que não há um senhor, não existe servo'."

O distinto senhor, que está diante de mim, responde sem evasivas: "O vosso venerável pastor acredita que no socialismo as coisas acontecem como no seu aquário de peixinhos dourados; todo bem procede de cima, goteja das mãos de Deus para cá embaixo. Não, não mesmo: entre nós é preciso cuspir nas mãos, voar as lascas, escorrer as lágrimas... e também esguichar o sangue."

Aquário? Até disso sabe este senhor que tenho diante de meus narizes. E, apesar de tudo: que simplificação doentia. Devo aceitar que se diga isso do pastor Wortmann? Quantas vezes eu não o escutei na sua sala de estudos abobadada? Ele procurando convencer-me de que se devia e se podia ajudar a todos os fadigados e sobrecarregados ao redor do mundo. Sobre o largo peitoril da janela, brilhava o aquário com seus engraçados peixinhos ornamentais. Mais adiante, a vista alcançava a catedral armênia com suas torres duplas, adornadas com letras de uma escrita misteriosa, e, mais ao longe, ao fim da Kastanienalle, a igreja evangélica.

Eu escutava e duvidava: o socialista não está contra a natureza humana; pelo contrário, adapta-se a ela. O homem, que anseia ser um ser social desde o berço, pode demonstrar por fim que é apto a tornar-se um ser social. "Conseguindo este século se fazer socialista, então, ao cristianismo será dada uma grande chance. Contrário ao *slogan* burguês 'Não podes secar todas as lágrimas, seca ao menos uma' e à promessa bíblica 'Deus enxugará todas as lágrimas', cessará toda lamentação, *nunc et hic!*" Deus acompanha curioso este grandioso experimento e não lhe recusa a sua bênção. Contudo, permanece oculto. "Não vos deixeis abalar pelas doenças infantis desta época virulenta. *A la longue* o espírito do amor de Cristo alcançará o seu objetivo. O Estado está interessado em ganhar a nós, os saxões, como portadores de uma das mais antigas democracias europeias e como disciplinados e talentosos trabalhadores."

Com os olhos brilhantes, o velho homem instigava-me: "Vossa geração, mas sobretudo vós, estudantes, os intelectuais de amanhã, sois os porta-estandartes de uma comunidade saxã popular e socialista! Deus pensa nos povos. O horror, para Ele, é o étnico, o nacionalista." E procurava tocar-me o coração: "Ganhais a confiança deste Estado através de uma mudança radical de consciência, aquilo que chamamos no Novo Testamento de *metanoia*. Um recomeço a partir do fundamento! É algo ponderável que o Estado nos conceda uma autonomia administrativa, semelhante à antiga República Autônoma Alemã do Volga ou, o que temos hoje, à Região Autônoma Húngara." É isso aí, iluminou o meu coração: um recomeço a partir do fundamento! Mas em outro lugar, onde um não se coloque no caminho do outro; um lugar que finalmente nos pertença. Por exemplo, na Sibéria.

Minhas considerações preocupavam o pastor; mas de modo algum a existência dos mimados peixinhos do aquário. Por conseguinte, sinto-me afoito e explano ao elegante senhor à minha frente as ideias de Arnold Wortmann, embora sentisse repulsas por pronunciar ali o seu nome. Enquanto exponho com cuidado o meu ponto de vista, aquele que tenho diante de mim me mede de alto a baixo com um olhar agudo, como se quisesse guardar cada uma de minhas palavras para degustações posteriores.

Quando concluo, diz meu algoz: "Nós construímos o reino de Deus aqui na Terra, mas sem Deus!"

Baixo os olhos e recuo ligeiramente para trás – isso não é proibido. "Obrigado pelo livro. Fazia tempo que eu o procurava. Pastor Wortmann...", eu paro antes que o nome me chegue aos lábios, "o pastor da comunidade ficou impressionado com as últimas palavras de Fučík: 'Homens, eu vos tenho no meu coração."

"Mas estas não são exatamente as últimas. Depois Fučík disse, e estas sim que são suas derradeiras palavras: 'Sejais vigilantes! *Vigilent!*' De qualquer modo, como o senhor percebe, os comunistas não são apenas vigilantes, também se entregam ao amor e se sacrificam. Aquilo que a Igreja denomina *Imitatio Christi*. Preterir tudo o que é privado; obedecer ao ponto extremo da autodestruição... Isso é parte do Credo comunista."

"Claro!", respondo amistoso, "e é justamente o que pensa o pastor da comunidade: o comunismo é um cristianismo secularizado. O espírito originário da sucessão cristã, a coragem e o sacrifício ao martírio podemos encontrar hoje entre os homens da ilegalidade."

"E entre as mulheres também. De um modo geral, quando se trata de conspirações, as mulheres e as garotas são mais perigosas do que os homens. Mas isso o senhor sabe perfeitamente bem."

"Eu não o sei melhor e nem sei absolutamente nada disso. Salvo que as mulheres e as garotas são as mais valentes e corajosas." Engulo a saliva. "E as mães."

"Além disso, o senhor verá, *vis à vis* da Gestapo em Praga, que somos aqui o mais puro dos sanatórios."

Agora o major deseja conversar sobre doenças psíquicas. Ele considera o coma induzido por injeção de insulina e os eletrochoques, métodos de cura brutais. A psicanálise, porém... Esta, sim! Apesar de seus aspectos reacionários... Porque é pensada primariamente e sobretudo para o homem burguês com sua fixação obsessiva no eu e seus transtornos de comportamento. Infelizmente, essa forma de iluminação da consciência é desaprovada em nosso país. "Mas tudo tem seu tempo!", pois existem pontos em comum entre a psicologia profunda e as nossas atividades aqui: nos esforçamos, tanto aqui como lá, em iluminar os subterrâneos da consciência; trazer à luz do dia as mentiras e os segredos reprimidos, com o objetivo de levar este homem tão sublimado a uma nova existência social. Somente nos métodos se diferencia a prática desta nossa instituição dos exercícios da psicanálise. "O que é bom na sociedade burguesa tem de estar tranquilamente comprometido com a nova ordem..."

"Falou Lênin no seu discurso para as organizações juvenis comunistas no início dos anos vinte", vem-me à memória.

"Bravo!", elogia o major. "O senhor se aproxima de nossa verdade. Tente agora com a veracidade partidária." Mordo a língua: cada palavra aqui é uma palavra em excesso.

"Absorvemos com gosto o emprego da psicanálise. Por exemplo, aqui nos interessamos por todos os gêneros de associações, e não apenas do pensamento, mas também de pessoas. O senhor já foi analisado, não é mesmo? Pelo dr. Nan, em Cluj." Um novo nome. Como se defender?

"Elucidativos são os atos falhos: promessas, hesitações, interrupções. O senhor hesitou agora há pouco quando ia falar o nome do pastor Wortmann. Sabe precisamente por que o seu nome demorou para aportar aos lábios. E nós também o sabemos: o senhor está cindido. Segundo o seu inconsciente, somos pessoas horrorosas, verdadeiros monstros, com os quais é preciso tomar cuidado. Por outro lado, percebe que nos comportamos como pessoas decentes, com quem se pode dialogar. Uma outra forma de cisão no seu inconsciente é aquela que se dá entre o burguês de antes e o conciliador de hoje, e isso se tornou evidente ao falar de Hugo Hügel. Sem querer, enganou-se três vezes: em vez de Stalinstadt, o senhor disse Kronstadt; em vez de falantes da língua alemã, alemão; em vez de órgão impresso do Partido, jornal do povo. Isso permite contemplar com profundidade, como diz com tanta beleza."

Ele pergunta o resultado de minha análise com o dr. Nan. "Nan de Racov, uma antiga família romena da Transilvânia, vem de *Maramureş*." Pressiono as unhas dos dedos de encontro à palma da mão; deveria verter sangue. Descrevo honestamente como o jovem médico me deixava falar tardes inteiras acerca de tudo o que me corria de errado pelos sentidos.

"Conseguiu ele chegar a uma síntese competente?"

"Não. A terapia, duas vezes por semana na primavera de 1955, serviu para costurar os farrapos de minha alma. Mas agora já estou longe disso."

"O que descobriu o médico?"

"Uma relação transtornada com o tempo", digo rapidamente. "Vivencio o tempo sempre a partir de uma perspectiva da morte, representada diante de mim como um imenso muro negro."

"Mas o doutor não havia me curado?", pergunta.

"Curado? O tempo tinha voltado a fluir. Mas aqui ele se torna espantosamente obstinado; oprime a alma, obscurece o ânimo. O perigo consiste em tornar-se um doente incurável."

"É uma questão de atitude e de inteligência como uma pessoa lida com o tempo, o que se faz com ele." Mais do que isso, não fala e tampouco anuncia que serei solto. No entanto, cita *A Montanha Mágica*. Eu afirmo que lá o tempo é o senhor da ação. Na primeira metade do livro não acontece quase nada. Um almoço dura cem páginas. E depois apenas algo.

Faz um sinal que não. E deixa que eu o introduza nos estudos de hidrologia, e se revela visivelmente divertido ao aprender algo sobre uma ciência tão generosa: "Na hidrologia não faz diferença se os cálculos alcançam sessenta ou cem por cento de acertos, os resultados são igualmente satisfatórios." É uma novidade para ele que se nomeie a hidráulica a arena dos coeficientes e o campo de instrução do cálculo de probabilidade. Parece-lhe claro que um efeito possa ter várias causas, mas não tanto que uma causa chegue a produzir vários efeitos.

Finalmente um tema neutro. Ensino-lhe sobre canalizações e escoamentos, correntezas e dispersão de águas. "De maneira surpreendente, achei a correlação perfeita entre a equação de Bernoulli para as correntes hidráulicas e as regras de Kirchhoff para a corrente elétrica – misteriosas correspondências nas profundezas da matéria." Paro, silencio.

O senhor diante de mim espera; por fim, diz: "Que bonito! E com isso chegamos ao centro da matéria: também nos interessamos pelas misteriosas correspondências que acontecem nas profundezas e em que medida elas se relacionam com as regras e leis de nossa República, a fim de nos resguardarmos de eventuais surpresas." Certifica-se novamente: "Para o senhor dá no mesmo se são cem ou sessenta metros cúbicos de água escorrendo?"

"Eventualmente, eventualmente", revido.

"Nós aqui trabalhamos de maneira mais eficiente", diz, ponderando as palavras. "Se duas pessoas sabem de alguma coisa, então acertamos em cem por cento de nossas descobertas. Se é somente uma que sabe algo, fazemos vir à luz uns noventa por cento."

"Isso significa que de cada cem, dez se calam."

"Sim ou não", ele diz. "*A priori* extraímos tudo de cada um. Inclusive estes últimos dez de cem nós faríamos falar. Só que, infelizmente, somos obrigados a respeitar seu silêncio *a posteriori*. A propósito, aconselho o senhor a trabalhar a fundo, no tempo oportuno, a teoria dos costumes de Kant. Então, entenderá o quão maleável é a nossa ética: bom é o que serve àquele que vive de seu trabalho."

O major se levanta, entrincheira-se atrás da mesa de escritório; retira as luvas de veludo e bate palmas para chamar o guarda.

* * *

Na manhã seguinte, mal eu engolira o café da manhã, e alimentara os ratos, e eles vêm buscar-me. O rumor de passos no corredor se aproxima; aponta na minha direção, alcança a sua meta. A porta se abre. Se me soltassem agora, poderia estar à noite em Klausenburg. Apesar de o emissário dever conhecer-me, pergunta gaguejando o meu nome, como se houvesse mais alguém com que me pudesse confundir. Agita os óculos ao redor do dedo indicador antes de jogá-los, com um movimento afetado, na minha direção. Seus olhos brilham de felicidade, e eu espero que logo comece a assoviar uma cancioneta. Empunha com brandura o seu braço debaixo do meu – farejo nele o *Sfântu Ion* [São João] –; conduz-me adiante com vivacidade. Em certo momento, fica parado sem me advertir; estou a ponto de cair. Ele me segura pela cintura, me gira em círculos e balbucia: "Eu me apaixonei. E a *adorată* se chama Ioanna, como eu também. Que felicidade!" E, após esta confidência, volta a indicar-me, com brusquidão, por onde seguir.

O major do dia anterior veste uniforme; não me pergunta como vão as coisas ou se tenho dormido bem. Sobre a mesa: papéis, livros, cadernos, os quais ele folheia. Há um cheiro no ar de trabalho e de perigo; seu gesto é rígido.

"O senhor fez ontem referência a duas fórmulas da física. Pode nomeá-las para mim?" Eu as digo. "Muito bem, melhora a cada dia a memória." Ele anota algo – isso é novo.

Pergunta se eu sou capaz de dizer o nome da rua em que nasci em Arad.

"Dr. Rusu-Şirianu." Se fica perto do centro? "Sim, ela acaba na praça principal." Se tem ainda hoje o mesmo nome de vinte anos atrás? Quase com orgulho, respondo: "Sim, hoje como antigamente." Que idade eu tinha quando partimos de Arad? "Três anos de idade." Se eu tenho lembranças da casa em Arad, dos recintos internos, do quintal, das pessoas?

"*Sigur.*" Falamos em romeno.

"*De exemplu?*" Eu preciso concentrar-me. "Por exemplo, a nossa babá escorregou ao pé da porta e caiu. Depois notei um buraco no assoalho e pensei: Olha, a Veronika fez um buraco no chão."

"Elucidativo! Já na infância interpretava as relações causais erroneamente." Ele anota. "Qual é a sua opinião? Era este dr. Rusu-Şirianu um reacionário ou um homem progressista?"

Hesito. "Visto que a placa com seu nome ainda hoje nomeia esta rua, dificilmente poderia ser um reacionário. Deve ter sido um romeno excepcional; um homem além de quaisquer ideologias. Nas cidades, praticamente todas as placas de ruas homenageando personalidades romenas foram substituídas por nomes russos.

"Por nomes de heróis soviéticos e revolucionários comunistas", o major retifica. "Típico ato falho." Cada palavra tem um peso na balança!

Ele diz: "Isso não é uma argumentação plausível para um dialético. Como tal, também deveria considerar possível o contrário, ainda que pareça paradoxal." E continua em alemão: "O senhor sabia que paradoxo pode ser traduzido por contraluz, reflexo?" Sem esperar uma resposta, prossegue, agora em romeno: "É possível que as autoridades de Arad não tenham sido suficientemente *vigilent* ou tenham deixado passar este nome. Ou ainda pior: que elementos reacionários, dentro do soviete municipal, tenham mantido propositalmente a placa. Desvio de conduta! Sabotagem!"

Eu quase me sinto culpado por não haver nascido numa Travessa Brilho da Lua ou numa Rua das Violetas. "Eu nada sei a respeito desse doutor; logo, não posso julgar se era reacionário ou não. Além disso, está morto. E, principalmente: é uma travessa bem pequena."

"No entanto, no centro da cidade. Mais uma vez: considerar tudo à luz e à contraluz da dialética! Por isso, muito nos admira que o senhor tenha desenhado uma imagem inteiramente falsa deste portador de passaporte alemão ocidental, o Enzio Puter." Ele levanta uma folha de papel. "Em seus escassos depoimentos do primeiro domingo o senhor o estilizou, elevando-o à classe de amigo do campo político socialista. Isso é comprovadamente falso. O que pretende esconder?"

Enquanto reflito sobre a perigosa pergunta, ele abre um pesado caderno de notas de capa preta; passa com o dedo as páginas. "O que o senhor pode me dizer sobre este, este…", ele folheia as páginas: "Por exemplo, sobre um certo Hans Troll?"

"Nada", respondo.

Perguntam-me se eu o conheço.

"Vi uma vez."

"Onde?"

"Em nossa casa em Fogarasch. Num passeio de bicicleta; fez uma pausa de meia hora."

"Ah, por favor!", diz o oficial tomando nota. "Estava sozinho?"

"Sozinho", respondo aliviado.

"O que fez, o que disse, nessa meia hora?"

"Comeu um prato de sopa. Depois disse obrigado e se despediu nos desejando a proteção de Deus."

"Somente sopa? Qual tipo de sopa?"

Duas perguntas de uma vez. "Sopa de batatas", respondo. E acrescento rápido: "Sem carne. Mas com cebolinhas." Agora chega!

"E o segundo prato?"

"Almôndegas. Dez almôndegas ele comeu; forrando-se logo em seguida com marmelada de cinco *lei*[1] e vinte."

"Aha! E qual é a posição dele diante do regime democrático da nossa República?"

"Não sei. Não a conheço."

"Como pode fazer essa afirmação se ele lhe fez uma visita e o senhor ainda o convidou pra comer?"

"Todos os jovens saxões transitavam em nossa casa. Fogarasch localiza-se precisamente na metade do caminho entre Hermannstadt e Kronstadt – perdão!, Stalinstadt, a setenta quilômetros de cada uma."

"Pelo modo como alguém compra verduras no mercado ou maneja os talheres à mesa já denuncia se é dedicado e leal ao regime."

Semelhante ao que nos dizia a nossa avó, penso: a pessoa é o que ela come.

"O senhor percebeu algo de especial nesse homem?"

"Sim", respondo sem pensar, "a sua bermuda, à altura do joelho, era mais curta do que a usada pelos outros rapazes." Evidentemente uma informação capital. O major faz anotações. O que havia anotado? A bermuda curta? As almôndegas? Talvez "Deus proteja vocês".

O senhor do livro negro o fecha. De maneira inesperada ele volta ao "'tema'" Enzio Puter, mas não retoma a última questão, que soava aparentemente tão ameaçadora. De depoimentos alheios e de informações próprias resultam as conclusões de que é um agente do serviço de espionagem alemão ocidental, com o encargo de instigar a juventude deste país para minar o regime e organizar uma

---

[1] O *leu* (plural: *lei*; leões) é a unidade monetária da Romênia. O *leu* se divide em 100 *bani* (singular *ban*). (N. T.)

rede de grupos subversivos. Isso aconteceu durante as suas duas visitas nos fins do outono de 1956 e do verão de 1957, junto às quais a minha antiga namorada Annemarie desempenhou um importante papel. Um tanto hipócrita, pergunta-me: Já sabe que ela se casou com ele?"

"Sim", digo com a voz opressa. Minha mãe tinha sabido da novidade na fila do leite. O acontecimento sensacional era que os dois apaixonados tinham obtido a autorização para casar de imediato, algo que normalmente levava anos, se é que se chegava a conceder. Foi isso que pareceu impressionante às pessoas da loja de leite, em Fogarasch – e com razão.

"Casar, casaram num instante, mas isso é insuficiente para se constituir um matrimônio", explica o major um tanto ambíguo. E acrescenta, num tom cortante: "Essa pessoa, extremamente perigosa, Annemarie Schönmund, introduziu o agente alemão ocidental nos círculos conspirativos. Ela foi, até o fim de 1957, a pessoa de ligação entre aqui e o Ocidente. Tudo se conduzia e se passava através dela." Ele se levanta e sai. Ele pode!

O que havia acontecido realmente? Até os finais de 1957 foi ela a pessoa de ligação. Então, não é mais. Isso só pode significar que ela também está aqui! Como eu lamento por ela, a minha antiga namorada, a quem há um ano e meio eu me esforço por não querer mais. A prisão irá destruí-la por completo. Ela está cega de um olho; o segundo corre perigo. Um olhar de soslaio e inoportuno, mas que lhe empresta um charme especial. "Esclerose múltipla!", dizem os médicos. Desespero-me ao pensar que perderá o que lhe resta de vida na devastada paisagem da prisão, onde não floresce nenhum tenro lilás junto aos bancos do jardim, onde nenhum jasmim espalha o seu ávido perfume. Se a *Securitate* tem razão, e razão jurídica – e de repente não ouso duvidar –, ela será condenada à pena máxima como ré principal. Prisão perpétua, cárcere pesado, sozinha. E os pés acorrentados.

O major retorna. Pergunta pela doença da Annemarie. Dou uma resposta monossilábica.

"O senhor me escuta ou os seus pensamentos estão longe daqui?"

"Sim e não." Isso está relacionado à minha doença de ânimo. "Abate-se sobre mim um vazio, uma espécie de ausência. Sinto-me cair num buraco, onde perco a noção do tempo e do espaço, e as obsessões, os pensamentos absurdos, apanham-me em suas redes."

Inesperadamente, tenho uma inspiração: se eles aqui são capazes de provar a culpa de qualquer inocente, por que não me deixariam sair, eu, que só aparentemente sou culpado? Trata-se de uma possibilidade paradoxal, como recomenda o major, argumentada dialeticamente à luz e à contraluz. Aperto os joelhos com força, tomo-me de coragem, sorvo a respiração e digo com rapidez e súplica na minha língua materna: "Não posso provar a minha inocência. Ninguém aqui pode. Mesmo assim, acredito que devemos chegar a uma conclusão. Eu tenho de voltar para a clínica médica. Também tenho de voltar para a universidade. Estou há mais de uma semana aqui; em janeiro temos os exames. As provas finais do semestre começam dentro de alguns dias: hidroeconomia, prognose das correntes de água e materialismo dialético. E, a partir de fevereiro, temos de escrever uma tese para obtenção do diploma. O tema é complicado, e a sua resolução redundará numa inovação – fórmulas matemáticas para determinar o volume de água das correntes fluviais – com benefícios para a economia do povo. Mas precisaremos fazer várias medições no local e testes de laboratório. Se tudo ocorrer bem, conseguiremos calcular no papel o volume e o escoamento de água dos mananciais. Então, não será mais necessário fazer medições no próprio rio, o que resultará numa economia de milhões em equipamentos e salários. O tempo urge. Pense bem que se trata aqui de meu futuro profissional; estou perto de alcançar meus objetivos. Por favor, coloque-me em liberdade."

O major diz: "Para permanecer em voga: o cigano se afoga perto da costa."

"Entretanto, tudo se esclareceu... O que estes fedelhos fizeram..."

"Quais fedelhos o senhor tem em mente?"

"Aqueles de seu livro preto. No fundo, isso não passa de uma conversa idiota, palavreado imbecil, sem peso algum. Quer dizer, se é para serem rigorosos, devem abrir um processo contra cada um de nós, saxões. Quem já mantém a boca fechada? Sim, e o senhor sabe que eu não sou um inimigo do estado."

"Isso você tem de nos provar." Ele me trata por você.

"No entanto, naquilo que diz respeito ao que a Annemarie Schönmund e o Enzio Puter fizeram, o senhor tem, senhor major, uma quantidade imensa de informação. Logo, pode abrir mão de minha pessoa. Mas eu insisto em afirmar: os dois não podem ser perigosos. Não são de forma alguma aquilo que o senhor considera."

"Como pode afirmar algo assim? Prove!"

"Porque são completamente inapropriados para isso... Nenhum serviço secreto emprega pessoas assim." Evito os horríveis termos "agente", "espião".

"Como assim?", pergunta ele. "Quero provas, testemunhas."

"Tenho uma prova significativa."

"Qual, então?"

"Juntos, o campo visual destas duas criaturas é um pouco melhor do que o de um olho intacto. Ambos são cegos de um olho, e com o outro enxergam mal. Além disso, este Enzio Puter é hemeralópico. Mas para este obscuro ofício um homem precisa justamente, para a noite, de olhos agudos. Pode um cego conduzir a outro cego sem que os dois caiam numa cova?" E eu me escuto dizer com uma voz trêmula: "Deixe a moça seguir seu caminho; ela está gravemente doente. Isso aqui é assunto de homens." E repito em romeno: *"Dați-i libertatea!"*

O major franze o cenho; responde em alemão: "Se escutei bem, disse há pouco que se sentia *cair num buraco*? Posso imaginar o que a expressão significa: que você desmorona como um saco vazio. Mas isso não irá lhe acontecer. Não deixaremos. Antes disso, precisa nos dar muito mais. O seu saco ainda está bem cheio."

Ele dá uma palmada para sinalizar ao guarda e diz em romeno: "Ao saco com ele!"

6

Quase atropelo o guarda, o qual, apesar de ter os olhos descobertos, aparentemente não se entende com as escadas. Meus conturbados pensamentos adiantam-se a passos de cavalos. Envolvido pelo crepúsculo que invade a cela, escondo-me num canto afastado.

Repasso a conversa com o major. Nada permanece que se possa chegar a uma conclusão. Exceto uma oração subordinada: "… enquanto vai deixando na antessala os verdadeiros autores socialistas." Dita no presente, o que se pode compreender é que o grande homem espera que eu convide logo os autores preteridos, e, claro, não aqui. Tudo o mais sugere que o major e o seu estado – maior estão dispostos a ocupar-se comigo por um tempo indeterminado. Em hipótese alguma, todavia, deixarei que este senhor das luvas de veludo prescreva o que devo fazer com o meu tempo aqui embaixo, o qual pretendo ocupar com pensamentos. "Se não tiver algo importante para fazer, reserve um tempo para si e pense com cuidado a respeito das coisas com Annemarie Schönmund." Eu tenho mais o que fazer: enquanto me ponho de cócoras sobre o urinol, morto de cansado, aferro-me a uma equação diferencial de segundo grau, embora saiba que sem papel e lápis é praticamente impossível que se chegue à sua resolução. Mas logo me vem à mente uma citação d'*A Montanha Mágica* que o major havia evocado para mim: "A doença é o amor transfigurado." Ou era algo como: "O amor é a doença transfigurada?" E me surpreendo – depois de minutos, horas, dias? – pensando realmente em Annemarie, como me recomendara a autoridade máxima.

* * *

Ela ficou cega por causa da fome, assim se dizia. Uma família desamparada, entregue a si mesma após a guerra: a mãe emudecida, uma filha orgulhosa de camponeses, que se tinha desviado na cidade; o filho rebelde, Herwald, que trazia preocupações à mãe; e uma filha meio ingênua, Annemarie, que se sentia responsável por tudo – das moscas da casa aos seixos e calhaus.

O pai, Franz Joseph Schönmund, tinha sido arrancado da família de maneira estranha. Relojoeiro, era responsável, junto à Companhia Ferroviária Romena, pelos relógios das estações. Ajustava-os com tanta precisão que os maquinistas começaram a incomodar-se; passaram a persegui-lo, procuraram suborná-lo e, por fim, espancaram-no. Escapou, mas com um olho roxo. "Num país assim, onde se recompensa a pontualidade com espancamento, o homem alemão só pode continuar sendo alemão sob risco de vida." O Movimento de Renovação Alemã, na Romênia, ofereceu-lhe abrigo. O compatriota Franz devia agora se ocupar com o funcionamento exato de relógios e cronômetros nos eventos esportivos, competições e marchas; colocar-se à toda prova a favor da pontualidade. Durante os Jogos Olímpicos de Berlim, em 1936, foi enviado pela direção do Movimento de Kronstadt para o Reich, a serviço do responsável máximo pelos relógios e cronômetros do Terceiro Reich. Lá ele ficou e, ainda que de raça oriental, casou-se com uma jovem nórdica, filha do dono da casa. "Ele encontrou um lar no Reich", comentavam os camaradas que ficaram para trás. "Ele quebrou o seu compromisso de honra e lealdade", diziam as mulheres.

Seu relógio parou em Stalingrado; morreu de frio após preparar um abrigo subterrâneo, aplicando minuciosamente aquele esquema de construção que o próprio *Führer* tinha esboçado e mandado lançar, no *front*, em forma de folhetos. Com uma precisão prodigiosa, seguia minuto a minuto o esfriamento do corpo, até que seus dedos enrijeceram e o sangue nas veias congelou. O homem morto deixou quatro filhos numa Berlim de ruínas e escombros e dois na antiga pátria; as mulheres não entraram na contagem.

Mal largou as fraldas, a filha assumiu a pele de uma revolucionária socialista, recebendo lições de ideias políticas de um tio, prisioneiro de guerra, que tinha lutado na Legião Vermelha Siberiana. Já na escola primária, colocava-se à frente daqueles poucos que, durante o recreio, mastigavam fatias de pão com banha de porco e os conduzia em luta contra os comedores de pãezinhos de presunto.

O acontecimento virava uma luta de classes, na qual, ao final, rapazes e garotas bem alimentados grudavam pãezinhos gordurosos na cabeça, enquanto os alunos menos favorecidos devoravam pedaços de presunto. A garota rebelde agitava a bandeira saxã azul e vermelha da escola sobre a mesa do professor, gritando: "Proletariado de todas as escolas, uni-vos!"

Nos anos de fome, após a guerra, Annemarie recolhia restos de comidas das latas de lixo; na maioria das vezes, cascas de batatas e folhas de couve. O irmão mais velho ocupava-se completamente em compor sonetos. A mãe ganhava algum dinheiro selecionando sementes de ervas e reforçando as pontas e as solas de sapatos.

Uma manhã, quando Annemarie abriu os olhos, a noite não se dispersou. Passou dois dolorosos anos sem a luz dos olhos; presa a uma cama, pois não devia mexer-se, com a esperança de que as retinas feridas se recompusessem. Com a visão voltada para si mesma, passeava por campos de fantasia.

Nesse tempo de escuridão, fez, junto às pessoas que habitavam em seu interior, extraordinárias descobertas. Ao mesmo tempo em que adquiria uma visão amarga acerca do caráter humano. Reconfortante, porém, foi o conhecimento de que o ser humano seria pedagogicamente passivo de aperfeiçoamento, e conciliável; de que o espírito do universo habitaria em todos os seres e objetos. Ela registrava estas e outras impressões em folhas de papel de embrulho, com uma escrita vacilante, quase ilegível. Pude ler estas suas anotações na época de nosso grande amor. As pessoas não viam isso com bons olhos, nem mesmo seu irmão esteta e sua humilde mãe. Eu ainda não estava presente.

Pelos caminhos tortuosos de sua alma, acompanhou-a como amigo de cartas aquele nefasto Enzio Puter. Mas, como homem de carne e osso, permanecia separado dela por fronteiras intransponíveis. Ele a tirou deste mundo, além de tudo o que se possa conceber, para que estudasse psicologia, mesmo sob as condições do regime de então. Ganharia a vista de volta. Annemarie ditava as cartas ao amigo distante a uma estudante romena da sétima classe, chamada Claudia Manu, que aprendia com ela o alemão. Somente ela podia ler as cartas que vinham de "cima"; nem o irmão poeta, Herwald, nem a mãe calada podiam lê-las.

Após dois anos, um dos olhos se aclarou como por um milagre, sem que o outro perdesse a sua beleza. Ficou, porém, um ligeiro estrabismo.

"Pela força do tríplice espírito universal de Deus, que opera graças a mim", disse o curandeiro e vidente Marco Soterius, que também dominava muitas outras artes estranhas e despropositadas. Ninguém duvidava mais de sua fama como ocultista desde que previra, por meio de pêndulos, o minuto exato da morte da primeira esposa de meu tio Fritz, antes mesmo que o telegrama, vindo de Viena, chegasse a Tannenau.

Marco Soterius se sentou à cabeceira da cama de Annemarie. Bamboleava-se impassível o pêndulo dourado sobre o rosto da proscrita. E então o precioso aparelho começou a arrastar-se dos dedos do curandeiro, descrevendo sobre o rosto oval de Annemarie complicadas rotações. O empenho daquele homem extravagante era sobre-humano; gotas de suor escorriam, sem cessar, de seu rosto. Fez tudo o que estava ao alcance de seu poder "para abrir, à luz esgotada dos olhos da jovem cega, as fontes de luz do vibrante coração de três cores do divino espírito universal."

"Pura idiotice!", resumiu Annemarie mais tarde. Nós estávamos sentados no jardim de seus senhorios, coberto de lilases, orleado de jasmim, em Klausenburg, numa esquina sossegada.

"Se Soterius fosse realmente um enviado de Deus, teria lido no meu rosto que a sua mensagem não me dizia nada. Sem fé não há cura. Pode imaginar a careta que fiz durante todo o procedimento?"

"Não muito", respondi evasivo.

"Sobretudo Deus! Uma ficção de homens fracos; um vocábulo vazio, contra toda lógica. Se realmente existe um Deus, então, está em mim, em mim sozinha, através de mim mesma."

"E em todas as criaturas, em todas as coisas", recordei. "Você gosta tanto de falar de pampsiquismo...."

"Essa é a extensão lógica da proposição maior. Ah, deixa isso prá lá! Recuperei a visão por minhas próprias forças. Quando eu estava lá, deitada e entregue a mim mesma, procurava, durante longas horas, ter presente a castanheira de nosso vizinho Töpfer. Depois que os besouros roíam as primeiras folhas tenras, voltavam a brotar outras novas de um verde cintilante. Por que não haveria de regenerar-se a minha desfolhada retina? Aliás, isso é o que se chama de uma conclusão por analogia. Tudo é lógica."

"E pedagogia", recordei.

"Exatamente", apressou-se ela em dizer. "A pedagogia é a lógica da formação humana. Dispõe de uma fórmula para cada homem, a qual expressa de maneira precisa o que ele é e o que ele deve ser. Eu não nasci cega, então não tenho porque ser cega." O nome disso é técnica pedagógica, uma técnica que não tem pejo de dobrar as pessoas àqueles conceitos tão próprios. "Ou um intricado exemplo: minha mãe, que agora se entrega ao papel de mulher abandonada, no fundo, queria era ter o meu pai bem longe. Ela não consegue superar o fato de que ela, a filha de uma respeitável família de camponeses de Burzenland, tenha ido atrás, rumo à cidade, de um artesão sem fortuna. Se permanecesse sendo o que era, quer dizer, a filha de um camponês, ou se tivesse se tornado o que devia ter sido, a esposa de um artesão, então eu teria crescido com meu pai, como qualquer outra criança saxã da cidade e do campo."

Por sua vez, a pedagogia teórica era para ela uma retícula de reflexos pavlovianos e princípios marxistas. "Praticamente não há ninguém no seu meio", observava o meu irmão Kurtfelix, "que não tenha sido criticado por ela: isto é assim, aquilo deveria ser de outro modo. Ninguém existe diante dela. De nossa mãe pensa-se que é uma verdadeira histérica; o seu irmão, ela o desclassifica como alguém que dissimula suas taras com sonetos. Até você ela também uma vez enfiou no saco de suas etiquetas." Eu não escutava isso com prazer. Por outro lado, alguma coisa ele devia compreender: estudava antropologia e história da Transilvânia na universidade húngara János Bolyai.

"E o homem como mistério, o homem em suas contradições?"

"Todo mistério é racionalizável. Toda contradição anseia por resoluções. Você tem apenas que dissecar corretamente a consciência humana para reorganizá-la segundo regras precisas. É preciso ter coragem para nomear, sem piedade e respeito, as coisas por seu nome."

Nossa tia Herta dizia outra coisa: "Essa é a maneira indelicada que estas pessoas encontram para entrar sem cerimônia na esfera íntima dos outros. Há coisas no ser humano que sequer se pode pensar, quem dirá ser explicadas por palavras." Disse isso um pouco antes do grande amor de Annemarie por mim repentinamente chegar ao fim.

"É preciso ter coragem", repetia Annemarie sob o lilás noturno, "de ir ao fundo das coisas." O banco não tinha encosto, de modo que eu tinha de segurá-la nos meus braços. Respondi: "Todo ser humano vale pela carga de mistério que leva consigo, li em algum lugar."

"Isso nada mais é do que uma outra palavra para mentira."

"E a psicologia: o inconsciente, os sonhos, a vergonha, a alma?"

"A alma? Nosso professor Roşca afirma que a psicologia é uma ciência sem objeto."

"E a sua alma?"

"A minha alma?", sua voz soou triste. "Minha alma se dissipa como as cinzas."

"Oxalá fiquem alguns grãozinhos pendurados nesse lilás", disse eu comovido, apertando-a ao meu encontro.

"Reconforte-se: permanece a alma do universo."

A alma do universo: ela se apegava a esta até suas últimas consequências. Foi assim em Klausenburg: havíamos feito uma compra, em grande escala, de coisas para comer: salsichas parisienses, a nove *lei* o quilo, e tomate e páprica verde, no total de cinquenta *bani*; apossei-me, às costas da vendedora, de uma cebola roxa. Conseguimos, com o cartão de racionamento, que nos entregassem pão preto para dois dias. Estávamos famintos. Eu havia ganhado, na noite anterior, dez *lei* para descarregar, juntamente com vários estudantes, sacos de sementes de girassol de um vagão de trem. Eu e ela pretendíamos degustar estas delícias culinárias no parque de recreação Josef Vissarionovitch Stálin, quando um cão, somente pele e osso, claudicou aproximando-se. Lágrimas surgiram nos olhos de Annemarie: "Como vamos ter coração para nos regalarmos, à vista de semelhante miséria?" A solução mais fácil, assim me parecia, era enxotá-lo. Ou trocarmos de banco. "O que tá pensando? Ele tem uma alma, assim como você e eu!" E ela lhe jogou, ao pé do focinho, a salsicha e todos os pedaços fatiados de pão. O esfomeado cão farejou o pão; lambeu a salsicha. E se foi. Em troca, arremessei contra ele os tomates. "Tomates para um cachorro? Onde está a lógica?" A páprica receberam os peixes, depois que as aves a desdenharam. Eu então comi a cebola… Com bom apetite!

* * *

Logo no começo de nosso grande amor, quando ainda ousávamos pronunciar a palavra felicidade, me apresentei um dia com Annemarie na casa de minha tia

Herta e de minha avó. Eu queria que as pessoas de minha família a amassem tanto quanto eu a amava. "Está bem. Será agradável ter algumas horinhas de conversa à tarde", respondeu minha avó. Tia Herta não se opunha. "Somente nos diga de quais círculos familiares ela procede?"

"Para falar a verdade, de nenhum."

"Disse isso apenas para sabermos onde nos situarmos."

Da modesta casa de três cômodos, restara às damas apenas um quarto voltado para o norte. Comprimia-se nele o que sobrou de objetos que elas conseguiram salvar nos últimos quarenta anos de declínios históricos, entre Budapeste e Hermannstadt; coisas úteis e desnecessárias, entre estas, um pouco de prata e marfim. E numa gaveta secreta de uma velha escrivaninha repousavam as joias da família. Em cada um dos outros cômodos da casa morava uma família com seus filhos. Os três inquilinos dividiam o fogão, o banheiro e a despensa.

Durante a hora do chá, à mesa cuidadosamente coberta e preparada, Annemarie expressava empolgada suas derradeiras descobertas pedagógicas; teve a coragem e a energia de chamar as coisas pelo seu nome. Pode-se determinar, ela dizia, através das características anatômicas, se uma garota fora deflorada ou não: "Se se forma, numa adolescente púbere com joelhos fechados, um espaço entre as coxas por qual, vamos dizer assim, passe uma ratazana – na prática, examina-se melhor com uma garrafa de cerveja, empurrando-a entre aquele espaço –, então a garota ainda é *virgo intacta*."

Tia Herta perguntou pelo estado de saúde dos pais de Annemarie.

"Pode-se supor que o meu papai vai bem, pois está morto. A minha mãe vai mal. Ela sofre há anos de depressão." E continuou a dizer: "Uma outra indicação, no que se refere à virgindade de uma jovem, é observar se ela porta um par de sutiã; se sim, então já se deitou com um homem. Seios livres, suspensos, são um sinal de que ainda é virgem."

Minha avó interveio: "A nobre palavra virgem é cada vez menos usada."

Tia Herta perguntou se fazia tempo que o pai havia falecido.

"Morreu de frio em Stalingrado."

"Os invernos russos são muito, muito frios", observou a tia Herta sem mencionar que ela própria experimentara cinco desses invernos.

"Ele foi uma especial... Melhor dizendo, uma vítima pessoal de Hitler."

"Isso todos nós somos", disse tia Herta.

"Nem todos. Decididamente eu falei *especial, pessoal*..." E Annemarie relatou que o soldado Franz congelou noventa centímetros abaixo da terra, numa casamata para uma pessoa, cujas medidas tinham sido esboçadas pelo próprio Hitler. "Inacreditável, quando a espessura do gelo atinge oitenta centímetros!"

Eu disse: "Na Rússia, o limite de profundidade do gelo é uns trinta por cento maior do que na Europa."

"Saber é poder", respondeu Annemarie triunfante. "Se Hitler soubesse disso, os homens não teriam morrido de frio."

Minha avó expôs o bule de chá, que era mantido sob uma coberta bordada a fim de não esfriar. Ela começou a ter tremores durante o governo bolchevique de Béla Kun, em Budapeste. Sob o poder de Stálin, a coisa não ficou melhor. Tia Herta nos serviu o chá de tília, em xícaras sem asa; os acompanhamentos se chamavam pastéis de "ladrão" e bolo siciliano.

A avó disse embaraçada: "Esqueci o mel! Tomara que eu ainda encontre um pouco"; a caminho do corredor, virou-se, voltou a fechar a porta e sussurrou: "A senhorita M." – era uma das vizinhas de nome Mihalache; chefe do quadro de cabeleireiras na cooperativa *Higiena* –, "troca às vezes as gavetas da despensa. A senhora A. já tinha também percebido isso. Mas a senhorita M. cria as crianças órfãs da irmã. É uma alma boa." E se foi a passos pequenos.

A senhora A., abreviação de senhora Antonese, era professora de francês, com estudos em Paris. Ocupava, com o esposo e os seus dois filhos grandes, o quarto de canto. O seu esposo, coronel de cavalaria aposentado, administrava a casa, as tarefas domésticas. Ele tinha mania de afastar com o sabre as panelas dos vizinhos no fogão. E, ao lavar a louça, se posicionava no canto da cozinha, de tal modo que ninguém podia abrir a porta. Uma vez, a senhorita M. tentou entrar; ele então empunhou o poderoso sabre, ferindo-a no seio. O *Colonel*, acostumado ao sangue e aos gritos na guerra, continuou a lavar a louça. Como não julgava digno dirigir a palavra ao próximo, não se podia discutir nem se entender com ele. Às vezes, gritava uma expressão enigmática: *"Merde!"*

"A velha avó certamente teve um esposo dominador", Annemarie mudava o tema da conversa. "Ela quis, com estes seus tremores, se impor a ele."

"E por que ela ainda hoje treme, se o nosso avô faleceu faz tempo?", perguntei.

"Hoje ela treme para despertar compaixão."

Tia Herta perguntou se eram suportáveis as condições de moradia em Kronstadt. Annemarie disse: "Quando o meu pai partiu para o cafundó do judas, a minha mãe ganhou uma casinha na loteria." Tia Herta não quis informar-se onde ficava o cafundó do judas.

A avó disse amavelmente: "Deus sempre foi um protetor das viúvas e dos órfãos." E colocou com as mãos trêmulas o vidro de mel sobre a mesa.

"Que nada! Não foi mais do que a combinação correta de alguns números. Aliás, esta tremedeira pode ser resolvida sondando as suas causas psicológicas. Trata-se explicitamente de um objeto da pedagogia. Basta a pessoa querer!"

"Como não", disse a avó, cedendo.

"Basta a senhora querer! Por que então treme com mais intensidade?"

"De alegria", eu respondi.

Bateu-se na porta. Antes de que alguém pudesse dizer "entre!", a porta foi aberta, e entraram dois meninos, cada um com uma bandeja, acompanhados por uma senhora em trajes de casa manchados e chinelas nos pés desnudos. O menor dos meninos, de avental quadriculado, trajava o uniforme do jardim de infância – apropriado tanto para meninos como para meninas –; e o outro, um cuidado uniforme de escola, cor de petróleo, com camisa azul-celeste desbotada e gravata azul-escura.

"Aqui! Trouxe um pouco de *dulceață*", disse a senhorita Mihalache, revelando um rosto inteiramente radiante. "Os meninos estão loucos para conhecer os nossos cultos camaradas estudantes. Ionica já sabe o que quer estudar. Fale, Ionica, para os nossos camaradas!"

"Engenharia naval em *Galați*", disse o menino com uma expressão séria.

A senhorita Mihalache abriu espaço por entre as pessoas e os móveis, e distribuiu, sem que ninguém lhe pedisse, pratinhos com confeitos. Além disso, tirou de entre os seios, como num gesto de mágica, quatro colherinhas de café. Enquanto Annemarie avançava e beliscava a *délicatesse* e eu me desfazia em agradecimentos verbosos, a tia Herta e a minha avó permaneceram como que petrificadas em suas cadeiras; olhavam desconfiadas os confeitos de um vermelho matizado, como se fossem venenos. "Como assim, não vão querer?", perguntou a senhorita Mihalache decepcionada. "Ah, esqueci a água. Ela faz parte… Um pouco de *dulceață*, um golinho d'água." Ela abriu caminho até o sofá de capa florida que ficava ao pé da janela, onde mandou sentar-se os dois meninos, e saiu gingando, depois de juntar a mesa ao aparador. "O espaço aqui é um pouco apertado pra tanta gente."

Ela mal havia saído, e a tia Herta observou: "Vocês não devem tocar nesta *dulceață*!"

"Aposto como estes talheres de prata são roubados!", disse Annemarie, visivelmente satisfeita com esta observação. "Colherinhas de prata com monogramas! Nenhum de nós tem dessas em casa. E justamente as vai ter ela!"

"Com monograma", disse a minha avó, levantando as colherinhas pelo cabo a fim de observá-las melhor, e exclamou atônita: "Deus do céu, mas estas são as colheres da boa Hanni! Olhem, JG, Johanna Goldschmidt. Como procuramos por elas! O que fazemos agora? Não podemos dizer para a senhorita M. que isto não lhe pertence. A sua pobre alma ficaria doente! Deixemos as coisas como estão. O que foi feito, tá feito! E passado é passado." A colherinha escapou de sua mão, alojando-se no seu regaço, como se quisesse esconder-se.

Annemarie disse: "Um exercício pedagógico para o pensamento. Vamos praticá-lo num instante."

A senhorita Mihalache retornou com uma bandeja e quatro copos cheios de água. A tia Herta tirou quatro pratinhos do armário e os empurrou para debaixo dos copos de água. A avó deixou cair o seu; despedaçou-se no chão. A senhorita Mihalache se agachou para recolher os cacos de vidro. Ao fazê-lo, o seu vestido se desprendeu, deixando à mostra um sutiã largo e frouxo. Por um momento, todos certamente pensaram o mesmo: a senhorita não é mais virgem. Ela se deixou cair sobre a cama da tia Herta; os cacos sobre o vestido levantado. Todos também perceberam: as coxas juntavam-se. Uma ratazana não poderia passar de modo algum entre elas.

Annemarie se plantou diante da camarada Mihalache com uma colherinha na mão, e então disse amistosamente: "Como demos por falta dessas colherinhas! Agradecemos por nos trazê-las de volta. Elas são herança de uma tia falecida, lá de Freck, cujo espírito vaga confuso à procura desses objetos."

"De uma falecida camarada?", balbuciou a mulher pasmada. "Pois não pareceu a mim que um fantasma gargarejava ontem na pia do banheiro? Então, era a tia!", e benzeu-se. Annemarie colocou a colherinha na sua mão. "Olhe, aqui está o monograma, JG."

"Uma marca de satanás!", gritou a senhorita, afastando de si o objeto demoníaco.

Annemarie se sentou ao seu lado. "De modo algum, mas sim a comprovação de que estes talheres têm uma alma."

"O objeto morto, uma alma! Ainda muito pior." Ela se mexia toda; cuspiu três vezes. Annemarie abraçou maternalmente a apavorada senhora, assentou o seu sutiã, fechou o vestido sem botões sobre os seios, barriga e coxas; apertou-lhe o cinto. A senhora sentada na cama lançou a colherinha atrás do aquecedor de azulejos, que repercutiu sobre o chão com um sutil som prateado.

"Ouviram o espírito universal?" Verdadeiramente: todos nós ouvimos a bem-aventurada risada caquética da boa tia Hanni. A camarada Mihalache catou os dois garotos e deu no pé, com o corpo bem afivelado, mas com o ânimo perturbado.

Despedimo-nos. Annemarie deu um abraço apertado em minha avozinha, que tremia toda, e para consolá-la disse o seguinte: "Quem treme tanto assim sente menos frio." Diante da tia Herta, que não tinha nenhuma mão livre para estender à Annemarie, pois segurava propositalmente a bandeja com a *dulceață* nas mãos, curvou-se para uma reverência. "Quem se comporta de maneira tão elegante, vive mais."

Não houve mais outras agradáveis "horinhas" de conversas nos quatro anos seguintes.

* * *

Na noite de Natal, em Klausenburg, Annemarie se saiu com a ideia, enquanto folheava suas anotações e representações gráficas, de que o meu irmão Kurtfelix momentaneamente não se encaixava em sua retícula de reflexões sociais: "Precisamos cancelar o seu convite." Ela tinha selecionado e convidado para aquela noite um pequeno círculo de pessoas. Eu estava precisamente colocando as últimas velas na árvore de Natal. Annemarie não deu muitas explicações. "Confie em mim! Estudei o seu caso com atenção." Eu confiei nela; era Natal, afinal de contas. Ainda que devesse ter perguntado: "E Liuben? Por que ele pode ficar, se não se encaixa em nenhuma retícula? E Michel Seifert?"

Annemarie dividia o quarto com duas estudantes, uma romena e uma húngara, Lavinia e Marika. Era evidente que elas duas não só ansiavam ardentemente pela presença de Kurtfelix, como cavalheiro e bom conversador, senão também como pândego e palhaço. Por sua causa, as duas garotas haviam deixado livre a sua parte no quarto e renunciado a convidar os seus próprios amigos.

Em consideração aos sensíveis sentimentos das duas amigas e ao próprio indesejado convidado, o lógico era interceptá-lo e detê-lo antes de que chegasse à porta de entrada. E quem mais indicado do que eu para a missão? Compreendi ambas as coisas e fiz como me haviam dito. De longe lhe gritei: "Não tens nada que procurar aqui!" Sem dizer uma palavra, ele sumiu na escuridão.

Em vez de ir com ele, e, após a missa do galo na catedral, passarmos a noite de Natal juntos no parque coberto de neve, eu me juntei aos demais no confortável quarto e cantei ensimesmado à luz de velas canções do espírito universal, às quais Annemarie, como anfitriã, dava o tom: "Oh, *Tannenbaum*! Oh, *Tannenbaum*! como são verdes tuas folhas", "Floquinho de neve, sainha branca, logo estará coberto de neve." Ao cantarmos "Adeus, inverno, como a despedida dói no coração", algumas garotas assoaram o nariz em lencinhos bordados, que se apressaram para esconder nas mangas de suas blusas de fustão. Cheiravam a lavanda. Alguém perguntou pelo meu irmão; Annemarie respondeu com um sorriso: "Como vê, não está aqui."

Na canção *Escuta o que vem de fora!*, todos olhavam para a porta. Michel Seifert se levantou cantando, abriu-a. Silêncio. E ele gritou: "Kurtfelix, meu velho amigo! Levanta essas pernas e mexa-se rápido!" Ah, que bom seria se ele aparecesse, entrasse e fizesse as pessoas sorrirem, distribuindo a alegria! Mas ninguém entrou coberto de neve... Só se ouvia o ronco da senhoria, que já estava deitada na antessala debaixo de suas cobertas, sonhando com anjos aureolados com salsichas. Lavinia e Marika começaram a bocejar, mas sem cobrirem a boca, como se estivessem entre si. Um sinal claro de que a noite as entediava.

No entanto, o roteiro da festa, estabelecido por Annemarie, não chegara ao fim. "Agora vou ler uma história de Natal, um texto revoltante, de um certo Hans Seidel. E vocês me darão uma opinião." Ela acendeu a luz de um abajur. Já nas primeiras frases, prendeu a atenção dos ouvintes com sua voz incisiva. Em resumo: É noite de Natal e o trenó de sua alteza emperra no meio de uma tempestade de neve. Os criados se apressam para ajudar e libertam a família apartando a neve com pás; a governanta aparece no lugar e oferece chás quentes e ponche, um criado enfia velas nos galhos dos pinheiros à beira do caminho e as acende. E todos entoam canções de Natal.

As garotas acharam a história bonita, tocante. Notger Nussbecker fez a seguinte observação: "No verdadeiro sentido da mensagem bíblica." Ele havia especializado-se em pré-história, na era das comunidades primitivas e da corrupção do matrimônio: "Esta história natalícia tem a vantagem de subtrair a luta de classes."

"O importante é pensar as coisas até suas últimas consequências", julgou Annemarie. Estávamos sentados apertados sobre as três camas das amigas de quarto. Para haver mais espaço, alguns rapazes tinham as namoradas sentadas sobre as pernas. A luz das velas salientava o clima elegíaco.

"O que tem de revoltante nessa história?" Ninguém respondia. Annemarie disse, com severidade: "Percebe-se que nenhum de vocês foi uma criada ou um criado. É clamoroso, acho eu, que se recorra ao povo oprimido, também numa noite dessas, para se exigir trabalho escravo." Paula Mathäi, uma estudante de minerologia de Kronstadt, cujo pai desaparecera em Narvik e que se mantinha com traduções, disse: "Meu pai era um simples contador na fábrica dos Schmutzlers. Não tínhamos criados. Mas uma coisa eu digo: deixaríamos igualmente a árvore de Cristo e nosso acolhedor lar, e nos apressaríamos a ajudar a quem fosse se estivesse em perigo, justamente por ser a noite de Natal... Sem pensarmos duas vezes, teríamos corrido até o Tannenau, que dista uns bons cinco quilômetros, onde ficava a vila dos Schmutzlers, só para socorrê-los. Ricos também têm uma alma."

"Pare com esta palavra fungosa!"

"Você se esforça pela lógica o tempo todo, se empenha o tempo todo pelo espírito universal... Se uma pedra qualquer tem uma alma, então também a tem um capitalista, para usar uma palavra da moda."

Notger opinou: "Caiu perfeitamente bem, esta história. Se nos perguntarem o que fizemos aqui, podemos responder que lemos prosa de crítica social e entoamos canções de inverno."

Annemarie anunciou os próximos pontos da confraternização: poesia dos presentes. Gunther Reissenfels, do curso de medicina, comentou que o fazer poético era o meio mais eficaz contra a prisão de ventre. Notger Nussbecker disse: "Louvado aquele que pode isso!"

Michel recitou algo melancólico. Graças à criação forçada de palavras, as rimas resultadas provocavam risos: adornadas rimava com bastonadas; maldade, com vacuidade; sopa, com gota, até com Goethe.

"Último ponto: Achim Bierstock."

O estudante de letras germânicas assumiu uma postura cerimoniosa para ler alguns de seus poemas; passou um bom tempo movendo duas grandes velas de um lado para o outro sobre a mesa. Suas sobrancelhas eram chamuscadas nas pontas. Curtas como estavam, pareciam inexpressivas. Seu apelido era Pierrô, o que lhe parecia agradar. Ele morava com algumas pessoas no subúrbio de Monostor--Klosdorf numa casa sem energia elétrica. Flanqueado por velas à altura dos olhos, estudava e escrevia poesia. Se levantava inesperadamente a cabeça, seguindo uma inspiração poética, aproximava-se perigosamente da chama, ou quando curvava a cansada cabeça sobre o papel. O ambiente fedia a cabelo queimado.

"Prosa híbrida ou lírica, um novo gênero literário", informou Annemarie ao auditório. Eram frases longas que vinham ao nosso encontro. Todas as vezes em que o texto parecia aproximar-se de uma história em prosa, as linhas quebravam em derrapagens poéticas, e o novo começo indicava que aquilo poderia ser um poema.

Gunther Reissenfels apontou: "Quanto maior a obstrução intestinal, tanto mais longos os versos." Mas no geral predominava um silêncio respeitoso.

Depois ainda cantamos, a pedido de todos: *Noite Feliz*. Especialmente estimuladas estavam Paula Mathäi e as duas companheiras de quarto da Annemarie, Lavinia e Marika: hoje se canta no mundo todo, até em japonês e romani. E, em nosso país, em cada família, até na *Securitate*. "Há duas versões em romeno", respondeu Lavinia. "Em húngaro, outras duas, ou até três", secundou Marika. "É a 'Internacional' do cristianismo", Annemarie teve de admitir.

Por fim, soou o hino saxão: "Transilvânia, País da Prosperidade." Todos se levantaram. Pouco antes dos versos finais da grave canção, Notger sentiu calafrios. Ele elevou às alturas as mãos das duas estudantes que estavam ao seu lado; a agitação não cessava. Ninguém conseguia subtrair-se ao encanto; nem sequer Annemarie, que recorria a toda lógica possível para dele não participar. Um grande círculo se formou; todos segurando as mãos; sacudiam-se como se estivessem numa dançomania alucinada. Por causa da agitação, o vento produzido apagou as velas. Ao final, Notger ofegava, chuviscando saliva pela boca. "Era assim que os povos primitivos se defendiam dos espíritos ruins e espantavam os animais selvagens." Somente uma vela ardia. Annemarie acendeu a luz. Casais, ainda afetados por palpitações, estavam abraçados sem se importar com quem estava ao lado e beijavam-se.

Gunther Reissenfels constatava: "Histeria coletiva com sintomas de *chorea minor*. Beijar é a melhor terapia. As excitações nervosas são assim aliviadas." E beijou a Annemarie com intensidade.

"Estes aí são os quacres", ponderou Elisa Kroner. Ela caíra nos braços de Michel Seifert; quando ele a soltou, ela limpou a boca com o dorso da mão.

Lavinia e Marika caíram sobre Liuben: "Nós somos o triângulo dos Bálcãs!" Liuben, que passara a noite inteira sentado e em silêncio, tímido, como um indolente mágico de si mesmo, só havia atraído olhares para si quando estalava a língua e chupava os dentes. Elas o teriam matado de beijos se ele não se pusesse a falar em russo, um idioma que neste país causa terror a qualquer um.

A *Házinéni* bateu na porta com a muleta de seu falecido marido, com a qual ia para a cama todas as noites. Partimos nós todos às furtadelas.

Onde o meu irmão passara a noite de Natal? Eu não sabia. Naquela época, ele morava com operários da construção, num bloco de apartamentos feito pela metade; eu dividia um porão com a frágil condessa Clotilde Apori. Então, onde? Não o descobri. Encontramo-nos mais tarde; saudamo-nos em silêncio algumas ruas acima.

Após a troca de presentes, no quarto da Annemarie, acompanhei Elisa Kroner até a sua casa. Ela havia me pedido. A *Strada Pata* prolongava-se infinitamente com suas casas térreas. Elisa dispensou o Liuben, que nos seguia como uma sombra: "Muito obrigado! Mas não precisas vir junto, estou em boas mãos." E a mim: "Onde está o teu irmão?" Por amor à verdade, poderia dizer que não sabia. Mas eu tive vergonha de revelar toda a história. Ela se agarrou em mim. Eu a conduzi com cuidado por entre as poças de gelo.

"O que se passa afinal com o Liuben, este convidado de pedra? Onde se encontram dois ou três de nossa gente, lá está ele. Ora, ele estuda na Bolyai, mas não gosta de ficar com os húngaros. Se ele é de fato o sobrinho do chefe de

Estado búlgaro, então, naturalmente, é seguido e vigiado, e nós com ele. E se não o é, pior: então, é um agente. Nós não temos, a saber, nada para esconder. Mas a *Securitate* conta até os seus beijos…"

"Ele está doente de paixão. Por você."

Ela riu: "Quem me ama não fica doente de paixão."

"Por quem, então?"

Ela hesitou por um momento: "Por uma estudante saxã."

"Não se pode saber quem é?"

"Claro! Ela adora portar um chapéu tirolês verde com uma pena de galo."

"Ah, você também tem um chapéu assim."

"E outras trinta de nossas estudantes."

"E agora passa dia após dia sentado com você na cozinha, sob a roupa branca da *Házinéni*…"

"Às vezes, tem lá também alguma peça minha pendurada", disse ela.

"E fica contemplando-te cheio de melancolia. E sentada numa banqueta, a velha te encara feito uma idiota."

"A *Pirosnéni* e eu… Nós duas nos instalamos na cozinha para economizar lenha", disse Elisa.

"Não te incomoda quando alguém se aproxima tanto assim de ti?"

"Eu permito que qualquer ser humano se aproxime de mim, mas a distância eu determino." Não tínhamos pressa. Ela vestia um casaco frísio, herança de sua avó, mas que lhe assentava perfeitamente. Parecia que Elisa tinha saído de uma antiga fotografia. A saia era de um grosso tecido de lã que o seu pai, o dr. Arthur Kroner, um ex-diretor de fábrica, havia feito com as próprias mãos no antigo tear – o avô tinha ensinado ao neto este trabalho manual antes mesmo dos teares virarem uma fábrica têxtil. Elisa tinha a cabeça descoberta, mas os seus amplos e fartos cabelos a mantinham aquecida.

Eu também tinha a cabeça descoberta. Demasiado orgulhoso, mesmo sob aquele frio cortante, para usar um gorro de frio, eu me protegia deixando o cabelo crescer até o tamanho permitido pelo Partido: atrás, até a gola do casaco; na frente, à altura das sobrancelhas, e, ao lado, até a concha da orelhas. Não mais.

Elisa enfiou sua mão esquerda na minha luva: "Luvas quentinhas e delicadas! Aconchegantes como um estábulo de pôneis." A minha mãe as havia cosido com tecido de lona e forrado com lã. Eu vestia uma jaqueta impermeável, também confeccionada pela minha mãe a partir de um casaco militar que um oficial alemão esquecera em nossa casa. O casaco era forrado com flanela lavada por lixívia proveniente das coisas que a tia Adele nos legara ao morrer em Freck.

Elisa disse: "Annemarie fracassará por si mesma. A sua concepção de ser humano é falsa." E citou: "Eu não sou um livro subutilizado, sou uma pessoa com suas contradições. Não se pode racionalizar facilmente os acontecimentos do mundo. O incontrolável sempre prorrompe; muitas vezes quando menos se espera, sem que ninguém o queira. A noite de hoje é um exemplo paradigmático disso. Não foi tanto uma noite de Natal, antes um sabá de bruxas."

"E as leis objetivas do desenvolvimento social? A contradição entre pobres e ricos? A luta de classe como comprovada força motriz da história mundial? E, além disso, esta fascinante fórmula: o ser determina a consciência, com o que todos os âmbitos do humano podem iluminar-se?"

Ela parou e me olhou: "As contradições são infinitas. Evita fórmulas para a vida. Isso causa danos!"

Nós tínhamos chegado à frente da casinha onde ela morava. Um poste de rua projetava sua luz fraca. "Presumi que a Annemarie tinha desconvidado o seu irmão." Assenti com a cabeça. "E você não teve a coragem de simplesmente partir com ele?" Meus olhos encheram-se de lágrimas.

"Vou-me agora", eu disse apressado. "Ou a minha condessa me deixa com frio. Preciso manter vivo o aquecedor com mais lenha. Ela praticamente não move um dedo, pois acredita que os seus ossos podem quebrar-se: osteoporose." Balbucio as palavras como se estivesse num confessionário. O frio parecia cair sobre nós com a força de mil agulhas brancas. A respiração congelava; o halo de vapor de nossas bocas confundia-se. Separamo-nos um do outro… Mas Elisa deixou a sua mão enfiada na minha luva. Com isso não pude enxugar as lágrimas de meus olhos.

"E a que se dedica esta dama o dia todo?"

"Ela conta os dias."

"Ela sabe, então, quando vai morrer?"

"Não, não só os seus, senão os milhares de dias que o cardeal Mindszéntry passa na prisão desde a sua detenção em 1948. E ela reza durante horas por sua liberdade. Mantém assim suas mãos quentes, enfiadas num par de luvas sem dedos."

"E por que não em luvas que protejam toda a mão?"

"Para que a oração tenha efeito é preciso que os dedos nus se toquem. Aliás, de madrugada faz tanto frio lá em nossa casa que a umidade se condensa, formando cristais de gelo nas janelas. No entanto, não se ouve dela uma palavra de queixa. Ela está convecida de que pode libertar o cardeal pelo poder da oração."

"E hoje, a noite santa de Natal, passa sozinha?"

"Não. Hoje se encontra lá a *Haute volée* húngara, presidida por sua alteza, a princesa Klára Pálffy. O seu antepassado foi o príncipe von Siebenbürgen. Uma dama como um cavalo de guerra. Ela nunca sai sem levar consigo a maça húngara de seu marido. Explicou-me a sua utilização: bate-se com ela no inimigo à altura do abdômen; perfura-se o estômago; a ponta penetra fundo nas entranhas e, ato contínuo, se revira a haste mais de uma vez até que as tripas arrancadas se enrolem nos tachões."

"Com os diabos! Mas onde vivem? Como vivem?"

"Aqueles que não foram deportados, as autoridades aquartelaram em outra parte, a maioria das vezes no subsolo do próprio palácio da cidade. E do que vivem? Sobretudo de lembranças. E depois: é comovente ver como os camponeses, antes por eles explorados até a miséria, hoje se preocupam com seus antigos senhores. Quase toda semana vem da aldeia uma mãezinha visitar a minha condessa; vem, ajoelha-se diante dela, beija as pontas de seus dedos, encoraja-a na fé, traz-lhe confeitos e doces... Venha visitar-me! Você pode falar com a minha condessa em inglês e em francês. E em alemão também, é claro."

"Eu irei."

"Quando?"

"Ah, qualquer hora dessas."

"Os aristocratas húngaros se reúnem lá com frequência, e se apoiam. Em qualquer circunstância da vida se esforçam para manter as boas maneiras, tratam-se por meio de títulos nobres; não perdem jamais a *contenance*. O curioso é que casais de toda uma vida se tratam por vossa excelência. Em troca, se encontram alguém que de algum modo pertence aos seus, tratam-no logo por *você*. Eles vivem de iogurte e torradas. Às cinco, tomam um chá de casca de maçã e nozes. Quando se reúnem no subsolo de nossa casa, eu também sou convidado. E a maior parte das vezes eu aceito. E sim, para servir a mesa. A minha avó é uma húngara de origem nobre."

"E o que eles fazem quando estão juntos?"

"Eles olham fotos antigas. Às vezes jogam baralho. E não soltam nenhuma palavra acerca do regime."

"Por cautela?"

"Por desprezo. A tia Klára, com a sua maça, encontrou para isso as expressões alemãs apropriadas: 'não se dignar a dirigir a palavra a alguém'. Ou: 'não vale à pena falar de algo'. Se algo não é mencionado, não existe, logo não se pode sofrer por ele. Sim, e outra coisa notável: nunca fazer um elogio."

"Por quê? Elogio faz bem, traz coragem, edifica."

"Isso é para eles uma deficiência. E eles têm razão: o elogio pressupõe que algo também poderia tornar-se ruim." De repente, eu disse: "Agora preciso ir. Então: Feliz Natal! E adeus."

Ela retirou a mão de minha luva. "Eu poderia acolhê-lo em casa, mas a velha já nos espia. Acabou de acender a luz."

* * *

Por que razão foi o 31 de março o dia escolhido por Annemarie Schönmund para que eu a seduzisse? E não o 1º de maio, o dia do trabalho, ou, ainda mais tarde, em Pentecostes, quando o Espírito Santo rebenta as portas com fogo e bramidos? Não sei. Hesitei... Eu receava o desencantamento posterior, o pavor do vazio ao longo de minha vida; aquilo que se chama *horror vacui*. Se isso acontecesse, o que restava então para as nuances, para o mistério além da imaginação? A morte apenas.

Ela era a mais velha. Então foi mesmo o dia 31 de março. A lógica? Talvez obedecesse às regras de Knaus-Ogino que determinam os dias mais seguros da mulher para amantes plenos de ânimo e paixão.

Aconteceu num terreno sem flores e sem erva-verde. Ao largo e à distância da campina não havia flores para esmagar. Nos recantos cálidos do campo, as urtigas espalhavam os seus rebentos, a sua força germinativa. Um terreno baldio ao norte de Klausenburg, além da estação de trem e das fábricas, acima da cidade. Nuvens de fumo turvavam o céu, e o ar fedia a gases de enxofre. Não íamos de mãos dadas, senão um atrás do outro. Ela me enviou à frente. Aqui e ali se elevava alguma árvore desfolhada. Em algum lugar, na linha do horizonte, se espalhavam aldeias e povoados, cujos nomes não nos diziam nada. O latido de cachorros presos e o soar dos sinos ao meio-dia não nos aproximavam, pois ao longe se estendia a paisagem de nossa infância, aquela região montanhosa coroada de florestas, à vista dos Cárpatos Meridionais, entre Honigberg e Mühlbach, Stolzenburg e Kronstadt, e onde se fincavam as cidades de frontões altos e empinados e nossas aldeias com suas igrejas fortificadas.

Finalmente nos acenou a borda da floresta. Em um nicho entre as árvores, o vento havia agitado as folhas. Eu apontei calado para um pequeno vale coberto com uma folhagem outonal, voltado para o sul. "Você sabe! Você é o homem", disse ela, e começou a tirar a roupa. Iluminado pelo escasso sol, o refúgio mal oferecia espaço para a intimidade e para a sedução. A folhagem murcha rangia a cada movimento, e do fundo do pequeno vale ascendia uma umidade putrefeita. Deitados, de maneira acanhada, sobre a sua jaqueta americana, não conseguíamos achar-nos direito. Tínhamos frio.

Espantei-me com a enorme aparência de sua nudez. A pelve, com seus pelos ruivos sobre o monte de Vênus, reluzia como um girassol, e os seus seios, belos e grandes, como eu nunca vira antes, se espraiavam para os lados com desprotegida franqueza. Ela mantinha os olhos fechados. O seu rosto – as sobrancelhas e os cílios lhe davam um contorno sério – parecia uma máscara pintada. Também fechei os olhos de espanto e vergonha.

Junto a isso, eu devia ter espreitado o reduzido horizonte sobre a margem da cova à procura de terceiros (na iminência de aparecerem), que precisavam ser mantido afastados: caçadores furtivos com seus cães farejadores, milicianos que sempre apareciam nos lugares onde são dispensáveis, jovens ciganas prontas para ler as suas cartas de tarô e pastores que seguem o caminho acompanhando seus rebanhos, passando impassíveis sobre cardos e amantes. Além disso, eu tinha de ter bem definidas na cabeça as regras que se aprendem nas leituras sobre a arte e a técnica do amor. "Oxalá você tenha estudado tudo isso com atenção!" E havia também o catálogo dela de desejos e exigências a considerar: jogos de amor e paixões amorosas igualmente divididos entre a ternura e a ferocidade. Sim, e por último, recaía sobre mim a responsabilidade de enxertar esta hora estelar no espírito universal que anima o mundo.

Ela, por sua vez, jazia ali, enlevada, em sua nudez petrificada, como uma visão para os deuses, e sem revelar complacência alguma com as curvas inchadas de seu corpo. Abandonou-me à própria sorte. Eu não sabia o que fazer. Assim, o que eu havia preparado com tanta diligência e tanto queria pôr em cena e de maneira bela, seguiu um curso cego e confuso. Aconteceu com suspiros e ruídos, sacrifício e dor – bem diferente do que havíamos imaginado.

No triste caminho de volta para casa não dizíamos uma palavra. Aqui e acolá, afastávamos de nossas roupas alguma folha de faia podre. Íamos um atrás do outro; cada qual afetado à sua maneira no corpo e na alma.

Reprovações ocorreram meses mais tarde, quando ela retornou de uma breve visita a Kronstadt. Lá morrera o seu amado cão Bulli, e tiveram de enterrá-lo. A sua mãe não estava em condições de fazê-lo.

Já na estação de trem de Klausenburg, à sua chegada no meio da noite, estava Annemarie de péssimo humor. Queixou-se de que eu me aproximara dela de maneira irreconhecível e sem sentimentos. O que queria dizer com isso? Referia-se ao fato de que eu não fora ágil suficiente para alcançá-la na plataforma e ajudá-la com a bagagem? Ou que eu não me sintonizara desde o primeiro momento com a sua alma triste?

Logo que a tinha diante de mim, sempre ocorria o mesmo: eu perdia a cabeça; ela, não. Ela conseguia dar vazão ao mau humor, incomodando-me com a sua vivacidade.

Como as coisas prometiam após o desastrado começo de março. Nas semanas de aprendizado, revelou-se nela uma sensualidade que me parecia cada vez mais intensa, porque era eu quem lograva estimulá-la. No jardim de sua senhoria, junto aos arbustos de jasmim, sob o caramanchão de lilás, tarde da noite, depois que as suas duas colegas de quarto, Lavinia e Marika, despediam-se de seus namorados na porta do pátio com sonoros beijos e risadas, depois de usarem uma última vez o banheiro e extinta a agitação, e, por fim, apagarem-se as luzes e a casa encontrar a paz e o silêncio, então, soava a nossa hora. Beijávamo-nos como anjos; amávamo-nos como ladrões. Sobre o banco do jardim, aconteciam cenas de ardorosa volúpia. Os lilases floresciam como que possessos, e o jasmim se espalhava numa orgia de perfumes.

Acontecia que lhe escapava sem querer expressões de encanto e arrebatamento. Uma vez, o descontrole prazeiroso de minha amada garota foi tão intenso que ela parecia cair sem se dar conta no alemão de sua infância, e gritou: "Jesusmariajosé, meus ossos!" O seu cóccix, sobre o duro banco do jardim, terminou por ferir-se. Este deslize no jargão do povo de fora da cidade teve por efeito que eu a amasse mais do que nunca, assim como aumentou diante de meus olhos a imagem prateada de seus encantos.

Mas agora ali estava ela; regressava irritada do enterro de seu cachorro em Kronstadt. Reprovou-me muitas coisas no caminho da estação de trem até a sua porta. Adentrou em casa sem se despedir, deixando-me lá plantado. Eu já ia partir quando ela retornou num vestido de casa e os pés descalços, conduzindo-me para o jardim, junto aos arbustos de jasmim, cujo perfume nos levava à embriaguez. "Você não acredita, não é? Que as pedras têm uma alma, que gritam de dor quando alguém as pisa?", disse ela mal-humorada.

"Não", quis responder com poucas palavras, mas me escuto a dizer: "Tenho dificuldades com isso."

"Há algo mais que o incolor espírito universal." E veio com uma história de que havia perdido a inocência de uma maneira tão pouco poética. Para completar, em março, numa paisagem árida, desprovida de qualquer êxtase; um procedimento trivial e técnico deficientemente aplicado, como bem lhe ficou claro no funeral do Bulli. Ela estava sentada no banco de madeira, levemente inclinada para o lado; o vestido mexia-se sob o vento da noite. Eu me encostei no gradil do jardim. Annemarie sentia falta do mistério da cópula. "Onde ficou o momento da hierogamia? Eu não senti nada do êxtase das sagradas núpcias entre o céu e a terra, esta forma primeira de todo coito." A noite estava clara quando eu tive de escutar aquilo.

"Sim, realmente, faltou isso", admiti com desânimo. "E outras coisas mais, também", complementei com coragem. "Porque no amor, como na delicadeza, fazem parte duas pessoas." Aquilo que ela dizia não procedia dela. Teria recebido alguma carta instrutiva de seu amiguinho Enzio Puter, ou lhe participado a nossa primeira vez? De súbito, virei-me, queria partir. Mas ela pulou à minha frente;

impediu-me o caminho, abraçou-me, e me manteve agarrado, arrastando-me passo por passo para o banco de madeira. Senti através do vestido a sua pele febril. Ela estava nua sob o leve tecido, nua da cabeça aos pés; dos duros mamilos à curvatura do ventre. Eu resisti a ela, e não me deixei dominar, nem mesmo quando ela desabotoou a minha camisa e me acariciou apressadamente e com ternura. E nada mudou quando ela passou a acariciar ternamente as minhas pernas com a planta dos pés. Quando ela porém perdeu o controle de suas mãos e buscou o centro encoberto de meu corpo, sussurrei: "Assim, não, senhor barão!" Ela se afastou. Cheia de raiva se curvou, pegou a minha camisa e a jogou sobre o gradil. E fez retalhos de seu vestido. Com um golpe, rasgou-o de cima a baixo. Um sopro de vento correu entre as folhas. No reflexo da luz das folhas balançadas, o seu ventre brilhou com uma palidez cadavérica e os seus seios reluziam esverdeados. Eu, porém, abri caminho através dos arbustos até o portão. E a deixei lá, de pé, no meio da crepitada noite, com suas vestes rasgadas.

Caminhei ao longo de várias ruas até chegar ao meu quarto, despido da cintura para cima. A cada passo, eu ouvia o gemido de dor das pedras.

7

Durante o café da manhã, empurram um homem para dentro de minha cela. Ele mal tira os óculos de ferro dos olhos, volta-se para a janela de cima e fareja o ar, dizendo: "Nevou." Saudamo-nos com um aperto de mãos; balbuciamos nossos nomes. Ele joga a sua trouxa de roupas sobre a cama livre. "Como o senhor sabe que nevou?"

"Eu farejo, sou um caçador." Caçador? Para mim, até aquele momento, uma nódoa verde envolta de histórias cheias de mentiras. Examino furtivamente aquele homem. Seu rosto é descorado; deve estar há meses detido. Nos pés, traz um par de pantufas – uma indicação de que o recolocaram aqui vindo de alguma outra cela.

Desanimado, começa a mover-se, num vaivém, por entre as camas. Eu lhe cedo espaço; encolho-me num canto ao lado do balde e silencio. Se um silencia, ambos permanecem sozinhos. Por que está tão inquieto? Eu, por minha vez, estou. Talvez ele tenha pensado que seria solto, quando o foram buscar na cela e lhe disseram: "arrume suas coisas!", que seria solto. Sem cessar aquele vaivém; aponta-me com o dedo: "Húngaro?"

"Não, saxão da Transilvânia."

"Como? Quer dizer que os devotos cordeiros saxões também se perdem por aqui? Minha esposa também é um de vocês e é autêntica."

Com isso, quebramos o gelo. Ele volta a estender-me a mão; estreita-me de encontro ao seu peito, senta-se. E logo começa a desdobrar toda a sua vida diante de mim. Nasceu em Mediasch. O seu pai foi mestre de capela real no Palácio de Pelesch, a residência de verão em Sinaia. "Um cargo respeitável! Meu pai só tinha de tocar no verão. No inverno, entediava-se. Por isso que nós somos uma família de muitos irmãos, todos nascidos em maio e em junho. Quando o rei Ferdinand e a rainha Maria chegavam de Bucareste, buscando o frescor de verão, a criança já devia ter nascido. O ilustre casal e outros nobres são nossos padrinhos de batismo."

A mãe dele era a filha do jardineiro da corte, um autêntico alemão do império. No entanto, nem ele e nem seus seis irmãos e sua única irmã aprenderam a língua. "Se isso é digno de lamentação ou de sorte, quem pode hoje nos dizer? Com ou sem o alemão, você acabou caindo aqui."

Ele mira o chão, que forma um caminho entre as camas. "Mas as minhas duas filhas, Lenutza e Petrutza, de dois e quatro anos, falam alemão com a mãe." As garotas nasceram no mesmo dia em fevereiro, mas com uma diferença de dois anos. "Um tiro certeiro de mestre, este que eu dei!" A sua esposa Hermine, bibliotecária diplomada, é responsável, na biblioteca pública de Mediasch, pelos livros infantis em alemão. O pai é um conhecido bebedor. "É admirado por todos os bêbados da cidade, sem distinção de raça ou religião, como exige o internacionalismo proletário. Pouco querido na família, é muito amado pelos netos. De um ponto de vista marxista, o meu sogro faz parte do *Lumpenproletariat* de Mediasch. Os saxões não geraram autênticos proletariados, são pessoas em demasia refinadas para isso. Agora, isso os faz sofrer."

"Como o meu tio-avô de Hermannstadt. Um nobre falido, mas amado, sim, ovacionado pelo povo simples, que no seu cortejo fúnebre encheu as ruas e gritou vivas de júbilo em três diferentes idiomas: 'Vida eterna para ele!' E ele passou o entardecer de sua vida num hospício de inválidos."

"Veja: qualquer um pode tornar-se um lumpemproletário." Ele tirou do bolso da camisa uma casca seca de maçã; mostrou-me, na casca, as mordidas de diferentes tamanhos que correspondiam aos incisivos de suas duas filhinhas. "Quando foram me prender, a minha mulher me deu disfarçadamente uma maçã. Fiz com que as meninas dessem nela uma mordida. É tudo o que me restou delas." Enquanto pronunciava os seus nomes, os seus olhos encheram-se de lágrimas. "É por causa das meninas que tenho de voltar logo pra casa. Ainda são pequenas e doces e afeiçoadas a mim. Com sete anos já começam a mentir; ficam atrevidas. Então, não mais importa onde se está." Sua voz voltou a sufocar-se.

Eu procuro distraí-lo. "O senhor ouviu corretamente: aqui também há saxões. Mas, especialmente no meu caso, se trata de um erro."

"Isso eu também pensava a meu respeito, nas primeiras semanas. E já estou desde outubro longe de casa. Ai daquele em quem colocam as mãos, não escapa. Eles agarram com firmeza."

Imediatamente após o fim da guerra – meio ganha e meio perdida pelos romenos –, em 9 de maio de 1945, Vlad Ursescu se filiou ao Partido Comunista com apenas dezoito anos. Fresador de profissão, um simples fresador metalúrgico, ele recebia por peça produzida em turnos de mais de oito horas junto ao torno… Não tenho outro remédio a não ser acreditar: mostrou-me as suas varizes. Como ativista do Partido, levantou do solo treze LPGs – *Landwirtschaftliche Produktionsgenosseschaft* – cooperativas agrícolas de produção. E, durante esse tempo, abateu trezentos e trinta e quatro javalis. "Fui um menino de ouro para o nosso Partido!" Porquanto a caça ia por inteira para as câmaras frigoríficas estatais de Neumarkt am Mieresch. Lá era congelada. Se tinham necessidade de *Valuta* – divisas –, vendiam-se então os fósseis congelados para o Ocidente capitalista.

Ele pertence às poucas pessoas que receberam de nossa República Popular o título de "Mestre Honorário da Arte Venatória." Na secção de Mediasch, era o senhor e o mestre de qualquer associação de caçadores. Todos os companheiros de tiro, seja durante o disparo de tiros ou o beber, lhe deviam obediência, inclusive o comandante de guarnição, um *colonel*; o mesmo se diga do comandante-chefe da *Securitate* de Mediasch, um major. Isso não poderia durar muito tempo! Quando Ursescu despojou das mãos do chefe da *Securitate* a garrafa de aguardente que este, já a postos e antes do primeiro tiro, elevara para beber, marcou um destino que acabaria por perder-se nos dias seguintes. Prenderam-no no seu torno mecânico. Nas buscas que fizeram num de seus quartos, encontraram no peitoril da janela sete cartuchos de tiro que não estavam registrados na *Securitate*. Com isso, provaram a sua culpa.

Nós temos um fim de semana tranquilo na prisão. É o meu segundo sábado aqui. À tarde, vêm buscar-nos para o banho e, em seguida, fazer a barba. Os dois dias livres passam devagar e furtivamente. O caçador não para de falar; fala de suas duas filhinhas e de outros parentes num tom triste, como um pope que ao final da liturgia enumera os falecidos. Ele fala para se redimir. Eu apenas o ouço. No entanto, recito em voz baixa muitas das coisas que aprendi de memória na infância e nos tempos de escola. Bem-aventurados aqueles que me animaram a aprender de cor! A minha avó devota, a professora Essigmann de lírica, o alado pastor Stamm, a minha mãe, tão musical, e a professora de romeno e francês, Adriana Roşala. Baladas alemãs, romances romenos, o Pai-Nosso em francês, salmos, o catecismo de Lutero, o sermão da montanha: "Bem-aventurados os pobres de espírito." E permaneço unido às amadas perdidas pela poesia de Rainer Maria Rilke.

No domingo, temos para o almoço assado com batatas e arroz. A carne tem um gosto adocicado. "O que isso pode significar?"

"O triunfo do socialismo", responde o caçador. "Isso é carne de cavalo, um bom sinal. A mecanização da agricultura foi concluída. Em nossa economia planificada, um cavalo é mais barato do que os embutidos. Mas o meu irmão mais velho, Nicu, de Mediasch, lamentará um bocado. Ele é major de cavalaria.

Os dias passam. Não, não passam, pois o tempo permanece à espreita, coloca-se no caminho. Rosmarin e o major têm razão: se a pessoa quer escapar bem disso tudo, tem de saber matar o tempo. Ou, então, ele a mata.

Meu companheiro de cela desabafa falando de espetaculares batidas de caça. A narrativa dura tanto quanto a caçada e a montaria lá fora na floresta e no campo; frequentemente anoitece. Ele toma para si o tempo que parece se acumular ao nosso redor.

Após o café da manhã, reúnem-se em nossa cela de prisão caçadores e cães farejadores. Vlad Ursescu balbucia *hal à luy*, o grito e a saudação dos caçadores. Está à solta a caça selvagem num tempo distinto! A ilusão da brincadeira me leva a tal encanto que a cela e o mundo exterior se fundem. Mas no fundo de minha mente permanece o fantasma de que estamos trancados, apartados do mundo. E enquanto o caçador dispara a sua arma no meio da floresta verde, como tanto lhe agrada fazer, persigo uma estrofe da balada *Lenore*: "E a ralé – *chop! tchap! tchape! tchope!!!* –, vinha lá de trás, toda ruidosa, como um redemoinho num arbusto de avelã, fazendo ressoar as folhas secas…" Por fim, o tiro fatal: o caçador levanta a sua espingarda imaginária e aponta para mim. Fogo! Chega o terrível final, o despertar. Em vez de reunirmo-nos, após o fim da caçada, ao redor de um fabuloso banquete, um simpósio que se dissolveria em sono e embriaguez ao amanhecer, a caça se perde numa sangrenta distância.

Em algo estamos de acordo, urge sairmos rápido daqui. Ele, para os braços da esposa e das filhas. E eu? O décimo aniversário da República não trouxe nenhuma anistia. Portanto, é preciso que entre em ação o lendário general que há – como amigo, padrinho ou parente – em cada família romena.

Um amigo de juventude de seu pai, explica-me Vlad, alçou-se ao posto de general da *Securitate*. Ele fará alguma coisa! Há boas razões para isso: a própria injustiça que se perpetrou contra o caçador, e mais, o prejuízo à pátria por deterem um mestre da venatória como ele. E, não menos importante, as lembranças da juventude... Ambos, o pai de Vlad e seu anônimo amigo, começaram a carreira militar como sargentos do exército real. Ursescu *senior* porém não percebera as leis objetivas que, segundo Stálin, determinam o curso da história. Foi assim que se tornou mestre da Capela Real e se afastou do serviço da corte com a patente de capitão. Isso antes de deporem do poder o seu augusto patrão, o rei Carol II. O seu amigo de juventude, pelo contrário, entrou no serviço militar de informações; previa o que ia acontecer, a continuação dos eventos e o seu resultado. Após o seu *avancement* ao posto de general do serviço secreto, não mais se apresentou como amigo da família. No enterro do pai de Vlad, esperaram em vão por ele. O lugar de honra ao lado do pope no banquete fúnebre ficou vazio. No entanto, o amigo de juventude mandou algumas palavras de condolências à família de luto através de um membro da Associação dos Criadores de Galinhas Nanicas de Mediasch.

E, muitas vezes, o importante camarada aparecia, armado e vestido como todos os outros, nos encontros de caçadores do distrito de Mediasch. E obedecia às palavras do mestre-caçador, Vlad Ursescu. E certa vez, numa daquelas grandiosas caçadas, o caçador revelou uma mão tão hábil que o respeitado homem de Bucareste abateu de uma só vez um javali macho e duas fêmeas. Como presente de agradecimento pelo sucesso da empresa, alguns dias mais tarde, um correio especial de Bucareste levou uma cesta com doze garrafas de champanhe de Krim, na Ucrânia, à porta do merecido mestre-caçador. Como o quarto onde ele morava com a mulher e as filhas era demasiadamente apertado, abriu as explosivas garrafas no pátio. Ouvia-se o estampido das rolhas até no campanário da igreja saxônica. Fizeram uma borbulhante festa de fraternidade com todos os moradores das casas vizinhas. "Até os ciganos beberam champanhe, e tanto que a preciosa bebida escorria pelos buracos do nariz e das orelhas!"

O general aceitou com naturalidade que o caçador lhe enviasse regularmente para a festa do Avô das Neves os melhores pedaços de um javali recém-abatido – e por transporte rápido, disfarçando o conteúdo sob o nome de ração para aves, e, como remetente, a Associação dos Criadores de Galinhas Nanicas. O caçador desconhecia o nome do general – um segredo de estado. Mas o endereço secreto de Bucareste tinha na cabeça o responsável pelas galinhas nanicas de Mediasch.

"Eu preciso encontrar alguém que informe o general de minha desgraça. Forças estranhas, aqui nesta casa, buscam frustrá-lo." E ele aponta ameaçadoramente com o dedo para os andares acima de nós. No outono, algumas semanas depois de sua detenção, o general em questão viera para uma inspeção em todas as celas da prisão, mas fizera um desvio para evitar o anexo onde estava o caçador. "É claro que os lá de cima queriam evitar um encontro entre mim e ele. Para mim, isso é uma prova suficiente de que o general tem o poder de me tirar daqui."

"Como sabe que era justamente o seu general? O senhor nem sabe o nome dele."

O caçador responde sem vacilar: "Algo assim sempre se sabe. À prisão chega tudo, até o último. E o nosso general também virá buscá-lo, pois a sua situação não se encontra tão ruim." Devo alegrar-me? Ou, melhor, admirar-me? Eu vejo a porta de ferro abrir-se à minha frente, o general entra em nossa cela de prisão, esplêndido e brilhante, abraça e beija o caçador, até para mim estende a mão. E olha irritado ao redor: "Uma coisa horrorosa isso aqui!", e com um gesto desdenhoso indica ao soldado que o acompanha que recolha a trouxa do caçador. Eu os vejo partindo, através da porta escancarada da cela. E saio atrás a segui-los.

* * *

O ferrolho tilinta. Não é o general, mas o soldado de escolta. Trata-se de um interrogatório.

"O senhor precisa concentrar-se", diz o major. Concentrar-se? Inquieta-me muito mais a minha reação à abertura da porta: pela primeira vez, desde que estou aqui, pulo da cama e, como prescrito, me ponho de rosto virado para a parede. "O senhor precisa estar bem atento hoje, prestar atenção a todos os detalhes. São assuntos delicados e polêmicos."

"Consigo cada vez menos… Perseguem-me ideias obsessivas; escuto vozes. Sou também importunado por imagens ruins."

"Por exemplo?"

"Por exemplo, *Lenore*", respondo com a voz abafada. "A *Lenore* de August Bürger", o primeiro nome do autor, Gottfried[1], eu suprimo por soar demasiadamente *devoto*. "Um poema espantoso que corre pelas circunvoluções do cérebro até deixá-lo bem quente." Tento arejar o cérebro ardente passando a ponta dos dedos pelos cabelos.

O major diz num tom de censura: "Um poema místico; lírica medieval. Inapropriado para leitura de um trabalhador. No entanto, traduzido com perfeição para o romeno."

"Por Stefan Octavian Josif. A poesia romena não sofreu apenas influências francesas; ela *escutou* igualmente as vozes alemãs. O seu maior lírico, Eminescu, senhor major, se sentia em Berlim e em Viena como em casa... E o poeta satírico, Caragiale, faleceu em Berlim."

O major censura-me: "Os russos, os russos, estes sim são os grandes modelos da história e do presente!"

"Os russos, senhor major! Nada nos apavorava tanto, na nossa infância, do que a frase: 'Quando os russos vierem!' E eles vieram. Eu estava convencido de que eles nos massacrariam imediatamente."

"O medo é um péssimo conselheiro", disse o major num tom neutro.

"Certamente. No entanto, senhor major, se querem realmente ganhar a nós, os saxões, para o socialismo, terão que contar com este medo. O que fizeram conosco depois que o outono de quarenta e quatro se instalou em nossa consciência. Imagens de terror! Era a morte. Não no mesmo instante, como eu, ainda um garoto, receava, senão uma morte a prazo. Aliás, toda filosofia autêntica começa com a questão da morte."

Percebo um leve tremor na máscara de seu rosto. Ele pergunta de modo incisivo: "Então o materialismo dialético não é uma filosofia?" E responde pensativo: "O senhor tem razão. Em nossa visão de mundo não há espaço para a morte."

Eu digo gentilmente: "Talvez seja o desprezo à morte por parte de homens e mulheres envolvidos em atividades ilegais, por sua coragem inconcebível."

---

[1] *Gott*, "Deus"; *Friede*, "paz". (N. T.)

"Não, não", diz ele friamente, "o senhor não entende. Os nossos não gostam de pensar na morte."

"Percebe-se isso nos filmes soviéticos", escapam-me as palavras. "A direção cinematográfica sempre falha quando se trata da morte, de morrer, de túmulos e sepulturas...", olho de soslaio para ele. Ele silencia.

Assim continuo a falar; de repente, algo me estimula a seguir adiante: "Mas escute o senhor, *domnule maior*, o que se passou conosco após a guerra. E então entenderá porque somos como somos." O major me olha com o seu rosto pálido sem mover um músculo. Eu, porém, descrevo o que nos aconteceu ao sermos acusados coletivamente entre os culpados da guerra. Eu trago à tona as consequências – sem muito pensar, sem respeito ao pensamento de Marx e de Lênin ou às considerações da *Securitate* e à verdade segundo as leis do materialismo dialético – desta desventura para nós. A imagem que me vem à mente é de uma imensa árvore de lata guarnecida de desgraças e terror.

"O meu pai foi deportado em janeiro de 1945 para a Rússia, ainda que tivesse passado da idade prescrita e convocado pelo exército romeno. Homens e mulheres foram reunidos como se fossem animais e despachados em vagões de gado sob um frio intenso. Todos foram deportados para a Rússia, perdão, União Soviética, sem se considerar se eram pobres aldeãos ou fabricantes, se tinham colaborado com Hitler ou apenas observado a coisa, ou se ofereceram resistência."

Por que ele não diz: "Disso eu já sei tudo?" Ele nada diz. Eu me apresso para concluir: "Quando a minha mãe, na estação de trem de Fogarasch, expressou aos gritos a sua indignação ao ver como tratavam as pessoas, como se fossem gado, o oficial russo mandou que a enfiassem no próximo vagão. Eu a tirei dali, e os guardas nos protegeram. Para reforçar o absurdo da situação, a minha mãe tinha nas mãos a autorização de dispensa de meu pai, assinada pelo coronel Rudenko, o comandante russo da praça de Fogarasch. O papel só serviu para que minha mãe acenasse com ele para o trem que partia. Com o amargo desagravo de saber que tinha direito à liberdade, partiu o meu pai para a Rússia, onde quase morreu de frio e de fome. Que impressão eu poderia ter, como adolescente, dos soviéticos? Libertadores do gênero humano, protetores da humanidade?"

Eu me altero e nutro o receio de ser interrompido com rispidez, antes de dizer tudo o que me pesa na alma.

"Após a deportação massiva de janeiro, só restaram os avôs e os netos. Na primavera daquele mesmo ano, tomaram de nossos camponeses as suas terras, expulsaram de suas casas e fazendas; não em nome de uma nova justiça de classes, mas como colaboradores de Hitler, fossem ou não."

Se o major me escutava? Ele tinha os olhos fixos na parede.

"Posso contar para o senhor o que aconteceu com a minha tia Adele de Freck, uma solitária e velha senhora? Os novos proprietários da casa não estavam pensando em trabalhar, mas em se dar bem. Toda a parentela, o homem e a mulher com todos os seus, bisavôs e lactantes, tinha apenas uma coisa em mente: devorar tudo da casa. Rasparam o que havia na adega e na despensa; venderam ou queimaram os móveis, como todas as outras coisas que não levavam pregos ou rebites. Na cozinha, colocaram um troço de folha laminada para atiçar o fogo em cima, e para que a fumaça pudesse escapar, abriram um buraco no teto. E então alimentaram a fogueira com tudo aquilo que é inflamável: da cômoda barroca da tia às polainas de meu avô. E, por mais absurdo que pareça, pois agora o frio entrava livremente casa adentro, despedaçaram também as folhas das janelas. Em seguida, arrancaram à força a madeira das paredes e atearam fogo em tudo. No confortável quarto que havia sobre a cave, serraram um buraco no assoalho por onde aliviavam suas necessidades fisiológicas. Quando não sobrou mais nada para devorar, mais nada com que se aquecer, quando o fedor de suas merdas invadia a rua inteira, arranjaram-se com as meias e os coturnos. Mas até isso eles roubaram. Bem como o chapéu *girardi*, feito em Trieste, os binóculos para a ópera, adquiridos em Budapeste, e a sombrinha das ilhas Fiji. Está tudo registrado na Bíblia da família." O major permanece inerte.

"Com estas experiências, não se pode esperar de nós que gritemos o *hurra*!, que demos gritos de júbilo, que falemos de liberdade e façamos do socialismo a nossa bandeira. Será preciso muito tempo para esquecer tudo isso. E não é só um trabalho ideológico de esclarecimento que resolverá. É preciso pôr em prática medidas que despertem a confiança para que as pessoas possam dizer: 'Eu sou parte disto'."

O major silencia, e eu continuo a falar: "Ao contrário, não importa se queríamos ou não, como um decreto do demônio, recebemos o carimbo de alemães, com o estigma e as implicações dos anos trinta. Assim, não se admire, senhor major, de que eu tenha lido os livros básicos do nacional-socialismo somente depois de 1945: *Mein Kampf* e *O Mito do Século XX,* de Rosenberg. Mais tarde, influenciado pelo pároco de nossa cidade, o pastor Wortmann, eu me ocupei com a literatura socialista. E constatei o fato de que não somos alemães, senão que simplesmente o nosso idioma pátrio é o alemão, como é dos suíços e dos austríacos. Eu pergunto ao senhor: o que acontece conosco neste país, que nos embala em berço errado e nos envolve em fraldas inadequadas?"

O chefão não responde, não se deixa envolver no tema. "Aconteceu algo semelhante com os judeus do Reich: acordaram uma manhã e então tiveram que se considerar judeus judeus. Ainda que a maioria, entre eles, não tivesse a menor noção daquilo que lhes era exigido. Obrigaram-nos a ser mais judeu do que eram de própria consciência, se é que o tivessem sido alguma vez."

O major objeta decidido: "E foram enviados à câmara de gás! Enfiar judeus e alemães no mesmo saco, comparar seus destinos... isso é uma blasfêmia. Vocês, saxões, sabiam muito bem onde chegariam quando despertaram o alemão que há em vocês."

"Perdão", respondo. "Eu me restringirei unicamente à nossa gente. Nós fomos, em todos os sentidos, demonizados como hitleristas ou fascistas. Certa vez, me arrancaram o gorro de esqui da cabeça, enquanto andava num trenó, porque ele lembrava o gorro alemão dos caçadores montanheses, e de meu irmão o suéter, modelo-padrão Norge, porque parecia demasiado germânico. Inclusive nos quiseram proibir o uso de bermudas." Mas, no momento em que pronuncio estas palavras, eu já sei o que o oficial deveria responder atrás de sua mesa de trabalho: o que é isso em comparação com aquilo?

Sem se mover, ele continua a escutar: "E agora, por fim, o que padeci na própria pele, o que sofreu a minha família. Mas eu só tirarei, senhor major, a melhor parte do bolo! Foi em novembro de 1948; estávamos sentados, para o jantar, o meu pai – recém-chegado da Rússia –, a minha mãe, os meus três irmãos e a nossa irmãzinha, quando a criada irrompeu ofegante, dizendo: 'Eles estão aqui!' Sim, ainda tínhamos uma criada."

O prefeito ruivo de Fogarasch abriu a porta secreta, entrou sem nos saudar e foi logo gritando: "Por que ainda não deixaram a casa? Para cá virá a sede da escola de quadros do Partido!" Atrás dele, aglomeravam-se quatro de seus lacaios.

Minha mãe disse: *"Bună seara."* Nós, as crianças, dissemos: "Deus os proteja." Sem se levantar de seu lugar, ela acrescentou: "O senhor, *domnule primar*, não nos ofereceu ainda uma morada."

"Mas, sim!", ele gritou. "Perto daqui, em frente ao armazém; muito confortável. E não precisam de carroças para ir ao outro lado da rua."

"Não", disse a minha mãe. Lá era um galpão gigantesco com chão de cimento, impossível de aquecer. "Nós não somos saco de trapos, nem criminosos de guerra." Além disso, tratava-se ali de quatro crianças pequenas. "Ou o senhor nos oferece algo dignamente humano, onde se pode viver, ou daqui não nos moveremos."

"Então, nós os moveremos! Ou melhor dizendo, agora mesmo, neste exato momento." Dois daqueles tipos se puseram entre a minha irmãzinha e eu e nos arrastaram com as cadeiras e tudo. Agarraram a toalha de mesa e a levantaram com tudo o que havia em cima; fizeram dela um saco, no qual talheres e louças e comida se chocavam entre si. O *primar* abriu a janela e tudo saiu voando; ouvia-se o estrondo de louças que se chocavam e espatifavam no chão. Em seguida, os móveis!

"Foi assim mesmo: enxotados de casa no verdadeiro sentido da palavra. O mais difícil foi o piano! Para passar a coisa gigantesca pela janela, os escudeiros tiveram de arrancar as molduras da parede com alavancas e pés-de-cabra... Enquanto a minha família olhava perplexa..."

"Pobres coitados", disse o major a meio-tom. Ele não fez nenhuma anotação – tinha os olhos voltados para o quadro, fixado na parede, do primeiro-secretário de Partido, o camarada Gheorghe Gheorghiu-Dej. Teria o major realmente expressado essas palavras plenas de compaixão? Quase que me sinto comovido. Enquanto descrevo os acontecimentos daquela noite de novembro, vem à minha presença a minha irmãzinha: sem se queixar, procurava juntar, sob a luz do poste de rua, as suas bonecas; os seus cabelos estavam grudados pelos respingos do sereno e o seu vestidinho gotejava lama. Somente quando se deparou com o carrinho de bonecas destroçado, que de tão espaçoso cabia ela mesma dentro, é que começou a chorar, baixinho, como a chuva noturna. Nós, pobres coitados!, penso.

"Pobres rapazes", disse o major. "Poderiam ter feito melhor: tinham apenas que remover os três pés e trazer o piano sobre o peitoril da janela – simples e elegante! Mas o que sabem os filhos de proletários a respeito do piano?"

Eu interrompo o meu relato. E então sinto uma vontade repentina de declamar a *Lenore*, em alemão e em romeno, tal como aprendera de cor a balada na Escola Brukenthal de Hermannstadt e no *Liceu Radu Negru Vodă* de Fogarasch.

> *"Despertou Lenore de madrugada,*
> *perturbada por terríveis visões..."*

O major mira por alguns segundos o seu chefe na parede. Depois volta a sua cabeça, com o cabelo negro repartido ao meio, à minha direção. Levanta-se; põe as luvas de veludo de cor cinza e se aproxima lentamente da mesinha onde estou sentado; com as mãos sobre a superfície da mesinha, como alguém honesto e valente, e evocando, destruindo e mutilando as imagens do poema:

> *"Oh, minha mãe, minha mãe! O tempo ido, o tempo ido está!*
> *Deus não tem piedade de mim.*
> *Oh, oh, pobre de mim!*
> *O perdido, perdido está.*
> *A morte, a morte é a minha recompensa!"*

O major fica em pé à minha frente. Mas não me bate. Pelo contrário, puxa uma cadeira e se senta diante de mim, como em nosso primeiro encontro, quando falou comigo sobre as doenças da alma e sobre *A Montanha Mágica*. Ele segue a balada, com suas deslocações macabras, mirando os meus lábios:

> *"E lá fora, escuta!, ruídos cloc, cloc, cloc,*
> *como cascos de cavalo,*
> *e trovejante desmonta um cavaleiro*
> *sobre os degraus do parapeito."*

O homem diante de mim teria dito algo? Teria ele me pedido que parasse? Que eu parasse imediatamente! Ele o disse; ordenou: *"Termină! Termină imediat!"*

> *"Hurra! Os mortos cavalgam rápido!*
> *Assustam-te os mortos, minha amada?"*

O major chama de modo imperioso, sem se mover do lugar: *"Gardianul!"* Ele não bate as mãos, como de costume, para chamar o guarda; grita com uma voz estridente (é a primeira vez que alguém interrompe a minha agitação conspirativa): "A guarda aqui, agora!" E repete duramente: *"Termină! Termină cu moartea!"* – acaba logo com a morte! Mas ele nada empreende: nem me derruba no chão e nem me acerta um murro na boca. Nem sequer se afasta. Com o rosto próximo ao meu, escuta os últimos versos que declamo:

> *"Brilham as lápides,*
> *rodeadas pelo brilho da lua.*
> *Rapidamente cavalgam os mortos!*
> *Já estamos! Chegamos ao lugar…"*

Se ele disse algo para o guarda ou lhe fez um sinal – eu nada percebi. O soldado parte. Quando retorna, traz na mão uma jarra de vidro cheia de água. O major dirige seus passos até mim: "Pare com isso!", enquanto sigo declamando, verso após verso. O guarda já vira a jarra com o bico sobre mim, quando o major tira as luvas e lhe arranca das mãos o recipiente. Ainda consigo gritar os últimos versos:

> *"Mas olha, olha! Num pestanejar,*
> *Oh, oh!, um horrível prodígio!*
> *A armadura do cavaleiro, peça por peça,*
> *cai como madeira podre,*
> *Sem fios e cabelo, um crânio,*
> *um crânio nu era agora a sua cabeça,*
> *E já não estava ali a máscara da vida,*
> *seu corpo, um esqueleto*
> *com ampulheta e foice."*

Nesse momento, o major vira a jarra sobre minha cabeça com as próprias mãos e, num segundo impulso, o resto da água no meu rosto em fogo.

Eu respondo um tanto alheio: "Foi assim que vivemos os anos desde a libertação…" E repito em romeno: *"Dela eliberare."* E afasto as gotas de meu rosto.

O major diz: "Não se trata aqui de poesia, mas de alta traição, *trădare de patrie.*" E para o soldado: "Leve ele lá pra baixo!"

8

No entanto, ainda não havia secado a água sobre o meu corpo quando sou levado de volta. Eu mal dera a última colherada na sopa de couve; tive de deixar os grãos de feijão. Como um cego, vou tropeçando, de mão com o guarda, por corredores e degraus malventilados.

Dessa vez, o major não traja roupa de civil. Sobre as ombreiras de seu uniforme da *Securitate*, irradia o seu brilho a estrela com um esplendor perigoso. Com um gesto autoritário, ele me ordena que eu tome lugar. Sobre o assoalho cintilam, diante de minha mesinha, feias manchas cinzentas de água.

Ele inicia logo o trabalho. Sem rodeios e em romeno, explica: "Como avalia Enzio Puter de maneira tão positiva, concluímos que você nos esconde algo importante. Por que esse agente secreto não o recrutou também para os seus planos inimigos contra o Estado, como o fez com aqueles outros de quem ganhou a confiança?"

Sem esperar a resposta, ele continua: "Junto com Annemarie Schönmund – perdão, há quatro meses *doamna* Puter –, realizou todo um trabalho significativo. Em poucos dias, ela e o agente Puter colocaram de pé uma rede conspirativa. Ambos estabeleceram contatos: em Bucareste, com um grupo ativo de jovens intelectuais romenos de origem burguesa, que se empenham ardorosamente por uma Europa unida, e aqui, em Stalinstadt, com uma organização subversiva de rapazes saxões... Pseudointelectuais, com certeza! Mas não menos perigosos. E, finalmente, também foi constituída uma ligação com os estudantes de Cluj. Pensou-se nestes estudantes como uma linha de frente contra a ordem de nossa democracia popular."

Se aqui se acredita nisso, então sei o que acontece aos trezentos estudantes de meu círculo literário: cárcere e correntes.

"E o homem de ligação com Cluj é você! Falou com o agente Puter uma noite inteira. E sobre o quê, então? Se não foi sobre esta questão…" Ele me olha de cima a baixo. Recolho-me, mas sem desviar o olhar. Ele completa: "Quem tem os estudantes como aliados, os intelectuais de amanhã, possui uma bomba de efeito retardado, possui o futuro."

Eu reajo; digo com veemência: "Mas é justamente isso, senhor major, o que me passava pela cabeça: criar, através do Círculo Literário Saxão Joseph Marlin, um espaço ideológico onde os estudantes fossem transformados em novos homens. Isso vai nos ajudar a ganhar o povo saxão para os ideais do socialismo: de certo modo, como bombas de efeito retardado, como o senhor acabou de dizer. Tropas de choque…"

O major me interrompe: "O pastor Konrad Möckel, de Stalinstadt, usou a mesma expressão ao pregar para vocês em Cluj, no segundo domingo do Advento, e exigir que se convertessem em tropas de choque. Mas de maneira diferente daquela que você pleiteia. A saber, com o intuito de destruir o nosso Estado popular-democrático. Ou não se lembra mais disso?"

Eu me lembro sim.

Repreendendo-me, ele acrescenta: "Por toda parte se encontram as mesmas tropas de estudantes: por um lado, se deixam levar na conversa por pastores reacionários… Reúnem-se na sacristia por ocasião da festa do Advento. E, por outro, fingem espírito de partido e fidelidade à sua linha de pensamento nas universidades. Aqueles que correm aos bandos, quartas-feiras à tarde, para o círculo literário da União dos Estudantes Comunistas, são os mesmos que, na tarde seguinte, cantam hinos místicos com velas na mão no coral da igreja. O que é máscara, o que é verdade? Atente-se ao seguinte, meu jovem rapaz: Quem não está conosco, está contra nós. Isso já disse o Hitler de vocês."

"E o apóstolo Paulo também", complemento corajosamente.

O major atropela o apóstolo. "No momento em que você toma sob a sua proteção sujeitos tão perigosos como estes Puter e Möckel, assim como outros conspiradores, espiões e bandidos, e fornece dados eufêmicos sobre suas pessoas, você mesmo aparece como suspeito no mais alto grau. Cuidado:

o trem parte! Quem não salta para nele embarcar, cai debaixo de suas rodas. Sabe quem disse isso?"

"É bem provável que Hitler, também."

"De fato", confirma meu interrogador. "Mas vale também para este caso aqui: quem perde o trem, cai debaixo de suas rodas. A propósito, por que um círculo literário saxão e não alemão? A denominação oficial para você, *mon cher*, e seus semelhantes é: cidadão romeno de nacionalidade alemã da República Popular Romena."

"Nós pretendíamos, com esse círculo literário, deixar claro que se trata de dar continuidade a nossas tradições democráticas saxãs. A tese do pastor Wortmann afirma que a identificação com a Alemanha, nos últimos cem anos, só trouxe desgraças para nós, saxões. Depois que os Habsburgos nos entregaram, em 1867, para os húngaros, que nos queriam *magiarizar* a qualquer preço, nos agarramos nas franjas da saia do Império Alemão. Parece que, para a geração que teve então a responsabilidade de escolher, só se oferecia esta alternativa: ou sucumbir como saxões da Transilvânia ou se tornar alemães, algo que já se era."

O major anota. Visto que não pergunta, nem diz nada, sigo adiante (no meu idioma materno): "Formar novos homens, como Marx recomenda e Lênin fez, para que pensem e ajam como socialistas, é algo que compete à nossa geração, defende o pastor Wortmann. Para a nossa juventude, que é lacerada, que é levada pra lá e prá cá, como o senhor mesmo, senhor major, constatou há pouco, significa, antes de tudo, ligar a nossa história anterior aos anos trinta com o socialismo da época da imigração, oito séculos atrás. A convivência comunitária, solidária, cunhou o nosso caráter até hoje. Como disse Stephan Ludwig Roth: a comunidade cuida de nós do berço ao túmulo. Ninguém se perde, ninguém precisa ter medo de ficar só."

O major me corta a palavra: "Isso só vale pra vocês, saxões da Transilvânia! Sempre se consideraram os melhores, um povo de senhores, e se tornando, por fim, fascistas."

"Um povo de senhores nós fomos... Mas porque éramos homens livres. Aliás, a Universidade Nacional Saxã de Hermannstadt – isso já em abril de 1848 –, estendeu aos romenos, que residiam no solo real conosco, saxões, a igualdade de direitos. E aboliu a servidão. Agora, senhor major, não almeja essa sua nova ordem o mesmo? Direitos iguais para todos sem diferença; ancorados na Constituição. A segunda coisa, porém, é esta: eu procurei mostrar, no meu conto, que os objetivos do socialismo correm paralelos com nossas tradições e formas de existência. Convencer o nosso povo a passar por cima de todas as experiências adversas e amargas com o regime; foi isso o que tentamos fazer em Klausenburg. Difícil, talvez impossível, mas nós tentamos fazê-lo." A minha excitação é tanta que começo a sacudir a mesinha. Meus olhos se enchem de lágrimas.

"A mesinha está parafusada", explica o major, e observa: "Esse socialismo saxão vocês querem exclusivamente pra si. O destino dos outros não tem a menor importância pra vocês. Isso é um socialismo que não é marxista, senão nacionalista. E que não sobrevive sem a bênção da Igreja. Quer dizer: Deus somente para os saxões. Um deus que passeia pelo céu vestido com o traje típico dos saxões, como um de seus curadores de aldeias e povoados: chapéu de feltro, peliça presbiterial, capa de linho com tulipas e margaridas bordadas, botas… Nós não queremos ter nada com um deus assim, que aqui e acolá pesca, escolhe um povo, estraga-o com mimos, depois o deixa cair, sim, vinga-se dele com uma vaidade doentia, tal como o povo de Israel." Não acabou de enfiar no mesmo saco judeus e saxões? Isso não me foi permitido. Ele prossegue visivelmente satisfeito: "Mas agora esse deus cruel e perverso ajusta contas com vocês. Sabe por quê?"

"Não. Eu nem sequer sei se ele existe."

"Porque vocês, nos anos trinta, se voltaram aos deuses estrangeiros."

Esta é a tese de nosso bispo atual, Müller. Como o major sabe de tudo isso?, penso atônito.

"Deuses obscuros como o Wotan, o Thor e os malvados que mataram à traição o deus da luz – como se chamam esses dois?"

"Loki e Balder", respondo de pronto. E mordo a língua um pouco tarde.

O major anota algo e diz: "Como diz o deus de vocês: Eu sou o senhor, seu Deus. Não terá deuses estrangeiros diante de mim. E vocês guardaram, conservaram isso no coração durante séculos. É por isso que o bispo Müller afirma que vocês são o povo escolhido por Deus para a Nova Aliança."

Para arrancar o oficial da órbita do materialismo histórico, jogo antecipadamente meu derradeiro trunfo: "Tanto Engels como Lênin se manifestaram com palavras elogiosas, em seus textos sociais e políticos, sobre o nosso modo de administração democrático e a nossa constituição solidária."

Sem se sentir tocado por Engels e Lênin, o major conclui o seu pensamento: "Nós, porém, queremos o reino de Deus na Terra. Para os trabalhadores de todos os países. Mas sem Deus. No entanto, vocês não cooperam com isso. Por exemplo: os antigos nazistas de vocês buscaram refúgio na Igreja, mas não com o intuito de se tornarem melhores cristãos, senão para conspirar contra a nova ordem."

Permaneço calado; escuto-o educadamente, mas não me deixo persuadir: "O que falta a nós, saxões, no âmbito desta conjuntura social, são proletários conscientes... Segundo as leis do materialismo histórico, a libertação nos veio muito cedo."

O major parecia querer dizer algo, mas preferiu escrever.

"No ano de 1944, já não existiam entre nós diferenças sociais significativas entre as classes superiores e as classes mais baixas; a comunidade do povo não se desfazia num antagonismo de classes. Não conhecíamos grandes proprietários de terra, nem nobres, mas, do mesmo modo, nos faltava uma classe trabalhadora atuante. Entre nós não existia trabalhador morrendo de fome, não existiam pobretões a gritar à beira do desespero. Devemos buscar uma ordem social justa, ainda que nos custe acabar com a própria burguesia!" Eu falo, o major escuta e anota: "Entre nós, mesmo o mais necessitado só desejava apenas uma coisa: ascender socialmente e proporcionar prosperidade." Eu o espio trocar o papel, continuo a falar: "Talvez, se essa delicada associação tivesse findado algumas décadas mais tarde por evolução natural: por um lado, o proletário saxão, que se afastasse da comunidade e apontasse as armas contra o próprio povo; por outro, o explorador imensamente rico, que ordenasse disparar contra o trabalhador... Mas, até os dias de hoje, ninguém das duas frentes experimentou mudança alguma... Falta uma consciência de classe, que possa dividir, em conflitos sociais, a nação do saxões. Pelo contrário, a consciência que nos impera é aquela que está ligada, pela vida e pela morte, ao destino histórico da comunidade. A individualidade do saxão da Transilvânia reside em sua coletividade."

"Quer dizer, os soviéticos vieram cedo demais?"

Eu falo, agora em romeno: "Não os soviéticos, mas o ano de 1944." E concluo apressado: "Se o Partido e o governo e os senhores, a sua instituição, continuarem a proceder contra nós, segundo as regras férreas da luta de classe, então, é melhor que acabem conosco de uma vez por todas, exterminem a todos juntos. *Exterminare*. Nós ainda não criamos, por enquanto, um proletário. Visto assim, não há lugar para nós sob o sol do Partido. Resta-nos somente o sol negro."

"O mesmo que se elevou sobre o herói principal do romance de Solokhov, *O Plácido Don*. Mas o senhor sabe o porquê? Porque ele não podia decidir-se pelo socialismo."

Meu olhar atravessa a entrançadura das grades da janela e distingue, na neve quadriculada e escura, mosqueados coloridos: homens com casacos ou seres fabulosos que oscilam de um lado para o outro sobre cumes de zinco? Sinto-me morto de cansado e desejo estar na minha cela. "Coloco a mão no fogo pelo meus estudantes saxões. Respondo por seu caráter leal." Para mim, a conversa chegara ao fim.

O major não bate as mãos para chamar o guarda. Seus cabelos escuros brilham à luz contrária de um sol, que mal se aproxima da janela gradeada.

Muda o tema? "O senhor conhece certamente aquelas imagens, retratos, em que os olhos do homem retratado nos seguem onde estamos ou vamos."

"Sim", respondo solícito – uma conversa sobre pintura seria uma distração. "Nós temos em casa uma dessas pinturas, e que causava muito medo às crianças. Não se podia fugir do olhar daquele homem mau."

"Quem a pintou?"

"Ah!", exclamo de modo vago. "É uma velha pintura. Talvez um antepassado, um artesão, algo assim. Os ancestrais de meu pai foram todos artesãos em Birthälm. Por exemplo, carpiteiros, sapateiros, tintureiros..."

"E os ancestrais de sua mãe? O senhor é muito modesto, *mon cher*, pois se trata do retrato de um homem com a Ordem do Tosão de Ouro ao redor do pescoço. Além disso, um autêntico Martin van Meytens. Seus pais o mantinham escondido no quarto de dormir, atrás do guarda-roupa." Eles sabem tudo. "O seu livro... Ele tem algo sobre uma imagem assim."

"Por quê?", pergunto, o que não devia perguntar. "De um ponto de vista ideológico, ele está todo em ordem. Dois comissários especialistas do Partido examinaram-no antes de conceder-lhe o prêmio."

"Há uma literatura de duplo sentido, na qual o autor diz uma coisa e dá a entender algo distinto. Chamamos esta corrente inimiga do Estado de inversionismo. Nossas editoras estão sendo minadas, infiltradas... Seu livro é um exemplo disso. E muitos outros! Nós terminamos de fazer uma radioscopia nele. O senhor leu este conto no verão de 1956, na casa de sua avó, para um grupo de jovens, no Tannenau. Então, esses cabeças tontas pretendiam explodir uma fábrica de munições. É o mesmo bando que manteve contato com o agente Enzio Puter e conspirou com o pastor Möckel."

"Eu não acredito nisso", escapa-me.

"No seu conto, uns jovens saxões de uma pequena cidade se reúnem e refletem sobre suas situações aqui e agora. E o *Leitmotiv* da história apregoa: é preciso que aconteça algo! Esses patifes escutaram bem suas palavras, tomando-as ao pé da letra."

"Nisso eu não pensei", revido. "As afirmações do livro são claras como o sol: integração no socialismo."

"De claro não há nada no seu livro."

Ele vem até à minha mesinha e abre um caderno diante de mim: "Aqui estão os apontamentos de um desses rapazes. Vamos chamá-lo de Folkmar, o estrategista do bando. Ele o cita, *mon cher*, como chefe ideólogo desta associação secreta. Sim, e ele pretende tê-lo como ministro da cultura de um gabinete clandestino. E leia aqui que nome tão distinto se dá ao círculo, um nome como é devido: Nobres Saxões. É muito difícil de acreditar que estes sejam jovens comunistas na linha do partido, empenhados na luta pelo socialismo." Numa letra que não conheço está escrito isso. E mais. Mas o "mais" o major não me deixa ler. Ele puxa o caderno. "O que o senhor tem a dizer a respeito disso?", pergunta, e volta a sentar-se à sua mesa de trabalho.

"A denominação 'Nobres Saxões' escutei aqui pela primeira vez, nunca antes. E jamais na minha vida vi este Folkmar." E, para concluir, digo com magoada dignidade: "Eu também li meu conto para outros jovens, e ninguém pensou em lançar alguma fábrica pelos ares, numa explosão. Por outro lado, não se deve levar a sério o que este fanfarrão alardeou. Aceitar tudo o que se palavreia em nossos encontros e reuniões, então, é melhor colocar um vigia ao lado de cada um. Ou prender todos. Tudo tagarelice!"

"Tagarelice? Talvez algo mais sério, não? Isso é o que pensávamos até este momento, e também nos escalões superiores", disse o major num tom incisivo. "Mas agora se constata que se trata sim de uma ação nacionalista massiva, dissimulada e bem planejada. Com a participação de todos, dos jovens à Igreja, dos antigos nazistas aos industriais desapropriados, dos pioneiros das escolas alemãs, pirralhos disfarçados, a vocês, estudantes, que, ao abrigo da cultura e da literatura, prescrevem não apenas os valores do ocidente decadente, como também empregam agentes imperialistas para atos subversivos. E parece que você mesmo vem exercendo um papel duplo! Ou não?" Esta é a segunda vez em que ele me faz acusações diretas. "Pois tudo tem de ser examinado por nós. Também você, *mon cher*, deve pensar e repensar sobre tudo isso. Eu vou lhe dar uma dica: primeiro, que se esforce por fim para lembrar o que pretende *partout* esquecer. O tempo aqui é abundante para lançar luz sobre assuntos obscuros. Além disso, não nos faltam meios para acabar com as artimanhas daqueles que pactuam com as potências das trevas. Eu estou ansioso para ver como provará que este Puter é um homem inofensivo. Sim, um amigo de nossa democracia popular. Quando todos estão nus, a gente ri daqueles que vestem camisa. Como se diz nos seus bailes de carnaval: *máscaras fora, pois suspeitos são os que as mantêm coladas ao rosto!* Pense, por favor, na lei da correlação."

O major bate as mãos. E deixa o recinto antes de o soldado entrar.

Na hidrologia, a lei da correlação funciona da seguinte forma: quando a chuva cai numa determinada bacia hidrográfica, o pluviômetro, instalado nos regatos e arroios, ascende, o que deve ser anotado nos livros das estações de observação hidrométrica. Assim se pode controlar se um monitor efetua a leitura do mastro de medição no mesmo curso ou se faz o registro de casa, segundo suas apreciações. O major tem razão: se os outros, Folkmar e companhia, representaram Enzio Puter como um inimigo do Estado e um espião consumado, então, apartado de meus dados fornecidos, ser-me-á concedido tão pouco crédito como ao monitor que faz suas medições junto à barriga nua de sua esposa antes de recolher-se para dormir. Estou numa armadilha.

Meu encontro com Enzio Puter – uma planejada introdução aos serviços de um conspirador... Como provar o contrário? A salvação seria Annemarie.

Através dela eu poderia convencer o major de que o encontro com Puter não passara de uma coincidência.

* * *

Como ela ficou irritada por eu ter arrancado à força esse encontro, privando-a da última noite com ele!

Eu tinha chegado à Kronstadt em 11 de novembro de 1956. Pressionei Annemarie para que me fosse esperar na estação de trem de Bartholomeu a fim de não ter os três unânimes contra mim – a mãe, a filha e o amigo de cartas – quando eu chegasse à casa. Tive de impor, contra sua vontade, um encontro com Puter... Antes de mais nada, porque eu desejava saber a pura verdade, sem firulas e disfarces. Eu a degustaria com prazer!

Era um começo de tarde quando chegamos à casa da mãe dela. O longo caminho pelo Skei, a periferia mais afastada da cidade – fomos a pé, porque eu queria ter Annemarie por um momento para mim –, foi percorrido com ela falando à-toa; um traço terrivelmente estranho ao seu caráter. O luxo que lhe havia sido visitar o Hotel "Ambassador" de Bucareste, aonde Enzio Puter a convidara, porque ele, como turista alemão ocidental, não podia deixar a capital. "Meu amigo de correspondências me deu de presente um vestido de seda almagre, bem cortado, com mangas em forma de cornetas. Todos os funcionários do hotel inclinavam-se quando eu descia as escadas. O gerente nunca deixava de beijar as minhas duas mãos e, uma vez, até a curvatura do braço." Ela arrastou Enzio Puter para perto de nossos amigos romenos: Vintilă, Florin, Adrian. "Eles encantaram o meu amigo de correspondências! Queriam uma Europa unida com os americanos no topo... Conversaram em francês e inglês. Meu amigo domina todas as línguas. Não falamos em russo uma vez sequer. Os dias passaram rápidos como num voo. E sempre temos o nosso precioso tempo, um com o outro, roubado por pessoas estranhas." Eu me sentia perplexo.

"Aqui, em Kronstadt, quisemos ir ao cinema. Teve que ser à noite, pois o meu amigo não devia, em hipótese alguma, ter vindo pra cá. Mal deixamos o cinema, Peter Töpfner se aboleta no meu amigo, arrastando-nos para o átrio: 'Venha, por favor! Nunca antes tivemos aqui entre nós um alemão ocidental de carne e osso! Nós somos um círculo de trabalhadores leitores, que se reúne todas as quartas-feiras à tarde e quebra a cabeça pensando no nosso destino como saxões, na marcha do mundo, e, há três semanas, também na melhor contribuição que podemos dar à revolução em Budapeste. Aconselhe-nos!"

Quando eu entrei no quarto, que servia como dormitório e sala de estar e, excepcionalmente, por causa do importante convidado, também como sala de jantar, exultei: *este* mesmo não me oferece perigo. Fui acometido de forte compaixão: tão repulsivamente feio era o pobre diabo! Aproximei-me de Enzio Puter; desejava abraçá-lo. Visivelmente inquieto, ele tirou os óculos de lentes grossas e começou a limpá-los com um trapinho de couro. Meu estranho ímpeto permaneceu no ar como um gesto vazio. Sentei-me sobre uma acha de madeira junto ao fogão. Somente então ele me saudou. Apesar da alegria entusiasmada que latejava dentro de mim e nublava meus sentidos, aceitei como verdade a fileira de seus dentes escarpados e amarelos, que ele não alcançava o queixo de minha namorada, que o dorso de suas mãos cheias de sardas estava coberto de pelos, que de sua cabeça crescia um cabelo ruivo e hirsuto, e que ambos os olhos, acentuados gigantescamente pelas lentes dos óculos, nadavam em três diferentes cores. Sim, e que ele me media com um olhar amigável e iniciava uma conversa. Na verdade, sobre o quê?

* * *

Enquanto fito a mesinha à minha frente e os dois, eu e o guarda, esperamos pelo major, me vem à mente algo que não desejo recordar de modo algum. Com calma, e sorrindo, Puter nos fazia entender que a União Soviética estava longe de ser unida monoliticamente, uma rocha de granito, como afirmava o Bloco do Leste. Desmorona-se nas margens, por exemplo. Há uma tensão entre as repúblicas islâmicas e o centro, em Moscou. A nós, jovens saxões, aconselhou entrar nas organizações jovens comunistas e miná-las por dentro. Se ele havia compreendido bem a sua amiga, as intenções que o círculo estudantil de Klausenburg abrigava eram similares: delimitar um espaço de autonomia saxã e tradição democrática contra as tendências uniformizadoras do Estado.

A mim pareceu tão absurda a sua exposição que não me dignei a responder. Além de estar dominado por um só pensamento: Annemarie fica comigo!

Sou capaz de convencer o major de que, nublado o meu juízo por um estado de bem-aventurança, pouca atenção dediquei à política de Puter e nem levei a sério a sua discurseira? Mesmo hoje, segue parecendo ingênua e diletante, ainda que, aos ouvidos da *Securitate*, ela possa perder a sua ingenuidade... Nisso eu já tenho experiência.

O major retorna. Eu nada digo.

Ele está de melhor humor. Talvez tenha degustado um pedaço de *crème*. Ele diz, conciliador: "Claro, claro, nós não duvidamos da opinião expressada no seu conto e nos seus bons propósitos. Mas basta uma gota de veneno, numa jarra d'água, para pôr tudo a perder. Quem são os envenenadores? É para esclarecer que nos reunimos aqui."

Ele bate palmas. O soldado me pega pelo braço e seguimos caminho.

* * *

O caçador guardou o resto da minha comida, que está fria e tem um gosto viscoso; eu como assim mesmo. A fome começou.

"Você ficou um bom tempo longe", ele diz, enquanto me afundo na borda da cama. "Certamente se sente um javali que teve o ventre cortado." É como eu me sinto: como um javali que caiu numa armadilha. As entranhas pendem de meu corpo. Eu descrevo o meu interrogador. O caçador responde com modéstia: "Ah, é o major Blau."

Major Blau? Um saxão da Transilvânia? Mas o nosso povo se chama Roth... Sobretudo Roth e Grau, e se chamam Schwarz e Braun, até Grün, como Uwe Grün, e Gelb, Erika Gelb. Mas Blau[1]...

Eu ainda não tinha engolido os últimos bocados quando a porta foi novamente aberta. Não escutei a aproximação do guarda. Sem querer, dou um pulo e me coloco com o rosto voltado para a parede.

---

[1] *Rot*, vermelho; *grau*, cinzento; *braun*, castanho; *schwarz*, preto; *grün*, verde; *gelb*, amarelo; *blau*, azul. (N. T.)

Em cima, sou recebido por outro major. Segundo Rosmarin, trata-se do investigador-chefe, Alexandrescu. Eu o reconheço por causa de suas sobrancelhas hirsutas e amarelas. Ele me estende uma caneta e um bloco de papel: "Escreva tudo o que o senhor nos disse até agora sobre a história dos saxões da Transilvânia. Essa será a primeira análise marxista de sua história, com os princípios do materialismo histórico-dialético. Mas, por favor, sem os exemplos floridos do seu círculo familiar. Queremos uma análise rigorosamente científica. O senhor não é somente um poeta, mas também um estudioso." Será que isso significa entregar um quadro de referências para colocar no lugar dos acontecimentos políticos que têm afetado a minha gente? "De modo algum pretende o nosso Estado popular democrático exterminar os saxões, mas nós precisamos levar a luz para esta questão tão confusa. *Facem lumină!*"

É algo que não deveria ser feito, nem uma vez sequer, pela juventude alemã deste país: ser usada como bucha de canhão. Foi mais do que suficiente que a geração dos pais, *"la SS"*, tenha perecido, derramado o próprio sangue nas partes mais perigosas do *front*. Enquanto, na mesma época, os *soldaţii Reichului* se divertiam em Paris com as belas francesinhas. Isso não pode mais se repetir. Ele tem razão, admito: nós, na miséria, e os outros flanando pelos bulevares de Paris? Nunca mais!

"O senhor não vai só prestar um serviço para o Estado e para o Partido, mas também para o seu povo. Se corresponder às nossas expectativas, pode vir a ser o novo *Führer* dos saxões, a quem se espera faz tempo em Bucareste."

Escrevo, vigiado por um guarda que tem de esperar em pé. Será um longo texto expositivo de muitas páginas. Quando o meu vigilante não aguenta mais, senta-se na única cadeira que fica atrás da maciça mesa de escritório e me pede para não reparar... Receoso, cola os olhos na porta, que pode se abrir a qualquer momento. Eu próprio me desprendo de todo medo. Como num transe, me entrego, com o instrumentário da teoria social marxista, à redação da história dos saxões da Transilvânia – uma apologia do caráter, sobrevivência e existência de meu povo. É noite quando o oficial de serviço entra e recolhe os papéis. O guarda está no seu posto. Mal o oficial desaparece, eu e o guarda bocejamos livres e soltos. Então, o regulamento da casa nos separa: eu me escondo nas trevas por trás dos óculos, ele solta um forte peido.

Encontro o caçador deitado. Mãos estiradas sobre o cobertor e o rosto voltado para a lâmpada, com um pano sobre os olhos. São mais de dez horas, e eu perdi o jantar.

Na manhã seguinte, após o *program*, o caçador deseja comentar o que ocorreu nos últimos dias. Espera que eu relate minuciosamente tudo o que me aconteceu desde a primeira audiência com o major Blau, e comenta cada frase. No entanto, não avançamos além da ridícula discussão sobre o nome da rua onde eu nasci em Arad. Suspiro: "Se eu tivesse apenas respondido que não conservava nenhuma lembrança do passado! Afinal de contas, eu tinha três anos de idade quando minha família se mudou de Arad."

O caçador opina: "Então, ele teria desencavado de outra forma o que pretendia saber. O fato de buscar algo com cada pergunta que faz, por mais banal que seja, é sem dúvida qualquer coisa de sublime. Ele provavelmente quer saber, quando te obrigou a falar asneiras sobre esse dr. Rusu-Șirianu, a exatidão com que está funcionando a sua memória. Ou de qual círculo você procede. Ou uma terceira coisa."

Ele reflete: "Que camaleão ele não deve ter sido para sobreviver a todos os regimes!" E enumera (parecia que estávamos escutando as aulas de política do Partido) cada um deles: "Os governos burgueses dos anos trinta; a monarquia do rei Carol II... Eu era, então, um rapazola, em Mediasch, quando metralharam o trem, no qual ele partiu para o exílio com sua amante, a Lupescu, em setembro de 1940. Em seguida, a época de terror dos fascistas, os camisas-verdes. Depois, a ditadura militar do general Antonescu; a sua execução em 1946 – nós, os comunistas, ainda não tínhamos chegado ao poder. E até 1947, a monarquia constitucional do jovem rei Miguel – eu fazia parte da sua guarda pessoal como paraquedista. E, por fim, depois que o rei teve de partir, a ditadura do proletariado. Quem sobreviveu a isso tudo, é suspeito."

"Mas esse Rusu-Șirianu há muito tempo que deve estar morto. O que ficou dele é uma placa com nome de rua."

"Isso não faz a menor diferença. Aqui os mortos e os vivos são igualmente suspeitos."

"Quanto tempo eles perdem com essas bagatelas!", eu digo.

Ele cospe – isso não é proibido – e praguejа: "Não é o tempo deles, mas o *nosso* tempo."

Sempre a mesma coisa: exploramos os acontecimentos em busca de um rastro que aponte para a liberdade, e ficamos presos numa brenha de espinhos.

* * *

Após o café da manhã, sou levado para cima. O major Alexandrescu não está só. Uma mulher jovem se encontra sentada diante de uma máquina de escrever. Ela passa a vista por mim, mirando o vazio. Uma aparição bem cuidada: os lábios levemente pintados, as sobrancelhas finas de seda bem traçadas, os cabelos, do louro dourado das romenas, partidos ao meio como os de uma madona... Devo lhe ditar o que eu redigira na véspera. Eles tinham decidido enviar os meus comentários para o Comitê Central de Bucareste. E mais uma vez me foi dito: "Afaste desta cabeça, por obséquio, estes receios infundados de que queremos exterminar os saxões simplesmente porque não se adaptam à concepção político-social do Estado. Isso é uma maneira mecânica de resolver as coisas. Enfim, não tenha medo de uma *catastrofă naţiolală*. Todos os procedimentos devem ser examinados em seu contexto."

"*Interdependenţa fenomenelor*", respondo alegremente, "a primeira lei da dialética."

"*Exact!*" Trata-se de reeducar o povo. Senão em outra parte, então aqui. "A propósito, foram vocês, os alemães, que nos colocaram numa fria. Hegel e Feuerbach, Engels e Marx são todos conterrâneos de vocês. Agora têm por obrigação nos tirar disso", ele ri; suas sobrancelhas amarelas se eriçam. Eu sinto arrepios. Por fim, ele me adverte: "Nem uma palavra para a nossa camarada! Mas olhá-la, você pode." Ele sorri, um sorriso cruel, e depois parte sem fazer barulho.

Eu dito, a camarada datilografa. Ela escreve sem levantar os olhos, sem perder uma palavra, como se fosse parte da máquina. De vez em quando, surgem as pausas, o guarda, então, interfere precipitadamente: "Pronto?"

"Não", eu respondo, pois ela silencia.

Após a última frase, eu digo em voz alta *"punct"* e *"gata"* [pronto]. Ela se levanta automaticamente. Pela primeira vez eu aprecio as suas feições (de uma delicadeza de uma flor). Ela arruma os papéis num feixe, por meio de gestos lentos – parece ganhar tempo! O guarda diz do corredor: *"Gata?"*

"*Nu* [Não]", ela responde com uma voz apagada. É sua primeira e última palavra. Ele fecha a porta lá de fora.

A camarada não segue o seu caminho, mas se volta para o meu canto, onde estou sentado por trás da mesinha e aguardo com as mãos sobre a sua superfície. Ela detém o passo; inclina-se sobre mim, beija-me na testa, beija-me na boca, enquanto seus seios abobadam a blusa e a correntinha, com uma cruz de prata, que leva no pescoço, desliza de seu esconderijo. Ela se estende, recolhe com a mão esquerda a correntinha e a esconde por trás da blusa.

O caçador não soube nada dessa parte.

9

Cada vez que tomo consciência de que me encontro atrás de fechaduras e ferrolhos, na cadeia... Então, inquieto-me: as sete portas de ferro devem ser abertas imediatamente. Sair! Somente sair!

Em Fogarasch, no enorme jardim de minha infância, surpreendi uma vez um moleque de rua roubando maçãs. Quando tentou escapar, rápido como um raio, pulando a sebe da igreja de São Francisco, eu o prendi com um laço ao estilo de Tom Mix e o tranquei no abrigo antiaéreo, que era vedado por portas maciças. O garoto comportava-se como um louco, debatendo-se com as mãos e os pés. Tive muito trabalho para arrastá-lo. Mas era algo deplorável escutar os golpes que dava com os punhos no subterrâneo. Gritava pedindo água. Entrei em casa para buscá-la – o tempo que deveria durar a punição. Quando voltei, um silêncio reinava no subterrâneo. Teria ele escapado? Quando abri as pesadas portas, encontrei-o estirado no chão, sem sentidos, com a boca encostada numa fenda das portas. O rosto e a cabeça estavam ensanguentados. Passaram-se apenas alguns poucos minutos...

O major não me chama. Paredes brancas em repetições infindáveis e, nas entranhas, o tique-taque de cada segundo. O tempo torna-se uma ameaça. Resistir e, sim, escapar, mas como? Arranjar-me nesta época má e longa, como bem tentou fazer a nossa mãe?

Ainda morávamos na Casa do Leão. E ainda que os comunistas tivessem de dividir o poder com o rei, nós os temíamos o tempo todo. Mas era uma intuição vaga e imprecisa. O que fizemos nesses dias, a liberdade que tomamos, poderiam ter nos custado o pescoço – tal e como o vejo agora! Após o Golpe de Estado de 1944, proibiram a posse de aparelhos radiofônicos a pessoas como nós. Minha mãe, ainda assim, quando começaram a requerer os aparelhos, manteve dois deles, escondendo-os às costas de meu pai. O menor, de formato oval, um modelo popular Philips com duas faixas, uma coisa compacta e pesada, ela escondeu no seu guarda-roupa, num grande cesto de costuras.

Por ocasião de uma busca domiciliar, numa noite do outono de 1946, os homens da *Siguranţa* real, acompanhados pelos *rotgardistas* – comunistas –, após revistar cômodo por cômodo e, com gestos escabrosos, pôr tudo de ponta-cabeça, acabaram encontrando o cesto de costuras. Minha mãe pediu – a nós, crianças – que sentássemos direito na cama; as mãos sobre a colcha. Não deveríamos dizer uma palavra. E tampouco chorar! Uma interdição que a minha irmãzinha obedeceu corajosamente, ainda que as lágrimas escorressem por suas faces até a curvatura da boca, onde ela as recolhia, algumas vezes à direita e outras à esquerda, com a ponta da língua.

Quando os homens escancararam a porta do guarda-roupa, que era o único lugar na casa proibido às crianças, mas que às vezes abríamos uma lacuna para nos deleitar com o agradável cheiro interior, seus olhos caíram de imediato sobre o fatídico cesto. Minha mãe, contudo, intrometeu-se antes que eles pusessem a mão no cesto; curvou-se para pegá-lo, colocando-o calmamente no chão, e disse: "Ah, apenas um cesto velho com meias de crianças para remendar!" E viu como aqueles homens revolviam o seu guarda-roupa, misturavam e deslocavam as coisas e não as recolocavam no lugar. Ela, porém, voltou a colocar o rádio escondido no seu lugar, enquanto os tipos sinistros seguiam às pressas adiante.

O segundo aparelho de rádio, minha mãe havia escondido no canto do divã, disfarçado com almofadas: um enorme aparelho receptor da marca Telefunken, com olho mágico, que agora brilhava esverdeado de seu esconderijo. Ela fez passar o fio da antena pela chaminé, soldando-o acima numa rede metálica. A música que saía das almofadas evocava, como por encanto, tempos passados. E as notícias, de emissoras distantes, que provinham do cesto de costuras, nos levavam para um presente irreal.

Seria possível transferir esta experiência para cá? Uma forma de restauração do tempo? Não.

Apesar de tudo: não há nenhum nicho no tempo, onde eu possa esconder-me das ameaças diárias?

Somos despertados às cinco da manhã; todas as vezes, o mesmo susto primitivo, que se decompõe em medos exclusivos: quando o dia, com suas dezessete horas de chumbo, cai sobre mim.

Num instante, limpo o enxergão de palha – ele vai ficando, noite após noite, mais fino; a palha escapa em forma de poeira. E, num virar de mãos, estendo o cobertor sobre a cama e sacudo o travesseiro recheado com serragem.

Vestir-se! Estou bem provido; entre minhas coisas, que trouxe da clínica, conservo um pijama, no qual eu me enfio com a minha roupa de dia. Pronto! E agora escutar, e esperar.

A porta se abre com brusquidão. Uma pá é empurrada para dentro, em seguida, uma vassoura. Cabelos grisalhos, cabelos escuros, um pedaço de linha castanho, invólucros de papel-manteiga, marcas de batom numa bituca de cigarro…

Uma vez por semana, um pano para esfregar o chão. Faço isso, mas sem disposição. Antes mesmo de passá-lo por todos os cantos, a umidade escapa do chão de pedra. Em contrapartida, o meu colega varre a cela todas as manhãs, com um zelo neurótico. Pronto! Esperar.

Finalmente: *"La program!"* Para os banheiros. Aliviar depressa os intestinos; ao mesmo tempo, mijar, limpar o traseiro. Adiante! O próximo, por favor! Miserável é aquele com hemorroidas, com o ânus se revirando em sangue, ou com crise de diarreia! *"Repede, repede!"* Nós, os saudáveis, perdemos o nosso tempo para aqueles que sofrem, para que possam fazer suas necessidades. Mais grave é quando os músculos das pernas estão enfraquecidos e a pessoa não consegue ficar de cócoras sobre o buraco da latrina – o *abismo do aborto*. Mas algum companheiro de destino mais forte intervém: oferece uma mão, como um apoio, ao fraco, e, com a outra, lava-lhe a boca. O beleguim bate na porta com a armação dos óculos de ferro: Acabem com isso! Ei, você aí, pegue a calça, a caneca fedorenta. E agora, para a cela, em fila indiana. Esperar. Escutar. Por fim, o café da manhã.

Nesse ínterim, descubro um nicho ao abrigo do tempo. Rosmarin já tinha percebido: "Até vir o café da manhã, temos um pequeno sossego." Enfio-me debaixo da mesa de parede. Nesta pequena caverna, não deixo que ninguém se aproxime. De vez em quando, o guarda solta um xingamento, mas não me afugenta. O medo silencia. Pensamentos vagueiam.

Mas logo começam os interrogatórios. Passos de botas soam pelo corredor. Portas tilintam; pessoas são levadas – onze degraus assim, onze de forma diferente. Estamos sentados como num abrigo, estremecidos: "Vem voando uma bola... Ela é pra você ou ela é pra mim..."

Finalmente, a ilha salvadora do meio-dia! A comida com sabor de lata e decocção. Quem já tem um interrogatório atrás de si, mal consegue amortecer a ardente excitação; custa a tranquilizar-se. O que na vida cotidiana é costume, recebe aqui nomes terríveis: conspiração, alta traição, espionagem.

Aferro-me a uma equação diferencial para escapar da obsessão de uma dessas manhãs: rabisco com a unha do dedo o cobertor para escrever novas fórmulas de mecânica celestial; esboço um carro 4x4 com motor propulsor à hélice, capaz de voar sobre pântanos. Nunca antes, nunca depois e em nenhum outro lugar como aqui, na estéril quietude da cela, alcancei tal capacidade de concentração intelectual.

Nas terças e sextas-feiras, após o almoço, se espalha uma inquietação reprimida. Os interrogadores estão em ação: forçam alguém a falar. No resto das tardes, reina o descanso oficialmente estabelecido. Do nicho do meio-dia surge uma galeria sem fim. O ânimo obscurece. Inesperadamente, o meu colega de quarto, deitado na cama diante de mim, diz com uma voz vivaz: "Lembra de como cheguei aqui?" Aponta para cima e diz: "Através do teto." E escuta o som dos campanários, mesmo ali onde o silêncio sufoca um. Ou se lança a toda velocidade da margem da cama e corre para dar com a cabeça contra a parede, de modo que o sangue escorre do nariz e dos ouvidos.

E o chefe dos guardas, lá fora, no corredor? Segundo Rosmarin, encontra-se numa situação pior do que a nossa: ele está sozinho. Morre de tédio! E sente inveja quando há alvoroços nas celas. Parece-lhe que os presos contam piadas aos sussurros, anedotas de sua vida anterior, e riem, o que é expressamente proibido pelas normas da prisão. Sim, que algumas vezes chegam a dar palmadas nas coxas de tanto rirem, o que não é proibido, mas malvisto, do mesmo modo que os exercícios físicos e as danças. O guarda, ao contrário, está encastelado, é só. A porta que dá para as escadas é fechada por fora. O tempo o importuna. Não pode conversar conosco. Não pode ler. Ele não canta. E dançar, estando de serviço? Melhor não. Contar piadas para si mesmo é pouco divertido. Ele vaga até aqui; olha através do olho mágico para dentro da cela, até que o olho lacrimeja – trabalho e variedade ao mesmo tempo.

Mas o homem no corredor procura à sua maneira uma diversão, quando passa o fogo para os fumantes nas celas. Quantas celas consegue atender acendendo um palito de fósforo? Ele corre de um olho mágico a outro, bate na portinhola e introduz a chama onde o preso já está à espera: *"Repede, repede!"* Com o cigarro no bico, o viciado em nicotina se inclina junto ao olho mágico. E com uma *puxada* se apossa de sua parte na chama; participa de um *record*. O cigarro fumega. O felizardo fica entorpecido! Fuma o cigarro até o fim, até que lhe queime os lábios. O guarda, porém, dá um passo adiante, com o palito aceso, para o preso seguinte.

Pode acontecer que a portinhola seja afastada para um lado e o preso salte para a frente com o cigarro. Contudo, nenhuma chama surge, ainda que ressoe o clique e cheire a fósforo. Pelo contrário, um olho preenche a abertura, o olho de um observador elevado, que desliza na ponta do pés de buraco em buraco e nos vigia, e que agora põe o olho no cigarro do preso. Este ser invisível tem de permanecer invisível! E, apesar do olho no tabaco, não deve soltar de si nenhum som.

Eu me vi numa dessas quando o caçador me ensinou. Ele colocou o seu cigarro na minha boca; eu o mantive inclinado próximo ao olho mágico. Quando ele gritou: "Agora, puxa rápido! Ou estaremos sem fogo até a noite!", eu enfiei o cilindro na abertura. Não ardeu nenhuma labaredazinha esvoaçante. Longe disso, o que se pôde ouvir foi um grasnar ofensivo seguido por um resmungo. Então, a portinhola subiu; um nariz carnudo encheu a fresta: *"Idiotule!"* O caçador reconheceu as insígnias de um coronel. Ficou puxando o cigarro apagado até a noite chegar. Eu tive que ficar de pé no canto.

Também pela tarde, como acontece aqui sempre e o tempo todo: esperar, escutar, esperançar-se. As portas não serão abertas e nunca mais fechadas para alguém?

No sábado à tarde, o banho é numa cabine dupla aberta. Algo não muito prazeroso, pois, além de nós mesmos, temos de lavar nossas roupas com um único toquinho sujo de sabão do tamanho de uma caixa de fósforos. Eu o faço com frouxidão: só esfrego os punhos e o colarinho da camisa; as cuecas, menos. As meias limpam-se sozinhas: estão enfiadas na corrente de escoamento.

Depois do banho, raspa a nossa barba um barbeiro de verdade. Barbeia-nos como se fôssemos senhores: primeiro, prepara bem a espuma e usa uma navalha de barbear da marca Solingen. Um dia, um dos presos arrancou a navalha das mãos do barbeiro e cortou-lhe as artérias. O sangue esguicha e mancha o blusão, branco como neve, do velho mestre. Desde então, tiram-nos a barba com uma máquina de cortar cabelo. Nossas mãos ficam algemadas nos braços da cadeira.

Os cabelos são raspados uma vez por mês, mas não por inteiro, senão à moda militar. Ainda não somos criminosos convictos, condenados sem nome e dignidade, senão detidos preventivamente. E, uma vez por mês, dois soldados pulverizam, com um pó de cheiro impregnante, nossas camas e cada um de nós: descer as calças, subir as camisas! Um dos soldados manobra o pulverizador, o outro passa a extremidade do tubo de borracha na nossa pele. Coberta de talco branco, a parte inferior do seu corpo fica parecendo uma figura de gesso.

Em períodos irregulares, um médico nos examina. É um major, de cabelos grisalhos, cuja arte consiste em distinguir os que simulam dos que estão verdadeiramente doentes. A doença não tem a menor importância.

A noite nos pertence. O crepúsculo na cela é iluminado pela luz que vem de cima, da lâmpada por trás da armação de grades. Após a derradeira mordida no jantar, busca-se logo o abrigo da noite. Antes que retorne o chamado: *"La program!"*

Às dez horas, o toque de recolher. Nós criamos a escuridão artificial com um lenço que usamos para cobrir os olhos. Não estaria agora fora de lugar os óculos de ferro. O sono… Até este os pertence.

Ao ser levado para o major Blau, dias depois, ele não solta uma palavra sobre Annemarie Schönmund, Enzio Puter e o círculo estudantil. Também não perde tempo enredando-me numa conversa com diálogos elevados, espirituais. Olha para além da janela, quando começa a falar comigo:

"O senhor pressionou uma estudante saxã, amiga sua, Frieda Bengel, para que não casasse com o namorado, porque ele é romeno. Por outro lado, se empenha, em Posen, a favor do socialismo e pelo entendimento dos povos. Como explica esta contradição?" É passível de punição, considerada como agitação nacionalista, expressar-se contra a mestiçagem entre os povos. "Não devemos concluir que o senhor quis insinuar-se furtivamente no Partido com propósitos obscuros?" Não soa de forma alguma severo o que ele diz, antes aborrecido, como se ele não mais quisesse estreitar contato comigo. Está de uniforme. O fato de manter o quepe militar azul enfiado na cabeça e não tirar as luvas de veludo fornece à sua presença uma fisionomia evasiva. Estou inquieto, quase melindrado.

"Muito simples. Segundo Lênin, as nacionalidades mantêm o seu direito à existência enquanto o povo soberano sobrevive. Se nos querem ter, na República Popular Romena, como saxões da Transilvânia, então devem reconhecer-nos como tais. Antes da guerra vivia na Romênia um total de oitocentos mil alemães – aliás, o mesmo número de judeus. Agora estamos reduzidos a menos da metade... Tendência em queda. Trata-se aqui de pura estatística: o casamento misto destrói a substância."

O major sinaliza, batendo palma de maneira diferente do habitual. Um segundo-tenente aparece; assume uma posição marcial. Sem dizer uma palavra, o major lhe estende uma nota de papel. Meia hora depois, ele tem a resposta. "Não nos pode enganar! Por favor, escute os dados estatísticos recentes: os casamentos mistos mal pesam nos números. Entre os trinta mil membros pertencentes à sua nacionalidade, a proporção de casais teuto-romenos é inapreciável, *quantité négligeable*."

E diz: "Mesmo o senhor não se deixando deslumbrar, de maneira passível de punição, por preconceitos raciais, prestou voz à propaganda reacionária de sua gente. Como um vigilante marxista deveria ter assegurado-se de qual realidade se tratava. O que pensa disso agora?" Ele não diz mais *"mon cher"*.

"Foi justamente o que eu fiz. O pastor Wortmann, com quem recentemente discuti esta questão, forneceu dados semelhantes. Casamentos mistos não constituem perigo algum à nossa subsistência futura."

"E o senhor, o senhor continuou com os velhos hábitos."

"Não mesmo. Tentei, inclusive, demover a recusa dos pais de uma outra amiga estudante, porque eu estava tanto mais do que convicto de que o seu amor era suficientemente forte para a espinhosa empresa de um casamento. Os pais me expulsaram, enquanto a filha chorava na sala de jantar."

"O senhor é o Deus Todo-Poderoso dos saxões?", pergunta o major, voltando-se em minha direção e analisando-me de todos os lados.

"Não", eu digo.

Ele deseja saber quem é a família que não quis dar a filha a um romeno. "Isso eu não digo. Vão descobrir sem a minha ajuda."

O major contempla o brasão nacional na parede e diz: "Não creia que a nossa gente se entusiasma quando um estrangeiro passa a fazer parte de nossa família depois de casar com um dos nossos, sobretudo se é um alemão. De jeito nenhum!"

Ele se levanta, ajusta o quepe, ajeita e estira o casaco do uniforme, tira as luvas para poder assoar-se. Sem se dignar a lançar-me um olhar, ele parte. Junto à porta, ele se volta para trás, à minha direção, joga as luvas de veludo sobre a minha mesinha e deixa o recinto sem dizer nada.

* * *

Esperamos o café da manhã. No corredor, o espetáculo matutino de sempre. O caçador está sentado na sua cama e cheira a casca de maçã de suas filhinhas. Eu me acocoro debaixo da mesa de parede – meu lugar de paz – e procuro não pensar naquilo que quero esquecer. Mas os pensamentos me levam a isso, como aranhas agitadas na superfície de um regato.

Chegara ao fim um daqueles grandes eventos no círculo literário de quarta-feira à tarde. Elisa Kroner havia feito uma palestra sobre o *Doktor Faustus*. Poucas intervenções. Nenhuma pergunta capciosa. Eu respiro aliviado.

Elisa me levou pela mão antes que a massa de ouvintes se aglomerasse nas duas portas de acesso ao corredor. "Seja gentil e me acompanhe. Faça tudo o que eu lhe pedir. E não se surpreenda com nada." Ela olhou ao redor com cuidado. "Faz dias que alguém me persegue. É um deles, pois calça sapatos caríssimos. Eu quero ver se ele me seguirá por toda parte. E se é assim, então quero soltar sobre ele todos os cachorros, mas de maneira elegante." Ela mandou o Liuben embora, que esvoaçava, tal um gênio da lâmpada maravilhosa, ali por perto: "Vá, ampare a Paula Mathäi. Eu estou em boas mãos."

Nós seguimos por um dos corredores mal iluminados, afastando-nos da escada principal. De fato, uma sombra nos seguia. "Então", disse ela apressadamente quando dobramos a esquina, "aí está ele. Eu vou entrar agora no banheiro das mulheres e ficar lá até que a sua bexiga arrebente. Pois é certo que ele tomou antes uma, duas cervejas... E passou três horas sentado conosco, no auditório; meio que escondido atrás da terceira coluna à direita. Em algum momento, ele vai ter que se retirar. E aí, então, você me chama! Melhor, entre lá sem fazer barulho; eu estarei em todo caso sozinha, e partiremos correndo. Mas primeiro desapareça! Caso contrário, ele o apanhará."

Elisa Kroner pensara em tudo. Ao sair, encontrei o homem *sombrio* escondido atrás de seu jornal sob a lâmpada que iluminava as portas de entrada para os dois banheiros com as abreviaturas "To" para *tovarăsch*, "Ta" para *tovarăscha*. Que vesícula colossal devia ter a bexiga daquele homem sem cabeça! Não cedia, não se movia do lugar; mantinha-se firme. Porém, após um tempo quase infinito, ele começou a saracotear com seus caros sapatos. De repente, pressionou o jornal na minha mão e disse, enquanto se virava, sem que eu conseguisse ver o seu rosto: "Segure para mim o jornal até eu voltar!" Era um número atrasado do jornal estudantil *Viață studențească*. Com as nádegas apertadas, ele se dirigiu a passos pequenos para a porta do banheiro, onde, graças a Deus, estava o "To". Enfiei o seu jornal no trinco da porta do "To" e me precipitei contra a porta do "Ta"; olhei rápido ao redor – o banheiro das mulheres era praticamente igual ao nosso; só faltavam os mictórios –, e Elisa e eu corremos em disparada dali, descendo os degraus do pórtico de entrada em direção ao ar livre.

Diante do portal da universidade, sob uma daquelas lanternas de rua, de ferro fundido, dos tempos antigos, encoberto pelo jornal *Viață studențească*, já nos aguardava o homem que havia perdido o seu rosto.

Perplexos, retivemos o passo. Aonde iríamos? "Você fica na minha casa esta noite", eu disse.

"Está bem", disse ela. "Mas não importa onde nos escondamos, jamais nos livraremos deste tipo obscuro." Jamais, pensei eu também.

"Liuben já tinha arrancado o jornal do homem sombrio esta tarde e pisado com força, com suas botas de inverno, as pontas de seus sapatos de luxo. Ele se virou imediatamente, deixando, porém, escapar pela primeira vez um tom de sua voz: "*Dumnezeule*, Deus do céu, meus caros sapatos." Retirar-se, ele não se retirou.

"Liuben, o príncipe dos Bálcãs, pode permitir-se muitas coisas. Mas eu lhe prometo: desta vez este monstro irá aprender o que é o medo. E você poderá dormir em paz."

Nós pegamos um atalho através do Cemitério Central, que se destaca sobre a encosta de uma montanha no meio da cidade. A neve rangia sob nossos pés. Logo após passar por alguns túmulos, o homem que nos seguia guardou o jornal. Ele sacou uma lanterna de um bolso, com a qual esperava encontrar-nos, mas em vão, pois procedíamos em silêncio e com cuidado. De repente, o cone de luz deu meia-volta e retrocedeu titubeante para a entrada do cemitério. Elisa disse: "Eles têm medo das almas dos mortos."

Escolhi o caminho que atravessa a parte ortodoxa do cemitério, onde em cada túmulo uma laterna sagrada irradia a sua devota luz. Elisa se deixa conduzir de boa vontade pela mão. "Até este momento eu menosprezei isso como superstição. Sinto vergonha. Este caminho, iluminado por uma grinalda de luzes eternas, de um verde suave e vermelho escarlate, me encoraja de maneira surpreendente. Sinto-me como em fuga para o Egito, onde os anjos, com estrelas no cabelo, iluminavam o caminho da Sagrada Família."

A casa da condessa Apori ficava no flanco de uma colina. O rés do chão, enterrado parcialmente na terra, resvalava na encosta. Entramos, através de uma cave que servia de lenheiro, numa antecâmara tosca, onde eu, durante o verão, costumava instalar-me; passamos por ela e chegamos ao quarto de minha senhoria. Nas paredes, abriam-se fendas. Ainda que eu lhes preenchesse regularmente com trapos, deploravelmente passava a brisa fria… "Cuidado, meus filhos, o chão está cheio de buracos e rachaduras." Para economizar lenha, eu tinha armado aqui a minha cama para o inverno, e separado um canto usando um tapete de caxemira. Elisa balbuciou: "Olha que maravilha! Aqui há também uma laterna sagrada, mas de cor vermelho-rubi." O pavio aceso boiava no interior do vidro vermelho.

A condessa Clotilde Apori estava deitada na sua cama, coberta por uma manta xadrez puída e com o casaco de pele de seu esposo sobre os pés. Uma selha, revestida com um molde de gesso e adaptada ao seu corpo encurvado, servia de banco de repouso durante o dia.

"Chegou tarde, meu querido Chlorodont", censurou-me a condessa. "É preciso deitar óleo na lanterna sagrada e também atiçar o fogo." E para Elisa: "Não se espante, senhorita. É assim que eu o chamo. O sobrenome dele é muito esquisito para se dizer. Mas sente-se onde quiser. Faz o mesmo frio em todas as partes. A vantagem de a pessoa ser entrevada é que assim o sentimos menos. Só vejo o sopro."

Eu trouxe a lenha; aticei o fogo. Clotilde Apori acabara de escutar as notícias da "Voz da América". Ela nos contou que o cardeal Mindszénty passara o dia batendo na parede de seu quarto na embaixada dos Estados Unidos. Alguns meses antes, um insurgente húngaro havia libertado o alto dignatário da prisão, depois de oito anos detido, e o colocado num banco no saguão da embaixada.

No seu pequeno rádio portátil, marca Pionier, figuravam somente as estações do bloco soviético com seus nomes. As emissoras ocidentais eram reconhecidas pelo barulho uivante das interferências. Apesar de tudo, a velha dama escutava o que desejava escutar. "Nós, os aristocratas, temos uma audição aguçada por séculos. Constantemente tínhamos de estar atentos, mas não apenas ante o povo, senão ante a qualquer um. Isso significava aguçar os ouvidos, escutar e entender o que as criadas e criados cochichavam, o que as governantas sussurravam, o que os proprietários de terra tramavam, o que o padre queria dizer-nos nas entrelinhas em seu sermão, o que o advogado nos ocultava."

Ela se sentou de súbito; as articulações estalaram. Eu pus o travesseiro na zona lombar de sua espádua, e Elisa sentou-se num banquinho junto à sua cama. "Obrigado, mas eu ainda não terminei: sondar o que o bom vizinho escondia por trás de suas palavras, o que o irmão hostil tramava em segredo, o que as cunhadas mexericavam às suas costas e as intrigas infinitas que urdiam os parentes. Porque uma coisa é preciso saber: todos os aristocratas são aparentados ou são familiares. Ser aristocrata significa viver duplamente sozinho: como indivíduo e ainda como minoria ameaçada." Ela pediu iogurte com algum pão torrado. "Após essa digressão *pro domo*, preciso fortalecer-me um pouco." Elisa pôs a tigela de iogurte entre os dedos encurvados da condessa e esmigalhou a fina, seca torrada. "E, apesar de tudo, recordem isto os dois a vida toda: a proteção e o amparo só favorecem a classe à qual o indivíduo pertence."

Com um canudinho, ela tomou todo o leite fermentado da tigela; não quis mais ajuda. "Obrigada, eu faço tudo sozinha dentro de minhas possibilidades. A propósito, querido Chlorodont, prepare uma pequena ceia. Certamente que estão famintos. Geleia, iogurte, margarina, três dentes de alho e tomilho como condimentos, sim, e uma saudável torrada, com a qual eu possa servir-me."

E seguiu dizendo: "*À la longue* temos aprendido inclusive a ler os pensamentos. Por exemplo, eu leio, meu bom Chlorodont, o que você tem em mente ao alojar aqui, nesta noite, esta senhorita de escultural beleza. Um pensamento nobre. Por isso que saiu ligeiro como uma flecha das ilhas Fiji para buscar lenha. Nunca antes teve tanta pressa. Nós organizávamos assim, em nosso palácio de Szent-Márton, os hóspedes que pernoitavam conosco: os pares de namorados, juntos; os casados, separados. Assim, todos ficavam satisfeitos."

Elisa retirou a bandeja. "Ponha na antecâmara", eu disse, "assim os ratos também vão ter o que comer."

"É isso, meu Chlorodont. E agora algumas gotas de atropina nos olhos para que eu possa enxergar melhor." Com as pupilas entorpecidas, gigantescamente dilatadas, a velha dama examinou Elisa com cuidado. "Agora podemos selar a nossa amizade." Elisa fez uma reverência. "Seguramente você se chama Klara. Que olhos tão claros, plenos de bondade e sabedoria. Os membros nobremente formados, talvez um pouco baixa de estatura. Mas uma pessoa cresce até os vinte e cinco." Inesperadamente, Elisa se ajoelhou e beijou o dedo gotoso da mulher.

O fogo crepitava. As janelas embaçavam-se. O ambiente aquecia-se. Eu pus roupa limpa de cama. "Aqui dorme você, Elisa. É a minha cama. Terá que se contentar com um colchão, não de palha, mas forrado com folhas de milho. Eu me deito no outro lado, no sofá. Você pode se lavar detrás do biombo espanhol. Ali, junto à estufa."

A condessa disse: "Japonês! O biombo com os pelicanos nós o trouxemos do Japão. Meu marido e eu vivemos lá nos anos quarenta. Por favor, meu Chlorodont, dê à senhorita uma de minhas camisolas. E, então, tenha a gentileza de massagear-me o ventre com um pouco de conhaque. Tenho enxaqueca, e a dor desce até a nuca. Não se assustará, minha querida Klara, com o ventre desnudo de uma anciã."

"Não", respondeu Elisa. Nem eu mesmo me assustava mais.

Tirei de uma maleta, que também servia de banco, uma camisola de seda cravejada de rendas, outrora esplendorosa, agora bem menos, que Elisa vestiu. Cheirava a naftalina e a um aroma de *Magie Noire*. Ela assumiu um aspecto tão engraçado que eu não pude evitar de entrelaçá-la em meus braços. Sua cabeça me alcançava o queixo. Eu escutei bater o seu coração. Ela sussurrou: "Com que vermelho mais vivo brilha a luz da lanterna sagrada na sua redoma de cristal! Deixa assim. Não coloque mais óleo."

Com o conhaque medicinal aromático esfreguei o ventre da condessa de aspecto bem estranho. Por causa de tantas massagens, o umbigo tinha se deslocado em direção ao esterno. Lá ele ficou, estranho e taciturno.

De repente, o vi diante de mim: então, no bosque, desnudo, sobre o leito de folhas apodrecidas, o umbigo de Annemarie desaparecia sob uma prega de pele, deixando à mostra um ventre anormal, enquanto ela ainda estava lá como um ser fabuloso que infunde terror. E eu me lembrei, enquanto os vapores do álcool do conhaque invadiam o nariz, de como nós dois havíamos mastigado, com a boca cheia, o nosso pão com toucinho. O meu estava untado com bastante mostarda: "Fortalece a virilidade do homem!" E o seu, polvilhado com páprica vermelha brilhante: "Inflama o temperamento carinhoso da mulher!" Essas coisas nos tinha dado um de seus tios da aldeia. E eu escutei Annemarie dizer com a boca cheia, os lábios e queixo cheios de páprica: "Quero assegurar-me por escrito de que se casará comigo." Agora ela estava casada, tinha-o por escrito.

No meio da noite, Elisa despertou-me com uma voz suave: "Que rangidos e estalos faz este colchão de palha!" O globo de cristal da lanterna sagrada irradiava um brilho avermelhado, que só se extinguia nos cantos do cômodo. A condessa roncava tranquilamente.

"São os ratos."

"Ah!", disse Elisa, mas sem deixar escapar nenhum grito, como teria sido o normal. Afastei o tapete oriental para o lado e fui sentar-me na sua cama. O bruxulear da minúscula chama da lâmpada de azeite projetava figuras oníricas sobre o teto de telhado baixo. Noventa e nove dias tinham-se passado desde que Annemarie me dissera adeus para sempre. Não fazia muito que Gunther me contara em voz baixa que ela não tinha passado nos exames do Estado e partido em viagem.

"Os ratos têm uma pele muito suave", expliquei, e quis deitar-me junto à Elisa.

"Ainda não", disse ela com doçura. "É muito cedo." Ela ficou encolhida, como uma bolinha de lã. "Eu vou expulsá-los à minha maneira." E começou a assoviar uma polca para ratos. Efetivamente, os ratos saíram dando saltos do enxergão de palha, caíram pesadamente sobre o assoalho de madeira e começaram a girar em círculos. Ela agora, ademais, cantava uma canção da Suábia: "Caudas, caudinhas pequenas, na periferia da cidade um mendigo maltrapilho celebra o seu casamento. Todos os animais que têm cauda estão convidados para essa boda. Os ratinhos tocam a flauta, os piolhos dançam ao redor e o ouriço bate o tambor. Trancemos coroas, dancemos sem cessar, que os violinos não parem de tocar." Foram-se eles, os caudas pequenas. O silêncio se fez no quarto e no enxergão.

"Por que a condessa não despertou? Sabe a razão?", perguntou Elisa.

"Porque ela não nos teme."

"E agora eu lhe contarei uma história que ninguém conhece, nem a minha irmã preferida. Uma tarde, de volta para casa, alguém me cingiu suavemente com o braço. Ao virar-me, surpreendida, vejo o rosto de um homem que sorri para mim com dentes brilhantes. Dei-me conta imediatamente de que era um romeno de uma aldeia da montanha. Seus dentes eram imaculados! E ele também tinha uns bonitos olhos castanhos.

Ele disse: *"Domnişoară* [senhorita], posso acompanhá-la até a casa?" E logo em seguida, no mesmo fôlego: "Não, pois eu a perderei de vista em poucos passos. Talvez more aqui perto ou desapareça sem deixar rastros ao dobrar uma esquina. Gostaria de convidá-la para tomar algo na confeitaria mais próxima, a Foice Vermelha, que nome ridículo!, não acha? Poderá pedir o que mais gosta. Meu coração não suporta mais vê-la sempre a distância. Jamais havia visto uma saxã tão bela e adorável."

Elisa se moveu, a armação da cama rangeu; ela tinha buscado um apoio. "Eu estou tão feia. Sinta!" Ele pegou a minha mão e a levou ao rosto. "Esses ossos das mandíbulas, como se sobressaem! E os olhos, como são separados, e a boca, veja como chega até as orelhas!"

"Até as orelhas? Só quando sorri de orelha a orelha", eu a consolei.

"O jovem me olhava com candura. Por que não?, eu pensei. Nós só conhecemos os romenos de rua. A maioria nos parece ameaçadora, os outros são estrangeiros, cuja língua aprendemos com dificuldades. Mas voltemos a este Decebal Traian Popescu. Nós nos encontramos outras vezes mais. Um novo mundo se abriu para mim. Ele é de Reschinar, um grande vilarejo de pastores de ovelhas. Ali os homens, com seus gorros de pele e cabelos longos até o ombro, têm exatamente o mesmo aspecto que os dácios da coluna de Trajano, em Roma. Reschinar é uma aldeia vizinha de Heltau, onde nós, os de Kronstadt, nos sentimos em casa. Ele conhece nossas fábricas, louva a afortunada simbiose existente, durante séculos, entre os pastores romenos e os tecelões saxões, deixa entrever que conhece nossa família de ouvir falar, lamenta que, depois da guerra, aos saxões nos tenham tratado com tanta dureza. E sempre é muito educado e carinhoso quando estamos juntos, e os seus olhos se enchem de alegria quando nos encontramos. De fato, os homens romenos são de uma amabilidade juvenil; podem entusiasmar-se por uma mulher como uma criança pelo Menino Jesus, e são uns cavalheiros perfeitos; beijam-lhe a mão mesmo a céu aberto. Em suma, ele é charmoso, muito atencioso, desejoso de aprender, faminto de conhecimentos. Às vezes, falamos em inglês. Ele trabalha como pesquisador no Instituto de Agronomia, que se encontra, como você sabe, bem na periferia da cidade, em Monostor. E vive com a sua idosa mãe num desses novos blocos de apartamentos."

Senti o frio subir pelas pernas como uma rã. Uma corrente de ar frio acariciou o meu rosto como delicados arranhões de alfinetes. Acrescentei duas toras de madeira ao aquecedor; as brasas reavivaram-se pouco a pouco, o fogo ardeu, a condessa roncava suavemente. Sentei-me com Elisa na borda da cama. "E o resultado é que ele, depois de algumas semanas, me convida à sua casa. A mãe, de quem ele fala com tão grande respeito e amor, gostaria de conhecer-me."

Eu confirmei: "Os romenos tratam os seus pais de senhor, sim, de senhor. Exatamente igual aos nossos compatriotas saxões."

"Precisamente", corroborou Elisa. "Sim, e as crianças romenas saúdam as pessoas mais velhas dizendo: beijo sua mão! Inclusive os homens."

"As nossas não fazem isso!", disse eu.

"Aprendi muitas coisas em todas essas semanas. Isto e mais." Ela silenciou, e continuou depois de um instante: "Hesito. Ele repete o convite. Não me pressiona. Penso: o que me pode acontecer? E digo sim. Uma torre. Subimos pelo elevador. Ele mantém um silêncio mórbido. Evita meu olhar. Eu penso: talvez esteja nervoso, porque não sabe o que a sua mãe vai pensar de mim, eu, uma saxã, uma estrangeira. Sinto-me indisposta, sim, humilhada. Por quê?, penso. Vão-me apresentar como um animal de criação.

Uma porta sem placa nem nome. Descerra o ferrolho. Sem poder negar, devo entrar primeiro. Ele me segue, pisando nos calcanhares. Ele tranca a porta, tira a chave. O ar é pesado, como num porão. Silêncio sepulcral. Indica-me um lugar num cômodo decorado num estilo *kitsch*. Ele é muito determinado naquilo que diz, mais ainda, no que ordena. Tudo está coberto com um dedo de pó. Prepara um chá. Nas xícaras, moscas mortas. Ele diz: 'Minha mãe chega mais tarde'.

Eu digo: 'Ela não vem'.

'Como?', ele pergunta.

'Porque eu estou sendo enganada'. Fico a ponto de chorar. Não porque ele se identifique como um capitão da *Securitate* e me detenha lá durante horas, mas porque ele me..., você entende?

Eu deito o chá sobre as flores secas em seus vasos de plástico. Ele diz: 'Permaneça sentada. Não se mexa!' Ele quer alistar-me como agente. Eu digo que não, que não e que não!

'É uma distinção que consideramos a alguém digno de trabalhar conosco', diz ele. Eu digo que não, que não e que não! Ele não se deixa confundir: 'Estará na melhor companhia: engenheiros, professores, diretores, inclusive bispos e párocos cumprem com o seu dever patriótico e nos informam de tudo o que possa vir a prejudicar o nosso Estado. Qualquer informação, até a mais insignificante, é importante. Temos que atacar os problemas desde a raiz'. E, de repente, me disse em alemão: 'Um fogo feito com palhas pode converter-se num incêndio capaz de arrasar uma grande superfície! Desde a contrarrevolução na Hungria há bastantes cabeças ocas exaltadas por aqui. O que faria se alguém de seu círculo de amizade propusesse explodir pelos ares a estação de trem? Percebe o problema? Já começa a pensar'. E ele segue falando em romeno: 'A senhorita, como filha de um industrial, goza de inteira confiança dos elementos reacionários. Ideal para um *informator*'. Digo que não, que não e que não!

Ele não me escuta, não me leva a sério; é para desesperar-se. 'Além do mais, a senhorita fala três idiomas. Por outro lado, não esqueça: a senhorita tem uma dívida a pagar perante o nosso Estado democrático popular. Nós permitimos que estudasse, apesar de sua insalubre origem social', ele diz. E, em voz baixa, mas incisiva: 'Como filha de um explorador, seu lugar é ao lado de uma máquina numa fábrica! E atrás das grades, se não acabar logo com essa farsa de círculo literário, esse circo suspeito. Inclusive é bastante suspeito o seu conselho diretor: a senhorita, filha de um industrial, depois, aquele que chamam de presidente, o filho de um comerciante com empresa própria, e o Reissenfels, um palhaço, filho de um coronel do Exército Imperial e Real'.

Mais tarde, à noite, me deixa partir. Observa-me com olhos frios e diz a meio-tom: 'Voltaremos a nos ver, obstinada saxã'. Desde então sombras me perseguem."

De repente, tremi de frio: "Seguir participando do círculo literário, até que se desenganem!" E acrescentei: "Se eles puserem um de nós em aperto, temos que dizer não, sempre que não. Um dia, isso lhes parecerá tão estúpido que nos deixarão ir. Mesmo que venham a prender-nos, eles nos deixarão partir. Dizer que não, como você, Elisa, ao diabo!"

"Ou dizer que sim", adiantou ela. "Dizer que sim, se alguém está inteiramente convencido de que pode chegar até o fim, de que pode ser inteiramente consequente. Pense nas pessoas que se movem na ilegalidade, que jogam com a vida e com a liberdade, inclusive mulheres. Porém nenhum de nós chegou a esse extremo. Assim, durmamos em paz. Agradeço-lhe por tudo." Ela abriu espaço ao lado, as folhas de milho sussurraram. Eu poderia ter deitado ao seu lado, mas voltei tateando para o meu sofá.

Ao cabo de um instante – eu a ouvia se embrulhando –, disse Elisa: "Amanhã, logo cedo, a primeira aula dupla: história do Partido Comunista, os bolcheviques." Ela disse exatamente assim; evitou as abreviaturas correntes. "Para isso, eles tiraram do programa a história da Inglaterra. Inglaterra? Puro feudalismo. Um bando de ladrões reacionários que chegou aos dias de hoje, e com uma rainha no trono."

Uma mola rangeu debaixo de mim. A condessa despertou. "O que é isso, querido Chlorodont?"

"O sofá…"

"Sim, ele geme e se queixa, não se acostumou de modo algum com esses novos tempos. Mas por que fica neste pobre sofá e não na sua cama?"

"Lá dorme a Klara", sussurrei, e me surpreendi ao chamá-la de Klara.

"Precisamente", disse a condessa. "Tem que dormir com ela para lhe dar calor, para proteger essa pobre criança assustada." E me pediu em voz baixa: "Venha, meu filho, vire-me. Ponha-me para o lado esquerdo. Meu coração pesa. Talvez assim ele encontre a paz."

Pela manhã, tudo se deu muito rápido. Antes de haver atiçado o fogo, escutei como Elisa quebrava o gelo da bacia por trás do biombo japonês e começava a murmurar. Fiz o fogo no aquecedor de cerâmica. Logo me lavei com água fria embaixo de um chuveiro que eu havia instalado na lavanderia. Elisa e eu acompanhamos a condessa ao banheiro. "Bem, agora feito... Eu estou bem. Do resto se ocupará a Klára Pálffy." Antes de partirmos, supri o aquecedor de lenha até o topo. "Isso bastará para algumas horas."

"Obrigada, Chlorodont. Obrigada, Klara. Um belo casal!" Ela nos mandou beijos com a mão, que cobria com suas luvas estropriadas.

Chegamos à universidade a passos largos. Não atravessamos o cemitério, que abria um sulco no flanco da colina, mas fomos pela calçada como pessoas civilizadas. "Tenho uma boa notícia para você, Elisa. Aquele de ontem, abaixo, na universidade, não era o mesmo que o de cima. Todos calçam os mesmos sapatos e se escondem atrás dos mesmos jornais. Refinado isso, não? Assim, causam a impressão de que um único homem está presente em todas as partes. Eu calculei bem: ainda que tivesse acabado o que tinha de fazer à velocidade do som e tivesse saído à velocidade da luz em direção à porta da universidade, ele não teria logrado sucesso."

"Uma boa notícia", respondeu Elisa com algumas dúvidas. O relógio que havia em cima da entrada do vestíbulo assinalava sete e meia. "Ainda é bem cedo", ela observou. "Demasiado cedo. Fique atento para não se confundir em seus cálculos; depois será tarde demais." Despedimo-nos, cada qual seguiu o seu caminho.

* * *

O silêncio retorna ao corredor. O *program* chega ao fim. Eu busco refúgio na minha caverna de todas as manhãs e repasso minhas recordações. Constato, com perplexidade, que me atenho às indicações do major: "A primeira coisa que deve aprender é recordar o que quer esquecer a todo custo."

Vida de estudante sob a bandeira do Partido! Quão inocente, quão suspeito era tudo aquilo? Porque, após os acontecimentos de Budapeste, o *conceito* de estudante havia caído em descrédito — uma palavra que irritava o Partido e o governo.

Foi inocente quando, no começo do semestre de outono, nos reunimos em *Feleac*, no colorido bosque de faias. Formou-se um grupo de quase trezentos jovens em várias rodas, por cujos centros ora passava um para dizer algumas palavras, ora outro para se apresentar como novato e dizer o seu nome, estudo e lugar de origem — muitas vezes com as maçãs do rosto avermelhadas e a voz trêmula.

A maioria procedia da Transilvânia; tinham as suas moradas em algum lugar entre o Broos e o Draas, os pontos fronteiriços mais extremos do reino saxão. Vinham de Schäßburg e Agnetheln, Sächsisch-Reen e Deutsch-Kreutz, e de povoados com nomes divertidos, como Wurmloch [carcoma; verme] e Zeppling [pendência], Katzendorf [aldeia de gatos] e Hundertbücheln [cem nozes], sem esquecer Neithausen [invejosos] e Leblang [vida longa].

Foi tão inocente e divertido que, depois da apresentação dos recém-chegados, tocamos *Negar Três Vezes* e *O Imperador Envia Soldados* ou dançamos valsas sobre a relva e sobre as toupeiras, acompanhados por música de acordeão. No fim da festa, entoamos *Transilvânia, Terra Abençoada*. O Partido e a *Securitate* também poderiam ter dançado e cantado conosco, todos abraçados, a estrofe "E que os laços da concórdia congreguem todos os teus filhos", e apostar corrida no *"Drei Groschen heraus"*, no pega-pega, ou deslocar a munheca no jogo do imperador. No entanto, nós, os responsáveis, nos sentimos suspeitos quando o eco das canções ressoou no bosque alemão, ou quando, a caminho de casa, já nas ruas da cidade, seguíamos marchando. E foi comovente o entusiasmo que o canto transmitiu à população, porque, ao lado de canções como *Na fonte, diante da porta* ou *Mariana, ana, ana, tu laçaste meu coração*, soaram baladas de soldados de muitas guerras perdidas. Ainda nos era próximo o tempo em que, nas nossas cidades, no dia do aniversário do rei, o general romeno, circundado de oficiais alemães, recebia, ao som de tambores, o desfile das companhias da *Wehrmacht*, que passavam marcando o passo de ganso com tal precisão que o público, que aplaudia freneticamente, imaginava estar diante de uma tropa de fantasmas amestrados, e as damas da alta sociedade romena, sobre as quais as criadas seguravam delicadas sombrinhas, desmaiavam de emoção, enquanto nós, os moleques, gritávamos a plenos pulmões: *"Sieg Heil! Sieg Heil!"*

Nós, os responsáveis, à frente da coluna universitária, *sentíamos* como olhos e ouvidos ocultos registravam tudo maliciosamente. E, contudo, não conseguíamos fugir da magia das canções.

O guarda abre a fechadura: "O que você tá fazendo aí?"

"Estou sentado refletindo e pensando." Para o caçador, porém, ele diz: "Fique de olho neste saxão. Pensar é perigoso!"

O círculo literário, este filho indesejado das autoridades... Era delicado! De quarta-feira em quarta-feira, para qualquer leitura à noite, nós tínhamos de enganar o comitê do Partido e o reitorado para que nos concedessem a autorização prévia. Muitas vezes não havia secado ainda a tinta da última assinatura quando o tumulto dos entusiastas da literatura já entupia a entrada da universidade.

No entanto, era o círculo realmente tão intrepidamente progressista, como eu o havia dado a entender ao major? Se tudo dependia do que fora visto pelos olhos da *Securitate*, desejei que esses olhos estivessem cegos para algumas coisas.

* * *

Naquela quarta-feira à noite, quando Elisa Kroner saiu comigo, escapamos, todavia, sem maiores problemas. Suas considerações sobre *Doktor Faustus* foram tão aguçadas e intrincadas que só deram lugar a débeis interpretações, notas à margem, sem perguntas capciosas. Paula Mathäi e Elisa iam alternando-se na redação do protocolo da sessão. No dia seguinte, tínhamos de apresentar ao reitor um relatório detalhado com tudo o que se havia dito, lido e discutido. Elisa recolhia com serenidade todos os aspectos trazidos à discussão.

Michel Seifert, aliás Basarabean, comentou em tom de censura: "Isso não tem de modo algum a ver com o nosso destino saxão. Quero dizer, estas coisas com o Adrian e o Fausto não nos dizem respeito, não dizem nada a nós, saxões."

"Não tanto", contrapôs Elisa, sorrindo de um modo que o desarmava. "Dito de uma forma simples: o romance trata de uma narrativa vital representativa, inspirada, para dizer a verdade, na biografia do Nietzsche…"

Um futuro veterinário cortou-lhe a palavra: "Nietzsche? Ele que disse: Vai entre as mulheres, leve um chicote!"

Elisa corrigiu-o muito séria: "Não se esqueça do chicote! Também pode querer dizer: para estalar em seus ouvidos quando for o caso."

Os veterinários só prestavam atenção à metade do que se dizia. Eles formavam um círculo literário para si mesmos; debatiam à meia voz sobre literatura especializada, inclusive sobre as doenças venéreas das moscas-varejeiras. Tampouco estava eu por inteiro na discussão, quebrava-me a cabeça pensando: como era mesmo? Como era possível que Thomas Mann houvesse dito algo sensato sobre o comunismo? Eu havia lido *Doktor Faustus*, em consideração à Elisa, até a metade. O resto eu havia guardado para o crepúsculo da vida.

Elisa não deixava escapar o fio da meada: "... ainda assim, a época e o destino desse compositor podem dizer-nos muito, inclusive a nós, os saxões, querido Michel. Dito de uma forma simples: há em Thomas Mann uma discussão com o conjunto dos processos sociais de sua época, um ajuste de contas com a moderna sociedade burguesa e com a história dos alemães desde Lutero até Hitler."

Eu levantei a cabeça para o quadro de Gheorghiu-Dej na parede frontal da sala: ele ouvira aquilo com prazer!

Aqui e ali, no auditório, ouvia-se alguma voz. Um médico censurava o autor por não perceber que já na sua época a sífilis tinha cura.

"Thomas não deixou de perceber isso", corrigiu-o um psicólogo. "Mas o herói principal, Adrian Leverkühn, deseja morrer. É um suicídio a prazo. O homem é o único ser vivo que se destrói e, respectivamente, se liquida voluntariamente."

"Não é verdade", disse um biólogo. "Já se observou algo semelhante entre os animais. Os lemingues cometem suicídio coletivo: precipitam-se em grupo ao mar. E o esquilo se desfaz da vida em absoluto silêncio: enforca-se na forquilha de um galho." Uma garota queria saber de onde se tira a força sobre-humana para findar com a própria vida.

Uma estudante do último semestre, cujo noivo de muitos anos a abandonara na noite para casar-se no dia seguinte com uma jovem médica húngara, exclamou: "Há situações-limite nas quais se precisa de uma força sobre-humana para seguir com a vida." E rompeu em soluços. Gunther Reissenfels, responsável pelos "toscos", trouxe um copo d'água, animou a coitada e a conduziu ternamente para fora, acompanhado por uma de suas amigas.

Um estudante de teologia, Theobald Wortmann, meu antigo colega de banco na Escola Honter, disse apaticamente: "Pulsão de morte de Freud!"

Isso vai longe, pensei assustado. É preciso intervir! Algo assim não agrada ao quadro da parede. Eu disse: "A morte é um processo vital natural. Na morte, somos todos iguais. Desde a *amoeba viridis* ao rei de Thule, ela apanha a todos e a cada um."

"A todos e a cada um. Quer dizer, não apenas as paramécias e as cabeças coroadas, mas também os tiranos", disse Theobald. "Porém quando morremos, irmãos e irmãs, nem todos são iguais. Todas as noites rezamos: Dai-nos, Senhor, uma morte bem-aventurada! Isso não quer dizer que não nos leve sem dores.

Muito mais, o que pedimos, em realidade, é que passemos à vida eterna livres de culpas terrenas e com a esperança de algo mais além do horizonte."

Sem que eu precisasse fazer um sinal com os olhos, Gunther agarrou pelo braço este homem de Deus: "Venha, camarada, tomar um pouco de ar!", e o conduziu sala afora. Ele retornou à sala para gritar: "E onde fica a liberdade de expressão garantida por nossa Constituição? Deus não permite que se zombe dele e cuspirá de sua boca sagrada todos os ímpios."

Um solícito jurista se danou, em seguida, a explicar o que se entende por liberdade de expressão numa democracia popular: "Liberdade de palavra e de expressão, sim. Porém circunscrita a certos âmbitos. A propaganda mística pertence ao sábado e ao domingo nas igrejas, mas à segunda-feira, não mais, e de modo algum neste lugar, uma universidade do Estado."

"A cada um o seu!", disse um historiador. "A divisa dos Hohenzollern." Observação que eu negligenciei, esperando ser imitado pelo quadro da parede, o espião da sala.

Finalmente, pareceu-me, para aqueles instantes, que a palavra de Thomas Mann era bem-vinda para todos os movimentos desviantes da linha reta do partido. "O anticomunismo é a estupidez fundamental do nosso século, disse o grande Thomas Mann", anunciei, e ninguém questionou a minha opinião.

Achim Bierstock se expressou prudentemente sobre o tema da morte e da liberdade, como sempre o fazia, no condicional: "Deveríamos considerar que o materialismo dialético não nega de modo algum o papel da personalidade, de modo que se poderia falar de uma morte individual, na medida em que o sujeito a cometa contra si mesmo. Se a liberdade é a intuição intelectual da necessidade, como afirma Lênin, então, a morte autodesejada e causada por si mesma exigiria ser contemplada como um ato de liberdade, na medida em que se provaria necessária e intelectualmente intuída."

Michel Seifert quis logo recitar um poema sobre a morte e o diabo, mas Paula Mathäi se adiantou e citou Rilke. A apóstrofe "Oh, Senhor!" do primeiro verso, ela manobrou com tato político:

> *"Oh, destino!, dá a cada um sua própria morte,*
> *o morrer que brota daquela vida,*
> *nela que teve o amor, o sentido e a miséria."*

"Ah, o amor! Nunca é cedo para iniciá-lo e nunca se deve chegar a tê-lo o bastante", soou uma voz nas últimas fileiras. "Ele não somente adoça a vida, mas também a morte, como acabamos de escutar. Avante, então! Morramos com alegria!"

"Num convento ortodoxo de freiras", delirou Notger.

Gunther Reissenfels, o médico, interveio: "Cada um morre de modo distinto e terrível. Depois, contudo, não faz diferença se você será decomposto em formol, se os estudantes o dissecarão, se os vermes o devorarão ou se se evadirá pela chaminé de um crematório."

Veronika Flecker, uma judia que frequentou conosco o Honteruslyzeum de Kronstadt e agora estudava a língua russa, levantou-se e disse: "Tem realmente pouca importância o que acontecerá depois? Que seu descanso final se perca em algum lugar no vento ou se desfaça no mar? Ou que repouse com amor num túmulo onde alguém possa deitar uma flor? Para nós, os judeus, o mais grave é aquilo que diz o salmo sobre os mortos: E ninguém conhece mais o seu lugar de descanso." E voltou a sentar-se calmamente.

"Com isso chegamos ao fim", disse Notger da mesa vermelha da presidência. Eu anunciei a pausa.

* * *

Paula Mathái devia ler em voz alta o conto "O Guarda-roupa", de Thomas Mann. Após a pesada refeição que Elisa havia servido aos ouvintes, difícil de digerir, algo mais leve. Porém, na parte em que o hóspede do hotel Van der Qualen descobre, no guarda-roupa, uma garota nua, Paula começou a travar, a deter-se em pausas, a interromper a leitura. Quanto mais emocionante ficava, menos se escutava. Ela perdeu a compostura, fechou o livro; disse com um ar ausente: "Esconder-se nua num guarda-roupa de hotel! Como pode uma garota chegar assim tão longe: tão desamparada, tão desesperada!" Sua simpatia tão ostensiva e sua alegria disfarçada equilibraram a balança.

Frieda Bengel, uma garota de acesos olhos azuis, cujos pais a fizeram desistir do noivo romeno, se levantou e disse irritada: "Não ria!", apesar de ninguém rir. "Não ria! A garota abandonada é um motivo antiquíssimo na literatura popular, também entre nós, saxões: 'Vou-me embora, não volto mais', diz o rapaz, e pensa: 'Quando vou voltar? Quando os corvos negros tiverem as penas brancas'. Mas uma coisa eu digo a vocês, rapazes: a maré está virando. Antes da passagem do século vocês vão ver: nós, as garotas, deixaremos vocês plantados, e chorarão lágrimas amargas. Então, lamentarão: 'Quando voltarás, amada de meu coração?' E a amada de seus corações responderá: 'Quando nevar búfalos e os cavalos festejarem a Páscoa!'"

"Quem termina de ler o conto?", eu olhei à minha volta: ninguém. "Quem vem ajudar a Paula?"

Liuben deixou o seu lugar na segunda fila; aproximou-se com gestos abruptos, subiu ao pódio todo excitado; ouvia-se como ele passava a língua pelos dentes careados. E, então, todos viram como ele afastava o cabelo da fronte da Paula, sim, como ele, por um momento, encostou o rosto na sua cabeça, antes de dizer: "Minha querida Pawlowa, me mostre onde parou a sua leitura." Liuben Tajew leu, leu Thomas Mann no original, mas com um timbre búlgaro e um acento húngaro. E todos acreditaram finalmente que ele era um búlgaro e não um agente provocador. E, respeitosos, tomaram conhecimento de que as relações lineares também podem provocar muitas dores no coração; não somente as relações triangulares; é simples assim: Liuben ama Paula; Paula ama um desconhecido, que todos temos curiosidade de conhecer; o desconhecido ama uma outra, e esta um outro; e assim segue, infinitamente.

Eu agradeci o Liuben, apertando a sua mão calorosamente, contente de que Elisa não fosse a fonte de sua tristeza, de sua dor.

Dietrich Fall, estudante do conservatório, anunciou na sala: "Não vão esquecer da reunião do coro, amanhã à tarde, na sacristia da Igreja Evangélica. Ensaiaremos para o tempo da Paixão. Começaremos com o *Stabat mater*."

10

Uma semana passou rapidamente. Porém o dia asfixia a pessoa. E uma hora acaba com você. É de manhã, bem cedo. Eu fico de cócoras embaixo da mesa de parede, perco-me em recordações que quero esquecer.

* * *

Verão de 1955. Hidrólogos no rio. Nós éramos vinte e seis, entre estes, seis garotas. Os estudos práticos nos levaram ao Kleine Samosch, estação hídrica na aldeia de Gyelu, conhecido por seu castelo feudal de Kinizsi. Alojamo-nos numa liliputiana escola romena. Uma das classes foi transformada em dormitório para os rapazes. Empurramos os bancos para um canto e os amontoamos uns sobre os outros. De uma fazenda coletiva vieram duas carroças com feno fresco; uma das carroças era conduzida pelo próprio presidente da cooperativa, um húngaro com bigode encrespado para cima. Ele disse estar muito honrado com a presença de pessoas tão instruídas. Num mal romeno, ofereceu-nos seus serviços: "Me chamem de Andrásbácsi." Deu-nos roupa de cama: esteiras de cavalo. E lençóis de linho adamascado, adornados com coroas de nove pontas. O feno foi espalhado ao longo das paredes. As mochilas, cheias de palha, serviram como travesseiros. Eu ocupei o canto que havia entre a porta trancada que dava acesso ao cômodo adjacente e o aquecedor de ferro; assim, poupei-me de vizinhos. Para diminuir o odor penetrante de querosene, com o qual haviam limpado o chão, desparafusei o quadro-negro e me acomodei sobre ele como se estivesse em casa. Annemarie Schönmund me deu um travesseiro que cheirava a flores de lavanda secas e a manjericão. A fronha ela tinha bordado com as próprias mãos. Duas corças saltando por cima do lema da minha confirmação: "Sê fiel até a morte!"

"Estas palavras devem fazê-lo recordar de mim: ao menos durante as noites!"

O outro cômodo servia de sala de trabalho. Apertados entre os bancos de crianças, redigíamos, sobre estreitos púlpitos, esboços e desenhos; compúnhamos tabelas com os valores das medições; convertíamos estas medições em gráficos e as passávamos para os papéis calandrados, e preparávamos cianótipos entre vapores de amoníaco e raios de sol. Um cheiro de urina subia aos céus.

Na fronha bordada por Annemarie eu escondia o meu diário. Para leitura, trouxe comigo a *História dos Saxões da Transilvânia para o Povo Saxão (até 1699)*, tomo um, redigida pelo bispo Georg Daniel Teutsch. Aqui, longe da pátria, queria rastrear a história de meu povo. O pastor Wortmann já tinha há tempos recomendado a sua leitura: "Retirem dela o ânimo, meus jovens! Não houve uma década em que não tivemos sob ameaça a nossa vida e a nossa integridade. Isso alimenta a esperança, dá asas à fantasia. E destas necessitamos para, a partir deste presente crítico, encararmos o futuro. E o senhor também, meu jovem", este era eu, "liberte-se desta atmosfera de *fin-de-siècle*. Thomas Mann e *Tonio Kröger* não são guias corretos para a alma, tampouco os precursores convenientes para a época que se inicia!" Então eu deixei de lado, com o coração pesado, Thomas e *Tonio* e peguei para ler a história saxônica. E, mais próximo de nosso tempo, o livro de Anna Seghers, *Os Mortos Permanecem Jovens*.

As estudantes foram mais bem alojadas: a fazenda coletiva havia preparado para elas enxergões de palha. As garotas se apertavam numa minúscula sala de consulta. Sobre uma mesa, o dr. Julian Hilarie, docente da cátedra de hidrologia e secretário do Partido, estendeu o seu saco de palha. Em geral, fazíamos rodeios para não nos aproximar muito dele. Oceanografia e geodésia eram suas especialidades.

"Logo estaremos sentindo nojo dele", prometia a loura Ruxanda Stoica. Justamente por culpa deste Hilarie ela sofrera bastante depois que, por piedade, pegou o chapéu de feltro que havia caído da cabeça de nosso professor de marxismo, Raul Volcinski, por ocasião de sua violenta detenção. Dr. Hilarie conseguira que ela fosse suspensa por um semestre da universidade por "solidariedade com um inimigo do Estado." Havia pouco que ele fora operado do estômago. A expressão amarga do mal do estômago, porém, ele mantinha! Durante os trabalhos práticos, algumas vezes em meio a uma explicação, ele desabotoava a camisa e mostrava desolado a cicatriz, que todos nós conhecíamos. As garotas se esforçavam para saber se ele era solteiro, casado ou outra coisa. Já na segunda noite, apareceu ele transtornado com o pijama de seda e o saco de palha nas costas. Fazia tempo que as garotas vinham conversando assuntos íntimos, à luz de vela e entre risadas e lágrimas. Ele, porém, tinha de deixar o local ou o excluíam. Mas também entre os rapazes havia intimidades perturbadoras, ainda que de natureza mais leviana. Assim, restou-lhe bater em retirada, em direção à sala de trabalhos, onde passou as noites sobre a mesa do professor, olhando insone para a própria cicatriz ou revendo, desanimado, as nossas medições de campo e os nossos cálculos fluviais.

Segundo ordens específicas, uma sessão de discursos deveria constituir o prelúdio dos exercícios práticos: dr. Hilarie, dessa vez como secretário do Partido, atrás da mesa revestida de vermelho, onde a lamparina, coberta de fuligem, era a única coisa que recordava um acampamento noturno, nos advertia que:

"Visto que a classe trabalhadora, sob grandes sacrifícios, se permitiu o luxo de liberar vocês para os estudos universitários, equivocam-se aqueles que acreditam estar aqui para as frescuras do verão ou veraneios – uma invenção, sem dúvidas, da burguesia parasita, que morria, dia sim, de tédio e indolência, e dia não, de aborrecimento. E porque o partido e o governo criaram, para os estudos práticos de vocês, as melhores condições, proporcionando-lhes, durante quatro semanas, comida grátis..."

"Somente o café da manhã e o almoço", protestou Maria Bora.

"... é justo que, desde as mais importantes instâncias, se espere de vocês que não circulem, sem utilidade e sem sentido, pelos campos e ao pé dos rios, ao modo autista dos malucos da *l'art-pour-l'art* ou", ele gaguejava, "dos antigos hesicastas narcisistas, senão que produzam resultados palpáveis para o benefício do povo e da pátria. Assim recai sobre vocês a tarefa de realizar as medições da estrada de terra que leva à ponte inutilizada desde o ano de 1944, quando foi explodida de maneira pérfida pelos alemães hitleristas em fuga do glorioso exército soviético, mas que a nossa classe trabalhadora reconstruirá neste verão", Ruxanda e eu esperávamos ansiosos que a frase monstruosa chegasse ao ponto em que se devia aplaudir. "Medir e calcular tudo de modo a buscar o melhor traçado técnico e o mais barato possível para o arruamento, conservando o piso atual e adaptando-o à altura do terreno e, deste modo, com o movimento mínimo de terra, quer dizer, de forma mais econômica, completar o plano quinquenal um ano antes, algo por que também lutamos, e não somente com um mês de antecedência, como o nosso sábio e grande líder Gheorghe Gheorghiu-Dej, em sua modéstia autenticamente proletária, havia reclamado", ele mesmo aplaudiu intensamente.

"Bravo!", sussurrou Ruxanda para mim. "Ideologia, técnica e culto da personalidade numa só frase..."

Alguns estudantes mais velhos, que observavam a cena distante e alheios, inclinaram-se. Eram antigos trabalhadores. O partido os tinha tirado das caldeiras, das covas de cal, do transporte de estrume, e os feito entrar nas escolas superiores. Antes tiveram que recuperar, num prazo de dois anos, o ensino secundário na chamada Faculdade dos Trabalhadores, conhecida popularmente como Escola de Ballet. Como velhos patriarcas respeitados, a fronte enrugada, bebiam cerveja e se espalhavam sentados pela sala à procura de uma noiva universitária. Eles haviam passado graciosamente por todos os exames, até terem finalmente o diploma nas mãos e, extenuados, sentarem na cadeira de diretor. E até o Partido dizer aliviado: "Finalmente temos nossos próprios intelectuais."

Ruxanda queria a explicação da palavra *esichast* [hesicasta] utilizada pelo senhor professor. Ele ficou vermelho; respondeu que ainda não chegara ao fim do discurso. Mais tarde. E comentou, apesar de tudo: "Uma seita religiosa reacionária, cujos membros passam o tempo mirando o umbigo, também chamada contempladores de umbigo. A propósito, você deve se dirigir a mim como camarada. Assim prevê a lei."

"Camarada? O senhor, meu camarada? Jamais!", respondeu Ruxanda enojada. Ela deu uma volta para sair do banco. "Isso faria bem ao barriga pinçada", balançou-se sobre o púlpito da primeira fila; sentou-se diante do nariz de Aurel Buta, um dos patriarcas, e gritou: "Levantem, garotas!" Ela levantou a blusa e mirou com seriedade o próprio umbigo, este ornamento conciliador dos dois sexos. As garotas a imitaram rindo à socapa. Reluzentes barrigas cegaram os olhos do secretário do Partido.

"Atenção!", protestou. "Vocês sabem que a cultura do nudismo é um horror para o Partido!"

"Não fazemos mais do que imitá-lo, camarada professor! O senhor contempla o tempo todo a barriga como um hesicasta!", disse Maria Bora, a filha de um velho comunista falecido; voltando-se para o auditório, gritou: "Hoje, junto ao rio, elegeremos a *miss* umbigo, com uma dança de ventre *à la* rumba! E vocês, queridos velhos lascivos, com esses olhos tão engraçados, darão o resultado do júri!"

Dr. Hilarie apressou-se em concluir: "Visto, porém, que a nova ponte será uma joia do Estado democrático popular e que havemos de cuidar dela como uma virgem irrepreensível, o Partido e o governo querem saber de quantas enchentes e inundações teremos de dar conta nos próximos quinhentos anos. Com efeito, um prognóstico impossível, já que o regime burguês e latifundiário nos legou apenas alguns valores de medição."

"Isso é o mais simples", disse Ion Posea, um dos patriarcas, "nós o tiramos da manga. Aqueles dados que fornecermos serão o correto. De hoje a quinhentos anos – ninguém pode controlá-los! Mas a exibição de umbigos hoje à tarde, isso sim!", e ele lambeu os grossos lábios.

"Idiotice!", permitiu-se dizer Maria Bora. "Eles não querem saber, velhote, qual será a situação da água daqui a quinhentos anos, senão os prejuízos que podem causar as inundações ao longo dos próximos cinco séculos. Quer dizer, a partir de amanhã, isso é algo que se pode examinar antes do fim da nossa existência e, talvez, também a do Partido."

"Marcas do dilúvio ou pedras da fome; assim se chama isso entre os aflitos", disse eu para Ruxanda. "Tais catástrofes deixam vestígios profundos na consciência do povo."

Ion Posea encaminhou-se inflamado de raiva até Maria Bora, que, ao lado de Ruxanda no púlpito, estava acocorada sobre o primeiro banco. Seus lábios grotescos tremiam. Sem se preocupar com a mesa vermelha presidencial, agarrou ele a jovem mulher pelos ombros e começou a sacudi-la. "Não pense que por ser filha de um camarada morto na ilegalidade pode se permitir tudo! Tira sarro da minha cara, me chama de velhote, eu, um estacanovista condecorado! Além disso, eu escutei muito bem o que você disse: se nós e talvez o Partido vamos viver. O Partido ainda estará vivo em quinhentos anos, quando os vermes que a comerão há muito estarão mortos, mulher do diabo! Na próxima vez, vou torcer o seu pescoço!" Mas ele já havia posto as mãos no seu pescoço. Ela o observava com seus olhos pequeninos sem pestanejar. E, de repente, ele arremessou os lábios esponjosos contra a boca dela com tal ímpeto que se engasgou.

Dr. Hilarie gritou dolorosamente: "Deixe deste cortejar em público. O Partido não vê isso com bons olhos. E seja gentil com Maria! Ela é filha de um mártir comunista." O que faz a filha do mártir, atacada por um galo furioso? Não o empurrou de si, também não lhe cuspiu na cara, mas puxou da sua manga um lenço, umedeceu-o com saliva e passou nos lábios. Em seguida, tirou de uma bolsinha o pó-de-arroz e o batom e se fez bela.

"Um grandioso programa do Partido, que espera de nós um empenho incansável de manhã até a noite", concluiu o secretário do partido.

Ruxanda interrompeu a sua exibição de umbigos. "Passe minha bolsa", pediu para o Aurel Buta. Ela apertou a saia entre as pernas e leu uma disposição do ministério: "Nos exercícios práticos universitários trabalham-se seis horas. Para quaisquer horas extras precisa-se de uma autorização especial do ministro. Escutou isso, *domnule doctor*?"

O *domnule doctor* aproximou-se da janela, abriu a camisa e mirou a cicatriz sobre o umbigo, a qual parecia uma gigantesca lagarta de cor marrom tostado. Ruxanda disse: "Depois das seis horas, eu deixo tudo de lado. Que nem o incrível Charlie Chaplin! Sabe, *domnule doctor*, o que ele fazia quando escutava a sirene anunciando o fim do turno (ele era operário da construção num arranha-céu)? Ao primeiro tom, ele abria as mãos e deixava o martelo e o cinzel caírem, cem andares abaixo, sobre a Broadway. Meu Deus, isso é a América, quanta liberdade! Se lhe der na veneta, pode subir num arranha-céu e voar como um pássaro." Ela fechou os olhos extasiada.

"E, agora, aos quinhentos anos do Partido e do governo... Nós iremos perguntar às pessoas idosas que vivem ao pé do rio sobre as suas lembranças de inundações e secas. Seguramente se recolherão dados suficientes para, por meio da estatística e do cálculo probabilístico, se construir uma imagem aproximada do que espera a nossa gloriosa ponte."

"Uma sugestiva ideia", disse Aurel Buta. "Nós dividimos o curso d'água em trechos e vamos passando de aldeia em aldeia. E, na verdade, em dupla. Um *camion* nos levará e nos recolherá ao fim do dia."

"É uma ideia", disse dr. Hilarie. "Temos também que elaborar um questionário. E aproveitemos a ocasião para convencer estas pessoas a entrar na cooperativa de produção agrícola. Isso certamente alegrará o Partido." Evidentemente, ele encontrara satisfação nessa proposta, pois a expressão azeda de seu rosto cedeu espaço para um sorriso.

"E as garotas, nós sorteamos", completou Buta, que – ninguém sabia a razão – evitava as estudantes. Ele tinha sido mineiro. Por causa do pó do carvão, que havia destruído o seu rosto, chamavam-no de *maurul*, o mouro. "Assim nos caberia uma a cada três ou quatro dos nossos, e passearíamos com uma parceira ao longo do rio Auen."

"Você se engana", disse Maria e Ruxanda, como se falassem com uma só voz, "nós mesmas escolheremos nossos protetores."

* * *

O menu que o Partido e o governo haviam pensado para nós, os estudantes praticantes, consistia num *croissant* e um copo de iogurte. O almoço nós recebíamos na cantina dos trabalhadores junto à ponte, uma comida barata e igualmente ruim e escassa: na maioria das vezes, um *ciorbă*, uma pesada sopa de legumes. Como segundo prato, algo como carne de cavalo com couve, às vezes com batata ou cebola ou feijão branco. Algumas vezes havia aveia com geleia. No lugar do pão, recebíamos com frequência uma porção de *paluke* de cor amarela, cinzenta. À noite, cada um se servia do próprio saco de mantimentos: toucinho com cebolas ou pão de toucinho com alho ou queijo com tomate; às vezes, uma cerveja, e quase sempre, *paluke*, que em outros lugares é chamado de polenta, e que os patriarcas mexiam com muita arte; além disso, leite de vaca ou queijo forte. Era gostoso!

Já no terceiro dia, por causa do almoço, houve uma confusão. Posea levantou num salto, após o primeiro gole de sopa, atirou a tigela com o caldo marrom – uma sopa de tomate – contra a parede do barraco e gritou: "É possível que este pasto agrade a um simples trabalhador, mas, para nós, uma ofensa, uma desconsideração com os trabalhadores do cérebro, os intelectuais de amanhã!" E rugiu, exigindo que trouxessem o responsável da cantina, esse enganador que certamente estava administrando para o próprio bolso. Dois de seus cúmplices correram para buscar o responsável, um antigo oficial, do galpão que servia como escritório, trazendo-o agarrado como um bandido pela polícia. Antes que alguém pudesse intervir, Posea derramou pelas suas costas o resto da sopa. O homem, que prendera sobre a camisa do uniforme uma condecoração real *Bene merenti* com a divisa *Forti et Devoto Servatori*, nada mais fez do que pôr as mãos sobre a cabeça para se proteger. Os trabalhadores olhavam a cena sonolentos, alguns agarraram suas tigelas e as usaram como escudo de segurança. Maria e Ruxanda libertaram o homem; a sopa escorria pelas pernas de sua calça, e ele deu início a um lamento: "Minha única calça! O que dirá a minha mulher?"

Nesse momento, contudo, Maria Bora caiu sobre Posea, agarrou-o pela camisa, os botões saltaram, e gritou inflamada de ódio: "Vocês, infames inúteis, que roubam o tempo de Deus, nosso Senhor, e desperdiçam o dinheiro do Estado! Vocês se autodenominam trabalhadores cerebrais? Os intelectuais do futuro? Suas cabeças são vazias como um tonel de merda. Nem sequer há palha aí dentro. Julgam-se grandiosos, porque mal acabaram de aprender a limpar o muco do nariz com um lenço. Vocês, que eclodiram das choças da terra, se revoltam com essa comida daqui, pela qual essas pessoas têm de trabalhar dez horas! E nós, que viemos de casas decentes, estamos satisfeitos com tudo. É capaz de se dar conta, velho desgraçado, da ofensa que fez aos trabalhadores? Peça desculpas imediatamente, velhote!" Posea, porém, não pediu desculpas aos trabalhadores, que se contentavam em poder tomar suas sopas a colheradas; pelo contrário, levantou a mão e aplicou na jovem uma sonora bofetada. Dr. Hilarie, que ainda se ocupava em mexer a sua sopa, disse inquieto: "O que estou ouvindo, o que eu estou vendo? Uma mulher apanhar na frente de todos, isso não faz parte do espírito do Partido." Maria Bora, porém, voltou a sentar-se e tomou a sopa até o fim. E o resto de nós fez o mesmo. Somente o clube dos patriarcas, cuja sopa estava pregada na parede, ficou sem nada.

À noite, chegou à escola um estranho homem de óculos. Ele conversou animado com o dr. Hilarie. Os dois logo se tornaram bastante íntimos, pois o nosso assistente subiu a camisa e mostrou ao outro a horrorosa ferida já sarada. O visitante nos dirigiu algumas palavras: a cúpula do Partido tem colocado grandes esperanças em nós, no que se refere à estrada de acesso à ponte, e espera impaciente a conclusão do projeto. Apresentar-se ele não o fez. Provavelmente se tratava de um camarada de Rayon, um inspetor de vento, como Ruxanda denominava tais tipos.

O lustroso senhor sentou-se ao lado de Maria Bora e elogiou a precisão e agudez com que ela passou os resultados das medições para o papel calandrado. Ele pegou o papel e lhe pediu para irem aonde poderiam estudar melhor os esboços, à luz da noite. Saíram. E desapareceram, os dois.

* * *

Após o jantar, Ruxanda pegou na minha mão: "Venha, nós ainda temos muito o que contar."

Sentamo-nos, como nas noites anteriores, no banco de pedra do muro do castelo que dava para o sul. Embaixo da copa de um bordo formava-se um ninho cálido que nos mantinha protegidos das correntes de ar noturnas provenientes do rio. As antigas pedras do muro aqueciam agradavelmente nossas costas.

"Você vai ver", disse Ruxanda, e deslizou a mão para baixo de meus braços desnudos, "os dois acabarão casando."

"Quem?", perguntei distraído.

"Maria Bora e o Posea."

"Nunca. Ele lhe deu uma baita bofetada. A propósito, por que ninguém levantou e se colocou entre eles?"

"Por que não você?"

"Eu? Não tenho nada a ver com isso. Não é problema meu. Eu não sou um de vocês."

"Seu fundamento é falso. O certo é: se você tivesse intervindo, os dois teriam se voltado contra você e o teriam machucado. Meu querido, a pancada para a mulher é um sinal inegável de que o seu homem a ama de verdade."

"Não para todas. Em nosso círculo, bater numa mulher equivale a uma ofensa grave, uma humilhação."

"Bem, então isso só vale para nós, romenos."

"E para os húngaros", lembrei. "Quando um estudante húngaro de teologia, um colega meu de outros tempos, espancou a sua amada noiva e o conselho da universidade deliberou sobre o caso, o bispo reformado Vásárházi, que estava presente, encerrou-o, após pesar os prós e contras disciplinares, com uma frase: 'Não é um verdadeiro húngaro aquele que não deu uma surra na mulher de sua escolha para lhe demonstrar o seu amor'."

"Ah, convenhamos, por favor!", disse Ruxanda. "Somente vocês, alemães, são melhores do que os outros. Na verdade, parecem um bocado estranhos. Por outro lado, nós admiramos e veneramos vocês como se fossem de certo modo seres extraterrestres, e no entanto… Mas voltando ao amor: jamais me agradaria um homem que ficasse comigo apenas por fidelidade, contra seus sentimentos e desejos, somente por respeito, por causa da moral."

"A fidelidade é a medula da honra", eu disse.

"Besteira! É uma forma de mentira. Amor é tudo! Ele me ama, está livre! Pode também travar relação com uma outra. E se nós, mulheres, estamos impedidas de satisfazer nossos homens na cama…"

"Quando? Quando estão com teimosia ou querem nos castigar?"

"Para nós, mulheres ortodoxas, ainda valem os mandamentos bíblicos sobre a pureza, segundo os quais devemos recusar durante várias semanas…"

"Por exemplo, as seis semanas após o parto", disse eu.

"E só devemos nos entregar novamente após a absolvição do pope…", ela fez o sinal da cruz. "Mas deixe-me concluir: quando o homem, ou quem o seja, está separado muito tempo do leito conjugal, por exemplo, quando se encontra em viagens de serviço, somos nós, as mulheres, que o enviamos a uma outra para que a sua virilidade não sofra dano, enfraqueça, atrofie."

"E vocês não sentem ciúmes?"

"Somente quando eu sei que ele não me ama mais. Veja, tem um primo meu – o nosso avô em comum é *protopope* cinco vales adiante daqui, em Ribitza… Um grande amor nos une desde a época de estudantes na escola, como se fôssemos verdadeiramente noivos. Bem, faz anos que não o vejo", ela começou a tremer. "Certo que o perdi de vista, mas não dos sentidos, do pensamento. E veja: é-me indiferente se e com quem ele se deita, sim, ao contrário…"

"Isso não existe."

"Sim, pois eu sei que ele me ama. E ele não deixa de me fazer chegar sinais de seu amor. Sem dúvidas: as coisas seriam diferentes se eu soubesse que o meu amado homem se entregou de corpo e alma a uma outra; pretende me deixar ou simula diante de mim falsos sentimentos. Se uma puta miserável o envolve completamente, então só me resta derramar cacos de vidro no seu café e jogar vitríolo na sua cara!", Ruxanda estava fora de si. Ela levantou e golpeou com os punhos o muro do castelo. "Ai, dele! Ai, deles!"

"Voltemos ao Posea e Maria", desviei o assunto.

"Ah, entre vocês, alemães", seguia ela dizendo, "o que acontece é que só se conhecem na noite de núpcias."

"Há exceções", respondi. "Mas o Posea e a Maria?"

"Posea, ele a ama faz tempo. Não viu como ele a comia com os olhos, lambia os lábios grossos como se diante de um frango assado? Aliás, a bofetada que ele lhe deu foi bem tenra, com muito sentimento. Me diz uma coisa, não percebeu nada do que acontece em nosso grupo?"

"Infelizmente até demais, e tenho de passar dia e noite com essa gente", respondi amargurado. "Por mim, eu passaria o dia inteiro com os olhos fechados."

"Por isso estão surrupiando as suas coisas."

"Roubando! Isso se chama roubar", disse eu cheio de raiva.

"Nem um pouco. Como você rechaça todo orgulhoso aquele que lhe pede algo, seja uma simples borracha de apagar, você acaba por ofendê-lo em seu amor-próprio. A roubalheira é uma forma sutil de vingança. Por causa do seu caráter turrão, recebe, após exames semestrais, as censuras do Partido: você se sai bem, faz boa figura, mas isso não resulta em benefício do coletivo, porque não compartilha os seus conhecimentos com os mais fracos."

"Isso é propriedade minha, da borracha de apagar aos meus conhecimentos. Onde se encontra nisso a altivez?", perguntei com má vontade.

"No apreço mínimo que deixa à mostra, a cada passo, pelos outros. Nada afeta mais uma pessoa do que não ser bem reparada, do que não ser considerada."

"Você eu considero muito", disse eu, bem sério. "Sim, eu a quero bem. Nós viemos do mesmo lugar."

"Somente por isso?", perguntou ela, encostando-se carinhosamente em mim.

Após fazer uma pausa, continuei: "Uma vez, vimos as fotos de nossos pais, de quando eles, jovens, casaram. Lembra-se disso? As mulheres portavam as mesmas sombrinhas e penteados; os homens, ternos cortados segundo a moda de antigamente. No entanto, com os outros de nosso grupo de estudos, eu não sei nem por onde começar", dei um suspiro. "Pessoas como eu não foram educadas para lidar com pessoas dessa espécie. Primeiro que os rapazes não têm modos... Isso é a primeira coisa para quem pretende estabelecer relações em sociedade. Antes que o Posea desse uma bofetada na Maria e a beijasse, ele tinha limpado a boca com o dorso da mão e depois enfiado a mão nas calças."

"Bravo!", disse Ruxanda. "Você se dá conta de cada coisa. A propósito, já prestou atenção que unhas cuidadosas tem o Hilarie? E suas maneiras impecáveis. Este não saiu das choças da terra." Eu já tinha prestado atenção. Por exemplo, ele agarra a comida apenas com a ponta do garfo, mesmo quando se trata de cevada, e nunca concentrou a mordida na curva dos dentes. E ao mastigar, ele fecha a boca.

"Além do mais, ele é de linha dura. Nenhum comunista citaria o tempo todo o Partido, nem proclamaria sorteios."

Uma sombra deslizou sobre nós. Maria sentou-se ao nosso lado respirando aliviada. "Alguém nos escuta?"

"Só o espírito do castelo", disse Ruxanda. "Fico feliz que esteja aqui."

"Acende um palito de fósforo. Eu quero me ajeitar um pouco."

De sua bolsa de cosméticos, ela tirou o batom e o pó. Sob a chama do fósforo, os traços de seu rosto pareciam querer flutuar; tão volúvel era o fixar dos seus olhos.

"Agora eu sei o que meu pai queria dizer quando ele chegava em casa vindo da real *Siguranță* e dizia: eu me sinto como um galo depenado vivo." E nos relatou: o senhor de óculos a havia agarrado pelo braço, "como se fôssemos um casal de noivos", e a havia feito avançar como uma manequim, sempre sorrindo: "Um pequeno passeio." Mal chegaram ao local da milícia, ele deixou cair a máscara.

"O que eu tive de escutar, meu Deus! Que todas as estudantes de Cluj são umas putas, de modo que, no outono, com o início do semestre, as autênticas garotas do prazer se indagam desesperadas: aonde vamos, garotas, agora que as estudantes estão chegando? Que os verdadeiros estudantes da classe operária há muito não são aqueles que vêm de famílias trabalhadoras, senão aqueles que antes fizeram todos os esforços, trabalhando duramente, como Posea e companheiros – artesãos e trabalhadores intelectuais num só. Estes são os intelectuais de amanhã, neles o Partido pode confiar. E perguntou bruscamente: 'O que você tem contra as choças da terra, sua gansa balofa?'

'Contra as choças da terra em si, nada. Somente contra a forma de comportar-se'.
'E o que você entende por uma casa decente?'
'Uma casa onde haja uma mesa de escritório'.
'Uma, o quê? Uma mesa de escritório? Isso não passa de costumes burgueses. E se possível com um piano do lado'.
'Sem o piano'.
'Na casa de vocês tinha mesa de escritório?'
'Claro!'
'Onde ela ficava?'
'Na cozinha'.
'O teu pai, um revolucionário e mártir da classe operária, um ferroviário, estes que eram a tropa de choque da Revolução, tinha uma mesa de escritório na cozinha? Como isso? Por quê?'
'Por respeito a Engels e Marx, Lênin e Stálin. Onde mais ele podia ter estudado os clássicos? Na mesa da cozinha de minha mãe, entre louças para lavar e fraldas sujas de merda?'"

Maria Bora estava quase chorando. "Ele estava tão perto da minha cadeira que eu podia ver o suor escorrendo pelo seu casaco. Para completar, ele me agarrava o tempo todo pelo colarinho. Então, ele se separou de mim, me olhou desconcertado através de seus óculos e disse: 'Seu pai viraria no túmulo se visse a peça que se tornou. Ofende os trabalhadores intelectuais da classe operária!' Nesse momento, deslizei a mão e lhe acertei uma bofetada; os óculos elegantes voaram do nariz e se despedaçaram de encontro ao chão. Quando eu me abaixei para pegar o resto – num gesto de educação –, o que eu vejo? Pedaços de vidro como de uma janela. Eu o encarava admirada, e ele me explicou com uma voz baixa: 'Na verdade, eu não preciso deles. Mas, de óculos, uma pessoa fica com um aspecto mais intelectual'.

Eu lhe respondi rapidamente: 'Se meu pobre pai soubesse para qual espécie de camaradas ele passara anos na prisão de Doftana, vindo logo a morrer de tuberculose, se levantaria do túmulo e com uma vassoura de ferro colocaria tudo em ordem!' Ele disse que também vinha de uma choça da terra, e completei dizendo – 'agora preciso ir', e ele abriu a porta, sim, ele a abriu diante de mim e disse: *La revedere!* E eu disse: 'Deus me livre!' Mas ele não respondeu."

Na casa de camponeses em frente, que estava um pouco abaixo, no declive da rua, abriu-se uma porta do quarto que dava para a travessa. Surgiu uma mulher com uma lamparina, seguida por um homem cuja camisa de linho já estava aberta. A mulher colocou a lamparina sobre a mesa. Ela soltou os cabelos trançados. Ambos bocejaram com vontade.

Ruxanda e eu nos levantamos como se estivéssemos de acordo. "É como no cinema", disse Maria. "Fiquemos mais um pouco."

"Vamos, crianças", disse Ruxanda, "amanhã é um outro dia."

Noite após noite, a cena se repetia diante de nossos olhos; o que Ruxanda e eu tínhamos guardado para nós. O jovem casal se despia vagarosamente. Ele colocava a camisa com cuidado sobre o encosto da cadeira. Depois ele se curvava várias vezes, as mãos desapareciam por baixo do suporte da janela. Finalmente ele se punha de pé, despido, até onde se podia ver, e esperava. Sua pele era branca do pescoço para baixo, o peito coberto por rígidos pelos ruivos, a nuca e o rosto bronzeados; a fronte, rosada, protegida, dos raios de sol por um chapéu, durante o dia.

A mulher abriu a blusa de linho franzida; tirou-a pela cabeça e jogou-a em algum lugar. Os seios cheios, túrgidos e brancos se sobressaíam e tremiam levemente. Por uns instantes, ela os esfregou com prazer. Em seguida, desfez-se da saia e simplesmente a deixou cair no chão. Então, o homem se acercou dela por trás; encostou-se com o ventre e o peito em suas costas. Ele acariciou os seus seios, que intumesceram ternamente, com a mão direita, num gesto de delicadeza infinita. Assim ficaram por um bom tempo. Depois se inclinaram sobre a lamparina, ambos ao mesmo tempo, e apagaram a luz. Veio a escuridão.

Na noite seguinte, Maria Bora voltou a sentar-se conosco, mas não a aceitamos no centro. "Será que não há uma terceira via", suspirava ela, "entre o capitalismo e este socialismo? Eu sempre tenho de pensar no meu pobre pai. E me envergonhar."

Ruxanda se reportou ao seu avô de Ribitza: ele dissera que a Monarquia Imperial e Real havia sido aquele modelo de Estado onde cada um dos inúmeros povos se sentia em casa. "Em cada cédula de dinheiro vinham impressas todas as informações em onze idiomas, inclusive o romeno. Como soldado você podia prestar juramento na sua própria língua, e, na verdade, diante do *Kaiser*, cuja figura havia se elevado quase que ao sobrenatural. E quando ele se dirigia aos seus súditos, dizia: 'Aos Meus povos', salientando a maiúscula majestosa M."

"Diferente do rei Miguel de vocês", lembrei, "que na sua proclamação de 23 de agosto, a cada parágrafo, somente se dirigia aos romenos: *Românî*!"

"Um erro capital", concordou Ruxanda, "pois muitos romenos aqui entre nós, depois da Primeira Guerra Mundial, se opuseram à anexação à antiga Romênia e esperavam fazer da *Transilvania* uma Suíça do Leste. O nosso grande romancista Jon Slavici foi acusado de traição à pátria, pelos homens de Bucareste, e encarcerado. Os romenos daqui temiam, com toda razão, a balcanização desta província."

Maria replicou pouco entusiasmada: "Se tudo era assim tão maravilhoso, por que se chamava o Império Habsburgo de prisão dos povos e por que se declararam independentes de todos estes povos depois de 1918? E não esqueçamos também as gritantes contradições sociais. Condições feudais no meio da Europa."

Maria sentia frio. Trocamos de lugares. Ela se deixou aquecer por nós. Como era diferente a sensualidade de suas coxas e ancas em comparação com as de Ruxanda... Afastando-me sutilmente, apoiei-me no muro do castelo.

* * *

Eu havia prometido à minha locatária, Clotilde Apori, que a levaria a Gyelu. Quando ela ouviu aonde me haviam mandado para meus estudos práticos, resmungou protestando: "Leve-me junto, querido Chlorodont! Lá, junto de minha tia Krisztina, eu passei a época mais feliz da minha vida antes de me casar." Uma formulação que deixava em aberto se com o matrimônio a felicidade se esgotou ou, pelo contrário, aumentou. Sobre o banco de pedra, no muro do castelo, consultei Ruxanda como deveríamos organizar a ação de translado. Em Klausenburg, a princesa Pálffy se encarregaria de colocar tudo em cena, juntamente com a Annemarie, que se atrapalhava com observações psicológicas, à parte. O mais barato e confortável seria, segundo a princesa, conduzir a acamada numa carroça puxada por asno até a estação de trem. Eu concluí: "Um primo a receberá à noite após o seu regresso. Eu só tenho de enviar um telegrama, e ela chegará aqui no trem da tarde. Mas e depois?"

"*Lasă pe mine*", disse Ruxanda. No outro lado, na casa com a janela, uma mão empunhou a lamparina pela porta. A mulher fez sua aparição. Ela colocou a luz sobre a mesa. Atrás dela, vinha o homem. Com prazer, ambos começaram a despir-se. Ruxanda sussurrou: "Veja, que atraente é o peito peludo do homem. E os seios da mulher, regurgitam de alegria de viver, e ela os acaricia, como se desfrutasse antecipadamente o abraço." Ruxanda deslizou sobre meu colo. "Por que bate tão forte o seu coração?", ela sussurrou, apoiando a face no meu peito.

"Eu não sei", respondi; a minha voz estava como que seca.

O homem se aproximou calmamente da mulher. Apoiou o corpo sobre ela. A mulher curvou levemente as costas para ter mais contato. Enquanto isso, ele estreitou seu corpo com as duas mãos. Ela deixou os seus seios deslizarem em suas mãos. Ficaram assim um bom tempo. A luz da lamparina, vindo de baixo, iluminava seus rostos calmos; os olhos mergulhavam numa caverna de sombras. Entre os ramos do bordo, que pendiam sobre o muro do castelo, estrelas corriam pelo céu. Em algum momento, os dois apagaram a luz com um sopro. O quarto mergulhou na escuridão.

Alguns dias mais tarde, enviei um telegrama para Klausenburg: "Ação Clotilde depois de amanhã, quarta-feira, Chlorodont." Visto que o telegrama devia ser assinado, coloquei, abaixo de Chlorodont, o meu sobrenome.

A princesa Pálffy encontrava-se a ponto de mexer a massa para o pão com a maça do marido, enquanto a sua antiga camareira Julia, agora criada para todos os serviços, segurava equilibrando-se o caldeirão de cobre, quando o carteiro tropeçou escada abaixo em direção ao subsolo do palácio. Ele exigiu que a dama da casa buscasse, na agência central dos correios, um telegrama de Gyelu. "Eu não lhe disse, minha fiel Julia, que o proletariado colocou o mundo de ponta-cabeça? Onde já se viu isso, que alguém em pessoa tenha de ir buscar um telegrama? Acompanhe-me, eu não sei romeno. Quem sabe o que eles querem de mim?" Julia lavou e poliu a maça, que a princesa mantinha sobre os ombros, e as duas mulheres partiram.

Na sala do diretor, equipada num estilo feudal, no andar superior do palácio dos correios da época real-húngara, dois senhores as esperavam. Esqueceram de oferecer um assento para as cansadas visitantes. O agaloado diretor dos correios entregou à princesa o telegrama, que ela logo correu com os olhos. "Bom, muito

bom; Clotilde se alegrará. Ela passou lá, naquele palácio, suas mais belas férias."
O outro camarada arrancou o telegrama de suas mãos e a interpelou: "Fale em romeno e me esclareça o que se esconde por trás desta ação Clotilde e desta palavra secreta, Chlorodont! Além disso, em alemão, neste maldito idioma dos hitleristas! E quem é o remetente com este nome ilegível?"

Entretanto, a princesa havia tomado lugar num dos *fauteuils* e indicado à sua camareira um segundo assento. As damas sentaram-se; os camaradas, em pé.

Julia disse: "Sua alteza, a princesa Pálffy, entende mal o romeno."

"Camarada princesa", respondeu o diretor dos correios; disse em húngaro, o que soou substancialmente amável, "a senhora se torna suspeita ao estabelecer contato com os bandidos das montanhas."

"Eu e bandidos? Nunca na minha vida! Eu os conheço somente dos jornais: Chicago, Al Capone e isso…"

"Respeitosa senhora: bandidos quero dizer os elementos criminosos de origem nobiliário-burguesa que operam armados nas montanhas contra o regime democrático popular."

"Ah, senhor diretor, o senhor se refere aos corajosos guerrilheiros."

"Palavreado excessivo! Eu levo agora mesmo as duas boiardas comigo. Com a gente é assim: esclarecemos tudo num instante."

"Devagar, camarada!", e para a princesa: "Sua alteza, a senhora se encontra em grande perigo. O telegrama cifrado…"

Então, a dama entendeu: a palavra irritante fatal, quase inexplicável, era Chlorodont. Ela começou a gargalhar e disse por fim: "Que engraçado. Por causa disso o senhor nos fez vir até aqui! A minha enferma prima Clotilde Apori tem um último desejo: escovar os dentes, mais uma vez, antes de morrer, com a antiga e excelente pasta de dentes Chlorodont. O meu sobrinho, que está agora, em mobilização de verão, em Gyelu, descobriu, numa loja estatal de consumo, alguns tubos restantes. Na quarta-feira deve dar início à Ação Clotilde."

"E isso é uma ação? Comprar tubos de pasta de dentes?"

"Hoje em dia tudo se tornou uma ação", disse a princesa com dignidade. "Nem sequer caixas de fósforos se pode obter. E quando se conseguem algumas, através de contatos, naturalmente, elas não queimam."

"São as doenças iniciais do socialismo", apaziguou o diretor dos correios.

"Sua prima? Mas ela ainda tem algum dente? Quantos?", perguntou com malícia o camarada em trajes civis.

"O suficiente para serem escovados", respondeu a princesa com frieza.

"Nós vamos controlar tudo: os dentes, as pastas! O telegrama fica aqui com a gente."

O camarada ao lado do diretor dos correios dirigiu-se à princesa: "Esse troço na sua mão… Com ele não se pode matar um homem facilmente?"

"Nu." Era a única palavra em romeno que ela sabia, e não a utilizava muito nos últimos anos. Apesar do *"Nu! Nu!"* ela acabou no subsolo de seu palácio.

"Nós vamos ter de confiscar esta maça de ferro." Julia traduziu. A princesa escondeu a terrível arma atrás de suas costas. *"Nu!"* E disse em húngaro: "Isso não é o que ele pensa, não mais."

A senhora Julia traduziu: "Nenhum instrumento de matar."

"O que é, então?", insistiu o camarada.

"Vivemos disso", explicou a senhora Julia. "É, a saber, um batedor que usamos para mexer a massa do pão."

"Que tipo de pão?", perguntou o diretor dos correios.

"Pão integral", respondeu a princesa. Expressou-se em alemão. "Excelente para aquele senhor ali." Ela apontou para o camarada. "Não se pode ser tão grosseiro e tão sem tato, a não ser que sofra de prisão de ventre." Ela, então, tirou de uma bolsa de mão cunhada de pérolas um pacote e o estendeu ao homem.

"Não conseguirão me ocultar nada", ameaçou o camarada, escondendo o pão. "Nos veremos outras vezes! Quem sabe o que vocês, boiardas, tramam lá no subsolo de seus palácios?"

As senhoras se puseram a caminho de casa. Já na escadaria, a camareira abriu a sombrinha com garras de rubi e peixes voadores.

Diante do prédio dos correios, a princesa acenou para uma carreta puxada por um burro, que se aproximava. "Uma dama enferma precisa estar na estação de trem às quatro e quinze." Ela deu o endereço. "No final da *Matyas-Király-utca*, passando à direita do cemitério…"

"Não se chama mais rua Rei Matias, se chama *Bulevard Molotow*", bramiu o condutor da carreta. "A dama tem de ir deitada? Então estenderei uma manta de algodão sobre o feno."

"E a senhora, Julia, depressa, depressa, venda alguns pacotes de pão integral para termos dinheiro para os bilhetes de trem."

O trem da tarde levou a senhora Clotilde, sã e salva, para Gyelu, onde dois trabalhadores baixaram respeitosamente do trem a delicada carga.

Nossas garotas entregaram para a condessa ramos de flores do campo; Ruxanda, uma cruz de flores, entrançada com ervas-de-são-joão de um amarelo luzidio, amarradas com silenes de cor púrpura. As portas dos pátios romenos, nas aldeias, costumavam ostentar este tipo de grinaldas de flores em forma de cruz. Eram as noites mágicas de finais de junho, entre o dia de São João e São Pedro e São Paulo, quando as filhas do rei dos elfos, as *Sânziene*, enfeitiçavam as donzelas solteiras levando inquietação aos seus corações com alusões veladas à sua fortuna vindoura. Quanta perturbação inspirou nos ânimos a sentença oracular pronunciada pela condessa: "Atenção, donzelas: a maior fortuna – sempre antes!" Posea e Buta se prontificaram a levar a condessa numa cadeira imperial até o palácio: com os braços cruzados, a condessa reinava sobre o trono. Eles nunca tinham se deparado com uma nobre, para não dizer tocá-la com os dedos. Sobre as aulas políticas, eles sabiam apenas que isso tinha a ver com uma manifestação gravíssima do mal, vampiros ou coisa ainda pior. Toda a sua construção ideológica claudicou quando eles levaram nos braços a encurvada e delicada senhora. "Ela se parece com a minha avó", disse Posea. "Como ela se queixou, ao chegar à velhice, de não ter mais condições de ir ao campo, cultivar o jardim, cuidar das galinhas! Mas ela sempre encontrava o que fazer. Por último, quando não podia fazer mais nada, contava para seus bisnetinhos histórias da Bíblia. Que não se ensinasse mais religião nas escolas, isso a deixava muito mal."

"Sim, assim são as coisas: sempre se pode fazer algo sensato", respondeu a condessa, que ia pairando no ar, como numa liteira, nos braços cruzados dos patriarcas. "Por exemplo, rezar para os outros, até o derradeiro fôlego."

"O mesmo diz a minha avó Amalia", intrometeu-se Buta. "Ela se sentava sob uma tília, cujas folhas estavam pretas do pó do carvão, e costurava tapetes de retalhos; mais tarde desmanchava suéteres velhos e jaquetas de lã; nunca se queixou, e dizia, por fim: 'Agora que eu não posso mais mover um dedo, faço o que há de mais importante na minha vida. Eu rezo dia e noite por vocês que não acreditam em mais nada'."

No pátio do castelo, metade palácio, metade casarão, com janelões imóveis e portas arrancadas, agora sede da fazenda coletiva recentemente fundada, o presidente esperava em traje de domingo. Ele saudou a condessa com um beijo na mão e um discurso: "Quando jovem, a ilustre condessa era uma rosa aberta, e ainda continua bela como uma flor de tabaco."

Ele falava em húngaro. Primeiro, um hino de louvor em homenagem ao conde Kinizsi: como um pai, o ilustre conde se preocupou com seus camponeses e trouxe-lhes as técnicas da moderna agricultura, sempre perdoando as dívidas de arrendamento e festejando grandiosamente, com todos da aldeia, os dias de todos os santos católicos. "Que ele viva, lá onde agora se encontra!" Também a velha condessa Krisztina ascendeu aos céus, onde, sem dúvidas, corre sobre uma nuvem, livre das confusões dessa aldeia. Ela não apenas cuidou dos doentes da aldeia sim, ela inclusive mandou vir o médico da cidade, em coches, para os casos mais graves –, mas também voltou o seu coração para as garotas perdidas e os filhos bastardos, com os quais ninguém queria ter o menor envolvimento. "O palácio parecia muitas vezes um jardim de infância. E que maravilha para a jovem solteira: no mês de maio, quando ela se sentia importunada pela voluptuosidade, não tinha que se infligir, reprimindo-se. Que tempos maravilhosos foram aqueles!"

Ele também não esqueceu do camarada Gheorghe Gheorghiu-Dej em Bucareste. "Nosso sábio líder de Bucareste prometeu-nos, a nós, camponeses, um futuro radiante. Como proprietários, produtores e beneficiários da terra e do solo, nós somos os senhores do trabalho de nossas mãos. Tudo pertence agora a todos. Mas estes todos são tantos que chegam ao distrito de Koloszvár, ao comitê central em Bucareste e até ao nosso paizinho Stálin, em Moscou – como ele se chama mesmo agora? Khrushchov. Eles são tantos, e todos iguais; com eles temos que compartilhar tudo, praticamente não sobra nada para nós daqui de Gyelu. É como uma vaca: nós a alimentamos pela frente, e outros a ordenham por trás." Aflito, ele perguntou: "Meus jovens estudantes, não é verdade que o futuro é algo que ainda não é, ainda virá, de modo que nunca será? E somente, então, ele será melhor. Então, nunca."

Ele participou à dama Clotilde: não devia assustar-se. O casarão ainda tem que servir de estábulo, silo, escritório... Ainda levaria um tempo até poderem erguer uma granja própria, inteiramente moderna, segundo o modelo da grande União Soviética.

Uma vaca saiu titubeando da espaçosa sala de recepções; aliviou-se ruidosamente sobre os majestosos tacos de madeira e ficou em pé junto ao pórtico do palácio, com a cara, digna e séria, voltada para o pátio.

O presidente desculpou-se: "Nós ainda não retiramos os tacos de madeira, porque assim é mais fácil remover o esterco das vacas. É muito prazeroso deslizar com uma pá, afastando a merda, sobre a superfície lisa como um espelho."

Os moradores da aldeia vinham e, em fila, beijavam a mão da condessa. Jovens bem vestidas e limpas faziam-lhe uma reverência e entregavam-lhe flores. Nossas seis estudantes recolhiam os ramos da dama, entre estes inúmeras novas rosas, e os carregavam para o dr. Hilarie.

A condessa deixou-se conduzir através dos cômodos, os braços envolvendo infantilmente o pescoço de dois esforçados varões. Na ala norte, armazenavam o trigo. "Nossa segunda colheita desde que implementamos e passamos a ter uma nova economia", disse o presidente todo orgulhoso. "Armazenada sob as melhores condições. O Partido nos elogiou."

A condessa lembrava: "Aqui, minha prima Antonia e eu tínhamos nosso quarto de dormir." Agora pendiam ali, nos gigantescos ganchos fixados na parede revestida de madeira, parelhas de cavalo. "Quantas brincadeiras nós aqui fizemos! Eu me lembro a emoção que senti quando a minha prima me mostrou as novas meias de liga de Paris. Ela morreu cedo de uma doença cardíaca."

"Como?", admirou-se Posea, "Uma nobre morrendo de mal do coração?"

"Claro, nós também temos um coração", disse a condessa. "Minha tia, a mãe de Antonia, não permitiu que ela casasse com o mestre-escola da aldeia."

"Assim, é", disse o presidente. "Hoje ela seria uma grande dama comunista. O mestre-escola vive em Koloszvár num palácio. Ele é um dos figurões do Partido."

"Tivesse ele casado com ela", sussurrou Ruxanda, "jamais teria chegado a isso."

Dr. Hilarie, sobrecarregado com as guirlandas, como um marajá, sorria amargamente. "Meias de liga de Paris. Para isso um camponês precisaria prestar três dias de corveia."

Posea e Buta colocaram a dama Clotilde sobre o parapeito de uma janela, segurando-lhe as costas. Ela mergulhou na contemplação da paisagem: as ondulações que fazia o rio, os prados e choupos, as linhas suaves da montanha ocidental... "Seu primeiro grande amor foi um tenente, um primo nosso afastado.

Eu tinha de lhe passar às escondidas os seus bilhetes, pois a minha tia, muito severa, não os deixava a sós. De um modo geral, nós éramos o tempo todo controladas. Depois dos doze anos, nós, as meninas, não devíamos mais tomar banho nuas na banheira. Éramos veladas por nossas governantas e camareiras. Despíamo-nos? Tínhamos de fechar os olhos. Antes de entrarmos na banheira, a criada nos cobria com um horroroso traje de banho. Parecíamos duas penitentes..."

"Por que isso?", perguntou Posea. "Devia eu ter vergonha de mim mesmo?"

"Era assim em nosso círculo. A nudez era desaprovada, até mesmo a própria."

"E se estivesse casada? Como era com o próprio marido?", perguntou Maria.

"Pior ainda. Salvo o umbigo, eu nunca vi nada mais do meu bem-aventurado marido. E ele não era nenhuma sensação. Sim, mas onde eu parei? Uma vez eu escondi o *billet d'amour* na sobremesa. O pai de Antonia, que estava do nosso lado, levou por descuido o pedaço de bolo com o bilhete aos dentes. Ele nos piscou o olho e engoliu tudo. Uma noite eu descobri que o *Adoré* de Antonia saía às furtadelas da câmara da donzela. O que teriam feito, minhas jovens? Levado adiante a história ou se calado? E adivinhem o que eu fiz?", nenhuma respondeu, mas se falou sobre isso durante dias. E sobre todo o resto também.

As galinhas eram mantidas na sala do café da manhã. A queijaria tinha o seu lugar no *boudoir* das damas da casa; os ornamentos dos estuques no teto combinavam com os moldes decorativos dos queijos. Os porcos foram alojados inteligentemente no salão de fumo. "Infelizmente, os edifícios da fazenda coletiva foram incendiados quando os russos chegaram, perdão, quando os alemães bateram em retirada."

Os túmulos por trás do parque, sob os pinheiros, foram devastados; as sepulturas reviradas, e parte dos ataúdes de carvalho arrancada de seus nichos. O presidente esclareceu: "O *front* passou por aqui."

"Desde então, passaram-se uns bons dez anos", disse a dama Clotilde. "Que fim levaram as ossadas? Foram transladadas para os cemitérios da aldeia?"

"As ossadas", disse o presidente confuso. "Eu não sei muito bem... Só faz três anos que nos mudamos para cá."

Uma camponesa começou a soluçar, outras a acompanharam; elevou-se um lamento comovente que chegava aos céus. Uma velha, com um lenço preto na cabeça, aproximou-se do presidente, agarrou-o pela gravata e gritou: "Você, bolchevique ateu, mentiroso miserável! Você sabe muito bem! Que aconteça com você o mesmo que sofreram os nossos senhorios, quando chegarem seus momentos finais de agonia. Os cachorros levaram os ossos..."

Silêncio sepulcral. Por fim, disse o presidente: "Não foram os cachorros. Foram as feras selvagens da floresta."

A condessa disse: "Sim, isso deve acontecer."

Ela retornou no trem da noite. "Eu lhe agradeço, meu querido Chlorodont. Mas talvez eu não devesse ter vindo." Na estação de trem de Klausenburg, ainda antes que a delegação de aristocratas pudesse receber a condessa, ela foi detida pelos homens da *Securitate*. Revistaram a sua bolsa de mão. "Ah, realmente, Chlorodont!" Graças a Deus eu encontrara na loja da cooperativa alguns tubos com restos de pastas de dentes desta marca, sim, inclusive o papel mata-moscas com a inscrição: D.R.P. – Patente do *Reich* Alemão.

Ela foi levada num carro da *Securitate* para a casa. Um chofer e um segundo-sargento a conduziram ao subsolo; deitaram-na sobre a *chaise longue*. Entretanto, o oficial inspecionou o quarto e o pequeno compartimento da antessala, onde eu me alojava no verão. Quando regressei, faltavam dois livros: *O Sagrado*, de Rudolf Otto, e *O Pastor da Fome*, de Raabe.

11

Eu me sento ao modo turco – pernas cruzadas – na minha caverna matutina e faço aquilo que o major me recomendara e eu pretendia evitar: penso nas garotas corajosas, nas mulheres da resistência clandestina e (sempre de novo) em Annemarie. Os ferrolhos ressoam. O rio, a noite sobre o bordo, a provocadora mulher ao meu lado… Acabou! Ao levantar, de um pulo, bato a cabeça na mesa sobre mim. Até esta hora não haviam ainda me incomodado. Rosto voltado para a parede! "Vire-se para a esquerda!" O soldado aponta para mim. Eu? Pretendia o major Blau conversar comigo assim tão cedo? Espero que seja somente sobre Freud e Adler, Gauss e Bernoulli. Ou a coisa vai mais longe. Sinto-me invadir de inquietações: aonde vão comigo… O soldado do turno da noite, mal-humorado, me empurra adiante. "Atenção! Onze degraus acima!"

Uma voz rude ordena: "Tire os óculos!" Eu obedeço. Do canto, onde fica a mesa de escritório, irrompe uma forte luz. Luz má… Levo a mão ao rosto. Uma voz incorpórea soa: "O que tá pensando? Já se atreve a levantar a mão contra mim? Fique de cócoras atrás da porta. E não me olhe de maneira tão idiota."

Ofuscado, tateio em direção ao canto. Os contornos da mesa e da cadeira se alinham com uma nitidez exagerada por conta da inundação de luz. "Olhe pra mim!" Procuro discernir o dono da voz, olhando por cima das nuvens brilhantes. A voz permanece invisível.

Na contraluz, começo a lamentar: "Faz tempo que não se preocupam comigo. Eu me sinto mal, tenho de voltar para a clínica. Antes de tudo, desejo falar com o major das primeiras horas, pois ele conhece bem o meu estado de saúde." Seu nome, porém, guardo comigo.

Uma voz cortante soa do fundo: "De hoje em diante você topará apenas comigo. Sente-se mal, miserável? Pois esteja seguro: eu vou cuidar para que se sinta mais miserável do que um cão. Não está aqui para gozar a boa vida como um burguês nos frescores do verão, como a sua família nos tempos de Rohrbacher Bad, mas para responder o que vocês, os seus bandidos e você, tinham tramado contra o regime democrático popular."

Volto-me contra os raios incisivos: "O senhor me culpa injustamente. Eu não sei de nada disso."

"Ao contrário! Você sabe demais. E tudo isso nós também queremos saber. E o saberemos."

"Eu fui arrancado da clínica e trazido para cá. O senhor não pode contar comigo."

"Não passou de um truque para nos enganar. No sábado em que o prendemos, tinha em mente ir ao cinema com a estudante de música Gerlinde Herter."

"Dscherlinde", ele disse. Que ele pronuncie o nome dela dessa forma é algo grave. Pior ainda, que ele o pronuncie. A voz constata: "Quem tá doente, fica na cama. Aliás, um psiquiatra, o renomado dr. Scheïtan, irá examiná-lo. Com isso se encerra este capítulo inútil. E nós apanhamos você, que ouve os anjos gritar."

Eu ouço o bater de mãos com que se chama o guarda. Sobre o turbilhão de luz vacilam por um momento duas mãos cortadas com pelinhos em brasas.

O guarda abre a porta. Automaticamente, ele puxa sobre a fronte a viseira do gorro. Ele me pega pelo braço e me arrasta dali, mal eu havia colocado os óculos de ferro. As trevas caem sobre meus olhos ardentes como um pesado embrulho. Uma citação da Bíblia ronda pelos meus sentidos: "… e Deus, que vive numa luz, para a qual ninguém pode ascender." Nas trevas da cabine eu volto a mim mesmo. Quando eu chego à cela, encontro o almoço sobre a mesa.

Digo ao caçador: "Dentro de alguns dias eu serei examinado por um médico especialista e depois serei posto em liberdade." Apego-me a isso. O dr. Scheïtan tem autoridade e caráter suficientes para insistir na minha liberação. Mas eu pressinto que a encenação de hoje de manhã não promete nada de bom. Os efeitos da luz, o tom rude…

Enquanto vago para lá e para cá, o caçador permanece sentado sobre a cama. Seus olhos estão avermelhados como se ele estivesse exposto ao vento e ao tempo de uma caçada.

Enquanto estive fora, eles vieram buscá-lo. O oficial de instrução notificou que a acusação contra ele havia sido elevada a uma pena entre cinco e sete anos. Ao caçador vieram as lágrimas. "Isso significa que eu somente vou rever as minhas meninas quando elas já estiverem grandes e atrevidas."

O tenente o censurou: "Você, um ex-homem do Partido, chorando como uma mulherzinha? Tenha vergonha na cara! Veja, aqui nesta cadeira se sentou ontem uma legionária de dezoito anos. Quando eu disse a ela que devia contar com a pena de morte, ela começou a rir e cuspiu na minha cara."

O caçador não podia se conter. *"A fi legionar este moarte sigură!* – Ser legionário é morte certa! E agora também a geração seguinte, jovens *combatanți* da *Legiune Arhanghelul Mihai* – combatentes da Legião do Arcanjo Miguel –, inclusive mulheres!"

* * *

Alguns dias mais tarde sou levado à presença do diretor do sanatório psiquiátrico de Kronstadt, não sem antes o oficial de serviço me orientar, com ameaças sutis, como eu devia comportar-me.

Conheço o doutor Eusebiu Scheïtan desde o último verão. Eu tinha então visitado a sua clínica com a minha tia Pauline da Alemanha. Ele nos recebeu pessoalmente. Cansados, ligeiramente inflamados, seus olhos emprestavam ao rosto uma expressão de dor universal. Envelhecido, o cabelo enrolava nas têmporas, sobre o qual abaulava um quepe branco. A sua fama na cidade era controversa: alguns divinizavam o seu carisma como psicagogo, outros o demonizavam, como o seu próprio nome indicava: Scheïtan; o diabo, Satanás, o príncipe das trevas.

Tia Pauline, cem anos recém-completos, desejava ver mais uma vez a casa da família em Schloßberg, a "Villa Tubirosi", onde agora havia-se instalado precariamente a clínica de psiquiatria de Kronstadt. No curso de sua longa vida, somente ali ela fora feliz como a terceira esposa de meu tio-avô Franz Karl Hieronymus. Os poucos anos de casados foram uma festa de júbilos, apesar de seu marido haver despedicado todo o dote em pouco tempo. Além disso, a dama, tendo vindo da Alemanha, sentia saudades dos ciganos e vagabundos, mendigos e patetas, velhas fumadoras de cachimbos e criadas húngaras que dançavam a *csárdás* com seus soldados amantes na travessa do mosteiro. De tudo isso a tia Pauline sentia dolorosa falta, enquanto contemplava a imagem das ruas de Gauting, onde vivia num asilo para damas, com vistas para o lago.

Eu a acompanhei para o lugar de suas tão singulares lembranças. Leve como um dente-de-leão ao vento, ela, trajando um vestido de seda cinza e, na cabeça, um chapeuzinho *Biedemeier* para damas com pompons amarelos, subiu o caminho serpenteante que levava ao palácio. Na mão direita, sustentava uma sombrinha aberta, que estremecia regularmente na sua mão como uma borboleta adoentada. Na outra mão, os dedos crispavam-se de vez em quando, fechando-se como uma garra.

O doutor falava em alemão conosco. Bem-educado, evitava o prescrito "camarada" e se dirigia à tia Pauline com o "magnânima senhora". Por duas vezes ele até pronunciou: "Senhora von Zilah." Tia Pauline não me apresentou como "meu sobrinho", senão de modo exato: "o sobrinho neto de meu querido, distinto e infelizmente falecido esposo."

O médico ofereceu-se para examinar a velha senhora. Ainda que os doentes mentais parecessem viver muito, ele jamais se defrontara com tal fenômeno: uma centenária que tenha subido a pé até o Schloßberg e conservava, além disso, o sentido de saber que o tinha subido. "Afinal, quem se recolhe a uma gaiola, ou tem ideias ou barreiras fixas! Ah... está protegido dos desgostos do mundo e vive longamente, mas se embrutece." E perguntou: "Atormenta-a, minha magnânima senhora, algum tipo de achaque?"

"Certamente", disse tia Pauline.

"E qual seria?", perguntou o médico ávido de curiosidade.

"No momento, dor de dente."

"Dor de dente? A magnânima senhora ainda tem os próprios dentes?"

"Um, e ele me dói um bocado." Gentilmente o médico tocou aquele único dente com um algodão embebido em álcool.

"E o que mais?"

"Além disso, aborreço-me com a ideia da morte. Aborrecimento mortal, a enfermidade dos velhos. Ninguém mais da minha idade, de quem se possa falar mal, com quem se poderia discutir. Ou, ao menos, trocar lembranças."

A dama devia despir o tronco. "Infelizmente devo decepcioná-lo, senhor doutor: em si, não me falta nada. Muitas vezes eu me pergunto inquieta se vou conseguir morrer."

"Magnânima senhora, nada mais certo do que a morte."

A tia expulsou-me: "Mulheres nuas são demasiadamente excitantes para os jovens rapazes."

Depois, o médico confirmou: "Um fenômeno! Reflexos dos nervos e agudeza intelectual de uma mulher de sessenta e três anos."

Eu disse todo orgulhoso: "Quando o pastor da igreja, na Alemanha, quis recitar um salmo em comemoração aos cem anos de minha tia, ele ficou estagnado. Minha tia teve que lhe sussurrar o salmo."

Tia Pauline explicou: "O idiota tinha escolhido para mim, que não tenho filhos, o salmo 128, que além disso é dedicado a uma figura masculina." E ela começou: "Bem-aventurado aquele homem que teme ao Senhor e segue seus caminhos. Pois comerás do fruto do trabalho de suas mãos; serás feliz e prosperarás..." Ela hesitou; repetiu-se: "Serás feliz e prosperarás, esperançosamente!" E continuou: "Meu marido só andou por caminhos tortos; é possível que fossem os caminhos do Senhor. Mas, comer o fruto do trabalho de suas mãos? Nunca em toda a sua vida ele moveu um dedo. Inclusive o nosso dinheiro, esbanjado por outras mãos, escapou rápido por entre seus dedos. E até os cadarços de seus sapatos quem amarrava era a criada. Eu fui a única coisa que ele levou em suas mãos. Sim, e isso até o final feliz de nosso matrimônio. E que brilhante dançarino ele era! E charmoso como nenhum outro homem. Um autêntico nobre húngaro dos pés à cabeça." Tia Pauline sentava, reta como uma vela, num banquinho com um estofo branco, enquanto eu fechava os botões de trás de seu vestido.

O doutor Scheïtan não deixou de acompanhar-nos e conduzir por seu hospital psiquiátrico. Num quarto com grades e vista para o oeste, direção Honigberg, tia Pauline ficou parada como se houvesse criado raízes nos pés, elevou as pálpebras, tirou de sua bolsinha um binóculo, analisou curiosa a parede e disse num tom baixo: "Sangue, ainda!" E deixou-se cair sobre a cama de ferro de uma mulher com a cabeça raspada, que logo começou a desabotoar-lhe o vestido, rápido como o vento.

"*Tsc, tsc*", o médico estalou a língua, "*kuschtinje!*" De repente, a doente deixou as costas da tia Pauline, levantou a própria camisola, passando-a pela cabeça, e mostrou ao médico os seios secos. O doutor Scheïtan disse: "Não podemos escolher os tempos em que devemos viver, mas com certeza o tempo que desejamos viver." Ele apontou para a louca, que logo escorregou para debaixo das cobertas e ficou mirando calmamente a parede caiada diante de si. A tia disse: "Após décadas, e ainda há sangue!"

"Sim, que estranho", respondeu o doutor. "Nós lavamos, pintamos o lugar, algumas vezes raspamos o reboco... A mancha aparece de novo. O sangue deve estar infiltrado profundamente! Já cheguei a pensar em derrubar a parede. No entanto, estes que estão sob meu encargo não se sentem incomodados. A senhora mesmo vê..." Um gesto resignado com a mão. "E as enfermeiras são criaturas robustas."

O médico não perguntou àquela que agitava as mãos o que lhe ocorria. Para mim, ele comentou a meia voz: "Tentativa de suicídio cortando os pulsos. Costurada por um carniceiro."

E assim tinha sido, e soava como uma história de velhos almanaques: no jornal de carnaval, dos grandes comerciantes saxões e industriais de Kronstadt, havia muito, muito tempo que aparecera um estranho anúncio, assinado por "Pierrot e Pierrette". Todos sabiam quem estava por trás disso. "Nós nos separaremos sem nos separarmos um do outro. O que é, o que é? Quem enviar pelos correios a resposta certa antes de segunda-feira de carnaval receberá como prêmio, na quarta-feira de cinzas, uma casa de família num belíssimo lugar."

Na quarta-feira de cinzas, ao meio-dia, a criada de serviço, assustada com um gargarejar e um *gluglu* provenientes do aposento de dormir, se aproximou cautelosamente do banheiro – seus senhorios voltaram tarde à casa vindos do último baile de máscaras da temporada no salão de festas –, encontrou a tia e o tio, fantasiados de Pierrette e Pierrot, deitados na cama de casal; as mãos cruzadas uma sobre a outra. O sangue esguichava aos borbotões de encontro à parede. Provavelmente eles tinham se ajudado mutuamente neste derradeiro gesto de amor.

Fora de si, a criada se precipitou alameda abaixo, gritando desesperada: "Sangue de boi sai das torneiras d'água!" A sua sorte: ela caiu nos braços do curandeiro Marco Soterius, que, naqueles anos, se encontrava em início de carreira. "Querido vizinho", soluçava a garota, "sangue esguicha das torneiras! Eu quero voltar para a casa, para os braços de minha mãe. Eu cheguei aqui apenas anteontem."

"Venha comigo." Na cozinha, ela se acocorou aos prantos sobre um baú de madeira. "Beba um copo d'água. Acalme-se!" Por três vezes ele fez oscilar o pêndulo sobre a sua cabeça. Logo a pobre criatura dormia profundamente. "Ah, hoje eu vou ter um bom dia!", profetizou orgulhoso o curandeiro hipnotizador. No entanto, apesar dos impetuosos movimentos do pêndulo, descrevendo os mais loucos arabescos do Oriente, o mestre não conseguiu fechar as veias. Ele, então, sacudiu desesperado a garota, a fim de acordá-la: "Corre até o doutor Flechtenmacher; dobrando à esquerda na esquina, a primeira casa." A garota confundiu esquerda com direita, e trouxe o veterinário Bulliger. "Meu bom senhor, venha comigo, rápido! Sangue esguicha da parede. Rápido, senhor doutor!"

Quando o veterinário viu a desagradável surpresa, percebeu imediatamente que não havia um segundo a perder. Pescou, de uma caixinha de linhas, a agulha de cerzir mais comprida, endireitou-a, passou-a pela chama de uma vela e coseu, bem ou mal (o melhor que conseguiu), veias, tendões e nervos. Enquanto isso, o mestre Marco seguia movendo o pêndulo encarniçadamente… Com o resultado de que as manchas de sangue na parede não cederam, sequer ao cabo de várias décadas.

O cerzido casal se separou, a Villa Tubirosi foi a leilão; em 1948, estatizada. Durante anos permaneceu vazia. Ainda que casas como essas, de aparência burguesa, fossem bastante cobiçadas pelos proletários proeminentes, ninguém queria morar ali, apesar da vista romântica sobre o centro da cidade e a Igreja Negra, apesar do esplêndido paranorama sobre o Zinneberg e suas florestas; nem sequer o comandante da *Securitate*, um cavaleiro sem receios e manchas, quis tomá-la como residência.

Ao deixar a Villa Tubirosi para os loucos, o Partido matou dois coelhos com uma cajadada só: livrou-se da casa de má fama. E, como era uma casa de família, permanecia limitado o número de internados, adequando-se com perfeição à doutrina postulada: visto que o socialismo significa a felicidade do homem e um homem feliz não tem motivo para perder o juízo ou aceitar prejuízos para a própria alma, não era necessário, para algumas poucas e excepcionais exceções, mais espaço e lugar do que havia.

* * *

Agora fizeram vir da antiga Villa Tubirosi o doutor Scheïtan. Se ele lembrava de nosso encontro privado do último verão? Ideias e grades fixas respondem por proteção e abrigo… Assim, depois que cheguei aqui, fui compensado duplamente com a sua opinião.

A sala de interrogatórios está cheia de oficiais como no primeiro domingo, o dia de minha detenção. De igual modo, a neve brilha adiante das janelas com grades. Contudo, fecho os olhos, ainda ofuscados pela luz penetrante. Até o comandante Crăciun está presente – aquele que quando senta cruza as mãos sobre o ventre como um pope, e que, quando se levanta e caminha, deixa à vista, embaixo do braço, uma pasta em que se pode ler em letras maiúsculas: MINISTERUL DE SECURITATE.

Ele vem até a minha mesinha, curva-se sobre mim; quase me sufoca com seu corpanzil. Exorta-me a que eu me limite a responder as perguntas do médico, ou mesmo: "Boca calada! Isso é o melhor. O *domnule doctor* sabe tudo. Sim, ele já conhece antecipadamente qual será o resultado final. Tão versado ele é!" E completa com ironia, arreganhando os dentes: "O *domn' doctor* não entende apenas de loucos, mas também dos normais."

Aproximam uma cadeira de minha mesinha, sobre ela, uma jarra com água.

Entretanto, procuro entre os oficiais com unhas bem aparadas, com pelinhos brancos prateados ou mãos com luvas de veludo.

À entrada do diretor da clínica, acompanhado pelo chefe de investigações, o tenente-coronel Alexandrescu, alguns oficiais se levantam hesitantes. Eu também me levanto (num salto), mas sem querer, e me curvo. Todos me encaram demoradamente. Ninguém diz uma palavra. O médico, de jaleco branco e quepe, chega até a minha mesa e estende-me a mão. Coronel Crăciun, que não se move de sua mesa, lhe indica o lugar junto a mim: "Lá, doutor camarada."

Percebo, pelas perguntas do médico, que ele está familiarizado com o meu caso. Eu as respondo com brevidade e concisão, de modo que a conversa chegue logo ao fim, para visível satisfação dos assistentes. Resta então ao médico examinar os meus reflexos. Para melhor se aproximar de mim, ele procura mover a mesinha. Ela não se move. *"Lăsați, domnule doctor"*, diz o coronel rudemente. Devo então acercar-me dele. A minha cadeira está igualmente parafusada ao chão. "Uma cadeira!", ordena o coronel. Um tenente levanta-se. "Sente aí!", grita-me o coronel. Eu seguro as calças, apertando-as de encontro ao corpo, e sento-me entre os oficiais, cruzando as pernas como meus vizinhos.

O médico inclina-se sobre mim; desce o martelinho de borracha. Minha perna direita alça voo de maneira tão bizarra que não lhe dá tempo para se desviar. A ponta do pé acerta o seu quepe. Este se move, ficando torto e engraçado sobre a cabeça. Ninguém ri. Ele o deixa como está. "Os reflexos são um tanto exagerados."

O doutor Scheïtan retoma o seu lugar diante da mesinha. Coronel Crăciun me atiça: "Retorne para o seu lugar! O que ainda tá esperando?"

O psiquiatra olha para o comandante da *Securitate*: sua missão chegou ao fim. Ele passará as conclusões para um atestado e as entregará em breve, obviamente como correspondência oficial secreta. No que me diz respeito, o senhor Scheïtan não dá o menor sinal de que se lembra de mim. Eu poderia facilmente endireitar o seu quepe malcolocado, mas mantenho docilmente as mãos sobre a mesinha.

Colonel Crăciun deixa a sua mesa; a importante pasta debaixo do braço. A guarda dos oficiais levanta-se como sob um comando. Também o doutor Scheïtan põe-se a caminho. No limiar da porta, ele se volta em minha direção; mira-me triste com olhos avermelhados e diz: *"Lu ex oriente!"* O oficial de serviço escancara a porta; o convidado é obrigado a dar um passo para trás. Com isso, ele atinge sem querer a barriga do comandante, que recua respirando com dificuldades. Eusebiu Scheïtan diz em alemão, já no corredor: "Tempos, não. Mas o seu tempo, sim." E acena-me ligeiramente com a cabeça: *"La revedere."*

Um capitão encosta-se em mim. Eu tinha a aparência carnuda de seu nariz guardada na memória: quando eu treinava *puxar* o fogo vindo do postigo, estive, com um cigarro, diante deste mesmo nariz. Mas, e suas mãos? Elas são cobertas por pelos normais.

"O que lhe murmurou a velha raposa? Fale!"

Um lema marxista: "A luz vem do Oriente!"

"Em qual idioma?"

"Latim."

"Latim, a língua do escravocrata romano."

E do povo romeno atual, penso eu.

"E o que mais? Em qual idioma? Diga!"

"Alemão. Mas foram palavras sem sentido: os tempos, o tempo. Em romeno: *timpul, timpurile...*" E, de repente, tenho uma luz, vejo as tetas secas da louca de outrora; antigamente: "Não podemos escolher os tempos em que devemos viver, mas com certeza o tempo que desejamos viver", havia dito o doutor, em aprovação.

"Alemão. O idioma de Hitler…"

"E de Goethe e Engels."

"Cale essa boca suja! Foi um provébio secreto. É só esperar, irmãozinho doutor. Está perdido!" E para mim: "Bem! Agora esta arrelia toda em torno de sua doença chegou ao fim, e temos que ir. O que virá ainda não se viu nem em Paris!"

Paris… Ponho-me de cócoras sobre a beira da cama e escuto o que ocorre no corredor. Porém, ainda é manhã escura, mas os lá de cima podem a qualquer momento irromper aqui. Eu procuro subtrair-me de lembranças que já não me protegem mais a fim de não colocar os outros em perigo. E sou arrastado inevitavelmente às profundezas daquilo que quero esquecer. Porém, o verão no rio ainda não terminou.

* * *

Noite. Estamos sentados, Ruxanda e eu, debaixo do bordo, encostados na cálida parede. Descalços, tínhamos caminhado até aqui, através da poeira. "Eu não suporto mais este país", disse ela, com lágrimas nos olhos.

"Você que é romena? Mas esta é a sua pátria. Nós, os saxões, sim, somos os estrangeiros tolerados. Mas você?"

"Esta não é mais a minha pátria. Aqui eu também me tornei uma estrangeira, estranha a mim mesma. Sempre uma máscara na frente da alma." E continuou: "Ou os americanos vêm logo…"

Desde o fim da guerra trago esta frase no ouvido: Quando os americanos vierem! Muitos morreram por causa dela.

"Mas eles vêm algum dia?", perguntou ela queixosa. "Os guerrilheiros, nas montanhas, esperam há dez anos. Se nada acontecer logo, então…, então fujo a nado para a América. Sim, você ouviu muito bem. Não acredita que eu consiga? De Vama Veche, mais ao sul, na fronteira búlgara, até Istambul… Noite após noite, nadando ao longo da costa; também correndo, seis, sete horas. E escondendo-me durante o dia. A Bulgária deve ser cheia de bosques nas margens."

"E de que você viverá? A comida, a água potável?"

"Assim como, neste país, os camponeses e os párocos de todas as partes apoiam os guerrilheiros das montanhas, deve haver lá, certamente, pessoas boas e corajosas também."

"E os guardas costeiros?"

"Para eles eu não passo de uma formiga. E agora eu quero confiar-lhe um grande segredo. Veja, estes são nossos últimos dias no rio. Nunca mais voltaremos a estar juntos como agora, eu e você. Eu pressinto. Mas sempre nos lembraremos disso. E terei saudades de estar aqui com você. Como disse sua condessa Clotilde: 'A maior felicidade – sempre antes!'" E ela me abraçou, me beijou e me acariciou. E sentou-se de volta em seu lugar.

"Este meu primo, o Mircea, de quem eu já te falei, e que eu amo com toda a minha alma, apesar de não vê-lo mais há anos", sua voz diminuiu; ela sussurrou: "Desde que o rei teve de partir, ele passou para o lado dos guerrilheiros, para o temido grupo de Schuschman, que opera nos Cárpatos ocidentais. Nem com tropas especiais de elite a *Securitate* consegue prendê-los."

"Guerrilheiros aqui também? Eu pensava que só estivessem junto a nós, no maciço de Fogarasch. Lá eles atiram com violência."

No nosso antigo local de comércio, todo coberto de vermelho, colocaram uma câmara ardente com o corpo do segundo-tenente da *Securitate*, que fora abatido ao pé da cachoeira de Bulea. Nós, os estudantes do Liceu, fazíamos a guarda de honra, ao longo do dia. O fato de que aquele homem medonho estivesse ali tão tranquilo, como se fizesse a sesta, lhe dava um aspecto consternadamente inofensivo. E me inquietava, como se eu também tivesse sido culpado de que este ser obscuro se apresentasse à vista de todos em plena luz do dia. Sim, e que um homem como este provocasse choros, e rompesse de dor corações como qualquer um... Perturbado, eu montava guarda junto ao caixão, enquanto mulheres, com gritos de dor lancinantes, se lançavam sobre o cadáver e beijavam o rosto esverdeado, e grudavam seus lábios sobre o buraco do tiro na testa, que estava coberto de esparadrapos. E proferiam estridentes maldições contra os *bandiți*.

Na voz do povo, os guerrilheiros eram: antigos oficiais, camponeses leais ao rei, orgulhosas camponesas, professores e mestres-escola rurais e popes; artesãos e filhos de industriais também faziam parte. Universitárias e jovens médicos e até estudantes colegiais arriscavam suas vidas. "Metade da minha turma do Liceu para rapazes *Radu Negru Vodă*, em Fogarasch, foi recrutada por eles. Ainda bem que um ano antes eu tinha mudado para a Escola Honter, em Kronstadt. Esses estudantes abasteceram os guerrilheiros com mantimentos, armas e munições. Eles foram condenados a penas vertiginosas. Se um dia retornarem, virão como homens envelhecidos."

"Se... E, estando eles com mais de dezoito anos, serão executados na mesma hora."

"Respeito estes jovens e homens audaciosos, mas..."

"E mulheres", interrompeu-me Ruxanda entusiasmada. "Imagine só: elas dão à luz crianças nos barrancos e nas várzeas, e os nossos popes batizam e enterram durante à noite, sob neblina, e escutam as confissões, repartem a eucaristia, expondo a si mesmos e as suas famílias a grandes perigos."

"Mas o que querem afinal os guerrilheiros?"

"O que eles querem?", soou um tom de surpresa. "Sobre isso eu nunca tinha pensado. O que sei? Dar vazão ao próprio ódio. Infundir esperança nas pessoas. Assustar esta corja presunçosa, cheia de si, de Bucareste. Despertar respeito nesses tiranos locais. Dar um sinal! É o que se pode fazer de imediato contra este regime antinatural... De algum modo, um gesto. Mesmo que nós ocultemos o fato de que sabemos nadar."

Nós dois éramos os únicos no grupo que, ainda crianças, aprendemos a nadar (segundo as regras dessa arte!). No entanto, para não parecermos suspeitos – ou por teimosia? –, nos mostrávamos tão desajeitados que Posea, cujas ceroulas arregaçadas só lhe permitiam se meter no rio até os joelhos, gritava nos debochando: "Vocês, da cidade, nadam como um machado!"

"O povo chama os guerrilheiros de nossa última esperança."

Eu digo pensativo: "Nossa esperança não são eles. É pouco o que podemos esperar de tais arrojadas empresas. Nós, os saxões, temos nos curvado diante de qualquer autoridade. Somos chamados, desde os tempos mais remotos, de *circumspecti* da Transilvânia, e até na Hohen Pforte [Sublime Porta] e em Viena nos chamam assim."

"Isso pode degenerar em covardia", objetou Ruxanda.

"Minha amada, eu admiro estes guerrilheiros sem ressalvas", condescendi. "No entanto, o que eles fazem me parece algo inútil. E inquietante. Eu não posso imaginar-me abrindo um *front* contra o regime, em qual forma seja. Ainda mais que não passo de um grande pé-de-lebre, um poltrão."

"Meu pé-de-lebre!", disse Ruxanda com ternura. "Como soa bonito em romeno." Ela colocou as mãos no meu regaço. "Nossa, quanto couro! Vocês e suas bermudas tirolesas. Não se pode sentir nada de você. Mas o que você propõe? Qual a alternativa para o país, para o povo?"

Eu respondi simplesmente: "Mas este é o seu povo, este é o seu país de vocês!"

Ela se calou. Um bom tempo. A Ursa Menor, no céu, parecia andar às apalpadelas. Ela disse algo estranho: "Depois de 1944 todos nós perdemos a nossa inocência." E acrescentou: "Salvo o rei."

Do outro lado, uma janela iluminou-se. A mulher entrou no quarto com os cabelos soltos, o que lhe dava um ar sonâmbulo. Também o seu esposo tinha aberto a camisa bordada sem colarinho. Logo eles se desembaraçaram de suas roupas, jogando sem cuidado as peças longe de si. Num instante, estavam completamente nus e despidos. Sem se preocuparem com a luz, que tinham colocado sobre uma cadeira, voltaram-se para si mesmos, fechando-se num abraço. O homem apertava com tanta força a amada que seus seios desapareciam entre os pelos de seu peito. Ela acariciava o seu quadril com as pontas dos dedos.

"Vamos", disse Ruxanda, puxando-me. Mas nós ficamos. Com um movimento extasiado, o casal virou a cadeira com a lamparina. "Meu Deus, eles vão se queimar vivos!" Nesse mesmo instante, fez-se a escuridão por trás da janela.

* * *

O presidente nos conduzia, rio acima, num caminhão de pneus macios. Nós íamos amontoados sobre o reboque de cargas. Cada um de nós puxou sobre a cabeça um saco de açúcar vazio com a inscrição "Cuba." O material impermeável protegia do vento e da chuva. Os camponeses paravam com a ceifa e ficavam a admirar o bando de anões brancos de jardim.

Ruxanda e eu fomos os primeiros que se puseram a pé pelo caminho de terra; diante de nós, ao alcance da mão, a montanha. O *camion* deu a volta, seguindo aos solavancos vale acima. A cada dois quilômetros saltava um par de passageiros para visitar o Auen, até o dia seguinte, e questionar os moradores. Dormiríamos a noite nos acampamentos dos camponeses. Este segmento nos foi determinado por meio de sorteios: ele alcançava até onde o Warme Samosch se unia ao Kalte Samosch, formando ao pé de uma montanha um único curso d'água.

Passeávamos tranquilamente, fazíamos perguntas para os moradores que recolhiam o feno sobre os prados; parávamos junto às quintas que estavam sendo construídas sobre os terraços fluviais. Ruxanda dizia: "Não se inscrevam nas fazendas coletivas, pois os americanos estão vindo! Ou vocês querem jogar os seus bens e propriedades, herdados de seus pais, conseguidos com o suor de seus rostos, na goela desses ladrões?" Eu não digo nada.

O Estado extorque quase toda a colheita, reclamavam os camponeses. De modo que chegam ao outono de mãos vazias; não há nem sementes para o cultivo. Os funcionários do Estado fixam quotas implacáveis. E alguns têm, inclusive, de comprar o o produto que falta para não acabar na prisão.

"Somente coragem e paciência. Não pode durar muito."

Enchentes e inundações, uma após outra: mas os anciões mal podiam citar o ano em que elas se deram. Eles têm de fixar as catástrofes naturais em função de outros acontecimentos do tempo: quando o imperador Francisco José matou com um tiro o seu filho Rudolfo, quando um comunista miserável apunhalou com uma lima a bela imperatriz Elisaveta, quando estourou a Grande Guerra, quando, logo depois, alastrou-se a gripe negra, quando o rei romeno Ferdinando faleceu, abatido de preocupações (junto com suas condecorações, ele não pesava mais de trinta e nove quilos) para com o seu filho Carol, que havia se ligado a uma judia…

Porém, quanto mais se aproximava o tempo, menos eram as inundações e enchentes que lhes instigavam a memória. Muito mais, as tormentas da história: os soldados alemães, ainda que em retirada, tinham entregue ao povo local seus quartéis novinhos em folha, com as camas feitas, o chão varrido… E eles pagaram com moeda forte até o último litro de leite que tinham tomado no café da manhã, enquanto já soavam as primeiras salvas de canhões russos. "E sempre asseados, a barba feita, perfumados, os alemães, como se se preparassem para um baile."

Os russos, por sua vez… As pessoas faziam o sinal da cruz.

Nós tivemos que descer à cave. Ali estavam os barris de vinho com os buracos de tiro que os russos tinham usado como batoque; alguns haviam-se afogado no vinho. E tivemos que escalar o desvão até onde os russos, completamente bêbados, não conseguiam alcançar, para examinar o refúgio para mulheres e filhas, no fumeiro ou na chaminé. Um dos bárbaros quebrou o pescoço e a perna. Comparado com essas tribulações, quaisquer catástrofes fluviais são uma amabilidade de Deus.

Ao meio-dia comemos de nossas provisões: queijo com cebola, pão com geleia. Eu aticei o fogo direcionando uma lupa sobre um pouco de feno. Numa lata de conserva, Ruxanda cozinhou dois ovos, que uma camponesa nos passou furtivamente. Assamos batatas novas que havíamos retirado da terra. Os asquerosos percevejos do Colorado, que devoravam a plantação de batata – lançados de aviões pelos americanos para retardar a coletivização da agricultura, segundo a versão oficial –, eu colocava para crepitar nas brasas de carvão. "Aqui ainda não tem uma economia coletiva", objetei diante de Ruxanda, que havia saudado com júbilo a praga americana. "Qualquer meio é válido para prejudicar este regime!"

"Qualquer? Então eles podem logo lançar uma bomba atômica."

"Deus nos livre!", disse ela com pesar.

Bebíamos água de uma fonte límpida do rio. E tomávamos banho. Procuramos um lugar fundo, junto a uma encosta, onde nadávamos à vontade, como se não existisse uma República Popular. Rivalizávamos naquilo que havíamos aprendido: nadávamos contra a corrente. Ruxanda fez uma demonstração da última novidade vinda da América: o estilo borboleta, *butterfly*. Ela arremessava o corpo para fora da água e batia os braços contra a correnteza, levantando a cada duas braçadas o rosto salpicado de espuma e gotas; respirava, puxando o ar, e se deixava cair novamente no espelho d'água. De polegada em polegada, ela avançava vale acima. E, depois o golfinho: ela deslizava para fora e para dentro da água, e seu corpo luzia. Nós deitávamos para pegar sol e contávamos as borboletas que passavam esvoaçando.

Ao anoitecer, alcançamos o lugar onde as duas nascentes dos rios confluíam. Sobre uma língua d'água, protegida de ambos os lados por regatos impetuosos, encontrava-se um moinho abandonado. Uma parte estava queimada. Vigas chamuscadas apontavam para o céu. As janelas da casa pareciam cegas. A roda d'água estava parada, o canal seco. A mecânica enferrujada da construção dava ao conjunto uma impressão de algo enfeitiçado. Atrás, elevava-se uma parede rochosa, uma dobra, como se um gigante tivesse curvado as massas do granito. O precipício bloqueava a pequena península, antes que começasse acima a floresta mista. Nenhuma ponte suspensa, nenhuma passarela de madeira. Afivelamos as mochilas e atravessamos titubeantes a água espumosa, passando rente a gigantescas pedras redondas.

Ruxanda gritou e nos detivemos. Em uma das minúsculas janelas surgiram dois olhos, perscrutando-nos longamente. Logo se abriu uma porta de madeira; uma mulher mirava-nos com desconfiança, perguntando o que queríamos. Se podemos passar a noite aqui? Ela avançou um pouco, pegou um vidro com pepinos em conserva. Os pepinos haviam sido fermentados ao sol; por cima, pedaços inchados de pão. Sem nos responder, ela bateu a porta, fechando-a. Esperamos, enquanto acima de nós, no cume da motanha, o sol emaranhava-se nas pontas dos abetos.

Um homem com cavanhaque saiu ao nosso encontro; sentou-se sobre um pedaço de rocha diante do celeiro e começou a nos fazer perguntas. Ruxanda dava pacientemente as respostas. Mas quando ela se apresentou como neta do *protopope* de Ribitza, quebrou-se o gelo. "Sabemos bem: um dos seus filhos caiu no *front* oriental na campanha contra o bolchevismo e o outro não retornou do cativeiro russo. Onde os russos colocam a mão, eles a mantêm firme. Isso se não o queimam ou quebram imediatamente. E uma neta sua aqui em cima!", e assinalou na parede de pedra, a floresta acima. "E quem é este jovem?" Ele apontou o dedo em minha direção.

"Um colega estudante."

"Sim, está bem. Mas eu preciso saber mais sobre ele."

"Ele é um saxão da Transilvânia."

"Um saxão da Transilvânia? Então ele é o nosso homem."

Entramos numa cozinha precariamente iluminada por uma lamparina de querosene. À mesa, sentava-se a mulher de agora há pouco. Seu traje tinha nódoas castanhas. Ela lia a Bíblia. Sobre um estrado havia uma anciã. "Quem são eles?", crocitou, nos encarando com olhos turvos.

"Esta é a neta do padre Stoica de Ribitza e *un neamț*." Num pulo, pôs-se em pé. "Um alemão?" Finas e brancas tranças moviam-se bamboleando sobre os seus ombros. Ela perguntou, enquanto seus olhos amarelados começavam a brilhar: "Quando, afinal, vêm os alemães para pôr ordem entre nós?" E ela reclinou para trás.

O homem disse: "Os alemães... tivessem eles ficado, a roda do moinho ainda hoje estaria girando. Os comunistas ladrões nos levaram tudo! Primeiro foram os russos que queimaram o moinho. Eles pretendiam provar que até um moinho d'água pode pegar fogo. E agora são os comunistas, que enganam qualquer um. Eles nos sufocam com suas taxas e tributos. E, enquanto isso, a *Securitate* faz pouco caso de quem quer que seja. Eles suspeitam que eu apoie os guerrilheiros. Mas dessa gente da *Securitate* nós nos livramos." E explicou como fez para se defender:

primeiro, ele destruiu a prancha sobre o regato, depois, após terem confiscado o cavalo e a carroça, a ponte de madeira. Porém nada disso teria feito a menor diferença se o *Sfântu Ilie*, Santo Elias, na sua carruagem de fogo, não tivesse vindo em seu auxílio. Quando no dia 23 de julho, o dia de Santo Elias, dois agentes da *Securitate* se esforçavam sobre as pedras, saltando de baixo para cima para chegar ali, desabou um temporal. Um raio atingiu um deles, levando-o logo pela correnteza do arroio. "Se ele escapou daí com vida, eu não sei. O outro, um *capitan*, o raio atingiu no baixo ventre, arrancando-lhe a cartucheira e a pistola. Sim, até as suas calças cáquis o raio arrancou do corpo, de modo que ele ficou ali, no meio do regato espumante e do aguaceiro, que a senhorita me desculpe, com o cu desnudo e os ovos soltos." Calçado – ainda assim, de botas –, e sobre a cabeça o quepe militar, saiu correndo aos gritos até bem próximo do convento das freiras. Lá, as irmãs borrifaram com água benta o homem nu e o envolveram depressa com fumaça de incenso, de modo que as suas vergonhas e nudez somente se podia pressentir. Logo em seguida, elas o enviaram para casa vestido num hábito. Foi dessa forma milagrosa que o Santo Elias protegeu esta casa de outras iniquidades. Sim e, além disso, encantou os olhos das veneráveis madres, as noivas piedosas do céu, com as intimidades do sexo masculino, oh, oh!, que para elas somente devem florescer na vida eterna. *"Slava lui Sfântu Ilie!"*

Ruxanda perguntou se eles não sentem medo ali naquela floresta e isolamento. A mulher respondeu, mas sem nos mirar: "'Eu mesmo, eu mesmo, sou quem vos consola. Quem és tu que sentes medo de um homem, que há de morrer e secar como a erva?', diz Elias." O homem disse: "Não. Nunca mais a *Securitate* ousou vir aqui."

Nós comemos à mesa rústica e limpa; o casal se servia da mesma tigela de alumínio. Havia sopa de cominho, onde molhávamos as crostas do pão preto. E queijo de cabra temperado com cebolinha e aneto, e também picles de pepino. À anciã serviam a comida: a filha molhava os pedaços de pão na sopa de cominho e os enfiava na boca desdentada. De sobremesa, mirtilo. A mulher cortava-os em pedacinhos com os dentes, fazendo uma pasta que enfiava na boca da anciã.

Antes da comida, a mulher entregara a Bíblia para o dono da casa. Ele leu o salmo 23: "O Senhor é meu pastor, nada me faltará... Tu preparas a mesa, diante de mim, em face dos meus inimigos", isso ele repetiu. Depois da refeição feita, nós nos pusemos em pé e rezamos o Pai-Nosso, cada um no seu idioma. O homem fez o sinal da cruz sobre a cabeça e o peito; voltou-se para a negra parede de pedra e invocou os bons anjos da noite: que eles velassem a casa e o pátio, e sobre todos os que ali entram e dali saem.

"Vocês dormirão no celeiro, acima do estábulo. No estábulo mesmo, não nos sobraram mais do que algumas cabras."

Lá nós dormimos – os sentidos embriagados com o cheiro do feno –, embalados pelo rumorejar selvagem de ambos os regatos.

Até que algo nos despertou. Quando nos aproximamos da borda do piso do estábulo e miramos para baixo, para a eira, ofereceu-se aos nossos olhos uma cena fantástica. Um pope, com solenes trajes vermelhos e dourados, celebrava a liturgia ao pé da mesinha. Duas velas dispensavam uma suave luz. O pequeno altar estava coberto com um pano colorido. Sobre o altar havia um cálice coberto e, ao seu lado, uma cruz de ouro incrustada de pedras preciosas. Diante do sacerdote, um homem, em trajes camuflados, se ajoelhava. Sua cabeça e suas costas estavam cobertas com uma estola bordada de ouro, sobre a qual o sacerdote acolhia a sua confissão.

Duas outras figuras, vestidas de forma semelhante, se apoiavam extenuadas na porta do celeiro, as armas em prontidão. Os olhos tateavam os arredores incessantemente. Todos vestiam calças. Suas feições eram bronzeadas e esquálidas; de aparência semelhante, eles produziam o efeito de máscaras. Um dos presentes parecia ser uma mulher. Apesar de ela portar uma metralhadora, havia em suas mãos uma aura de ternura.

"São eles", sussurrou Ruxanda, e queria descer de um salto. "Esta é a hora do Senhor. Eu vou embora com eles." Estávamos deitados sobre a barriga, espreitando para baixo. Eu levantei silenciosamente o braço e apertei o seu busto de encontro ao feno. Ela estava apenas com a roupa de baixo. "Não pode ir assim."

Enquanto isso, o pope, à meia-voz, conduzia a litania ao fim. Em seguida, ele elevou a estola e tocou ligeiramente o rosto daquele que estava de joelhos com um bálsamo abençoado a fim de que os maus espíritos não tivessem poder sobre ele. Depois absolveu o pecador, declarou-o livre de todas as suas culpas, segundo o mandamento dado por Cristo à sua Igreja, de ligar e desligar, tanto na terra como no céu. Do cálice de prata, ele tirou, com uma colherinha, um pouco de pão embebido em vinho e o colocou entre os lábios do homem. Três vezes ele fez o sinal da cruz sobre si. O homem levantou-se, cambaleou levemente, como se despertasse regressando ao mundo vindo de muito longe. Ele beijou a mão do pope, que o abraçou.

"Eu vou com eles! Veja, há uma mulher entre eles, eu vou junto", murmurou Ruxanda, cuja cabeça eu pressionava, de modo que ela mal podia respirar.

Com uma lentidão sobrenatural, o ritual repetiu-se outras duas vezes. Sem se deixar desconcertar pelas circunstâncias aflitivas, seguia o pope humildemente a liturgia desta hora. Em seu canto e oração, ele redimia o tempo mortal, invocava um pedaço de eternidade, que protegia a todos e expulsava todo o mal.

"Eu vou com eles! Para o encontro de meu primo Mircea, por quem minha alma e o meu corpo se consomem de saudades."

O sacerdote apagou uma das velas, enrolou a estola, deu a mão à mulher e aos dois homens; esperou com dedicação até eles colarem sua tenda de lona e esconderem debaixo suas armas. Ele se ajoelhou em oração e esperou pacientemente até que os três desaparecessem noite adentro. Apagou, então, a segunda vela e partiu tateando.

Somente agora escutávamos o rumorejar de ambos os regatos, cada um, pouco distinto do outro; ouvíamos suas águas partindo de fontes frias e fontes quentes, e, antes de unirem-se, espumarem.

Voltamos para nossos sacos com a marca "Cuba". Ruxanda se acomodou em meus braços; suas lágrimas escorriam pela minha camisa, molhando-me o peito. O cheiro do feno nos envolveu.

"Acolha-me! Deixe finalmente o seu coração falar. Vocês são muito orgulhosos. Acolha-me!"

* * *

Pisadas de botas ecoam pelo corredor. Os ferrolhos soam. Volta o mesmo, uma hora mais cedo. Suas pálpebras, macias como lábios... Eu me deixo conduzir. Onze degraus assim, onze degraus diferente.

Chega o momento em que os de cima me desalojam de todos os nichos consoladores do dia. Apenas desperto, enviam-me, ainda nas horas escuras da manhã, para o interrogatório. Ao meio-dia – eu ainda não tinha dado as últimas colheradas na tigela de lata –, dizem-me: "Aqui, os óculos! Venha!" À noite, ressoam os ferrolhos: "Como você se chama? Adiante, marche!" Não sou senhor de meu próprio tempo. Eles me acossam o dia todo, desde a madrugada até o anoitecer. Eu busquei refúgio na ponta extrema da cela, agachando-me sobre o urinol. Angustiado, escuto se o arrastar e o patear de pés no corredor, onde acontece o programa matinal, não se confundem com as pisadas de bota que vêm à minha procura. E espero o amparo da noite.

O tempo salvador tem de chegar! Senão de outro modo, então das narinas ardentes de Deus, da fivela dourada de seus sapatos de pele de crocodilo. Um novo tempo tem de chegar!

Eu tento novamente, agachado, à espreita. Não nos é permitido escolher os tempos em que vivemos. Mas o próprio tempo, sim. Onde começa?

* * *

De mãos dadas, sentávamos num banco no Parque Stálin. Annemarie lia o *Livro das Horas* de Rilke, que eu segurava com os dedos apertados próximo de seus olhos, enquanto o nevoeiro encobria a Vênus desnuda: "Agora já amadurecem os bérberis vermelhos, margaridas envelhecidas respiram debilmente no canteiro." O que ressoava em sua alma, eu tinha de aprender a memorizar. E aprendi: "O tempo é a minha dor mais profunda…" E também me marcou isso:

> *"As horas vêm e me tocam*
> *com clara, metálica percussão:*
> *agitam meus sentidos. Sinto que eu posso –*
> *e agarro o plástico dia."*

As horas que se inclinam não podem significar que o tempo de amparo vem de outros campos e esferas? Névoa e Vênus. "E me toca", como aqui na noite de São Silvestre. Tempo pleno de prodígios; todas as doze noites santas entre o Natal e o Dia dos Reis, nas quais, em nossas aldeias, os animais de estimação falam saxão com as felizardas crianças nascidas num domingo e com a criadagem.

* * *

Eu ria de tais coisas nas preleções sobre a história da religião. O professor Albert Sonntag, que ficava vermelho quando nos mirava e por isso murmurava suas preleções por trás da barba, levantou por fim a cabeça e praguejou contra a trivial juventude materialista que carece de sensibilidade para o numinoso. Ele olhava, aparentemente indiferente, para um Lutero de gesso, que se encontrava apático, num canto com o rosto voltado para a parede. Alguém tinha lhe arrancado a Bíblia da mão.

Por pouco educado que me parecesse e por muito que eu me compadecesse de meu professor, eu não me deixei seduzir. Era para mim uma questão de consciência desmascarar a Bíblia como uma mentira e um engano. Essa coisa de numinoso não passava de uma refinada construção intelectual, inventada para enganar as pessoas. Segundo Marx, o ópio do povo. "Por exemplo, a Arca da Aliança – um condensador elétrico! Isso explica o motivo por que os homens abelhudos caíram mortos após tocar a caixa enfeitiçada. Tudo é claro como o sol: ouro – madeira de ébano – ouro; assim está na Bíblia. Segundo a língua da eletrostática: metal – isolador – metal. A garrafa de Leiden está carregada de eletricidade, e não com a ira de Deus. A propósito, que duvidoso e abominável deus é este", eu escarnecia, "que leva as pessoas à morte por simplesmente tocarem sua mobília? Um condensador elétrico, isso sim, construído pelo engenhoso Moisés, o aprendiz de feiticeiro dos sacerdotes egípcios.

Não deixei que o corar do professor me fizesse perder o fio da meada: "Hoje se sabe como estes clérigos charlatães abusaram de suas invencionices para infundir pânico e terror no povo do Nilo e aplacar o seu apetite de poder."

Seis rapazes de dezenove anos estavam presentes no subsolo do Instituto de Teologia Protestante de Klausenburg com o professor, ao redor de uma mesa de pingue-pongue, embrigados com o cheiro de perfume que impregnava o antigo depósito de uma drogaria. Nesta cave, que chamávamos de Hades, um lugar para cacarecos e trastes velhos – lá, somente nossas bicicletas funcionavam –, conduzia-nos o professor por desertos do Antigo Testamento e religiões arcaicas, enquanto nós, cheios de desejos, espreitávamos, através das frestas do respiradouro, a panturrilha das mulheres e garotas que passavam flanando pela calçada.

Nos intervalos lançávamos sobre nossas bicicletas e corríamos uns atrás dos outros. Um de nós se enganchou no harmônio, arrastando o barulhento instrumento até que lhe saltassem as cordas.

Um ano depois, voltei as costas para a teologia e para o Hades, sem me converter, e orgulhoso.

* * *

Mas agora eu busco ansiosamente o que é passageiro. Eu miro absorto a parede caiada e quebro a cabeça. Procuro recuperar o que eu, então, com tanto escárnio e ironia, menosprezei naquelas preleções. De um tubo de pasta de dentes sacrifico um pouco de pasta e unto com ela a parede. Um cheiro de essências e óleo etéreo provoca cócegas nos orifícios do nariz, desencadeia sinais no cérebro: odores antigos, coisas que aprendi e escutei, das quais ri. Ascende dos porões da memória, do vapor do Hades... Um calafrio sobe-me pelo corpo! Eu estimulo o cérebro e ele reage: como eu me lembro! No reluzir da consciência desfruto de mim mesmo. Então, ilumina-se como um raio o tempo sagrado, e o céu se abre. Como era mesmo a história de Jacó em fuga no meio do deserto, como ele se deitou durante a noite e colocou uma pedra debaixo da cabeça? Rilke o pressentia: "Todas as coisas são veladas por uma bondade alada, como cada pedra e cada flor..." A Bíblia, porém, relata: o céu se abriu, e ele viu os anjos que subiam e desciam por uma escada. E disse, pela manhã, de joelhos, as mãos levantadas, tremendo como a folhagem de um álamo: "Sagrado é este lugar!"

Não quero elevar-me a tanto. É estar muito perto do Deus da Bíblia, cuja ardente santidade queima-me os dedos. É-me suficiente uma "bondade pronta a alcançar voos", mas neste mundo. Desde que aqui estou, preso, não pus uma vez sequer a palavra Deus nos lábios. E nem rezei ou supliquei.

Não me livro: este tempo singular, que assalta o homem devoto como uma chuva de estrelas, não se chama tempo hierofânico? Uma construção conceitual de que fiz troça, mas que então estudei ávido de conhecimento: *hierofania*; manifestação do sagrado, o divino no mundo profano.

Animado pela pasta de dentes, lembrei-me de ter escutado no Hades que aqueles que são consagrados distinguem um tempo sagrado do profano. Nessa distinção, ambas as categorias se excluem e, por outro lado, se complementam, interpõem-se. O professor Sonntag afirmava que o tempo religioso infunde no mundo, torna presente a transcendência e retira aos homens o tempo profano.

Lembro-me, enquanto farejo a pasta, que, no mundo, qualquer momento dado no tempo e qualquer objeto podem ser carregados de sacralidade. Em qualquer instante o céu pode se abrir, e você pode evadir-se do terreno por uma escada celestial. E o lugar onde está preso pode tornar-se, através de uma abertura do sagrado, o eixo do mundo.

No entanto, como se logra isso? Como posso invocar, conjurar este tempo proveniente das esferas superiores a fim de ser levado daqui como aconteceu a Enoc e a Elias? Pois, como um luterano culto, eu sei até a completa náusea, que Deus se nega a revelar a própria majestade. Nem sequer o próprio Lutero, com toda a sua "monjaria", conseguiu obrigá-Lo a desvendar-se por inteiro: trata-se de um Deus arbitrário e imprevisível.

Aprender, de maneira modesta e terrena, com os povos primitivos, isso sim. Aprender com eles como, no decurso de um dia, cada hora tem sua determinação e qualidade particulares. Como cada hora possui a sua provisão de segurança, mas também a sua adesão ao perigo. Os Dayaks...? Minha memória torna-se transparente como um cristal fundido. Eu reconstruo seus cinco tempos diários, sincronizados segundo o adverso e o propício.

As horas ao nascer do sol são favoráveis a um empreendimento. Mas, agora, não se deve partir para a caça e a pesca – isso é preservado aqui, cuidadosamente. E tampouco se deve partir em viagens. Tomara que eles não me libertem quando o sol estiver nascendo!

Nove horas da manhã: apresenta-se o momento adverso. É verdade! É nesta hora que aqueles lá de cima nos levam para o interrogatório. Também às nove: pôr-se a caminho, pois se está a salvo de ladrões. Aqui, os ladrões não nos podem fazer nada, se nos encontramos, vigiados, a caminho: onze degraus assim, onze degraus diferente.

Meio-dia: momento particularmente favorável. Isso se pode dizer.

Três horas da tarde: hora propícia aos inimigos. Bom saber. Interrogatório da tarde: é preciso ter cuidado com eles.

Hora do crespúsculo: pequeno momento ditoso. Sem dúvidas, quando se tem sorte.

Com este se pode começar algo. Pois é somente onde o sagrado opera no mundo, anunciava o professor Albert Sonntag, que existe a realidade autêntica. Visto dessa forma, vivemos, então, fora da realidade. Como, porém, conjuro o sagrado?

No entanto, ao final há uma saída apropriada a esta época grandiosa na qual eu já havia pensado no início! Peça final.

* * *

A realidade da morte começou a preocupar-me muito cedo; eu tinha dezessete anos e meio quando, num domingo, no pátio do Rattenburg, a morte se abateu sobre mim. Algo como um golpe obscuro acertou meus olhos. O sol eclipsava-se. Eu pressenti, pela primeira vez na minha vida, que iria morrer. De repente, experimentei o meu corpo como um cadáver num ataúde; sabia-me devorado por vermes.

Na escola, no *Liceu Radu Negru Vodă*, enquanto eu escrevia, senti como a carne desprendia de meus dedos. Ao elevar os olhos para o professor, vi, vindo ao meu encontro, inúmeras caveiras. No meio da aula de física, gritei: "Não! Não! *Nu vreau!*" Gritei tão alto que o pêndulo do experimento se deteve e o professor me expulsou da sala. Corri em debandada, ao longo dos corredores do átrio, através de alas e pavilhões do prédio, com as mãos nas têmporas.

Um derradeiro estertor... Acabou! Meu corpo, uma gelatinosa boneca articulada. Figuras pavorosas manejavam-me: válvulas de formol nos orifícios do corpo. Em seguida, a mascarada de trajes: terno escuro, aberto atrás; nos pés, meias pretas, através das quais cresciam as unhas, mas sem sapatos, como é o costume entre nós, os parcimoniosos saxões. Por fim, antes de o caixão ser fechado por pregos, a abertura dos ferros que prendem as mãos e os pés para que se marche mais rápido para a vida eterna, e, por último, o barulho da terra a cair na tumba recém-aberta.

Durante a noite, eu despertei toda a família que dormia no único cômodo – sala de estar, quarto de dormir e quarto das crianças ao mesmo tempo. Então, a minha mãe subiu até mim, na parte de cima do beliche. Ela me consolava com sussurros amistosos; dizia que compreendia as minhas tristezas, que ela passara por algo parecido fazia pouco tempo; pediu-me para entender que ela não tinha tempo para nada mais, além de trabalhar dia e noite, e que quebrava a cabeça de preocupações (por exemplo, como trazer para a mesa o pão de cada dia). Antes, quando o tempo lhe pertencia e podia permitir-se angústias e tristeza... – Antigamente, na Casa do Leão, como vocês, crianças, a chamavam... Ah, Meu Deus!, como se nunca houvesse existido!

Naquele tempo, sim, ela teria usado um remédio apropriado para isso: imaginava-se viajando por países exóticos, San Marino ou Andorra ou Liechtenstein. Teria sonhado com passeios por capitais de nomes floridos. Por exemplo, Tananarive ou Abidjá ou Monrovia.

Nós morávamos numa construção arruinada que o Partido nos havia indicado, após o nosso despejo da Casa do Leão e, depois de um inverno, num galpão de móveis. A construção estava vazia porque ia ser demolida. Nós a chamávamos de Rattenburg [Castelo das Ratazanas]. Os roedores estavam em tudo quanto era lugar. Até na latrina eles subiam pelo seu traseiro desnudo! Meu irmão Kurtfelix nunca esquecia de levar consigo o seu punhal. Frequentemente, ele saía de lá com um rabo de ratazana como troféu, donde ainda bamboleavam as tripas cheias de merda e sangue.

Os dois quartos da construção avariada estavam lotados de móveis velhos empilhados. As poltronas reinavam sobre os guarda-roupas como monstros; os beliches formavam verdadeiros sarcófagos. As ratazanas entravam no quarto onde dormíamos, os seis, cada um por si no seu próprio leito — uma reminiscência burguesa. A nossa mãe havia sobreposto e pregado duas outras camas sobre as camas de casal, que já não estavam mais juntas – por qual razão? Ao rés do chão, dormiam o meu pai e a minha mãe; em cima, deitavam os mais velhos; Uwe enrolava-se no canapé.

Minha irmãzinha dormia sobre a mesa. Uma noite ela foi atacada por uma ratazana que lhe mordia a asa do nariz. Sentiu tanto medo que conteve a respiração; não podia gritar, como alguém que ofega ao ser asfixiado. Somente quando a minha mãe golpeou o espinhaço da ratazana com uma concha de cozinha é que esta deixou a menina, que logo rompeu a chorar com um soluço libertador.

Ali, em Rattenburg, a morte se lançou sobre mim.

* * *

E, então, eles irrompem na noite, até o meu derradeiro refúgio no tempo. Anjos fervorosos. Ratazanas vermelhas. Despertam-me com violência de meu sono: "Vista-se! *Repede*!" Arrancaram-me de meu esconderijo e nicho usando a fumaça. Aconteça o que acontecer ao meu redor, o que quer que eu faça, não há uma hora sequer sem extorsão. Não há um minuto que não pertença ao diabo. Eu desejo a própria morte.

a noite do irmão

12

É a primeira vez em que eles vêm me buscar à noite; fico tão boquiaberto, que mal consigo enfiar me a roupa; minhas mãos tremem. O carcereiro com pantufas me pega pelo braço – eu ainda sonolento –, enquanto o emissário da noite faz girar os óculos de ferro. *"Repede, repede!"*

Silêncio sepulcral nos corredores. Até o soldado ao meu lado sussurra: "Onze degraus acima, três passos…" Uma derradeira esperança mal se atreve a converter-se em pensamento: talvez o doutor Scheïtan tenha logrado a minha liberação.

O capitão – aquele que alguns dias antes tinha me ameaçado com Paris – não toma nenhuma anotação. Enquanto mira fixamente, através de uns óculos escuros, a noite de inverno, o quepe caído sobre a fronte, pergunta: "Quais médicos você conhece em Stalinstadt?"

"Dr. Scheïtan?", elevo o rosto ansioso.

"Médicos alemães!", ele esbraveja.

Médicos alemães? A fim de ganhar tempo, respondo: "Conheço somente médicos saxões."

Ele dá uma volta: "Grave isso por trás dessas orelhas sujas: vocês, os saxões, são alemães. Agora chega, ou então eu lhe coloco fogo no cu!" Fogo no cu? Isso é algo novo, ainda não tinha escutado aqui. Digo desnorteado: "Dr. Paul Scheeser." Uma ovelha negra no meio da classe médica socialista. Como ele prescrevia suas receitas com tinta verde, o Partido o repreendeu por nutrir simpatias pelos camisas-verdes. Ele ficou muito surpreso. O que nós tínhamos realmente a ver com eles? Deleitávamo-nos com o verde de suas camisas, a nós familiar; admirávamos que eles levantassem três vezes a mão para o saudar romano, apartando-a do peito rápido e energeticamente gritando: *"In numele Tatălui și a Fiului și a Sfântului Duh."* Eles também matavam a tiros em nome da Santíssima Trindade. Que o doutor Scheeser passasse rápido a usar a tinta vermelha, pouco adiantou. Eles o embarcaram para um campo de concentração num canal no Danúbio.

"Em Klausenburg?" Ele boceja. Isso é bom, mau?

"Dr. Klaus Schmidt." Um oculista com grande clientela. Transferiram-no para o interior, onde curava dores de barriga e soluço, e prescrevia óculos de grau para os funcionários do Partido.

"Em Hermannstadt?"

"Dr. Gunther Hart." Este doutor Hart está certo. Os nazistas o difamaram publicamente. No lugar de marchar com os grupos populares ou se estafar caminhando pelas florestas, sentava-se no Römischen Kaiser, de chapéu, fumava cigarros e lia o *Pester Lloyd*. Uma vez um camareiro, com uma cruz suástica fixada na lapela, lhe ofereceu o *Völkischen Beobachter*. O doutor Hart pôs fogo com o isqueiro no periódico nazista, que queimou junto com o suporte de bambu. O café e a água tônica mal deram conta de apagar o fogo.

"E quem mais?"

"Dr. Meedt." Este é um tio meu, pelo casamento.

"Prenome?" Ele se chama Adolf. Este eu oculto.

"Dr. Meedt, pediatra. Mais não sei."

O homem da noite abre um livro negro. Eu o observo de perfil: a viseira do quepe e os óculos escuros escondem a parte superior do rosto, de maneira que este parece constituir-se somente de nariz, inclinado sobre o lábio superior. Com o dedo indicador, o capitão vai passando as páginas do livro e diz: "Aha! Ele se chama Adolf. Você encobre um partidário de Hitler."

"O doutor nasceu antes de 1889", respondo aliviado.

"Então, então... É assim que também conserva na memória a data de nascimento de Hitler." Ele anota algo. "Sigamos: médicos de Fogarasch?"

"Dr. Feder."

"O que você sabe sobre ele?" Algumas coisas, penso. Cicatriz sobre a bochecha esquerda. Membro de uma corporação estudantil. Um talho de florete. Grave! Porém más línguas afirmam que ele uma vez caiu bêbado num canal de esgotos. Canal de esgotos soa aqui melhor do que talho de florete. Eu digo: "Ele é médico da policlínica."

"Algum outro?"

"Dr. Schul. Nosso antigo médico de família. Um judeu." Eu digo isso com altivez.

"Não interessa. Outros cuidarão dele. Sigamos!"

Dr. Mike Schilfert, um amigo da casa; passo por cima. Engulo a saliva. Hora do chá. Cantos com assentos e candeeiros. Novembro. Está chuviscando... Eu tenho de salvar alguns lugares para as minhas lembranças.

Minha mãe estava recostada no sofá, ensartando pérolas. O doutor Schilfert, na poltrona. A música soava vindo do rádio escondido atrás das almofadas. Era-me permitido estar ali; eu mantinha um livro sobre os joelhos: Zane Grey, *A Lei dos Mórmones*. Talvez o doutor tenha trocado alguma palavra comigo... Serviram chá de rosa-canina. As portas da casa estavam trancadas. Nas tranquilas travessas, os soldados russos passavam a noite em suas carroças. Nós nos movíamos na ponta dos pés. De repente, a porta oculta se abriu de um golpe, um soldado russo entrou no salão, atrás a governanta, pálida como cal. Sua mão sangrava: "*Wratsch!*", bradou. Sangue gotejava sobre o tapete. O doutor Schilfert o estancou no banheiro. Como agradecimento, o homem soviético arrancou, da camisa de seu uniforme, um assustado coelho. "*Blagadariu!*" Então, ele marchou, desaparecendo na névoa da noite. Um cheiro de umidade e suor ficou no ar. O doutor Schilfert pegou o violino, tocou *Aires Gitanos* de Pablo de Sarasate, acompanhado ao piano por minha mãe. Tudo voltou ao que era antes, mas *con sordino*. Apesar disso, a guerra ainda não estava perdida, Budapeste se mantinha; a arma milagrosa podia cair do céu a qualquer momento.

"Em Mediasch?"

"Ninguém." O oficial bocejou e bateu palmas. O interrogatório não durou mais do que meia hora.

Sinto tontura. Enfio-me vestido por debaixo do cobertor. Esta forma rude de falar, além disso, no meio da noite... E sobretudo... Acontece comigo como entre os *dayaks*: abate-se sobre eles a hora do mal, dura até que a alma a faça frente. O caçador murmura: "Logo eles nos acordam. Eu escutei um galo cantar. E o cervo bramou lá embaixo, no pátio."

No dia seguinte, irrompe porta adentro o comandante da prisão, o tenente-coronel – sem nome, mas apelidado de primeiro bailarino –; na mão, a lista de meus objetos de valor. São estes: a caneta de tinta Parker do tio Fritz, um relógio de pulso marca Moskwa, obtido com o dinheiro pelos artigos de jornal, uma caderneta de poupança com o registro de meus primeiros honorários pelo conto *Puro Bronze*... O magro livro já devia estar nas livrarias. O dinheiro depositado na minha conta no dia de minha detenção.

O oficial-intendente, de barba elegante e botas de saltos altos, movendo-se elasticamente como uma pena, vira-se à direita e à esquerda. As coisas tinham de ser despachadas dali. "A quem?" Dou o endereço de meu pai em Fogarasch. Assino a lista com uma caneta esferográfica. Os dedos, como caramelos, apenas me obedecem. Cerimonioso, desenho o meu nome, como se eu estivesse justamente a aprender as primeiras letras. *"Bystro! Bystro!* Depressa, depressa!", entona o oficial. *Bystro!* Como se Stálin ainda vivesse. Ele confiscou os três livros que o major Blau tinha me enviado à cela: *A Rebelião dos Enforcados, Natureza*, editora VEB-Verlag Enzyklopädie, Leipzig, e a revista *La Littérature soviétique*. Pergunto receoso pelo meu major. O pequeno homem parte com grandes passadas sem dizer uma palavra. O soldado de pantufas leva os livros.

Na manhã seguinte, eles tiram as minhas impressões digitais. Fotografam-me de frente e de perfil, ainda vestido de pijama – de tão cedo que eles me arrancaram da cama. A ilusão de que as sete portas de ferro se abririam como nos contos de fadas se desvanece.

Quando sou trazido de volta para a cela, o dia já está claro. Através do vidro blindado acima, brilha o reflexo da neve, que o caçador fareja. Claridade demasiada para se estar triste. Curvo-me sobre a mesinha de parede e escondo meu rosto entre as mãos. Não há nenhuma outra escapatória. O vigilante, porém, quer ver o meu rosto. Eu mostro.

E, pela primeira vez desde que estou aqui, encaro de frente os fatos. Não há uma saída. Aqui ficarei! Nem me salvará o psiquiatra nem me colocará em liberdade o ominoso camarada general. E nem sequer me virá buscar a comadre senhora morte; sim, nem tampouco um anjo fará as portas girarem em seus gonzos. As orações de minha mãe e os lamentos de minhas tias e minhas avós, e o desesperado amor de minha irmãzinha – não mudam em nada. E dar com a cabeça na parede, melhor esquecer disso! O tempo hierofânico, por sua vez, não fará aqui a sua manifestação. Apenas eu comigo mesmo! Em voz alta e solene me digo: estes sete metros quadrados são a liberdade. E o tempo é a sua matéria. Veja o que fará disso!

Uma curiosidade audaciosa assenhoreia-se de mim. Três passos e meio de ida, três de volta. Somente o presente é o que importa. Não sentir saudades de ninguém. Nenhuma lembrança. Nenhum sonho, nenhum desejo. Deixar a exterioridade entrar, momento a momento, tal como se desenrola aqui e agora. O curso do dia – um horário. Porém, sobretudo: esquecer a morte.

Ponho-me a trabalhar, começo a desenvolver um primeiro programa. Um dia como estudante. Conto dois mil e duzentos passos indo de um lado a outro – aproximadamente o caminho que eu fazia da Türkenschanze, onde eu vivia, até a universidade. Primeira aula: hidrologia. Caminhando, disserto sobre o modo de impulsão dos insetos aquáticos em romeno. Entre estes, é um coleóptero aquático, o *gyrimus natator*, que se comporta de forma mais curiosa. Movendo uma pata em forma de remo, descreve uma circunferência sobre a superfície da água. Com isso, ele percorre a cada trajeto o percurso de dois π, e alcança a meta.

"Como um primeiro bailarino", o caçador observa de sua cama, enquanto me segue com a cabeça: direita, esquerda... Depois de duas mil, quatrocentas e noventa e cinco palavras, a aula de cinquenta minutos chega ao fim. "Intervalo", digo.

O caçador se levanta atordoado: "Isso tudo me deixa tonto." Ele gira sobre o próprio eixo, começa a dançar, da porta até a mesa e de volta à porta.

"Perdeu o juízo?", cochicha o guarda.

"Um pouco. Mas eu o encontro de volta!"

No entanto, prolongo este primeiro intervalo além da conta. O passado irrompe, com toda força, no tempo programado, e me perco na terra das recordações perigosas.

Reflexos do rio. O *gyrimus natator*... À margem, Posea zombava de como Ruxanda e eu nadávamos tão mal. Este Posea, tão digno de afeição, havia feito um ridículo rapapé ao despedir-se da condessa na estação de trem. Porém, as nossas jovens damas não perdiam o costume de levantar o pé sobre a mesa do professor, sob o nariz do doutor Hilarie, para cortar, com tesourinhas de papel, as unhas dos pés que se sobressaíam pelos gigantescos buracos de suas meias.

Eu retomo com avidez as horas para a segunda aula: hidrometria. Medição indireta. Métodos estatísticos e analíticos.

Procuro chamar à memória os termos técnicos em alemão; soam estranhos e tenho de recolocá-los, repetidas vezes, em relação com as denominações em romeno para compreender o significado. Porém, logo os conceitos perdem a sua exatidão matemática e palavras plenas de aspectos maravilhosos despertam recordações: volume de irrigação, dispersão de escoamento, vales decapitados, berço do rio, fluidez do rio. E as propriedades duvidosas da água gotejam na memória com um ressaibo desagradável: a sua forma fluídica, que sempre se adapta às circunstâncias, e, no movimento contínuo, o princípio da menor resistência.

Volume de irrigação, o termo me seduz... Após Ruxanda nadar, por fim, o *delfim* – aquela vez, no rio, quando nós seguíamos o rastro das inudações –, ela se estendeu, tremendo de frio, sob um sol pleno. O contorno de seu corpo estava molhado com gotas de água, que a envolviam como um véu. As gotas permaneciam flutuando entre o sol e a gravidade, brilhavam com as cores do arco-íris quando a jovem senhorita tomava fôlego. A umidade secou e as linhas de seu corpo afloraram.

"O princípio da menor resistência, esta é a sua divisa", replicou ela, pela manhã, durante a nossa marcha a pé, quando me neguei a dissuadir os camponeses húngaros, que moravam ao longo do rio, de se inscreverem nas fazendas coletivas. "Você sabe húngaro. Esclareça a eles."

Dispersão de escoamento, obrigo-me a pensar. Essa é a quantidade de água expressa em litros que uma fonte perene dispensa por segundo. E ouço-me dizer: "Você, Ruxanda, consome-se como uma vela consagrada, até que não reste nada mais de você. Eu, ao contrário, comporto-me como uma fonte: ela só doa a quantidade que contém. Nunca deixa vazar mais do que lhe aflui das profundezas."

"Assim são vocês, os saxões: a contabilidade tem que fechar, incluso os sentimentos ou fins mais nobres: o que um recebe é o que doa, nem mais, nem menos." Ela tinha me dado um empurrão, de modo que caí da margem para a parte funda do rio.

Nós estávamos sentados na encosta do rio; deixávamos os pés balançar sobre o penhasco, mirando a água que borbulhava abaixo de nós. Do redemoinho apareceu um porco morto, inchado e de cor azulada; girou lentamente em círculo e desapareceu sem deixar rastros. Mais tranquilos, falamos de Tannenau, onde ela, como colegial, passava as férias com as suas primas Diana e Steffi Rusu. Mais tarde deportaram seus pais. Eu conhecia a casa em estilo suíço; não ficava distante da propriedade do tio Fritz. Ela chamava a atenção pelo grupo de figuras de pedras mutiladas que adornavam a entrada. Minha avó mandava a tia Maly com frequência à casa com uma sacola cheia de verduras: "Pobres criaturas, sozinhas com a encurvada vovó."

Ruxanda disse: "Eu sei onde mora a sua avó. O jardim de vocês é tão grande que nós três, as garotas, precisávamos de mais de uma hora para contorná-lo. Aliás, isso você já sabe: a sua gente manteve o meu tio Rusu escondido no celeiro de vocês, no quarto do Johann." O celeiro, uma construção intrincada e depois, justamente o quarto sinistro do nosso pobre criado Johann... De repente, eu senti o quanto eu estava perdido aqui, neste rio, sem o meu passado. Até mesmo as borboletas cintilavam em cores e desenhos estranhos.

Mantê-lo escondido... Eu não sabia disso. Arriscar a liberdade e a vida por alguém que se chamava Rusu? Eu estava perplexo. Escondê-lo onde o meu tio Fritz havia guardado os três grandes alemães: o velho Fritz [Frederico, o Grande], o chanceler de ferro e o *Führer*. Os quadros, que antes formavam uma trindade sobre a sua mesa de trabalho, despregados após o 23 de agosto – primeiro Hitler, em seguida, Bismarck, e, por fim, depois do 8 de maio de 1945, o rei prussiano –, foram escondidos no celeiro, no lugar mais escuro, entre armadilhas para ratos e venábulos contra ratazanas.

Escondê-lo, o doutor Rusu... Onde a minha tia Maly, toda noite, depois de acomodar-se na cama de casal, ao lado da sua mãe, e quando o marido roncava à perna solta, entoava: *"Deutschland, Deutschland über alles"*, debaixo do edredom!

E a avó, ela sabia? Ela que, um dia, costurou para mim, o único da família que fazia parte da Juventude Hitlerista, meias brancas longas (até os joelhos), adornadas com suásticas delicadamente bordadas, suspirando, pois isso exigia uma completa e inusitada capacidade artística?

Ruxanda disse: "Meu tio se entregou quando aqueles da *Securitate* vieram e empreenderam em Tannenau uma busca minuciosa, para que a sua gente não caísse em desgraça."

"A sua esposa segue presa?", perguntei. Na verdade, eu não queria nenhuma resposta.

"Prisão? Ela passou foi quatro anos trabalhando como um escravo nos campos de arroz de Arad, com a água até os joelhos. Não faz muito tempo que ela voltou à casa. Ela agora cumpre jornada diária, como operária, numa fábrica de tijolo. Meu tio cumpre prisão perpétua... Por causa dos guerrilheiros! Nas minas de aço de Baia Sprie terminam de acabar com ele.

"Pessoas tão inteligentes", lamentei. "Um jurista, ela professora, e se envolvem com tais coisas. A propósito, veja que curiosas são as borboletas daqui."

"O princípio da menor resistência", disse ela com escárnio.

"Diferentes das nossas, estas borboletas", continuei a dizer.

"Parecem-me bem familiares", respondeu ela. Nós seguimos um pequeno pássaro de fogo, que havia revoado diante de nós como um fogo-fátuo. Ele nos conduziu até o leito de um antigo regato, onde ervas e grama cresciam sobre seixos e pedras. Ficamos um bom tempo ali deitados, sob a sombra de ruibarbos selvagens; a grama sedosa, as pedras suaves; sobre nós, o silêncio plácido do meio-dia – escutávamos o bater de asas de um corvo.

* * *

Aproxima-se um barulho de pisadas de botas, detêm-se junto à cela ao lado; ferrolhos soam. Agora são pés que se arrastam mortos de cansados ao longo do corredor, acompanhados pelo impaciente matraquear de botas. Apodera-se de mim um fervor ardoroso. Poderia ser a minha avó que eles levam ao interrogatório, pressionada por causa do inimigo do Estado escondido no celeiro? Todos os três aqui... Tia Maly: "Eu vos saúdo, meus amados heróis alemães!" Tio Fritz: apesar do distintivo tcheco, com um corte de cabelo ao estilo do *Führer*? Até a minha avó. Meu Deus!

Vales decapitados se disseminam através da minha memória; velo e escuto. Esforço-me para lembrar a definição: não se chama isso quando o rio deixa um rastro atrás de destruição, remove a divisória da água e corta o reflexo? Vejo as três pessoas do moinho queimado. O moleiro e a sua esposa com a cabeça inclinada. Uma vez, naquela noite, ele levantou a cabeça e nos mirou com as órbitas vazias de seus olhos, depois que Ruxanda lhe perguntara: "Qual o primeiro nome de sua esposa?"

"Por quê?"

"Porque Deus só sabe os primeiros nomes das pessoas."

"Deus. Mas por que você quer saber o nome dela?"

"Eu rezo todas as noites pelas pessoas com as quais vou me encontrando."

"Também para o seu inimigo Hilarie?", sussurro.

"Também para ele. Mas somente para o Julian que existe nele."

Uma leve chama assomou nos olhos do moleiro: "Durante a semana, neste vale de lágrimas, eu a chamo de Stana. No domingo, contudo, eu a chamo de Maria Magdalena." A sua mulher, com a cabeça inclinada sobre a marmita de alumínio, assentiu ao escutar a palavra Stana. Era uma sexta-feira.

A velha sentou-se sobre o estrado e grasnou: "Eles arrancaram a cabeça do corvo, mas este arrancou fora os seus olhos. O corvo morto arrancará os olhos de todos os seus torturadores. Malditos sejam eles." Ela fez o sinal da cruz.

Os guerrilheiros na missa noturna do celeiro: um dos homens ajoelhou-se ao amparo da estola com adornos dourados; a sola de seus sapatos estava surrada de fugas e rochedos. Não se podia ver a cabeça debaixo do baldaquino das mãos consagradas. E as duas figuras junto à porta estavam lá, com as armas em prontidão, mas com as cabeças descobertas por devoção. Seus rostos se pareciam com o rosto dos condenados.

Eu não caminho mais sem cessar de um lado a outro, mas coloco-me de cócoras na beira da cama pronto para saltar.

O berço do rio... Assim é como se chamam, às vezes, as nascentes e torrentes de suas cabeceiras.

"Tudo em sua vida futura se decide no berço." Annemarie pronunciava para mim, na ilha do rio, uma aula a respeito. Tínhamos nos retirado para lá a fim de estarmos a sós, quando ela veio visitar-me em Gyelu no fim de semana. "Você não se livra dela. Ela o trai. Nenhuma máscara o protege. Sabe por que, ontem à noite, aquele de lábios porosos, o estudante mais velho, me arrastava para dançar, mais e mais, até que todo o meu corpo doesse?"

"Porque você o agradou, ora. Aliás, ele se chama Posea. E o seu amigo Buta. Estudantes operários."

A juventude da aldeia apareceu para uma festa; romenos e húngaros separados, cada um diante de sua própria igreja, debaixo de suas castanheiras: os ortodoxos, sob a estridência de suas rabecas; os reformados, sob o som de seus acordeões. Apesar de virmos de uma universidade romena, os húngaros nos convidaram. "Como são excitantes as botas vermelhas das garotas", tinha observado Posea. "E quando elas dão voltas dançando a *csárdás*, levantam-se as saias, e as mais jovens estão nuas até o umbigo!" Contudo, nenhuma húngara aceitou de um estranho o convite para dançar: "Não entendemos o que vocês querem. Não falamos romeno!"

"Ah, por favor. Você mesmo disse: estudantes operários!", disse Annemarie, virando-se para mim; apoiou a cabeça nas mãos e estirou as pernas. Seus joelhos tocaram meu quadril. "Ele e eu – o mesmo berço, isso se sente. Os iguais gostam de estar juntos." Grãos de areia cintilavam sobre sua pele.

"Não somente", respondi perplexo. "Graças a Deus, também se diz: os opostos se atraem." Achava que ambos pudessem se consolar, ela e eu. "Veja, por exemplo, a nossa elite proletária: Buta e Posea. Desde que eles levaram a condessa nos braços, desfazem-se em hinos de louvor à nobreza."

"Você esquece a influência do meio. Isso muda! Se esses dois um dia chegarem a ser engenheiros, não assoarão mais o nariz como um dia, na infância, aprenderam a fazer."

"Enquanto eles fecharem um dos buracos do nariz e expelirem pelo outro o muco...", respondi para mostrar que eu a compreendia bem. Ela se estirou com prazer ao sol; acercou-se. "Precisamente", disse ela, e estendeu a mão sobre o meu quadril. "Como este Posea, ou este tal de Buta, ontem à noite, antes de me convidar para dançar." Pensei com brevidade: como o seu umbigo é maravilhosamente bem traçado!

Annemarie esfregou com cuidado os grãos de areia na minha pele. Ela tinha colocado uma folha gigantesca sobre a cabeça. "E sabe por que o rabugento professor de vocês não me convidou para dançar, e somente a Ruxanda?" Realmente, o doutor Hilarie só havia escolhido esta. Ela vacilara por um segundo e logo se deixara levar, com as feições petrificadas, para o salão de dança.

"Com a minha Ruxanda?", perguntei, esticando-me.

"Filha do antigo diretor geral da empresa *Deruciment*, uma sociedade anônima teuto-romena durante a guerra. Vocês dois procedem do mesmo berço!"

"Como sabe tudo isso?"

"Pessoas como a gente estão bem informadas sobre tudo o que se passa com os que estão acima de nós. Seguramente que a tua Ruxanda, ainda criança, tinha meias de liga. Pergunte a ela. Nós tínhamos de nos arranjar com ligas de elásticos, como as criadas. Nem um pouco saudável. Cortam a circulação do sangue nas coxas."

Eu desvio a conversa: "Por que acha que Hilarie, um homem de boas maneiras, não tirou você, a convidada, para dançar?"

"As boas maneiras vão e vêm. O determinante é que ele procede de um outro berço."

"É possível que você tenha razão." Não havia o senhor Hilarie beijado a ponta dos dedos da condessa Clotilde Apori na plataforma da estação de trem, ainda que um pouco antes tenha dito que, para que ela tivesse uma meia liga de Paris, os camponeses tinham que prestar três dias de corveia? "É possível...", disse mais uma vez.

"Reparou nas suas unhas pintadas", disse Annemarie.

O sol estava em seu zênite. Eu havia preparado um leito com samambaias. A ilha, neste domingo, pertencia a nós e a algumas cabras. Annemarie estava deitada de costas, eu ao lado, com a cabeça apoiada, voltada para ela. Só escutava a metade; devorava-lhe com os olhos. Com o dedo indicador eu ia traçando o caminho de suas veias, que se ramificavam em seu peito, como uma decoração de linhas lilás azuladas.

Annemarie continuava: "O padrão de sua biografia surge na infância, e precisamente no jogo contrário entre estímulo e reação. Por exemplo: infinitamente importante para o comportamento de uma criança é a relação entre o pai e a mãe – beijos, sim, não, ou se há tabefes ou, o mais grave, se não há: nada. E mais: a relação entre pais e filhos. Seu pai o acariciou, o colocou no colo ou só repartiu tabefes? Ou lhe deu pouca atenção? Ou esteve ele a maior parte do tempo ausente? Seu destino é diferente se seus pais dormiam em quartos separados, e, bem diferente, se tudo acontecia no mesmo quarto." Eu fiz cócegas no seu umbigo. Ela disse: "Para! Melhor olhar as folhas do salgueiro, que lindo! Por baixo elas são prateadas. A propósito: a aspirina é extraída da casca do salgueiro. Isso você sabe." Tinha ouvido falar.

Ela espantou um mosquito que, assentado sobre sua pele nua, lhe chupava o sangue. "Ai! Esse bicho maldito."

"Não xingue! Isso não é mais do que uma questão de berço..."

"A vontade de seu destino." Ela apanhou o mosquito que ficara colado no seu peito branco de neve como um novelo trêmulo numa coroa de sangue.

"O rio murmureja", disse ela. Fluidez do rio, pensei.

* * *

Na noite seguinte, diz-se: "Num dos interrogatórios anteriores você admitiu conhecer o dr. Hart de Sibiu. O que tem para dizer deste vadio?"

"Nada." Sei que é demasiado pouco.

"Como nada?"

"Eu mal o conheço."

"Esteve na casa dele?"

"Não." O capitão está em trajes civis, excessivamente elegante, e de óculos escuros. Ele deixa o local. O guarda coloca-se sonolento ao meu lado. Após alguns minutos, o capitão retorna. "Você está mentindo, gatuno. Esteve três vezes em sua morada. De que falaram?" Posso deduzir que o dr. Hart está aqui?

"Generalidades somente. Relações fugazes."

"Foi convidado à sua casa para comer?"

"Uma vez, à noite."

"Ah, por favor! Assim tão fugaz não pode ter sido esta relação. Ficar na casa de alguém para comer; tem que haver certa familiaridade. Isso sugere uma relação próxima. De natureza política! Ou algo bem pior, teria ele interesse por jovens rapazes?"

"Não há nada por trás disso. O doutor sabe que um estudante sempre anda com fome."

"Não se envergonha de insultar o Partido e o Estado? Alguém como você, que recebeu, ao longo de cinco anos, bolsa de estudos do Estado. Qual é a posição política desse demônio?"

"Dr. Hart é um socialista."

"Perdeu o juízo? Esse reacionário obstinado, um socialista! Nem sequer um nacional-socialista ele foi. Até contra os hitleristas ele lutou."

"*Bine*. Então, precisamente, um comunista."

"Você goza de nossa cara." Ele se acercou de mim, dando-me duas bofetadas – no mesmo lado do rosto. Desviei do primeiro tapa, mas suportei o segundo.

"Sobre a mesinha de cabeceira do dr. Hart estavam as resoluções do Comitê Central do Partido dos Trabalhadores Romenos", vomitei as palavras, "que ele estudava com afinco."

"Você esteve em seu quarto de dormir?"

"Quarto de dormir? Mas só lhe deixaram um cômodo?"

"Que resoluções são essas? Nós sabemos de tudo. Fale!"

"Sobre a solução da questão das nacionalidades e os direitos das minorias."

"Para nos combater, ele estuda os documentos do partido. Ele quer é usar vocês, estudantes, como tropas de assalto no norte da Transilvânia para reconverter os frouxos suábios de Sathmar ao germanismo, contra o Estado. É por essa razão que ele quer construir ali escolas alemãs. Mas as pessoas dali estão de saco cheio! Estão felizes por serem húngaros agora."

"São direitos garantidos de toda minoria."

"Você perdeu o direito de falar de direitos." Ele bate as suas chaves na minha cabeça. Não sai sangue, mas dói. "E por que nos ocultou informações sobre o dr. Schilfer? Fale!"

Eu silencio. Ele me crava certeiro todas e cada uma das chaves na cabeça: "Esse doutor corrupto, médico do hospital de Fogarasch! Ele será mandado para uma aldeola no fim do mundo. Esse violinista medíocre dançará ao som de nossos assovios." O capitão se volta para a janela; coça-se entre as pernas, faz um sinal, batendo as mãos. A noite chega ao fim.

Na manhã seguinte, o caçador cuida da parte marcada e ferida com água fria da caneca de beber e suaves massagens: "Um sinal seguro de que seus dias aqui estão contados. Como sabe que você será posto em liberdade, ele se vinga. Ao mesmo tempo, quer lhe dar uma lição para quando estiver lá fora."

"Pedagogia preventiva", respondo confuso.

Ainda que eu passe as noites ocupado, sou despertado pela manhã, às cinco, com todos os demais, quando tudo está em equilíbrio. Eu não sei mais o que é acima ou o que é abaixo. Minha cabeça sempre volta a cair sobre a mesinha. O oficial, com um movimento pesado, agarra meus cabelos, levanta a minha cabeça.

Perguntam-me pelos camaradas líderes de Bucareste com o mesmo tom depreciativo que usam com um reacionário comprovado: quem é esse sujeito miserável e o que trama contra o regime democrático popular? Até mesmo o camarada Anton Breitenhofer, venerado por todos, que se despede de todas suas visitas com o jargão retórico "permaneçam fiel à ideia!", não se livra dessa pergunta vergonhosa.

"Ele é comunista veterano", digo; enumero todos os seus méritos. E eu sou, apesar de tudo, tratado a bofetadas. "O camarada é um antigo combatente da ilegalidade." Dois golpes com a régua atrás dos músculos das orelhas. "Sabe por que eu o golpeei duas vezes?" Eu não o sabia. "Primeiro, porque desde o começo de tudo lhe proibiram dar a alguém aqui o título de camarada. E, segundo, porque neste lugar aqui é proibido dizer coisas boas de alguém."

"Ele é redator-chefe do diário *Neuer Weg*." A ponta da régua sibila ao cair sobre mim. "Membro do Comitê Central do Partido dos Trabalhadores Romenos." Golpeia-me com a régua, afiada como o gume de uma faca. "E um escritor progressista da classe trabalhadora; todos os seus livros são publicados." Estou acabado. Meus ouvidos zunem de dor.

O oficial complementa: "E que ninguém lê. Você afirma ser um comunista. É possível que já tenha lido algum?"

"Ainda não."

"Ou tenha tido algum na mão?"

"Somente os vi nas prateleiras de exposição."

"Pelo menos, tanto quanto! Belo. Elogiável. Adiante: Ernst Breitenstein? O que maquinou este sujeito miserável contra o regime democrático popular?"

"Ele é o segundo homem no jornal, um comunista fiel à linha partidária, um homem do Partido versado ideologicamente."

Talvez porque ele seja apenas o segundo homem, este mestre do bastão bate, desta vez, no meu corpo com as chaves. O oficial quer ter informações sobre as suas atividades contrarrevolucionárias. "Por exemplo, este falsário apoiou o seu projeto de criar uma universidade de língua alemã. Isso é uma malha chauvinista!"

"Assim como os húngaros de Klausenburg, nós também devemos ter o direito a uma universidade em nossa língua materna. Isso é o que garante a Constituição às nacionalidades que convivem no país."

"Bico fechado! A palavra constituição não tem nada que estar nesta sua boca fedorenta." Ele ruge, o silêncio assusta: "A redação *dela noierveg* é, nas novas edições, a mais pura do comando dos grupos populares. Estes tratantes não exercem a política do Partido, senão o jogo dos antigos nazis e hitleristas."

"Como pode ser isso?", pergunto agastado. "O camarada Breitenstein é judeu. Portanto, acima de qualquer suspeita."

"É o que pensa! Além disso, meio judeu. Trotski era judeu por inteiro e duplamente traidor."

Ele sacode as chaves, boceja com a boca bem aberta, os dentes de ouro cintilam. "Adiante: Enric Tuchel? Bote pra fora tudo o que sabe deste impostor que pintou inclusive aviadores alemães na gravata."

"Ele vem do Movimento dos Trabalhadores de Banato. Bergland. Reschitz. Um combatente da Guerra Civil Espanhola." Esse Enric Tuchel vale três bofetadas do capitão. Como ele está próximo de mim! Seu forte perfume irrita-me as mucosas. E como me causa nojo o contato com sua pele pegajosa. Por isso, não quero uma segunda bofetada; quero ser gentil e bom.

"Aha! Os combatentes na Espanha. Quando retornaram, o rei Carol II os recebeu, ao som de tambores e trombetas, com sua puta, a tal de Magda Lupescu, na sua estação de trem real e privada."

"Esses foram os outros. Os que lutaram por Franco. Os combatentes da frente comunista foram arrancados do trem pela *Siguranţa* e enfiados na prisão de Doftana."

"Também está a par disso. Você sabe demais. A mim, no entanto, não tem nada para ensinar. Nós sabemos de tudo. E a cada dia sabemos mais e mais. Adiante! Enric e suas intrigas contrarrevolucionárias... Isso nos interessa!"

"O senhor Enric é um companheiro de luta do senhor Breitenhofer." Digo senhor em vez de camarada; só para me ver livre de sua corporeidade. "E é um respeitado ideólogo. Uma espécie de Zdanov da literatura alemã de minorias. Todos os nossos literatos se curvam diante da incorruptibilidade marxista do senhor Tuchel. Ele é redator-chefe da revista *Die Neue Literatur*."

O homem levanta a mão, mas logo boceja e se esquece do que ia fazer com ela. Ele se afasta de mim e se deixa cair na cadeira de sua mesa; passa a mão pelos cabelos castanhos escuros, que são penteados para trás e untados de brilhantina. Sobre a mesa ele colocou lápis e canetas, algumas réguas e esquadros, além de utensílios de escrita, numa ordem disciplinadamente planificada. Ele os move com rapidez de um lado a outro, criando novas figuras geométricas. "Todos reacionários astutos, os seus literatos. Fabricam, às custas do Estado, literatura ambígua. Também este rapazinho, Enric, trabalha com dupla contabilidade." Disso eu não sei nada.

Depois da concessão do prêmio literário, no verão de 1956, o camarada Enric Tuchel me convidou para conhecê-lo melhor – ele fazia parte dos jurados. No seu quarto de trabalho havia uma reprodução enorme do quadro de Picasso, *Guernica*. Camarada Tuchel saudava todos que entravam na sua sala, até mesmo as damas e senhoras da limpeza, os limpadores de chaminé e, em qualquer das hipóteses, os funcionários do partido, com uma pergunta: "Campesino, teria talvez também lutado ao lado das Brigadas Internacionais na Espanha?" E respondia logo a seguir: "Não, não, alguém assim como o senhor não tinha nada para perder na Espanha. Pois o senhor e os seus iguais são em demasia tíbios para estar ali. Com Franco era preciso queimar-se como um archote!" Ele usava uma gravata azul-marinho. Esta era realmente pintada com *stukas* alemães, reconhecíveis pela cruz que levavam nas asas. "Aniquilaram com a gente! E ceifaram a vida de civis indefesos, mulheres e crianças. Abril de 1937, Legião Condor, voo rasante, metralhadoras!" Da popa dos coloridos *stukas* fumegavam nuvens de fumo, agitavam-se chamas de fogo. "Meus netos que pintaram. Assim foi que nasceu o reino de Hitler: entre chamas e fumaça."

Depois que me dirigiu a pergunta introdutória – "O senhor esteve na Espanha? Não, não, é muito jovem para isso"–, fez-me logo saber que o meu conto merecia mais do que um prêmio de consolação. Os jurados do concurso deviam tê-lo lido duas vezes. Mas ele o vetou por razões ideológicas: ausência da luta de classe. "A burguesia saxã, esta classe extremamente reacionária, se sai muito bem. Quer saber a razão? Porque não há de forma alguma uma burguesia na sua obra. Onde ela está? Ela não está sentada nos seus buracos de rato. Alguma coisa contra o regime têm de tramar os antigos nazistas e hitleristas. Se nada lhe ocorre, dou-lhe uma pista: um pequeno e simpático incêndio. Eles não vão fazer explodir a fábrica de dinamite de Fogarasch... Isso geraria a mesma infelicidade que em Guernica, pobre gente! Um pequeno incêndio, contudo, junto à recém-construída casa da cultura, faria bem a um principiante nas coisas do realismo socialista. Isso o senhor tem de remendar no seu conto para podermos publicá-lo." Aproximamo-nos daquele medonho quadro colossal, pois ele queria mostrar-me o tipo de chamas que desejava. "Não precisam ser chamas incendiárias. Elas devem ter movimentos sem direção. O suficiente para que os senhores exploradores passem um tempo detidos. Por causa da pedagogia: para o bem deles. Reeducação!" Camarada Tuchel pedira à sua secretária que trouxesse café com creme. "O senhor, meu jovem *campesino*, não beba café. É demasiado jovem para isso. E o creme é prejudicial à gente jovem; torna o sangue espesso, preguiçoso. *Buenos días, compañero.*"

O oficial ordena: "Assine!" Salvo a indicação da hora – início, às 11:35, fim, às 3:45 –, a folha de papel está em branco. Eu assino na margem inferior, como me foi pedido, com a fórmula: "Não coagido por ninguém, eu disse a verdade, somente a verdade." Para que seja efetivamente assim, traço um risco que cruza a folha em branco.

Eu penso: se eles procedem dessa forma com seus próprios companheiros de vanguarda, o que podemos então esperar? A morte certa. *"Moarte sigură!"*, digo prontamente. Minha cabeça cai sobre a superfície da mesa. O oficial a levanta pelos cabelos. Ele rasga a folha de papel. E, de repente, desisto de viver. E eu lhe digo: *"Nu mai vreau să trăiesc"* – Já não quero viver.

"E como viverá... Somente depois de o espremermos como a um limão, poderá, então, escapar daqui. Sim, vocês saxões enforcam a si próprios. Mas eu pessoalmente o ensaboarei com a corda." Ele bateu as mãos.

Nas três noite seguintes, continua a prova de exemplos. Ai dos outros que não são camaradas nossos!

O pastor da cidade, Konrad Möckel, de Kronstadt, como o *căpitan* o escarnecia, com as mais ordinárias palavras. Ele o xingava, chamando-o de beato charlatão, um místico envenenador de almas, um sedutor nacionalista da juventude. Por causa deste homem de Deus o oficial passou três noites acossando-me através da floresta espinhosa de suas perguntas sofísticas. "Todos os cristãos são comunistas", repito o estereótipo, o que resulta em poucas informações. Suas chaves caem com violência sobre mim; curtem a pele de minha cabeça.

Por fim, ele se põe a caminhar: "As coisas com o círculo estudantil estão claras. Nós sabemos de tudo. Porém, queremos também saber, ainda, os detalhes. Isso gerará um processo, *mamã, mamã!* Seus trezentos estudantes diante do tribunal. Os rapazes, acorrentados, e as estudantes, algemadas. Veja aqui a lista, em alfabeto cirílico, elaborada pelo merceeiro secreto Notger. Até o Senhor Deus de vocês despertará e se admirará. E o presidente americano lançará ao mar, cheio de espanto e desgosto, todas as suas bombas atômicas."

Ele, então, arreganhando os dentes, colocou um papel sobre a minha mesinha; o atestado escrito pelo dr. Scheïtan: mental e psiquicamente normal.

As portas de ferro se fecham.

13

Acossam-me de tal jeito que ouço gritar os anjos de fogo. Não há um minuto em que eles não me agarrem. Eu sento, no extremo mais afastado da cela, sobre o balde que serve de urinol, e observo ratoeiras na minha cabeça – corpos de ratos formigam; seus pescoços sangram presos nas hastes de ferro, enquanto o abdômen dança solto.

Até aos sábados, à tarde, me arrancam da ducha. Após semanas de interrogatórios, sob um aguaceiro de xingamentos e pancadas, experimento, pela primeira vez, uma sensação surda de bem-estar. Sinto-me guardado numa gaiola de jatos d'água. A umidade cálida escorre sobre minha cabeça; o caçador massageia os tensos músculos de minha nuca. A porta se abre; no meio do vapor de água ressoa uma voz: "Virem-se para cá!" Nus e respingando, aparecemos com cuidado, o rosto e a vergonha expostos. Com os cabelos molhados, grudados à cabeça, malvestido, os óculos escorregadios sobre o rosto inchado, é assim que o soldado me leva para cima: onze degraus assim, onze degraus diferente. Eu os galgo como num delírio. Meus pés encontram sozinhos o infame caminho.

Arrastam-me à noite para os interrogatórios. Quando o guarda da noite passa de cela em cela arrastando os pés e grita através dos postigos: "Apagar a luz!", que ninguém apaga, então eu vou e me deito, como está ordenado: as mãos sobre a bainha do cobertor. Enquanto permaneço pronto para ser levado rápido e a qualquer momento, todos os meus pensamentos se dirigem a um só ponto: *Eles vêm, não durma. Eles te levam. Não durma! Não pense em nada mais senão no fato de que eles vêm!* Proibiram-me de usar o lenço para proteger os olhos da luz. Uma claridade febril permanece por trás de minhas pálpebras, que não logram transformar em escuridão a cintilição da luz engradada. Mal sou vencido por um sono de bronze, eles aparecem; o calabouço ressoa com o barulho de ferrolhos e botas. *"Repede!"* Bêbado de sono, cego, subo escalonado pelo braço do soldado, que me empurra para que eu avance ou me leva preso como faria um policial. Ainda tenho de segurar as calças, que teimam em descer pelo corpo.

Era um final de janeiro quando voltaram para me buscar após uma pausa de alguns dias infinitamente longos. Mas não para ver o *meu* major, e sim para encontrar uma voz mordaz atrás de uma branca parede de luz. A voz pertencia a um capitão com um nariz longo e sagaz. Após o veredicto do dr. Scheïtan, que me declarou apto para os interrogatórios, não havia mais nada que detivesse o meu mestre do bastão.

Aquela hora terrível; ela não se deixa enganar. Desvaneceu-se o tenro flerte com a memória. Devo deixar empalidecer as especulações perdidas sobre o tempo e a cela. O mundo aparente, constituído de passos com metas imaginárias, se extingue. Permanece a miséria diante do juiz.

A noite não deixa escapar de si nenhum ruído. O homem de nariz sagaz se levanta num pulo, vem em minha direção e com suas chaves me golpeia a cabeça, que inclino humildemente. Estou saturado de feridas e inchaços; aqueles de ontem e de anteontem. Agora ele grita: "Olhe pra mim, sua besta selvagem! Levante a cabeça!" Ele agarra o meu cabelo e levanta com um puxão a minha cabeça. "Abra os olhos, teimoso!" Abro os olhos. O oficial tinha tirado o quepe, de modo que se podia ver por inteiro o seu rosto sem feições definidas. "Você é mais perverso que um legionário! Diz algo ou não diz?"

Estou completamente desperto. A exaltada vigilância diante do perigo se apodera de mim como um êxtase, acende chamas que iluminam o meu cérebro, amortece o medo que arde em cada fibra.

"Eu digo sim."

"Mas não o que queremos ouvir. Pois ninguém sabe tanto quanto você." Enquanto ele mantinha presa a minha cabeça nas suas mãos, eu não podia evitar de contemplar o seu rosto, a boca raivosa, os pelos de seu nariz. O fato de ele se pôr tão fora de si me parecia horroroso; causa-me uma impressão penosa, quase que o lamento.

"Vai dizer finalmente o que sabe, ou teremos de extrair-lhe a verdade? Rebentará na prisão como os malditos bandidos das montanhas."

Respondo calmamente: "Eu quero morrer."

"Ao contrário", ele grita, "nós o manteremos vivo a qualquer preço! Mas que vida você terá..." Ele toma fôlego atrás de novas palavras: "Em comparação a isso, o inferno é esplêndido como Paris. Nós iremos lhe bater por tanto tempo que chegará a ver ratazanas vermelhas!" Ele tamborila o meu crânio com as chaves. Eu inclino a cabeça. Passo a manga da jaqueta pelo rosto, enxugo as lágrimas. Respondo: "O senhor, *domnule Căpitan*, pode dispor à vontade da vida de um homem. Pão e faca estão nas suas mãos. No entanto, somente o homem tem a liberdade de decidir sobre a própria morte. De maneira nenhuma o senhor pode roubar-lhe o direito à própria morte."

"Nós podemos tudo! Aqui um tipo como você perde o direito a qualquer tipo de liberdade." Afasta-se de mim e deixa-se cair na cadeira de sua mesa; passa a mão pelos cabelos castanhos escuros, que estão penteados para trás e têm um brilho oleoso. Eu lhe lanço um olhar furtivo. O que ele tem em vista? Ele põe, sobre a superfície da mesa, lápis e canetas, algumas réguas e esquadros. Ele os troca de posição com nervosos movimentos, constrói novas figuras geométricas. As proporções poderiam corresponder à *proportio divina*. Uma harmonia preestabelecida?

"O assunto com o círculo estudantil está claro. Tem apenas que colocar no papel as missões subversivas das quais este espião e agente Enzio Puter o encarregou. Em seguida, junte tudo. *Armonie perfectă!*"

"Jamais direi qualquer coisa contra os estudantes." Levanto a cabeça e o encaro. "Prefiro que me fuzilem."

"Isso bem que lhe agradaria", ele escarnece. "Bom saber com o que podemos lhe pressionar. Iremos lhe torturar com seu próprio corpo, torturar até que as ratazanas de Paris dancem o *cancan*. E agora prossigamos com o texto: quem é esse patife?"

De modo diferente ao que vinha fazendo, o capitão menciona imediatamente o nome da pessoa sobre a qual ele quer obter informações. E pergunta por todos com a mesma fórmula: "Quem é esse patife e o que você sabe sobre as suas atividades contrarrevolucionárias, e o que ele urdiu contra o regime democrático popular?"

Surge aqui um nome, e logo a pessoa está condenada e desonrada. E, para mim, perdida. Isso me deixa tão doente que me proíbo as recordações que tenho dos citados. E eu sinto: jamais voltarei a mirar nos olhos daquele que aqui recebeu um nome.

Para as perguntas formais eu tinha preparado respostas estereotipadas: ele é um comunista; este é um cidadão leal; estes e aqueles são pela causa socialista... E em torno deles somente o bem. Creio com firmeza: enquanto eu disser coisas boas, existe a verdade. Ao fazê-lo, consola-me pensar que ninguém poderia ser tão irracional, tão frívolo, para desafiar as leis objetivas da história em uma sociedade como a nossa, que se apresenta como o cumprimento de todo o desenvolvimento humano. Sobre a folha de papel vazia, diante de mim, desenho um diagrama do desenvolvimento da sociedade humana. Partindo das comunidades dos pântanos, arrojam-se as linhas determinantes das forças de produção e das relações de propriedade em discórdia, até que se chega à era do socialismo, onde discorrem paralelamente a fim de estender as mãos no infinito. Agora reina uma harmonia vaidosa: os contrastes das classes antagônicas chegaram ao fim. O homem que trabalha – produtor, proprietário de terras e consumidor de bens – é livre para sempre.

O furioso homem, em cima de mim, olha o diagrama e adverte: "O fato de ser um marxista astuto não o salvará."

Digo com amargura: "Não quero ser salvo. Não se compreendeu ainda isso aqui?"

"Deve falar, não desenhar." Ele não rasga o papel, mas antes o enfia numa gaveta da mesa, como fez em seu tempo o major Blau, a quem também tive a honra de fazer um desenho. "Você está aqui para desmascarar os inimigos do Estado."

O fato de este homem não querer ouvir o que tenho de melhor para dar causa-me tormento e dor. Se digo "este é um comunista", recebo uma bofetada. Se respondo "este é um cidadão leal à República Popular", brande ele suas chaves na minha cabeça. Se afirmo de maneira bem geral que este é a favor do socialismo, agarra-me pelo cabelo e, algumas vezes, bate-me a cabeça contra a parede. Logo me dou conta da reação que devo esperar a cada uma de minhas respostas. A maioria das vezes fico com o cidadão leal, porque assim escapo do contato com o seu corpo repulsivo.

E desejo com veemência que o mencionado seja ao menos leal, quando não um comunista. Desejo isso com toda a minha alma, especialmente em relação àqueles de quem devo esquecer determinadas coisas que os possam prejudicar.

Por exemplo, quando o homem de nariz lascivo perguntou por Ruxanda Stoica e, aborrecido, pela princesa Pálffy.

O número de pessoas incriminadas é infinito. Entre elas, garotas: inclusive a estudante de música, de quatorze anos, Gerlinde Herter, que no dia de minha detenção eu ia levar ao cinema. Falta, contudo, Annemarie Schönmund, a quem espero com angústia.

Os delitos contra o regime se esgotam em duas categorias: alta traição, quando uma potência estrangeira move os fios; ou, do contrário, permanece como conspiração.

Também o retículo, que se aplica aos citados, conhece poucas variações. O homem, de nariz enrugado e furioso, enumera: "Se você não é um proletário ou comunista, e estes são a minoria, então é um burguês, alguém da classe média ou pequeno burguês. Um reacionário, portanto, e como tal ou é nacionalista ou cosmopolita – com gradações: fascista, hitlerista e imperialista. Um capitalista, em todos os casos, porque é impulsionado pela ambição de posse e haveres. Já a mínima acumulação de bens leva ao capitalismo! É por isso que construímos moradias sem despensa", complementa de maneira triunfante o mestre do bastão. "Então, não se pode abarcar nada. E hospitais sem salas de observação. Os médicos têm de despachar tudo junto à cama dos doentes. Assim eles não podem esconder nada." Ele se entusiasma. Por toda a parte pululam, como num formigueiro, traidores e inimigos. "Até os apolíticos e místicos, que ficam escondidos nas suas tocas, são uma ameaça."

"Por quê?", escapa-me, ainda que eu não deva perguntar. "Estes não passam de uns chatos inofensivos."

Examino o homem, que esta noite se traja de civil com uma elegância envernizada, como sempre: jaqueta com desenhos verde e lilás, calça de costura preta, sapatos de inverno amarelos, de couro de bezerro... No lado direito da calça dá para ver o laço das ceroulas de inverno. Excitado, explica-me: "Falso! Devem ser tão castigados como os desertores. Esses tipos retraídos procuram esquivar-se da estrutura de classe socialista. Por exemplo, alguns de seus veneráveis autores são apolíticos em torre de marfim, onde esperam só o momento para cair sobre nossas costas. E os místicos, completamente loucos, mas suspeitos. Por exemplo, este charlatão do Marco Soterius ou o pastor Möckel com suas mãos eternamente cruzadas... Eles movem seus pêndulos e oram em segredo para que o mal caia sobre nós, sem sermos capazes de condená-los. Deus sozinho sabe disso. Mas nós também faremos Ele falar."

Ninguém se livra. Caídos em desgraça: autores como Getz Schräg e Hugo Hügel, evidentes homens do regime, com suas obras premiadas pelo Estado e pelo Partido, e elogiadas pela crítica literária marxista. Denunciado publicamente: Peter Töpfner, procedente de uma família proletária saxã, quase um caso único de inteireza sociológica. E Michel Seifert, um meio órfão, mas também um saxão por escolha. Jovens comunistas os dois. Eu ponho todos eles na balança. Pancadas e bofetadas são a recompensa.

Posea e Buta, autênticos proletários saídos das choças da terra, trabalhadores do punho e do cérebro ao mesmo tempo, são considerados com escárnio e ironia. Maria Bora, a filha de um verdadeiro comunista, perseguido nos tempos do rei, é xingada. "Mandemos de volta esta traidora ao ventre fedorento de sua mãe!" E, todas as vezes, perguntam por Hugo Hügel, por quem sinto uma inquieta veneração. Não muda nada que eu responda com a consciência tranquila: "Ele é um comunista." Inicia-se um ritual de bofetadas.

Mesmo o camarada Anton Breitenhofer, que languesceu na prisão, na época do regime aristocrático-burguês, é ignominiosamente suspeito. Dizem coisas horríveis a respeito do bispo Friedrich Müller, um órfão desde o berço em uma humilde comunidade. E também, coléricos, se opõem ao meu venerado mentor, o pastor Wortmann, com sua bandeira vermelha, porque ele, com quase sessenta anos, em janeiro de 1945, acompanhou voluntariamente a sua comunidade cristã à Rússia, e seguramente não para ali se aprofundar nos ideais do socialismo, senão para consolar, com a Bíblia e a palavra de Deus, a sua gente. E, agora, porque ele fuma o Virgínia verde em vez do vermelho. Encontram em todos eles um fio de cabelo na sopa.

Ninguém pode resistir. A República Democrática Popular toda – uma turba desordenada de renegados e revisionistas subversivos! E nós, os saxões, à frente de todos. Eu mal consigo provar a sua honradez patriótica.

Gostaria de afastar o mal a todos aqueles que aqui são atacados e denunciados. Eu os amo. Gostaria de estender a mão mesmo a alguém como o camarada Breitenhofer. E até o amado Deus, que está em perigo, gostaria de colocar sob minha proteção, pois querem aqui levá-Lo a falar. Ainda que eu não possa perdoar ao Senhor Deus por ter ocultado o seu rosto e não ter deitado abaixo o escabelo onde assenta seus pés: com um só chute, com seus sapatos de couro de crocodilo, com um espirro de seu nariz de fogo, poderia Ele pôr um fim em tudo isso.

Nem a minha avó de Tannenau escapa dos interrogatórios do homem de nariz cobiçoso: ele quer saber se ela fez parte da Associação de Mulheres Nazistas. Uma prova de que ela também está aqui?

"Ela tinha, na época, mais de setenta anos!"

"A princesa moldávia Ghika tinha noventa anos e marchou, na primeira fila, ao lado dos camisas-verdes. E tampouco era demasiado velha para estar aqui."

"Minha avó tem varizes e os pés permanentemente inchados."

"Ela seguramente era a favor de Hitler, como vocês todos. Essa velha hitlerista... Como ela respondia às suas saudações de *Heil Hitler*?"

"De nenhum modo. Ela é quase surda." Mas lembro com arrepios das meias até os joelhos com a cruz suástica. Só por isso eles lhe passariam uma corda ao redor do pescoço. E, muito pior: o caso do dr. Rusu escondido no celeiro... Rápido, eu me apresso em acrescentar: "Ela é uma comunista." Ainda que isso me custe uma bofetada. Por minha avó eu suporto isso de bom grado. E me decepciona um pouco que ela tenha somente, para o oficial, o valor de uma bofetada. O tio Fritz e a tia Maly, comunistas? De tanto gargalhar o capitão esquece de acertar-me um tapa.

Ou é a sorte deles que já está decidida? Pois eu não escutara também hoje de manhã, no corredor, uma forma familiar de arrastar os pés? Cegos, e ao passo de ganso, avançavam às apalpadelas, empurrados pelo oficial de guarda: tio Fritz, com o balde de urina, tia Maly, com os cabelos despenteados, e minha avó, entoando melodias do amanhecer: "Irrompe, bela luz da manhã; não és a manhã de ontem."

Pouco importa que o tio Fritz tenha se inscrito, no clube tcheco, com o antigo diretor de agremiação local Savarek, que trazia na lapela o distintivo azul, branco e vermelho. E de nada serve que ele tenha mudado o lado do penteado da direita para a esquerda, pois continua tão parecido com o *Führer* que mais de uma pessoa se esquece e o saúda horrorizado: "*Heil Hitler*, senhor Hitler!" Tia Maly, no entanto, com seus cabelos trançados como uma coroa à moda germânica...

Quem poderia apagar da memória a imagem de como ela saudou as tropas da *Wehrmacht* nos anos quarenta na Klostergasse, com gritos de júbilo: "Eu vos exalto, esforçados guerreiros do *Reich* alemão! Sede bem-vindos, irmãos da grande Alemanha!" E o fazia de maneira tão arrebatadora que a multidão se juntou aos seus gritos de júbilo, enquanto se agitavam flâmulas e içavam chacoalhando a bandeira com a cruz suástica!

"Fale! Olhe pra mim! A sua gente de Tannenau?" Respondo segundo a verdade: "Todos os meus parentes sempre foram cidadãos leais."

"E o seu pai? Um capitalista disfarçado! É verdade que ele saúda as pessoas pelas ruas em vários idiomas, mas isso é só para enganar. Porque, no fundo, odeia o nosso Estado."

"Odeia o Estado?"

"Vocês perderam o negócio da família com a estatização de 11 de junho de 1948. Quem é ele, portanto? Um hitlerista convicto ou um liberal sem caráter? Em todo o caso, um embusteiro. Como o são os especuladores e os negociantes. Olhe nos meus olhos, idiota! O que tem a dizer?"

Não tenho nada a dizer, e nem olho nos olhos dele. Ele agarra meu cabelo; quer levantar a minha cabeça. Dessa vez, sua mão resvala. Ele amaldiçoa: "Pela mãe do diabo! Seu cabelo é muito curto! De agora em diante, você não o cortará mais." E prossegue colérico: "Vocês, saxões, deviam ser mandados, todos juntos, para a Sibéria, ou para o Bărăgan, como os cúmplices de vocês, os suábios de Banato, ou para o delta do Danúbio." É isso mesmo, passa pela minha cabeça: quem não está aqui é porque foi deportado, e não o sei; deportado para algum lugar entre o Danúbio e o Ienissei, detrás de linhas de arame farpado.

"Olhe-me e diga! Que espécie bastarda de reacionário é o seu pai?"

Não fito seus olhos, mas falo: "Ele é o meu pai."

"E o Posea, a quem o partido promoveu, com grandes sacrifícios, do torno mecânico ao banco escolar, que tem a dizer sobre esse trapaceiro?"

"Ele é comunista", respondo num tom convicto. E recebo uma bofetada. "Isso é o que acredita! Ele já adquiriu manias burguesas: corta as unhas das mãos e dos pés com tesourinha." Com o que mais, então?, penso eu.

"A aristocracia dos trabalhadores é mais perigosa do que a autêntica, já desvalorizada. Quem nos ensinou isso? Diga!" Quem, senão Lênin? Mas não o digo.

"Posea e o seu amiguinho, Buta... Esses dois traidores do povo levaram publicamente nos braços, através de Gyelu, uma autêntica condessa – expoente da exploração feudal." Ele me atropela com as palavras: "Vocês levantaram o campesinato contra a coletivização e quiseram conduzir ideologicamente ao erro os estudantes. Pois essa demonstração contra o Estado e o Partido foi instigada por você, juntamente com a louca da princesa Pálffy! Isso lhe custará mais um par de anos e, à velha louca, um pacato fim de vida atrás das grades."

"Foi um ato de caridade com uma mulher gravemente doente."

"Isso não aparece no vocabulário de um comunista. E, agora, o círculo de estudantes."

O oficial se coça entre as pernas, murmura: "Minha pobre mulher", e põe diante de mim uma nova folha de papel. Por experiência, eu sei: quando ele se coça ali, a noite se inclina para o fim. "Escreva aí como o espião alemão ocidental, Enzio Puter, o recrutou como agente, com o encargo de colocar em marcha uma rebelião em Cluj, segundo o modelo contrarrevolucionário do Círculo de Estudantes Alexandru Petöfi de Budapeste. Escreva a seu próprio punho."

"Ele se chama Sándor Petöfi", digo, e o escrevo.

"Novamente uma folha em branco. Por quê?"

"Não sou nenhum agente do imperialismo. E os meus estudantes não são conspiradores."

"Mesmo sem você, temos suficiente material probatório para podermos levá-los à forca. Uma imagem engraçada, quando trezentos adolescentes e garotas balançarem pra cá e pra lá, enforcados como bandeirinhas na festa de maio."

"Talvez", eu respondo.

"Você sabe, sim, que voltaremos a implantar a pena de morte." Eu não sei disso. De onde eu saberia? "Como no tempo do regime aristocrático-burguês. É válido acolher o útil de antes! Quem nos ensinou isso?" Lênin. Mas eu silencio.

Ele olha a hora e diz para si: "Minha pobre mulher, o que pensará de mim? Tornei-me um pássaro da noite." O homem das bofetadas me encara aborrecido, murmura: "Tudo por causa de você, diabo de sete rabos!"

Ele bate palmas para que o soldado venha e ordena: "Leve-o pra baixo!" Respiro aliviado. Onde quer que seja, e não importa quão profundo seja, mesmo para os subterrâneos da *Securitate*... Pelo menos, sairia dali. No entanto, não desço assim tão fundo. Eles me mantêm, até o café da manhã, metido num armário em pé. É bom assim.

Uma noite, o oficial se coçou brevemente entre as pernas. Irritado, ele disse: "Tempo perdido, tempo que você nos roubou. Mas isso você expiará." Depois disso os interrogatórios noturnos se tornaram cada vez mais raros. Nem sequer se pode confiar na maldade da *Securitate*.

* * *

De vez em quando, os interrogatórios se prolongam. Eles se tornam produtivos. Os diálogos prescindem da brevidade rotineira de antes, quando, por exemplo, se dizia: "Dr. Hilarie? O que fez este gatuno...?"

"Ele é um comunista e leal." Com sua consequência imediata: tapas e chaves. O próximo vem logo: "Quem é este patife...?" Este sobreviveu.

Nomes que eu acreditava extintos para sempre, voltam a aparecer. O homem com o nariz farejador me apresenta trechos de escritos que desmentem os meus amáveis esboços iniciais das pessoas retratadas. Afundo num abismo de terror. E pressinto: apaguei muitas coisas de minha memória para que se afine esta imagem de pessoas bondosas. Algo diferente, por sua vez, do material incriminatório sobre essas pessoas, que eles me põem sobre a mesa, o qual resulta para mim surpreendentemente novo. Não pode ser verdade! Pouco a pouco vou perdendo a fé nas virtudes patrióticas de meus compatriotas. Com o nariz triunfante, o homem me pede que justifique que uns são comunistas, outros estão ao lado do socialismo e que todos são cidadãos leais.

Cada vez mais tenho que me retorcer para enfeitá-los como tais. Invento méritos, poetizo sentimentos; posso finalmente mentir com fervor. E acredito no que digo. E desejo que creiam em mim. O capitão curva-se de tanto rir: "Nunca houve no meio de nós tantos comunistas entusiasmados como entre seus saxões. Vocês, até hoje, tinham se vangloriado de serem, durante séculos, uma nação de nobres. E agora você quer provar que eles são democratas de cabo a rabo."

"Nós somos as duas coisas", respondo. "Já no feudalismo fomos uma democracia, só que com um privilégio real. Todos os líderes responsáveis eram eleitos pelo povo, inclusive o clero católico. Aliás, não se tratava, ainda, em caso algum, de nações num sentido de etnias; muito mais, de estados provincianos da Transilvânia."

"Feche esta sua boca maldita! Não preciso de seus ensinamentos. Uma aliança entre os nobres *székelys* e húngaros e os ricos saxões sebentos, dirigida contra os Jobagyen. E, sobretudo, contra nós, os romenos, de quem vocês, saxões e húngaros, companheiros aventureiros e sem pátria, roubaram todo tipo de direitos. E agora quer demonstrar que vocês são democratas e comunistas? Olha aqui, a prova de que você mente: cartas e diários de seus camaradas, afirmações de seus cúmplices... O que quer mais?" Ele empurra sob meu nariz um trecho escrito, mas só me deixa apanhar uma frase, que assinala com a sua unha afiada. Reunião, todas às quartas-feiras, na residência de Töpfer, em Skei. Os Nobres Saxões deliberam o destino da nação saxã. Durante o levante húngaro, Enzio Puter está perto, com Annemarie. Fim. O homem, que se inclina sobre mim, me arranca o papel.

* * *

Ajoelho sobre o urinol e deixo que as ideias venham até mim. Ouço, espero, quebro a cabeça. Apenas distingo a cela do cárcere. O caçador, que cuida de mim com dedicação, é o único que percebo. Mal entro na cela, ele se precipita e me ampara, e fareja com cuidado as feridas no meu crânio, como se eu lhe oferecesse uma bandeja de guloseimas Ischler e Savarin. Com dedos versados, ele livra as feridas dos tufos de cabelo e toca ligeiramente, com a manga úmida de uma camisa limpa, os inchaços, que haviam florescidos sob os golpes de um verdadeiro doutorzinho Eisenbarth. E me consola à sua maneira: "Os cervos e os corços fazem o mesmo na época do cio."

"Talvez." Sem entrar em detalhes, continua o trabalho.

Então me vem à mente: estão todos aqui. Não somente a minha família. Também os outros. Não foi o que me assoprou um soldado de guarda, um cigano com olhos brilhantes de rato? "Está cheio de sua gente e seus amigos!" Todos... Desde minha avó, os olhos lacrimejantes, mesmo quando não chora, de modo que sempre brotam lágrimas sob a armação de plástico dos óculos que cegam, até Elisa. Hoje pela manhã – ela estava lá, chorando? Conheço o pranto de Elisa daquela noite no Jardim Botânico. E também o de Ruxanda, que julgo bem capaz de cuspir no rosto do oficial – não esfregou constantemente o *căpitan* uma de suas bochechas? E também Maria Bora: inquebrantável em sua consciência de ser filha de um verdadeiro comunista... Não repreendia ela, ao longe e de maneira audível, o oficial intendente, o nosso primeiro bailarino?

O caçador atenua a dor no meu couro cabeludo. E fala para si mesmo. Aquilo com as chaves seria um amável degrau no arsenal de torturas, que, refinadamente pensado, se elevaria até... oh, oh! Ele levanta a mão e delineia os degraus de uma escada que alcança as bordas do céu: eles lhe batem até a perda da consciência e depois o despertam com jatos d'água.

"Talvez", respondo.

Quem é nomeado aqui encontra-se inevitavelmente em perigo. Primeiro vem aquele que lhe é mais próximo. Dele você sabe muitas coisas; algumas vezes, tudo. Precisamente por isso, o melhor seria estar morto. Cobiça e cálculo dão-se as mãos.

"Não o condenaram à morte. Ponha isso na sua cabeça. E também não será uma prisão perpétua. Eles falam muito com você para que seja assim." Mas não saio com menos de vinte e cinco anos! "Mas que tenham-no equiparado aos legionários mostra quão furiosos eles estão." Ele franze a testa e diz, após um instante, bem humorado: "Um pouco de sorte e você encontrará alojamento nas minas de chumbo de Baia Sprie ou nas galerias de urânio de Baița. Então, pode ser quinze, talvez somente dez anos."

Sobre o corredor vejo tatear uma coluna de mascarados, as órbitas dos olhos rebitadas com tampas de aço. E sinto como se eriçassem os meus cabelos, que o capitão ordenara deixar crescer. O caçador, porém, recua e grita atônito: "O que faz agora? Seu cabelo se põe de pé como um javali ao farejar um lobo. Acabou de jogar fora todo o meu trabalho como doutor e cabeleireiro."

* * *

Semanas se convertem em meses. Uma vez, na sala de interrogatórios, percebo, através da rede de arame, que a neve havia desaparecido em Zinnensattel. Uma cintilação esverdeada; um fulgor suave paira sobre a camada amarelada de gramíneas. Em romeno, as crianças explicam assim este fulgor: "Uma fada lavou a ferrugem do inverno. *Vine primăvara!*"

O dia não é suficiente, a noite precisa vir novamente. Com o rabo do olho, sigo o que faz o homem de uniforme. Ele move as réguas e os lápis para lá e para cá, adapta-os a novos modelos geométricos. Por fim, põe uma lista de nomes sobre minha mesinha. "Aqui, os autores de vocês: embusteiros e fascistas." Tenho de selecionar os autores e as obras em função de sua periculosidade. "Entre os naturais do país grassa o inversionismo. Entre os desertores, o anticomunismo." Estão em ordem alfabética, de A a Z, começando com Aichelburg, *Andrasch Gritou do Poço* – sete anos de prisão, campo de trabalhos forçados e, ao longo da pena, campo de internamento psiquiátrico nas estepes do Danúbio –, e terminando em Zillich, *Entre Fronteiras e Épocas* – desde os anos do Terceiro *Reich*, em Starnberger See, com vistas para o lago.

Entre eles, Herwald Schönmund, o irmão de Annemarie, pastor em Eisenstadt, que compôs sonetos para uso doméstico. Um deles, por exemplo, sobre a Vênus Desnuda, congelada, de cor lilás, no parque de inverno de Klausenburg.

Termino num instante. Os emigrantes coloco à minha esquerda. Para os locais, vale dizer: todos são fortes defensores do regime, mas, naturalmente, com nuances. No caso de Getz Schräg, autor do primeiro romance socialista saxão, *Visto que ninguém é senhor, não há servo*, e de uma *Ode a Stálin*; escrevo logo: comunista. Faço o mesmo com Hugo Hügel, considerando a sua premiada novela, *O Rei dos Ratos e o Flautista*, mas não depois de algumas hesitações. Para o pastor Oinz Erler, ainda que igualmente premiado, eu me limito a anotar: leal.

No entanto, desta vez o ritual é quebrado: com o nariz fungando, o homem me agarra pelos cabelos, levanta a minha cabeça para o alto e a faz virar com as duas mãos à esquerda, mas com tal intensidade que a vértebra cervical estala. "Então, meu rapazinho, a partir de hoje se esforçará para ver as coisas de outro modo, ou lhe quebraremos o pescoço. Estamos fartos de suas histórias mentirosas." O quepe resvala de sua cabeça, caindo pesadamente sobre a minha pequena mesa. Respondo ofegante: "São autores conhecidos do regime, peneirados e filtrados."

Através dos buracos dilatados de seu nariz, ele sopra na minha cara toda a sua ira: "Tratantes e embusteiros, isso é o que são. Enchem os bolsos com o dinheiro do Estado e do Partido, e, mesmo assim, enganam nossos trabalhadores com mercadorias estragadas."

A porta se abre. O major Alexandrescu adentra como uma torrente, com afetada postura, no meio da noite; ele traja um uniforme de gala com condecorações e medalhas. O capitão põe-se em sentido. Passo a mão pelos meus cabelos.

O visitante berra contra mim: "Nós sabemos muito bem por que há meses nos traz pelo nariz, confundindo tudo, mentindo desavergonhadamente, apresentando-nos inimigos convictos do Estado como socialistas marotos!" O *căpitan* tinha colocado de volta o quepe na cabeça; ele aquiesce solícito. "Você tem medo de que extirpemos os seus saxões... Não faremos isso! Porque vocês mesmos se encarregam de aniquilar-se. Olhe pra mim!" Ele levanta lentamente o meu queixo. "Apesar de seu passado como hitleristas, recebemos vocês na roda dos povos libertados." Ele retrocede três passos. "Abusaram de nossa confiança, desde as primeiras horas. Portanto, preste atenção: com ou sem você, vocês estão marcados. O curso da história os condena."

Aproxima-se como um raio, rangendo os dentes: "Mas você pode ser o primeiro saxão que se desfaz de sua origem burguesa. Pense em Alexei Tolstói..." Contudo, só penso numa coisa: então, nem todos foram deportados..., então, deve haver alguns dos nossos neste lado do Danúbio e do Dniestre. "Tolstói era um conde. Na trilogia *O Caminho do Calvário*, ele descreve como as famílias dos círculos mais altos, durante a Grande Revolução Socialista de Outubro, encontram o caminho da luta justa junto às massas populares. Pense em Ilya Ehrenburg, o judeu burguês: no seu romance *A Nona Onda*, ele enaltece a Grande Guerra Patriótica dos povos soviéticos. Pense em Sholokhov, que, em sua epopeia *O Don Silencioso*, reflete de maneira grandiosa como a estirpe mais fervorosamente reacionária do povo cossaco, mais reacionária que vocês, saxões, encontra o caminho para a nova ordem. Nós vivemos uma grande época! Ou você pertence aos inimigos do socialismo ou..."

"Não sou nenhum inimigo do socialismo!", falo, interpondo-lhe minhas palavras.

"Isso você tem de provar, mas com ações e feitos. Grande parte de sua pena nós podemos dispensar." Ele deixa descer gradualmente a sua mão até embaixo. "Decida-se! Reduziremos a sua pena em uma medida considerável. *Considerabil!*"

"Quero morrer", digo num tom baixo.

O major gargalha. "Isso lhe acontecerá com os anos." Ele deixa que o capitão lhe passe a lista. "Ah, o escritor Schräg... Tivesse o filho do cocheiro ficado...

Não, deixe que um fabricante podre de rico o adote. Com isso ele perde, e nega, a sua referência de classe. A condenação fala por si mesma. O ser determina a consciência."

"Um rico pode comprar tudo, até crianças", responde o capitão com um ar de sabedoria.

"*Ode an Stalin.*"

"Tínhamos, na escola, que saber de cor e salteado."

"Isso não o salvará. E o seu romance? Bem, pelo menos ele admite: entre vocês há senhores e servos."

"Mas sem luta de classes", o major acentua.

"O mais correto, este barão von Pottenhof metido a poeta. Apolítico ao extremo. Jamais uma palavra contra o regime, jamais uma palavra a favor do regime. Nenhuma ode a Stálin, nenhuma contra. Poemas sobre árvores gregas e fontes romanas. E todas as vezes com um sorriso cortês na cara, mesmo ao entrar na prisão, e, ao sair, trouxe uma cantata composta por ele mesmo. *Noblesse oblige.*"

E segue com a palavra: "Muito ruim que agora os popes de vocês também comecem a poetizar, estimulando o público. Idênticos são estes dois: Erler e Schönmund. Eruditos deturpadores de palavras. Com eles é preciso sempre andar atento."

Eu digo: "Herwald Schönmund jamais publicou algo."

"Pior ainda. Literatura de loja de escritório. Em geral, é uma miséria o que se passa com vocês, saxões. Qualquer rapazinho de estrebaria, ou um engraxate, que saiba ler e escrever se julga obrigado a levar seus pensamentos e sentimentos ao papel."

O capitão balança a cabeça com tristeza. Eu digo: "Entre nós, em cada aldeia, sempre houve escolas. Já no século seguinte à imigração. Em torno do ano de 1300, é o que se menciona."

"Azar de vocês. É difícil demonstrar algo a um analfabeto. Hugo Hügel? Esse nazista convicto, este eterno jovem hitlerista, este falso literato, um comunista? Aí as galinhas gargalham." Um olhar duro em minha direção: "Dê-se por vencido, seu louco. Uma coisa é o que você crê, outra, o que você sabe." E agora, dirigindo-se aos dois, a mim e ao capitão: "As coisas com o círculo estudantil estão claras. Ele já deu sua assinatura?" Ambos permanecemos calados. "Todos os outros são bagatelas, já temos uma ideia do que aconteceu. Trata-se somente de você, meu jovem rapaz. Decida-se! A favor, contra." Ele abandona o recinto como um remoinho, as sobrancelhas amarelas eriçadas. As estrelas e as cruzes soam sobre o seu peito.

* * *

Uma manhã, passos pesados se arrastam com dificuldades através das celas. Ouve-se que o estalar das portas se aproxima pouco a pouco. Quem vem? O médico, um pelotão de dedetização contra piolhos ou uma leva de novos enxergões? Quem vem é o *colonel* Crăciun.

Eu e o caçador já ficamos de pé, o rosto voltado para a parede. A porta se abre. "Virem-se para a esquerda!" Nós viramos para a esquerda.

O comandante em pessoa. Sua corpulência preenche o espaço; ele tem dificuldades para encontrar um lugar entre as camas. "Que coisa apertada", atenta ele num tom reprovador. "E mal ventilado!" Aquele homem imenso puxa o ar em seus pulmões, roubando-nos o fôlego. Está acompanhado por um enxame de tipos estranhos, encabeçados pelo major Alexandrescu. Enquanto este mantém um pé na cela, os demais se amontoam na entrada.

Com o dedo mindinho, em cuja protuberância gordurosa se perde a aliança, o *colonel* aponta o caçador: "Como se chama? Tem algo para nos notificar?" Ele tinha, sim senhor.

"Como presos políticos nós temos o direito, segundo convenções internacionais, aos órgãos da imprensa. Desejo, ao menos, um jornal diário para ler. Assim que o senhor, *domnule colonel*, quiser por bem ordenar." Ele junta os calcanhares, assumindo uma posição de sentido.

"Naturalmente", responde o *colonel* solícito, procurando virar o tronco maciço em direção ao major Alexandrescu a fim de piscar-lhe o olho. O sucesso do intento fica pela metade. No entanto, ele pestaneja os olhos, mirando até o canto da cela onde se encontra o fétido urinol, e ordena: "Todos os dias, o *Le Monde* para o *domnu* Vlad! E, para completar, um café com creme por cima, *la ora fixă!*"

A mim, o poderoso senhor não pergunta pelo nome. Num gesto de advertência, levanta o dedo indicador e diz: "Você, homem! Em vão procura passar com a cabeça através da parede! As paredes aqui são grossas." Ele estende a mão esquerda e bate na parede com o anel de casado. "Comporte-se de maneira razoável! Ou terá um terrível despertar."

Quando ficamos novamente a sós e nos juntamos, o caçador observa: "Quando um tipo como este o conhece pelo nome e, além disso, levanta o dedo para você, são os anos."

Eu, porém, ouço-me dizer: "Sabe, *domnule* Vlad, quem é mais poderoso do que este homem? Deus, o Senhor!"

O caçador, que anos atrás escutara isso, respondeu admirado: "*Dummezeul?* – Deus?"

* * *

Uma noite, o *căpitan* Gavriloiu – assim se chama o meu perseguidor – ordena que eu me dirija ao seu gabinete sombrio. Ele está de uniforme.

Pela primeira vez esboça um sorriso; senta-se à mesinha, diante de mim. Como eu não posso me afastar, curvo-me para trás – a única coisa que me posso permitir. A sua voz e os seus gestos se esforçam para parecerem simpáticos. Ele não me trata diretamente por senhor, utiliza porém o tratamento máximo de respeito que é corrente em romeno: "*dumneata*". E começa. Fala tudo o que pensa a meu respeito: sou jovem, cheio de promessas; dotes do intelecto, qualidades de caráter, isso, aquilo... Um dos poucos saxões que teriam reconhecido aonde chegaria a história da humanidade. "Nós transmitimos a sua análise marxista sobre a situação dos saxões da Transilvânia, para o Comitê Central. Examinamos que você afirma e confirma a ideologia e a ordem da nossa pátria em comum. Com isso, o futuro está aberto para você. A única exigência do Estado e do Partido é que diga a verdade, somente a verdade. Nenhuma palavra a mais."

Fixo a vista na janela com grades.

"Este futuro começa agora mesmo. Por exemplo, nós já temos cigarros à sua disposição. A refinada marca Virgínia, com filtro verde, que você tanto aprecia fumar."

"Eu não fumo."

Ele se levanta, recolhe a cadeira e volta para a sua mesa; as botas rangem.

"Durante meses e dias, vimos tendo paciência, uma atitude condescendente. Agora queremos uma resposta: sim ou não." Mantenho o silêncio, a noite vai passando. "Continua, porém, agindo assim? Então, a prisão o engolirá. Se o soltam por fim, depois de décadas, será um homem velho e alquebrado. Mas é provável que os seus ossos terminem arruinados em algum lugar."

"Se fosse assim!"

O oficial se levanta com toda a sua envergadura. Grita com uma voz estridente: "*Garda*!" Rompe o silêncio na casa das almas enterradas. "*Repede*! Leva-o daqui!"

Na mesma noite, sou levado uma segunda vez de meu enxergão. Isso nunca havia acontecido. Estava confiantemente entregue a um sono sem sonhos.

"Tire os óculos!" Eu os tiro e espero suas ordens. "Que dia é hoje?"

"Depende. Se é antes da meia-noite, então é 7 de abril."

O senhor Gavriloiu se encontra junto à janela. A noite está pesada. Ele trocou de roupa: jaqueta de couro – uma vez, no Natal, a tia Herta deu uma dessas para o seu marido. Sapatos simples e meias de risca – como o meu avô numa foto em Budapeste, no ano de 1913. Gravata de seda com nó Windsor, camisa de popelina com as mangas reforçadas – meu pai possuía uma com o colarinho revestido de seda, pintada com beija-flores e rosas-mosquetas por nossa mãe.

Com o dedo, adornado por um anel, o elegante homem fricciona a ponta do nariz. "Se quer saber o efeito que produz um anel", ouço minha mãe dizer, "leve o dedo anular ao nariz." E eu penso assustado: mas, ela não está aqui?

Finalmente, ele se volta, vem até mim. Já receio que vá estender-me a mão. Com um movimento jovial, ele me pergunta se há lugar no canto em que estou, e se senta na lateral da escrivaninha. Com o braço apoiado, o relógio de pulso virado ao contrário, afastado de mim, diz com uma voz doce: "Você nunca imaginou o quanto a liberdade é maravilhosa?"

"Não."

"Mulheres plenas de paixão o esperam, com seus seios voluptuosos intumecidos, o colo ardente pronto para se entregar a você. E esta liberdade se oferece *in brevi* a você. Basta falar."

"Deixe-me morrer."

"E o sofrimento da sua mãe, não se importa? Como pode ser tão cruel? Com tantas elevadas penas que tem de cumprir, ela perderá o juízo, a sua mãe. Ela não voltará mais a vê-lo, você, o primogênito. Ao fim, ela morrerá com o coração partido."

Ele inclina o nariz, deixando-o pender tragicamente. "Você, porém, portará um peso na consciência por causa dela! Não faça isso com ela. A palavra 'mãe', que doçura!"

"Eu não quero mais viver."

Ele não se deixa confundir. "Não se trata mais de que leve a sério o seu compromisso com o socialismo, de que o demonstre finalmente com ações. Isso e mais nada." Silencio.

"E não pensa na sua irmãzinha, que tanto o idolatra. Mais ainda no irmão mais velho de vocês, esse...", ele puxa uma pequena folha de papel e lhe dá uma espiadela, "...esse enigmático Engelbert, que morreu tão jovem e tão absurdamente, vítima também da guerra de Hitler. Agora é você o mais velho, e a sua irmãzinha chora com lágrimas amargas o seu destino. Quando você sair da prisão, ela será uma mulher madura."

"Eu quero estar morto", digo.

"A sua imagem, represente-a diante de seus olhos! Evoque à memória a sua irmãzinha."

Eu a vejo diante de mim numa fotografia que ela me deu no dia de minha detenção. Vejo a minha irmãzinha no pátio de verão com o cachorro e o gato, ambos os animais aninhados carinhosamente ao encontro dos seios, que se arredondam levemente.

"Sua irmãzinha o espera", diz o terrível homem. Ele vem até mim: estende-me sua foto.

Eu nada digo. Mas grito: "Deus terrível!"

14

O que eles têm afinal contra este Hugo Hügel? Por causa dele começam de novo os interrogatórios noturnos com todos os seus pormenores. Por causa dele o mestre do bastão me bate no rosto. E várias vezes, em ambos os lados.

Nas primeiras bofetadas, chega-se à pergunta: "Quem é este rapaz, um perigo público, de nome Hugo Hügel?" Minha resposta resulta rápida e com um assomo de prazer malicioso: "Um cidadão de quem a nossa República sente orgulho." Parece que o oficial não havia esperado por isso. Após um instante de perplexidade, ele se levanta rápido e se aproxima num pulo; as chaves ressoam. Curvo, submisso, a cabeça, mas ele me agarra por baixo do queixo, levanta o meu rosto e o golpeia à esquerda e à direita – à direita, com a palma da mão, à esquerda, com o dorso da mão. Depois limpa, com um lenço perfumado, dedo após dedo, e grita: "Tal descaramento não se permite nem o legionário estúpido! Sentirmos orgulho de alguém como este Hugo Hügel, este joão-ninguém, sentirmos orgulho, nós? Tem a audácia de dizer isso quando é conhecido por todos aqui da cidade que ele é um hitlerista disfarçado, que procede de uma família de nazistas? *Lup top lup naşte!* O lobo, o que mais pode gerar, senão um lobo... Como é que não sabe que o seu pai foi o líder do grupo nazista local de Schnakendorf bei Rosenau? Miserável hipócrita é o que você é! Ele atormentou tanto os rapazes imberbes como os pais de família maduros, para se alistarem nas tropas da SS. Quando os parentes destes quebraram o vidro das janelas e gritaram revoltados que ele também deveria, juntamente com o filho, partir logo para o *front*, sabe o que o descarado respondeu? O que não vem à mente das pessoas! Que a sua esposa, a pobre Zini, uma doente do coração, não iria suportar ter o marido e o filho na guerra. E que eles tinham de pagar o vidro das janelas, ou ele chamaria a polícia militar alemã."

Ele abre o botão superior do uniforme, mas não produz um efeito menos perigoso do que antes. "O glorioso Exército Vermelho, apoiado pelo Partido Comunista Romeno, não tinha nem acabado de varrer do solo sagrado da Romênia a horda de Hitler e já a família inteira mudava de campo político. Pertencem aos poucos saxões", a sua voz soava maliciosa, "que se deixaram romenizar. Muntenel chama-se, agora, o antigo nazista! O lobo muda de pele, mas não a sua perfídia. Nós sabemos perfeitamente."

Essas novidades não me abalam. "Pode ser que antigamente fosse assim. Mas ele agora aparece nos jornais: a República Popular sente orgulho dele – entre todos os saxões, justamente desse Hugo Hügel. O ser determina a consciência, aprendi no marxismo."

"*Exact*", diz o oficial e se recolhe; entrincheira-se atrás de sua mesa de trabalho. "No jornal? Em qual jornal?"

"No jornal *Neuer Weg* de 20 de dezembro de 1957, oito dias antes de meu encarceramento", encarceramento, respondo, e já não me importo, "escrito em letras garrafais: EM HONRA DO DÉCIMO ANIVERSÁRIO DA REPÚBLICA POPULAR – Cidadãos de Quem Sentimos Orgulho! Entre estes vários retratos de ativistas alemães da atualidade, por exemplo, estava o de uma ordenhadora de vacas, Katharina Minges, uma estacanovista. E desenhados à pena estes retratos, pela mão do artista Nic Sturm. Aliás, este senhor Sturm é um exemplo eloquente de que o passado errado de um homem pode ser apagado, uma vez que o indivíduo, segundo Marx, é modelável. O seu ser adapta-se às circunstâncias." O homem, atrás de sua mesa, resmunga: "Justamente! É perigoso mijar contra o vento." E ralha de imediato comigo: "Cale essa boca imunda! A mim, você não tem que ensinar nada. Eu perguntei por Hugo Hügel. E não sobre Marx, e muito menos sobre Nic Sturm. Realmente, a grande União Soviética fez dele um novo homem."

"Sim, e no meio da galeria dos heróis da República Popular: Hugo Hügel! Eu não tenho mais nada a dizer. Mente o jornal, minto eu também."

O outro murmura: "Nós sabemos tudo, e a cada hora sabemos mais. Sobretudo, sabemos que está mentindo."

"Além disso, ele é o redator de cultura do *Volkszeitung*, o órgão de imprensa do Partido em língua alemã de Stalinstadt, e, portanto, um aferido ativista do Partido. Recebeu um prêmio literário pelo seu livro… Um conto histórico, inspirado por um autêntico espírito revolucionário. Foi publicado pela Editora da Juventude Trabalhadora."

"Já falaremos sobre essa obra malfeita e ambígua", sibila o oficial, e bate palmas para que me levem.

E, na noite seguinte, me busca novamente.

Eu me sento no canto da sala de interrogatórios e silencio. Não me sinto bem, todo o meu corpo treme.

"Um herói da República? Aha! Leia isso aqui." O comissário empurra na minha direção, com um sorriso de deboche, uma carta de Hugo Hügel endereçada a mim. Tenho de traduzir, embora aquele homem saiba o que há nela. Reconheço a letra de meu amigo. Ele utiliza penas bem fininhas; as letras possuem algo de acrobático. Ele relata o êxito colossal das leituras feitas nos povoados de Burzenland. Há uma efervescência por toda parte entre os camponeses, desde que ele lhes ensinou a clave para compreender o seu conto: o rei dos ratos seria o líder supremo do partido em Bucareste, Gheorghe Gheorghiu-Dej. E o flautista, que se consome no calabouço e faz dançar os ratos vermelhos, seria ele, Hugo Hügel. Apodera-se de mim o espanto: esta carta vai quebrar-lhe o pescoço. Ele é um homem perdido.

"Isso não é, para você, uma prova…", pergunta o meu tirano, "… de que, com tais manobras de agitação, este bandido fez-se culpado perante o Partido, *agitație antipartinică*, e perante o Estado, *contra statului*, o qual o acusa como criminoso? A carta mostra os vínculos!"

"Não", respondo teimoso. "Isso não prova nada! O que se encontra escrito na carta não é *antipartinic*; no máximo, um *nepartinic*: não contra o Partido, senão junto ao Partido. E de modo algum contra o Estado, que não pode sentir-se ameaçado por uma fábula de animais." Um par de bofetadas e continuo: "Isso não pode continuar sendo levado a sério. Talvez tenham sido as perturbações da consciência, já que ele, sem dúvidas, se superou com sua atividade, nos últimos anos, a serviço do Partido." Dura a noite inteira até que o recalcitrante oficial fixe essas frases.

Mas que o Hugo já tivesse me explicado antes, em julho de 1956, em Bucareste, o significado duplo da novela... Eu silencio.

* * *

Naquele dia no Hotel Union, mal despertei ao seu lado, na mesma cama, e ele se inclinou sobre mim, falando, ainda de pijama, de si mesmo e de sua obra. Era um domingo de outorgação festiva de prêmios literários. Hugo Hügel havia recebido o terceiro prêmio. A roupa de cama era verde.

Pitz Schindler e Oinz Erler tiveram de dividir o primeiro e o segundo prêmio. Schindler era o filho de um fabricante de embutidos de Lohmühlgasse em Hermannstadt; ele havia renunciado publicamente à sua origem saxã e ao fato de ser filho de empresários. A cúpula do Partido, em Bucareste, tinha justificadas esperanças de que ele pressionasse a demolição do monumento de dimensões colossais do bispo saxão Georg Daniel Teutsch, erguido diante da paróquia evangélica de Hermannstadt. *Sete Litros de Vinho de Giebel* era o nome de seu premiado romance.

Oinz Erler era um velho pároco que, antes da guerra, publicara livros na Alemanha e, depois de doze anos de literatura de gaveta, se arriscou a vir à luz com um conto, *Primeln*, escrito com toda a finura literária na esteira de Knut Hamsun e com uma mordacidade oculta: "Eu estava ansioso para provar que se pode escrever sobre um antigo homem da SS, inclusive aqui, neste país e nestes tempos. Sim, e ainda ser impresso."

A revista *Neuer Weg*, que se responsabilizara pela hospedagem, havia-nos alojado, Hugo Hügel e eu, no mesmo quarto. Este era mobiliado com um desses divãs duplos tão comuns; em romeno, se chama acertadamente *studio*, projetado para casais de trabalhadores que vivem em blocos de apartamentos. Nunca antes havíamos visto um ao outro. E tivemos de dormir juntos.

Mal abri os olhos e descobri um estranho homem ao meu lado, que entrara tarde da noite no quarto e deslizara sem ruídos para debaixo do cobertor de casal; ele veio sobre mim como uma torrente. Ele não só me instruiu acerca dos elementos constitutivos de sua novela, mas também traçou, com gestos bizarros, o arco de tensão da trama; rodeado por lençóis verdes, aludiu ao *ritardandi* que havia disposto antes do ponto máximo – não, além da arte e da técnica, revelou-me também o fundo político velado.

Para ele, a concessão deste prêmio não era só um êxito literário, mas também um triunfo político. Hugo Hügel se acocorou sobre a borda do divã – projetado para pôr quinquilharias, em romeno, *bibelouri*. Através da abertura no seu pijama pude ver que o seu peito era coberto de pelos varonis. É verdade que os camaradas da Editora Estatal para Literatura e Arte – "puros judeus gracejadores!" – haviam descoberto todas suas artimanhas e recusado o manuscrito com a observação de que estavam bem informados sobre o fundo político velado da história; ele, porém, Hugo Hügel, se dirigiu à Editora da Juventude Trabalhadora, que imprimiria a novela – "ali vagabundeia não mais do que um bando de proletariados patetas metidos a sabichões. Sim, e agora eu me saí bem, levo também a luz ao júri responsável pelo prêmio."

Sua detalhada exposição me deixou fulminado; admirava-o completamente e decidi não voltar a escrever uma linha.

* * *

Ele me tratava de maneira favorável, e algumas vezes me chamava de amigo. Eu o venerava com um respeito invejoso que se tem por um caráter diferente. E o considerava e apreciava com a timidez de um principiante. Hugo Hügel se revelou ambicioso e belicoso, fazia frente ao perigo, agarrava o touro pelos chifres. Ele citava Logau: "Homens corajosos devem ter algo de raposa, algo de leão."

Reineke e *Leu*? Eram-me distantes. Eu me reconhecia melhor numa lebre. No lugar de trotar por aí agitando a cauda, rugindo e grunhindo, ou surpreendendo galinheiros, eu buscava minha salvação na fuga – de preferência, escondendo-me. Já no jardim de minha infância fervilhavam os esconderijos. Eu construíra, entre os gigantescos lírios, um refúgio de conhecimento apenas da filha do capataz. Na copa da tília pendia uma rede de dormir, inacessível; uma vez, a minha mãe se aventurou a subir até lá. Na casa de crianças, entre as folhagens amareladas, eu tinha a minha própria diminuta sala de leitura, que meus irmãos não deviam utilizar. Em troca, se brincávamos de polícia e ladrão, eu fazia parte dos policiais.

Hugo Hügel, a pele escura como um siciliano, com fulminantes olhos negros, se fantasiava de diabo nos bailes de máscaras – com autênticas patas de cavalo! Penteava o cabelo azeviche, modelando-o em forma de chifres. Eu, por outro lado, me enfiava no fraque de casamento de meu pai, pendurava as condecorações imperiais e reais de meu avô e punha na cabeça um fez turco – a única peça de roupa que o meu tio Franz Hieronymus salvara de um naufrágio no mar de Mármara.

Por formação, Hugo era professor de escola primária, igual a seus antepassados. E a profissão, esportista – mestre em descida livre (esqui). Baixo de estatura, descia as montanhas rápido como uma pulga de geleiras; precipitava-se pelas encostas mais escarpadas, deixando os concorrentes sem alento e com a respiração suspensa. Era o primeiro a chegar; passava zunindo através da meta. Eu, por minha vez, fazia amplos turnos, curvas bem pensadas, em estilo norueguês, vale abaixo.

Ele adorava os grandes gestos e as palavras másculas, uma conduta que eu gostaria de imitar. No Hotel Continental, em Klausenburg, apertou de uma só vez os três botões de comunicação do quarto para averiguar quem viria nos atender. Acudiram, apressados, a camareira e um garçom, e, quando ele os dispensou, apareceu ainda um senhor discreto, atencioso, com sapatos caros, e que não se podia dispensar. "Era este que eu queria ver de frente!"

Em público, ele se mostrava muitas vezes acompanhado de garotas de bela figura, estudantes – tanto quanto possível! –, e que eram uma cabeça mais alta do que ele e, além do mais, louras, com longas tranças que bamboleavam sobre um par de seios atrevidos.

Causava-me surpresa que ele me aceitasse com minhas diferenças; quase me inquietava, um receio constante de cair em desgraça. Não obstante, sentia-me seguro por sua solicitude. E protegido por sua masculinidade.

Eu procurara refúgio junto a ele depois daquela noite com Enzio Puter, em que eu havia tentado, ou melhor, implorado Annemarie Schönmund a ele. Dias antes, a Revolução Húngara tinha sido reprimida.

Naquela noite, Enzio Puter e eu dormíamos no quarto-sala, enquanto a mãe de Annemarie e ela se acomodavam na cozinha. Annemarie, que a maior parte do tempo permanecia sentada e calada, tinha um olhar perdido, dançava ao nosso redor. Por um momento, sentou-se conosco à mesa e disse: "Marco Soterius não passa de um charlatão!" Depois, correu para a cozinha, apanhou uns pedaços de lenha e atiçou fogo no aquecedor. Então, veio até mim; apoiou-se na minha cadeira, pôs os braços ao redor de meus ombros e disse para o Enzio Puter: "A parapsicologia é um disparate. Eu não creio nela."

Este se colocou de pé e caminhou em direção ao aquecedor. Calçava umas pantufas de viagem: com um pé, apoiou-se no divã, com o outro, no chão. Enquanto nos fitava de maneira parternal, disse: "O pavor, com a Revolução Húngara, introduziu-se violentamente no corpo dos soviéticos, bem fundo, até os ossos... Até o Kremlin!"

"Oficialmente, fala-se de contrarrevolução", eu disse, e: "Alguém afirmou que a torre Eiffel não é somente alta. Ela é também extraordinariamente ampla na base."

"Os governos dos países do Bloco Soviético ainda esperarão um ano para se certificar de que estão firmes em suas selas. Depois disso baterão de volta... Começarão as detenções em massa."

Eu disse: "O senhor sabe qual é a ponte mais larga do mundo?" Ele não sabia, e eu o esclareci: "A ponte de Cernavoda sobre a parte romena do Danúbio."

Ele bocejou, e Annemarie disse, cheia de reprovações para comigo: "O Enzio precisa deitar-se. Dormimos pouco nas últimas noites." Ela me beijou na boca; seus lábios estavam cálidos, tinham um toque seco e cru. A ele estendeu a mão; Enzio a tomou, segurou-a. E voltou a soltá-la.

Um silêncio caiu sobre a casa. Pela travessa estreita passava de vez em quando um bêbado, que cambaleava ao encontro da fachada da casa.

Em algum momento, naquela noite, compreendi o que há tempo ambos sabiam, o que talvez nem sequer percebesse a mãe, de espírito alheio: eles eram um casal.

"Senhor Puter, não a tome de mim", supliquei. Somente alguns dias depois me dei conta de que a formulação era errônea: era algo que ele não podia... Não dependia dele! "Veja bem, sou vítima de um desastre espiritual: tive de passar vários meses num hospital de doenças nervosas; submeti-me a quarenta e seis comas insulínicos. Meus sentidos pareciam estar mortos! O mundo saiu de sua órbita... Eu vivia numa esfera negra. O desespero era enorme! Annemarie foi quem evitou o pior. Todos os dias ela ia visitar-me na clínica. Ela empregou um bocado de seu tempo comigo. Ter tempo para se dedicar a alguém é uma expressão de amor, não é mesmo?"

Enzio Puter não tomou conhecimento de tudo que falei, porque, entrementes, havia dormido; eu o ouvia roncar. Com isso, ocorreu-me algo estranho: assustava-me quando ouvia seu ronco parar, pois sabia que ele estava acordado.

"Ela me ensinou a novamente sentir. Era para mim o todo e único mundo. Deixe-a comigo. Além disso, ela pertence a este lugar, a Transilvânia, à paisagem de sua infância."

Ele roncava placidamente. Se despertava, pigarreava com educação; mal dizia alguma coisa: "Que noite fria, espero não ficar aqui impedido pela neve." Ou: "Que chique! Aqui os galos ainda cantam!" Ou: "Que país de tolerância, esta República comunista: diante da janela, um autêntico oratório com uma vela *lux aeterna*, como é costume, entre nós, no Estado Livre da Baviera." Quando um cão vira-lata latiu diante da casa, ele disse: "Onde pode haver mais liberdade para um cão do que aqui?"

E não disse o que se supunha: Fique feliz por levá-la comigo. Com isso, livro-o de uma regressão incurável. O senhor não amou esta pobre criança como um homem ama uma mulher, mas se aferrou a ela como um paciente à sua enfermeira, como um adulto infantilizado à sua mãe. Agora, por fim, o senhor se tornou maduro. E um dia irá agradecer-me...

Não, ele não disse isso, ainda que, como psicólogo diplomado, tivesse a qualificação para fazê-lo. Roncava. Uma vez, murmurou: "A torre Eiffel não tem lembranças. E tampouco as têm os cães."

Mas eu as tenho.

Ao amanhecer, embora ainda escuro – eu escutava os passos dos trabalhadores que se apressavam pela estreita travessa rumo às fábricas –, Enzio Puter disse, bocejando: "Eu vou me casar com a Annemarie; nós estamos de acordo. Eu espero tê-la em breve comigo. Entrarei imediatamente em contato com o nosso ministro das Relações Exteriores, o senhor Bretano, para que ela receba o passaporte pelos correios."

Disse isso e voltou a adormecer.

Em minha dor, uma frase se repetia até a loucura: e pensou que isso não representaria um perigo para si? Pensou que isso não poderia... Pensou que isso...

Despedindo-se, mirou-me com seus olhos de três cores, estendeu-me a mão coberta de pelos ruivos – parecia que eu tocava uma luva de veludo –; disse com candura: "Até logo." E nos disse – já no patamar junto à porta da cozinha que se abria para o pátio, passando adiante de Annemarie, que agitava a sua mala enfeitada com adesivos de hotel –, à mãe dela e a mim: "Aguentem firme! Isso não dura mais muito tempo."

Quando Annemarie retornou, veio ter logo comigo no quarto. Eu estava no divã ao lado do aquecedor, os joelhos apertados ao encontro dos azulejos frios. Ela se colocou diante de mim, seus lábios ardiam; apertava os olhos mais do que o habitual. Passou a mão pelo meu cabelo e disse: "Eu ainda te amo, mas não sei se te deixarei." Mas eu o sabia. E comecei a chorar amargamente.

Vesti meu *trench coat* – um capote fino e claro de um tio meu desaparecido – e abandonei a pequena casa na Sichelgasse, número 8. O caminho bifurcava-se diante da porta. Fazia frio como num inverno rigoroso. Nas encruzilhadas, os piedosos romenos põem uma cruz. Uma luz vermelha ardia diante de um Cristo de folha de flandres. De suas feridas escorria uma ferrugem de cor parda.

Aonde conduzir os passos? Eu não os conduzi a lugar algum, mas cheguei à casa de Hugo Hügel na Oberen Sandgasse. Saudei-o, ao entrar, dizendo apenas: "Venho como um refugiado espiritual." Eu não quis tirar o capote.

Sem perder uma palavra, ele me empurrou ao encontro de uma cadeira; puxou da estante um livro delgado, encadernado com um linho de cor azul, e, mais tarde, um outro…

"Reconhece esse poeta ilustre, inspirado pelo espírito santo da língua alemã?", ele perguntou."

Óbvio. Vi os títulos diante de meus olhos semicerrados: *Coroas Tardias* e *Nobreza e Decadência*. Abri os olhos, e o mundo se desmoronou em objetos que a todos machucam. Enquanto o dono da casa, de pijama e pantufas, amontoava blocos de palavras sobre mim:

> "O escuro abatido sobre a terra e a espada em pedaços,
> alquebrado, nu, despojado do sagrado elmo,
> despojado da augusta viseira, que
> ofertava sombras sobre os belos olhos:
> assim ele tombou…"

Descobri, sobre a sua cadeira de vime, uma criança que se havia retirado para um canto ao lado do aquecedor. Abraçava cuidadosamente uma boneca, como se quisesse protegê-la dos impetuosos versos, ao mesmo tempo em que repousava um olhar sobre mim, sem se deixar desconcertar pelos meus gestos impacientes de fechar os olhos seguidas vezes.

Quando o amigo concluiu a leitura, levantei-me pesadamente. Ele, contudo, me deteve: "Fique mais um pouco. É muito cedo para partir." Em silêncio, deixei que me tirasse o capote e voltei a sentar-me. Quando fechei os olhos, ele disse: "Contemple os quadros na parede. Todos de minha mulher. Escolha um deles para que sua alma se reconheça." Eu fiz o que me pedia. Cada pincelada incendiava-se, cada tonalidade gritava. Um verso do poema me perseguia: "Com a sombra encobrindo os teus belos olhos, minha amada: assim tu tombaste."

Uma mulher caminhara pela sala? Evidente que sim. Sobre uma mesa havia duas xícaras de chá; ao lado, um açucareiro de prata com o monograma SSCH e uma pequena chave contra criadas gulosas, bem como uma bandeja com sanduíches: pãezinhos com manteiga e queijo, decorados com cebolinha.

Sobre a mesa reconheci *O Mito do Século XX* de Rosenberg. A menina colocou a boneca num berço azul e vermelho, pintado com motivos de tulipas saxãs; aproximou a sua minúscula cadeira à mesa, subiu na cadeirinha e agarrou o livro com suas mãozinhas. A cadeirinha virou, mas a criança não caiu. Ela levou porta afora, suspenso sobre a cabeça, o pesado livro. Depois, sentou-se tranquila no seu canto. E permaneceu calada. Acariciava a boneca como se houvesse escapado de um perigo.

Bebi o chá, mas ele estava tão quente que queimei a língua. Fez-me bem. A criança se aproximou a passos pequenos, queria que o pai a colocasse no colo. Ele a sentou sobre a mesa; deu-lhe lápis de cor e papel de desenho. "Pinte algo bonito!"

"Para o tio?"

"Sim."

"É um homem pobre?"

"Ele sente frio."

A garotinha desenhou um boneco de neve. "Este aqui sente mais frio ainda."

Então, ela lhe pôs um manto vermelho, de pele. Era consolador. Agora o boneco de neve se parecia com um São Nicolau.

Recusei os pãezinhos. Meu amigo não insistiu.

Despedi-me. A filhinha não se deixou incomodar; continuou com os desenhos. A esposa permaneceu invisível. "Obrigado por tudo", eu disse. E parti, atravessando um longo jardim de sécias polvilhadas de geada. Ficou-me uma frase, à qual eu não queria dar crédito: "Suportável é a desgraça de ser vencido."

Junto à porta de entrada, virei-me perturbado. Havia feito algo errado? Na janela, reconheci a garotinha, que me seguia com os olhos, o rostinho apoiado nas mãos, mergulhada na profundidade de seus pensamentos. Por cima dela, pairava, como uma máscara branca, o rosto da esposa de Hugo Hügel. Ele mesmo ficara de pé à porta da casa, em pantufas com pompons púrpureos e pijama com golas de seda azul pálido. Não acenou. No entanto, gritou-me: "Não esquece que pretendo honrar em breve o seu círculo literário com minha presença!"

Eu, contudo, parti dali a passos largos. Crianças que escorregavam com seus trenós sobre a rua coberta de neve e escarchada rapidamente se dispersaram. O horror apoderou-se de mim. Tanta felicidade doméstica, que ousadia! Isso não pode terminar bem.

Atravessei rápido a Langgasse em direção à estação de trem Bartholomeu, onde, um dia antes, a esta mesma hora, eu tinha descido, sem que me sentisse confiante para estreitar Annemarie nos meus braços… Aonde ir?

* * *

No meio da noite, o comissário quer saber: "O que fez no dia 12 de novembro de 1956, entre onze e uma hora da tarde, na Sandgasse, na casa de Hugo Hügel? Do que falaram, que ações pretendiam colocar em cena contra o Estado e o Partido? Vocês, dois velhacos opositores do regime!"

Parece-me que ele não conta com uma resposta digna de menção, pois se plantou ao meu lado em vez de esperar, atrás de sua mesa, com o lápis em riste, para escrever a resposta. Condizendo a verdade, digo: "Nada."

"Como, nada? Não combinaram nada, não urdiram nada, depois da noite em que esse espião alemão ocidental o recrutou como agente: *pentru acte de diversiune* [para atos de sabotagem]? Não o encarregou de fazer do círculo de estudantes de Klausenburg uma vanguarda subversiva de agressores imperialistas? Nós sabemos tudo! E a cada dia sabemos mais. Então, o que vocês disseram, o que tramaram?"

"Nada", respondo suavemente, "absolutamente nada. Nós não fizemos nada, não falamos nada. Ele apenas leu poesia em voz alta."

"Por quê?"

"Para me consolar."

"Poesia pra consolar? Isso não existe. De quem?"

Reflito rápido como um raio, digo: "De Maiakovski."

"Mentira!", grita o homem irritado. "Você está mentindo. Vocês não leram nenhuma poesia de Maiakovski. Mas nós iremos checar tudo isso. Como pode um Maiakovski consolá-lo?"

"Sim, sim", eu digo. "Com os famosos versos brancos por ocasião da morte de Lênin. E, depois, com versos sobre a Revolução de Outubro. Em meados de novembro, descreve o despontar da primavera dos povos, *primăvara popoarelor*. Isso nos infunde coragem."

"E por que tinha de ser consolado?", pergunta ele. E ele mesmo se dá a resposta, quando silencio: "Sim, sim, eu sei que isso é um truque seu para encobrir os feitos conspirativos de vocês: não tem nada que fazer com esse Enzio Puter, porque ele lhe roubou sua puta. Vou examinar tudo direitinho. Mas ai de você se estiver mentindo. Seus ossos ficarão brancos lá embaixo" – e vira o polegar para baixo. "E agora coloca essa língua pra falar: O que vocês, bandidos, conversaram no Hotel Union de Bucareste, em julho de 1956, quando foram aquartelados no mesmo cômodo?"

"Nada", eu digo. "Não houve tempo. Hugo Hügel chegou tarde ao hotel, e eu já estava deitado e dormindo. No dia seguinte, tínhamos de estar às dez na Lokomotiv-Saal para a cerimônia festiva. Além disso, fomos colocados para compartilhar a mesma cama, *un studio*."

"Agora quer debochar dos costumes de dormir da classe trabalhadora."

"Não falamos de nada. Eu tinha dormido mal, ele, mal-humorado. E não nos conhecíamos. Sobre o que haveríamos de falar?"

Controlo-me: quanto mais você fala, mais desconfiado fica o interrogador. Basta! Mas uma informação eu ainda lhe passo: a roupa de cama era verde.

Estende-me a folha praticamente em branco: "Assine! *Repede, repede!*"

"Eu quero ler primeiro."

"O que quer ler? O que você não me disse?"

"Não", respondo, "o que o senhor escreveu."

O soldado de guarda vem; eu chego à cela claudicando. A manhã alvorece.

15

Por fim, na noite seguinte, há novamente um interrogatório. Um oficial mais velho, calvo, com uma única estrela nas ombreiras – uma indicação de que estacionara no posto de subtenente –, começa o interrogatório, segundo as regras que me são familiares.

Se eu possuo bicicleta?

"Sim."

"Onde arranjou o dinheiro?"

"No último verão, caiei alguns chiqueiros."

"A bicicleta – qual é a marca?"

"Mifa, fabricada na RDA." O que eu faço com ela? Monto… E tenho de enumerar todos os meus passeios de bicicleta desde o ano de 1953. Com quem, aonde… Enumero os que fiz sozinho.

"No verão de 1957, antes da sua chegada aqui?" Eu aguço os ouvidos. Havia feito dois passeios de bicicleta: um sozinho através do Alte Land e o outro com Elisa para Burzenland.

"Fiz um *tour* de bicicleta."

"Com quem?"

"Sozinho."

"Para onde?"

"Para uma fazenda coletiva."

"Por quê?"

"Para escrever um artigo."

"Por quê?"

"Porque o jornal *Neuer Weg* assim o quis."
Se eu o havia escrito? "Claro!"
Ele não pergunta se foi publicado.
"Quais garotas você conhece com o nome de Bettina?"
Ainda sob o impacto de um rápido susto, respondo: "Nenhuma!"
Ele lança um olhar pesaroso para o protocolo, coça a careca; faz-me assinar e bate as mãos sinalizando para que me levem.

* * *

Naquele ano, depois de ter perdido Annemarie Schönmund, empreendi um *tour* de bicicleta através do Alte Land, entre Aluta e Kokel. Visitei fazendas coletivas administradas sobretudo por nossa gente e que já tinham feito um nome. Pareceram-me modelos de um recomeço de estruturas cooperativas da antiga economia saxã.

Quando surgia tempo e oportunidade, eu lia partes de meu conto, *Puro Bronze*. Este e um segundo, com o título *Odem*, eu trazia comigo na mochila. Junto aos manuscritos, uma camisa branca com gravata e botões de punho e uma calça preta, que eu havia tomado emprestada de Theobald Wortmann. Tudo o que precisa um literato numa conferência.

O presidente da fazenda coletiva em Mortesal, Valentin Stamp, um entusiasta – "Um pouco de cultura não pode fazer mal a ninguém!" –, queria que a leitura lá fosse feita sobre um cenário onde havia mais espaço e a aldeia inteira poderia estar presente: um estábulo onde o gado pastava livremente.

Não fazia muito tempo que ali chegara o derradeiro grito de inovação vindo de Bucareste, como me explicava o mestre-escola da aldeia, Tumes Schuller, que tinha o apelido de "Tabaco Miserável", porque o seu avô havia falido por causa de uma plantação de tabaco. Ele levantou um púlpito, feito de um barril de vinho revestido de vermelho, sobre o comedouro dos animais, e colocou junto a ele um banquinho de ordenhar. Uma inovação, e não para as vacas ficarem mais presas, durante o inverno no estábulo, mas livres e soltas. "Um disparate pensado por aquela gente incapaz de Bucareste que nunca viu uma vaca na vida! Morremos de medo aqui do próximo ovo que eles lá chocarem."

"Todo ano, uma nova palavra mágica", completou o presidente Stamp. "*Stabulație liberă*: o gado festeja a volta ao seu estado natural."

As vacas corriam livres pelo estábulo, podiam buscar os rincões vizinhos mais afastados e se esfregar indiscriminadamente. A ração era simplesmente jogada pelas janelas. Comiam, cagavam à vontade e se instalavam onde queriam. Por fim, afundavam no próprio esterco, porque ninguém, "nem mesmo o secretário do Partido", podia prever onde a bosta iria cair. E quase não se deixavam ser ordenhadas. Era preciso levantar os úberes daquele lamaçal fedorento e pungir para cima o leite. "Contra a natureza das coisas! Tempos difíceis para nós, camponeses!" Aceitaram com seriedade e energia a luta contra a sujeira. "Limpavam-na até virarem uns aleijões, como o gigantesco Hércules."

Até que um dia ocorreu ao presidente uma ideia salvadora: trocar as tábuas do estábulo por alçapões; instalar debaixo canais de concreto e varrer com compressores a imundície para as fossas de estrume. Dito e feito. Quando estava tudo pronto, contudo, o estábulo livre acabou por não dar resultado.

"Mas o nosso coletivo já havia recebido a medalha de honra ao trabalho!", concluiu o presidente triunfante. A condecoração encontrava-se pendurada no seu escritório, bem guardada num oratório da época anterior à Reforma, abaixo da imagem do secretário-geral do Partido. Entusiasmado, escrevi no meu artigo para o jornal: "Da consciente recorrência ao legado do passado resulta o aproveitamento produtivo do presente e a criativa e fantástica antecipação do futuro." O artigo não foi publicado, mas me pagaram.

Mas o evento foi transferido mais tarde, por ordem do secretário do partido, o *tovarăsch* Nicări, para o salão da antiga Escola Evangélica. Este, um cigano, estava persuadido de que um homem de estudos e, além disso, de um jornal de Bucareste devia gozar de cuidados que se negava ao próprio pastor, o *popa sașilor*. Isso era verdade: eu evitava pátios e salões paroquiais. E disse o motivo: "Sou um jovem comunista." Ao que o camarada Nicări respondeu perplexo: "Eu também!" E fez o sinal da cruz.

O teor da minha explanação era que, para nós, os saxões, os próximos oitocentos anos haviam começado aqui e agora. Entretanto, na discussão que se seguiu, constatei eu mesmo que as pessoas não estavam tão interessadas nos próximos séculos como estavam nas chuvas dos próximos dias ou em saber se o Partido as obrigaria a também trabalhar neste domingo ou, pelo contrário, se poderiam finalmente ir com a consciência tranquila à igreja. Tampouco foi o glorioso futuro socialista que lhes moveu o ânimo na rodada de bebidas à noite – vinho de Giebel; para o paladar dos senhores da casa, o mais gostoso do mundo –, senão a guerra perdida com seus episódios de bravura: de Narvik a Tobruk, de Cherbourg a Odessa. Em vez de os felizes visitantes, amigos da bebida, sob uma pereira, dedicarem uma devida atenção à política de nacionalidades do Partido em relação à minoria alemã, preferiam exaltar o pastor e a sua família – como sempre acontecera nos séculos passados! Pouca consideração encontrou a roda da história, da qual se sabe que não gira para trás, infelizmente. As pessoas estavam muito mais preocupadas em saber se podiam equipar, para antes da colheita, a própria carroça com rodas de borracha: onde arranjar pneus descartados pelas "máquinas de luxo"?

E quando eu disse surpreso "Mas vocês, das fazendas coletivas, não possuem os tratores! Para que necessitam de carroças?", fui logo interrompido: "Eis algo que alguém como você não compreende. O sétimo mandamento não vale para a economia coletiva."

Ao invés de ficar nas residências pastorais, como era costume entre os bons protestantes, deixei-me convidar pelo presidente. Na maioria das vezes, eu era alojado no salão de aparato que dava para algum beco, com o que logo compreendi o motivo: lá eu incomodava menos. "A parte da frente da casa só usamos quando alguém falece." Eis porque os espelhos, entre as janelas, estavam também cobertos com cortinas pretas. Eu dormia sobre um sofá alto... Nas camas suntuosas se amontoavam os lençóis de linho tecidos e fiados por suas próprias mãos. De volta às suas casas saqueadas, os nossos camponeses logo puseram as mãos à obra para ajeitar e governá-las de novo. Sim, levantaram mais de uma casa, desde o alicerce, com a ajuda de vizinhos, como sempre fizeram desde os tempos da imigração. Como diz um romeno: "Quando um saxão se entedia, derruba a casa e constrói uma nova."

Em Mortestal, hospedei-me com o presidente Stamp. Sua esposa estava num hospital em Schäßburg: "irritou-se por causa da pastora." A "esposa do pastor" havia dado a mão a todas as mulheres diante da igreja, mas ignorou a mão da sra. Stamp, porque tinha acabado de vê-la assoar o nariz.

Visto que o meu anfitrião tinha participado da guerra como soldado romeno, deixaram-lhe a casa e a propriedade. Antes de conduzir-me ao meu confortável quarto, ele me mostrou o esconderijo de que toda pequena fazenda saxã dispõe: sobre o estábulo das vacas, que tinha sido construído no celeiro, havia um amplo tabique de madeira, no qual se podia estar deitado confortavelmente e até sentar-se, ereto e direito. Na realidade, fora construído por seu avô, em 1918, "quando os valacos de Regat, do antigo reino, caíram sobre nós." Tinha-se consciência de que eram uns "grandes ladrões." Sobre o esconderijo haviam amontoado o feno. Vindo de baixo, elevava-se o calor, bom e agradável.

No outono de 1944, o seu tio, que agora estava acamado e gravemente doente na cozinha de verão, dera aqui refúgio por alguns dias a um oficial alemão. "Os alemães do *Reich* são, sim, nossos irmãos!" Em janeiro de 1945, foi ali alojada, durante um mês inteiro, a filha de dezenove anos de um chefe do agrupamento local, que estava na lista de deportação para a Rússia. Acusados de hitleristas, seus pais tinham sido enviados, imediatamente após a chegada dos russos, para o campo de internação de Caracal próximo ao Danúbio. O irmão lutara na tropa da SS.

No entanto, o hóspede mais respeitável, que suportara mais tempo, havia sido um guerrilheiro romeno. Passara cinco invernos com seus companheiros de luta numa choça de terra entre Negoi e Urlea. Depois, contudo, com a *Securitate* em seu encalço, o guerrilheiro teve de arriscar-se mais pelo interior do país, vindo a bater aqui uma noite. "Um homem culto, um barão valaco": Dr. Cornelius Mircea Șerban de Voila, filho do antigo prefeito de Fogarasch, professor do ginásio. Fora um inverno terrível aquele. Porque um homem não tem só que comer, ele "também faz suas necessidades, como os animais." Mijar poderia fazê-lo diretamente no celeiro, visto que não há nisso grande diferença entre uma vaca e um homem. "Mas aí com a bosta... Era este, todavia, o flagelo!" E ninguém o devia ver, ouvir, cheirar. Porque, uma vez por semana, um espião da *Securitate* ia de casa em casa e perguntava se não passara por ali nenhum dos bandidos.

Eu disse: "Abre-se para nós um novo caminho."

"Neuer Weg?"[1], disse o presidente Stamp. "Estou abonando esse periódico. Mas eu sempre o recebo com três dias de atraso ou não recebo nunca, pois o carteiro frequentemente tomba bêbado do cavalo ou perde o saco de cartas quando, vindo da estação de Hendorf, cavalga pra cá".

---

[1] Literalmente, "Novo Caminho". (N. T.)

Na segunda manhã, fui acordado bem cedo por batidas na porta do quarto. Dois homens parados diante da porta me pediam perdão por terem-me arrancado do "doce sono da juventude": o tio falecera esta manhã, justo quando o vaqueiro estalou o chicote. O jovem deve desculpá-los, mas a morte não conhece nenhum perdão. "Quantos dias nos dá o Senhor, é o tanto que vamos viver. E nenhum dia a mais." Nas noites seguintes, vieram todos os amigos para o velório; os parentes, obviamente, e o vizinhos de "Porta do Gradil" também. As pessoas sentavam-se quietas e caladas ao redor do morto e, em seguida, se fortaleciam com aguardente e pão de leite. "Assim é a lei por aqui. Em algumas comunidades se beija a mão do morto e se grita alto, como é o costume entre os valacos. Mas esta comédia não existe aqui."

O velho homem queria terminar seus dias na cozinha de verão do térreo. De seu leito, ele seguia, através da porta aberta, o dia a dia no pátio. Pela manhã, as duas vacas deixavam a casa; tarde da noite, retornavam do pasto. À noite, o velho doente podia avaliar, pela ruminação das vacas no estábulo próximo, como estavam as pradarias onde elas tinham pastado ao longo do dia. E, pelo grunhido satisfeito dos porcos, se a ração lhes daria um bom peso.

Durante o dia, as galinhas ciscavam ao redor do leito do doente e comiam o milho que ele lançava sobre o terreno argiloso. Os gansos grasnavam no umbral; entravam gingando na cozinha e disputavam a ração com as galinhas. Pela manhã, o galo anunciava que uma noite penosa chegara ao fim. Na última semana, o velho pediu que colocassem o ataúde junto ao leito, avaliando com seus dedos ossudos a qualidade e a solidez da madeira. Que ele tivesse vivido o suficiente para morrer na fazenda de seus pais, e não na miséria, trouxe-lhe lágrimas aos olhos: "É uma dádiva de Deus, nosso Senhor."

O moribundo solicitou a presença do pastor para receber a comunhão. Ele havia antes se conciliado, segundo um antigo costume, com seus parentes e amigos. Estes, por sua vez, lhe encarregaram de saudar seus entes queridos quando ele chegasse ao céu.

Não foi fácil reunir a todos quando o tio faleceu às primeiras horas da manhã – no instante em que se tinha de levar o gado ao pasto, com a esposa internada num hospital em Schäßburg e, além do mais, com um hóspede ocupando o quarto da frente. O senhor da casa ia e voltava entre o estábulo e a cama do moribundo. Ele ordenhou as vacas recitando o salmo 23, correndo em seguida até o tio para lhe sussurrar ao ouvido que as vacas logo estariam prontas para sair. O velho assentiu. De volta ao estábulo, o presidente se apoiou nos ásperos corpos das vacas e chorou. Abriu depois a janela da cozinha para que o tio pudesse seguir melhor a partida das vacas, antes de morrer, e desse modo oferecer também à alma a oportunidade de partir, tal e como sempre fora o costume. Quando o vaqueiro da aldeia, o cigano Subțirelu, estalou diante da porta o seu chicote, e as vacas acertaram o passo em direção ao portão, o tio expirou – com um sorriso nos lábios, como todos nós podíamos constatar.

Na cozinha de verão, um silêncio agora prevalecia. As galinhas se espalhavam por ali sem saber bem o que fazer; subiam para os pés do caixão e miravam com olhos piscantes o leito vazio. Com gestos sérios, as cabeças bem levantadas, os gansos passaram diante do caixão do morto, que por alguns momentos tinha sido levado para o pátio. Eu me inclinei sobre o ataúde aberto antes que os vizinhos o levassem para a frente da casa recitando as palavras: "Deus console a sua alma na vida eterna!" E reconheci perplexo: Marx, Engels, Lênin e Stálin não haviam perdido nada aqui.

Antes de subir na bicicleta e seguir viagem, despedi-me do salão de aparato, onde havia passado as duas noites. Sobre um banco com a data de 1828 estava o morto no seu ataúde, distinto e desamparado; um gorro de pele na cabeça. Das paredes saudavam duas enormes cortinas com castelos e cavaleiros, e sentenças artisticamente bem bordadas: "Um forte castelo é o Nosso Deus" e "O alemão não morre aqui, ele confia."

* * *

Antes de chegar a Forkeschdorf, a bicicleta patinou numa curva fechada fugindo de meu controle; o guidão se rompeu. Fiquei prostrado na poeira quente da estrada de terra e via sobre mim o céu, cuja quietude não conseguia compreender. Depois de um tempo, levantei e fiquei sentado ali, no meio do caminho; diante de mim, colinas e florestas a perderem-se no horizonte. Escondido em algum lugar no fundo, o povoado.

Vozes fracas de um acento estranho revoluteavam nas proximidades. Eram crianças ciganas que, excitadas, palreavam no seu antiquíssimo idioma e como borboletas coloridas dançavam à minha volta. Um garoto, sem muito esperar, colocou a bicicleta quebrada sobre os ombros. Uma garota usou a própria saia para tirar a poeira de minhas pernas desnudas, descobrindo assim os arranhões. Ela cuspiu nas mãos, misturou a saliva com barro e pregou a massa úmida nos lugares que sangravam. O frescor aliviou a dor. Em seguida, ela me pegou pelas mãos – Rozalia era o nome dela – e me puxou atrás de si, depois que o garoto, com os destroços de minha bicicleta, se apressara para partir. Atrás de um regato de um prado, onde me ajoelhei, crepitava a fumaça de várias fogueiras.

Duas famílias de ciganos, moravam ali nas suas choças de barro. "Todas as outras pessoas no povoado são saxãs", explicaram-me. "Não temos romenos aqui, graças a Deus." As mulheres, com saias ajustadas em várias camadas ao redor de ancas vigorosas, sentadas em banquinhos, fumavam cachimbos e mexiam num caldeirão de ferro fundido. Os homens, com barbas até a barriga e largos cinturões ao redor dos rins, agachavam-se no chão sob o teto da casa do forno. Uma criança manejava o fole e lhes abanava o ar. Convidaram-me para sentar-se junto a eles. Um deles soldava uma caldeira de alambique para aguardente, apesar de ser proibido destilar bebidas; um outro fazia tigelas ornamentadas a partir de chapas de cobre, ainda que o Estado mantivesse o cobre sob estrito controle. Interromperam alegres o trabalho e me puseram no assunto. "Sabe como são as coisas com a gente, jovem senhor? Nós temos nossas próprias leis. O nosso *bulibascha* queria fazer uma peregrinação para um encontro de ciganos na França, onde, no dia 15 de Agosto, dia santo da Assunção de Nossa Senhora, se reúnem os ciganos do mundo inteiro. Quando ele deu entrada a *la Sibiu* solicitando o visto de viagem foi logo recebendo um não. Depois disseram: nós vamos examinar tudo direitinho. No meio do mês de setembro, quando ele foi chamado à *Securitate*, em Hermannstadt, para receber o passaporte, disse, então, o nosso *bulibascha*: "Obrigado, eu já voltei!"

O ferreiro estimou de dois a três dias o tempo para reparar a bicicleta. Ele tinha de correr pelos povoados dos arredores para se deixar aconselhar. E eu, onde iria ficar? No lugarejo não havia fazendas coletivas. "*Slava domnului* – Graças a Deus –, eles nos esqueceram!"

Aprendi com Ruxanda que não se pode dispensar sem mais nem menos tais contratempos. Pelo contrário, deve-se decifrar a sua mensagem oculta. Enquanto eu tomava a colheradas os grãos de milho inchados com leite açucarado de uma tigela de alumínio que a garota Rozalia me havia dado, refletia sobre qual seria o ponto em comum que escondia todas as singularidades daquele dia, começando com a placa de indicação, em letras góticas, do local e terminando com os grãos adocicados da papa de milho e com a garota cigana, que não saía do meu lado. Refleti e pensei: não era, por acaso, o denominador comum de todos estes eventos... a exceção? Decidi bater na casa do pastor.

Um rapaz abriu... "Gostaria de falar com o senhor pastor." Acrescentei hesitante: "Provavelmente eu tenha de passar alguns dias aqui com vocês." Lembrei que Lutero havia exortado as reitorias paroquiais a continuar com a hospitalidade dos mosteiros após a sua dissolução. "Por favor!", completei.

"Aqui não há pastor", respondeu o rapaz, e fechou a porta. Era a família do mestre-escola que morava na residência do pastor, que ficara órfã, e que me acolheu. "Pelo tempo que lhe agrade ficar aqui conosco."

Faziam parte da família: o mestre-escola Caruso Spielhaupter, que tinha uma búfala de nome Florica, e a sua esposa Cäcilie; depois, os quatro rapazes: Abraham, Albert, Armin, Adolf – os mais velhos eram soldados trabalhadores nas minas de carvão de Petroschen. Entre os dois, as filhas: Beate e Bettina. As duas avós ajudavam nas tarefas domésticas e recitavam longas baladas nas horas festivas. Tenaz nas ordens era o bisavô – durante a semana, trajava um avental de trabalho azul e, nos domingos, portava uma condecoração imperial e real, embora jamais tivesse estado numa guerra.

Construída junto à torre de defesa, a casa do pastor mirava o vale; juntamente com a pequena cidadela da igreja e a escola, coroava uma colina. Ali, no fundo do vale, ao pé do cemitério, se estendia, ao longo de um regato, uma fila de casas com telhados de empena e frechal. O lugar do baile em frente ao portão do cemitério era sufocante. Salvo as filhas do mestre-escola, de dezesseis e dezoito anos, e o acanhado filho do guarda do castelo, não havia ninguém jovem. Um lugar esquecido pelo Estado e pelo Partido, este Forkeschdorf am Harbach. Os letreiros estavam pintados em letras góticas – paradas no tempo antes de 1944. Um povoado onde, aos domingos, o mestre-escola podia tocar livremente no órgão da igreja quando, uma vez ao mês, o pastor Ernst Hell vinha de Spiegelberg para dirigir o culto. Nenhuma economia coletiva inquietava o ânimo dos camponeses que se tinha esquecido de expropriar.

Uma escola minúscula, com classes do primeiro ao quarto ano, agarrava-se ao pé da colina da igreja. Numa mesma sala recebiam instrução dez crianças ao mesmo tempo, três das quais eram filhos do mestre-escola. Assim, cada aluno recebia até quatro vezes a mesma matéria.

O mestre-escola Spielhaupter não apenas entendia de criação bovina… "Como as búfalas são pretas têm que receber nomes ciganos: Florica, Rozalia, Crina; as vacas, por sua vez, se chamam Berta e Adele." Também dominava muito bem a filosofia; especialmente Schopenhauer o deixava impressionado. O mestre-escola Spielhaupter nutria a imaginação de um dia livrar-se das obrigações e questões mundanas para se subtrair da vontade tirânica e submergir por completo no "não ter mais que querer." Antes disso, encontrava tempo para se expandir filosoficamente quando eu o escutava no estábulo durante o trabalho de ordenha. Ele resmungava sob o traseiro da búfala astutamente disfarçado com roupas de mulher, pois só assim a besta-fera permitia que lhe extraísse o leite. E, enquanto o jato exuberantemente branco redemoinhava na cuba, eu aprendia que os filósofos idealistas não tinham sido tão estúpidos como os ideólogos do materialismo os apresentavam, e que se podia pensar um mundo funcional, inclusive como projeção externa do próprio eu, de modo que tudo se move ao redor de uma ilusão e, mesmo assim, real.

"Uma maravilhosa visão das coisas capaz de salvar uma pessoa da iniquidade do mundo. Por exemplo", disse ele, enquanto a búfala lhe varria o rosto com a borla do rabo suja de esterco, "eu digo agora para mim mesmo que isso não passa de uma ilusão." Ele colocava carinhosamente o rabo da búfala entre suas pernas musculosas. "Ou quando uma pessoa me importuna, ameaça, como é fácil pensar: tudo ilusão! Este Fichte – não há um igual."

"Sim e não", respondo. "As ilusões não protegem uma pessoa do mal do mundo. Em algum momento é preciso encarar nos olhos a verdade dos fatos, agarrar o mal pelos chifres."

"Agarra-o, meu jovem! Por exemplo, isso das rodas de borracha nas carroças com cavalos pode ser visto da seguinte maneira: a nossa gente vive com a imaginação de que deve recuperar algo que lhes foi roubado no ano de 1945, e depois. E, visto que esta é a sua vontade, na época da colheita, montam, nas suas carroças sobre rodas de borracha silenciosas e vão pelos seus campos expropriados… Sim, e desse modo criam para si a própria justiça."

"Mas são campos da economia coletiva! Com isso, estão roubando a si mesmos. Eles precisam do que tiram?"

"Sim e não! Eles não precisam, pois não têm mais que temer pelo pão de cada dia. Mas o que precisam é de justiça, o pão da alma."

Eu fiquei...

Antes de cada refeição, um dos filhos dizia a oração de graças. Sempre a mesma:

> *"Nós vos agradecemos, Deus onipotente, todos os benefícios.*
> *Deixai que desta vez nos sejam de proveito.*
> *Da fome, da pilhagem, da deportação, da dor,*
> *Livrai-nos, Senhor, neste tempo.*
> *Dai também o pão para os seres queridos distantes,*
> *Protegei-os em toda necessidade."*

À noite, jantava-se cedo. E as horas seguintes pertenciam a todos juntos. A luz de um candeeiro de querosene sobre a mesa atraía toda a família para a sua área de iluminação. Todos falavam: os rapazes discutiam o dia de trabalho, as garotas contavam as novidades do povoado. Tagarelava-se sobre as leituras de férias. Os pais explicavam seus afazeres. O tempo decorria feliz. Tudo no mundo se perdia na distância crepuscular. A última guerra, a prisão em janeiro de 1945: a filha de dezesseis anos, cujo nome ninguém se atrevia a pronunciar, morreu de frio a caminho da Rússia num vagão de gado. Ainda que estivesse dois anos abaixo da idade limite prescrita, foi detida, porque os outros se esconderam. Desde então, a mãe não havia voltado a pôr o nome da morta nos lábios. E tinha queimado as suas fotos, todas. "No coração! No coração!"

A avó Ana, com um véu de rendas na cabeça, declamava baladas. Mas, na "Canção do Sino", ficou parada; a mãe, Maria Sophia, teve de dar prosseguimento. Em compensação, a "Fiança" fluía que era uma beleza. Ambas faziam crochê sem óculos sob a suave luz do candeeiro. O bisavô, com um cachimbo na boca, intervinha e declamava com voz de falsete suas peças sobre os hussardos no episódio da anexação da Bósnia-Herzegovina em 1918 e a complicação que era mirar detidamente nos olhos das mulheres muçulmanas disfarçadas. Falava-se de grandes épocas. No entanto, nada mais seria capaz de fazer o bisavô perder a calma. No exército, ele prestara juramento para dois imperadores austríacos e dois reis romenos, e seguia ainda vivo. "E depois as duas grandes guerras, meu Deus!" As mulheres suspiravam.

Na hora de dormir, os vultos oscilavam; perdiam-se nos cantos silenciosos. As crianças se orientavam bem no escuro; os adultos se deixavam iluminar por velas postas em candelabros de latão. Armaram para mim um leito na torre, no último patamar, atrás de um armário atravessado. Um cobertor vermelho servia de porta. A cama de madeira com enxergão de palha estava adiante de uma fresta na janela, para onde se inclinava a copa de uma tília. Nos galhos das árvores se ouvia o vento da noite de modo diferente ao que se está acostumado; das folhas exalava um estranho odor, acre e impetuoso, e sobre a copa cintilava o céu. Eu não sentia saudades de ninguém.

Quando entrei nesta casa, gentilmente convidado, o mestre-escola tirou o avental e me levou para um bate-papo na sua sala de estudos. Todas as crianças foram chamadas para se apresentarem a mim. Enquanto os rapazes faziam suas reverências e murmuravam coisas incompreensíveis, a mais velha, de pele morena, me estendeu a mão e, com um olhar tímido, disse baixinho: "Beate."

Com a garota mais jovem aconteceu algo que me deixou melancólico: abriu bem os olhos e me encarou radiante, sem afastar de meu rosto o olhar. A mão ela estendeu de maneira diferente da irmã, com a elegância de uma dama e um quê de ternura. Disse num tom alto e alegre: "Bettina", e ajuntou uma reverência infantil. Pela primeira vez, desde a violenta despedida de Annemarie, senti o meu coração bater mais forte. Ficamos ali de pé, as mãos dadas, até o pai advertir: "Agora vá, minha filha! Não seja descortês." Ambas eram estudantes: a mais velha, numa escola para meninas em Hermannstadt; Bettina, no ginásio Stephan-Ludwig-Roth em Mediasch.

Numa noite chuvosa, fiz uma leitura do *Odem*, uma triste história de muitas páginas. Um jovem proletário doente do pulmão, chamado Gernot, desce a toda velocidade na neve com um par de esquis roubado numa estação de patinação; quer provar para uma garota, Elisabeth, que passa o tempo tocando violino entre móveis antigos, que é um homem. Ele, porém, se sufoca. Sufoca-se num mar de ar.

Todos permaneceram pacientemente sentados. O avô soltava longos roncos. Se o tocavam para despertar, respondia todas as vezes em dialeto: "Sin, sin, o Odem lirquida comigu."

Após a leitura, quando a família se dirigia para a cama, a jovem Bettina tomou-me pela mão e levou-me para debaixo de um caramanchão. Encostada no meu peito, chorou desconsolada, até que a tomei nos braços; ela adormeceu enquanto gemia baixinho. Quando o frio da manhã começou a assoprar com mais força, levei-a para casa. Deixei-a na escura cozinha, beijei seus olhos e ouvidos; ela apertou acanhada os seus lábios contra a minha face. Então, dei algumas palmadinhas no seu ombro e a mandei dormir. Subi para o meu ninho nas nuvens, desconcertado, porque eu parecia pronto para dar adeus aos meus desgostos.

Coisa estranha: no domingo seguinte, o pastor Hell pregou a homilia a partir de minha história, e perguntou às pessoas, durante a prédica, se a Igreja também não tinha culpa de que o jovem Gernot, filho de uma viúva e de um ferroviário acidentado, tivesse um fim tão ruim e absurdo. Ele deixou a pergunta no ar. E concluiu: "Isso já é um milagre: afogar-se num mar de ar como um peixe fora d'água. Mas para Deus nada é impossível. Amém!"

Eu pretendia evitar a igreja por meio de rodeios, especialmente após me considerar parte dos escritores progressistas. E agora me via dentro de uma, cantava e rezava na mesma fila que as mulheres e os homens adultos. E, como eles, mirava o homem sofrido, que se contorcia na cruz no meio do altar-mor. Se, ao entrar, ainda pensara que quanto mais tempo durasse a dor visível menos ela impressionaria, agora, enquanto o órgão soava e o pastor celebrava a liturgia, o rosto sofrido do crucificado se transformava, diante dos meus olhos, no semblante redimido do morto de Mortestal, manchando a silhueta barbuda dos quatro clássicos do socialismo.

* * *

Apesar de o ferreiro do povoado ter reparado logo a bicicleta, permaneci mais tempo do que o pensado e desejado. Todas as manhãs íamos até o Salzsee, que se encontrava a uma hora de caminhada, escondido num juncal. O largo lago – na verdade, mais um tanque – se alimentava de uma fonte que minava água salgada através de canalizações de madeira, inundando a superfície pelos quatro cantos. A construção procedia da época húngara, antes de 1918, quando o sal era raro e as mulheres transportavam em baldes, para suas casas, a água salgada (para preparar sopas e conservas de pepinos).

Ensinei aos rapazes o nado *crawl* e às meninas o nado de costas. Não conhecia ainda a cor dos olhos de Beate. Uma vez, quando ela praticava o nado de costas, eu a apoiava apenas com o canto de minha mão direita e a advertia: "Estenda o corpo! Coragem, deixe que a cabeça e o corpo afundem, a água sustenta qualquer um, e água salgada muito mais." Enquanto ela seguia adiante com os olhos fechados e eu já a deixava flutuar com liberdade, mergulhou repentinamente e perdeu o pé, agarrando-se no meu pescoço. Eu a levei para a margem; senti como o seu corpo molhado tremia de encontro ao meu. Ela tinha arrepios. Suas mãos permaneciam ao redor de meu pescoço.

Dia após dia íamos passear no tanque. As crianças aprontavam bastante. Os irmãos esfregavam de lama o irmão Abraham. Quando constatavam, durante o lanche sobre o prado, que tinham esquecido do sal, diziam: "Não tem importância!" Com suas línguas lestas, os irmãos lambiam o sal da pele de um e de outro. E assim temperavam o tomate, cujo sumo salpicava a cada mordida. Fiquei sem sal. Com um pente, no qual tinha enfiado um junco, eu me fiz de entendido e importante diante deles. Depois, Bettina dançou com os irmãos ao redor da fonte de sal, enquanto a irmã de pele morena ia marcando o compasso.

Nas noites quentes, Bettina e eu nos encontrávamos no caramanchão, com a bênção silenciosa da família. Nós não tínhamos nada que esconder e, contudo, muito que calar. Com que rapidez ela aprendeu o que uma filha de dezesseis anos, de um mestre-escola saxão de Forkeschdorf, atrás das sete montanhas, deve saber quando está apaixonada! E uma noite apareceu descalça e vestida só com uma blusa diante de minha cama, tremendo como uma folha. Ela trazia uma vela, que logo apagou com um sopro. Seu cabelo ruivo cintilava no escuro; nos olhos fulguravam algumas lágrimas. Atordoado pelo vento que soprava na copa da tília, murmurei: "Venha."

Ela tinha as mãos e os pés frios. O tremor passou. O tempo corria. De repente, desfez-se da blusa e me beijou. Como ainda eram delicados os seus seios. E o coração abaixo deles... Um pequeno redemoinho de cabelos na sua axila fazia cócegas na minha mão. Ela tinha uma barriga fria e lisa; a ponta de meus dedos acariciou a rosa de seu umbigo antes que a mão deslizasse para baixo. O velo do monte de Vênus tinha um toque sedoso. Sua pele sabia a sal do banho no tanque de juncos.

"Não me mande embora", sussurrava vez por outra, quando descansava de sua ardente e completa entrega. Não dormiu, apesar de eu lhe rogar. "Não, o momento é muito precioso!"

Com os primeiros cantos do galo, pus a blusa sobre seus ombros; levantei-a pouco a pouco da cama com o enxergão em torno de seu corpo, coloquei-a sobre o chão de tábuas, que estava frio como uma pedra, e afastei ligeiramente a cortina vermelha. Os degraus da torre rangiam.

No dia seguinte, peguei minhas coisas; fiz uma trouxa. Eu me despedi das pessoas e das tardes e das obscuridades enigmáticas e parti rumo ao desconhecido.

* * *

Nos últimos dias de abril... Abre-se a porta, dois soldados entram arrastando uma cama de ferro, sobre a qual colocamos a minha. Pouco depois, a porta volta a soar; empurram alguém para dentro da cela. Ouvimos atrás de nós a ordem: "Tire os óculos!"

É um homem de frágil estatura, que se estica sobre a cama sem mais delongas. Ele joga a sua trouxa, desatento, num canto ao lado do urinol. Esse homem perturba a nossa cela durante dois dias, e não somente deixa para trás uma terceira cama, mas também sabedorias de vida e um estilo próprio de tratar os guardas. Seu método é fácil: ele contradiz imediatamente; coloca-se na defensiva e trata por você aqueles que se dirigem a ele da mesma maneira. Se um guarda o repreende, também responde com aspereza; o outro pronuncia algo contrário, ele ameaça queixar-se do sujeito junto ao comandante.

"Não é pra ficar deitado!", ladra o soldado de guarda através do postigo.

"Como?", pergunta o descansado, e continua deitado. "Você não sabe que tenho uma permissão especial? Espere só mais um pouco, amiguinho, pois eu o conheço e me queixarei junto ao comandante Crăciun. Será enviado para a Periprava. Sabe onde fica a Periprava?" Não há resposta.

"No braço norte do delta, na fronteira russa... Dali só o tiram a morte e o diabo. A sua família iria adorar a ilha. Uma excursão externa. *Excursie eternă!* Sem luz, sem cinema, sem escola. Somente a natureza. Água de beber, do rio. Beberá as porcarias de todos os vasos sanitários da Europa! Os mosquitos comerão seus filhos vivos. E a cólera acabará com todos vocês." Sem dizer uma palavra, o homem fecha a portinhola.

"Doutor Ghiosdan", diz o senhor da cama, fazendo um gesto em nossa direção. Estamos sentados diante dele e contemplamos esta maravilha do universo. "Doutor jurista, juiz até o ano de 1947." Depois que expulsaram o rei, carregador de móveis de um depósito, major aposentado do serviço e cavaleiro da Ordem de São Miguel. "Vocês sabem o que é isso?"

Lembro-me de que o mosteiro de Sâmbăta, em Fogarasch, à direita da entrada, na praça canônica, ostenta a enorme estátua do fundador, o jovem rei romeno Miguel I, em trajes de um cavaleiro de São Miguel; um manto branco e uma cruz azul esmaltada sobre o peito.

O caçador dá de ombros. Ele é comunista e sempre será. "Olha só! Esse jovem saxão sabe do que falo. E você?", volta-se o juiz para o caçador, sem tirar a vista do cobertor. "Por que não sabe disso?"

"Eu não passo de um simples trabalhador."

"Por que está aqui, então? Vocês agora são aqueles que mandam e desmandam! Algo palpita no meu peito me dizendo que você esteve no Partido."

"Sigur, domnule doctor", diz o caçador com simplicidade.

O juiz salta da cama, bufando: "Vocês, corja de canalhas, venderam barato este país aos russos. Pagarão por isso! Enforcaremos todos! De ponta-cabeça, como fizeram os húngaros, no ano passado, com seus comunistas!"

Corre a imaginação falando dos soldados alemães. Até os muares eles teriam levado de caminhão para o Cáucaso, com óculos protetores contra a poeira sobre o nariz.

Pergunto se há aqui muitos de nossa gente.

"Em cada cela, tem um."

"Estudantes de Klausenburg?"

Isso ele não sabe. Esteve numa cela com um jovem saxão de nome Guntar Folkmar, que deixava todos como uns loucos. Subiu na mesa de parede para examinar a claraboia, enquanto os demais mantinham o olho mágico da porta encoberto. Todas as vezes, ao se sentir invadido pelo pânico, sussurrava: "Eu vejo subir a fumaça de um crematório! Ali transformam em cinzas a nossa gente! Todos os saxões aqui detidos irão para a câmara de gás como vingança pelos judeus. Depois será a vez de Kronstadt e, por fim, todo o resto!"

"Isso não existe!", respondo.

"Pura verdade", tranquiliza o convidado. "Mas para tal ação os nossos romenos são tecnicamente incapazes e sem talento. E, antes de tudo, dotados de almas adormecidas. Em nenhum país do mundo as pessoas são tão negligentes e trotam de modo tão preguiçoso como aqui. Não, não. Para algo assim é preciso a perfeição germânica. Que esperam vocês de um povo que desde o início de sua história se tem submetido, vem sendo sacaneado durante dois mil anos por estrangeiros? O romeno quer sobreviver. O *paluke* não explode! Poucos são aqueles que procuram defender-se, como os guerrilheiros das montanhas. Tiro o chapéu pra eles! Com toda a honra! Ainda que também sejam suicidas em potencial. A massa, todavia... O romeno simples diz: 'Que não venham coisas piores!' Se alguém lhe arranca a pele da orelha, fica feliz que lhe tenham deixado os ossos, e se lhe quebram os ossos, sempre lhe resta a medula. E se alegra que não lhe tenha acontecido nada pior."

Ele lava suas hemorroidas na pia, o que o soldado da guarda lhe proíbe com palavras obscenas.

"Então venha aqui e me lave o cu!" E estira o traseiro na direção do guarda. Prendemos a respiração. O guarda foge dali.

"Assim é que se fala com esta corja! Além da fé, há somente três soluções para suportar a prisão." Ele põe em ordem a pilha de veias ensanguentadas no ânus e enumera:

"Número um: se o apanham, diga para si mesmo: é a morte. A partir deste momento estou morto. Nada de liberdade. Acabou-se o vinho, a mulher e a música", ele disse isso em alemão. "O fim definitivo. Aquele que assim pensa, e fala, e age é invencível. E está salvo. Eles não lhe podem fazer mal algum.

Número dois: Fazer-se de louco. Comporte-se como um louco a quem nada mais importa no mundo. É o mais despojado dos homens. Quando uma pessoa abre mão do que tem, não tem nada a perder. Alguém assim sente-se em casa em todos os lugares e em lugar nenhum. E, portanto, livre, mesmo estando encarcerado num buraco. Algo ilusório para aqueles que", ele aponta para cima com gesto ameaçador, "marcam-no ou querem pressioná-lo."

"Número três: perante o perigo da morte, não se deixe esmorecer, mas, ao contrário: veja que apodera-se de si uma vontade frenética de lutar, de tentar o humanamente impossível. Churchill confessou, em 1939, para a princesa romena Bibescu, que ele bem sabia que a guerra significava a morte e a ruína da Inglaterra e do Império, mas se sentia vinte anos mais jovem. Quanto mais absurda a prepotência, tanto mais determinado se deve estar para defender-se golpeando, ainda que pareça desesperador. Moral da história", disse, num alemão escabroso: "Pôr-lhes fogo debaixo do cu! Ou citando Freud livremente: não tolerar nenhum Superego acima do Ego."

Num francês estropiado eu lhe explico – não sei a razão por que me sinto extenuado, não quero importunar o caçador – meus primeiros meses aqui e que as investigações tinham alcançado tal ponto que não posso mais seguir em frente como acontecera até agora. Algo tem de acontecer, mas o quê? Enquanto levo, com grande esforço, a minha queixa ao fim, ele me olha, deitado de lado, com seus agudos olhos negros. Não me interrompe para fazer perguntas; não me ajuda quando procuro um palavra. "Às vezes, tenho a impressão de que todos nós afundamos num pântano." *Marécage*; vem-me à mente. Eu digo em romeno, *mlaștină*.

O caçador, que acompanha o meu palavreado com uns olhos ciumentos, aproveita a oportunidade para tomar a palavra. Ele tem de contar uma história. Assim, nós o escutamos. É tempo. Ele se perdeu uma vez num pântano, ainda era um caçador furtivo; o rastro sumia através de um paul, enquanto ele via impotente o solo ceder debaixo de seus pés e se afundar na água borbulhante. Desesperado, abriu fogo com a arma proibida. Melhor preso do que morto. Compadeceu-se dele um javali que, no calor do meio-dia, tomava banho de lama num lugar próximo. Com a força do desespero, o caçador agarrou o javali, nas suas cerdas, no rabo, e deixou que o animal o arrastasse para a margem. Salvo! Mas com um dilema: mato o porco selvagem ou o deixo escapar? Nenhum de nós pergunta qual foi a decisão do caçador.

O senhor doutor permanece calado um bom tempo; agora deitado novamente de costas. Pensativo ele repara: se ele bem compreendera, eu já teria experimentado as duas primeiras modalidades de *survivre*: querer morrer e fazer-me de louco. "*Maintenant essayez-vous la troisième manière. Agir avec fermeté et courage.*" Como, ele não explica.

"*Mais que faire vraiment?*", pergunto com timidez.

"Seulement l'homme lui même est le maître de son destin."

Sinto-me decepcionado. Quero conselhos compreensíveis. Meu destino? Eu o esqueci. *"Destinul meu?"*, digo.

Novamente uma deixa para o caçador, cuja paciência está no fim. "Se existe um destino, então, este são as mulheres", bufa. E dispensa histórias de alcova com camaradas do povo; dispõe de um amplo repertório. Nós lhe consentimos.

As húngaras são uns demônios! Em especial as ruivas com sardas até o púbis. A ferocidade delas é precisamente suportável porque deitar com elas é um prazer e tanto. Mas são exigentes e insaciáveis. Sim! E cheias de caprichos e ideias. Maravilhosas como mulheres para o coração e para cama. "Mas como amantes, em paralelo com a própria esposa, são um perigo: primeiro, nunca se pode ter com elas um encontro em silêncio, porque quando você *faz* amor com elas, gritam como um tigre siberiano... dá pra perceber que vêm da Ásia, que descendem dos hunos. E mais: se estapeiam, cravam as unhas na sua pele, o arranham, mordem. Jamais conseguirá convencer a sua mulher de que você mesmo lhe causou estes arranhões ao buscar cogumelos no meio de umas touceiras de espinhos.

"As romenas", os olhos do caçador brilham, "estas sim! Carinhosas, meigas, apaixonadas e com muito sentimento. Suficientemente limpas! E, mal se acaba de deflorá-las, sabem muito bem como continuar; têm clareza do que se trata. Como um filhote de corço logo ao nascer. Sabe, desde a primeira aspiração de ar, o que se tem de fazer."

Suspira e diz: "E, por fim, as saxãs. Belas, elegantes, sedutoras, com seios que se sobressaem esplendidamente; brancos como as flores de maçã; garotas e mulheres educadas, *cu educație distinsă* – seres superiores! Conservam-se sempre limpas. Cheiram por todas as partes do corpo um aroma de sabonetes finos e água de colônia." Ele aspira o ar, estala a língua. "Mas inconstantes quando se trata da *viața sexuală*. E o mais triste: elas não querem aprender nada. Ficam ali imóveis como panquecas, suportam tudo e ficam contando as moscas na parede, enquanto você dá o maior duro." E conclui com tristeza: "Não têm desejo algum. Nada entendem do *amor fati*."

"Ars amandi", diz o senhor Ghiosdan, e, com isso, dá a entender que talvez, sim, estivesse a escutar. E conta de uma espécie de romenas que o caçador, quando muito, conhece apenas de revistas ilustradas: das *domnițe române*, as filhas de

famílias da alta nobreza e da grande burguesia, que imediatamente após o começo da guerra, em 1941, se haviam alistado no *front* para servirem como enfermeiras nos hospitais militares, sob a direção da enfermeira-chefe, a princesa Ghika. Como elas compartilharam o frio e a fome com os soldados do *front* e como se curvavam sobre cada soldado ferido com a mesma amabilidade e gentileza e lhe davam os primeiros socorros como a um oficial superior. Como ele se sentiu embaraçado, ele, um novíssimo jovem tenente, no hospital militar de Charkow, quando a princesa Caragea apareceu junto de sua cama! "Uma simpática e agradável enfermeira, como saída de uma revista." Ele recusara afastar o cobertor e mostrar a ferida, porque se envergonhava de que a arranhadura provocada pela bala fosse justamente naquele lugar... "*Maica Domnului*, Mãe de Deus, por onde se perdem essas pérfidas balas! No lugar mais secreto de minha masculinidade..."

No entanto, decidida, ainda que com uma delicadeza seletiva, com seus dedos mimosos, como se ela tocasse um noturno de Chopin num salão de Bucareste, e sem se ruborizar, sim, sorrindo marotamente como uma camponesa, ela o... – ele ficava mais e mais vermelho de vergonha –, com seus dedos maravilhosos...

Os ferrolhos ressoam. E ele se vai!

16

A sala de interrogatórios está submersa numa luz de néon. Todos os cantos iluminados. Três homens em trajes civis. Seus rostos de cera bafejam um tom lilás. Reina um silêncio sepulcral.

São três. Isso é novo. O capitão Gavriloiu toma assento à escrivaninha. Os outros ficam em pé. Um se apoia sobre o peitoril da janela, o segundo se encosta na parede. Eu me sento à mesinha, as mãos sobre o tampo da mesa. E sinto um pouco de vergonha: as unhas dos dedos malcuidadas, desbotadas. Eu tinha esquecido de roê-las. De modo que curvo os dedos. A claridade me causa dor. As cores são desfiguradas. Aperto os olhos. O capitão fala-me com brusquidão: "Abra os olhos! Olhe pra nós!" E começa com seus lamentos de costume: que eu lhes torno a vida amarga. Até Bucareste já sabia de minha insubordinação. "Diz de uma vez por todas a verdade! E não só voltará mais rápido para baixo e dormirá bastante, mas estará em liberdade anos antes. *In libertate!*" Os três levantam as mãos como se estivessem de acordo e as deixam cair gradualmente. Anos antes...

"Por outro lado, nós o temos nas mãos", disse o homem junto à janela com grades, "podemos esmagá-lo como um piolho. Nós sabemos tudo sobre você. Num instante o condenam à prisão perpétua." Pausa. "E mais, *mai mult*."

"*Foarte bine* [Muito bem]", lembro os senhores.

"Isso lhe agradaria bastante, sair desta sem grandes prejuízos", disse o homem na parede. Sobre ele resplandece o brasão da República Popular à ilusória luz de néon: envolta de uma coroa de espigas, que se tirava ao grisalho, um sol pardo, como se tivesse sido lavado com lixívia, se levanta sobre montanhas e vales de abetos. E, sobre seus raios, se balança uma estrela de cinco pontas, vermelha como sangue coagulado. No meio, ergue-se uma solitária sonda de óleo. Embaixo, contudo, corre rumoroso um rio de cor lilás. Um rio...

"Acabemos logo com isso. Para nós está tudo muito claro. Seu círculo de golpitas em Cluj é, como as provas demonstraram, uma organização clandestina disfarçada de associação progressista. O mais alto requinte: oficial e subversiva ao mesmo tempo. Além do mais, dirigida por estrangeiro: Enzio Puter. E você é o chefe do bando. Esta é apenas uma das muitas coisas das quais podemos incriminá-lo. Trezentos estudantes acusados de alta traição – o processo do século! O camarada Kruschev dançará o *gopak*, embriagado de alegria. Em compensação, o Adenauer de vocês perderá a vontade de cantar à tirolesa."

Antes que eu pudesse imaginar tudo aquilo, o dançante Kruschev no Kremlin e Adenauer vestido de tirolês, o homem de junto da janela gritou: "E agora levante-se e vire o rosto pra parede. As mãos na nuca! E aguce os ouvidos! Um pequeno aperitivo daquilo que o espera, *un aperitiv*."

Eu me levanto; o rosto voltado para a parede. Enquanto as minhas mãos, apoiadas na nuca, começam a tremer, noto como as calças escorregam pelas minhas pernas. Em seguida, a cueca. Estou emagrecendo. Tiraram-me o cordão da calça e o elástico.

Um outro agarra a palavra-chave: "*Aperitiv!* Teve a intenção de malograr uma ação do Estado e do Partido. Incitou e colocou em marcha todo o Liceu Alemão, aqui, algumas casas adiante, vale abaixo, quando se disse que se iria evacuar e neutralizar os burgueses de Stalinstadt. Foi há alguns meses, no mês de maio. Você se lembra." Isso é uma pergunta? Não. De modo que me calo. "Você foi o instigador."

"Eu? Uma única pessoa é muito pouco para tamanho empreendimento."

"Vai nos pagar por isso. Todos vocês serão castigados, pois são todos um bando de reacionários, *dela Liceul German*. Alunos e professores. Um erro que o Partido cometeu foi dar a autorização pra vocês terem uma escola de ensino secundário. Fizeram dela um ninho de conspiradores hitleristas: a *Honterusschule!*"

"Nossos professores não tiveram nada a ver com aqueles acontecimentos de maio. Eles são cidadãos leais da República Popular." Respondo com o rosto voltado para a parede, e espero que o capitão reaja, como de costume, com bofetadas. Mas nada acontece.

"Isso é o que você pensa. Mas o Partido se mostrou tolerante. Somente o diretor foi demitido. Como ele se chama?"

Posso afirmar que não o sei?

"Franz Killyen."

"E o que foi feito dele?"

"Virou diarista da construção civil", digo com repulsa.

"Escapou sem problemas. Mas agora pagaram a conta."

"Impedir uma ação do Estado, quem se atreveria a fazer algo assim? Nós, saxões, somos por hábito cidadãos leais, nos submetemos a qualquer autoridade. Assim tem sido desde que chegamos a este país. E hoje não é diferente. Incitar? Instigar? Não fiz mais do que pedir aos colegas de escola que ajudassem as famílias marcadas pelo destino", digo, enquanto me escapa pelo corpo a cueca.

"Destino, você diz perfidamente. Mas se refere a nós! Agora bem: cada uma das famílias de exploradores recebeu um vagão de gado para transportar seus trastes, com tanto espaço que se podia dançar a valsa lá dentro."

"As meninas foram para casa encaixotar as coisas; os rapazes, transportar os móveis. Impossível descrever a miséria, a confusão... Algumas das pessoas estavam como que paralisadas, outras não sabiam onde pôr as mãos. É possível alguém imaginar o que deve ser, em poucas horas, desfazer-se de todos os pertences acumulados durante gerações?", falo atropelando as palavras.

"É exatamente isso", interrompe-me um deles venenosamente, "o que o deixa frustrado: que os bens que vocês, os saxões exploradores, arrancaram da classe trabalhadora, geração após geração, sejam devolvidos ao justo poder desta. Propriedade privada é roubo, você sabe muito bem. Por isso os prazos tão curtos! Pois o Partido pensa em tudo e jamais comete erros: para que os acumuladores de bens alheios pudessem levar o mínimo possível e a maior parte que ficasse nas moradias fosse direto para as famílias dos trabalhadores, que se mudariam pra lá. Isso se chama, no marxismo, *exproprierea exproprietarilor*."

Sim, é assim que se chama isso no marxismo. No entanto, não foi assim. Enquanto nós, os jovens, deixávamos às pressas a residência de Alex von Boor com a última cômoda de madeira de roseira e colocávamos sobre o passeio, o relógio da torre da Igreja Negra batia seis horas da tarde. O prazo havia expirado! Os expropriadores dos expropriados lançaram-se sobre nós... O marido, a esposa, as crianças e, atrás, a sogra – de sandálias e com um lenço escuro sobre os ombros e a cabeça – atravessaram, desolados e furiosos, a residência completamente vazia. Cabisbaixos, sentaram-se sobre o parquete e choraram amargamente, enquanto a velha entoava uma elegia de lamentos. Em seguida, todos assoaram o nariz nos seus aventais. E partiram. Diante da porta, esperava a comissão do Estado com o lacre e velas acesas.

"Você foi o chefe do bando: organizou ações de ajuda e apoio."

Um, sozinho? Mas não o contradigo.

"Você montou um serviço telefônico na casa do doutor Scheeser, que tínhamos riscado da lista e que tinha de ter beijado o chão. Você arranjou que se preparasse comida na casa do arquiteto Deixler, a quem demos permissão para ficar. Com uma caldeira de campanha nas costas, foi de bicicleta por toda a cidade, repartindo comida pelas casas dos inimigos do povo. Todas elas, ações criminosas! Pactuar com o inimigo de classe é o mínimo que fez." A caldeira de latão quente na mochila... Sinto o ardor sobre a pele.

"Você organizou, na zona de manobra da estação de trem, uma guarda de proteção para que os estudantes vigiassem os vagões com os móveis." Somente eu? "Desse modo, ficaram os nossos trabalhadores sem os aparatos de casa. Você …"

De repente, um deles vem até onde estou; vira-me com um empurrão; é o meu capitão. "Cubra sua nudez, que faz aí em pé com o cu despido! Não tem um pingo de vergonha!" Quero agachar-me para subir as calças. Contudo, ele ordena: "Parado!" Grita-me aos ouvidos: "Você não tramou tudo isso sozinho! Quem são os outros? Fale, seu sem-vergonha! Nós sabemos de tudo! Porém queremos saber mais!"

"Foi tudo ideia minha." Falo com a parede. Não sem dignidade, ainda que também com o traseiro liso, digo: "Não pode haver maldade nisso tudo. Eu quis ajudar pessoas em suas aflições." Quero acrescentar: ainda se pode isso? Mas concluo simplesmente: "Ainda não ouvi em lugar algum que a ajuda esteja proibida na República Popular."

"Na República Popular, não. Mas aos inimigos de classe, sim."

"Vire-se!" Eles bocejam. Um contamina o outro. O homem que se encontra sob o brasão do Estado mantém a mão diante da boca. Eles fazem o sinal, batendo com as mãos, todos ao mesmo tempo, ainda que de maneira diferente.

Três soldados adentram impetuosos, agitando os óculos. O primeiro que chega, agarra-me. Permitem que eu suba as calças. Vou tateando, para baixo, em direção à minha cela.

* * *

O arquiteto Arnold Deixler, morador da Rochusgasse... Sua filha mais velha, Armgard, fora uma colega nossa de colégio. Ela havia nos convidado para o 2 de maio, à tarde: Annemarie Schönmund, Gunther Reissenfels e a mim. Faltava pouco para os três colarem grau. Além de nós, por sugestão de Annemarie, tinham vindo Achim Bierstock, Notger Nussbecker e Paula Mathäi: "Tá certo que eles são mais jovens, mas tão intelectualmente dotados quanto nós."

Também por sugestão sua, havíamos, os seis, lido a novela de Reinhold Conrad Muschler, *A Desconhecida*. Junto a porções de pão sueco, salgadinhos e chá de urtigas, discutiríamos seus aspectos literários. *L'inconnue de la Seine*... Haviam resgatado a jovem do rio Sena, com um sorriso transfigurado nos lábios. A foto da morta correra o mundo. Com Muschler, ela ganhou uma história, e até um nome: Madeleine Lavin. Cada um de nós, segundo Annemarie, tinha agora que imaginar uma história própria: "Configuração de vida a partir da morte."

Acomodamo-nos sob a pérgula envidraçada de inverno. Annemarie proclamou: "Preparei uma história que se ajusta melhor à realidade do que aquela de Muschler. Uma garota proveniente de um meio social assim não sucumbe a uma ou a duas seduções baratas de um hotel e de um lorde. Eu sei muito bem disso." Quem se atrevia a questionar se ela era a única de nós que tinha mais de vinte anos? Por causa da enfermidade de seus olhos, ela acumulara repetições nos estudos. Para a maioria de nossa turma, na qual ela havia-se perdido para o último ano, Annemarie permanecia sendo "um ser superior feito de espírito e ornamentos preciosos", como Gunther diagnosticara, "ainda que paradoxalmente dotada de um excitante corpo de mulher."

Ao redor da pérgula se enroscava um acanto desfolhado. As árvores frutíferas também se mantinham ocultas, ainda que com seus tensos botões em flor prontos para eclodir. Todos esperavam o primeiro sopro de ar cálido. No vale da montanha, abaixo do Zinne, a primavera chegava mais tarde. Em junho, ainda caía neve.

Paula estava atrasada. Notger observou: "Mathäi, a última. *Comme d'habitude.*" Era a única frase em francês que ele tinha aprendido.

"Pare com estas implicâncias contínuas!", admoestou-o Annemarie. "Você sabe muito bem, como colega de turma, como ela se esfalfa para ensinar o alemão às crianças romenas. A família dela praticamente depende destas aulas privadas para viver. Não tem pai!"

"Onde está o pai?", perguntou Gunther.

"Onde estão todos nossos pais quando eles já não mais são."

De repente, nos envolveu o calor; passou acariciando nossos pés.

"Vocês têm, então, um lavadouro no porão?", perguntou Gunther.

Sobre os penhascos de Salomo, além do Zinne, o sol de maio aquecia a atmosfera. O ar quente flutuava, através do desfiladeiro, vale abaixo, ramificando-se pelas travessas escarpadas, assentando-se sobre os jardins como um tapete de frisa. Saíamos para o ar livre; tirávamos o casaco de malha para com ele forrar os bancos do jardim, espreguiçávamo-nos neles e arregaçávamos as mangas da camisa. Branca como leite cintilava a pele; envergonhávamo-nos um pouco. Além disso, causava comichão. A chegada da primavera... Armgard desabotoou a blusa, fechou os olhos; recostou-se, murmurou: "A pobre Madeleine! Talvez ela tenha ido sim, naquela última noite, com o lorde para o quarto. Eu me alegraria por ela!" A manga direita resvalava do ombro; previa-se o formato de seus seios; eu percebia uma marca de nascença.

A tia da casa se aproximou a passos curtos. Uma tia como a que havia em toda boa família burguesa: solteirona e com uma formação clássica. Ela se chamava Melanie Julia Ingeborg Konst von Knobloch. Com cuidado, ela punha um pé diante do outro; o passeio tinha sido recentemente refeito. Sobre a cabeça se balançavam alguns rolos de cabelo; na mão, ela agitava um atiçador.

Tia Melanie morava na mansarda, rodeada de gatos aduladores com os quais ela falava em latim. Embora os gatos tivessem nomes de monjas, de A a Z, se multiplicavam a olho visto. A dama mitigava o cheiro de urina com incenso e zimbro ou com chás aromáticos.

Se sentávamos com ela, Armgard e eu, para praticar a antiga língua ou por alguma outra razão, acometia-nos uma embriaguez esquisita; então, o acre aroma ofuscava os sentidos. Muitas vezes, Armgard mantinha as tranças diante do nariz e filtrava com elas o ar. Os gatos deslizavam numa roda sem fim à nossa volta, esboçavam motivos de voluta e espirais; envolviam-nos em seus movimentos serpenteantes. A cabeça de Armgard caía pesada sobre o meu ombro, ou a escondia no meu regaço. Algumas vezes, refugiava as mãos nos bolsos de minha calça ou as cruzava sobre meus joelhos. Assim escutávamos, debaixo de paredes inclinadas, as histórias da tia.

As paredes de madeira eram atapetadas com fotografias de paisagens ao longo do meridiano: desde o arquipélago de Bismarck, no mar do Sul, até a terra de Francisco José, no mar do Norte. A tia não era só versada em geografia; conhecia igualmente bem as biografias da suprema Casa Austríaca. Uma imagem colorida enfeitava o único muro: o imperador Francisco José, trajando um uniforme de general; jogara-se chorando sobre o catafalco da esposa, enquanto os monges capuchinhos, assistindo a cena como anões de jardim, rezavam o rosário e aguardavam com devoção o momento de levarem o caixão.

Nos últimos anos, tia Melanie vinha aprofundando-se nos direitos humanos. "Todos os homens iguais... Justo e justíssimo que os comunistas tenham acabado com os lacaios. Assim não precisamos mais ter a consciência pesada. Aliás, somos sim, agora, todos iguais, a saber, todos iguais na pobreza e na miséria. Lembra-me o tempo da imigração. Para a primeira geração, a morte – isso já deixamos para trás; para a segunda geração, a miséria – nela estamos. Queira Deus suceda ainda em vida: para a terceira geração, o pão!"

Alguns anos antes, ela tentara cruzar em peregrinação a fronteira verde com a Iugoslávia, no meio do dia. Um guarda-sol vermelho devia servir de proteção e abrigo. "Vermelho... Na verdade, uma cor ordinária, mas o que não se faz para congraçar-se com os comunistas." Detiveram-na num campo de milho próximo de Hatzfeld/Jimbolia. À pergunta sobre onde estaria o passaporte, puxou ela pela *Declaração dos Direitos do Homem*, respondendo num romeno quebrado: "Todo ser humano, sobre a face da terra, tem o direito de escolher livremente onde residir."

"*Fii serioasă, doamnă!* – Fala sério, senhora!", revidou o tenente, enquanto lhe punha as algemas. À pergunta: "Aonde se encaminhava?", respondeu: "Para a terra de Francisco José. Aqui se torna muito calorento para mim."

Sexta-feira: sentávamo-nos com ela e bebíamos chá-verde numas xícaras com a imagem dos quatro monarcas que tinham perdido a Primeira Guerra

Mundial – três deles, também o trono. A tia começou um monólogo: "Pacífica e justa convivência dos povos! Nisso o Império Austríaco continua inigualável." E concluiu: "O que um republicano jamais compreenderá: a monarquia é a janela para o céu." Ela suspirou. "Essa janela os comunistas destroçaram quando expulsaram o nosso rei Miguel. Com esta falta, perderam a graça de Deus! Eles irão fracassar, mesmo com todo esse impulso para construir um mundo melhor. Deus não só faz resplandecer o Seu rosto, Ele também pode ocultá-lo." A senhora von Knobloch acariciava três gatos ao mesmo tempo, os quais disputavam entre si o lugar nas suas pernas.

Armgard escondia a cabeça no meu regaço: "Que bom! Tem um cheiro de couro e musgo." Eu acariciava a sua face, e sentia nos meus joelhos as cócegas suaves de suas tranças. Ela tomou a minha mão, conduziu-a sobre sua pele desnuda e disse: "Sinta, tenho aqui uma marca." Eu a senti.

"Agora vão! Bastam-me as vozes de outrora." E nós partimos. E não sabíamos mais quem éramos, e não sabíamos o que o nosso coração desejava. Na escada nos detivemos e nos beijamos. Mais tarde, lá fora, éramos iguais aos outros.

* * *

O cascalho rangia. A senhora Melanie apoiava-se numa pereira, respirando fundo: *"Salvete, iuventus!"* Os jovens levantavam num salto e gritavam: *"Salve, pia anima!"* O novato Notger balbuciava aparvalhado: *"Gummi arabicum!"* E eu tive um lapso: *"Ave, domina, morituri te salutant!"* Com isso, contudo, chegamos ao fim com o nosso latim. Achim disse resignado: "Salve Deus!" E Annemarie saudou comedida: "Bom dia."

Nós oferecemos nossas cadeiras à velha dama. Os mais jovens queriam apresentar-se. Ela fez um gesto contrário: "Guardem o próprio nome para vocês mesmos. Primeiro de tudo, não conseguirei retê-los, segundo, nesta época atormentada, é melhor não conhecer ninguém. *Nomen est omen*. O nome torna-se uma fatalidade."

Apoiando no atiçador, a tia voltou as costas para o sol: "Cuidado com o sol de primavera, com a insolação!" Ela abriu a blusa de seda, conduziu o atiçador ao longo da coluna vertebral e coçou-se. "O inverno foi muito longo. A pele está mais seca. Coça." Ela observou o livreto: "Ah, Muschler! O entusiasmo vai esmorecendo à medida em que se vai lendo."

Annemarie disse: "Estilo de vida ligado à morte."

"Ligado à morte? Então leiam as trágicas biografias dos membros da Casa de Áustria: o imperador Maximiliano do México, fuzilado; o príncipe herdeiro Rodolfo, morto por amor; a imperatriz Elisabeth, assassinada. Morte após morte! *Sic transit gloria mundi!* E cada um deles sabia disso desde a mais tenra infância. Agora, Muschler? Uma arte pretensiosa e, além do mais, de mau gosto."

Annemarie disse: "Justifique. Dê exemplos!"

"Exemplos? Numa de suas duas obras melosas, Bianca ou Diana, a amante de fim de semana desliza nua na cama do médico. Mas o que ela faz antes? Tira a roupa."

"Lógico!", constatou Annemarie.

"E esconde a sua roupa interior debaixo da saia e da blusa. E depois ainda dobra cuidadosamente estas duas pobres pecinhas de roupa. Ridículo!"

Fiz corajosamente minhas considerações: "Meu avô nos habituou a desde pequenos deixar nossas roupas devidamente dobradas antes de irmos para a cama. Poderia declarar-se um incêndio no meio da noite, e, então, tudo deveria estar à mão, pronto."

A tia não se deixava desconcertar: "Salientando incisivamente que amante nenhuma de fim de semana perde tempo colocando, com cuidado, suas roupas sobre a cadeira para depois…, como se lê." Ela sacudia a cabeça, seus bobes zuniam. "Se isso acontecesse comigo, que um homem de verdade, além do mais, um médico em pessoa…" Fez uma pausa. "Por minha alma, eu teria arrancado a roupa de cima, a de baixo e a interior e as lançado num raio bem longe de mim, e que toda esta roupa fosse parar no rio mais próximo e lá ficasse, para que não houvesse mais nenhuma depois!"

Pela porta da rua, entrou apressadamente um homem num casaco de inverno, uma pasta de documentos debaixo do braço; subiu o caminho do jardim, seguido por um miliciano de uniforme. Este tinha um revólver na cintura e luvas brancas de seda nas mãos; mastigava um pão com salame.

O homem vestido de civil nos disse "bom dia", deixando-se cair na cadeira que estava reservada para Paula. O miliciano deu uma volta pela casa, examinando todas as janelas do sótão. Sem se apresentar, o homem de casaco de inverno perguntou pelo camarada arquiteto. Armgard disse: "Vou chamar meu pai."

"Deixe", disse, e apontou com o dedo indicador para um bilhete azul que tinha diante de si com sete nomes: os pais, Armgard, seus quatro irmãos. "Todos estes moram aqui?"

"Aqui."

O homem estendeu uma caneta a Armgard e disse-lhe para assinar, após assegurar-se: "Sabe escrever, certo?" E disse: "Vocês têm até amanhã à tarde, às dezoito horas, para desocupar a casa e levar todas as suas coisas. A *Die Bahn* vai colocar à disposição de vocês um vagão de carga. Podem solicitar um caminhão junto à administração municipal."

Tia Melanie entrou na conversa: "Como, e eu não estou na lista?"

"Somente estes sete", respondeu o homem.

"Há vinte anos que eu esperava algo acontecer nesta casa e agora querem deixar-me aqui? Ponham-me na lista, imediatamente!"

"Isso eu não posso."

"Cum nu?" Ela era tão saxã como todos ali na casa.

Annemarie interveio: "Visto por um lado sociológico e psicológico, a *doamnă* tem razão. Ela pertence a esta casa."

"Quem é você para se meter na conversa?"

"A filha de uma trabalhadora *dela Fabrica Tractorul Roşu*."

"E os outros, o que eles procuram aqui? *Un club conspirativ?*"

"Claro que não", respondeu Annemarie. *"Colegi de clasă."*

"E o que traz vocês aqui?"

"Falamos sobre a morte de uma jovem."

"Ah!" Ele tirou o chapéu e fez o sinal da cruz. "Não se trata de algo contra os saxões. É a luta de classes. Diz respeito a todos os exploradores. Até os judeus, e as duas famílias armênias, estão no meio." O homem de casaco de inverno baixou o tom de voz. Mas não tirou o casaco.

"Ele tem uma pistola", sussurrou Gunther.

"Atamian e Cegherganian. Isso é tão simpático!", disse a tia Melanie a Armgard. "Tomara que arrastem eles para o mesmo povoado que nós. Então, não terei que recear pelos meus chás." E, dirigindo-se ao homem da caneta, disse:

"Luta de classes? *Foarte bine! Una nobilă sunt.* Ainda que não seja mais do que um pobre couro de toucinho – como se diz isso em romeno? –, permaneço, não obstante, uma nobre. E agora coloque o meu nome na lista."

"*Nu se poate*", defendeu-se o homem.

"Tem que poder!", ela enfiou o atiçador no ilhós do casaco do homem e sacudiu; sacudiu-o tanto que o chapéu caiu de sua cabeça. "Escreva! E todos os meus gatos também." E para nós: "Sem contar que não tenho *per toto* a menor vontade de encerrar a minha vida nesta casa entre *proletas* e canalhas. Para os meus gatos isso já seria uma baita impertinência. Eu também vou!"

Confuso, o homem escreveu o seu nome no papel azul, e deixou que lhe ditasse o nome dos gatos, de Annunziata até Zenobia. *"Alea iacta est!"*

"Afugente daqui essa bruxa maldita!", bufou o homem, e deixou que o miliciano lhe alcançasse o chapéu. A senhora ficou sentada.

Paula apareceu junto à porta do jardim. Já de longe, gritou com uma voz chorosa: "Acontece algo de grave na cidade. A família Vestemean, meus patrões, diante do prédio dos correios, acabam de…" Nós lhe fazemos sinais dissimulados. Ela entendeu. Passou por nós, entrando na casa. Armgard lhe incumbiu uma tarefa: "Chame meu pai. Não, melhor, a minha mãe."

O homem de casaco de inverno levantou a cabeça: *"Cine este?"*

Armgard respondeu: "Uma amiga. Ela vai chamar a minha mãe." A mãe veio, uma mulher de estatura mediana com olhos claros e movimentos calmos. Tinha o cabelo liso, penteado para atrás e um coque na nuca. Seu rosto estava vermelho de esquiar e passear nos bosques. Uma pitada de sardas recordavam seus tempos de juventude. Os dois emissários quiseram safar-se, mas a senhora Deixler os detêve: "Fiquem!", disse ela. "Gostariam de um chá? Urtigas frescas, bem saudáveis." Os senhores agradeceram; não queriam chá de urtigas. "Estamos com pressa." O homem de casaco suspirou.

"Justamente! É esta pressa que nos surpreende. O que acontece, por exemplo, se não conseguir ater-se ao prazo?"

Amanhã, exatamente às dezoito horas, a casa será lacrada e selada. "O que estiver dentro, dentro ficará." Mirou afetuoso o seu relógio. "Às dezoito horas! Isso são seis da tarde?" E acrescentou: "O relógio, bem novinho. Marca Moskwa, dezessete rubis."

"Para onde segue a viagem?" O homem hesitou. Não muito longe, para Rupea, aproximadamente setenta quilômetros de distância daqui. Lá haverá muitas possibilidades de trabalho e moradia. Os habitantes locais prefeririam trabalhos leves na cidade. "A colônia está ficando vazia. Enquanto nós morremos sufocados aqui, na nossa querida Stalinstadt." Ele pegou o chapéu; aventou-nos com ele, como se quisesse soprar-nos para longe.

"Que tipo de trabalho seria este, assim em tão grande abundância?"

O homem, agora, perdeu as estribeiras: "Nunca ouviu falar das famosas pedreiras de Rupea? O mais puro calcário. Branco como a inocência de uma virgem."

"Aha." Todos nós dissemos: "Aha."

A senhoria da casa ficou pensativa; fechou os olhos. A sua fisionomia, com uma ruga sobre a base do nariz, estava distante da máscara mortuária da desconhecida que ilustrava a capa do pequeno livro. Ninguém dizia uma palavra. Em algum momento, ela se sentou, pegou o pequeno livro nas mãos, apreciou a foto da morte sorridente e falou em nossa língua materna, mas sem prestar atenção aos dois estranhos, que se despediam: "Crianças, não conseguiremos. É humanamente impossível desocupar a casa para amanhã à tarde. Éramos, ainda, um jovem casal quando a construímos, antes de nascer a nossa Armgard."

"Com minha ajuda", interveio tia Melanie.

"Certamente, certamente! Nós lhe somos eternamente agradecidos. Como havia dito, já são mais de vinte anos que vivemos aqui. Os móveis desenhou o meu esposo, em parte ele mesmo os fez. Não servem para nenhum outro lugar. Não, nós faremos de outra forma. Armgard, reúna seus irmãos e acorde o seu pai. Em qualquer das hipóteses, a sesta chegou ao fim. Cada um arruma duas malas. Numa, colocam o que mais amam ou gostam. Na outra, o mais necessário. Assim estaremos prontos até o final da tarde e, desse modo, poderemos aguardar com calma o que venha a acontecer."

Acanhados e assustados, assistíamos a tudo sem saber bem o que fazer. Teria-nos agradado ir embora. Mas não nos sentiríamos bem se seguíssemos o próprio caminho com um simples "fiquem com Deus!"

A proposta de duas malas se mostrou quase irrealizável. Já era difícil constatar o que se considera imprescindível, e muito mais difícil era escolher todas as coisas queridas que se tinham de enfiar na segunda mala. Quer dizer, decidir com tristeza e hesitação o que se devia abandonar.

O filho mais novo, Arnulf, fez uns pequenos buracos para ventilação na mala de brinquedos. Logo enfiou duas tartarugas dentro; mudou, contudo, de opinião, e murmurou: "Vivem mais de cem anos! Portanto, as reencontrarei quando voltarmos." Decidiu-se, então, por um casal de coelhos, mas também os deixou sair e procurou agarrar os pombos, que, desta vez, não se aproximaram para comer em sua mão.

O irmão maior, Horst, arrastou dois volumes limpos e encadernados do *Olympia-Zeitung*, editados em Berlin, em 1936, que o pai lhe tomou sem dizer nada. Ele tampouco disse uma palavra.

A irmã menor de Armgard, Gerhild, foi quem primeiro ficou pronta: colocou a caixa de seu violino na escada da casa. Depois, seguiu para o balanço que pendia da nogueira e balançou-se cantando canções infantis. A cada impulso para a frente, a saia descobria suas pernas até bem acima dos joelhos.

Armgard retirou da estante os seus livros de elfos e duendes, que a sua mãe também tinha lido, e juntou a eles as fábulas de Ida Bohatta. Enfiou uma boneca com as articulações desconjuntadas junto com uma caminha num canto da mala. Sob o cobertor da boneca, escondeu o seu diário encadernado em marroquim, que a tia Melanie lhe havia presenteado por ocasião de sua confirmação de batismo. E, em cima, ela não pôs nada parecido com *A Desconhecida*, mas um livro de Anna Seghers: *O Passeio da Jovem Morta*. Fechou a mala com raiva e empurrou com um pé todas as demais coisas, entre estas, o estojo de joias, cuja tampa se abriu. O conteúdo do estojo saltou por todos os cantos. "Não preciso mais disso!" Abraçou o relógio de pé alto que soava suavemente. O pêndulo ficou parado. Ela sussurrou: "Aqui eu me escondia quando eu era uma garotinha."

Annemarie disse: "Em situações limites a alma se protege refugiando-se na infância. Regressão. Segundo Pavlov, a vida é uma sucessão de reflexos superiores encadeados, que vão e vêm. Vocês irão repeti-los novamente, e tudo estará em ordem!"

No quarto das crianças, escondida atrás do bastidor do teatro de marionetes, encontrei a criança menor, Magdalena, nascida depois da guerra e da deportação. A pequena estava sentada em sua cadeirinha de vime, com a maleta vazia aberta ao lado e as mãos sobre os joelhos, também vazias. Lágrimas rolavam por sua face e ela as recolhia com a língua. Eu não me atrevi a consolá-la. Pelo contrário, via a minha irmãzinha diante de mim: como ela, naquela noite chuvosa de novembro, anos atrás, tirou da lama a sua casa de bonecas, depois que haviam transportado o piano através da janela da casa e o silêncio havia voltado à travessa no meio da noite.

Todos concordaram: levariam os esquis – estavam inclinados na parede da casa, desde o maior até o menor. Ao lado, de pé como colunas desbotadas, os tapetes turcos.

Achim Bierstock plantou-se diante da mãe de Armgard, que descansava numa poltrona; suas malas, à direita e à esquerda, estavam prontas e fechadas para viagem. Ninguém sabia o que continha a segunda. Numa outra poltrona tomara assento o dono da casa. O senhor Deixler já havia calçado as botas de escalada; parecia preparado para uma longa caminhada. Pesadas pálpebras cobriam seus olhos até deixar somente uma frincha. Ele olhava de maneira oblíqua para cima, olhava distante através das paredes de sua casa. Não dizia uma palavra. Nem uma palavra dizia. Numa terceira poltrona, perdia-se a tia.

Achim inclinou-se: "Minha senhora", disse ele, "aqui está acontecendo uma injustiça, como vejo, mas sem indignação, como posso constatar. A primeira e a terceira frase procedem de Bertolt Brecht. Eu penso que não se deve desanimar antes do tempo. Porque depois se precisa de certo subterfúgio para recuperar o ânimo. Isso de subterfúgio é de Eugen Roth. Minha avó aconselhava: a ciência é serva da experiência! E: devagar se vai longe. De modo que vamos experimentar, mas sem pressa." Voltou-se à senhora von Knobloch: "Permita-me, respeitosa senhora!"

"Com muito prazer", replicou ela, sem se levantar. "Já podem levar-me." Achim e Gunther agarraram o sofá e o trouxeram para fora juntamente com a tia. Lá a colocaram debaixo da nogueira. De volta outra vez, disse Achim à senhora Deixler: "Se a madame desejar, trago de volta a peça, com ou sem a senhora Konst von Knobloch." O que a senhora Deixler desejava não se pôde descobrir. Ela silenciou.

Antes do fim da tarde, havíamos levado uma grande parte dos móveis para o jardim e os deixado prontos para o transporte. Devagar seguia o embrulhar dos utensílios domésticos, havia mil coisas por fazer. "As garotas têm de ajudar aqui", decidia Annemarie Schönmund. "Vocês, rapazes, só servem agora para ficar quietinhos olhando."

Nesse ínterim, chegara à casa a notícia de que efetivamente se tratava de uma massiva ação antiburguesa que percorria toda a cidade, afetando todos os grupos. De nossa classe, a oitava no colégio, apanharam sete rapazes e garotas, entre eles, Veronika Flechter, de uma família judia.

À noite, montamos guarda no jardim. Armgard se juntou a nós. Antes de irmos descansar, Magdalena havia trazido um saco e esvaziado-o sob a luz do pátio: saltaram para fora excêntricos adornos para a cabeça da última festa de máscaras e das épocas e guerras passadas.

"Maravilhoso", disse Armgard. "Irmãos, vamos nos divertir um pouco. O mais belo é sempre o momento. Sabem a razão?" Não o sabíamos, mas pressentíamos. Ela anunciou: "Máscaras à cabeça!" E tapou a cabeça de cada um com um chapéu, segundo uma escolha pessoal. "Além disso, assim estarão aquecidos para a noite."

Achim recebeu o fez turco de seu avô: "Você, agora, é um divã ocidental ambulante." Notger, um capacete austríaco de 1866: "Para quando perder a cabeça ou cair de bruço, ao inclinar-se numa cerimônia." Para mim, pensara num barrete: "Talvez você se torne um bispo!" Em Gunther, ela pôs um chapéu florentino: "Parece uma autêntica dama do *anno* de outrora." Sem se explicar, ficou com o gorro judeu. E, sem dizer uma palavra, enfiou na cabeça de Annemarie um chapéu de bobo da corte, com guizos que se entrechocavam.

Mal se sentara Armgard sobre uma das almofadas orientais, que nos deviam servir de leito naquela noite na pérgula, inclinou-se para o lado e caiu dormindo; dormiu sobre um prado de cor vermelho sangue entre abanadores de palmas e arabescos. Com cuidado, cobrimos o seu corpo com o pesado tapete. Ela seguiu cochilando com o gorro judeu sobre a cabeça e um ursinho de pelúcia apertado contra a blusa de seu traje saxão.

Logo nos enrolávamos uns aos outros com os tapetes, cujo tecido se ajustava macio ao corpo. "Como múmias com máscaras esquisitas", constatou Gunther, e nos fez uma palestra sobre o embalsamamento e conservação de cadáveres. "O corpo humano é constituído praticamente por orifícios e buracos, através dos quais se eliminam as secreções. A mulher, porém, tem um orifício a mais do que o homem normal."

"Como assim?", perguntou Annemarie, levantando a cabeça; os guizos soaram suavemente.

"É a vagina."

"Essa agora!", disse ela. "Muito interessante. Até o nascimento é uma secreção?"

No entanto, nossos pensamentos adejaram para longe; giravam em torno de um único ponto. Achim declamava: "Nobre é o homem prestativo e compassivo. Goethe. Mas: que fazer? Lênin."

"Não pode enxugar todas as lágrimas, enxugue uma", eu disse, e lembrei-me de uma imagem da casa de minha avó: uma dançarina mantinha com as duas mãos levantadas uma concha, de onde gotejava uma lágrima, enquanto aos seus pés corria livremente um regato de lágrimas.

"Tolices! Isso não passa de um artifício burguês", disse Annemarie.

"Como você imagina este artifício burguês?"

"Não imagino. Na segunda metade deste século a divisa é: todas as lágrimas hão de ser enxugadas. Reflita sobre isso. Para isso, vocês são jovens. Eu, contudo, quero dormir para não ter mais de pensar tanto. A propósito, vocês perceberam: desmorona a ordem, os homens caem juntos. O perigo ameaça? Este é o grande momento das mulheres. A mãe de Armgard, a tia... Grandiosas! Mas talvez haja atitudes sem consistência."

Ela se deitou no chão. E logo adormeceu.

"No Juízo Final, Deus o fará com as próprias mãos", disse Notger, sacudindo o seu exótico saco de dormir. O capacete austríaco caiu da cabeça e resvalou, fazendo barulho ao longo do caminho do jardim.

"O quê?", perguntei.

"Enxugar as lágrimas."

"Não podemos esperar até este dia", disse Gunther. "Colocamos hoje em prática: rapazes para mover os móveis, garotas para empacotar as coisas. Há muitas mãos. Assim, todos são ajudados. É preciso apenas se organizar."

"Devia-se estabelecer, em algum lugar, uma central para supervisionar e dirigir tudo", eu disse. "Uma espécie de serviço de despachos."

Notger advertiu: "Evitemos dar nomes àquilo que fazemos. Nomes são mais perigosos do que fatos."

Quando o último começou a roncar, livrei-me de meu tapete; olhei de soslaio para a Annemarie – ela dormia profundamente, não tinha olhos para mim, raramente se ouvia o soar dos guizos – e me aproximei do leito de Armgard.

O gorro judeu havia resvalado da cabeça. Eu a beijei no lóbulo das orelhas, que estavam frias. Depois, pus-lhe o barrete de bispo sobre as orelhas. Ela não emitiu nenhum som.

Na vizinhança, um porco era abatido no meio da noite. Ainda que tivessem atado a sua boca, seus estertores despertaram as gralhas que dormiam nas árvores. Enquanto as estrelas tremiam de frio no éter celestial, e o hálito de nossos lábios congelava depois da meia-noite, seguíamos dormindo até o amanhecer do dia.

Pela manhã, nos dispersamos: cada um assumira, na organização, aquilo em que se daria melhor.

Annemarie queria intervir a favor dos injustamente tratados: "Os nossos devem ficar ao lado dos perdedores. Minha mãe é uma trabalhadora. Eu tenho de ser levada a sério no Partido."

Notger apressou-se a ir à Zwirnwurstgasse buscar Marco Soterius: queria conjurar o espírito universal junto com ele, que agitaria e balançaria o pêndulo e protegeria esta empreitada das irradiações das potências telúricas.

Achim e Gunther tentariam ganhar adeptos na Escola Superior de Comércio da Alemanha para uma ação de ajuda.

Eu fui de classe em classe nas turmas superiores, da quinta em diante, e descrevi o que eu presenciara na tarde anterior e nesta noite com os meus próprios olhos. Logrou-se reunir, já no lugar, grupos móveis de moças e rapazes. Na sala do reitor, instalou-se uma central telefônica. As garotas dispensadas da ginástica e os rapazes demasiado gordos se dividiriam em turnos. Quem precisava de ajuda, chamava: imediatamente quatro jovens deveriam chegar para carregar, o caminhão já estava no pátio! E, por favor, de manhã bem cedo, garotas para ajudar com o empacotamento. Acabou de chegar a carta azul! Os grupos de ajuda que estavam livres também se apresentavam ali.

Não houve aulas durante três dias. As salas de aula permaneceram órfãs de alunos. Em consequência disso, o nosso reitor, Franz von Killyen, foi transferido para uma fábrica de concreto. Nós, contudo, agíamos: em cada classe selecionavam-se alguns alunos, a cada dia diferentes, que assistiriam às aulas dormindo. Os professores faziam vista grossa.

A central telefônica transferimos para a casa do doutor Scheeser. Médicos e engenheiros foram riscados da lista negra no derradeiro momento; podiam ficar na cidade. A jovem República havia percebido que não se podia prescindir, por enquanto, desta força de trabalho especializada. No caso dos Deixlers, trouxemos os móveis de volta para a casa, já na terça-feira mesmo. Parecia que haviam encolhido. Então, o banco de quina, feito sob medida, já não cabia mais no seu antigo canto. A senhora von Knobloch já não recebia mais ninguém. *"De profundis"*, ressoava surdamente das regiões superiores. Armgard e eu nos encontrávamos como se fôssemos pessoas quaisquer.

Theobald Wortmann, meu vizinho de carteira, raras vezes se deixou ver naqueles intranquilos dias de maio. Só parou uma vez na casa dos Deixlers; levou um tapete nos ombros casa adentro. E, além disso, teceu comentários sobre a modificação, em direção ao vermelho, presente no espectro de luz: "Quanto mais distante se move um observador do comunismo real, mais vermelho brilha a sua consciência. Pense nos comunistas de salão de Paris." Depois ele desapareceu da cidade. "Sou filho de pastor: ainda que eu possa ver e bisbilhotar por toda parte, tenho que ficar a distância de tudo. É certo que Deus está em toda parte, mas também acima de tudo. Quando se precisa dEle, Ele nunca está no lugar adequado. E meu pai, ainda que agite a bandeira vermelha, não me protegerá."

Com Armgard, ele já tinha ido da quinta até a oitava série, tenaz e impassível: "Uma vez que se é confirmado, tem que ser assim: já se guardam as recordações apropriadas do tempo de escola. Quando você se torna um homem e já não consegue mais se segurar, procuram-se velhas viúvas ou estudantes romenas. As viúvas conhecem bem o negócio; para as romenas é uma questão de honra e regozijo ao mesmo tempo. Assim, protegemos nossas próprias garotas e entramos no estado de matrimônio como homens experientes."

Ele era um teórico deslumbrante.

Duas semanas e meia durou a operação, até que a cidade ficasse limpa dos exploradores. Dia e noite circulávamos pelas ruas e travessas, rapazes com bermudas e meias até o joelho, garotas com uniformes de trabalho; todos carregados de cestas e caixas, malas nos ombros, arrastando atrás de si velhas carroças. Estávamos nos lugares onde havia necessidade. Chamávamo-nos de tártaros das ratazanas, vândalos de móveis, cavaleiros dos pianos.

Nem tudo o que tirávamos das casas colocávamos nos caminhões; algumas coisas iam nos vagões de gado: o tabernáculo de Maria-Theresia, alto como uma torre, os cofrezinhos prediletos de Trumeau, os espelhos barrocos com armações de ouro, que quebravam durante as manobras dos vagões. Montanhas de Lutero e Honterus de gesso. E cestas cheias de Bíblias e cruzes. Sacos com Goethe, Schiller e botas de esqui. E malas cheias de calças tirolesas e suspensórios bordados. Caixas com conservas de carne ainda dos efetivos da Wehrmacht. Penicos, urinóis e talheres de prata. Porquinhos-da-índia e canários transtornados. Das adegas, tirávamos garrafas de champanha da marca Mott, de 1911, e vinhos de antes da Primeira Guerra Mundial. Andávamos pelos andares das casas; descobríamos banheiros de quarto atapetados de veludo, aparelhos sanitários de porcelana de Villeroy-Boch e tranças de cabelo centenárias com laços de seda.

Assim, embarcávamos os utensílios de uma casa após outra. E acompanhávamos as silenciosas pessoas para seus domicílios forçados. Algures, onde se assentariam durante anos em cabanas e barracas e ganhariam o pão em fábricas de tijolos e pedreiras. Como ardia nosso coração!

17

Espero, com os sentidos voltados para o silencioso corredor. Reúno o tempo, traço após traço, hora após hora.

O caçador, meu colega de cela, sofre porque me calo. Faço referência, com poucas palavras, à ação do dia 2 de maio e dos dias seguintes. Agora ele volta a falar. Não importa o que eu mencione, ele sempre tem uma história própria a respeito. "Sobre a evacuação dos burgueses de Stalinstadt só posso dizer uma coisa: em Mediasch não nos aconteceu nada parecido, infelizmente. Pois, de outro modo, também a minha família teria recebido a residência de um saxão. E por muito que se tenha depenado a vocês, saxões, notem que continuam sendo, até hoje, os mais bem situados entre nós. Mas o futuro nos pertence. Eu ainda vou pegar o peixinho dourado! Aliás, esqueceu de mencionar que todos aqueles que foram deslocados puderam regressar para suas cidades ao cabo de um certo tempo."

"Mas não às suas residências, que estavam ocupadas. Tinham que se instalar em garagens, lavanderias e nos porões."

"Tal como agora vivo! Não desejo isso a nenhum dos burgueses de vocês. Nada do que aconteceu lá é digno de um homem, que dirá de um proletário."

Tudo era difícil no minúsculo quarto que a Repartição de Habitação destinara à família do caçador e cuja porta dava diretamente para o pátio. Faltava espaço de dia e de noite. Ao lado do fogão da cozinha, o sofá-cama, onde o marido e sua esposa passavam a noite com extremo cuidado: no compartimento de roupa de cama estavam guardadas as suas três espingardas de caça com a munição. Também se guardavam ali, protegidas de traças, as poucas peças de roupas que não se usavam na estação do ano em que se estava, e potes de conservas, que fermentavam na escuridão. Sobre o sofá-cama, ficava a roupa de cama, dobrada. Aos seus pés, dormia a filha maior. A pequena repousava numa cesta de vime larga, que pairava sobre o fogão. Mais tarde, a maior se mudou para a cesta de roupa que havia debaixo da mesa; a outra, acomodou-se aos pés de seus pais. Armário eles não tinham nenhum. As poucas peças de roupa pendiam no nicho da porta que dava para o quarto do vizinho. As prateleiras inferiores do nicho serviam como despensa. O resto do espaço era preenchido por uma mesa e quatro cadeiras dobráveis. Da parede, pendia uma estante com a louça. A Mãe de Deus com o Menino estava pregada ao lado.

"E então a *viața sexuală!* Tá me escutando?", pergunta o caçador.

"*Aude*", digo. "Estante com a louça, Mãe de Deus, *viața sexuală*." Ele tinha de fazer com a sua mulher, o que era um tormento, em plena luz do dia, sobre o chão do quarto, deitados sobre a pele de um javali. Para ganhar espaço para os jogos do amor, tinham de encostar a mesa à porta, para grande regozijo de todos os vizinhos, que gritavam: "E já está de novo dando uma na mulher! Que cara mais louco!" Mas não era nenhum autêntico prazer, como ele admitia aflito. A mulher não conseguia estimar a sua capacidade artística. Enquanto ele se esforçava em satisfazê-la sobre a hirsuta pele de javali, ela se entretinha em contar os pontinhos de merda que as moscas faziam no teto baixo do quarto, e admoestava: "Não vai esquecer do mata-moscas!" Ou então se queixava de que o preço da manteiga havia subido.

"Assim são as saxãs", lamentava-se. "Inertes na cama e mal-agradecidas."

O caçador se encontrava no seu estado de contador de histórias. Perdeu a virgindade com dezesseis anos. Desde então, tem sido desejado por mulheres de várias línguas; uma vez, até por uma russa com a espingarda em riste. Isso aconteceu num fim de tarde, no quartel general soviético de Mediasch, onde lhe pediram, no dia 7 de novembro, que levasse uma lebre do campo para o comandante, em honra da Grande Revolução Socialista de Outubro.

Primeiro, a mulher soldado, oficial de serviço e coberta com um estrépito de medalhas e condecorações, arrancou das mãos do perplexo homem a lebre morta. Então, logo em seguida, lhe arrancou a roupa do corpo. Ela se desfazia das peças de seu uniforme como se fossem granadas de mão. Na mesma hora ficou completamente nua, pois não trazia nenhuma roupa interior. Com uns peitos enormes de pesado e um ventre cabeludo de pelos crespos, avançou sobre o rapaz e o empurrou, com o seu corpo colossal, para um quarto. Entusiasmada por sua fisionomia juvenil, ela gemia: "*Moi rumanskii geroi!*" Meu herói romeno!

De pé, ela agarrou o rapaz por debaixo das coxas; fê-lo cair sobre a banqueta do piano, movimentado-o para a frente e para trás, de modo que ele ficou surdo e cego. A tempestuosa mulher grudou-se nele com o seu imenso corpo, girando com ele sobre o assento do piano como num carrossel. Ela se curvava para trás, seus cotovelos caíam sobre as teclas. O piano guinchava. Não deixava de aguilhoar o seu parceiro com a pistola, mais uma vez, e mais uma vez, e sem parar. E ameaçava estourar-lhe os órgãos genitais se a sua luxúria se esgotasse.

Cega de desejo e relinchando de prazer, a mulher com a arma tropeçou no suporte do mapa e aterrisou de pança e tudo no chão. Sobre seu largo traseiro se abriu e pousou o mapa do império soviético. O gigantesco império engoliu-a de uma vez. A queda do império soviético foi para o jovem caçador o momento salvador: safou-se. Suas roupas ficaram ali largadas. Mas a lebre ele teve tempo de agarrar pelas orelhas. Com o traseiro gelado e as ancas desgarradas, passou a todo vapor pelo posto de guarda, que já não reconhecia neste herói desnudo o convidado de antes – nem sequer pela lebre, que o caçador segurava abaixo das narinas como se fosse um passe de acesso. Apesar dos gritos de *"Stoj! Stoj!"*, o fugitivo buscou a distância, correndo em zigue-zague das balas que sibilavam ao seu redor. "Que grande dia, aquele!" Nunca mais lhe cruzou no caminho uma mulher desse calibre.

* * *

Eles vêm buscar-me novamente. Pouco depois do jantar, muito, muito cedo. Eu nem tinha acabado de engolir o último bocado de couve grudento e a porta já se abria; tive de subir as escadas rápido como um raio.

Meu capitão e dois outros aguardam por mim. Seus rostos trazem um brilho lilás e encerado – à luz de néon. Se são os mesmos da última vez, não sou capaz de dizer. Os rostos? Têm algo em si que chama a atenção, que os diferencia? Bigodes, coroas de ouro nos dentes, sobrancelhas pintadas, uma verruga? Ou o cansaço em torno dos olhos, os bocejos incontroláveis, um arroto humano? Não vejo.

Enquanto tenho de pôr-me novamente em pé, as calças escorregam ao chão pelas minhas pernas. Em algum momento, dizem-me: "Sente-se. Deixe as calças aí onde estão. Você se refrescará com a gente." Eu as deixo onde estão. "Por que este cheiro de antimofo?" Os senhores torcem o nariz. Eu silencio. Tínhamos sido desinfetados com pó de naftalina. Da cabeça aos pés. E com especial veemência entre o ânus e os órgãos genitais. Contra percevejos.

Ainda estou tentando proteger-me contra a forte luz quando eles começam o bombardeio: "Quem lhe disse que o círculo dos Nobres Saxões em torno do senhor Töpfner quer se armar? Armar-se para atacar estrategicamente, em caso de necessidade, os alvos importantes de Stalinstadt? Levante a cabeça! Olhe pra gente!"

"Ninguém", respondo, "ninguém. Essa é a primeira vez que ouço aqui essa história absurda. O *domnule maior*, dos meus primeiros dias aqui, me deu pra ler uns apontamentos de um certo Folkmar, o qual, aliás, eu nunca vi. Neles há algo similar."

"Levante a vista, olhe pra gente! Quem lhe disse, disse sob o selo do silêncio, ao pé do ouvido, como prezam os conspiradores? Isso é o que queremos escutar." Todos os três gritam-me esganiçando-se. Eu não sei a quem olhar; dois estão em pé, afastados um do outro, o *căpitan* Gavriloiu está sentado à escrivaninha.

"Nós sabemos quem, sabemos onde, sabemos tudo. Trata-se de você. Hoje, à noite, bate a hora da verdade." Eles se aproximam e golpeiam a minha mesinha com o punho: "A hora da verdade!" Eu me inclino para trás, bato com a nuca na parede. "Agora chega! Permitimos que você nos conduzisse pelo nariz durante quatro meses. Nossa paciência acabou."

Fala um, fala o outro, falam os três.

Cubro o rosto, mas eles afastam as minhas mãos. Um deles grita: "Em pé! Levante! A cara pra parede! Mãos na nuca." Eu mal sigo o *stacatto* das ordens.

O outro acha por bem dizer: "Quando você se for daqui, será um novo homem. Isso é o que quer, não é mesmo? Ser um homem do regime, escrito e lavado. Um tipo como você só tem que aprender uma coisa: a lidar sem piedade tanto consigo mesmo como com os outros."

O primeiro assume o lugar do outro: "Mas você, hein? Qual é a sua atitude? Esconde as manobras criminosas desses tipos obscuros. Um verdadeiro lutador pela causa do povo não conhece o pai e nem a mãe, nem a mulher, nem o amigo. O amigo de hoje é o inimigo de amanhã; o camarada ao seu lado, um solapado traidor. Por amor ao Partido, um camarada deve asfixiar qualquer forma de sentimentalismo que lateja em seu interior e colocar-se em prontidão, caso a necessidade exija, para aniquilar até aquele que lhe é mais próximo."

E eles vão alternando-se: "Até para um tipo como você há um lugar em nosso mundo novo. Pode tornar-se o líder dos saxões! Se você não mentiu, conhece o romance *Peter I*." Eu tinha presenteado a minha irmã com um exemplar por ocasião de sua confirmação de batismo. "Escrito por Alexei Tolstói, um verdadeiro conde. Ele rompe com seu passado negro e torna-se um escritor socialista. Você estava no caminho certo. Mas aqui o sentimento pequeno-burguês da compaixão tomou conta de você. Quem não está conosco, está contra nós. Uma coisa ou outra!" Eles têm razão. Como têm razão! Desde que estou aqui, tenho a consciência pesada, um sentimento de culpa, sempre que os enfrento. Eu estava no caminho certo. A mentalidade pequeno-burguesa deixou-me brando e sensível.

Um deles baixa a voz; aproxima-se de mim no canto e sussurra por trás: "Eu li num livro que um herói soviético jogou as cinzas de sua mãe no aparelho sanitário e deu descarga, porque em vida ela tinha se relacionado com um adepto do Exército Branco. Estes sim são os verdadeiros comunistas!"

Estes sim são os verdadeiros comunistas... Mas receio as suas palavras. Eles expressam tudo tão às claras.

"De joelhos! De pé! Pra baixo! Pra cima! E agora olhe para os nossos olhos como um homem honrado." Obedeço: ajoelho-me, levanto-me. Mas não olho em seus olhos como um homem honrado.

"Foi num trem noturno: *Acceleratul Cluj – Orașul Stalin*. Estava no corredor, você e a outra pessoa. Como se joga conversa fora quando a noite é longa! Vocês, os saxões, formam realmente uma família bem peculiar, abalofada e porosa como uma esponja, uma associação de comadres, uma guirlanda de fofoqueiras."

O segundo apanha a ideia: "Com uma franqueza cínica formam uma gangue de conspiradores. Isso é o que eu chamo de um truque genial: Nós? Nós não temos nada que esconder! Para gente como vocês o camarada Stálin dava logo um rápido despacho. Num instante e os alemães do Volga foram dispersados por toda a Sibéria. A sorte de vocês agora é que o grande camarada está morto."

O próximo diz: "Nem sequer os Nobres Saxões...", ele dobra a língua, pois tem dificuldade para pronunciar a palavra, "nem sequer os Nobres Saxões do círculo secreto em torno de Töpfner conseguiram manter a boca fechada."

O outro apressa-se em concluir: "Onde e quando escutou pela primeira vez o nome 'Nobres Saxões'?"

"Aqui", escapa-me. "Pela primeira e última vez."

"Onde aqui, seu descarado? Lá embaixo na latrina? Na sala do clube? Ou enquanto tomavam café no quarto? Aqui entre nós é como estar numa pensão."

"Da boca do senhor major."

"Ele distorce tudo de novo", interveio o capitão. "O camarada major deixou ele ler os diários do círculo de Töpfner. É de lá que vem o nome."

Os três fazem um barulho danado: "E agora solte a língua, fale! Quem foi? Puxe da memória! Caso contrário, colocaremos uma corda no seu pescoço." Eles me apressam: *"Repede, repede!"* Ajudam-me um pouco: "É uma pessoa próxima de você."

Eu me esforço, emprego todas as minhas energias, quebro a cabeça, torno-me tenso, como se fosse um soldadinho de chumbo. São meados de abril. Lá fora já deve ser a primavera. Mas na cela não a percebemos. E durante os interrogatórios noturnos, o vasto campo atrás da janela permanece na escuridão.

E continua o crepitar de suas palavras: "Você sabe! No trem! Final de novembro de 1956, depois que aniquilamos a contrarrevolução na Hungria. Você sabe muito bem. Mas não quer dizer."

Assim é. Eu sei. E sei faz tempo o que sei. No entanto, as intenções me pareciam tão loucas que as esqueci: os jovens saxões deveriam aprender a dirigir – isso é o que se havia ponderado no círculo de Töpfner – para, no caso de uma baixa, poderem conduzir tanques de guerra. O recomendado era que se entrasse nos clubes de tiro das associações esportivas para enfrentar o regime com armas na mão; pensou-se em como se podia obter material explosivo para levar pelos ares o complexo industrial Rote Fahne. Eu soube disso por alguém. No trem. Mas repreendi o rapaz, fechando-lhe a boca. Ou tinha sido uma garota? "Me deixem fora do jogo, não quero ouvir nem uma palavra acerca de uma coisa tão extrema", havia dito, rejeitando o absurdo.

Digo em voz alta: "Não me lembro."

Um dos oficiais se aproxima de mim. Até ali nenhum tinha-me tocado. Ele ordena: "Sentado! De pé! Sentado novamente! Cara virada pra parede! Mãos na nuca! Nenhum movimento." Enquanto obedeço mecanicamente, caio no meio de uma reflexão confusa: quem foi mesmo? O tremor na nuca se expande, desce ao longo da coluna vertebral. Minhas calças anelam-se nos meus tornozelos. A vergonha traz-me lágrimas aos olhos. Com as mãos na nuca sou obrigado a deixá-las resvalarem pelo meu rosto. O andamento torna-se mais duro, o tom, mais histérico: "Quem foi? Não fala? *Acceleratul de noapte*" – o trem expresso noturno. Acuam-me.

No trem expresso... Diante dos meus olhos, a imagem adquire contornos. Estamos no corredor, apoiados numa janela que se abre para um tempo úmido e frio. Quem era, porém, que estava ao meu lado? Quem, quem, quem? "Eu não sei", digo com perplexidade. Estava a ponto de suplicar: ajudem-me!

"Sente-se! Em pé! Sentado! Não se mova! Deixe as calças onde estão. Nós vamos arrancar o nome do teu cu, dos seus ovos, se a sua cabeça não cooperar." Eu mal me sento e um deles grita: "Em pé, cachorro estúpido e preguiçoso! Mãos na nuca!"

De repente, instala-se o silêncio às minhas costas. Nenhum som, nenhum ruído. Mas agora voltam a cair sobre mim! Suores frios se acumulam nas minhas axilas, escorrem vagarosamente ao longo da pele até os rins; provocam repulsivas cócegas. A parede diante de mim se extingue.

Uma mão me sacode brutalmente: "Aqui não tem espaço para preguiçosos!" Abro os olhos. Enrolo-me em confusões, no meu canto, meio desnudo. "Sente-se sobre seu traseiro! Temos que chegar ao fim com isso. Quem foi?"

Quem foi? Quem me sussurrou aquilo no trem, há cerca de um ano e meio, no final do outono, quando o levante húngaro chegara ao fim? Entre nós, na Romênia, ninguém se atrevia a dizer uma palavra em voz alta. Somente se sussurrava.

E é agora, somente agora que vejo as feições daquela figura sombria no trem.

Antes que aquele ser ao meu lado começasse a sussurrar, espreitamos se o oficial de artilharia, que fumava, alguns passos mais adiante, na janela do corredor, não aguçara os seus ouvidos. Uma mulher passou por nós com alguns passos claudicantes; tateava em direção ao banheiro e seus brincos repicavam. Seu corpo estava tão abalofado de porcarias que nos pressionou de encontro à parede, ainda que contraíssemos a barriga. Isso acontecera em Blasendorf. Quando ela voltou, o trem passava a toda velocidade por Schäßburg. Parecia que ela vinha a dezenas de quilômetros de distância para um lugar tranquilo, pois estava visivelmente aliviada – a sua saia de lã apenas nos roçou.

Os três homens cercam a minha mesinha: "Cante! Cante! *Vorbeşte, vorbeşte!*" Eu me retorço, arranho a minha memória até deixá-la ferida – a fantasmagórica pessoa do trem permanece sem rosto. "Nós vamos lhe dizer, e depois iremos todos dormir." Pausa.

"Assim, e agora terminamos por hoje. Aqui o nome, que você conhece muito bem…"

No entanto, antes que eles avancem com a fala, pergunto abatido: "Foi o meu irmão Kurtfelix?"

Eles sorriem; quase balbuciam: "Aí está. Seu irmão, *fratele* Felix!"

"Nunca e jamais", recuo assustado. "Não pode ter sido o meu irmão. No outono de 1956, ele tinha sido operado de apendicite. Mas é certo que eu escutara no trem… E naquela mesma época, mas de uma outra pessoa." Tarde demais!

"Foi seu irmão. Apendicite? Hum… Bom! Você se levanta da mesa de operação e já está pronto para passear." Eles me afogam numa torrente de palavras; sentamo-nos cara a cara, sinto o chuviscar de sua saliva, o fedor de seu hálito, as espumas de suas línguas. "Precisamente porque é o seu irmão você não quer admitir."

"Não tenho de admitir nada. Ele é meu irmão!"

"*Sigur, sigur!* Mas terminou de confessar que alguém lhe sussurrou. Quem mais, senão o seu querido Felix, *dragul de* Felix! Quando ele partiu de casa, em Fogarasch, foi este Töpfner que lhe arranjou trabalho, como fundidor de liga metálica no complexo industrial Rote Fahne, aqui, em Stalinstadt. E deixou que ele ficasse aquele verão na sua casa, justamente naquele quarto onde todas às quartas-feiras se reuniam os *conspiratori*. Ou estamos mentindo?"

Não, não estão mentindo. Deve ter sido ele.

E, de repente, a imagem aclarou. É ele! A pessoa anônima do trem recebe um rosto. Reconheço com toda exatidão: é o rosto de meu irmão. Tão próximo agora como então, quando brigávamos; ele deitado debaixo de mim, agitando seus sapatos de salão nas mãos, com os quais tentava, com uma ira impotente, atingir-me.

Foi ele! Foi ele quem me sussurrou aquelas perigosas notícias. A ponta de seu longo nariz, de contornos nobres, tremia, como sempre acontecia quando me contava algo engraçado. Eu o repreendi imediatamente: "Calado!" Seu rosto se contraiu; tornou-se enfezado, como sempre acontecia quando achava que eu estava tutelando-o. Entre as pessoas de meu círculo particular, ele era o único que estava informado das tramoias de Töpfner. *"Este fratele meu"*, disse eu quase que com alívio.

"Ah, por favor!", alegram-se os senhores; afastam as cadeiras e levantam o bloqueio. "Tem apenas que assinar, e o protocolo está pronto." Esta é simplesmente uma folha de papel. Com isso, basta uma assinatura, que escrevo com os dedos trêmulos. E complemento o ditame com a frase basilar: 'Eu disse a verdade e somente a verdade, sem ser coagido por ninguém'.

Assim é!

"E agora, só mais uma pergunta a fim de que possamos comprovar a sua sinceridade. Diga-nos, diga-nos tudo sobre...", um deles folheia o livro negro aberto sobre a mesa de trabalho, "sobre esta pessoa, por exemplo, sobre Melanie Julia Ingeburg Const de..., de Cnobloc. O que ela tem tramado contra o regime, de que se ocupa? Você andava um bocado na sua casa."

"Ela é uma cidadã leal da República Popular! Ocupa-se com os direitos humanos", digo de forma mecânica.

"A rainha dos gatos e os direitos humanos? Não passa de uma agitadora monarquista, esta velha louca. *S-o ia dracu!* – Que a leve o diabo!" Eles riem de tal forma que se aprende a ter medo.

Diante da janela, a manhã alvorece. Clareou o dia? "Clareia quando você reconhece no rosto do outro o irmão." Então, não clareou.

E, repentinamente, tudo se afunda numa luz polar. Sinto frio. Tomado de uma brusca resolução, levanto-me as calças, enxugo as lágrimas e o suor, sento-me à mesinha. Ninguém me impede. Os três senhores se esparramam nas cadeiras acolchoadas. Fazem vir o café. Um dos oficiais faz um sinal para a garota que lhes serve. Esta coloca diante de mim uma xícara minúscula, azul-escura, com lua e estrelas douradas, como as da louceira de minha avó... Nós tomamos o café. O cheiro tem algo de melancólico. Atmosfera de cafeteria em Fogarasch, na renomada confeitaria Embacher. Embacher, o fornecedor da corte; o brasão real adornava cada bombom de chocolate. O elegante traje da garota da *Securitate*, que me traz o café até o meu canto, é emprestado de lá. Poltronas de canto acochegantes, muitos clientes, saudações e palavras a correrem para lá e para cá, como sói acontecer na pequena cidade.

Meu capitão desembala um bombom de chocolate. Com a unha do polegar, ele alisa o papel lilás prateado. E explica a seus dois colegas o brasão nacional do Reino da Romênia: o manto do escudo, por fora de veludo vermelho, por dentro de pele de arminho, adorna uma coroa de ferro, forjada a partir de um canhão conquistado dos turcos. Dois leões, com línguas de fora e caudas levantadas, sustentam o escudo. De garra a garra, estende-se uma faixa azul de seda, na qual está escrito o lema *"Nihil sine Deo"*. Da faixa azul pende a Ordem de São Miguel. O escudo contém os brasões das cinco províncias históricas depois de 1918: Valáquia, Moldávia, Banato, Dobrudscha. E, no canto inferior esquerdo, o brasão tradicional da Transilvânia, no qual estão representadas somente três nações: os sículos, com o sol e a lua – como povo de fronteira, alerta dia e noite –, os húngaros, com a águia, que não consegue elevar-se aos céus, e nós, os saxões, com nossos sete burgos. E nenhuma referência heráldica aos romenos, o povo maioritário.

Meu capitão estala a língua e diz aos dois senhores: "Camarada, a heráldica, uma ciência nobre e uma arte aristocrática. Vejam aqui, no coração do escudo, o brasão da família reinante: Hohenzollern-Sigmaringen."

O senhor Gavriloiu volta-se para mim e deseja que eu o confirme: "Este é o brasão de vocês, não é?" E esclarece seus vizinhos: "*Transilvania* quer dizer para eles, saxões, sete burgos." E conclui corretamente em alemão: "E sete burgos vêm das sete colinas." E deseja também saber de mim quais são. Quando estou prestes a responder que ninguém sabe a ciência certa, a luz glacial cai sobre mim. Escurece.

Como voltei para a cela, não sei.

Eu dormi como um morto. Deixaram-me dormir. Quando despertei no final da tarde, lembrei como tudo se desenlaçou. Não foi meu irmão, senão Michel Seifert-Basarabean quem me relatou aquele absurdo. E não no trem, mas no meu quarto de estudante. Ri-me quando ele, procedendo como um detetive, olhou debaixo das camas, espiou por trás dos armários e correu as cortinas. E fui logo interrompendo-o: "Cale a boca! Não quero escutar uma palavra."

Revoguei o meu depoimento. De uma vez por todas. Tarde demais.

* * *

Noite. Estou sentado no meu canto, pensativo. O irmão, o irmão... O caçador descreve quase sorrindo como fui trazido, arrastado, pela manhã. Dois soldados de guarda, xingando e queixando-se, tinham-me jogado na cama como um saco de cimento. Eu não deixara escapar som algum; fiquei lá, tombado, inerte e morto. Desmaiado? Dormindo? Chocado com o fato de que estava nu da cintura para baixo. Os sapatos, as meias e as calças eles jogaram aleatoriamente sobre mim, de modo que mal cobriam a minha nudez. "Deixe ele dormir", rosnou o oficial intendente, que havia acompanhado a procissão.

O caçador não podia encontrar outra explicação: eu havia sido torturado! Com a habilidade de um caçador experimentado, ele me examinou e constatou, para sua surpresa, que não havia arranhões no meu corpo, nem hematomas, e que a minha pele estava fria, e não somente na ponta do nariz, mas também no ânus, até mesmo na *bărbăție*, nos meus órgãos viris... Tudo frio! Suor frio nas axilas. Ansioso, aguardava que eu despertasse. O guarda o deixava parcialmente louco, pois a cada silvo abria o postigo da porta para se informar sobre o meu estado de saúde.

Não estou preparado, desta vez, para desenrolar o quadro da noite diante do caçador. Permaneço calado.

* * *

Era uma tarde de agosto de 1955, após uma celebração familiar com muita comida, em Rattenburg, o Castelo das Ratazanas, quando meu irmão e eu nos desentendemos. A ocasião para essa comilança extraordinária foi o fato de que nós seis estávamos reunidos em casa, o que raramente acontecia, mesmo nas férias escolares.

À tarde, nossa mãe aproveitou o momento propício para nos arrastar para o fotógrafo. Cada um levava o que de melhor possuía: eu vestia o terno de noivado de meu pai; Kurtfelix, o terno de noivado de meu avô; Uwe – de cabeça raspada, porque ele confundira o novo hino com o hino real no recente acampamento dos jovens pioneiros –, o meu traje de passeio; a minha irmã mais nova, um vestido de fustão que uma criada havia esquecido em nossa casa. A minha mãe sorria como uma Marilyn Monroe e o meu pai, que tinha de disfarçar uma mandíbula inchada, sorria também – à sua maneira.

Para a celebração do dia, desta vez havia, no lugar de *paluke* com azeite, *Dachziegel* – uma especialidade de meu pai. Ele friccionava pedaços de pão cortados com bastante alho e untava ambos os lados com um pouco de gordura de porco. Depois os enfiava no forno. Como segundo prato, panquecas doces. Kurtfelix misturava a massa – ovos, farinha, água no lugar do leite – e vertia-a numa frigideira. Ele tinha habilidade; girava a massa tostada no ar, fazendo-a cair de volta sobre a frigideira pelo lado que não estava cozido. Nós aplaudíamos com gosto!

A mesa foi posta e coberta debaixo da amoreira. A árvore tinha sido enfeitada para a festa por nossa irmã com um anjo de ouropel e uma foto do paizinho Stálin acendendo o seu cachimbo.

No estreito pátio ainda ficavam o banheiro e o chiqueiro de porcos. Esta residência fora construída pelo meu pai segundo todas as regras da arquitetura burguesa: sala de estar, quarto de dormir, sala de jantar e banheiro; os porcos frequentemente confundiam um cômodo com outro. Mas meu pai procurava conscientemente manter a limpeza, de modo que os porcos deveriam sentir-se incomodados – como nós, os rapazes, podíamos perceber – quando o meu pai nos fazia, uma vez por outra, limpar o chiqueiro, afastando suas imundícies. Todas as noites ele se sentava com uma lanterna sobre um banquinho e conversava com os porcos. Em saxão. Com os animais domésticos e os empregados da casa se falava em dialeto. Já não havia mais criados. Haviam desaparecido com seus senhores. Os porcos ficaram.

Finalmente, estávamos todos em casa e sentados à mesa.

A discussão sobre dinheiro e despesas tinha sido iniciada pelos nossos pais. "Onde ficou novamente todo o dinheiro, Gertrud?"

"Eu lhe pergunto, Felix: para onde foi o seu salário?"

"Você bem sabe: comprei ração para os porcos."

"Todo o dinheiro! E as crianças? E eu?"

"Os três porcos são para as crianças. Não é para isso que eu me mato de trabalhar? Dois para vender, para que os rapazes possam frequentar as melhores escolas e para que tenhamos uma razoável quantidade de lenha para o inverno, e o terceiro é para o nosso próprio consumo. E você sabe bem que eu ando lavrando um pedaço de terra em Altbach. Todos os dias, após o serviço, vou até lá e trabalho como um doido. Este campo nos trará frutos no próximo ano."

"Bem, Felix, eu sei, mas não nos é suficiente."

"Quer que eu roube? Já não sei onde devo agarrar-me para que não afundemos. Algum dos rapazes me ajudou? Três grandes imprestáveis… Vestem minhas calças, levam minhas meias, minhas camisas, minhas cuecas; calçam meus sapatos. Mas algum me dá ao menos uma mãozinha? Fiz mais de cento e vinte viagens com o carrinho de mão, transportei carroçadas inteiras de cascalhos e amontoei cestos e mais cestos de terra. Além disso, arar e escavar a terra! Esses rapazes sequer sabem o que significa estas duas expressões; só se ocupam em fazer gracinhas. E ficam o tempo todo passeando de bicicleta. Isso não vai terminar bem!"

"Parece que você gosta de discussões e reclamações, Felix. Esse é seu forte, criticar os rapazes? Por isso que eles não param em casa, pois se sentem melhor nas casas alheias."

"O que sabem? Com dezoito anos eu já tinha suportado onze batalhas de Isonzo."

"Neste verão, os rapazes ganharam o seu dinheiro como serventes de construção. Ou como pintores de estábulos, cavadores ou cuidando de bovinos."

"Justamente. E o que você pôs em seus bornais, Gertrud? As melhores partes do porco."

O almoço transcorreu em paz até o seu final. Cada um dava o melhor de si. A suave brisa da tarde, que levava embora o calor opressivo do dia, oferecia uma boa oportunidade para troca de ideias, para elogios e louvores. A amoreira deu também a sua contribuição. Um ser vivo avançava sobre a mesa. "Uma lagarta", gritou minha irmãzinha, deixando cair o prato.

"Nada disso!", disse Uwe. "É uma amora." Ele fisgou o verme azulado do fruto com o garfo, enfiou-o na boca e o engoliu, ainda que parecesse que ele se contorcia – tudo pela paz doméstica!

Nós mal havíamos limpado nossos pratos quando meu pai disse que o almoço acabara; todos deveriam levantar em debandada. Minha mãe ainda teve tempo para fazer com que cada um de nós levasse algo da mesa para a casa.

Quando eu entrava na cozinha com uma bandeja cheia de louças e talheres, tropecei em meu irmão Kurtfelix. Ardendo de raiva, ele estendeu-me seus sapatos novos. "O papai jogou suas botas sobre meus sapatos novinhos!" Tomado por um ímpeto repentino, ele despachou as botas do papai, que estavam sujas de barro, para o pátio. "Sapatos da marca *Romarta*! Custaram-me uma fortuna. Passei as férias me matando de trabalhar para comprá-los. Que falta de consideração da parte de seu pai!" "Seu pai", dizia ele, todas as vezes em que não queria mais fazer parte da família. Seus olhos faiscavam fagulhas azuladas de tanto ódio. E enfiou os punhos nos sapatos de salão, cerrando-os como se fossem luvas de boxe. "Seu pai sempre fica contra mim, não importa o que eu faça ou deixe de…"

"Calma! Veja que tarde mais bela! Acalme-se, talvez nem tenha sido ele… Não vai estragar o nosso bom humor." Não adiantou nada, não se podia domá-lo. Se o nosso pai nos surpreendesse, a coisa não ia terminar bem. Com violência, empurrei-o para a sala de estar. "Silêncio!", cochichei. Sem querer, levei-o ao chão. Ele bateu com a cabeça nos sacos cheios de ração para porcos que estavam apoiados na estante de livros. Os livros caíram sobre nós. Eu me ajoelhei sobre o seu tórax; com uma mão, defendia-me de seus golpes, com a outra, tapava a sua boca, e tudo à vista de *O Filho Desejado,* de Ina Seidel, e de *Os Jogos Africanos,* de Jünger.

Demasiado tarde. Meu pai estava ali. "Naturalmente, outra vez este rapaz!" Ele quis afastar-me para o lado com um empurrão. Como não conseguiu, agarrou a Bíblia Ilustrada e tentou passar por mim para chegar ao meu irmão. Enquanto eu tinha de detê-lo no chão, precisava conter o meu pai enfurecido por detrás de mim. Nesse ínterim, entrou a minha mãe, deixando-se cair sobre o divã sem dizer uma palavra. Uwe e a minha irmãzinha aumentavam a plateia. "Fora daqui!", gritei. "Isso é assunto de homens." Meu pai, que não conseguia avançar, gritou para minha mãe: "É culpa da sua educação, Gertrud!" Ainda que ela se calasse, ele grunhia: "Nem uma palavra!" E como ela continuava calada, ele berrou: "Nem um movimento, Gertrud! Eu a proíbo de tremer!"

Meu irmão abandonou o campo de luta. No entanto, naquela mesma noite, ele partiu, com um cataclasma com acetato de alumínio aplicado por minha irmã sobre o queixo.

Primeiro, Kurtfelix se hospedou com os operários de construção no porão de um bloco de apartamentos ainda por concluir, junto à estação de trem de Fogarasch. Minha mãe e eu o visitamos no domingo às onze. Eu queria desculpar-me com ele. Não foi mais do que um quarto de hora amistoso.

O porão estava impregnado de fumaça de cigarro. Mal se conseguia distinguir algo da mobília. Esta consistia basicamente numas camas de ferro de um piso de altura. Um carrinho de mão, virado no centro, servia de mesa. Ao redor dele, homens jogavam cartas, ajoelhados sobre o chão de cimento. Não havia cadeiras. Quando entramos, eles apagaram os cigarros e deixaram o recinto em silêncio.

Nosso Kurtfelix estava deitado na cama; ainda trajava o pijama. Agachados sobre a borda da cama, estavam dois moleques de rua; tinham os pés sujos e os olhos brilhantes. Meu irmão os alimentava com biscoitos. Quando ele nos reconheceu, sentou-se direito e gentilmente. O enxergão de palha sussurrou. "Sentem-se!", disse, fazendo um longo gesto com a mão. Mas onde? Os meninos continuavam a mastigar com a boca aberta e os lábios ávidos. "Ah, fiquem à vontade!", disse ele aos dois. No entanto, os dois não se mexeram.

Ficamos em pé. A conversa interrompia-se com curtos intervalos. O fumo e o cheiro de roupa de cama mal arejada incomodavam a minha mãe. Nós olhamos à nossa volta. Aos pés da cama, estava a maleta de mão com as coisas de Kurtfelix, tudo mantido em ordem. "Ele é apenas um pedante", disse a minha mãe mais tarde. "Ele tem isso de meu pai." Ele continuava a estufar as crianças ciganas com os biscoitos, *petit beurre*, dando-lhes na boca após molhá-los na geleia de ameixa. Minha mãe colocou um pote de compota de maçã e um bolo xadrez ao lado da almofada. Ele agradeceu comedido. Nós fomos embora. Kurtfelix não nos acompanhou enquanto subíamos a escada em direção à luz do dia. Ele tinha-se recostado, as mãos cruzadas atrás da nuca, e mirava o teto de concreto.

Todos os dias, ao meio-dia, ele vinha ao Rattenburg – Castelo das Ratazanas –, escondido de nossa mãe, e se deixava alimentar por nossa irmãzinha.

Quando o nosso irmão partiu para Kronstadt, parou nos braços de Peter Töpfner. Ele desceu uma estação de ônibus depois de seu destino. "Venha para minha casa", disse-lhe o companheiro, "não vai incomodar a sua tia. Aquilo lá é uma gaiola de coelhos. Pode morar comigo. Eu o ajudo a encontrar também uma vaga de trabalho. E pai, eu não o tenho. Graças a Deus!"

Ele saiu da casa de Töpfner alguns meses depois, quando este trouxe para viver com ele uma garota, que era também a namorada de meu irmão.

Depois disso, ele construiu no jardim dos Deixlers uma moradia de tábuas, que dava para a janela de sua nova namorada, Gerhild, uma estudante do conservatório de música. Era uma minúscula barraca de madeira com espaço para apenas um homem e meio deitado. Ou para um casal de namorados. Noites idílicas, quando os pais saíam de férias: Gerhild apoiava-se na janela e, ao violino, lhe tocava as suas peças favoritas: danças romenas, em ritmo acelerado, e *romanzas* compassadas. E sempre repetia: "Duas guitarras no mar", que conhecíamos através de nossa mãe. Quando, porém, os gatos da tia Melanie passaram a reagir melancolicamente à música, a tia veio e sem a menor cerimônia tocou fogo na barraca com um longo palito de fósforo para acender cachimbos. "Finalmente, um pouco de Nero!" E sobre as cabeças do casal de namorados, que dormia tranquilo, começou a arder o fogo. Meu irmão conseguiu com muitos esforços e dificuldades salvar das chamas os seus pertences. E Gerhild, a sua vida desnuda. A ilustre dama, contudo, de camisola e diante das labaredas, deixou clara a sua posição: "Nossa Gerhild ainda é muito nova para os sujos negócios da noite."

Na manhã seguinte, às quatro e meia da madrugada, meu irmão bateu na porta da casa dos Schönmunds, com as sobrancelhas queimadas e o rosto preto de fuligem. A mãe de Annemarie tinha acabado de sair às pressas para o trabalho na fábrica. Annemarie dormia. Ele disse para mim: "O que significa: *Timor domini initium sapientiae?*" Essas foram as palavras que a inflamada tia gritou para o meu irmão quando ele deixou o jardim a grandes passadas, deixando atrás de si um monte de cinzas.

Amontoamo-nos diante da porta estranha, ao esplendor da lanterna sagrada, que desde a cruz do caminho nos iluminava com o seu brilho vermelho-rubi, e nos sentíamos abandonados ao relento. Eu mesmo, um convidado paciente com uma cama na cozinha, como poderia ajudar? E confirmamos, um ao outro, que não tínhamos mais uma casa após sermos expulsos, naquela noite de novembro, da Casa do Leão.

Aonde com o meu irmão? Sempre a caminho, sem encontrar um lar em parte alguma. Para a casa de nossa avó, no Tannenau, ele não queria ir. Kurtfelix tinha insultado o tio Fritz, dizendo-lhe na cara que ele não passava de um covarde polaco de beira de rio. O que não era verdade: após a retirada das tropas alemãs, no verão de 1944, o tio se inscrevera no Clube Tcheco, depois de haver feito o que todos os bons alemães de Kronstadt e de toda Romênia fizeram: presentear algum cigano errante com o retrato de Hitler, ou jogá-lo no aparelho sanitário, ou escondê-lo no celeiro – por um tempo. Desde então, saía ele para passear com o distintivo tcheco na lapela através do Tannenau. Com isso, este covarde polaco de beira de rio se tornara inoportuno e não havia lugar para nós, os irmãos, na casa do tio Dworak, da tia Mali e da avó.

Kurtfelix levantou-se e fez o seu asseio matutino no poço com a bomba d'água que ficava próxima à porta. Do bolso da calça, tirou uma escova de dentes; da mochila, sabonete e aparelho de barbear. Enquanto eu me deixava banhar com finos jatos d'água, ele se limpava com os rastros da noite. Em seguida, pôs a mochila nos ombros e seguiu bamboleando-se rua abaixo. Antes de perdê-lo de vista, gritei: "Mande notícias, deixe eu saber onde vai ficar!" E corri para dentro de casa, para o quarto... E me aconcheguei com a Annemarie, na cama. Ela perguntou amuada: "O que foi?"

"Timor domini initium sapientiae", respondi.

"Isso são espécies diferentes de cogumelos venenosos", disse ela, sonolenta. Pela pequena travessa, dirigiam-se apressados os operários para a fábrica. Nós, contudo, éramos estudantes em férias.

18

Destruído no solo: que expressão mais esquisita! Qual é o contrário? Elevado ao céu? Estou sentado sobre o piso de cimento da cela, que ferve, e espero que eles venham buscar-me.

Em cada interrogatório insisto na mesma tecla: que risquem o meu depoimento sobre o meu irmão. Ultimamente venho sendo interrogado por um tenente. O caçador sabe bem quem ele é: chama-se Scaiete. Menos elegante que o capitão Gavriloiu. E com uma relação confusa com o caso genitivo.

No entanto, ele não rasga o papel diante de meus olhos; quer saber de onde eu obtivera todas as informações. "Conhece a coisa toda, já confessou. Mas de quem, então?" E continua: "Quem conhece e sabe a respeito do círculo de Töpfner, faz parte dele. Logo, você pertence a ele. Assim como, igualmente, pertence ao círculo de Klausenburg. O que demonstra que essa é uma associação de criminosos. Ou, o quê? Algumas vezes, você é um bandido, e em outras, um revolucionário. Algumas vezes, um enganador, noutras, um homem honrado. O que tem a dizer?"

Se no início, porém, eu afirmava com paixão: "Os senhores estão enganados, não somos uma organização conspirativa. É um absurdo nos compararem com o círculo Petöfi de Budapeste!", agora a minha voz se torna falha, e apenas repito de forma mecânica: "Não é verdade, não é assim!"

No quarto do estudante de história Notger Nussbecker, que ocupa o cargo de secretário do círculo estudantil e se especializara em arqueologia e paleografia, encontraram um arquivo com os nomes e dados de todos os membros, redigidos em alfabeto cirílico. Mas não é o suficiente. Os oficiais folheiam diante de mim seus quatro diários. Eu não os li. Por timidez. E, em geral, por causa da letra, e porque sei o que se encontra neles: o amor não correspondido por sua prima Emilie.

"Com isso, ele se revela a figura chave da sociedade secreta de vocês."

"Ele não turva nem a água que bebe! Vive nos tempos da pré-história, nem sequer sabe que dia é hoje. Escreve em cirílico para exercitar o antigo eslavo."

"Oh, muito nobre! Você quer proteger a todos. Como se você fosse o Deus dos saxões. Mas, olha, o Deus de vocês não se interessa e nem cuida de merda alguma."

"Justamente", digo. "Por isso eu não sou Deus."

Na noite seguinte, o capitão Gavriloiu cai sobre mim com uma enxurrada de nomes: Achim Bierstock, Notger Nussbecker, Gunther Reissenfels, Armgard Deixler, Paula Mathäi, Theobald Wortmann. O que eu teria a dizer sobre as maquinações perigosas contra o Estado? Visto que me arde a pele da cabeça, eu me decido pelas bofetadas: "Todos eles são jovens comunistas." Enquanto ele me acerta uma atrás da outra, sinto entre os vergões a presença dos amigos de então; e, na comichão da dor, me comove – é como uma ebulição de felicidade – o repentino calor da pele de Armgard, quando eu, então, passava os meus dedos pelas partes escondidas de seu corpo. Mas o homem desta noite está cansado. Oferece-me a última bofetada: bocejando, ele me bate. Ele mencionou, reflito, todos aqueles que ajudaram os Deixlers – exceto a Annemarie.

Eles colocam diante de mim uma carta de Vintilă Săvescu, um amigo de Bucareste do círculo onde Annemarie introduziu pela primeira vez o Enzio Puter. Vintilă escreve que encontrou o dr. Puter no dia 12 de novembro, no trem de Kronstadt para Bucareste, e que haviam conversado da melhor maneira possível sobre uma Europa unida. O tenente Scaiete comenta com azedume: "Esse polvo miserável, esse perigosíssimo agente do imperialismo, estendeu seus tentáculos por todas as partes."

Respondo: "O objetivo da história universal é uma Europa socialista unida."

"Mas não sob a hegemonia da América."

"Segundo Marx, os Estados Unidos, um país capitalista ao extremo, poderia ser o primeiro a cair. E até vir a ser socialista antes da Europa."

"Isso é possível?", pergunta o tenente ao capitão.

"Então, já não estaremos mais vivos!" E me atropela com as palavras: "Não tem nada a nos ensinar!" Mas ele não me espanca.

Uma confissão de que sou o mediador de Enzio Puter seria completamente ligada à cadeia de provas. Mas eles não prosseguem dando voltas em torno dela. "Você leu muitos romances policiais durante a noite, na cama, com uma lanterna de bolso debaixo do cobertor" – isso eles arrancaram dos meus diários que escrevo desde a minha infância –, "assim, deve saber que podemos condenar os seus estudantes com base nos depoimentos de testemunhas. Sem mais nem menos, vão logo denunciar uns aos outros. Os saxões sempre foram covardes. Não precisamos da sua declaração de culpa. Mas aliviaria a sua situação." Eles escarnecem: "De hoje em diante, vocês, saxões, poderiam celebrar suas festividades, suas sessões literárias, todo esse espalhafato progressista, e também seus reacionários coros de igreja e oratórios, no campo de Periprava, no Delta do Danúbio, pelo resto de suas vidas. Mas o que querem é dançar com uma só bunda em dois casamentos."

No dia seguinte – nas noites, eles me deixam em paz –, acrescentam, ainda, um triunfo: "Nós temos a declaração desta sua Annemarie. Ela declara", o capitão Gavriloiu agita uma folha de papel com sua caligrafia, "que Enzio Puter o recrutou como agente para Klausenburg."

"Ela não estava presente na conversa daquela noite."

"Ela escutou tudo da porta de vidro que liga a cozinha ao quarto. Ou você nega que tem ali uma porta de vidro?" Não nego. "Sendo assim, continua querendo nos enganar: nesta noite, do dia onze para doze de novembro de 1956, você não conversou com este espião alemão ocidental sobre o caso amoroso de vocês... Fizeram foi planos extremamente perigosos! Devia haver muitas coisas em jogo para que uma mulher perdidamente apaixonada abrisse mão da última noite com seu amante, a última por um longo tempo, possivelmente para sempre! E mais: já que contestou estar informado sobre as tramoias do bando de Töpfner, esta segunda filial do agente alemão ocidental, em Bucareste, é a prova mais do que suficiente da importância que se dava ao círculo de Klausenburg." O que eu deveria dizer? Não tenho nada a dizer.

Elisa Kroner? Suas cartas... Eu me recuso a trazê-la aqui à tona. Só restam aos dois senhores o deboche: "Os dois se encontravam todos os dias e trocavam cartas a cada dois dias, *dela Cluj la Cluj*. E que ideias mais tolas tem esta mulher: que uma pessoa não deve olhar uma flor quando ela abre suas pétalas. Ou: que dizer a verdade, caso a caso, é coisa do demônio." De repente, o tenente diz com raiva: "*La dracu!* Se a verdade é coisa do demônio, então, as mentiras são sagradas. Isso é uma sentença correta, camarada capitão?" O outro concorda com a cabeça. E diz, furioso: "Ah, esta puta é quem lhe ensinou a mentir." E pergunta: "Quando leu o livro *Tempestades de Aço*?" No verão passado, eu me lembro. E digo: "Antes que os russos chegassem." Eles somente se entreolham.

Mantenho intermináveis conversas com Elisa Kroner, num além vazio ou numa das celas ao lado; entremeadas de imagens de condenação. Como a sua pele de alabastro descasca sob o calor ardente da estepe do Danúbio, enquanto tem de trabalhar como um robô nas plantações do Estado; como o guarda, com o cano de sua arma, remexe em sua blusa listrada ou a espanca com uma corrente de bicicleta – porque ela não percebeu um cardo no campo de nabos. Outras vezes e de novo, ela passa por mim cambaleando. Nua. O major Vinereanu produz desenhos na sua pele ao queimá-la com o cigarro – esta é a sua paixão! –; acima do peito esquerdo, um coração, atravessado por uma flecha, como fazem os namorados no tronco das árvores. Vem-me à mente que a brasa do cigarro tem a temperatura da superfície solar. Por isso, ela soluça na cela ao lado! Às vezes, desenho o seu nome, com os cigarros do caçador, no cobertor da cama. E me apego ao fato de que as vogais de Elisa soam igual às de meu nome. Talvez isso nos proteja? Eu já não acredito mais.

* * *

O 1º de Maio, o dia da solidariedade internacional dos trabalhadores, cai este ano numa quinta-feira. O dia seguinte é declarado feriado pelo Estado. Talvez um descanso para respirar. Os feriados são um tempo de prisões. É quando os calabouços se enchem de homens e mulheres, e estudantes, e garotas. O caçador fica na expectativa: quem sabe a gente não receba alguém aqui na cela com as novidades quentes da rua! Ao meio-dia nos passam, através do postigo, uma refeição digna de uma festa: assado adoçicado de cavalo com batatas vidrosas. Para o café da manhã, fatias de pão preto no lugar de *paluke*, e, para a noite, os guardas amontoam nas nossas tigelas mingau de cevada.

O tempo rasteja. Do corredor nos chega o ruído de arrastar de pés de um lado para outro – pela manhã bem cedo, durante a tarde, e até a noite –; sempre diante de nossa porta. O caçador sente-se infeliz. Ele agarra os ratos e os afoga no urinol. Como nada acontece, ele sobe na mesa de parede e enfia um rato através da tela de arame na moldura que encobre o buraco da janela. Com o cabo da colher, afasta a rede de arame, pela qual faz passar à força o rato; depois, apaga os vestígios. Então, dana-se a bater violentamente na porta: "Um rato, ali em cima!" Este corre de um lado para outro guinchando; não se arrisca a saltar no abismo. O oficial intendente entra saracoteando; o oficial de serviço junta-se a ele. Ambos pisam num pé e noutro. "Como isso aconteceu? Você é um caçador, não?"

"De javalis, não de ratos", responde o caçador, orgulhoso. "Trezentos e trinta e seis javalis. Destes, cinco com o camarada Drăghici, *Ministru de Interne*." Os oficiais não estão com paciência para escutar histórias de caçador. Eles partem com suas botas crepitantes. Os bombeiros sobem por fora e levam embora o rato.

Finalmente, às primeiras horas da tarde – mais adiante, além dos muros, diminui pouco a pouco o eco dos gritos de comemoração da massa de pessoas e se extingue, também aos poucos, a música marcial –, soam os ferrolhos. O caçador agita-se curioso, enquanto voltamos o rosto para a parede do fundo. Mas a porta não se fecha e ninguém nos ordena: "Virem-se!" Antes, é uma voz lastimosa que nos pede conselho e ajuda. É o inquieto guarda de pele escura, cujo apelido é Olho de Rato. A ponta de seu nariz alcança justamente até o postigo. Algumas vezes, como um preocupado pai de família, esconde dois tocos do sabão cinzento da prisão por cima da porta junto à lâmpada com grades.

E, entre as camas, quem está ali, balançando com azedume sua altiva cabeça e mirando à sua volta com os olhos febris, com o muco escorrendo pelo focinho? Um cervo vivinho da silva! O amado animal do comandante Crăciun. E ele está doente, acometido de resfriado e diarreia, o nobre animal! A derradeira possibilidade de salvação: o caçador. Do contrário, "o chefe" arrancará pelas orelhas a pele do guarda. Seus olhos negros se movem lentamente de um lado para outro, assustados. O caçador, por sua vez, se desfaz de felicidade. Ele abraça o animal, que mal consegue manter eretos os chifres; beija o seu úmido focinho, diz-lhe palavras de carinho. E lhe assegura que tudo terminará bem. Primeiro de tudo, o prezado e caro paciente deve beber água com comprimidos de penicilina dissolvidos. O guarda afasta-se, na ponta dos pés; ele deixa a porta da cela entreaberta. Regressa a grandes passadas, trazendo a tiracolo dois baldes de água. Tudo de que precisa o caçador está à mão. O cervo bebe um balde de água. Em seguida, o caçador limpa, com um lenço do guarda, todo o visco e a sujeira da boca e do ânus do animal. Com o focinho lavado, as narinas limpas, o traseiro limpo e brilhante, o raro hóspede se instala como se estivesse em casa. Nós abrimos espaço. Esgotado, ele se deita; apoia a sua cabeça cerimoniosamente entre as patas dianteiras, enquanto ergue os régios chifres em toda a sua envergadura. E cai no sono.

A diarreia passa do cervo para o caçador. O guarda precisa ir com ele às pressas até a latrina. E logo retorna o queixoso homem de pantufas; quer fechar a porta da cela, hesita. "*Cerbul*, o cervo!" Ele entra, gira confuso sobre o próprio eixo; as mãos nas têmporas. E senta-se ao meu lado na cama. Em comum acordo, velamos o sono da enferma criatura. Tenho a impressão de que meu vizinho de cama pretende acomodar-se na cela como se estivesse em casa. Ele se recosta contra a parede, fecha os olhos, suspira profundamente e sussurra para mim: "Como vocês passam bem. Comer, beber, dormir, sem mover uma palha. Nenhum esforço, *nici un efort*. Até para ir ao banheiro, somos nós que levamos vocês. Nem sequer têm que procurar o caminho; é só pôr um pé atrás do outro. Enquanto nós…" Ele estremece, escuta o que se passa no corredor; levanta-se num pulo. Eu o tranquilizo apoiando a minha mão sobre seu braço, ajeito o seu uniforme; inclino a cabeça encorajando-o: "*Totul este bine!*" E o convido para voltar a sentar-se. "*Zeu*, Deus louvado", sussurra; ele agora se senta na borda da cama, como se pertencesse a este lugar. Gostaria que ele me revelasse algo em concreto sem levá-lo a uma situação perigosa. Aponto, através da porta aberta, a cela que fica defronte da nossa; pergunto: "*Cluj?*" Ele reflete. E sacode a cabeça. No corredor, soam os passos do caçador. O carcereiro sai em disparada. Num instante, ele traz o outro consigo; arranca-lhe os óculos da cabeça: "*Repede, repede!*" Se alguém chega… O cervo, porém, não se mexe. Em vão, nós o cumprimentamos e o convidamos para sair. O animal sacode a cabeça; não tem pejo de esfregar os chifres na cama. O soldado tem de puxá-lo para fora da cela pela cauda. A última coisa que vemos dele, antes que se feche a porta de ferro, são seus olhos melancólicos.

O caçador cai no choro: "O rato, o cervo… Que 1º de Maio!"

Eu me sento no chão, que ainda está quente por causa do corpo febril do animal. Dia de festa da classe trabalhadora.

A noite de 30 de Abril para o 1º de Maio, em Fogarasch, há quatro anos... Os carros fechados com os homens presos se moviam diante de Rattenburg, o Castelo das Ratazanas. Isso queria dizer que sempre se detinham diante de nossa porta – um tempo dolorosamente longo, assim nos parecia –, manobrando para a frente e para trás, antes de seguir caminho. Nessas manobras, as luzes dos faróis passeavam em nossos quartos, onde estávamos deitados acordados. A família toda ficava acordada, inclusive a minha irmãzinha. Ela se enfiava na cama de nossa mãe, mas não escondia o rosto. Assim como nós, ela também escutava o que acontecia fora de casa e olhava para a janela com uns olhos nos quais brilhava um medo esbranquiçado – era quando os cones de luz se projetavam no interior do quarto. Ninguém se movia. Ninguém dizia uma palavra. Nós, as crianças, sabíamos que nossos pais não poderiam proteger a nenhum de nós, nem a si mesmos, se as portas fossem arrombadas e entrassem os uniformizados e com seus cassetetes apontassem aqueles que deveriam levar: *"Repede, repede!"*

E eu? A teologia ficara para trás juntamente com a clínica. E um semestre tedioso de matemática. Agora eu era um estudante de hidrologia. O que eu esperava de mim? Medo. Sempre que o carro fechado de presos freiava diante da casa, eu esperava inerte que a porta de entrada se abrisse e me levassem à força. Somente isso. Eu me encolhia sobre a superfície da cama, como se flutuasse sozinho e desamparado no espaço sideral. Ainda que fôssemos quatro pessoas no quarto de dormir, eu me sentia infinitamente distante de meus irmãos. Fazia dez anos que vivíamos na caverna do medo. E isso significava continuamente suportar e aguardar. Suportar e aguardar pacientemente.

Fico de cócoras sobre o chão de pedra da cela e cravo os olhos na parede pintada com cal, que rompe meu olhar. E então um ódio cego rebenta de meu coração. Não suportarei mais nada! Vingar-me-ei: vou morrer diante de seus olhos, aqui mesmo. Esticar-me-ei, morto, com toda a minha fealdade diante de seus olhos. As botas, os uniformes, as ordens cochichadas, as maldições, as blusas brancas... Repleto de alegria maliciosa, contemplarei o aborrecimento do médico para comigo, os seus instrumentos reluzentes em cima do cobertor, os seus estímulos direcionados ao seu ajudante de blusa branca, que me acaricia o rosto e me fala gentilmente. A porta da cela já está aberta; lá fora soam o repique das botas, o ranger dos sapatos elegantes e o arrastar das pantufas. Deleitar-me-ei com seus rostos idiotas, com sua ira impotente, porque existe uma boa vontade, porque posso obrigá-los a abrir-me todas as portas aferrolhadas e portões com trancas. Em vão, a pressa e a correria no corredor, a sirene da ambulância no pátio, parto daqui dançando... Eles podem exercer a violência contra mim, mas não mais o poder. Rirei, com o meu crânio vazio, na cara de cada um, rirei de suas perguntas asquerosas: "Recolham com pinças o que queiram saber do monte de porcarias no qual se descompuseram o meu cérebro e os meus pensamentos! E por mais que tenham a intenção de raptar-me, enterrar-me, condenar-me, não lhes sobrará mais do que um punhado de vermes para o seu deleite!" Quero ir para o inferno, sobre uma torrente de fogo, atormentado por demônios com tridentes em brasa e, por fim, nas trevas, deixar de existir.

Enquanto o caçador respinga sobre mim a água do balde, que o cervo e o guarda haviam esquecido, e me sacode, fazendo voar de meu corpo gotículas de água, retomo a consciência. O caçador seca a água com a minha jaqueta de dormir. E repete estas palavras: *"Ce unu Mai! Ce unu Mai!"*

* * *

Na véspera do 1º de Maio, uma noite, há quatro anos, quando os carros com os presos paravam em frente de Rattenburg, o Castelo das Ratazanas, manobrando para lá e para cá, antes de seguirem adiante, como nos anos anteriores, achei por bem fugir de Fogarasch, de bicicleta, impulsionado por um ataque de pânico. Eu trajava uma bermuda – fazia um ótimo tempo, agradavelmente quente – e não levava bagagem a fim de não chamar a atenção. Eles não me pegam! Mas para onde eu iria?

Para junto de Annemarie, em Kronstadt, na Sichelgasse, eu não queria ir. Os poucos dias livres que tínhamos como férias da universidade ela queria aproveitá-los para estudar os transtornos de relação entre o seu cão Bulli e sua mãe, quando ela se intrometia como terceira pessoa. Para o Tannenau? Para a câmara secreta do servo Johann?

Lembrei-me de Armgard, cuja pele na primavera cheirava a lilás, a quem beijei as frias orelhas numa noite de maio, diante dos olhos adormecidos de Annemarie. Fazia tempo que não nos víamos, desde a colação de grau, a festa de formatura do oitavo. Na época, Theobald Wortmann havia-se separado dela de todas as formas. Acenando-me para me aproximar, como se precisasse de uma testemunha, ele disse a ela: "Nós agora somos adultos, minha querida Armgard, e as belas recordações dos tempos de escola são suficientes. Os elétrons da parte externa do átomo perdem-se em outras órbitas, contraem novas combinações. *Adieu.*" Ela começou a chorar, sozinha no meio do oval de pares de dança que se formavam ao som de uma valsa: "Sangue Vienense." Meu primeiro impulso foi pegá-la pela mão e conduzi-la para fora, para o meio da noite de verão, debaixo dos tranquilos pinheiros da Weberbastei, ou, ainda mais longe, através do Blumenau em direção ao Schneckenberg; talvez até o Tannenau, onde poderíamos esconder-nos no celeiro. Não o fiz. Nem tampouco o que me parecia mais à mão: convidá-la para dançar e, assim, esconder nos meus braços, à vista de todos, a jovem humilhada. Olhei de soslaio para a Annemarie, que parecia uma dama com o vestido de noite de minha mãe. Ela já girava com Theobald ao ritmo da valsa, mas me olhou por cima e rápido. E me fez sinais veementes; devia retirar-me. Respondi com um adeus e deixei as coisas seguirem o seu curso.

Armgard trabalhava agora num jardim de infância em Kronstadt e morava na casa de seus pais na Rochusgasse. No sótão da tia Melanie, era lá onde eu me refugiaria. A tia passou o café – não havia mais chá, desde que agarraram os Atamians em Rupea. Ela levou ao fogo uma frigideira com os grãos marrons, movendo-a para lá e para cá até que os grãos, tostados, começassem a exalar um aroma embriagante. Eu devia moer os grãos ainda quentes. Para isso, detinha o moedor de café, de formato quadrado, preso entre minhas coxas nuas, e a cada volta da manivela, beliscava-me a pele. A tia verteu o pó numa panela para preparar o café – *café triturado* se chamava isso – e o serviu com suas próprias mãos nas xícaras de moca douradas, mas com tanta borra que as colherinhas, com coroas de cinco pontas, ficavam enterradas nela. A dama da casa previu, a partir da borra de café, um futuro de imagens maravilhosas. Ela havia aprendido em Bucareste este tipo de previsão, quando frequentou durante um ano a escola conventual de uma senhorita inglesa.

E Armgard? Apoiaria a sua cabeça no meu peito e sondaria as batidas do meu coração. E eu lhe explicaria porque a deixara plantada com um mesquinho adeus, no dia da festa de nossa formatura. Se os meus perseguidores farejassem o meu rastro, a tia lhes soltaria os gatos, com o atiçador na mão. Lá parecia que eu estaria bem. Muito mais: como o jardim desembocava numa azinhaga, eu podia escapar através dela em direção a Schulerau. E, de lá, continuar o caminho rumo aos bosques dos Cárpatos, que se estendiam até Hohe Tatra ou se ramificavam até o Bósforo. Talvez Armgard me acompanhasse.

Procurei deixar Fogarasch através de jardins silvestres; segui caminho por veredas, atravessei o Toten Aluta e alcancei a estrada junto ao povoado de Mândra pe Olt. Fiz um rodeio em Wasserburg, onde por trás de diques, e tanques, e muralhas sofriam o inferno os presos políticos. Era para se desesperar, numa cidade tão pequena! Os tentáculos da *Securitate* estavam em todos os lugares. Caso alguém se perca à noite em Burgpromenade, apanham-no os refletores, que o perseguem vindo das seteiras. Ou detêm-no uma patrulha e o entregam, juntamente com a sua companheira de coração, para passar a noite em algum posto da milícia.

Mas a fuga não teve sucesso. Uma avaria no pneu, aliás, uma após outra, terminou por me deter; por fim, romperam-se os aros da roda traseira, a calha vergou. Desisti, antes de chegar aos limites da cidade.

Empurrei o meu veículo avariado até o complexo químico-industrial, além da estação de trem, atrás de uma fábrica de papel. Na colônia de barracos morava um jovem trabalhador que eu conhecia. Ali ninguém suspeitaria de mim. Nas férias de verão, um ano antes, eu trabalhara dois meses na fábrica: montagem de caldeiras. Foi então que nos tornamos amigos. Ele costumava ceder-me a parte mais leve do trabalho. As bolhas nas palmas de minhas mãos estouraram no terceiro dia; a carne vermelha de baixo ardia de maneira infernal.

As caldeiras eram tão grandes que se tinha de colocá-las a céu aberto sobre suas bases e só então levantar os muros que as cercariam. Com gritos de incentivo, esforços sobre-humanos e muitas caretas, atacávamos a obra, vinte, trinta homens sob as ordens de um mestre de montagem. Mas este manobrou tão bem a coisa toda que ninguém teve um dedo arrancado ou um dedo do pé esmagado. O chão, saturado de pó e limalha, ardia tanto debaixo da sola de nossos sapatos que tínhamos de ficar levantando os pés como um urso bailarino na Burgpromenade. Para curvar os tubos de condução, da espessura de um braço, nós os enchíamos de areia e os púnhamos em pé; fixávamos o extremo inferior e com barras de ferro golpeávamos a parte externa até a areia compactar-se no seu interior, quer dizer, até o mestre gritar "Ops!"

Sobre um fogo aberto, aquecíamos o ponto marcado e fazíamos no tubo uma curva, cuja secção transversal conservava a sua forma arredondada. Estava sempre presente um camarada do Comitê do Partido que cuidava para que o processo tivesse um curso correto; suava também – de terno, gravata e chapéu. Às vezes, ele cantava a "Internacional", e nós tínhamos de martelar ao compasso de sua cantoria.

Nicolae Magda, assim se chamava o meu colega de trabalho, tinha vindo da Cordilheira Ocidental, onde os moradores da montanha consumiam suas vidas como tanoeiros, lenhadores e cortadores de ripa. Ele não sabia ler nem escrever, mas compreendia o mundo através de contos de fadas e sagas de sua pátria e dos editoriais do órgão do Partido, o *Scînteia*, que sua esposa Maria lhe lia em voz alta. No descanso de meio-dia, compartilhávamos o lanche. Minhas pápricas verdes, recheadas de marmelada, lhe pareciam *extraordinar*. Só nos contos de fadas apareciam pratos tão extraordinários. Para mim, por outro lado, sabiam à ambrosia o que o camarada tinha para me oferecer: queijo picante de ovelha e cebolas verdes. Recém-casado, ele vivia num dos barracos. Os primeiros blocos de apartamentos estavam sendo justamente levantados nessa época, no Schweinemarkt.

"Baracke Zoja Kosmodemjanskaia", "Barraca Rosa Luxemburgo", li à luz das estrelas. Por fim: "Barraca Elena Pavel." Deslizei ao longo do corredor central, que se encontrava impregnado de cheiro de azeite quente, passando diante de portas – por trás, soava uma confusão alegre de vozes e risadas de mulheres; por todos os lados soava também a mesma música transmitida pela emissora estatal: bizarras canções de luta e furiosas danças populares romenas.

Número nove. Bati na porta. Quando abri a porta do quarto principal e empurrei a minha bicicleta para dentro, a risada morreu. O casal olhou-me incrédulo. O patrão da casa estava sentado – ele trajava ceroulas – sobre um tamborete e colocava a filhinha para cavalgar nas suas pernas. O vestidinho desta deixava à mostra, a cada salto dado, suas nádegas cor-de-rosa e sua barriguinha. A criança gritava de prazer e medo, e agarrava firme o peito coberto de cabelos negros do pai. A esposa, num vestido de chita, que arrebentava na costura e mal cobria o ventre abaulado e os peitos pujantes, manejava o forno. Em cima, estava pregado o retrato do homem supremo do Partido, Gheorghe Gheorghiu-Dej, como recorte de jornal amarelado e tostado. O quarto era mobiliado com uma cama de ferro, um armário de metal, uma mesa e três bancos. Dentre as vigas do teto, uma miserável lâmpada expelia uma luz doentia. Fazia um calor sufocante. Eu não deixara a minha bicicleta do lado de fora propositalmente, por causa dos vizinhos. Assim, eu me encontrava em pé, debaixo de São Nicolau com suas três maçãs de ouro, e mantinha a bicicleta ao meu lado. A caixa de som estrondeava. Ao meu lado, zumbia uma geladeira, grande como um contrabaixo.

A mulher abriu o armário; trocou-se por trás da estreita porta. De saia e blusa, ela agora tinha um estranho aspecto dominical. A saia estendia-se sobre o ventre, mas deixava à mostra os joelhos. Arremessou para o marido uma camisa e uma calça. Ele, porém, vestiu apenas a camisa; continuou de ceroulas, atando somente os seus cordões. A filhinha recebeu um par de meias e uma minúscula saia. Eu podia finalmente fazer o meu pedido... A dona da casa desligou o rádio. A mesma melodia – "Camaradas das minas e covas..." – passava pelos tabiques de madeira, vindo da direita, da esquerda. "Posso dormir aqui até amanhã, por favor?"

Por um instante, reinou um silêncio constrangedor. Então, o dono da casa disse, cheio de dignidade, enquanto se levantava e colocava a criança no chão: *"Foarte bine!"* Sua sobrancelha esquerda estremeceu várias vezes. "Seja bem-vindo, camarada. É uma honra para nós." Ele se sentou, a criança acomodou-se em seu regaço. Enquanto ele me olhava, continuou: "O senhor, jovem senhor, pode dormir na nossa cama. Minha mulher e a nossa Branca de Neve, Alba Zăpada, dormem no chão, sobre a peliça de meu avô. E, no outono, quando recebermos um apartamento de dois quartos no bloco de apartamentos do governo, teremos um quarto para o senhor sempre que queira nos honrar com a sua visita. Não precisamos de um segundo quarto. Não vamos dividir a nossa pequena família, justamente agora que estamos esperando o segundo filho de nossos corações." E ele acariciou o ventre de sua mulher, que segurou firme a sua mão e inclinou a cabeça. "E se a avó aceitar o incômodo de uma viagem do campo para nos visitar, não vamos adoecê-la, trancando-a sozinha num quarto."

A mulher acrescentou, ligeiramente envergonhada: "Com os meus pais não podemos contar. Eles moram, é verdade, a uma parada de trem daqui, em Mândra pe Olt, onde meu pai exerce o ofício de guarda-linha, mas ele me amaldiçoou."

"Por quê?" Ela apenas silenciou. Seu esposo, com os cabelos negros do peito eriçados pelo orgulho, disse: "Eu a roubei quando tinha dezessete anos. Mas agora você tem de comer e beber. E eu também." Eu me sentei à mesa.

O gorduroso jornal, o *Scînteia*, com suas margens vermelhas, que servia de toalha, foi substituído por uma toalha de plástico. Sobre ela, guardanapos de papel com os dizeres: "Antes das refeições, depois de usar o banheiro, lave suas mãos com alegria!" A refeição – ovos estrelados com toucinho bem assado, condimentados com pimenta-do-reino e páprica – era devorada por nós, os homens, com avidez: a gordura escorria pelo canto da boca. A mulher não comia conosco, ela nos servia. Meu amigo Nikolaus falava sobre a situação no país: em torno dos dias de festa da classe trabalhadora aconteceu como no conto de fadas *Mesinha-ponha--se, o asno de ouro e o porrete-pule-do-saco*. "De repente se podia comprar tudo no comércio. Além disso, pontualmente, um prêmio. Juntamente com um outro prêmio, do dia 23 de agosto, vamos comprar um *studio*."

"Onde vamos poder dormir os quatro", completou a mulher. "E talvez até um rádio Pionier." Até agosto, contudo, tinham que pagar as prestações da geladeira Fram.

"E meu relógio da marca Pobeda, que me custou dois meses de ordenado, pago em notas sonantes e vivas, e na hora. Os russos sempre querem tudo de uma vez e logo."

A refeição continuou com toucinho e cebolas frescas. Para completar, a mulher enchia nossos copos, depois de cada trago, com mais cerveja. De sobremesa, queijo e doce em conserva. "E agora, para festejar o dia, nada desta miserável geleia de cinco *lei* e vinte, da qual se diz que leva uma mistura de beterraba. Mas sim um confeito maravilhoso, que se chama *Gem* e que custa os olhos da cara, sete *lei* e cinquenta." E acrescentou muito contente: "Como na América! E no lugar deste pão preto do cartão de racionamento – um *leu* e quarenta, o pão duplo –, temos desta vez pão recheado! Muito caro, quinhentos gramas custam dois *leis* e vinte, mas branco e flocoso como as flores de maio." Ele tirou a peça esplendorosa de um saco entrançado e levantou e agitou o pão recheado como se fosse um troféu. "Aqui nós somos como os boiardos! Sim, e, por último, novamente a manteiga. E não mais cara do que estava durante o Natal, cinco *lei* o pedaço."

O homem, que mastigava de maneira pausada, que enfiava os melhores pedaços na boca da menina que mantinha sobre suas pernas, completou: Podem-se permitir tais luxos quando os dois trabalham, a esposa, com a sua qualificação de quarta classe, numa posição elevada, num escritório como redatora de listas.

E ele, por enquanto, como trabalhador não qualificado. Mas ele agora faz um curso de alfabetização. E já consegue escrever o nome de seus dois amores, e também domina a tabuada de multiplicação. E no mostrador do relógio ele sabia também ver as horas e os minutos. Juntos, ele e a mulher, nos bons meses de horas extras, chegavam a ganhar algo em torno de mil *lei*. "As refeições na cantina do trabalho custam aos trabalhadores um *leu* e cinquenta. A direção subsidia a metade. Em compensação, a creche para a nossa pequena elfa é grátis." Ele não fazia uso de guardanapo; limpava a boca com o dorso da mão. Sorrindo bonacheiramente, levou em consideração a repreensão de sua esposa. E disse: "Os guardanapos são para o convidado!" Quase que não me dei conta disso.

E que eu, o honrado convidado, esperasse passar aqui a noite, precisamente hoje, vinha-lhe muito a propósito. Ele tinha certamente de agradecer à fada dos contos, Ileana Consânseană, que lhe acompanha a partir da campina de sua casa e protege e guarda os seus... sempre! Mas eu precisava agora desculpá-lo. Obrigações elevadas chamavam por ele! Seria uma noite perigosa, a noite de hoje, onde o inimigo de classe levanta a sua cabeça venenosa. Seus olhos cheios de preocupação se contraíram. Levantou-se com brusquidão da mesa, colocou a filha num tamborete virado, um minúsculo andador, e puxou um saco de debaixo da cama. Sobre esta, caíram, com um leve ruído, as peças de um uniforme de cor azul-escuro. "A *Securitate* convocou alguns de nós, homens de confiança, da guarda dos trabalhadores... Devemos dar, hoje à noite, uma mãozinha aos nosso camaradas." Não disse mais nada. E começou a vestir-se com movimentos solenes.

Estendeu-me a mão metida numa luva de couro, abraçou formalmente a esposa e a criança. De seu cinturão, pendia um cassetete de borracha. Sua mulher fez o sinal da cruz sobre ele; ele tinha tirado o quepe, no qual reluzia um distintivo com a foice e o martelo. Calçado com botas e uniformizado, partiu do quarto calcando o chão.

Mal esperei que ele me desse as costas, parti dali, fugi. A mulher me deixou ir sem dizer uma palavra. Enquanto eu colocava a bicicleta no ombro, ela já juntava e enrolava a peliça.

O cemitério, pensei. Eles têm medo, especialmente durante a noite. Havia lá quatro túmulos: entre eles, o de Engelbert, o meu irmão mais velho de origem misteriosa. E a sepultura do tio Erich, penosamente cuidada, de modo que só os iniciados sabiam que se encontrava vazia – e talvez ainda a *Securitate*. E, uma ao lado da outra, as sepulturas de minhas tias-avós Hermine e Helene. Depois que as duas mulheres puseram em fuga um soldado russo que tinha penetrado no jardim de sua casa, viveram ainda algum tempo. E morreram, bocejando de fastio e aborrecimento. Morreram com uma diferença de poucos dias. Assim foi que se reuniram no cemitério duas vezes em seguida os mesmos rostos, e o pastor leu duas vezes a mesma homilia de mortos. Aquelas duas damas, trajando vestidos com bordados dourados, foram enterradas em seus ataúdes feitos sob medida, os quais, como é natural, no correr das décadas se foram tornando demasiado grandes. No entanto, encontrou-se um uso para o espaço excessivo: todos aqueles que não tinham como se desfazer de suas bandeiras com a suástica estenderam-nas sobre o corpo das tias mortas. Desta maneira, na pequena cidade, os derradeiros retalhos e bocados da era de Hitler foram levados ao túmulo solenemente, sob os sons de "Santa Lúcia" e "La Paloma". Os participantes eram muitos.

Eu estava sentado, por um momento, no elegante banco que as tias tinham mandado colocar para aqueles que são deixados para trás, pintado de verde, na cor da esperança, e que pouco se utilizava. Então, tomei um impulso e parti para casa, disposto a tudo, de volta para os meus. Suportar e aguardar! Suportar e aguardar pacientemente! A noite cerrou-se, perfurada constantemente pela luz dos faróis que penetrava no nosso quarto de dormir. Nós ficamos deitados, despertos, e aguardando.

* * *

Estou sentado sobre o chão de cimento e miro fixamente a parede. Diante disso, não há escapatória, nem mesmo retornar ao ventre materno. Estou sentado e encaro a parede, que me devolve um olhar branco e duro. E depois bate a hora da verdade, que me cai como caspas dos olhos. Reconheço e nem mesmo sei como acontece: a culpa fez de mim a sua morada.

Na verdade, não quero o socialismo.

Como também ninguém de meu círculo íntimo o quer. Contudo, não sou melhor do que eles. Por mais que eu tenha tentado buscar a afirmação desta ideia, no fundo de minha alma não quero o socialismo. A culpa é minha! Aqueles lá de cima têm razão em não acreditar em mim. No entanto, isso mudará!

Respiro fundo; a pele ardente se torna fresca e lisa. Espero que a minha alma cumpra com o seu dever. Passo os dois dias seguintes sentado na borda da cama de ferro, como prescrevem as ordens internas da prisão. Nunca mais na minha vida quero ter de esconder-me. Dias tranquilos, no meio da inquietude e do alvoroço: gemidos e tropeços; algumas vezes, soluços; frequentemente, uma maldição, e, no meio, o sibilar dos guardas: "Cale a boca!" E sempre, constantemente, o soar dos ferrolhos. Agora começa a parte séria da coisa.

No terceiro dia, eles enfiam um jovem na nossa cela – torneiro mecânico nas oficinas *Tractorul*. Ele é acusado de ter matado um colega na latrina da fábrica. O colega havia exigido que se elevassem as metas de rendimento. "Que crânio", admira-se o rapaz. "Eu lhe bati com o alicate para canos. O camarada estacanovista morreu na hora. Mas o crânio ficou inteiraço!" Nosso novo colega tem uma maneira original de limpar o traseiro: aquilo que o incomoda no ânus, ele esfrega na parede com o dedo indicador. O caçador, que se alegrara bastante com a nova visita, lhe acertou duas vigorosas bofetadas. O rapaz constata indiferente: "Isso não é nada em comparação aos espancamentos que já me deram aqui." E ele está disposto a deixar-se ensinar. Mas, na manhã de segunda-feira, é levado embora.

Os pensamentos escapam tranquilos; detêm-se onde têm de estar. A dedicatória que a minha avó escreveu na Bíblia no dia de minha confirmação de batismo me vem à mente: "Não estamos aqui para ser felizes, senão para cumprir com o nosso dever." Não estaria na contramão de uma plausível máxima de ação moral: quero que todos os homens alcancem a felicidade! E, para dizer a verdade, se cada um em particular assumir os seus deveres e considerar uma obrigação agir de forma que ninguém na face da terra tenha que passar fome ou frio, ser humilhado e degradado, não poderiam, muito mais, todos os homens se alegrarem com suas vidas? Estamos aqui para cumprir com o nosso dever, e de modo que todos os homens sejam felizes!

Lutar, agir.

Eu agirei.

Numa segunda-feira, dia 5 de maio de 1958, bato na porta da cela e me apresento, pela primeira vez, voluntariamente para o interrogatório. O soldado de serviço aparece imediatamente. Meu corpo treme.

Căpitan Gavriloiu está sentado à sua mesa de trabalho. Está vestido de civil. Um cheiro adocicado de perfume chega até mim. Seguindo a ordem comum, tiro os óculos de ferro, saúdo e logo busco a direção que conduz à minha mesinha no canto, detrás da porta. No entanto, ele ordena que eu me sente junto à janela, na cadeira que ali está preparada. Ele não pergunta como nas outras vezes: "Que dia é hoje, que dia da semana é?" Quando começo a falar, sinto uma palpitação que corre do pulso para o pescoço. Digo: "Tenho uma declaração para fazer, *o declaraţie*. Mas somente diante de meu major."

"Ele não está." Então, talvez, o comandante da prisão possa escutar-me. "Está ocupado." O oficial reordena seus utensílios sobre a mesa; forma novas figuras geométricas, que não consigo decifrar. Meus olhos se anuviam.

Visto que guardo silêncio, ele me pergunta sem me olhar: "O que tem para nos declarar?" Não me sai uma palavra. Meu olhar está voltado profundamente para o jardim da *Securitate*, onde os corços volteiam e o cervo passeia conduzindo a sua majestosa cornadura, curado da diarreia e da gripe – e onde as espireias, cobertas de verde, brilham. Deve ter chegado a primavera.

Digo – acabei de pensar nestas palavras – de maneira lenta e com entonação: "De agora em diante os senhores podem contar com a minha sinceridade. Responderei a todas as suas perguntas, sendo fiel aos fatos e conforme a verdade... Mas sob duas premissas", evito a palavra condições: "Que os estudantes de Klausenburg sejam tratados somente em último caso e que não me interroguem sobre as garotas ou mulheres." Fito o chão, pois não me atrevo a lançar um olhar para o jardim do paraíso. E acrescento: "Se o Partido e o governo querem ter os alemães do país na construção do socialismo, a primeira coisa que precisam é dos estudantes, que são educados desde cedo no espírito do marxismo-leninismo. Dispensá-los seria uma perda irreparável para o país. E para os saxões da Transilvânia."

O capitão não diz nem sim nem não. No entanto, ele me serve uma compota de pêssego, um vidro já aberto, que pega na gaveta esquerda da mesa, e me serve com suas próprias mãos, numa bandeja. Eu a devoro como um esfomeado. O oficial faz um sinal; bate com as mãos. O guarda me coloca os óculos de metal, examina se estão bem colocados e me conduz através da escuridão para o meu calabouço.

em línguas
estrangeiras

19

Tudo está verde-claro. Tão claro como nunca acontecera. À altura dos olhos, minha vista esbarra em botas cobertas por jalecos brancos. Escuto murmúrios no ar. O que é isso? São anjos, que trazem tanta luz?

Um homem abre-me as pálpebras, como se eu estivesse morto. Veste-se de branco, porta um quepe. O homem verifica meu pulso, enfia uma colher entre os meus lábios. Eu tenho de dizer *A* em alto e bom som. Um segundo homem senta-se ao meu lado; o enxergão de palha range. Encaro um rosto icônico, que passa diante de mim. Ele sobe a manga de minha camisa, ata uma banda de borracha ao redor do braço, limpa um lugar sobre a veia inchada e a pica. Um calor ardente, em forma de estrelinhas, se expande pelo meu corpo. Fecho os olhos. Mas, com suave força, sou erguido. Alguém volta a abrir-me as pálpebras. Apertam-me. "Mantenham-no um momento desperto. Deem algo pra ele comer! Ele tem de comer bem. Cuidem para que ele dê alguns passos", escuto uma voz, que vem do alto. Mas para quem são as ordens, quando tantas botas povoam a cela? A visita celestial se dissipa; as botas partem esvoaçantes. A porta de ferro se fecha sem fazer barulho; não retumba como nas outras vezes com seu barulho infernal.

E onde se encontra o caçador? Teriam-no levado consigo os extraterrenos? Mas não, está ajoelhado junto ao meu leito, com uma bandeja nas mãos. "Não tenha medo: era o médico militar e o enfermeiro prático, acompanhado por oficiais, todos vestidos com jalecos. Mas fique desperto, eu lhe peço, *întretimp*!" Às vezes, vinha da cidade um médico, *psihiatru important*.

"Por que tanta luz verde?", balbucio.

"É verão. Olhe lá, acima na parede, um raio de sol. *Vară plină*. Ele levanta a minha cabeça. Não identifico o raio de sol. A comida que me oferecem é bem diferente do cinzento prato constituído de batatas, cebolas, feijão, repolho... É um artifício do diabo ou uma maravilha das mil e uma noites? Cheiro e provo de tudo, e, por um momento, volto a ter compreensão de todas as coisas. Mas os meus membros custam a obedecer. As mãos se recusam a servir-me. A cabeça hesita. Um cansaço de chumbo me mantém preso ao chão. Não obstante, o caçador consegue dar-me a comida a colheradas.

Sopa marrom, uma dispendiosa *délicatesse* da cozinha transilvaniana. Na superfície, boiam autênticos olhos de gordura, coroados por cebolinhas. No fundo, um osso com tutano. O tutano se pode chupar. A sopa quente é passada sobre rodelas de pão tostado, que se condimenta com sal e pimenta; um cobiçado primeiro prato. Junto a este *hors d'oeuvre*, que o caçador me enfia pela boca, a vista me foge. Sorvo a sopa com avidez. O segundo prato, assado de Stephanie – uma tradição na minha família para o primeiro dia de Natal na Casa do Leão –, consiste num pedaço fino de carne que se estira e se cobre com tiras de bacon; depois se envolve em ovos bem cozidos e se cose com fio de linha. Não era um prato muito apreciado entre as crianças, porque os fios de linha ficavam presos entre os dentes. E aqui está o nobre assado, que presta homenagem à desditosa princesa herdeira Stephanie, guarnecido de batatas frescas e outros legumes. Um prato digno de um príncipe! Algo me incomoda no sublime menu, mas sou apenas estômago. Sem faca e garfo, os pratos são difíceis de comer. Mas o caçador sabe o que fazer: desmonta o assado de Stephanie, corta a carne com as unhas afiadas de seus dedos; mistura-a na tigela de alumínio com as batatas e os legumes e coloca tudo na minha boca com a colher. Além disso, oferece-me a salada inglesa. Ele mesmo se serve à vontade; serve-se pouco se lixando que isso seja proibido. "Do refeitório dos oficiais", sussurra, "mais ninguém passa fome por sua causa, acredita?"

Um prato assim tão lauto, como este daqui, por trás das grades, não havia desde que os russos chegaram, desde que expulsaram o rei. Para dizer de forma correta, nas línguas estrangeiras que me exercito para falar, teria que me expressar assim: desde que o glorioso Exército Vermelho libertou a nossa pátria do jugo fascista, ou, mais precisamente, após a queda da monarquia, não havíamos sentido o cheiro de nenhum assado, muito menos comido. Ou sim?

Cuidado! Aqui impera uma perigosa precisão. Um ponto esquecido sobre o "i" pode tornar-se uma fatalidade para toda a vida. Portanto, a rigor, *precis*, *exact*, como a *Securitate* deseja que se descrevam os acontecimentos, foi assim: após a proclamação da República Popular, em 1947, não voltamos a comer assado sem dissimular a satisfação e com a consciência limpa e tranquila. Porque, algumas vezes, a nossa família se permitira, apesar de tudo, regalar-se com um festim: era quando nossa mãe vendia alguma joia e, ao mesmo tempo, nosso pai conseguia ter nas mãos uma costela de porco ou um pernil de vitelo. Mas a deliciosa refeição era devorada às pressas, por trás de janelas com cortinas corridas e portas trancadas. Ou quando nos convidavam, no Tannenau, para um assado de ganso ou para um *gulasch* de galinha. Mas logo perdíamos o apetite; ao saudar-nos, a avó e a tia Maly diziam a uma só voz: "Saibam bcm: para lhcs scrvir csta rcfcição, tcmos passado uma fome de ver as coisas pretas ao nosso redor. Não é verdade, Fritzschen?" "Coisas pretas", repetia o tio Fritz. "Aproveitem! E mantenham a boca fechada! O populacho mete o nariz em tudo quanto é lugar! O inimigo está à espreita!"

Eu me sento um pouco tonto sobre minha cama de ferro e mastigo alto, sem coerção. Junto ao último bocado, que mastigo e engulo – uma delícia! –, solto um arroto. Limpo a boca pegajosa com o dorso da mão e continuo a arrotar, satisfeito como um motorista de caminhão.

O guarda abre apressadamente o postigo por onde passa a comida: "*Terminat!* Agora as pílulas de dormir!" O caçador as coloca, um tanto afobado, sobre a minha língua estendida. Engulo as pílulas com a água que bebo aos poucos da caneca. "*Pace bună!*", deseja-me o guarda. Boa paz até a noite! E é assim, porquanto pela manhã volto a cair pesadamente na rotina habitual com suas comidas e bebidas e seu *program*.

Afundo nas gargantas esverdeadas do sono, no meio do tempo...

* * *

Na noite de Natal, não havia apenas o assado de Stephanie. No segundo dia de festas, o tio Herbert parava, numa cômoda hora da manhã, com dois coches de trenó diante da casa – a última vez foi em 1943. A família aguardava de pé em frente à porta, pronta para o passeio. Cada um trajava uma peça nova de roupa, presente de Natal, o que causava nos outros uma impressão festiva e estranha. Por trás das janelas, ao lado da árvore de Natal, os avós acompanhavam a partida. O protetor de ouvido negro do nosso avô e os punhos de lã da nossa avó indicavam que os veneráveis velhinhos compartilhavam o clima de inverno. "Voltem antes do dia escurecer", líamos o que diziam seus lábios.

O repicar dos sete guizos nos coches atraía para as janelas os nossos vizinhos romenos, que nos desejavam *"La mulți ani"* – muitos anos de felicidade! E nos alertavam contra os lobos russos. Os cavalos soltavam bafos vaporosos por baixo das cobertas que os cocheiros haviam estendidos sobre suas ancas. Com seus pesados casacos de cor azul-escura e botões de ouro, e com seus gigantescos gorros de pele sobre a cabeça, iam pisando sobre a neve com suas botas de feltro, o chicote debaixo do braço. "Eles parecem o Ruprechte, o criado de São Nicolau!", gritava a minha irmãzinha.

O capataz da família, Attila Szabo, afastava a neve do caminho. Com movimentos acentuadamente desajeitados e com uma pá de madeira na mão, ele ia apartando para os lados os montinhos de neve. A filha mais velha, Irenke, que não portava mais do que uma blusa, dispersava cinzas nas veredas geladas; as cinzas sibilavam em contato com a neve. O balde, que continha as brasas ardentes a serem dispersadas, ela segurava firme com seus braços nus. Seus olhos soltavam chispas. Quando passou por mim, beliscou-me a bochecha. Só a esposa do capataz, que alargava o caminho com uma vassoura gigantesca, nos desejou, com uma voz humilde, um bom dia: *"Jó reggelt!"* Nós respondíamos em húngaro: "Feliz Natal!"

Aonde íamos? Aos vales mais elevados, ao Sâmbăta, ao albergue do mosteiro. Estávamos apenas com duas horas de viagem sob um frio cortante. E percebíamos o frio que fazia pela careca do tio Herbert: tornava-se cada vez mais vermelha. Ele não vestia gorro de frio porque, segundo a tia Maly, era um homem de puro sangue.

Instalamo-nos nos trenós, que estavam forrados com pelúcia vermelha. Sentei-me diante da tia Herta. Tio Herbert, seu esposo, subiu quando o trenó já começava a deslizar. A senhora Sárközi, nossa governanta, uma viúva de guerra, levantou a minha irmãzinha juntamente com sua boneca Nelke e a colocou sentada ao meu lado. Seus filhos, Nori e Hansi, com meias pretas listradas, tanto no verão como no inverno, e com uns calções tão curtos que se via o elástico das meias, postaram-se diante da porta com as feições altivas. Eles seguravam bandeirinhas com a cruz suástica. A senhora Sárközi distribuiu garrafas com água quente e colocou tijolos quentes debaixo de nossos pés. Os tijolos estavam embrulhados em jornais, nos quais as reportagens de triunfo e vitória e as fotos do *Führer* cheiravam chamuscados. A boa senhora, sem saber o que fazia, profanou, assim, os números do *Völkischen Beobachter* do tio Erich.

Uwe e Kurtfelix sentavam-se no outro trenó, diante de nossos pais. Uwe tinha sobre as pernas a peliça de minha mãe; ele sorria afetado, como uma solteirona. Kurtfelix, como sempre, levava consigo o seu arco e flecha. Meu irmão Engelbert? Estava também junto? Sim. Embora não parasse quieto, como correspondia bem à sua personalidade oracular.

As crianças deslizavam para dentro dos sacos forrados. Deixei que me colocassem um tijolo quente debaixo das botas de inverno. Elke Adele, ao meu lado, enfiou-se em seu saco até o nariz. Sobre as mantas, que cobriam nossos joelhos, os cocheiros colocaram uns enxergões empoeirados que cheiravam a feno e a esterco, um cheiro que nos fazia recordar o presépio, o estábulo e Belém.

A outra criada estava ali em pé como um pastel queimado. Fazia anos que ela, Liso, tinha sido recebida como qualquer outra criada, mas, nesse ínterim, tornara-se parte da família. Ela era, ao mesmo tempo, chefe da seção feminina do agrupamento nazista local de Fogarasch, e agora estava de uniforme. Com isso, não movia um dedo. Em contrapartida, revelava um rosto terrivelmente assustador: no lugar das sobrancelhas, duas estrias vermelhas como fogo arqueavam-se em sua fronte. As sobrancelhas haviam-se queimado nas festas de julho de Hexenburg bei Felmern. Nosso tio Erich, de mãos dadas com ela, freou o passo, um pouco antes de saltar sobre a fogueira. Não obstante, ela saltou plena de júbilo! Quando a tiraram do mar de chamas, tinha-se desfeito como uma bola de neve na chapa de um forno e o seu aspecto ficara bastante desfigurado.

No instante em que os cavalos arrancaram e com um solavanco arrastaram os trenós que estavam afundados na neve, ela assumiu uma postura firme, levantou a mão e se despediu de nós majestosamente com um *"Heil Hitler"*. Também os dois garotos de meias e casacos desgastados levantaram as mãos, mas não para fazer a saudação alemã, senão para nos jogar bolas de neve. Num dos projéteis devia haver uma pedra escondida; percutiu no encosto traseiro.

Partimos tão rápido que soltávamos faíscas. Saímos da cidade através da Rohrbacher Straße. Depois da Voila, dobramos ao sul até o mosteiro, que se localizava na aba das montanhas. A nuvem de vapor e respiração sobre os veículos se tornava mais e mais espessa; o frio aumentou. As senhoras aqueciam as mãos nas peliças. Tio Herbert friccionava a careca para se aquecer. Abrigávamo-nos debaixo das peles e dos cobertores. Por trás do véu da respiração gelada, brilhavam os olhos.

Já era meio-dia quando chegamos a Sâmbăta. No albergue do mosteiro, os monges, com suas barbas longas e os hábitos manchados de comida, apressavam-se por entre as mesas de carvalho – sob o sorriso irônico das cabeças de javali que pendiam das paredes e o aceno de chifres das camurças negras.

Quando entramos na cave dos monges, o ar frio de fora nos envolvia como uma carapuça mágica. Ao contrário do que se esperava, o solista da banda de ciganos, Dionisie Macavei, nos reconheceu e logo parou de tocar a rabeca. A canção *"Bebe, irmãozinho, bebe"* cessou com um som gutural. Dionisie Macavei avançou sobre o meu pai, como se estivesse à sua espera, fez uma reverência, agarrou como de costume a sua mão e a pressionou num beijo. Seu rosto estava perolado de gotas de suor; sobre a testa tinha pregado uma cédula de mil *lei* dividida ao meio. Meu pai despregou o pedaço de papel e o rasgou em diminutos fragmentos. Em seguida, enfiou uma cédula no bolso da jaqueta do primeiro violonista e disse: "Ares ciganos da Hungria para as damas!"

Deram-nos uma mesa num nicho junto à janela, separado do refeitório e com vista para a Fereastra Mare. Ao lado da cabana, rugia o riacho – apenas domado pela superfície de gelo. Um murmurinho de indignação elevou-se de uma mesa no canto mais escuro. Alguém gritou em romeno: "Continue tocando, cigano nojento, senão lhe arrancaremos a pele das orelhas! Estamos pagando. Recebeu a metade, cachorro preguiçoso!"

"Gente mais ralé", sussurrou tia Herta. Nós miramos fixamente a escuridão, onde se sentavam uns homens engravatados com camisas marrons e de humor excessivo. Eram os homens das "tropas alemãs", o grupo nacional-socialista de competições esportivas. Entre eles, o tio Erich, o irmão menor e sócio na firma da família. Meu pai foi até lá para saudá-los: "Desejo a todos agradáveis dias de festa!" Um hesitante *"Heil Hitler"* veio ao seu encontro como resposta. Ele se inclinou sobre a roda de cerveja; disse de forma suave e num tom censurável, como se falasse com um irmão menor e um sócio mais jovem: "Venha para a nossa mesa! Estamos agora todos em família. Em todo caso, você se esquivou da troca natalina de presentes. Vista o seu pulôver para que pareça mais formal e possa apresentar seus cumprimentos às damas." Sem se opor, tio Erich, vestido com o pulôver e segurando um copo de cerveja, seguiu o meu pai. Com seus sapatos de feltro, chegou cambaleando à nossa mesa e disse amistosamente: "Deus os proteja a todos, a todos. Feliz Natal!"

Havíamos começado a comer trutas azuis do riacho. Era o dia após o Natal e o fim da época de interdição à caça. Não havia pescado que pudesse estar mais fresco.

Um monge, de hábito branco e chapéu de cozinheiro sobre a cabeça, a barba eriçada, sem cortar, mas recolhida de forma higiênica num saco dc linho, conduziu tio Herbert, Engelbert e a mim para um poço que ficava no pátio. Atrás de nós, deslizou Kurtfelix, portando o arco cruzado nas costas. Debaixo de um telhado de madeira, próximo à fonte de água benta do convento, brotava a nascente. Nela volteavam a nadar as trutas. No cristalino elemento se via seus corpos com pontinhos azuis no dorso como num caleidoscópio. Mas seus minutos estavam contados: "Todos os seres têm o seu tempo", disse Engelbert. Inesperadamente, nosso tio Herbert enfiou as mãos no poço com um movimento raivoso que me assustou. Foi como quando um soldado levantava a saia de uma criada húngara na Burgpromenade. No entanto, os animais escorregadios escaparam. Kurtfelix, porém, aproximou-se para a caça; uma flecha zumbiu, acertou. A truta girava como uma hélice ao redor do eixo de metal da flecha. A água tingiu-se de sangue. "Ainda não, *domnişorule, pentru numele lui Dumnezeu!*", gritou o monge. "Pelo amor de Deus, assim não, jovem rapaz! As trutas devem chegar vivas à cozinha!" Ele enterrou a manga solta de sua túnica nas profundezas da água. "Opa, aqui os temos!" No cotovelo da manga, salpicando água, se agitavam os peixes sem fôlego.

O monge correu rapidamente para a cozinha; nós, atrás dele. Ali, os peixes saltavam furiosos numa funda gamela. Com o cabo de uma faca de cozinha, ele ia matando cada animal com um golpe na cabeça. Virava o ventre para cima e enfiava o dedo polegar e o dedo indicador nas guelras ainda palpitantes. Mergulhado em água fria, o peixe era estripado, e a fim de que adquirisse a desejada forma curvada de um chifre, o monge cozinheiro unia com um fio o rabo e a cabeça.

Havia visto o suficiente: como os desatentos peixes eram arrancados de seu elemento vital e conduzidos à morte... Isso me fez pedir almôndegas. "É sério, não quer mesmo?", perguntavam-me com um gesto de reprovação, com um tom de quase censura: por que veio, então? Engelbert comeu duas daquelas trutas azuladas, que cheiravam a vinagre de vinho e estavam enfeitadas com salsinha. Ele também comeu a minha truta, cujos olhos me encaravam como duas pérolas do além. "Nunca se sabe se é a última!"

E assim foi: os monges traziam à mesa o que nos forneciam a sua cozinha e a sua adega. Se se serviam trutas azuis, bebia-se vinho branco: variedades de uva Königsast e Mädchentraube. O primeiro violinista tocava canções da Puszta, a estepe húngara, ao pé do ouvido das damas, o que fazia a minha mãe morrer de rir, enquanto a tia Herta tapava os ouvidos com as mãos. Quando o primeiro violinista mudou subitamente a música para as ardentes *csárdas*, nossa mãe se levantou num pulo, agarrou o tio Erich pela cintura, depois que o nosso pai havia gentilmente dito que não, e girou como uma autêntica húngara, com a mão direita atrás da orelha. Todos batiam palmas, inclusive os monges ortodoxos e os homens alemães.

Não passava, então, pela cabeça do cigano Dionisie Macavei que ele se tornaria diretor de saunas de Fogarasch e secretário do Partido de todos os cabeleireiros e barbeiros; além do mais, o responsável pelas associações musicais e líricas da cidade, até mesmo do coro da Igreja Evangélica, que, na verdade, haveria de ser proibido... Um funcionário cultural de primeira ordem, que nós, as crianças, tínhamos de saudar com um "beijo a sua mão, camarada diretor".

Exceto por Engelbert e eu, ninguém acompanhou o convite da tia Herta para deixar o local cheio de fumaça e estirar um pouco as pernas ao subir até o mosteiro.

Sim, o meu irmão mais velho, ele estava junto, naquele dia, naquele passeio de trenó, ainda que não inteiramente. A maior parte do tempo ele se deixou deslizar sobre os esquis agarrado na parte de trás do coche, cercado por jovens de ruas que se divertiam ao serem arrastados a trote curto sobre os caminhos cobertos de gelo. Ou ele tinha subido para o banco do coche. Sim, ele tinha vindo conosco, mas sempre estava em outra parte.

Engelbert e eu conduzíamos com cuidado a tia Herta pelo braço. Deixávamo-nos guiar por um caminho percorrido por mil pés durante os dias de festa, apressados para chegar à sagrada missa no meio da neve. Debaixo do átrio da igreja ardiam velas amarelas em recipientes de flandres; à direita, para os vivos; à esquerda, para os mortos. Velas ao lado de velas! Nós apreciamos e estudamos o grandioso e terrível afresco do Juízo Final: através de uma torrente de fogo, que saía da boca do Redentor, os corpos nus dos condenados eram levados para o inferno, enquanto demônios cravavam tridentes em chamas na carne dos atormentados. A maior parte dos eternamente condenados portavam turbantes ou botas vermelhas. Engelbert foi o primeiro a compreender que não eram os inimigos da cristandade, mas os arqui-inimigos dos romenos: os turcos e os húngaros. Ele disse: "Coitado de Deus!", e acrescentou: "O que tem de sofrer o nosso pobre Deus!" E perguntou: "Quem vocês desejariam ver no inferno?" Tia Herta não reparou na pergunta, enquanto eu constatava perplexo que me faltava tanto o ódio como a força de vontade para responder. Ele concluiu com um jogo de palavras, cujas duas afirmações nos pareceram idênticas, e cuja diferença, todavia, deveríamos reconhecer com terror ao longo dos anos: "O juízo não vem ao entardecer dos dias, mas é quando o juízo chega que os dias entardecem."

* * *

É verão, assegura o caçador, enquanto mergulho num sono de cor verde. Intervalo...

20

Os dias após o 5 de maio, quando vi florescer as magnólias... Estou, por fim, no lado correto, ainda que o lugar seja equivocado. Percorro, como um pêndulo, o caminho entre a mesa e a porta; três passos assim, três passos e meio de outro modo, um alívio colossal no corpo. Posso contar-me entre a maioria desta terra, depois de haver pertencido, fizesse o que fizesse, desde o meu nascimento, à minoria. Posso finalmente cantar com os demais a plenos pulmões a "Internacional". Estou febrilmente pronto para desmascarar, combater e esmagar todos que se opõem a este meu objetivo. Estou sequioso por espaço e movimento; quero ser um dos seus. O futuro do mundo está firmemente estabelecido pelas leis férreas do materialismo. Para mim, esse futuro ainda não tem um rosto; tem somente uma ideologia inequívoca. Mas procuro honestamente um papel a desempenhar e um cenário. Pela primeira vez, desde que me trouxeram para a *Securitate* de Stalinstadt, ouso pensar num depois.

Vou matar-me de trabalhar, ombro a ombro, com os rapazes que vi na estação de trem de Fogarasch a caminho das obras e construções públicas. Gostaria de preparar a massa de cimento para o dique da represa de Bicaz e cair morto de sono e cansaço à noite no catre, protegido pelo punho proletário do jovem trabalhador que tenho ao meu lado, do camarada e amigo. Ou ceifar, como diarista, os prados da fazenda estatal Vitória Vermelha, que fora, anteriormente, propriedade do senhor Binder von Hasensprung, onde nós, quando crianças, brincávamos de esconde-esconde no feno com as filhas da casa, embalados pelos *notturnos* longínquos que a mãe tocava ao piano, assustados pelos tiros do avô, que atirava de uma torre de madeira nos marrecos selvagens. Gostaria de juntar o milho para o povo, limpar à tarde o suor no Aluta e dormir e passar a noite sob um salgueiro com a secretária da juventude, a minha cabeça apoiada sobre o seu peito, que estaria túrgido e enrijecido pelo entusiasmo de tão ardentes sessões, pelo espírito do discurso iluminado. É isso que desejo para mim. Repleto de expectativa, pressiono o corpo contra a parede; ponho-me na ponta dos pés e almejo um pouco de ar do buraco tão acima, mas por trás do qual presumo encontrar a liberdade.

* * *

Lá, detrás do armazém, o Partido tinha instalado uma biblioteca para atividades menores de formação política. E tinha adaptado o recinto de vendas, que dava para a praça do mercado, para uma sala de conferências, decorada em vermelho de cima a baixo. *Slogans* inspiradores emolduravam as reproduções coloridas dos clássicos do socialismo: Marx, Engels, Lênin (Stálin não mais) e as gigantescas fotografias dos sete líderes do Partido Nacional, com o camarada Gheorghe Gheorghiu-Dej à frente. Exceto este, os demais deveriam ser trocados com frequência. Eles tinham-se desviado do caminho do Partido, algumas vezes para a direita; outras vezes, para a esquerda.

Uma primeira reunião político-literária, colocada em cena por mim no verão de 1957, foi um fiasco. Eu queria acalentar o ânimo das pessoas para as novas ideias por meio de um curso literário de verão – trabalho cultural voluntário de um estudante. Para a segunda já não apareceu ninguém. Mas, para a sessão inaugural, estavam lá: os amigos do comércio e os antigos clientes de meu pai, companheiros de sofrimento na Rússia e camaradas da Primeira Guerra Mundial. Por quê?, eu me perguntava angustiado, embora me alegrasse. Por afeição ou por desconfiada curiosidade: que o seu filho faça isso! As amigas de café e conversa de minha mãe, mais por solidariedade ou por compaixão: esse filho desalmado dela se tornou um bolchevique! As damas de dois médicos saxões nem sequer deram as caras.

Em compensação, nossa última criada, Jino Bertleff, que nos servira até o Castelo das Ratazanas, estava sentada como uma trabalhadora com consciência de classe na primeira fila. Ela agora era cozinheira na cantina de trabalhadores *"Dinamita Poporului"*. Seu rosto estava salpicado de cicatrizes arroxeadas; o nariz esburacado. O óleo de cozinha produzido pelo Estado tinha-se misturado com água, de modo que lhe saltara fervendo ao rosto.

E, como intrusa, tinha aparecido Irenke, a filha de nosso antigo capataz. Como presidente da Liga das Mulheres Comunistas, na seção de Fogarasch, fizera grandes progressos. E era, além disso, esposa de Antál Simon, o temido chefe dos Serviços de Alojamentos. Todos o conheciam, e nós de modo bastante próximo e exato. Dizia-se que o apartamento do casal, no bloco de moradias na Schweinemarkt, estava cheio de móveis valiosos que pertenciam a uma ou duas famílias saxãs – essas peças eram frutos herdados de várias gerações –, que se viram obrigadas a desalojar suas casas da noite para o dia. Não estava ela ali atrás, a elegante senhora com um impermeável da moda, a garota mordaz de outrora, dotada de caprichos caninos? Aquela que eu admirara e temera quando era um garoto – e ela, uma adolescente. Ela não dissimulava a sua beleza! Pegava sol, nua, nos nossos canteiros de flores; de preferência por trás das fileiras de palmas-de-santa-rita. Se um adulto se aproximava, ela puxava preguiçosamente um lenço de linho sobre o corpo. Mas a nós, os garotos, ela deixava ver tudo quando deslizávamos discretos até ela. Também nos banhos no Aluta, aonde nos acompanhava todos os dias de verão, cobria relutantemente a suntuosa nudez; nenhum biquíni era capaz de domar ou encobrir os pelos pubianos e os seios. E ela não usava qualquer outra coisa, ainda que a nossa mãe procurasse inculcá-la que a elegância sempre fica um passo atrás da mais recente novidade da moda.

Na noite literária, ela subira para o canto mais afastado do balcão; não era de modo algum uma camarada, mas uma dama elegante e refinada. A capa verde – do *Reich*, murmuravam as senhoras – ainda estava molhada pelas gotas de chuva e debruava a blusa de um amarelo vivo, adornando-a. Ela tinha puxado ligeiramente, por sobre os joelhos, a saia de couro; percebiam-se as ligas das meias de *nylon* da América. Ela fumava. E não o Virgínia vermelho, senão o verde. Envergonhadas, nossas mulheres inclinavam a cabeça em direção àquela perigosa personagem. Nenhuma fazia parte de sua liga de mulheres. Mas os homens se dirigiam à camarada e lhe estendiam a mão; ela a de todos estreitava. Ela sacudia com tanto vigor aquelas mãos masculinas, cheias de intenções duvidosas, que a blusa de seda abotoada se abriu, deixando à mostra o debrum bordado de seu sutiã azul. Mas ela continuava a fumar. Quando saudei os presentes, ela apagou o cigarro no balcão. Um odor de pano vermelho queimado se espalhou pelo ambiente.

Não muito longe dela, estava postado o meu pai. Ele se apoiava no púlpito de vidro; debaixo deste, numa outra época, ficavam expostos os cartuchos com os talheres de aço inoxidável da marca Solingen. Ali, agora, se acumulavam folhetos políticos nas línguas das distintas nacionalidades que compunham a República Popular. Ele vestia um guarda-pó de couro desbotado – um resto de seu automóvel de tempos passados, um Renault.

Chegaram pessoas que tinham passado a maior parte de suas vidas sob o regime nobiliário-burguês. Alguns homens conduziram a guerra em países distantes. Quem não havia "comido terra" no estrangeiro, ou recolhido migalhas da mesa dos vencedores na Alemanha dividida em quatro partes, empreendera o caminho de volta para casa à noite e sob a névoa – em sigilo. Esses repatriados, marcados no antebraço com o selo de tinta azul da Waffen-SS, encontraram uma hospitaleira recepção no limite mais extremo: nos porões da segurança do Estado, em colônias penitenciárias e em campos de trabalho forçado, onde se esforçavam para adaptar-se aos novos tempos. Outros tinham sobrevivido a todas as provações na Rússia. Quem saíra de lá com vida tinha aprendido a silenciar e a obedecer. Se antes tinham sido pessoas de relativa importância – artesãos, comerciantes, empregados, alguns funcionários públicos, pequenos proprietários de empresas –, tornaram-se, agora, algo menor: trabalhadores para o próprio Estado.

Eles estavam sentados e me olhavam passar. Os barbudos precursores do socialismo e os sorridentes líderes do Partido da República Popular espiavam das paredes. Irenke Simon pairava sobre a assembleia, com sua blusa de efeitos chamativos, como um dragão amarelo-limão. Todos pensávamos o mesmo: esta nos foi enviada pela *Securitate* como espiã.

Apesar de tudo, eu não tive a coragem de dirigir-me aos meus ouvintes com um "meus camaradas e minhas camaradas". Talvez porque meu pai estivesse ali atrás, com o seu guarda-pó puído, e, no meio, sentada, a minha mãe, com um sorriso que se revela a um dentista. Eu disse: "Queridos amigos e...", amigas era inadequado; damas, bem menos. Então eu disse: "Queridos amigos e senhoras!" E com um cumprimento para a última fila: "Prezada camarada presidente da Liga das Mulheres! Sejam todos bem-vindos." Quando se quer despertar o interesse, ganhar as pessoas, parte-se de alguém conhecido. Apresentei, aos amigos e às senhoras, o camponês e poeta saxão Michael Königes: "Um contemporâneo! Reside em Zeiden, a cinquenta quilômetros daqui. Sim, vocês todos o conhecem bem." Silêncio; cabeças balançando. Esse Königes, poeta e camponês, tinha exercido duras críticas, no minúsculo povoado saxão de Zeiden, contra as injustiças sociais no início do século. Ele mirou e atirou em todos que se sentavam na parte de cima. O pastor foi o primeiro a ser coberto com escárnios e ironias. Os próximos a terem a máscara da honestidade arrancada do rosto foram os notáveis e os grandes camponeses. Acabou sem piedade com todas as ilusões e lendas de igualdade e boas maneiras que reinavam na comunidade saxã – um tom estridente nunca ouvido antes!

Li, como exemplo, o conto *Os guardas das searas de Wolkendorf*. Kasper, um camponês muito rico, rouba o próprio feno e exige que os quatro guardas de suas searas – bêbados, mas homens zelosos – paguem o prejuízo. Eles seguem o ricaço e desta vez o surpreendem em flagrante delito, quando ele, na calada da noite, se apropria, com um coche de quatro cavalos, de várias carretadas do melhor trigo do vizinho.

Eu mal tinha iniciado a leitura quando tive de me deter: alguém acionava, de fora, o trinco da porta de entrada, que finalmente se abriu. Um gato angorá azul entrou passeando e lançou um olhar ao redor com seus olhos amarelos sulfurinos; deslizou em direção à primeira fila de cadeiras, onde estava Jino, sozinha, e lá ocupou um assento. Em seguida, entrou, como era previsível, sua dona, Thusnelda Weinbrandt, minha antiga professora da Escola Evangélica. Ela inclinou com altivez a cabeça de fartos cabelos brancos e disse: "Deus esteja convosco!" Colocou o gato sobre as pernas e se sentou na cadeira previamente quente. "Prossiga a leitura", ela ordenou. "Vamos escutar o que você aprendeu!" Li o que havia aprendido. Quanto mais me esforçava para concluir a leitura da penosa história, mais calor eu sentia. Eu escutava arranhar os pensamentos indisciplinados do público: assim não! Uma vergonha, criticar-se a si mesmo, sujar o próprio ninho, ah, com o diabo! Traidores do povo os dois: o tal chamado poeta camponês, um odioso obscurantista, e este estudante sabichão que, de repente, se tornou um escritorzinho comunista. E escutei algo que me fez a vista arder: escutei sob meus dedos, com os quais eu seguia as linhas de leitura, como eu tinha aprendido com a professora

Weinbrandt, as batidas do coração de Irenke Simon, protegido por seus esplêndidos seios que ardiam por baixo de sua blusa amarela. A presidente das mulheres sentava-se num lugar elevado e seu olhar passava ao largo de onde eu estava para pousar sobre a orelha direita de Lênin. Sua saia fora puxada para cima e projetava entre suas coxas uma sombra triangular. Ela mantinha as mãos apoiadas ao lado da cadeira. Parecia que pretendia, com um impulso, lançar-se do elevado púlpito sobre as costas dos homens e sair de lá cavalgando. Levanto a vista; ela não faz o menor gesto, mas a sua blusa bruxuleava na semiescuridão.

Juntamente com a minha última palavra, a minha professora se levantou; o gato pulou em disparada de suas pernas, alcançou num salto o trinco, a porta se abriu; a senhorita Weinbrandt disse: "Que falta de gosto! Deus esteja com todos!" E partiu dali. Minha mãe a seguiu, acompanhada por suas amigas de conversas e café. Eu saí correndo atrás da professora. No corredor, ela se voltou, o gato nos braços, e me deu uma bofetada diante de todas as damas.

Durante o debate, somente Jino tomou a palavra. O rico sempre encheu os bolsos e as autoridades trataram mal os servos e criados. E hoje não mudou muito. Quando o óleo estatal espirrou no seu rosto, a direção da fábrica houvera por bem julgá-la culpada. "As pessoas simples jamais têm razão!" Ela perguntou para o meu pai como iam as coisas. Ao despedir-se, ela lhe deu a mão de modo afável. A mim, não a deu ninguém.

* * *

Três passos de ida, três e meio de volta. Eu murmuro mal-humorado. "Na próxima vez, você começa de outra forma. Veem ali o *slogan*, prezados camaradas e prezadas camaradas, queridos compatriotas? Preto sobre branco. Não, branco sobre vermelho está lá escrito: 'Quem não está conosco, está contra nós!'" Aponto com a mão para a parede nua e pronuncio em voz alta: "Ou uma coisa – ou outra! Cada um tem de decidir!" Avisto um canteiro de íris chamejante e sinto palpitar sob minhas mãos os seios de Irenke. E juro: "Comece de outra forma, na próxima vez!"

O caçador, que está sentado aos pés da cama, quer saber por qual razão ando de um lado para o outro como um urso enjaulado; quinze horas ao dia. Ele sente justamente dores musculares nas costas, e os olhos rolam para fora de suas órbitas. E está curioso como o javali pela javalina. Devo finalmente soltar a língua e relatar o que aconteceu na segunda-feira de 5 de maio? Exceto que o cervo se recompôs, ele não sabia de mais nada. E o que eu murmuro em línguas estrangeiras, ele não entende!

Mas faço um sinal que não. Os dias vão passando. Estou repleto de impaciência: quando virão buscar-me os camaradas lá de cima? Mesmo assim, o tempo, perigosamente reprimido, começa a fluir, e me leva para longe do passado e de meu mundo.

Eu sempre me esquivara a optar por uma coisa ou outra, como naquela noite literária, com uma alusão, é verdade, à luta de classes, que feriu a todos, mas não convenceu a ninguém. E ainda que eu me dirigisse à Irenke Simon com um "prezada camarada", até isso soou forçado.

A despeito disso, fui com ela para o cinema depois.

O herói soviético, Matrosow, se lançou contra um ninho de metralhadoras alemãs, salvando, assim, a sua companhia. Uma bela morte por uma nobre causa. Eu o invejava, porquanto não me ocorrera nada, no cinema, por que pudesse expor-me para, crivado de balas, expirar a minha alma por uma causa superior. Nada me era oferecido, por que eu quisesse morrer como um herói. E por isso me sentia mortalmente triste. Pus a mão esquerda sobre o joelho de Irenke, o que não exigia nenhuma arte: a saia de couro estava puxada até acima da borda das meias, onde, durante a nervosa mudança dos tons de luz do cinema, suas coxas estremeciam. Não me atrevia a subir mais, porque se era verdade que Irenke Simon se comportava como uma grande dama, ela não deixava de ser ao mesmo tempo, também, uma camarada de grande poder. E ainda que tivesse diante de meus olhos o jardim de nossa infância, não sentia saudades da lascívia que me esperava mais acima e mais profundamente.

* * *

Como se receasse reincidir, aguardo impaciente o mensageiro de cima. Mas os senhores da autoridade mantêm o silêncio.

A tentação do passado torna-se um perigo. Se devo eliminar os fragmentos de lembranças burguesas, o que resta, então, para os meus momentos aqui? Quase nada. E aquilo com os pensamentos é ainda pior: não se pode selecioná-los; eles estão sempre presentes.

Não, não, é uma decisão vital que se tem de tomar de uma vez por todas; não há volta. Não importa se se converte num acontecimento exemplar ou se silencia como um segredo terrível, tornar-se-á um mito. O mito expressa algo que, junto ao "é", contém um "não é". Precisamente por haver sido, já não é o que é.

Tento o inverso: procuro descobrir, nos acasos da biografia familiar, onde renunciamos aos valores da burguesia com os quais eu poderia resistir aqui, neste lugar. Histórias exemplares, portanto, do caminho ao mito, que assim foram ou talvez não tenham sido.

Do menor ao maior: nunca dera importância ao fato de ter colegas de colégio diferentes de nós. Simplesmente não o levava em conta. Apenas notara que eles viviam e se comportavam de maneira diversa em relação a nós. E, assim, havia algo de perturbador.

Era perturbador que, na casa de Gebhart Schüßler, o filho do sapateiro remendão Schüßler, a cozinha fosse tão pequena e escura que não podíamos construir o nosso balão em forma de dragão; a armação tocava o baixo teto, a cola escorria pela porta para o estreito pátio. E a luz no canto, junto à mesa da cozinha, era tão escassa que tínhamos de acender uma vela. Isso aborrecia. "Venha, vamos a nossa casa, na sala de pingue-pongue tem espaço suficiente e é claro."

No entanto, era surpreendente o fato de que na casa de meu melhor amigo, Johann Adolf Bediner, havia somente um quarto-cozinha. Na primeira vez, vindo do pátio, numa só passada, captei com um olhar tudo o que eu queria saber. Sem dúvida que me deixou perplexo observar que, salvo os vinte volumes vermelhos de romances policiais de Ullstein, a biblioteca dos Bediner não possuía outros livros. A visão de seu pai, que era limpador de chaminés, sempre me assustava quando eu abria a porta da cozinha e dava de cara com ele sentado à mesa. Isso tinha a ver com o fato de que aquele homem, em geral todo vestido de negro, vestia uma camisa branca como uma rosa e tinha as mãos limpas e um rosto da cor de todo o mundo. Mas que ele bebesse chá de menta com aguardente, por mais estranho que fosse, me parecia um consolo. E que jamais perdesse uma palavra comigo era algo que despertava a minha gratidão.

Somente Annemarie Schönmund, com o seu incorruptível olhar para as injustiças sociais, abriu-me os olhos. Ela o fez de maneira irônica, triunfante, sem piedade e de forma tão acusadora que senti vergonha de meus brinquedos e jogos e das festas que dávamos em casa, sim, e em algumas ocasiões até de minha mãe e de meu pai.

Não obstante, fui eu quem perdeu o apetite no vagão-restaurante quando passamos da pedreira de Rupea, na viagem para Kronstadt durante as férias. Seu tio, Schorsch Untch, presidente da fazenda coletiva de Kreuzbach, nos apanhou em Klausenburg, a Annemarie, a mim, a Herwald, seu irmão, e a noiva deste, Piroska Kiss. Esses poucos dias de férias, antes do início do verão, eram os que se permitiam este honrado homem. E se mostrava o tempo todo generoso: operetas e restaurantes, viagens de trem na primeira classe e vagões-restaurante. Quando o trem partiu da estação e nós cobrimos o rosto diante da insuportável claridade da pedreira, entrevimos as pessoas que estavam à nossa altura: homens e mulheres que conhecíamos de Kronstadt. Elas se esforçavam, com alavancas, em levantar e afastar os blocos de calcário. E se detiveram e ficaram olhando, com olhos de incredulidade, para a nossa mesa ricamente disposta, que deslizava diante deles. Estremeci, quis esconder-me, simplesmente para não ser reconhecido. Pelo amor de Deus, aqueles eram o industrial, o doutor Schmutzler, e o proprietário de grandes comércios, Cegherganian, com suas esposas, e estão ali, trabalhando como verdadeiros robôs! E inclusive o senhor von Schobel de Tannenau. Eu disse: "Mas isso é muito desumano, como eles têm de morrer de trabalhar aqui!"

"Desumano?", perguntou Annemarie, esticando-se, e observou curiosa a cena. "O que aconteceu com eles é certo! Finalmente compreenderam o que significa trabalhar."

O tio Schorsch suspirou: "Que senhores eles eram! Já estão há dois anos aqui. Sim, sim, os modos de operação correm um bom tempo, antes que comecem a inverter-se."

Herwald, o estudante de teologia e poeta, observou: "Como os filhos de Israel sob os tacões da casa do Egito." E para a Piroska, sua noiva húngara, estudante de teologia como ele: "O que aquela careca morena a faz lembrar?"

"Brilha como um ovo de chocolate da Páscoa."

"É mesmo? A mim, me parece mais uma visão do trágico: careca e alavanca, óculos e pedreira."

Annemarie pôs um fim na conversa, enquanto a cabeça de chocolate envernizada do senhor von Schobel se desfazia em pó de calcário: "Agora é a vez deles. Esta é a justiça que iguala a todos. Mas não cai do céu. Os humilhados e ofendidos precisam lutar por ela. As filhas dessas pessoas nunca me convidaram para uma festa de aniversário, porque éramos pobres e vivíamos miseravelmente."

Não era assim nas festas de aniversário que celebrávamos em nossa casa, na Casa do Leão. Todos os nossos camaradas e nossas colegas de escola eram bem-vindos, sem distinção de origem social ou nacionalidade, raça ou religião, como rege clara e nitidamente a nossa atual Constituição.

Renata Sigrid, como eu a chamava com ternura: com o coração arfante eu esperava por ela, que vinha rumorosamente de sua quinta numa caleche ou chegava fazendo barulho na carroça do leite; ouvíamos de longe, em nossa travessa, o entrechocar dos barris de leite. Sabíamos de nosso incompreensível amor, que quase me custou a vida. Durante uma festa com os amigos de classe, no dia 23 de agosto de 1944, os aviadores alemães fizeram de nosso jardim um alvo para tiros. Uma bala me roçou, derrubando-me ao chão. Antes de perder os sentidos, vi os seus olhos sobre mim. Teriam sido esses olhos que me livraram de um fim extremo, que me recolheram um pouco antes de adentrar no oitavo céu? Alfa Renata Sigrid Marie Jeanne Binder von Hasensprung zu Neustift. Mais tarde sem o Hasensprung zu Neustift, somente von Neustift, e, por fim, antes de a família se dispersar, depois da chegada dos russos, simplesmente Binder.

Binder, como o apanhador de cachorros e o lixeiro Adam Binder, que, com a sua mão aleijada, podia fazer duas coisas como um virtuoso: conduzir cavalos e laçar cachorros. Também suas filhas, Amalie e Malwine, faziam parte dos convidados, embora nunca se soubesse se iriam aparecer com a cabeça raspada ou cheirando a petróleo – o procedimento mais seguro para livrar-se de piolhos de cabeça. E não faltava Karlibuzi Feichter, o filho do carpinteiro de caixões para defuntos, que sempre convidava, entre as damas a serem selecionadas, a filha do farmacêutico, Henriette Kontesveller, embora ela fosse uma cabeça mais alta do que ele.

Todos estavam presentes: três garotas romenas e uma armênia, Xenia Atamian, e também uma garota judia, Gisela Judith Glückselich, mesmo depois que teve de abandonar a Escola Alemã; e, mais tarde, a tártara Tatjana Sorokin. Uma pequena União Soviética reunida, poderia-se dizer.

Contudo, não posso deixar de mencionar que tais festas eram ameaçadas por penetras, que tínhamos de afugentar. Meu irmão Kurtfelix disparava flechas contra os invasores. Tio Erich os golpeava com a maça de aço de sua bengala de passeio: nas cabeças de mouro dos ciganos, nos moleques de rua que enfiavam seus rostos, com sorrisos cínicos, por cima do muro, por entre o gradil. Mas o que perdurava era que todas as crianças estavam ali, sem se importar se me presenteavam com um pente fino para piolhos, comprado na feira anual, ou com uma gravata de seda.

* * *

O caçador interfere no meu ir e vir, e suplica: eu devo falar com ele, que lhe conte uma história. Ele me ajuda a ajustar a calça ao redor do quadril. Estou mais magro. Neste lugar não há agulha nem fios – podem ser utilizados como arma. Mas não lhe conto a história com Irenke.

Ela me ajudou a ganhar uma aposta dos rapazes e das garotas, após eu anunciar solenemente: "Eu me escondo de tal maneira que nenhum de vocês será capaz de me achar. Se eu perder a aposta, podem amarrar-me no pelourinho e surrarem-me com galhos de urtiga. Se eu ganhar, cada um de vocês me pagará um confeito na Embacher." Como esconderijo, pensei na saída de emergência do *bunker* antiaéreo que ficava por trás do jardim e que somente nós de casa conhecíamos. Gritei: "Vão para a adega e contem em voz alta até cem! Só então me procurem!"

Os amigos e amigas de brincadeira saíram da adega à minha procura, zunindo como um enxame de abelhas, quando uma mão me agarrou pelo pé e me puxou para os relvados por trás dos gladíolos: as flores agudas, com suas folhas de pontas afiadas, que se elevavam eretas no jardim como uma paliçada de sebe, curvaram-se para o fosso de irrigação, em cuja extremidade se encontrava Irenke, nua em pelo, pegando sol. "Depressa, meu menino do coração. Aqui ninguém o encontra, nem mesmo a sua doce mãe! É um lugar só para nós dois." Ela me arrumou junto ao seu corpo. Fiquei ali ao seu lado, grudado nela. Meu abdômen estava pressionado contra o seu arrojado traseiro; minhas costas, contudo, incomodadas pelas folhas dos gladíolos. "Fique quietinho!", aconselhou. E depois acrescentou bafejando:

"Pare de rufar com o coração nas minhas costas, *uff!* Isso me deixa nervosa. Bate tão forte que se ouve no jardim inteiro. É melhor conter-se!" Poderia conter-me, ainda mais naquele lugar para onde havia rastejado e levado tudo o quanto pertencia aos meus membros, feliz, contudo, por trajar uma calça de couro apertada na cintura? Porque eu descobria, com espanto e encanto, que, ainda que por trás as mulheres sejam como nós, os homens, são diferentes quando se está ao lado de uma, pele contra a pele.

Quando o bando de garotas e rapazes se aproximou, ameaçadoramente, Irenke se sentou, nua até o umbigo, e olhou ao redor, cheia de dignidade. O efeito foi espetacular: as garotas correram dali gritando; os rapazes se deixaram tombar silenciosamente entre as folhas de samambaias. Ela voltou a deitar-se, desta vez sobre as costas, com os seios e o ventre para cima, e disse: "Este é meu presente de aniversário para você." E disse, enquanto meu queixo começava a tremer sobre seu ombro: "Não trema! Afinal não é uma velha lavadeira, mas um elegante rapaz. Cerre os dentes!" Cerrei os dentes. Depois de um prolongado instante, ela disse: "Agora levante, olhe pra mim e vá, *uff!*" Levantei-me como um tolo; olhei para ela, como ela queria; e parti, como ela havia ordenado.

Coleciono os detalhes e refaço essa história, ainda que hesitante. Foi assim que eu, o filho do senhor, como Irenke me tratava respeitosamente, me arrastei, entre os gladíolos, até ela, a filha de nosso capataz, e ela, a inimiga de classe, me protegeu dos esbirros. E adiciono logo um aspecto a mais à história: a amizade com a proletária Annemarie Schönmund; como ela me foi grave e como foi fatal para que eu passasse os dias neste lugar.

E não vale nada que o meu tio-avô, Franz Hieronymus de Zilah, um aristocrata húngaro de antiga estirpe, tenha falecido num asilo para indigentes, pior do que o último proletário?

Mas continuo minhas investigações. Então me vem à lembrança aquele *intermezzo*, quando o meu pai teve a ideia de hospedar um aprendiz em nossa casa. O jovem rapaz recebeu o quarto mais bonito da casa, voltado para o sul, e assistia a todas as refeições na sala de jantar. Emilian se chamava ele, Emilian Mandea. Ele vinha à mesa com uma touca preta de rendinhas na cabeça, debaixo da qual brilhavam os cabelos rançosos de óleo. Aproximava-se arrastando os pés metidos em meias, como é o costume romeno quando se entra na melhor sala. Mas os seus pés desprendiam um odor de suor. Ele admitia sorrindo: pés suarentos ele tinha, como o Senhor Deus lhe presenteou, *să fie cu pardon"* – com o perdão da palavra. *Pardon* era a única palavra que entendíamos, porque só o nosso pai sabia verdadeiramente o romeno. Minha avó mandava servir a comida na sala de jantar do jardim. Nossa mãe exalava um forte perfume, o que provocou vômitos na minha pequena irmã Elke Adele. Durante a refeição, o intruso se comportava de maneira impossível: ele sorvia fazendo um ruído com a garganta, o que se aceitava em parte, porquanto a sopa estava, como de costume, demasiado quente, e nós o teríamos imitado com gosto. Mas quando ele se danou a lamber a faca, a limpar o prato com pedaços de pão e a coçar-se a todo instante atrás da orelha com o garfo molhado de comida, até a minha mãe saiu correndo. Kurtfelix e eu não queríamos mais ir à mesa depois que ele nos ensinou, em seu quarto, sem freios e nem vergonha, os divertidos negócios que um jovem principiante pode empreender com o seu baixo-ventre, e isso em plena luz do dia. Até meu pai passou a sofrer de úlcera no estômago. Somente Uwe – ele tinha um estômago de um porco – conseguia manter-se firme. E Engelbert, que nos aconselhava a menosprezar Emilian como um fruto da imaginação.

Um dia, este fantasma aterrorizador partiu. A minha avó desinfetou o quarto onde ele se hospedara, Jino lavou o chão com água, e a senhora Sárközi queimou a roupa de cama sob o céu aberto. O mundo voltou a ser salvo. O experimento havia fracassado. Mas como tentativa de superação das restrições de classes, repleta de boa vontade, pesaria sim na lista.

E aquele acontecimento, no final dos anos 1930, em Szentkeresztbánya – Karlshütte, em alemão –, em Szeklerland, também poderia ser levado em consideração: quando a nossa mãe caiu nas graças eternas do *bulibascha*, o barão dos ciganos da região de baixo do riacho, fazendo o papel natural de boa samaritana.

Uma menina cigana tinha caído debaixo das rodas do único caminhão do lugar. Ainda que minha mãe tivesse agarrado na gola da camisa daquela menina de apenas dez anos, não pôde evitar que ela fosse tocada pelo para-choque. O caminhão se afastou trepidando a passo de caracol; provavelmente o motorista dormia no volante. A bela menina jazia como um morto no meio da poeira da estrada. Mariska, nossa criada húngara, teve que levá-la para casa, resmungando: "Quanta confusão por causa de uma criança cigana! Elas se multiplicam como as pulgas." Nossa mãe a despertou para a vida com um vidrinho de sais; despiu-a de sua roupinha miserável e a colocou na banheira. Como a menina se esticava e se retorcia, sentindo-se bem, na água morna! Vestida com nossas roupas, calça e gibão, camisa e meias até os joelhos, partiu a pequenos passos sem dizer nada. Nós a acompanhamos até a várzea do rio. De uma distância segura, ficamos a observar o acampamento cigano.

Alguns dias mais tarde, Mariska entrou afobada no quarto de trabalho de minha mãe e balbuciou que uma espécie de senhor, nenhum *grofur*, é verdade, mas sim um homem altivo como um príncipe e negro como um capitão de bandidos, queria falar com ela. O homem anunciado fincou-se num pulo no meio do quarto e com sua corpulência empurrou-nos todos contra a parede. Ele fez um rapapé diante de minha mãe: "*Csokolom a kezét, nagyságasasszony,* eu beijo a sua mão, magnânima senhora!" Olhou ao redor com uns olhos versados e agudos; freiou a roda de oleiro com um pé e se sentou sobre um tamborete, que desapareceu debaixo de suas largas nádegas. Com gestos amplos e uma voz retumbante, ele foi crescendo palavra à palavra. Ele tinha vindo para agradecer. E trouxera, igualmente, um presente que se encontrava lá fora. Além disso, a magnânima senhora poderia, sempre que quisesse, fazer uma visita ao acampamento cigano junto ao riacho dos caranguejos; o convite também valia para os dois jovens senhores. Todos seriam recebidos com todas as honras. E valia igualmente para os cachorros e os porcos, que ali andavam de um lado para outro, livres, como criaturas de Deus. Que o cachorro da casa não estivesse preso à corrente, indicou-nos com prazer. E, também, que ele levava o nome do grande ministro das Relações Exteriores bolchevique, Litwinov.

Os ciganos e os saxões tinham muitas coisas em comum como artesãos e tecelões, como comerciantes e vendedores. Era incompreensível que o senhor Hitler houvesse deportado os ciganos do *Reich*, apesar de eles falarem o alemão perfeitamente e, como vendedores ambulantes, levarem e fornecerem de tudo às casas de seus preciosos clientes. A ingratidão é o salário do mundo!

Com um empurrão de pé, pôs a roda de oleiro em movimento; colocou e manteve a enorme unha de seu dedo no vaso de argila ainda sem forma e entalhou as volutas onde a minha mãe vinha esforçando-se em vão para fazê--lo. Também havia algo de maligno no ar; ele o sentia na urina. Mas, se lhe permitisse dizer, não apenas ali: ele tinha suas informações. Não era homem para se enganar! O senhor Antonescu, o *conducător* de Bucareste, estaria planejando algo ruim: prender e deportar os ciganos. Mas eles sobreviveriam. O amado Deus abençoa os ciganos com mais e mais crianças. Além disso, eles se atêm ao mandamento de amor ao próximo de Nosso Senhor Jesus Cristo – ele fez três vezes o sinal da cruz. Eles cuidam dos velhos e dos doentes até que estes renunciem ao espírito. Os filhos são para eles o mais precioso e amado bem, mesmo aqueles que nascem como retardados e idiotas, porquanto Deus, o Todo-Poderoso, tem dado crianças aos pais como uma bênção, todas, sem diferença. Além disso, os ciganos são modestos como os lírios nos campos, como os pássaros no céu. Eles se dão por satisfeitos com o que o Nosso Deus, o Todo-Poderoso, oferece como o pão-nosso de cada dia, de modo que não precisam preocupar-se com o dia de amanhã. Se os levarem embora, só precisam de um regato límpido para os animais e as pessoas. E também para as virgens, para que possam banhar-se na lua cheia e, assim, ficarem belas e férteis. Ademais, um pouco de pasto para as cabras e os cavalos; alguma árvore caída aqui e ali para a lenha com a qual se atiça o fogo do acampamento à noite, sim, e vimeiros nas margens, com ramos longos, flexíveis, para tecer cestos, e, nas proximidades, um pequeno bosque de bétulas, com cujos galhos se fazem vassouras. Por fim, uma aldeia com camponeses bem abastados não muito distante de nós. Então, poderiam deportá-los para onde Deus, o Amado, quisesse. Porque nenhum fio de cabelo da cabeça de um homem cai sem Sua vontade! Ele arrancou de si mesmo um tufo de cabelos a fim de reforçar a onipotência de Deus. E prosseguiu melancolicamente: "A pátria é aquilo que somos uns com os outros, e as estrelas de Deus são igualmente belas em qualquer parte."

O *bulibascha* se levantou e, todavia, parecia mais poderoso. Falava rápido, como se receasse perder algo importante: "Nós somos mal compreendidos. Mas existe alguma floresta sem madeira seca?" Não, não existe em parte alguma.

"Mas não se faz o mal a quem amamos… Passamos pelo fogo por aquele que guardamos em nosso coração." Ele assoou o nariz, apertando um buraco do nariz e soltando o bolo de muco pelo outro. Ele tossiu e escarrou no chão, onde pisou o catarro com benevolência.

Na despedida, colocou a mão paternalmente sobre a minha cabeça, entranhando nela o maçico anel de ouro de seu dedo mindinho. Beijou a mão de minha mãe, e a deixou chuviscada. E então o chefe de todos os ciganos do prado junto ao riacho passou pela porta do vestíbulo e fez entrar o seu presente de agradecimento; presenteou-nos a garota cigana, Natalia, que estava descalça, mas primorosamente vestida com blusa e saia; ela trazia uma trouxa com nossas roupas de menino debaixo do braço. Sorria. "Ela vai ser a irmãzinha de vocês. Porque duas crianças apenas é muito pouco; muito mais, é uma afronta ao Todo-Poderoso, ao Misericordioso. Só dois meninos…"

"Três, três garotos", corrigiu a minha mãe aquele homem, que não se deixou confundir.

"Ah, o filho mais velho, Engelbert, é verdade!" Lá embaixo, entre eles, se sabia que ele não era filho da casa. Sem contar que nunca estava em casa; sempre pelo mundo, em alguma parte. Sim, sabiam-se inclusive mais coisas…

"*Adieu*", disse a minha mãe.

Justamente! E não significava nada que meus pais haviam criado um garoto completamente estranho, de origem incerta? Somente quando ele, o nosso irmão mais velho, Engelbert, já não mais estava conosco é que soubemos de nossos pais que ele fora encontrado num passeio pela floresta coberta de neve. Bem agasalhado, ele estava metido num arbusto, no qual o nosso pai, por brincadeira, golpeou diversas vezes com a sua elegante bengala: "Nunca se sabe quando uma lebre vai saltar de um arbusto." O que saltou foi o choro de um bebê. Meus pais o recolheram. Quem poderia ser aquele menino, que nossa mãe chamou de Engelbert? O filho de uma criada desesperada? O neto do príncipe Sárkány von Sommerburg? Ou quem? Mas logo os nossos pais deixaram de esperar uma resposta pronta. Mal o menino entrou em casa, cessaram todas as visitas de médicos e párocos, e a senhora da casa pariu, quando chegou o tempo, o seu filho mais velho.

Engelbert partiu deste mundo como tinha entrado: num exercício de *Instrucţia premilitară*, numa época calma entre a partida dos alemães e a chegada dos russos no outono de 1944, ele caiu num barranco da floresta. Alguns opinaram: ele buscara a própria morte. Um herói pela metade. Nada era inequívoco, tudo permanecia em aberto! Todos lhe tinham advertido, inclusive o *căpitan*, quando Engelbert, sem ordem expressa, procurou cruzar uma passarela que balançava sobre uma queda d'água e que conduzia à terra de ninguém; ele se movia de um lado para o outro agitando os braços despreocupadamente, sorrindo sem reparar nos riscos: "Magnífica serenidade, venha…" Suas derradeiras palavras foram: "Não se preocupem, acredito na inteligência da matéria!" A tábua da passarela se rompeu e o abismo o engoliu: "Em verdes luzes se eleva a sorte proveniente do ocre abismo."

O pior e o melhor ao fim. O sapateiro remendão, Szész, que vivia no fim da aldeia, era um beberrão. Ano após ano ele obrigava a mulher a conceber uma criança, que ela tinha de parir de seu corpo mirrado, com fortes dores e tormentos quando chegava a hora. Até que ela se livrou daquilo de uma maneira horrível. Enquanto ela amamentava o vermezinho, reclinou a cabeça para trás e morreu. A criança continuou agarrada ao peito, e o seu esposo a insultá-la. Aconteceu quando a minha mãe e eu entramos com o alimento para a criança. Só quando o pequeno, envolvido em trapos velhos, rolou dos braços da mulher morta, foi que a minha mãe compreendeu o que acontecera. Ela me cobriu os olhos e me conduziu para fora da morada, deixando-me na casa de nossa vizinha antes de voltar.

Nossa mãe criou a criança com mamadeira de leite em pó; ela ia várias vezes ao dia até lá. Até mesmo quando recebia, em nossa casa, o seu círculo de amigas para o chá da tarde, ia até lá, o que parecia às damas algo inaudito. Mais tarde, o próprio sapateiro vinha buscar a papa de aveia e o purê de legumes; era pontual e devoto ao lugar. Quando nossa mãe descobriu que aquele pai desnaturado devorava toda a comida da criança, resolveu enviar-me. O garotinho sorria, quando eu me inclinava sobre o seu cesto fedorento. Enquanto eu alimentava a criança, os irmãos maiores me cercavam mudos e famintos. O velho era o único que resmungava sentado em seu tamborete: "Querem mimar a um outro morto de fome dando pra ele de comer só papinhas. Para as pessoas ricas, fazer o bem é um esporte como jogar tênis. Se perdem o gosto, deixam tudo prá lá. Mas o homem pobre só pode ser ruim ou morrer!"

21

A sedução do passado… Nunca mais Sarasate; ronda-me uma ideia fantasmagórica. Nunca mais Sarasate no salão, com nossa mãe ao piano, o doutor Schilfert com o violino… Eu me sento ao lado do caçador, o que não é permitido; abraço o seu pescoço, o que é proibido, e conjuro por nós dois: "Querido camarada Vlad, não é maravilhoso que construamos um mundo em que ninguém viva na indigência, em que cada um possa ter tudo?"

"Essa é a verdade!", grita o caçador subitamente. Tenho de tapar-lhe a boca. Gritos não são permitidos.

"Qual verdade?", sussurro.

"Essa é a verdade", gargareja por trás de minha mão. Ele a afasta e cicia: "Se eu não tivesse traído a minha Mini com outras criaturas femininas, não estaria aqui. Ai de nós, gente como a gente, se fazemos pouco caso do Partido! Ai, ai…"

Por um triz não escutamos o ruído do ferrolho da porta. Só temos tempo de virarmos para a parede; a porta se abre bruscamente. Com os sentidos em alerta, aguardamos ao que se sucede. Após um longo intervalo de tempo, uma voz que me parece familiar, com um tom e uma cadência que revelam certo embaraço, diz: "Virem-se pra mim." Pode-se ver, no meio da cela, entalado por entre as camas, o *căpitan* Gavriloiu. Ele não está elegantemente vestido de civil, mas sim de uniforme. Calça botas, como se viesse por um largo caminho. Não tira o quepe azul com a insígnia da *Securitate*, embora tivesse entrado numa habitação alienígena. Também não saúda. Esta visita lembra um pouco aquela do cervo, que tinha um porte magnífico, apesar do resfriado e da diarreia. Também não estamos à altura da situação. Nem sequer dissemos: "sente-se!"

Numa das mãos, o oficial mantém três livros, que me estende sem dizer uma palavra. É a trilogia *O Caminho do Calvário*, em romeno. O caçador e eu estamos em pé ao fundo, encostados à parede, e não perdemos de vista aquele homem marcial. E ele junta, de maneira quase imperceptível, a ponta das botas; lembra, com os pés voltados para dentro, uma criança de jardim de infância tímida e cerimoniosa. Que ele aqui não se sinta em casa, nós o compreendemos, mas que não consiga disfarçá-lo, é um erro. A porta está aberta. Diante dela se encontra vigilante o chefe dos guardas calçando pantufas. A um aceno, ele se aproxima arrastando os pés; debaixo do braço, um maço de brochuras. Como ele não pode, por nossa causa, chegar até a mesa, coloca os cadernos sobre a minha cama. *Munca de Partid*. O trabalho do Partido. O capitão sibila: *"Pentru a te familiariza."* Devo dizer obrigado? Eu não sei. Por fim, pergunta se eu me sinto bem nesta cela de eremita. *"Extraordinar"*, respondo. Ele inspeciona mais uma vez a cela; logo puxa e afrouxa o cinturão e as correias da farda, e passa os dedos pela borda do quepe. Quer saudar? Ele apenas remexe o quepe, que fica ligeiramente torcido. Com o quepe de lado, cobrindo agora a cabeça – mas com o uniforme impecável –, ele abandona o local sem nos saudar, tal como chegara.

Calvarul, O Caminho do Calvário; estes são os três volumes que eu me ocupo em devorar nos dias seguintes, para pesar do caçador, que passa o tempo todo dizendo disparates sem ter, porém, uma palavra de volta. Não estou para falar com ninguém. Este Alexei Tolstói: como ele descreve acertadamente o *milieu* burguês, no qual as duas irmãs levam uma vida mimada e inútil, até que a Revolução de 1917 lhe põe um fim sangrento! As irmãs e os seus esposos, que no princípio lutam em posições opostas, brancos e vermelhos, se veem implicados nas teias de um destino insólito. E, ao final, convergem após percorrerem muitos caminhos de sofrimentos, mas livres das reminescências burguesas e algumas recordações inoportunas. Ao final do livro, eles escutam Stálin em pessoa a falar às massas, do alto da tribuna, e se apossa deles um arrepio de entusiasmo e devoção. A mais jovem, Darja, contudo, tem uma visão: ela vê, bem longe dali, nos Montes Urais, um bloco de casas, feitas de madeiras jovens cheias de resina. É lá que ela quer viver e trabalhar com seu marido Telegin pela Nova Ordem; criar os vários filhos no espírito do socialismo e morrer feliz, velada por companheiros e camaradas, chorada por filhos e filhas e muitos netos com lenços vermelhos no pescoço.

Deixo o livro cair; afasto-me da luz oblíqua que se projeta vindo de cima e busco a palidez da cela. Um desejo inquieto de querer viver numa cabana de madeira como aquela, em algum lugar de nossa pátria, se apodera de mim. Talvez na cordilheira ocidental dos Cárpatos? Assentar ali uma linha ferroviária, como o caçador recomenda faz tempo – ele como ativista e agitador do Partido está por dentro do assunto. Os tipos rabugentos da cordilheira ocidental, segundo ele, são os mais pobres entre os pobres: Maria Theresia e suas filhas lhes tinham presenteado a sífilis, os húngaros lhes tinham roubado a língua materna. E o rei romeno Ferdinand? Ele se fez coroar, é verdade, em 1922, em Alba Julia, mas, por outro lado, não moveu um dedo. "Uma estrada de ferro não faz mal!" As circunstâncias são sombrias, mas a ideia é iluminadora.

Vejo a cabana diante de mim, acima na montanha, nas profundezas do inverno, no meio do páramo, sobre o traçado da linha de ferro. Os troncos dos pinheiros são tão frescos que de seus poros, à noite, no fogão à lenha, goteja a resina. Cheiro, provo, sinto tudo; a única coisa que não posso é ouvir. Quando entramos na fria morada, após um dia de trabalho cumprido, eu e ela, sentimos logo um odor adocicado de mofo. É o aroma das maçãs velhas; um *bouquet* de decomposição orgânica, que embriaga os sentidos. As maçãs estão armazenadas sobre estantes de madeira que alcançam o teto. Só quando acendo o fogo é que a morada se enche com um odor de resina. Mas fica, e persiste, um hálito de fermentação e morte recente. Sob essa mistura de odores narcotizantes passamos a noite numa ampla cama de camponês recém-pintada com tinta vermelha e castanha. Empurro a cama e a coloco com o flanco aberto voltado para o aquecedor de azulejos. Se ela sente frio – tenho que lhe imaginar um nome –; sente frio nos joelhos, tem os pés gelados, então, ela pode pressioná-los de encontro aos azulejos quentes do aquecedor. E, abraçando-a por trás, aquento-a com todo o meu corpo. Ela aspira, embriagada de sono, o ar, que está prenhe de essências voluptuosas. Ela tem a cabeça apoiada na curvatura de meu braço direito; a face está quente de paixão e sonho. Contudo, estou deitado, desperto; não quero fechar os olhos num lugar onde a noite é preenchida por tal sensualidade. Tenho o rosto escondido nos seus cabelos, que jazem placidamente sobre o travesseiro. Com a mão esquerda cortejo os seus seios, que se ajustam ao carinhoso jogo de meus dedos. E de vez em quando acaricio ao longo de seu corpo; guardo, cubro, exploro todas as elevações e enseadas de seus membros e me detenho no felpudo labirinto de seu ventre. Ao redor da cabana, vocifera a tempestade de neve, os lobos salmodiam seus cantos fúnebres, e nós dormimos e velamos. E amanhã é um novo dia de trabalho, guardado pela noite seguinte...

Menos estimulante para os devaneios e fantasias se revelam as brochuras com o título *Munca de Partid*. A linguagem lembra os monótonos muros de concreto com peças pré-fabricadas que cercam as fábricas e as fazendas coletivas. Mas como alguém que aqui deve familiarizar-se com ele – *"pentru a te familiariza"* –, procuro defendê-lo: numa sociedade igualitária, onde todas as relações de propriedade e as relações humanas estão esclarecidas, o idioma tem cada vez menos o que realizar. Por conseguinte, sua redução pode tornar-se uma escala para o progresso em direção ao comunismo. De outro modo, se o comunismo é o estado onde o homem tem tudo o que necessita e, mais além, o que deseja, então os equívocos e contradições se resolvem por si só, se extinguem todos os diálogos. Não se tem mais o que dizer, não se tem mais o que discutir – uma total falta de palavras! Isso é, contudo, a própria morte, algo decididamente inumano. "Como? O comunismo levado às últimas consequências..." Com um movimento brusco, pulo da cama; ao fazê-lo, a minha vista escurece. Apoio a cabeça na parede de cal e esfrio a fronte. Todos os pensamentos estão de volta, também aqueles que não posso e nem devo pensar. No momento, gostaria de estar bem longe; flanar pela Burgpromenade, conversando com... sim, com quem mesmo? Expressar-me sobre o silêncio mortal. Desde que estamos aqui, nenhum de nós foi levado ao ar livre, para um banho de sol. Isso só é permitido aos cervos e corças, que passeiam pelo amplo terreno da *Securitate*, protegidos por privilégios e muros.

Chega de devaneios e lamentações! Stálin disse a Górki: "É possível então demonstrar humanidade numa batalha tão incrivelmente selvagem? Onde fica o lugar para a meiguice e a generosidade?"

O soldado da guarda abre subitamente o postigo; faz um aceno para que eu me aproxime, empurra-me na mão alguns jornais; ri maliciosamente – isso é uma novidade significativa – e desaparece sem dizer uma palavra. Vários cadernos de *Temps Nouveaux*, um semanário soviético. E, em alemão: o *Boletim Informativo Interno dos Komintern; V/1938*. Porquanto neste lugar tudo tem um motivo justificável, examino minuciosamente as publicações à procura de alguma notícia cifrada. O *Neue Zeit* tem dez anos. Nada que possa dizer-me alguma coisa.

No *Boletim Informativo Interno*, deparo-me com um artigo que poderia estar destinado a mim: sugere, de fato, como um autor de origem burguesa deve comportar-se sendo um comunista.

Entre os dias 4 e 9 de setembro de 1936 estava reunido em conselho, a portas fechadas, uma assembleia do Partido de caráter inquisitorial. Era a comissão alemã da Associação de Escritores Soviéticos. Com que prazer (de comprometer e expor os outros), pessoas da distinção de um Friedrich Wolf e um Erich Weinert revelavam tudo o que sabiam sobre os amigos e as mulheres; com quem um tinha dormido ou quem sofria de amor – indiscrições e intimidades que tinham pouco a ver com o destino da revolução mundial! Também um Johannes R. Becher se despediu de sua infância burguesa, na qual não somente se adquirem o estilo e as boas maneiras, mas também se desaprovam a bisbilhotice e os boatos. E essas mexeriquices e delações não aconteciam sob a pressão de um interrogatório despótico, por exemplo. Pelo contrário, brotavam espontaneamente do coração: "Não só temos o direito, senão também o dever de dizer tudo o que sabemos."

Que a nomes tão ilustres fosse tão fácil colocar a ferros, e entregar à faca com loquacidade bisbilhoteira camaradas e damas que pudessem distanciar-se tanto de si mesmos a ponto de se tornarem tão radicalmente distintos, é algo que eu só consigo desvendar quando leio Stálin: "Nós, os comunistas, somos uma raça especial, um exército de escolhidos." Por consequência, este ser especial e escolhido deve consistir nisso: que um comunista tem de desprender-se de quaisquer pensamentos pessoais; não pode reservar nenhum pensamento para si.

A inspiração reveladora vem de uma frase quase herética que Friedrich Wolf teve a coragem de pronunciar à mesa vermelha do grêmio de juízes, sabendo que ao dizê-la colocava a própria vida em risco. Só entendo o sentido desta frase ao lê-la uma segunda vez e refleti-la umas três vezes: "Todo ser humano, que procede dialeticamente, tem todos os pensamentos na cabeça. A única questão é: qual pensamento devo abandonar." Não está isento de perigo este jogo reflexivo do homem que procede dialeticamente. De repente oscilam, por entre meu cérebro, as mais paradoxais combinações: por exemplo, que Lênin teria dito que o Senhor Deus não enche todos os cálices. Todos os pensamentos se juntam na minha cabeça.

Mas sigamos em frente. Para compreender as complicadas palavras com as quais Friederich Wolf explicava a sua tese em Moscou, tenho de decompô-la e dizer as suas partes em voz alta: "É indiscutível que o homem é culpado." Esta seria a tese. Ela soa quase bíblica: o homem é radicalmente mau.

"Junto a isso nasce a ideia de que o homem é inocente." Antítese: o homem é bom – reminiscência idealista.

"Mas o pensamento simplesmente está aí, em algum lugar... Ele não se manifesta, tampouco o pensamento que se tem diante de uma criança recém-nascida: sabe-se que o seu crânio está aberto e cultiva-se a obsessão de que se deva fechá-lo. Isso é normal..." Que o monstruoso seja normal, isso é normal? Possivelmente, como a síntese, a terceira etapa da dialética.

"Anormal somente quando se cede a ele", conclui o poeta dr. Wolf.

* * *

Após dez dias de leitura e espera, vejo-me diante do comissário na sala de interrogatórios – ele se veste todo de preto, até a gravata –; sobre a sua mesa, cadernos e pastas. Ofuscado, fecho os olhos com força; o mês de maio desperdiça impiedosamente a sua luz diante das janelas gradeadas. Lá fora, as pessoas se deitam preguiçosamente no Zinnensattel, encobertas, como de costume, pelo verde da grama. Os homens têm o torso desnudo; as mulheres e as garotas, as blusas levantadas, as saias arregaçadas. Elas não sabem o tormento que nos provocam.

Sobre a parte direita da mesa de trabalho reconheço meus diários, amontoados um em cima do outro em ordem cronológica. Bem embaixo de todos, o meu caderninho com a encadernação verde do tempo em que tinha doze anos e me hospedei na casa de minha avó (para um período de um ano como estudante na Brukenthalschule de Hermannstadt). Todos os dias eu escrevia os segredos de minha vida: o que a minha avó tinha servido à mesa – pratos feitos a partir de receitas culinárias da Primeira Guerra Mundial, de um cheiro fantástico e sabor caseiro. Anotava com amargura a impaciência com que ela me limpava, antes de cada refeição, com uma escovinha de unhas a fim de afastar todas as bactérias. Fazia anotações, cada vez melhores, para que ninguém se atrevesse a dizer: você, rapaz imbecil de Fogarasch! Confessava as folhas em branco que tinha lido, às costas de meus avôs ou debaixo do cobertor de cama: os livros de Nataly von

Eschstruth – *Sangue Polonês* – e de Heinz Grabein – *Embriaguez de Neve*. E, com a mão trêmula, escrevia que, ao descer de trenó até a Kempelkaserne, por um fio de cabelo não atropelei, nas imediações do portão dos muros da cidade, uma garota não maior do que eu, que se postara muito tranquila em meio ao crepúsculo e me olhara de maneira singular e prolongada com seus olhos cinzentos, e eu a ela. Isso estava revelado sobre a mesa da *Securitate*.

Os anos escolares em Fogarasch: dois grossos cadernos com uma encadernação quadriculada. A história com o meu melhor amigo Johann Adolf Bediner e seu final inexplicável. E Sigrid Renata.

Bem em cima, chamava a atenção o pomposo diário com que minha avó me presenteara na minha confirmação de batismo: lombada de couro, capa de veludo em vermelho bordô; o fecho agora arrombado. Dentro, os anos ruins que se sucederam à chegada dos russos, com as experiências da deportação, a solidão e a morte. E os insólitos anos no liceu romeno, o *Liceu Radu Negru Vodă*.

E as últimas classes, até o exame final em Kronstadt, a Honterusschule: um caderno com capa de plástico. De Armgard.

Finalmente, os apontamentos do estudante universitário, caderno após caderno; a maior parte feita por mim mesmo com antigo papel comercial.

Indagações acerca de um passado agradável tornam-se ilusórias. Aqui as recordações são selecionadas segundo outros critérios, com exatidão e sem sentimentalismo.

Sobre o lado esquerdo da escrivaninha estão as pastas com as cartas recebidas; também ordenadas conforme os anos. A última carta, pouco antes de minha detenção, é do camarada Anton Breitenhofer, de Bucareste, membro do Comitê Central do Partido dos Trabalhadores Romeno, na qual ele me agradece pelos meus esforços no árduo trabalho de elaborar o projeto de uma universidade de língua alemã em Cluj.

O homem de preto aponta para o monte de cadernos e pastas e diz com a voz cansada: "Temos muito trabalho à nossa frente." Ele levanta um caderno de anotação de espiral preta e o meneia sobre o maço de documentos: "Aqui, veja! Todos os nomes de sua correspondência." E imerge em silêncio. Todos os nomes... São as pessoas que me estão mais próximas, que certamente não separaram, após alguma reflexão, o pensado e o proferido.

Tudo é pensável, mas nem tudo se pode dizer. Eu tinha gravado bem estas palavras caminho acima, até chegar aqui. Mas como harmonizar o lema dialético com a minha oferta de responder a todas as perguntas? Não se trata, tranquilizo-me, de dizer o que penso, senão o que sei. Com certeza, seria desejável que eu só soubesse aquilo que eles aqui já conhecem, e que eu só pensasse aquilo que se pode dizer aqui de pronto.

"O senhor suspira?", pergunta o comissário, mas sem elevar a vista. E suspira. Por fim, volta-se para mim. "Pessoas como nós também têm que levar a sua cruz." Cruz e levar... Tais palavras na sua boca; elas me confundem. "Mas, agora, ao trabalho." E diz baixinho, como se falasse consigo mesmo e, todavia, se dirigisse a mim: "Vocês, os alemães, jamais chegaremos a compreendê-los. Não têm a menor estima pela dialética, embora seus *fondatori*, Hegel, Feuerbach e Engels, fossem alemães. Parecem não ter inclinação para uma vida simplesmente vivida. Só são felizes quando a vida se torna um problema, quando se pode discutir a seu respeito. O mesmo acontece com esses rapazes, o bando de Töpfner: em vez de gozar a vida com o corpo e a alma, se amontoaram em sua casa para discussões, e falaram e falaram... E também, como se poderia derrubar o regime. Não fizeram nada. Somente falaram e falaram. E falaram até terem a corda no pescoço. A prisão é o local adequado para eles: muito tempo terão pra falar."

Ele folheia o meu caderno azul e diz: "E tudo é levado ao papel. O trabalho, então, nós temos. Mas a maior parte das coisas não tem o menor sentido; são absurdas. Enxergam problemas até naquilo que há de mais natural. Por exemplo, como se deve lidar com uma mulher. Deus do céu, para isso basta ter pulso firme. Ou se é lícito seduzir uma garota sem se casar com ela. Por que não, se ela quiser e gostar? Ou se o *contact sexual* é um adultério. É pra morrer de rir! Deitar com uma mulher é como escovar os dentes. Nada mais natural do que o fato de que um homem casado tenha uma amante para encontrar uma vez ou outra. Se não a tem, então a esposa o estimula: vá e procure uma puta ou vai terminar perdendo a masculinidade, e assim teremos filhos idiotas."

Ele puxa e estira sua gravata preta, levanta a vista para o brasão da República e prossegue com uma voz suave – eu, porém, estremeço; tenho que me acostumar com a sua nova voz: que eu tenha recusado durante mais de quatro meses a falar o essencial, *a declara ceva substanțial*, foi um capricho que me consenti generosamente. Que eu me guarde de chamá-lo resistência, pois que eles não consigam levar alguém a falar, é algo que não acontece. Tá certo que no meu caso aconteceu uma dificuldade absurda, *dificultate absurdă*: eu não somente me recusara a falar, também me recusara a viver. Isso fora o absurdo da coisa, como a raiz quadrada de menos um. Mas eles conseguem tudo, enquanto o objeto de seus esforços não está morto de todo, *mort de tot*. Para minha sorte, eu tinha recuperado o juízo e mudado de ideia sobre mim mesmo.

E agora ele precisa ir, pois na morte todos são iguais, do imperador ao proletário, do general ao mendigo, e isso seria uma injustiça gritante. Em meus apontamentos aparece algumas vezes a expressão "pulsão de morte" – em relação direta com o meu tratamento junto ao dr. Nan de Racov. Ele pensou, não faz muito tempo, que só havia dois instintos: *instinctul sexual, instinctul de conservare*. Mas agora ele pode compreender que alguém queira morrer, e o queira de todo o coração. Eu bem que poderia traduzir-lhe isso de meu *jurnal*. O comissário, no entanto, não me entrega o diário, senão algumas páginas, impressas em tinta azul num mimeógrafo. Além disso, papel e lápis, e nenhum dicionário. Um soldado me conduz para um quarto vazio.

* * *

Meus diários tinham sido lidos até agora por uma só pessoa: o psiquiatra, dr. Kamil Nan de Racov, de Klausenburg. Duas vezes por semana ele me recebia em seu divã e eu permitia que me analisasse a alma, me lavasse o cérebro e me recompusesse a cabeça. Annemarie propusera essa cura. O procedimento acontecia na sala de jantar dos pais, que servia como consultório. Tinham comprimido a família do antigo general imperial e real Rudolph Octavian Mircea Nan de Racov em dois quartos. As refeições eram feitas no vestíbulo.

Eu deitava sobre um sofá de pelúcia. Meu olhar se enredava num lustre com anjos de alabastro, cujos seios estavam disfarçados como lâmpadas. O confuso jorro de meu discurso se alçava como uma invocação a estas cortesãs de aparência divina. Enquanto isso, o doutor se sentava de través, com seu jaleco branco, atrás de mim numa poltrona de braços em forma de garras de leão; ele escutava e anotava. O dr. Nan desenterrava maravilhas das íntimas profundidades de meus diários, as elevava à luz da consciência e lhes dava um nome. Primeiro de tudo, ele descobriu que eu padecia de experiência transtornada com o tempo. Esta, ele diagnosticava, era governada por uma ânsia de morte, que havia surgido na infância sob a ameaça iminente: os russos estão chegando! "A única salvação para o senhor é não mais existir, *mon cher*." O padrão básico de meu problema continuava sendo, segundo o doutor, a tarde de 23 de agosto de 1944, quando eu tinha voluntariamente me lançado diante das rajadas da metralhadora de defesa aérea alemã.

Eu escutava. E acreditava e não acreditava. Os fundamentos dos motivos e os abismos são infinitos.

O dr. Nan, que pescava firmemente nas águas turvas de meus tormentos, trazia à luz tesouros extraordinários. Descobriu um princípio de *matrolatria*.

"O que é isso?"

"Um culto à mãe, uma devoção doentia pela mãe." Isso se explica, no meu caso, através dos acontecimentos depois da chegada dos russos, esta morte a crédito de toda existência burguesa. A expulsão de nossa Casa do Leão seria para mim a queda da infância. Desde então, eu me sentia desabrigado; buscava refugiar-me no ventre de minha mãe, essa adorável histérica de branco.

Suas sentenças sobre Annemarie inquietaram-me. "Somente quando se livrar desta Schönmund será um homem." Dizia que meu relacionamento com ela fracassaria... Não precisava ser nenhum profeta para prever isso. Eu havia transferido para ela o desejo por proteção materna. Eu me refugiara nessa mulher mesmo que não me conviesse; éramos de meios sociais diferentes, e ela não fazia meu tipo. Especialmente predestinadas para mim eram garotas mais jovens, modeladas, cheias de charme inocente, de uma educação próxima da minha e com uma biografia social semelhante. "Não é assim!", pensei, num tom desafiador. Não obstante, fiz que sim com a cabeça – um erro, mas um êxito por estar deitado.

"Como uma pessoa que fora abandonada pelo pai, esta Schönmund pertence a um tipo materno anormal de mulheres que odeiam crianças. Assim, ela sempre tem em vista tutelar os outros, dirigir os seus passos, do cachorro ao irmão, da mãe ao amante. Para o senhor porém, *mon cher*, que tem um pouco de Tonio Kröger e um pouco do pequeno senhor Friedemann, o mais cômodo, como superego, é uma mulher como a Schönmund."

O médico só a tinha visto uma vez, quando ela me acompanhou pela primeira vez, e parecia satisfeito com isso. Mais tarde, ele me pediu uma fotografia dela. Queria contemplá-la mais de perto em traje de banho. "Um antiquado traje de banho, peitos grandes de matrona, uma pélvis de mulher parideira, o traseiro sensual, mas provido de carnes sedentárias e com tendência a alargar. Os cabelos soltos e rebeldes e o olhar fixo – uma cabeça de Medusa." Quis levantar-me e partir. Mas os corpos desavergonhados dos anjos no lustre acima não se abrasaram, despedindo-se de mim.

E ele seguia adiante, o dr. Kamil, esclarecendo-me, embora eu começasse a suar de preocupação: "A mulher, mesmo do tipo maternal, quer ser amada como uma puta e não como um ser superior. Isso de ser superior não passa de uma típica invenção alemã. Não é de se estranhar que essa Schönmund, na sua fantasia, induza e provoque imagens ousadas! Por exemplo, sonha que um jovem cigano, coberto de cabelo do umbigo ao queixo, a rapte com seu cavalo, a esconda no buraco de um rochedo no meio da floresta e, noite após noite, ela salte em seu carro com toldo, protegido com uma tenda de teto colorida, enquanto a chuva cai e a pequena coruja lamenta e os cães debaixo do carro arrastam as correntes. Está tudo no diário dela." Eu baixo a vista. Sobre a mesa redonda de carvalho à minha frente havia uma fruteira com laranjas artificiais. Na base de prata estava gravado o brasão da família: caranguejos vermelhos que dançavam. O médico ri: "Que imagens da vida cigana tem uma garota dos arredores da cidade!"

O médico considerava completamente normal que eu, quando escapei vestido de louco de uma neurose obsessiva pela teologia, cobrisse essa Annemarie de xingamentos, chamando-a sem cessar de puta, puta, puta. Toda mulher amada é uma puta, ainda que por um momento só se deite com um. Porque por meio de suas fantasias oníricas ela está sempre hesitando por um outro, um segundo, tão exótico como um cigano e inalcançável como o homem na lua.

O dr. Nan achava ridículo toda a afetação romântica que nós, os alemães, manifestávamos quando se deflorava uma garota. Ele deixou o seu lugar de escuta atrás de mim, caminhou através dos móveis amontoados e assoprou: "Estrelas que vertem lágrimas, a casta lua coberta parcialmente de nuvens, sem esquecer o corço na fonte de um rio… Tudo muito parecido com os tapetes *kitsches* nos salões de beleza e nas confeitarias." Levantei o olhar para os anjos de alabastro, todos eles pairando no ar com o mesmo sorriso papudo. "Tipicamente alemão, muito sentimentalismo para com as coisas naturais do mundo. Os povos latinos gargalham de algo assim."

No liceu, os jovens de sua classe tinham levado para um bosque próximo, entre gritos de júbilo e canções de amor, a única garota ainda virgem entre as meninas da Escola de Moças *Principesca Ileana*. "E adivinhe o que a jovem dama fez depois?"

"Chorou?"

"De jeito nenhum! Fez foi agradecer. E toda a cidadezinha respirou aliviada."

Ao final da auscultação espiritual, o médico colocou um disco de música – o gramofone tinha um megafone e funcionava mecanicamente: algumas vezes, as aberturas de Wagner, *Tristan und Isolde*, mas, muitas vezes, *Tannhäuser*. Na última peça musical, ele murmurou algo incompreensível quando o coro de peregrinos passava solenemente pelo Hörselberg; manteve-se firme diante do sensual *pizzicato* dos violinos, das excitantes seduções da Vênus do reino dos mortos. Frequentemente, escutávamos Richard Strauss: *As farsas graciosas de Till Eulenspiegel*. O doutor batia palmas de aclamação quando os clarinetes começavam a tilintar diante das travessuras de Till, como se estivessem fazendo caretas. E se punha fora de si junto às passagens em que os trombones e os trompetes anunciavam que Till, após um duro interrogatório penal, fora condenado à morte. "*Vanitas vitae!* Aguça os ouvidos, agora é o momento em que enforcam o amável maroto. Com que suspiros, que soam um tanto cômicos, ele expira a sua alma! Morrer assim – como arlequim – que dança sorrindo sobre o abismo e se precipita rindo... Como Jesus!"

* * *

Estou sentado na sala de interrogatórios. O sol passa à distância, e sinto fome. Finalmente alguém destranca a porta. Entra o comissário ainda de luto, mas de bom humor, a gravata frouxa, as bochechas vermelhas, os olhos brilhando de vivacidade. Deve ter sido um "belo cadáver", com um suntuoso banquete funerário e taças várias vezes levantadas em brinde ao morto. O homem de preto apanha as minhas anotações sobre a morte e a saudade sem lhes lançar um olhar; deixa-se cair na poltrona e se coça entre as pernas, um sinal de confiança que evoca noites violentas: o encontro chega ao fim. Ele bate palmas sinalizando. O soldado da guarda se apresenta de pronto; preparo-me para partir. Mas o homem que se coça continua a bater palmas – ao ritmo de uma marcha nupcial.

Mal coloco os óculos de ferro e dou alguns passos tateantes, agarrado no braço pelo meu acompanhante, e as palmas mudam, tornam-se imperiosas. O soldado vira-se subitamente. "Tire os óculos e sente-se à sua mesinha!", ordena o oficial com uma voz burocrática. É o espaço dos interrogatórios noturnos.

"O que diz o senhor a respeito disso aqui?" O soldado de guarda passa-me uma fotografia. "Descreva seus sentimentos." Isso me tinha sido exigido, até então, pelo doutor Nan: reagir sentimentalmente diante de fotos. A cena da imagem é conhecida dos cursos de russo e das sessões da associação de jovens: a jovem guerrilheira soviética Zoja Kosmodemjasnkaja sendo levada ao cadafalso. Nunca antes esta cena me parecera tão terrível: uma jovem garota, de peitos grandes, tranças e olhos radiantes é conduzida para fora por um grupo de soldados alemães. Para mim, o que se sobressai é o inconciliável contraste entre o comportamento da garota, Zoja – Zoe; não significa "vida"? –, que com um passo confiante, quase impaciente, percorre o seu derradeiro caminho, orgulhosa e serena, e os rostos apáticos dos soldados, que vão marchando indiferentes ao lado da condenada à morte. Como? Não lhes inflama o ânimo o ato de acompanhar à morte uma garota na flor da idade?

Como dessa vez sou movido por pensamentos inequívocos e intensas impressões me comovem, deixo sair tudo o que me passa pela cabeça e pela alma. Eu me envergonho de, quando criança, ter dado gritos de júbilo a estes soldados com fardas cinzentas e lhes entregado todo o meu coração. No entanto, custam-me grandes esforços expressar a minha comoção para o rígido homem que se encontra à minha frente. Não é o mesmo que, não faz muito tempo, me torturou até me fazer sangrar. O oficial assentiu com a cabeça. Ele dá as costas para a cena da morte, coloca-se junto à janela, encobre o fulgor da tarde. Eu, porém, estou tão tocado que considero a possibilidade de ir com a condenada, preso a ela pelo pulso, com a camarada da nação soviética – ela poderia ser uma irmã minha.

O homem à janela não bate palmas. Com um gesto de mão, ele nos enxota; o guarda que me acompanha também entende assim. Com cuidado, passo após passo, ele me leva para a câmara crepuscular, onde o caçador me espera impaciente com o almoço e o jantar: na caneca de alumínio com sopa de feijão ele tinha misturado a couve estufada e a cebola cozida.

* * *

Enquanto estou estendido na minha cama, sob um crepúsculo esverdeado, e deixo o tempo passar, com os olhos perdidos em algum lugar, avisto a minha irmã Elke Adele diante de mim. Ela aparece diferente daquela fotografia do último verão em que eles se encontraram comigo. Dois vultos negros tentam afogá-la no rio noturno.

Nas noites quentes de verão, corríamos de casa com trajes de banho em direção ao Aluta; a nossa mãe muitas vezes nos acompanhava. Nadávamos nas águas tépidas rio acima. Ou nos deixávamos levar pela correnteza, de pé, com os pés tocando a areia movediça do canal do rio. Na desembocadura do regato, que vertia no rio as sujeiras da cidade, se encontravam os redemoinhos e os turbilhões. Salvávamo-nos buscando a margem e corríamos para casa tremendo ligeiramente de frio. Como eram apenas os irmãos entre si, nos banhávamos nus.

O lugar onde o regato se unia com o Aluta não era somente perigoso, era também imundo. Quem era levado pela força da água, terminava com os pés presos nos intestinos do animais e em estômagos sebosos, assim como nos chifres e cascos de cavalos, pois o derradeiro edifício na Luthergasse, através da qual atravessava o Altbach, era o matadouro. Lá arremessavam as entranhas dos animais mortos no regato. O sangue vertido corria junto e coloria de cor rosa a corrente do rio.

Eu a vi lutando, ouvia o som de seus gritos: "Socorro!" Entre um grito e outro, sua cabeça era mergulhada nas águas por umas mãos gigantescas. Eu corria pelo atalho ao longo da margem silvestre sem conseguir deixá-lo e saltar na água. Os arabescos dos arbustos espinhosos conjuravam contra mim. O espinho branco, os espinhos vermelhos do espinheiro-de-gleditsia, a rosa rugosa e a acácia arranhavam o meu peito. Minha pele estava cheia de escoriações ensanguentadas. Eu corria e corria e gritava: "Você tem de impedir o trabalho dos carrascos!"

O caçador me sacode: "Dorme como uma lebre, com os olhos abertos, e resmunga no sono como um velho tarado."

* * *

No dia seguinte, os ferrolhos soam numa hora confortável, após o café da manhã. Eles me conduzem com cuidado para os andares superiores. Em sua aparência exterior, o capitão parece não ter mudado com relação aos meses precedentes. Combinando com uma elegante jaqueta verde, ele traja uma calça de veludo listrada e sapatos sem cadarços com meias riscadas. Somente a gravata preta, com o nó descuidado, distingue-se do azul-violeta da camisa. Sua voz soa de maneira tão meiga que me assusta. Os cadernos e as pastas foram levados da mesa. Só a caderneta de anotação, com os nomes, ficou como por acidente no canto extremo da escrivaninha. No centro, três réguas verdes formam um triângulo equilátero – uma figura geométrica de qualidade boa e simples.

"Que o senhor tenha pensado", começa ele num tom de conversa, "que poderia nos puxar pelo nariz, mais do que tudo, nos divertiu bastante." Até que ponto tudo o que eu lhes dizia era mentira e engano, eles constaram por meio de provas aleatórias. Ele me olha de forma penetrante com os olhos de quem afastou toda tristeza, e a única coisa que lembra a morte são os seus cantos avermelhados. E pergunta com uma voz que soa quase a mesma de antes: "Quando foi que leu *Os Últimos Cavaleiros* de…, de…", ele lança mão do caderno negro.

"De Dwinger, Edwin Dwinger", apresso-me a ajudá-lo.

"…, leu, quando?"

Eu engulo a saliva; digo, desta vez, a verdade: "Em 1956, e, para ser mais preciso, às margens do Lago Sankt-Annen." Ele não perguntou por isso; escapou-me. Apresso-me para completar: "Este é o único lago vulcânico da República Popular. Um lago de água doce ao pé de um vulcão extinto. Contornado por fontes térmicas."

"Ah, o lago de Sankt-Annen! Sorte sua ter perdido os encontros saxões realizados ali." Sim, eu os perdera. Todas as vezes que ouvia falar desses encontros no solstício de verão, o meu coração batia mais forte, mas um sentimento desagradável me retinha. Abstraindo o fato de que nós, estudantes, tínhamos que realizar nossos estágios no rio, e que a minha estação do ano é o início do outono. "Uma semana de canções e jogos fascistas sob a condução do músico Einar Hügel e de seu irmão Hugo, o bardo ambíguo. Você conhece os dois." Silencio. "*Un maniac*, este Einar Hügel, um demente. Ele regia como um sargento da SS. E, precisamente por isso, todos os jovens caíram nas suas garras. Esses dois sujeitos levam o nazismo na carne e no sangue, herdado do pai e da mãe. Sabe o senhor o que os irmãos tramavam ali, verão após verão?"

Tenho de saber se eu não estava presente?

"Queriam tocar fogo no lago. Eles levaram um feixe de madeira numa balsa para atear o fogo. Centenas de universitários e estudantes saxões se aglomeraram ali, cantando canções hitleristas." Esta é a palavra fatal: estudantes. Decido escutá-lo por alto.

"Olhe pra si mesmo!" O homem me acena para que eu me aproxime. Devo deixar a minha mesinha e recolher um pedaço de papel do comissário. Quando volto para o meu canto, ele diz bruscamente: *"Traduce!"*

No papel, escrito no sistema de escrita criado pelo gráfico Ludwig Sütterlin, estava o seguinte: "Formem fila de quatro; toquem os tambores; um é o líder!" E leio o título das canções: *"Labaredas ao alto!", "Estremecem os ossos podres!", "Castanha e negra é a avelã."* E outras canções para a juventude e liga das jovens, bastante conhecidas por mim. Por fim, sublinhado, isto: "Preste atenção! O que não me mata prontamente me fortalece." E: "Uma autêntica garota alemã, com o crânio louro e nórdico, quando o coração arde em chamas, faz um grande e sublime esforço. Um autêntico jovem alemão, refreia a língua. Quando se sente inflamado de dor, cerra os dentes."

"São canções progressistas e *slogans* que os irmãos Hügel ensinaram aos seus jovens saxões?" Antes que eu possa responder, ele continua a falar: "E onde aconteciam esses encontros tão perigosos para o Estado? No centro de nossa República Popular. E quando, por favor? No meio da revolução mundial. E tudo isso nós deixamos passar sem dizer nada, com a esperança de que finalmente mudassem de opinião. Você sabe quem recolheu toda esta sujeira?" Não sei, mas posso imaginar. "Seu Hugo Hügel, aquele que elevou ao grau de comunista." Ele caminha até a janela; espelha-se numa de suas vidraças, afrouxa a gravata do pescoço e faz um novo nó, um nó Windsor. "E então?" Também me agrada mais assim.

"A propósito, vocês, os saxões, são como os gafanhotos. Se a gente quer fazer um passeio no meio da natureza, vocês já estão lá, com o traje tirolês e a vestimenta bávara, com o violão e essas canções monótonas. Ocupam os melhores lugares: seja na pradaria junto ao riacho ou na floresta e na campina; também nos lagos gelados e nas cabanas da montanha se tropeça em vocês. Até as estradas rurais estão cheias de suas manadas de ciclistas, de bermudas curtas e saias que se desfraldam ao vento. Para nós, os romenos, não sobra um lugar no nosso próprio país." Isso eu mesmo nunca tinha visto. Sinto uma pontada no coração.

"Numa vez anterior, o senhor declarou que tinha lido o citado livro antes de os russos chegarem." Sim, é verdade, e por algumas boas razões. "Como já conhecemos o tempo e o lugar, a pergunta pelo livro tem somente a intenção de comprovar a sua sinceridade. Nós também sabemos por que o senhor silenciou sobre a verdade: porque, como revolucionário convertido, teve medo que não lhe levássemos a sério se ainda lesse tais livros em 1956."

Isso com o Dwinger só quem sabia era a Annemarie Schönmund.

* * *

Os dois numa barraca de *camping* junto ao lago de Sankt-Annen; final de agosto... Estávamos deitados em cima de uns ramos flexíveis de pinheiro, sobre os quais Annemarie tinha estendido um saiote de flanela. A barraca, tecida com lençóis, conservava intacto somente o monograma de minha avó, zombava Annemarie. Através do tecido puído podíamos distinguir a lua; a chuva respingava dentro, para cima de nós. Enquanto isso, ela fazia seus exercícios de meditação, segundo o método esotérico de K. O. Schmidt; depois se aprofundava na leitura de duas páginas de *Mãe*, de Gorki, e logo fechava os olhos – e eu lia sob a luz da lanterna de *camping* o problemático livro, a história de uma geração de lutadores a favor de falsos objetivos.

Naquele tempo, era o final do verão de 1956, eu tinha construído uma balsa com pedaços de madeira de aluvião. Com ela chegamos remando até aquele lugar no meio do lago redondo, donde se via os excursionistas às margens – tão pequenos que pareciam esquilos. A balsa parou no foco da cratera, cujas paredes côncavas estavam cobertas de mato e lançavam uma luz esverdeada sobre a superfície do lago. Quando o vento – por assim dizer, de asas quebradas – descia do céu, uma onda verde cambaleava sobre nossos membros cálidos. Annemarie estava deitada, apoiada de lado no madeiro úmido, e virada para mim. Ela estudava Makarenko, o clássico entre os pedagogos soviéticos. A não ser por uns óculos de armação de chifre, que lhe davam uma aparência imperiosa, estava completamente despida. Apesar de meus dedos palpitarem de felicidade, eu não lhe tocava; não queria incomodá-la em sua leitura. Durante as noites, dormíamos como irmão e irmã. Ela deitava com o busto despido – uma imagem fantástica sob a luz da lanterna! "O importante para a respiração da pele é o ar de ozônio que sai dos pinheiros. E, por favor, não me perturbe." Se eu me voltava para ela, ela me virava as costas, cobria-se e dizia aflita: "Que pena! Você me rouba todo o meu ozônio. Além disso, tenho de descansar os olhos." Assim transcorria a noite de verão.

Nas noites eu lia *Os Últimos Cavaleiros*. E, durante o dia, *Os Últimos Dias de Pompeia*.

"Seria melhor que lesse *O Plácido Don*, de Solokhov", ela me censurava. Lá você tem as duas coisas: os últimos cavaleiros e os últimos dias. Mas, sobretudo uma nova vida de justiça social. Veja, por exemplo, a *Mãe* de Gorki: de uma mulher derrotada ela se tornou uma comunista consciente."

"Mas mãe ela continuou, todavia."

"Um novo ser humano despertou nela. A propósito, Gorki é o seu nome poético e significa 'o amargo'. Mas seu lema era: O que posso fazer pela humanidade? – escrevia com letras chamejantes em seu coração." E ela acrescentava com tristeza: "Mas nós, os homens, nem reparamos na sua morte."

"Nem sequer que ele vivera", tive que admitir.

Annemarie desejava ser seduzida romanticamente uma vez na vida: ao luar, junto à mãe natureza e no seio da mata, próximo a um riacho murmurante, estendida sobre um estofado de musgo, num bosque de carvalho. Ela me mostrou um quadro correspondente de Ludwig Richter. Portanto, eu agora estava informado: empenhei-me para realizar o seu desejo.

O que descobri não era exatamente o que ela me encarregara de encontrar, ou como ela o imaginava. Mas ela gostou quando a levei até lá.

A nascente era uma fonte de água mineral gasosa, na qual as águas borbulhavam das profundezas vulcânicas. No lugar de estofado de musgo, camadas de lava endurecida, coberta por uma escassa vegetação. As águas gasosas e quentes tinham criado uma banheira artificial.

Nesse caldeirão de águas gasosas, a população húngara das redondezas passava o dia chafurdando na lama, procurando aliviar as dores reumáticas de seus membros. Sobre a superfície vaporosa flutuavam velhas cabeças de homens, espetadas sobre pescoços tostados pelo sol. Nos espelhos de água boiavam os peitos gigantescos das mulheres, brancos como queijo e dominados por rostos vermelhos como pápricas. Aproximava-se dali um miliciano; ele interrompia a sua ronda, se despia por completo e se enfiava no meio das mulheres, que soltavam gritinhos, e junto aos homens, que cuspiam. Após essa pausa no jardim das delícias, ele continuava, com seu passo rítmico, seus negócios opacos.

Nós dois desfrutávamos do banho de águas medicinais à tarde; mergulhávamos na calidez subterrânea, sentávamo-nos juntos, passávamos a mão, cheios de feliz admiração, sobre a pele ardente um do outro. E sentíamos debaixo de nós a rebentação das profundezas telúricas, enquanto a lua pendia das folhas das castanheiras. E nos amávamos muito. Somente quando a pele enrugou com o calor foi que saímos e nos deitamos no chão noturno, que estremecia suavemente por causa das tensões ardentes que ocorriam no interior da terra.

Por causa dessas noites frenéticas, prolongamos o nosso passeio até que não tivéssemos mais nada para mastigar: nenhuma migalha de pão, nem páprica, nem geleia. Sobrevivemos com amora silvestre e batatas. Na escuridão, deslizávamos descalços pelo campo de batata. Com as mãos trêmulas, removíamos a terra, arrancávamos os tubérculos e os escondíamos numa sacola de pão. Sob a cúpula do céu, regada por uma chuva de estrelas cadentes, esquecíamos que estávamos a atentar contra a propriedade do Estado. Todo o medo que tínhamos dos milicianos socialistas desaparecia sem deixar rastros. Annemarie começou a cantar à tirolesa. Tive que lhe tapar a boca. De repente, ela lançou as peças de roupa para longe de si. Envolvidos por vaga-lumes, tropeçamos, caímos ao chão e nos acomodamos nos sulcos do campo. Sentíamos como os torrões de terra desprendiam o calor do dia. Durante o restante da noite, dávamo-nos calor um ao outro com a pele de nossos corpos aquecida pelo sol. E imaginamos a morte a puxar-nos para o interior da ardente terra; como nossos membros se fundiriam – antes de tornarem-se cinza e pó. E não conseguíamos explicar por que se chama isso de espanto da morte. A agonia de morte. O túmulo frio.

Durante três longos dias, nosso alimento foi batatas assadas sobre o carvão. Depois, dobramos a barraca feita com velhos lençóis de linho e descemos a passo firme até a estação de trem de Tuschnader, atravessando campos de lava cobertos de bosques, passando junto às nascentes de água gasosa. No caminho através dos bosques, Annemarie parou em alguma parte na claridade do dia, e não deu mais nenhum passo adiante. Ela me puxou para dentro de uma cabana carvoeira, enterrada pela metade na terra. Um crepúsculo que cheirava a mofo e um fumo frio nos recebeu. Ásperas nos pareciam as tábuas despidas do catre de madeira, e, além disso, a resina grudava na nossa pele. O trem para Tuschnad se foi. Mas se foi como nunca!

22

Quando começa o interrogatório? E quem será o primeiro? O primeiro é o meu pai. O comissário deseja saber onde se situaria o meu pai sociopoliticamente. O homem pretérito que existe em mim se levanta: eu me recuso a responder. O comissário admite que estou no meu direito, mas ele tinha feito a pergunta a título pessoal. "Embora um autêntico revolucionário tenha que cultivar um espírito resoluto capaz de enfrentar o pai, a mãe, o irmão e a irmã." Após uma pausa, acrescenta: "Até a própria avó. Quem tem compaixão se torna culpado." Silencio. "O senhor silencia. Muito bem, então falo eu: de um ponto de vista social, seu pai foi um pequeno-burguês sem meios, com a hábil mentalidade desta classe. Mas ao invés de descer ao proletariado, com um impulso revolucionário, foi trabalhando, ainda que sem muito entusiasmo, para se tornar um explorador." Descer?, pensei; para isso ele não tinha nenhuma razão. E tão sem meios e pequeno-burguês ele não era. Minhas tias estavam erradas em criticar: "Nem sequer uma camisa de pijama ele trouxera para o matrimônio!" Na verdade, foram várias, com monograma e bordado lilás.

"E o que tem para me dizer sobre a sua *mama mare dela Sibiu?*"

"Sobre a minha avó? O que o senhor tem em mente, *domnule căpitan?*", deixo escapar. "Que a minha *bunică*, tão bondosa, tenha feito algo injusto... isso é absurdo. Ela nem sequer sabe falar romeno."

"Isso mesmo já a torna uma *trădare de patrie.*"

"Ela é uma mulher pobre e modesta."

"Mas não é uma proletária." Não, isso não. "Porque tem antepassados." Todo homem tem, penso admirado.

"Em vão, e por capricho, o senhor procura silenciar. Se quisermos, então, tem de falar. Mas eu lhe asseguro, esta conversa é privada. Na verdade, eu me ocupo com a investigação dos antepassados. Só que não tenho nenhum. Pessoas como eu conhecem, no melhor dos casos, a avó." E disse, todo orgulhoso: "Um autêntico proletário não tem antepassados. Para isso, cada um de nós é o primeiro antepassado de sua descendência." Isso também perdi.

"O que, por outro lado, quer dizer que nenhum de nós jamais herdou algo. Por exemplo, um piano com um mecanismo inglês. E nenhum tapete do Egito com cores naturais, nem um jogo de dominó de marfim." Mas de onde ele tirou isso? Essas coisas nos trouxera do Egito o nosso avô. "E nenhuma porcelana com motivos de Delft…" Esse eu tinha ganhado numa partida de dominó contra a tia Herta, um gracioso regador.

O comissário tira os olhos dos papéis: "E, desoladamente, pessoas como nós não têm nenhuma árvore genealógica que vai do chão ao teto. Para isso faz falta o objeto de investigação genealógica." Suspeito do que eu sei.

Em minha mente, vejo três homens sem antepassados que invadem à força o quarto da tia Herta e de minha *mama mare* e revistam tudo, com ou sem ordem judicial. O coronel Antonese entrincheirou-se com o seu sabre de cavalaria no antigo quarto de criada, enquanto a gorducha camarada Michalache, com seu saiote cor-de-rosa, escutava à porta. As duas damas tremiam como harpas eólicas; a tia Herta mais por dentro; a minha avó, abertamente. Mas mantiveram-se reservadas: com certas pessoas não se fala – e muito menos em romeno!

O comissário diz de maneira séria: "Além disso, me irrita o ocupar-se com a vida parasitária da nobreza, debruçar-me sobre o caráter de pessoas que jamais tiveram que mover um dedo e, mesmo assim, eram algo e tinham tudo. As pessoas como nós tinham que trabalhar como um escravo para ser algo, para ter algo. Alguém como eu mal tinha contato com a classe nobre – fora, nunca; aqui, raramente. A maioria dos boiardos fugiram. E os que não conseguiram fugir, se comportam como as portas das igrejas, mais pacíficos que a nossa ingrata gente. E aprendem a trabalhar. Por exemplo, a sua princesa Pálffy. Ela coze o pão e cozinha como uma das antigas cozinheiras de seu palácio."

"Eu não posso ser útil ao senhor de maneira alguma."

"Sim, sim, pode." Como num passe de mágica, ele faz aparecer uma fotografia e a levanta: o retrato de um homem com um terno de aristocrata húngaro. Eu conheço a foto: até a chegada dos russos estava na casa de nossa avó, na caixa de Trumeau. Depois, ela a escondeu por trás do espelho, e após a expulsão do rei Miguel I, desapareceu para sempre. Apesar de tudo, eles a encontraram. Portanto, uma batida domiciliar e tanto.

Uma fotografia em papel duro, feita no salão Mártonfy Gy, em Budapeste, daquelas que se encomenda em grande tiragem e se envia para as personalidades importantes e os familiares queridos. Na foto se pode ver um senhor com o traje próprio de sua classe com cordões sobre o dólmã. Numa estudada pose, ele se estica todo diante de um mapa com a inscrição "Europa". Essa Europa cobria toda uma parede numa sala de trabalho com lustres, uma mesa de conferência e magníficos móveis de escritório. Sobre a foto havia um texto em húngaro, que apresentava o homem com o seu posto, patente e nome.

"Quem é esse?", pergunta o comissário sentado à sua monstruosa escrivaninha.

"Um parente distante", admito.

"E o texto?" O tom de voz o trai; ele sabe perfeitamente.

"Eu não sei ler nem escrever em húngaro. O pouco que sei aprendi com os moleques de rua de Skentkeresztbánya."

"Então deixa que eu lhe esclareço", diz o pesquisador de genealogias. "Ele foi secretário de Estado do Ministério das Relações Exteriores, sob o comando do líder fascista Horthy – também um boiardo podre de rico e, além disso, um voraz explorador dos trabalhadores e um esfolador de camponês."

"Não temos nada com este homem."

"Vire a fotografia! Leia!" Eu leio: "À minha querida prima Bertha de Sebess, em Nagyszeben-Hermannstadt, 1928, seu sempre fiel, o sobredito. O nome do sobredito: dr. Zilahi Zilahi-Sebess Jenö."

Dos muitos títulos e nomes que tinha o pai de minha avó – aburguesado e germanizado em Hermannstadt –, só se havia conservado o Sebes, Franz Sebes, sem o *von* e o *de*; sem títulos e sem o último *s*. O nome, o título, eram os bens de nossa linha familiar; todos perdidos.

Digo com teimosia: "E o mais importante: o pai de minha avó era açougueiro."

* * *

Digo mais tarde ao caçador, sussurando no ouvido: "Eles são capazes de encarcerar a minha avó." Ele me aconselha: "Diga ao *căpitan* tudo o que você sabe sobre os seus antepassados e os nobres. Não acontecerá nada com a sua *mama mare*, se Deus quiser. Mas se ele se aborrece com você... Você ainda não lhe mencionou que um de seus tios nobres morreu como um cachorro abandonado?"

"No hospício de inválidos. Meu tio-bisavô."

A fratura na vida de meu tio-bisavô, Franz Karl Hieronymus Sebess de Zilah, sem que ele pudesse superá-la, foi a terceira separação. Isso aconteceu depois que ele e a sua amada Pauline não conseguiram, em pleno carnaval, enganar a morte e partir com esta dançando sobre a pista do baile eterno do sétimo céu, como Pierrot e Pierrette. Depois de um veterinário costurar certo e errado as veias abertas dos pulsos, ele retornou para Hermannstadt.

Para uma quarta esposa não tinha mais o impulso e nem o desejo. "Depois de minha Pauline, não quero mais ninguém!" Mas ele continuou sendo um cavalheiro dos pés até a cabeça: quando empenhou o seu anel para selar, recomendou logo que lhe fizessem um outro de latão com seu brasão estampado nele. Distinguia-se mesmo quando ia pelas ruas arrastando os tamancos. Elegante até o fim, quando andava e circulava de meias, e benquisto nas ruas e praças de Hermannstadt. "Solidarizar-se sem confraternizar-se, este é o segredo e a arte!" O querido das crianças e dos cachorros, das jovens criadas e das esposas dos párocos. "O barão de nossa cidade", dizia-se com respeito e carinho. Ele escrevia, para os requerentes, cartas de pedido às autoridades, e para os soldados, cartas de amor às suas noivas, em três idiomas. Ele mantinha suas horas de atendimento no salão de beleza de H. Hemper, *vis à vis* com o palácio episcopal, na casa que fazia esquina com o Großen Ring; lá, redigia seus escritos. Aquilo animava os negócios do barbeiro: mais de um dos guedelhudos clientes sentiam a necessidade de deixar-se cortar o cabelo. O mestre Hemper adquiriu um pente fino para piolhos. Quando soava doze horas, Karlibuzibácsi recolhia o seu material de escrever feito de alabastro e prata – a única peça herdada de outrora –, o embrulhava com o jornal mais recente e se dirigia ao refeitório para indigentes.

Quando ele perdeu o último telhado que tinha sobre a cabeça e se instalou no encovado pilar de uma ponte, a família interveio. Lembraram-se de que, apesar de tudo, ele era um Sebess de Zilah. O chefe da família ordenou, num escrito com selo e brasão, dirigido ao conselho de Sibiu, que internasse Karlibuzi Sebess, aliás Ferenc Károly Hieronymus Zilahi, etc., no hospício de inválidos de Budapeste, e lá o mantivesse às custas de seu irmão, o dr. János Jenö Zilahi.

Fácil dizer, mas difícil de fazer. As boas palavras não deram frutos. Aconteceu uma batalha entre os vagabundos, que se mantinham entrincheirados em sua fortaleza no pilar da ponte, e os laçadores de cachorros enviados pelo conselho. A cidade entrou em tumulto. Durante os três dias de cerco todos os cidadãos passaram pelo local; os papa-moscas não se moviam do lugar.

Os laçadores de cachorro, que faziam parte da paisagem urbana de Hermannstadt, assim como eletricistas e ciganos com instrução especializada, rotineiramente perseguiam os cães sem dono com seus laços de fio metálico; por sua vez, eram acossados por damas da boa sociedade, amantes de animais, que lhes feriam o corpo com sombrinhas, abridores de carta e agulhas de ponto. No terceiro dia, um dos sitiantes conseguiu escalar o pilar; introduziu o laço de fio metálico por um buraco e apanhou o aristocrata pelo pé. É verdade que os vagabundos o agarraram por baixo dos braços, mas depois de três dias estavam exaustos de lutar, amargos e loucos por uns goles de aguardente. Cederam, deixaram que levassem o perseguido.

Foi assim que tiraram o meu tio-bisavô de seu esconderijo e o levaram, numa jaula para cachorros, para o hospício de inválidos; um senhor e um aristocrata precisamente nesta situação. Descalço e com os tornozelos arranhados, mas vestido de terno, com gravata borboleta e monóculo, ele sorria e acenava com nobreza de seu calabouço de arame. Um monte de gente lhe dava uma escolta de honra acompanhada com gritos de protestos e aclamações de hurra. Metade da cidade baixa estava a postos. Pedras voavam, os laçadores de cachorro tinham de esconder-se. Chegaram apressados ao hospital de inválidos, correndo como cavalos. Lá o recebeu o pai dos pobres, o senhor Robert Zalman, um segundo-sargento da reserva, que fez uma saudação militar ao barão da cidade, ajudando-o a sair da jaula e do coche; ele conduziu o sofrido homem para a sua sala de administração, onde o reconfortou com um cálice de conhaque Napoléon. O novo internado podia escolher o quarto e o companheiro de quarto. Ele escolheu o quarto mais úmido, voltado ao norte – como recordação da época feliz e úmida debaixo da ponte de

Zibin. E, como colega, um veterano de guerra sem perna: "Assim sobra mais espaço para respirar neste buraco."

Mesmo no hospital de inválidos, atuaram as inovações trazidas pela época que se seguiu à libertação de 1944. Ao invés de dois, agora eram quatro os que ocupavam as celas com abóbadas do século XIII. "Assim eles podem jogar melhor o baralho", achavam os superiores. E o novo espírito de camaradagem se fortaleceria. O próximo passo foi a introdução de um uniforme homogêneo: enfiaram os pacientes nos uniformes de cor marrom dispensados da antiga polícia real, que agora se chamava milícia popular e aparecia vestida de azul, naquela tonalidade típica da Rússia. Aliás, os homens iam ficando cada vez mais parecidos, já que punham em relevo o mesmo gesto assustado, como se pedissem perdão por ainda estarem neste mundo. No refeitório, pendia uma faixa com o engenhoso lema: "Quem não trabalha, também não pode comer." Se alguém de fora desperdiçava um olhar com os velhos, estes baixavam os olhos humildemente como se não tivessem nomes e se eclipsavam por trás das portas bolorentas.

Diferente era o tio Karlibuzi: ele trajava o enfadonho uniforme com elegância, mantinha a cabeça elevada e olhava por cima de todos, inclusive do camarada diretor. Para este, o monóculo do tio era como um espinho no olho. Como a sua proibição de usá-lo não deu frutos – "Não entende, velho fracassado, que este caco de vidro redondo deixa doente a classe trabalhadora?" –, arrancou-lhe o cristal do rosto. Quebrou-se. Isso trouxe mais desgosto ao meu tio do que quando lhe tiraram os grosseiros sapatos de sola de madeira ou lhe quebraram a dentadura postiça. Ele se tornava mais esquisito; mal saía de seu quarto com abóbada. Os camaradas mais próximos e experientes perceberam que ele logo morreria: meu tio começou a esconder os seus pertences debaixo do colchão de palha e praticamente não se afastava de sua cama. E também falava muito com os ausentes e os mortos.

Minha avó e eu – naquela época, estudante na Brukenthalschule – costumávamos visitá-lo. Ele ficava deitado na cama de ferro. "Sentem-se", dizia ele, e apontava para um baú de madeira, ao lado do qual havia uma prótese. Duas figuras estavam deitadas nas suas camas de maneira pouco educada. A quarta cama estava vazia. "Fora daqui, marotos! Não veem que são visitas importantes?" E, dirigindo-se a mim, emendou: "O que sabe sobre a água, meu jovem?"

Refleti: "Que não tem forma própria e se expande quando se esfria sob uma temperatura de quatro graus."

Ele me avaliou com os olhos; o esquerdo era grande e redondo. "Muito bem! E se não fosse assim, como seria?"

"O gelo se formaria e afundaria."

"E as consequências?"

"No inverno, os peixes e todos os animais aquáticos desapareceriam, congelariam, morreriam."

"As árvores morreriam em pé", disse, e fechou as pálpebras. E continuou, todavia, a mirar-nos com uns olhos arregalados, de tal modo que trocamos olhares pasmados. O que era aquilo? Enquanto colocava uma compota de pêssego e uma tigela de *salade de boeuf* de Zecker sobre a mesa, a minha avó lhe perguntou: "O que é isso com os seus olhos, tio Karli?"

"Ah", disse ele, "vergonha, sabotagem", e nos mirou com seus olhos autênticos. "Eu me fiz pintar uns olhos artificiais. Quero vingar-me daquele lá de cima." Ele apontou, através do teto, para aquela direção. "Ele quebrou o monóculo." E fez um amplo gesto ao seu redor: "Também quero roubar esta canalha daqui. Assim eu sei e vejo tudo, mesmo enquanto durmo."

"Como o senhor pretende vingar-se?", perguntei.

"Sabe, rapaz, que todos os empregados dali de cima também pintaram olhos nas pálpebras? E assim podem dormir durante o trabalho sem que ele o perceba, o velhaco!"

"E onde fica a sabotagem?", perguntei.

"Na imitação dos olhos... Quando isso fizer escola em todo país, então se gerará um exército de ociosos. Então todos agirão como se trabalhassem, e o Estado seria arruinado, o regime chegaria a cair..." Ele fez uma pausa estudada: "... num sono eterno!"

Tio Karlibuzi fechou os seus olhos autênticos para sempre, sem que ninguém o percebesse, porquanto os olhos sobrepostos continuavam a encarar as pessoas. Como chegou a isso? Muito simples! A fim de criar mais espaço para respirar em seu calabouço, tinha ele tirado com demasiado ímpeto a prótese da perna de seu vizinho de cama e a lançado janela afora. Com o mesmo ímpeto agarrou-se no ombro esquerdo: "Ar!" E morreu. Pela primeira e última vez, um sorriso irado desfigurou o seu rosto. Debaixo do travesseiro, encontraram o seu material de escrever feito de prata e alabastro, além de uma abundância de castanhas murchas. No registro de nascimento escrito em húngaro, o camarada diretor Napoleon Boambă decifrou com muito esforço os complicados nomes.

No entanto, antes que pudessem enterrar o tio, o que aconteceria no terceiro dia, no cemitério central, chegou um telegrama de Mayerling, Viena, assinado pelo dono da casa: que esperassem com o funeral. Um pouco mais tarde, chegou uma transferência financeira de considerável valor na *Banca Populară Sibiu* – para um enterro de primeira classe, algo que não era mais admissível nesses tempos de democracia popular. O diretor e o secretário do Partido estavam fora de si. Como souberam no exterior capitalista da morte de um paciente da casa? Algum espião remunerado devia estar metido no hospital de inválidos! O Partido reprimiu a indignação dos camaradas: o fluxo de dólares para o país estava a serviço do socialismo.

O tio Karlibuzi foi embalsamado e colocado sobre o gelo na antiga igreja do hospital, localizada no pátio do asilo para inválidos. A igreja tinha sido despojada de sua beleza litúrgica desde a chegada dos russos e oferecia um espaço ideal como depósito para todo tipo de tralha. Ali, na cripta fria dos monges, se conservavam os mortos até o momento de seu transporte. Lá ficava o sarcófago universal, a invenção de um *inovator socialist*: embaixo, uma portinhola, que se abria quando o caixão tocava o fundo da cova. O morto, embrulhado no seu último sudário, acabava estirado na terra, coberto por cima por uma tábua de quatro pés, que também resvalava do caixão funerário. Em seguida, a cápsula do caixão içava-se, a portinhola fechava-se e a arca fúnebre tornava a ficar nova e pronta para ser usada outra vez. Um pesadelo para os homens e mulheres idosos, esta inovação ordinária, que não custava para o Estado mais do que uma sórdida tábua por enterro.

No frio espaço da igreja, o camarada diretor amontoava o seu mel privado em tinas fechadas. E ali se armazenava o mel do Estado, também sob sua responsabilidade, em amplos depósitos.

Além disso, reuniam-se nesse lugar de culto os doentes internados para as sessões de homenagem ao Partido, assim como para aulas políticas sobre as estratégias e táticas do Partido para o próximo plano quinquenal, para conferências sobre os métodos mais modernos de criação socialista de gado e a ginástica especial para grávidas.

E aqui esperou Karl Sebess, indiferente para com as coisas que haveriam de advir. Ainda que o camarada diretor, com um coração repentinamente brando, passasse por ali várias vezes ao dia para estar ciente acerca das últimas novidades do convidado petrificado: por exemplo, se não tinha recebido um outro telegrama da Áustria, mas com dinheiro para, pelo menos, seis enterros, se não mais.

Para o enterro, tiveram que restaurar um desbotado carro funerário, que o Partido tinha retirado de circulação como relíquia mística. Proibiram os internados de participar do acompanhamento do cortejo. Bem atrás, regia um senhor vestido de cinza escuro – que, ao juntar as mãos para oração, se deixou trair como um não crente.

Diante do cortejo fúnebre, puxado por quatro cavalos requisitados do campo, com celas negras, caminhava o pastor da cidade, Alfred Hermann em pessoa, que combinava com a mesquinhez e a desolação presentes. Nos dois lados do carro funerário iam marcando o passo quatro milicianos como guardas de honra; de vez em quando eles puxavam, de maneira acanhada, os laços das coroas funerárias, sobre as quais reluziam a geografia do mundo capitalista. Seis guardas fúnebres, uniformizados com chapéus pontudos e mantos longos, também acompanhavam o cortejo. Pelos seus caríssimos sapatos, as pessoas comuns reconheceram quem eram eles de verdade. As pessoas não economizavam os gritos e as vaias e lhes atiravam bardana, e cardo, e cascas de ovo, e pápricas.

Atrás do carro funerário com divisórias de vidro, seguia a minha avó, sozinha, após se identificar diante do chefe dos milicianos como a legítima sobrinha do falecido. Este me afastou para um comentário particular: "Este é um tio-bisavô seu? Isso não existe. Uma pessoa já fica feliz se se lembra do próprio avô."

A ralé de toda a cidade baixa formava fileiras para ver o cortejo: mulheres desmazeladas, aventureiras, com chapéus florentinos esfarrapados, ciganas com os peitos soltos a amamentar os seus filhotes morenos, homens e mais homens. E também inúmeras pessoas honestas, decentes. Exceto pelo caminhão verde de lixo, coberto com crepes de luto, com o qual ultimamente se levavam os mortos ao cemitério, tudo era como antes. O povo não podia conter-se de felicidade. Aplausos de ovação; muitos elogios. As pessoas choravam e davam gritos de júbilo nas três línguas do país. E percebia: não somente uma época boa e antiga havia passado, também o seu tempo se aproximava do fim. Já se começava a fazer no país uma caçada de indivíduos insociáveis e preguiçosos. E não eram os laçadores de cachorro, mas sim os milicianos que os agarravam como cães vadios.

Sobre o carro funerário derramaram uma chuva de pétalas, recolhidas do parque da cidade. Quando um corajoso inválido, cego de um olho, gritou "viva o senhor Karlibuzi, nosso benfeitor, o barão da cidade e o rei dos mendigos de Sibiu, o último cavaleiro de nossa querida República Popular!", o júbilo não conheceu limites. As pessoas davam-se as mãos fraternalmente e dançavam ao redor do carro funerário. Ainda bem que os cavalos levavam antolhos e o cortejo fúnebre tinha acabado de chegar à Hermannsplatz, ao final da *strada* I. V. Stálin. Lá esperava o conversível, no qual subi com minha avó e o senhor pastor. Neste momento, os milicianos do povo e os guardas fúnebres, juntamente com o homem de cinza, desapareceram para todo o sempre.

* * *

O caçador lança-me um olhar reprovador: "Assim como você conta, a história não pode ser apresentada ao *căpitan*. Temos de deixá-la mais polida. A propósito, você está muito longe de ser um camarada com consciência de classe." Respondo irritado: "É a verdade. É assim que a história deve ser contada."

"Verdade é um assunto da ideologia", diz o caçador.

"Vocês, camaradas, não têm nenhum sentido para o humor. Têm de estropiar tudo o que não se ajusta a qualquer matriz ideológica." Mas ele tem razão. Eu não tive a intenção de observar, com uma vontade de ferro, para que fossem evocados somente pensamentos e recordações que se podem revelar aqui? Minha consciência socialista é vulnerável.

Às vezes peço ao caçador para jogar luvas vermelhas comigo, a fim de ter na cela pintada de cal algo vermelho com o qual possa consolar-me. Você coloca as mãos embaixo das mãos do adversário; palma da mão contra palma da mão. Aquele que tem as mãos embaixo bate, com a rapidez de um raio, a mão esquerda ou direita sobre o dorso da mão do outro. Este deve retirar, com a mesma rapidez, as suas mãos. Se uma mão é acertada, o jogo continua da mesma maneira; se a pancada cai no vazio, troca-se a posição. Quando, porém, a mão do mais hábil acerta o dorso da mão do outro, aparecem manchas vermelhas, que logo crescem até se tornarem luvas vermelhas. Com o caçador acontecia sempre assim: num instante eu recebia as minhas luvas vermelhas – lágrimas escorriam de meus olhos.

No dia seguinte, apresento ao comissário a imagem estilizada e preparada de meus antepassados, com a esperança de que ele a recolha em sua coleção e eu possa melhorar, através dessa história esfarrapada, as qualidades proletárias de minha família. Mas, com um movimento de mão, cheio de desprezo, o homem sem antepassados apaga, de uma só vez, o nobre e a sua história: "Esse daí não é nem um boiardo autêntico, nem um verdadeiro proletário. É muito mais um sujeito desclassificado, um *lumpenproletarier*." E ameaça: "Estes são os próximos a serem liquidados. E, agora, ao trabalho!"

23

Exceto por uma pilha de pastas com interrogatórios impressos, a escrivaninha do capitão está vazia. Todas as construções geométricas desapareceram.

A primeira coisa que ele diz: "Não esqueça: quem não está conosco, está contra nós. Por outro lado, qualquer pessoa, sobre quem perguntamos ao senhor, tem culpa pelo fato de o senhor estar aqui. E, por fim, aqueles aqui mencionados são os únicos culpados por seu destino."

Quem será o primeiro a ser definido como inimigo do Estado?

Hugo Hügel... Respondo a todas as perguntas de maneira exata e pormenorizadamente, com uma seriedade quase solene. Pergunta e resposta têm-se à mão numa rápida troca de palavras. Sistematicamente, desde o primeiro encontro na cama do hotel em Bucareste até o nosso último aperto de mão em novembro de 1957, depois de minha leitura no círculo literário de Stalinstadt, vou ditando as suas manifestações e atividades hostis ao Estado... à pena corrente do comissário. Não devo guardar mais nada para mim; não tenho mais que temer e me esconder destas pessoas. E, a cada frase, me separo de mim mesmo e de meu passado triste.

Às vezes, escuto a minha avó dizer perplexa: "Meu filho, isso são indiscrições, algo assim não se revela!" Mas o seu mundo definha. Logo me dano a falar com tal ímpeto que o comissário mal consegue acompanhar-me.

Com Hugo Hügel só me encontrei sete vezes. Mas, por baixo da direção técnica do comissário, isso alcança um escrito de várias páginas. Diante daquilo, me abre os olhos a seguinte constatação: como se escondem, por trás de declarações correntes e de atividades inofensivas, as mais perigosas intenções.

Quando, por fim, ao meio-dia ou ao final da tarde, leio com atenção o protocolo com meu depoimento e assino sem hesitação cada página, posso, então, escrever de próprio punho, e com a consciência tranquila, a fórmula de fecho oficial: "Eu disse a verdade, e somente a verdade, sem ser por ninguém coagido."

É o mesmo Hugo Hügel de um mês atrás; são as mesmas perguntas e acusações de então. Mas, ao se conceber o mesmo homem com novos termos, ele se transforma em outro alguém. Dão-se novos nomes aos fenômenos e eles mudam a sua essência. Mas o princípio seguinte, que dele se impõe, eu me recuso a aceitar: que a consciência determina o ser. Quero ser, com toda a minha vontade, um novo homem, e somente isso. Hugo Hügel é reduzido a um esquema de detalhes hostis ao regime. Ele perde o seu rosto; não tenho mais que amá-lo. E se torna alguém intercambiável. Assim, o mesmo que acontece com ele acontece com qualquer um que me interrogue através de fórmulas estereotipadas.

Eu não tinha esquecido que Hugo Hügel me acolhera em novembro de 1956, quando eu não passava de um fugitivo inconsolável. Sei que ele lera para mim poemas de Weinheber – versos inteiros ficaram retidos na minha memória – a fim de apaziguar o meu ânimo perturbado. Mas o que se conserva mais forte é a maneira que encontrara para me consolar: com os versos de um poeta que não havia celebrado a chegada dos russos como uma libertação; muito mais, cometeu suicídio por sentir repugnância dos supostos libertadores. Este é o ponto crucial, e me alegro com isso: como funciona bem o novo homem que está em mim.

Hesito – porque o comissário é o mesmo de antes; alguém que me tratara durante meses como um cachorro miserável –; ele, então, me ajuda cheio de compreensão. Eles já possuíam uma imagem exata deste Hugo Hügel e uma lista abundante de seus delitos. "Como já foi dito, ele é o produto de uma educação acentuadamente fascista. O que se recebe nos sete primeiros anos em casa e, mais tarde, na escola, fica grudado na pessoa. Isso já disse o grande Makarenko." Se eu o conheço? "Como não!", respondo.

Dou a entender, por amor à exatidão, que a correta doutrinação ideológica pode mudar o homem. Isso não afirmou só o grande Makarenko, mas também alguém maior, Lênin. Como o comissário não se agarra à minha deixa, ela cai fora do mundo. Somente agora compreendo meu avô: *Quod non est in actis, non est in mundis.*

O comissário apresenta-me uma carta de Hugo Hügel. Se eu reconheço ser o destinatário? Certamente. É a mesma carta que o *căpitan* tinha colocado diante de meu nariz na época dos interrogatórios turbulentos. Eu minimizara, então, o seu conteúdo e defendera apaixonadamente a fidelidade de Hugo Hügel ao regime.

O comissário vai até a sua mesa de trabalho, anota no protocolo do interrogatório que sou o destinatário e prossegue com as perguntas: se admito que o autor oferece na mencionada carta a chave para compreender a novela *O rei dos ratos e o flautista*. E mais, se admito que com ela o missivista tinha agitado o povo saxão de Burzeland contra o regime. Duas perguntas de uma vez; isso é algo metodicamente inadmissível. A não ser que uma resposta seja suficiente. Tenho de dizer que sim. E digo: "Sim." Mas me atrevo a objetar – não por se tratar de Hugo Hügel, mas por obrigação ao cuidado – que não acontecera nada. Mesmo durante a contrarrevolução na Hungria nenhum camponês saxão recorrera ao seu forçado e com ele importunara os ativistas do Partido.

"*Intenția este ca și fapta.*" A intenção é como o ato.

"O senhor conhece outros livros do mesmo autor que tenham um duplo significado?" Mas é óbvio. Sobre *Os Atos Heroicos do Jovem Pioneiro Jupp*, Hugo Hügel tinha observado como lhe fora fácil escrevê-lo. "Eu só tive que colocar uma gravata vermelha ao redor do pescoço de um jovem hitlerista." E, sorrindo, disse mais: "Tudo o que fizemos no tempo da Juventude Hitlerista está metido nesta história. Os cabeças tolas da Editora da Juventude também imprimiram este livro."

O comissário prossegue com o interrogatório: "De quais declarações antissemitas de Hugo Hügel o senhor tem conhecimento?" Reflito: Bucareste, Hotel Union: "Esses judeus, com seu intelecto corrompido, descobriram o duplo sentido de meu *Flautista*." Algo mais? O comissário apanha uma segunda carta de Hügel endereçada a mim – acompanhada da tradução datilografada. Hügel adverte: não devo me juntar à Editora Estatal para Arte e Literatura, que está infestada de judeus.

Tudo o que já foi dito volta a ser repassado mais uma vez e outra vez, para rastrear divergências e disparates. "Quem mente tem de ter uma boa memória", sou advertido. E, de maneira pedante, sou indagado mais uma vez se não me ocorre algo novo.

"Não."

"Isso é muito pouco. Mesmo que já saibamos de tudo…"

"Querem saber ainda mais", completo obsequioso. E digo suavemente: "Muito, muito pouco." Eles têm de entender que para mim a questão do socialismo é algo que trato com uma seriedade mortal. Com isso, Hugo Hügel é passado *ad acta* e se torna para sempre uma parte integrante da *Securitate*.

E assim segue o tempo. As semanas se convertem em meses. Quaisquer dúvidas de fé são afastadas; eu penso como o marinheiro Matrosov e o jovem comunista Vasile Roaita, e sinto-me fraternalmente muito próximo de Komsomolzin Zoja.

"Ao trabalho!", se diz cada vez mais como prelúdio. Como se observa um tempo de trabalho obrigatório, a designação se justifica. Trabalha-se pela manhã entre o desjejum e o almoço; excepcionalmente, também até a noite; durante a tarde, duas vezes por semana nos dias úteis – e não mais de madrugada. Para mim, um decurso de tempo mais confortável do que para o meu comissário. Ele tem que ir para casa; eu já estou nela.

Respondo a todas as perguntas segundo a minha melhor ciência e consciência. Se éramos somente os dois, o incriminador e eu, ou havia outros, não faz diferença; alinho de maneira elegante e depurada tudo o que me dão a conhecer, palavra após palavra, com cuidadosa exatidão. Até que ponto o dito tem valor é algo que compete ao oficial averiguar. Às vezes, recordo-me do conselho de meu pai, dado a nós após a confirmação de batismo: "Se vocês caírem lá, algo que cada um de nós deve levar em conta, jamais digam tudo. Se necessário, soltem alguma coisa, mas silenciem, este é o lema." Faço o contrário: deixo pouca coisa sem mencionar. De outro conselho de meu pai – "e se um terceiro não estiver presente, guardem para si tudo o que possa incriminar o outro" –, considero pouco. A nova consciência constitui uma confiante censura.

No entanto, a questão de meu irmão Kurtfelix não trago à tona. Verbalmente, desmenti o falso depoimento que tinha dado sobre ele, mas agora quero fazê-lo por escrito. E sobre a coisa com os estudantes estendeu-se o véu do esquecimento. Assim espero.

Sempre volto a ser interrogado sobre os autores compatriotas. Mas se isso continuar assim tão pacato, durará mais de um ano até que tenhamos terminado com eles.

Difícil se torna quando de alguns, mesmo com a melhor vontade, mal se pode dizer algo ruim. Com isso, adquiro uma consciência pesada: como se eu tivesse culpa de saber tão poucas informações prejudiciais do suspeito, ou de que se trata, ao menos aparentemente, de um ser humano decente e leal.

Getz Schräg... Em seis semanas ele conseguiu escrever um romance familiar, *Visto que ninguém é senhor, não há servo*; quatrocentas páginas de história social recente do povo saxão da Transilvânia, onde se desenvolve o mito da sociedade sem classes. A sua *Ode a Stálin*... Menciono tudo isso, mas não se passa ao papel.

"*Ode a Stálin*?", diz o comissário, e boceja. "Todo ativista político escreveu uma. Isso é algo que se aprende em Bucareste na escola profissional para poetas *Vasile Roiata*! Nada de excepcional, é como se forma um padeiro ou um torneiro. Além disso, Stálin já não é mais um Stálin. Ficou somente o nome."

Impossível que alguém como o Schräg, que estudou *in Reichul german*, não tenha nunca deixado escapar uma palavra contrária ao regime. "O senhor não pretende recair na antiga doença e fazer de santos os inimigos do Estado, não é mesmo?" Isso eu não o quero. "Esteve na casa de Schräg, comeu lá, dormiu... De modo que sabe tudo."

Digo: "A água que bebíamos estava marrom por causa da ferrugem. A bomba de água era da época da Monarquia Imperial e Real." Isso não o interessa.

Assim, acabo lembrando-me de outras coisas. Lembro-me de uma visita com Annemarie e Herwald a Getz Schräg em Kreuzberg, quando ele procurava despertar, na escola primária, o gosto das crianças da aldeia pela literatura alemã. No agradável cômodo, ele nos lia preciosos poemas, poesia pura, nem a favor, nem contra o regime, ainda que escritos com tinta verde sobre papel pergaminho e munidos com maiúsculas góticas. Mas algo se abastardava: o discurso girava em torrno de um caranguejo cozido, vermelho, que fazia coisas bem legais. Sem que o poeta o expressasse, sabíamos que era a imagem de um ativista do Partido, que se deixava cozinhar em seu molho vermelho – contudo, sem perder o bom humor. Nenhum de nós fez comentário algum a respeito. Enquanto o poeta lia, uma criança – um anão pálido de cabelos encaracolados –, sentada atrás de sua cadeira, ia batendo na cabeça ao ritmo das rimas poéticas. O que o pai reconheceu, acenando e declamando.

Essa parábola do caranguejo é bem recebida pelo comissário, que toma nota dela.

Depois de três horas de interrogatório, estou morto de cansaço; frequentemente a vista escurece, a cabeça curva para a frente. No cérebro surge a confusão;

eu mal dou conta de desviar pensamentos e recordações impertinentes. O novo homem não se faz presente. O café requentado da manhã com um pedaço de *paluke* já não consegue fazer-me enfrentar este homem. Estranho: antes, com esta mesma mistureba no estômago, eu me defendia durante meses. É como se cada palavra que pronuncio sobre uma pessoa, mesmo sendo verdadeira e correta, fosse um pedaço da minha existência que se decompusesse e eu perdesse em peso. Qualquer dia desses um sopro de vento levar-me-á através da tela de arame da janela.

* * *

Quando o soldado de escolta me joga, alguns dias depois, na sala de interrogatórios, percebo logo o cheiro de gente. E quando me ordenam que tire os óculos, assustam-me tantos rostos de igual formato. O espaço está tomado de oficiais como no primeiro dia de detenção, quando uma multidão de homens com olhos de chumbo fixava em mim o olhar. O comandante não está presente. Em compensação, o major Alexandrescu aproxima-se alegremente de minha mesinha, com suas hirsutas sobrancelhas amarelas, como se estivesse há tempos à espera deste encontro: "Que bom que tenha chegado. Como vai? O que tem feito?"

"Obrigado pelo interesse."

"Estávamos pensando se o senhor não poderia nos fazer uma palestra sobre a obra de Rosenberg, *O Mito do Século XX*. Mais precisamente, como a ideologia fascista interpreta certos fenômenos sociais para os quais o marxismo proporciona explicações científicas precisas. Que não leiamos uma obra malfeita como o *Mito* é uma postura que o senhor compreende. Nosso tempo é muito valioso para tais coisas. Nem mesmo Hitler conseguiu passar das primeiras páginas. Mas o senhor estudou o livro. Palavra por palavra. E ainda como estudante do *Liceu Mixt German*, lembra? No seu *jurnal* o senhor fez referência a ele ao longo de várias páginas. Leu este ominoso livro na residência estudantil, *vis à vis* aqui com o nosso prédio – ele aponta com a mão para além da janela –, mantendo-o escondido debaixo do colchão de palha. Nós sabemos de tudo, mas queremos saber mais ainda." Ele se afasta, se senta atrás da mesa de trabalho. "E, agora, o desfecho da resposta: por exemplo, como explica este Rosenberg o capitalismo temporão no norte da Itália? Por que ali e não no sul? O senhor sabe o que disse Engels a respeito?"

Eu o sei. E também sei o que Rosenberg diz a respeito. Só que não me recordo. Tenho de concentrar-me. O homem velho, não, o velho Adão, que pensei haver afogado, se faz sentir. O que há por trás disso, para que estes daqui permitam que eu lhes dê lições? Levam-me a sério ou preparam-me uma armadilha?

Para ganhar tempo, agarro-me a Engels: "O rápido desenvolvimento das forças produtivas, as vias de comércio, que lá se cruzam, tanto por terra, como por água..."

"Isso nós sabemos. O que diz a ideologia fascista?"

"Rosenberg afirma que, através da posse do país pelos lombardos – um povo de raça germânica –, as relações culturais e econômicas muito cedo mudaram e contribuíram para o florescimento eficaz e duradouro desta faixa de terra. Parecido com o Egito do culto ao sol sob o governo de Aquenáton, que só encontra a sua explicação...", eu me corrijo imediatamente, "por parte de Alfred Rosenberg, pelo fato de que um povo, faminto de luz, proveniente de latitudes nórdicas tenha se infiltrado ali. E este só podia ser, segundo Rosenberg, os germanos, para quem o sol e a luz não só eram importantes à vida, bem como significavam um acontecimento religioso..."

O major interrompe-me a palavra: "Então o senhor pensa que se os germanos, estes super-homens, não tivessem chegado às planícies de Pad tudo aqui estaria como antes?"

"Não sou eu que pensa assim, mas Rosenberg."

Ele me encara com uns olhos de fogo. "Esta teoria da superioridade dos alemães é a mesma que vocês, os saxões, prepararam: se não tivessem imigrado para a Transilvânia, nós, os romenos, estaríamos ainda nos exercitando nas árvores ou levaríamos uma existência miserável como pastores de cabras." E continua, incisivo: "Meu sangue é tão vermelho como o do camarada Mao Tsé-Tung ou o do camarada Patrice Lumumba! Ou aquele do *domnul* Rosenberg. Veja aqui!" Ele arregaça a manga da camisa; sorri de maneira horrível. Vejo latejar o seu sangue azul no pulso do braço.

"O senhor perguntou, eu respondi." Eu me dou uma sacudida. "O fascismo não é uma teoria ou uma filosofia. Sua origem encontra-se no indivíduo. É uma maneira determinada de comportamento, uma condição, enfim", eu quase disse, "que em cada um de nós está presente: o Hitler em nós." Mas endireito a frase:

"Uma alienação mental que pode acometer todo mundo. Se um punhado de correligionários, de alienados mentais se amotinam, daí resulta um movimento. O partido de Hitler não contava no começo com mais do que sete membros." O nome de Hitler fez todos os homens voltarem os olhos para a esquerda, para o major; sem, contudo, virar a cabeça. Hesito. O major ordena: "Continue."

"Se sete homens se reúnem agora, vestem a mesma camisa e marcham debaixo de um só estandarte, então surge assim o movimento. A ideologia vem mais tarde. E qual é o conteúdo e o objetivo de semelhante movimento? Uma fórmula sintética poderia ser..." O auditório inclina a cabeça como se agisse por ação de um comando. "Quem é diferente de nós deve ser exterminado!" Eles já não inclinam mais a cabeça. Percebo como pensam: quem é diferente de nós deve ser exterminado!

Espero que eles não estejam pensando "a minha própria mulher é diferente." E a minha sogra ainda mais. Mas, talvez isso: diferentes são o húngaro e o judeu. E quem calça sapatos amarelos distintos dos sapatos *Romarta* é bastante diferente. E, em todo caso, devem ser exterminados o inimigo de classe e o capitalista, que são funestamente de espécie diferente.

O major é o único que tem algo a dizer: "Interessante. *Dar să nu generalizăm. Mai departe.* Mas não generalizemos. Continuemos. Continue!"

"Cada palavra é uma palavra a mais", adverte uma voz. Eu descubro o *căpitan* Vinerean. Ele é o mais incisivo e combatente em sua especialização. Ele só poupa as garotas; simplesmente apaga os cigarros na sua carne. Modero minhas palavras: "O extermínio do outro é a consequência derradeira. No princípio, apenas se exclui e se combate. Se todos trazem uma verruga no nariz, não tem por que abater imediatamente aquele que não a tem."

Faço uma pausa, espero, escuto; e digo, visto que ninguém me reprova: "Trata-se do seguinte: um grupo de indivíduos combina em escolher um inimigo em comum. E, em seguida, convence a massa de que eles têm de exterminá-lo para que a coletividade se salve." E digo por fim: "O sul da Itália demonstra que a teoria racial não está certa. Lá, no chamado Reino das Duas Sicílias, os normandos, um povo também germânico, foram durante séculos os senhores do lugar. O resultado? Nenhum. Economicamente, essa região ainda hoje se encontra no chão." E concluo, desejando de todo coração: "Por outro lado, é possível que a sociedade humana se desenvolva segundo as leis objetivas. A matéria produz o espírito, fundamenta a infraestrutura econômica, cria as relações sociais e a superestrutura cultural. Isso é algo inabalável." Os homens inclinam a cabeça no mesmo ritmo dizendo que sim.

O major Alexandrescu formula três perguntas: se eu sei a origem da palavra "matéria"... Não, não sei, e ele me responde: "De *mater*." E pergunta, então – e a sua voz soa acerba: "Quem lhe deu para ler o *Mito*?"

Quem, senão o tio Fritz e a tia Maly? "Importante para a formação de um jovem alemão!"

O major continua a perguntar: "Quando e onde o senhor teve em mãos este livro pela última vez?"

Em mãos faz tempo que não o tenho, mas o vi, pela última vez, na casa de Hugo Hügel. Salto a primeira pergunta e respondo: "*La* Hugo Hügel *acasă*." E, em seguida, com a voz firme: "Eu peço a todos aqui presentes que tomem conhecimento de que o meu depoimento sobre o meu irmão Kurtfelix é inteiramente falso. Não foi ele quem me informou sobre as reuniões subversivas na casa de Töpfner, senão um certo Tudor Basarabean, aliás Michel Seifert. Com isso, retiro aqui abertamente o meu depoimento de antes."

Troca o major um olhar com o *căpitan* Gavriloiu e com o tenente Scaiete? O telefone toca, mas ninguém o atende. Ele levanta num pulo, alisa o uniforme, as botas rangem. Os sete homens vestidos de civil se levantam com ele e se colocam eretos; todos com os mesmos sapatos. Ele deixa a sala a passos rápidos, os outros o seguem a passo de ganso.

O meu comissário diz, mas sem bater no meu ombro: "O senhor se comportou muito bem."

* * *

Estar no lado correto e poder lutar pela verdadeira causa da humanidade, que todos os homens são iguais e serão felizes, talvez até igualmente felizes! O entusiasmo se apodera de mim. Quando o guarda me leva de volta à cela após o interrogatório, vou dançando num só pé, inundado de satisfação e orgulho por ter contribuído para a revolução mundial e para a vitória do socialismo na minha pátria.

Nas semanas que antecedem o verão, perco peso, enquanto o meu fervor revolucionário aumenta. Sinto-me febril; mal posso esperar que me venham buscar para o interrogatório e comecem com as perguntas. As horas passam num voo. Frequentemente, o comissário pesca o nome de suspeitos de meus diários ou me estende alguma carta. E cada nome produz algo de grave.

Faz tempo que estou convencido de que não se trata de murmúrios de idosos e fofocas de mulheres velhas, mas que, efetivamente, as palavras podem ser mais perigosas do que os atos. Não foi por meio de palavras que os bolcheviques prepararam e incendiaram a grande revolução de outubro de 1917? Além disso, o comissário acrescenta: "O poder da palavra na Bíblia... O senhor estudou teologia. Deus estava bem à vontade quando criou o mundo: ele falou e se fez! Para nós é mais difícil. Só com palavras não criaremos um mundo novo. É preciso trabalhar como um escravo. E lutar."

No entanto, está claro como o sol, e não somente para a *Securitate*, mas também para mim: nem todos os pensamentos destes poetas representam o triunfo do socialismo. Confirma-se o que o comandante Blau suspeitava já no primeiro interrogatório: em todos os âmbitos da vida pública ramifica-se uma conspiração nacionalista saxã que preserva as aparências. Isso serve tanto para os círculos culturais como para os teatros amadores; serve para cada grupo de dança e também para os círculos literários, mesmo quando se trata do círculo literário de meus estudantes em Klausenburg. Sim, vale igualmente ali, onde mais de três de nossa gente estão entre si.

Por toda parte farejo intrigas, manobras; descubro grupos suspeitos. Mal surge um nome, já me aparecem voando outros tantos nomes; formam um cortejo, uma mesa de discussão, um grupo de conspiradores... Peço papel e lápis e os recebo na minha cela. Por si só, os nomes vão se associando com os grupos de ação e círculos subversivos. Até os oficiais superiores caem nos meus braços: isso é próprio do mal. Com as sobrancelhas eriçadas, o major Alexandrescu se aproxima e me instiga a falar de pessoas concretas, e não a erigir constructos artificiais de possíveis cenários contrarrevolucionários.

"Faça o favor de deixar isso para nós, os especialistas!" Estabelecer ligações transversais, descobrir segredos é assunto deles. Eles têm os fios nas mãos. Além disso, eu estaria seriamente equivocado se acreditasse que entre os saxões não existam cidadãos leais, camaradas honrados.

Caio de todos os céus. Desperto da ilusão de que aqui a pessoa deve deixar escapar de si todos os seus pensamentos socialistas. E sigo o que me é ordenado. Falo com moderação os nomes e as pessoas. Suprimo alguns. Reflito. Se você dá aos fenômenos outros nomes, eles não se tornam diferentes, simplesmente parecem diferentes. E como são? No momento em que se pronuncia algo, já não é o que é. Onde se encontra então a verdade? A verdade – nada mais é do que um ponto de vista.

Não escrevo mais a próprio punho o fato de ter dito a verdade, ao final do protocolo. Isso deixo ao comissário. Eu só faço assinar, sem ser obrigado por ninguém. Começo a compreender que nem todo revolucionário pode lutar no *front* que ele mesmo escolheu, para não falar em desenvolver suas próprias ideias.

Meu ímpeto revolucionário está amortecido. A causa eu continuo a manter elevada, mas o entusiasmo se dissipa. Torna-se difícil para mim reprimir os pensamentos e as lembranças inconvenientes. O caçador dá-me sábios conselhos: "Visto que o homem, entre seus muitos pensamentos, só pode pensar num de cada vez, escolhe aquele que, um após o outro, esteja mais ou menos na metade da linha. E quando se sentir triste, brincaremos o jogo luvas vermelhas. A propósito, a linha do Partido tão pouco está traçada com uma régua."

* * *

Enfileiro os pensamentos que estão mais ou menos na metade da linha. Eles remontam ao passado, ao início.

Irenke Szabo tinha-me advertido desde cedo: "O comércio da sua família será estatizado." As coisas iam cada vez piores; os russos pagavam em rublos o que não se podia trocar, e a inflação devorava todo o lucro. Nosso pai, recém-chegado da Rússia, não conseguia deter o declínio.

"E terão que desalojar a moradia feudal da família. É o curso da história. Nós só esperamos o rei deixar o país. Então, começa a luta de classe. Leiam Marx!"

Eu li Marx. Entre nossos livros, não precisamente na parte mais alta da estante, descobri *O capital*, na edição de bolso de cor azul da Kröner. Refugiei-me no meu quartinho com uma vista para as árvores do jardim; lia frases intermináveis, que tinha de repetir sem compreender, e não parava de espionar, do peitoril da janela, curioso para ver quando Irenke se despiria por trás dos gladíolos, espreguiçando-se sob o sol da tarde.

Quando meu pai chegava do comércio pela tarde, sempre batia na minha porta, enfiava a cabeça e dizia algo. Desta vez, disse ele: "Ah, lendo Marx."

E, dois dias mais tarde, deixou escapar *en passant* uma palavra esclarecedora. Esta era a sua maneira de ser; falar o essencial, com calma e em voz baixa. A caminho do quarto das crianças, que tinha as paredes pintadas pela nossa mãe com motivos dos contos de fadas, e que algumas vezes eu deslizava com as mãos mansamente até a cama de minha irmãzinha, acossado por perguntas vitais, meu pai comentou ao acaso: "Contra o socialismo não há nada o que se objetar, salvo que ele é contrário à natureza humana." E evadiu-se pela porta oculta. Aliviado, peguei o livro de Dwinger, *Alemanha, clamamos por ti*.

O segundo encontro entre meu pai, Marx e eu aconteceu alguns anos mais tarde no Castelo das Ratazanas, no sótão, onde eu tinha buscado um refúgio para a agitação de baixo. Eu estava deitado na rede e estudava, desta vez, o jovem Marx. Meu pai subiu com grande esforço a escada; lançou um olhar para a minha leitura e disse de novo: "Ah, lendo Marx."

Uma meia frase me proporcionou uma iluminação: "... que o homem seja o ser mais elevado para o homem", da qual resultava o imperativo categórico, "revirar todas as relações nas quais o homem é um ser humilhado, escravizado, abandonado, desprezado."

Não vale o mesmo também para nós, os burgueses, como esperança futura, como um caminho viável da miséria? Para nós, os últimos, que ficamos neste país como seres humilhados, escravizados, abandonados e desprezados? E porque a presença de meu pai me deixava embaraçado, li a frase em voz alta. E disse apressadamente: "Agora sim estão reviradas as relações, e o homem é declarado o ser supremo, pelo menos aquele que trabalha. E quem não trabalha?"

Meu pai começou a distribuir e a espalhar pelo sótão latas vazias de conserva, latas amassadas e panelas com o esmalte saindo, para que a chuva não escorresse para as nossas camas. Eu, contudo, não me mexia de minha rede. Já descendo, quando não se via mais do que a sua cabeça, ele disse: "Todas as relações reviradas, tudo bem. Mas o homem como ser supremo? Nenhum de nós, de nossa gente, se tornou comunista durante os anos de trabalho na Rússia. Até mesmo os poucos que tinham tido antes algum bafejo vermelho, que tinham flertado com o bolchevismo. Não lhe parece estranho isso?"

"Isso foi na guerra e logo depois. Para os soviéticos a coisa foi ainda pior do que para vocês no campo."

"Ainda pior? Sim, sim, você saberá." Ele desce pela escada do sótão e desaparece. Eu, contudo, largo de lado o jovem Marx e agarro o livro de Dwinger, *Entre o branco e o vermelho*.

Nossa mãe logo compreendeu, durante aquele curioso interregno, quando o rei governava juntamente com os comunistas, que uma época chegava ao fim: a época em que se podia acenar para a filha do capataz para que ela desempenhasse uma tarefa. Desde limpar os caminhos com o ancinho até sacudir o pó dos tapetes. Agora, sobre o prado das margens do Aluta não se sentava somente a família sobre as toalhas de banho, como antes: nossa mãe, Uwe e Elke Adele. Impunha-se, além disso, Irenke, a elegante mulher, com um traje de banho de duas peças de nossa tia Herta, que estava na Rússia, e a sua irmã menor, Oronko, com um traje de banho preto e amarelo de minha avó, com as costas encurvadas e os peitos caídos. Nossa irmãzinha abraçava um menino de quatro anos que se chamava Imre. Todos sabiam quem era o pai, mas ninguém sabia onde ele estava.

Alguns anos mais tarde – alojados no Castelo das Ratazanas –, minha mãe e eu resolvemos fazer uma visita a Oronko. Ela vivia sozinha na antiga casinha de serviço. Seus pais tinham recebido, por intermédio de Irenke, uma residência no primeiro bloco de apartamentos levantado e acabado. "Com banheiro!" O seu pai trabalhava como porteiro na antiga fábrica de tijolos *"Partisanul Rosu"*. "De uniforme. Com uma pistola. Vocês sabem, né? Por causa dos sabotadores na cidade, dos bandidos das montanhas."

Sua mãe, a boa Margitnéni – que desde a manhã até a noite só tinha mãos para a família, e parecia ter entregue, numa dedicação completa, a vida inteira ao marido –, trabalhava no caixa da *Economica*, a cooperativa de consumo de Fogarasch. O engenhoso diretor de pessoal descobrira que ela tinha feito sete cursos na escola elementar húngara, logo sabia calcular – ainda que não em romeno.

Oronko tinha, não fazia muito tempo, água corrente na cozinha. "Como antes em sua casa, minha senhora." No Castelo das Ratazanas tínhamos de buscar com baldes a água na esquina da rua. As discussões eram frequentes: "De quem é a vez, entre esses moleques? Qualquer movimento deles é sempre demasiado! Ou será que o pai de vocês não pode se apresentar aqui?"

"Talvez chegue logo para um banheiro. Como antes em sua casa, *nagyságasasszony*." Ela apontava para o outro lado, para a imponente casa, onde devia instalar-se uma escola do Partido, ou uma instituição para formação de parteiras. Não perguntamos. Mas lançamos um olhar furtivo, através da janela baixa, para o nosso antigo lar. Uma perspectiva inteiramente insólita vista dali. O leão tinha desaparecido. Eles tinham derrubado o majestoso animal de seu pedestal, e a escadaria foi demolida.

"Eu ganho muito bem! Nós, as tecelãs, superamos todos os meses o plano." A pequena cozinha, onde o capataz nos cortava o cabelo, tinha sido melhorada consideravelmente. Os móveis e os utensílios da cozinha brilhavam de novo. "A prazo." Oronko abriu caixas e gavetas cheias de talheres, louças, porcelanas: "Com selo de qualidade!" Ela virou um prato: *Intreprindere de Stat Vasile Roaita, Cluj*. A antiga fábrica de porcelana do barão Zsolnay, agora estatizada.

A cama com grades, onde dormia o pequeno Imre, nos era familiar. Ela tinha desaparecido na noite de chuva, quando o prefeito do município, Simon Antál, indicara aos seus rapazes acompanhantes que jogassem nossos pertences pela janela. Os vizinhos tinham ajudado a pôr a salvo da lama as coisas e a transportá-las para o armazém, a nossa nova morada. Minha mãe explicou a Oronko alguns detalhes e complicações. As partes laterais podiam ser levantadas e fixadas. Articulando-se a cabeceira, o menino poderia sentar-se direito. Quando se dobrava os pés da cama, surgia um andador.

Sua aquisição mais nova era o *studio* para duas pessoas. Não era chapeado, mas envernizado. Uma cama com uma superfície verde, semelhante a uma pradaria. Caixas para a roupa de cama, um armário de vidro para quinquilharias de porcelana, uma estante de livros pré-moldada para romances húngaros ordinários e para *A breve história do PCUS (b)*.

"Sabe o que significa o *b* minúsculo?", perguntei.

"Não. Mas tudo aqui é novo."

"Bolchevique."

"Tudo novo!", ela se deixou cair no *studio*; levantou-se rapidamente, ria sem parar: "Esta é uma cama para uma mulher e um homem. Talvez eu encontre um homem para mim. Crio o meu filho como a senhora os seus *urfi*, minha senhora. À noite, se ele tem de ir para a cama às sete horas em ponto, mesmo que grite como um filhote de lobo... Basta!"

Irenke chegou ruidosamente. "Ah, visita importante! Bom dia, minha camarada Gertrud." Ela não se dignou em lançar os olhos para mim. É uma desgraça, pensei: já não é tão criança, mas ainda não é suficientemente adulta. "Agrada-lhes a nossa casa? Como miseráveis crescemos aqui na época do capitalismo. As coisas mudaram! Não se viaja mais em coches, passeios de trenó, e quem perde pode, agora, varrer a merda do cavalo." Sim, as coisas mudaram.

Quando deixamos a casa, minha mãe comentou: "Por que o seu pai não puxou a encanação de água até a casa de serviço – naquele tempo?"

Olhamos de forma distraída para a fachada de nossa residência de outrora, onde tínhamos sido tão felizes. Parteiras estatais? Ou escola do Partido? Tinham tapado com cimento a claraboia. Por cima, flutuavam sem sentido as rosas e as palmas de estuque.

* * *

Foi uma época ardorosa aquela em que o proletariado se levantou para criar o seu próprio céu e a sua própria terra. Uma aparência de inocência, aliada a uma curiosidade paradisíaca, pairava sobre este ser recém-desperto. "Onde esteve toda esta gente que de repente vinha à luz?", perguntávamo-nos admirados. Onde tinham passado a noite, o que tinham comido, como tinham amado? Estávamos à margem, na semiobscuridade, e olhávamos com olhos assustados a colorida azáfama, o coração pleno de sentimentos divididos...

E não deixávamos de reparar que um brilho enternecido de felicidade iluminava todas estas pessoas que, de distritos desconhecidos, se atreviam a dar um passo rumo ao conhecimento de uma nova condição social, que aprendiam a alegrar-se com sua vida. E se instalavam boquiabertos numa prosperidade plena de esperança no futuro, sabendo-se protegidos e promovidos pelo trabalho de suas mãos.

Ao casar-se, tinham a certeza daquilo com que poderiam contar como casal de trabalhadores. Em primeiro lugar, com móveis e utensílios da marca Novos

Tempos, com um aparelho de rádio Pionier e, alguns meses mais tarde, com um carrinho de bebê O Falcão da Pátria; tudo a prazo. Podia-se confiar que as crianças, aprendendo e estudando, chegariam longe – meu filho, *domnul inginer*, nossa filha, *doamna doctor!*

A época das festas de trabalhadores caiu sobre a República. O povo percebera que todo o poder lhe pertencia e queria festejá-lo. Não mais como outrora, em locais baratos, sobre o chão aniquilado do mercado de porcos ou atrás do cemitério judeu, mas sobre o reluzente parquete da suntuosa sala de Laurisch-Chiba, no meio do Markplatz ou no Parkhotel, próximo à indústria de papel. Eles tinham o domínio e o império. Agora queriam ser amos e senhores.

Os despretensiosos divertimentos festivos, sábado após sábado, se alternavam com as festas faustosas de carnaval, celebradas, inclusive, durante a Quaresma ou em pleno verão. Todo final de semana, Irenke arrastava consigo amigos e amigas camaradas, e nossa mãe lhes provera de máscaras e costumes trazidos de Budapeste. Minha mãe só guardou para si o pião de arco-íris, com o qual ela se apresentou como bailarina no Theaterverein, e a bandeira americana, o corpete listrado de branco e vermelho e a saia azul com estrelas. E por diferentes motivos: o pião lhe lembrava os felizes tempos da juventude; a bandeira foi por medo de que pudessem incriminar-nos de propaganda imperialista.

Vestidos com veludo e seda, tafetá e cetim, os camaradas deixavam o Castelo das Ratazanas enfiados em disfarces excêntricos e acreditavam, bem-aventurados, em ser aquilo que pareciam: boiardos e damas, grandes caçadores e princesas, capitães de navio e bailarinas.

Nós também, minha mãe e eu, éramos atingidos por essa onda de diversões públicas; queríamos ser iguais a essas pessoas, não só no trabalho e na pobreza, mas também no divertimento. Mas como foi que aconteceu de passarmos, eu e ela, a noite dançando, ao som de violino, acordeão e timbales, com Stan e Bran e Firuța e Lilica? Quando minha mãe, vestida com seda crua, aparecia nas festas populares, a festa perdia o compasso. A música parava. Os pares de dança se separavam. A orquestra dava um toque de clarins. Todos se voltavam para nós; muitos nos saudavam acenando a cabeça, nos convidavam, se aproximavam. Não fazíamos parte disso. Mas estávamos lá. Uma doce saudade se apoderava de mim: ser assim como eles.

As garotas, as jovens mulheres, com um sorriso florescente no rosto, imaginam-se atraentes nos seus atilados vestidos de Stamba, a três *lei* o metro, escolhidos em amostra de tecidos. Eu dançava com elas; afeiçoavam-se ardorosamente a mim, mas não sabia o que lhes dizer. Através de um olhar mais profundo, eu conseguia entrever que elas não usavam sutiã. Por outro lado, um cheiro áspero de tomilho escapava pelo decote de seus vestidos, e eu percebia que muitas estavam sem calcinhas. No intervalo, as amigas trocavam seus acessórios de roupa e continuavam a ter o mesmo aspecto. Os rapazes e os homens, com seus ternos comprados feitos, usavam gravatas vermelhas Pepita e uma rosa artificial na lapela. Torturavam-se calçando sapatos com grossas solas de borracha e a parte de cima de vinil. Muitas vezes, as solas se desprendiam à força de tantos giros e voltas a fim de acompanhar o ritmo, mas eles as fixavam ao sapato com arame, e a dança continuava no seu ritmo fervoroso.

Pretendentes aproximavam-se, fazendo a corte à minha mãe; mencionavam orgulhosos seus nomes e profissões; esforçavam-se a favor do próprio êxito com uma reverência envergonhada – um beijo na mão. Barbeiros da cooperativa dos trabalhadores artesãos Diligência e Honra, criadores de gado da fazenda estatal *Front* da Colheita, jogadores de futebol do clube Nosso Futuro, chupadores de balas e vendedores da *Alimentara*. O torneiro da fábrica de caldeiras Espiral Vermelha, com o rosto salpicado de cicatrizes de queimadura, afastava todos com empurrões. Mas fosse o barbeiro ou o fresador, todos flutuavam com a minha mãe com tanto cuidado que pareciam levar nos braços uma boneca de palha.

Algumas coisas eram diferentes do que estávamos acostumados a ver nos nossos *thés dansants*. Sim, todas as janelas se mantinham fechadas! Pérolas de suor brotavam na fronte de todos. As roupas grudavam na pele. Das axilas evaporava uma forte transpiração. Sentíamos as mãos úmidas... Era estranho que um homem apertasse uma dama contra si até lhe faltar o ar, ou que cercasse com suas garras o seu traseiro até que ela começasse a ter soluços. E mais estranho ainda era ver no meio de um tango um terceiro se intrometer, como um javali selvagem, entre algum casal que dançava estreitamente colado, e depois arrancar a dama, dar duas bofetadas em seu companheiro de dança e partir correndo com o botim. Enquanto eu conduzia uma garota de olhos indiscretos e seios firmes a passos de tango através do salão – eu, calçado com os sapatos de laca de meu pai; ela, com sapatos esportivos, denominados *Tenisch*, quinze *lei* o par, que podiam servir tanto para o pé direito como para o esquerdo –, ela sussurrou para mim resignada: não importava o quanto girássemos ou virássemos, nós ainda estávamos por fora.

Quando se travou um duelo por causa de minha mãe, entre o jovem ativista Jonica Roșcatu, do Comitê do Partido, e o condecorado ferreiro Decebal Dragonu, da fábrica de dinamite – ambos queriam casar com ela ali mesmo –, socos e murros voaram a torto e a direito; nós, então, partimos sem saber quem fora o ganhador. Depois de uma breve estação de bailes, abandonamos para sempre o salão.

* * *

O caçador me propõe uma partida de luvas vermelhas, mas ainda não estou pronto. Continuo a perscrutar os meus pensamentos, sempre um após o outro.

Reflito por que o trabalhador esquece tão rápido a sua origem e classe, e perde de vista a finalidade e o sentido da história; por que evoca para uso particular um mundo que ele próprio condenara como decadente. A idade da inocência logo chegou ao fim. A forma de tratamento "camarada" degenerou até se tornar uma injúria. Quando as pessoas se irritam, junto à fila do pão diante da padaria ou no ônibus lotado indo para o trabalho, bufam agressivas: "Camarada, vá pro inferno!" Ou: "Que a mãe do demônio o carregue, camarada!" Cada um deseja ser tratado por *domnule, doamnă*, apesar de ser proibido por lei.

Surpreendidos, e até desnorteados, observávamos que a classe trabalhadora já não se dava por satisfeita com a aparência, não se contentava em mimetizar a burguesia, em bailes de máscara e enfiada em fantasias desbotadas. Antes, pelo contrário, recorria aos símbolos de *status*, copiava o estilo de vida antigo. Se o filho estudante se casava, colocava-se logo a pergunta: possui a noiva um apartamento com dois banheiros, com móveis antigos de burgueses emigrantes ou espoliados, guarnecido com tapetes orientais? Perguntavam se tinha uma casa de campo, um piano com algum mecanismo inglês, embora ninguém soubesse dizer o que era isso. Automóvel? Em qualquer das hipóteses. E o que era bastante apreciado, como um prêmio extra: um jazigo – de preferência voltado para o sul – com uma antessala e uma porta de vidro, detrás da qual devessem haver, bem visíveis, uma mesa com flores de plástico e cadeiras ao redor e uma luminária de chão – e frigobar escondido.

E o que Irenke contava, não sem humor: se no anúncio se mencionava a marca do piano, o comprador dizia educadamente: "*Doamna* Bösendorfer ou senhora Blüthner ou madame Bechstein, a senhora anunciou no jornal a venda de um piano." E sem falta: "Ele tem um mecanismo inglês?"

Eu me sento na borda da cama e me pergunto: como ainda pode o Partido dormir tranquilo? De fato, é preciso obrigar o homem a ser feliz. E constato que me ocorreu uma nova fórmula para definir o socialismo: o socialismo consiste na obrigação de ser feliz.

* * *

Os interrogatórios continuam, um interminável nó de enforcado. Além das grades, o alto verão desprende toda a sua pompa. O comissário constata satisfeito: "Terminamos, por enquanto, a parte com Herwald Schönmund e com o barão von Pottenhof. Agora, voltemos, mais uma vez, ao Oinz Erler. O que ele também escreveu, este pastor falso! Nossos tradutores mal conseguem acompanhá-lo. Veja, esta porcaria de gaveta de loja: *O porco embriagado*." Ele coloca algumas páginas datilografadas sobre a minha mesinha.

Meu olhar cai sobre a palavra "porquinho". São oito. Diante de meus olhos vibrantes não passam de sete. Onde se escondeu o oitavo? Sobre sete bandejas de prata – volto a contar – estão sete sorridentes leitões, assados e tostados, com uma noz na boca; as pequenas orelhas enfeitadas com alho-poró. No salão de nossa casa acontece o ritual de almoço dos domingos. Uwe aciona a campainha elétrica, que desce por um fio verde do lustre. Nós dois, os irmãos mais velhos, nos esforçamos para manejar a faca e o garfo; debaixo do braço apertamos alguns livros que não podemos deixar cair. Nossa irmãzinha porta uma venda negra sobre os olhos; assim, ela é poupada da visão dos animais mortos. Nossa mãe se levanta sem esperar pela sobremesa e tecla no piano; soa um bolero…

Vejo tudo verde diante de mim; ao meu redor, tudo escurece. Nunca mais o bolero… Onde está a minha boa, fiel e irremovível mesinha, para que eu possa agarrar-me a ela?

* * *

Luz verde que nasce nos campos do sonho. Botas, calças de cor cáqui ao redor de minha cama. Jalecos brancos. Picadas no braço. Calor que flui no corpo. E então inclina-se sobre mim um quepe de médico, uma mão experimentada examina as pálpebras, apalpa minha testa. *"Lux ex oriente"*. Línguas estrangeiras. Um dos que calçam botas pateia no chão sem misericórdia, a voz traduz: *"Lumina din răsărit! Aurora"*. Ah, o alvorecer dos dias. Dr. Scheïtan. Alimentos feudais, o caçador ajuda. Às vezes, o *căpitan* Gavriloiu, de botas; ele pergunta, respondo, ele anota. Afundo num sono negro; muitas vezes até o meio-dia seguinte.

Nas semanas de sono bem-aventurado, sonhei, repetidas vezes, com refeições opulentas na casa de minha infância e com passeios de trenó até a pousada dos alegres monges. Mas, estranho: em vez de eu acompanhar Zoja Kosmodemjanskaja em seu último caminho, ela sobe no meu trenó e toca para os hóspedes uma balalaica. E, em vez de compartilhar as derradeiras crostas de pão, na prisão de Doftana, com Vasile Roiata, ele se senta conosco à mesa de domingo; os olhos cobertos por uns óculos escuros de metal.

Nas horas de lucidez, contudo, eu me pergunto: por que não tenho nenhum sonho com o Castelo das Ratazanas, onde levávamos uma vida de proletários, comíamos no café da manhã *paluke* torrada ou páprickas recheadas com geleia, onde todos nós dormíamos num único cômodo e, durante o inverno, abastecíamos o aquecedor com lenha da floresta ou com serragem?

O conto de fadas em cor verde chega ao fim e logo depois a refeição *à la carte*. Já não há mais menus e injeções. Ainda que o entendimento brilhe – a cura lavou até tornar esbranquiçada a minha memória –, sinto-me (ainda) confuso. A alma claudica atrás. Mas uma coisa eu já sei: sempre haverá pensamentos que não se pode trazer à luz, nem mesmo onde o amor é imenso, nem diante do homem mais próximo. E como apesar de tudo tenho de comunicá-los, começo a rezar.

24

Range entre nossos dentes a areia do deserto? Vindo do Saara, nos chega uma bolsa de ar quente que fere os Alpes Dináricos e põe fogo nas cristas dos Cárpatos do Sul. Nós percebemos: o céu arde num clarão alaranjado, como os olhos de um tigre. A cela de detenção parece um forno. O caçador e eu colamos o torso nu no cimento; ansiamos por ar. Os guardas nos observam através do postigo com olhos sudoríferos. Derreto de calor, bato na porta de ferro, exijo que me conduzam, com os olhos vendados, para a frente de uma janela aberta; de qualquer maneira: respirar fundo!

É o dia 23 de agosto de 1958, feriado do Estado: detenções, prisões. Nenhum interrogatório. Tenho um período de defeso – desde que emergi das verdes profundidades do sono. O caçador se deita de lado no chão, escuta com ouvidos atentos através das paredes o abrir e o fechar da porta de entrada, atento para o zumbido dos furgões que entram rodando. Só percebo o arrastar de pés e os soluços no corredor e o matraquear das fechaduras. O caçador adverte: "Somente não sinta falsa compaixão. Todos eles são inimigos." E disse satisfeito: "A prisão se enche. Há novidades. Logo será a vez de nossa cela. Temos aqui duas camas livres."

"Então, morreremos!"

Os passos já ressoam; apressamo-nos a correr para a parede, voltando as costas para a entrada. A porta se abre, a porta se fecha, silêncio. Quando nos viramos, damos de cara com um homem rechonchudo num traje de camponês. Seus olhos permanecem fechados, como se ele ainda trouxesse no rosto os óculos de metal. Sua bochecha esquerda treme. Ele avança em linha reta, as mãos estendidas como um cego; tateia a mesa de parede, apoia nela a cabeça e dá vazão às lágrimas, que escorrem pelo rosto. Murmura em húngaro: "Eu tinha apenas puxado o sino, nada mais do que o sino!" A mesma porta volta logo a abrir-se e empurram para dentro o próximo, mas o 'puxador de sino' mantém a cabeça entre as mãos. Ele também não abre os olhos; o guarda o sacode de modo que as lágrimas salpicam ao redor: "Seja um bom menino, seja sensato!"

O quarto é um jovem rapaz. Ele se apresenta com o uniforme azul-escuro da elite da guarda operária. As peças da roupa estão cheias de marcas de queimado e têm um cheiro de fumo oleoso. Apesar do calor, ele traz, bem puxado sobre o rosto, um gorro com orelhas de lã, forrado de azul e adornado com o emblema da foice e do martelo. Com o rosto enegrecido pela fuligem, observa ao seu redor com olhos assustados de criança. O caçador e eu nos apresentamos formalmente, mas o convidado solta de si apenas poucas palavras: *"Din Făgăraş"*.

De Fogarasch! E já quero cair sobre ele com um monte de perguntas, quando o caçador me detém: "Calma!" O jovem rapaz tira o barrete; limpa a fuligem do rosto suado. A nitidez escurecida reanima a pálida cela.

Com um pano úmido, o caçador limpa o rosto do rapaz até que fique branco. De repente, o novato franze a sobrancelha esquerda. Então, o reconheço. "Nicolae Magda", digo perplexo. Somente agora ele se permite lançar-me um olhar. Atiramo-nos nos braços um do outro. Ele apoia o seu rosto no meu peito e sussurra: "Meu jovem senhor, já naquela noite de 1º de Maio, há quatro anos, quando quis se esconder na minha casa, eu sabia que o senhor acabaria aqui." Que ele também chegaria ao mesmo lugar era algo que não lhe tinha ocorrido nem mesmo em sonhos. Nos anos seguintes, ele concluíra, como externo, o segundo ano do ensino fundamental e fora empregado na brigada de incêndios, "um cargo altamente político!" A menina, Alba Zăpada, ia à escola; pai e filha aprendiam à porfia. O menino que nascera pouco depois de minha visita, Nicolae Iljitsch, já estava no jardim de infância e, no bloco de prédios novos, ele subia e descia as escadas do apartamento sem dificuldades. Depois do nascimento do menino, o sogro retirou a sua maldição, e, no verão, as duas crianças se postavam robustas e bonitas ao lado dele na estação de ferro e saudavam os velozes trens que passavam zunindo. A esposa Maria, por sua vez, ascendera ao cargo de chefia da Repartição de Cálculos Públicos.

Mas, de repente, o jovem olha ao seu redor e diz, com a voz sufocada: "Meu Deus, meu Senhor, o que estou procurando aqui?" Enquanto nós lhe despojamos das pesadas e fétidas peças do uniforme, começa, assim, a balbuciar a sua história: de maneira heroica, ele tinha apagado, na noite anterior, o início de um grande incêndio em sua fábrica. Graças a Deus, foi o recipiente de éter etílico, sobre o qual ele tinha tirado um cochilo, que acabara pegando fogo. "Imaginem se eu tivesse escolhido outro lugar para o descanso da noite. A fábrica de dinamite, juntamente com todo o Fogarasch, teria voado pelos ares!"

"Mas você estava em serviço. Por que dormiu?"

"Justamente. Se você trabalha na noite é importante aproveitar todo o sono que se conseguir."

Antes mesmo de o corpo de bombeiros chegar, o qual só pode constatar que o perigo havia passado, o diretor-geral já estava no local, "como se tivesse caído do céu." Este homem poderoso, que o jovem trabalhador em toda a sua vida nunca tinha visto frente a frente, inclinou-se sobre ele, apertou-lhe a mão, deu-lhe de beber um gole de conhaque de uma garrafa, que ele havia tirado como por um passe de mágica do bolso da camisa, felicitou-o e prometeu-lhe, por meio de uma sugestão pessoal para o Partido, o recebimento de uma medalha de honra. Mas aconteceu de outra forma. No meio da noite, adiantou-se um senhor, elegantemente vestido de civil, acompanhado por dois soldados com gorros azuis, e ordenou com uma voz penetrante ao diretor: "Chega de tanta conversa!"

"Outra vez começou o camarada diretor-geral dizendo: *Felicitare! Te propun pentru medalia...*" A frase ficou suspensa no ar, e a página gloriosa por escrever. Colocaram as algemas no herói sem que ele percebesse como acontecera.

Aquele homem queixoso, agora de camiseta e ceroulas com elástico frouxo, repete as últimas frases, como se quisesse certificar-se de que aquilo é verdadeiro e isto não. Ele começa de novo: "Aquele camarada, de tão importante cargo..." E de repente solta um grito: "Queima como o fogo! As chamas me devoram! Ar, ar, que me sinto sufocado! Abram todas as janelas!" Com os olhos abertos de espanto, ele tomba. O caçador impede que ele quebre o pescoço na quina da cama.

Agora, na cela, estamos completos: quatro homens e quatro camas; uma beliche, três no chão. No meio, um estreito corredor em forma de 'T'. O caçador e eu colocamos Nicolae de Fogarasch de pé, apoiando-o na parede, onde ele fica a mirar o vazio. O ar abafado e quente rouba o fôlego de todos. Ainda assim, um quinto elemento é enfiado na cela. O homem, com um terno de linho branco, abre caminho por entre as camas e os homens, e grita: "Onde fica Jerusalém?" Jerusalém se situa ali, onde o perturbado Nicolae tem a cabeça apoiada. "Passe prá cá! Com o diabo, o que tem?" E como o abismado rapaz não obedece às suas ordens, o homem com o terno de verão o arrasta, sem rodeios, para o outro canto da cela e o deixa lá, como se fosse um manequim. Em seguida, tira as sandálias dos pés e começa a bater com a testa na parede, como se maltratasse a ambos. Ele grita: "Tu, santo de Israel, não já correu bastante sangue judeu? Aqui estou, ó louvadíssimo e colérico, neste lastimável muro das lamentações, e a Ti clamo: o que querem de mim, estes torturadores de servo? Tiraram-me os filactérios para que eu não pudesse me enforcar. Até mesmo a morte de tuas criaturas eles arrancaram das tuas poderosas mãos. Esses loucos, meu Todo-Poderoso, ocuparam o teu lugar como senhores da morte e da vida. Vinga-te, pois a vingança a ti pertence, ó, Senhor!" Ele joga beijos para o ar com a mão ao mencionar o nome do Inominável. E grita para longe de si as aflições da alma, a dor que aflige o corpo. Grita contra todos os regulamentos da prisão. Grita até que o oficial intendente se aproxime como um raio.

Somente o caçador e eu assumimos uma postura cautelosa. À direita, apoiado na parede, está o guarda de incêndios. Diante dele, o colega judeu corre de cabeça ao encontro da parede, e grita tanto que o ambiente estrondeia. Atirado contra a mesa de parede, o "tocador de sino" uiva de desespero. Mas o oficial é senhor da situação, sabe o que acontece e o que tem de fazer. Detrás dele está o soldado de pantufas, e segura de prontidão duas jarras de água.

"Peguem suas canecas e reguem com água este maluco!", ordena a ambos. "Devagar e continuamente, pois a loucura desse zelote não se acaba assim tão rápido." Devagar e continuamente vertemos a água sobre a cabeça e as costas do devoto. O ar abafado parece sibilar. Uma das jarras é esvaziada, mas sem surtir o efeito desejado. Com a segunda, faço como se escorregasse e entorno a jarra. A água escorre sobre o chão quente. O oficial, nosso primeiro bailarino, sai pela porta na ponta das botas; também o soldado põe a salvo as suas pantufas. O caçador derrama a última gota d'água sobre o homem da parede.

Este se volta para nós e diz sorrindo: "Muito agradável, esta bátega de água fresca. Assim, minha oração chega ao fim. Repetirei isso três vezes ao dia. Samuel Apfelbach é o meu nome. Eu sou de Elisabethstadt, sou antiquário." Ele se inclina e aperta a mão de cada um de nós; também a mão do homem que uiva de desespero à mesa, inclusive a do abismado Nicolae, que continua a apoiar-se na parede. Ao oficial não se digna a lançar um olhar. Este diz somente: "Silêncio e ordem! Ocupe-se disse, *domnule* Vlad! Senão o calabouço o devorará."

O caçador murmura: "Bem, ali está fresco, e eu estarei só."

O senhor Apfelbach é a tranquilidade em pessoa. Como se seguisse um roteiro, pergunta a cada um: prenome, profissão, língua materna... Com o "tocador de sino", fala em húngaro; comigo, em alemão. Quando eu respondo, meu idioma soa para mim estranhamente grotesco e inarticulado. "Desculpe-me, senhor Apfelbach, mas faz mais de um mês que eu não articulo uma palavra na minha língua materna." Nos dias seguintes, percebo que começo todas as frases dirigidas a ele com estas palavras: "Desculpe-me!" Quando digo o meu prenome, apresso-me em esclarecer: "O prenome já estava certo antes de Hitler tomar o poder. Minha mãe, porém, nasceu em Budapeste, e meus pais falam as três línguas do país. Nos anos 1940, meu pai recusou-se a colocar na vitrine de seu comércio cartazes com a inscrição: 'aqui não se atende a judeus'. Ou: 'clientes judeus não são bem-vindos'. Eu mesmo, quando ainda era um pirralho, brinquei de casinha com crianças judias. E fui castigado por isso pelo nosso líder de grupo. Agora sou pela vitória do socialismo no mundo inteiro. O mesmo vale para o senhor Vlad Ursescu, ele ali, um famoso caçador." O senhor Apfelbach responde a esta enxurrada de palavras com uma piada, como se quisesse consolar-me: "Schloim, por que não dorme?, pergunta Rachel. "Porque não terei como pagar amanhã a minha dívida para com Schmul." Rachel grita janela afora: "Schmul, amanhã Schloim não vai poder pagar a sua dívida! E aí está, agora é Schmul que não pegará no sono. Dorme bem, Schloim de minha vida!" Ele ri. "Se queremos realmente fazer as pessoas rirem de verdade, basta contarmos piadas de judeu em alemão."

Nós podemos chamá-lo de tio, com nuances: *samubácsi*, tio Sami, *unchiu Samulică*. Pergunto pelo pastor Wortmann.

"Mal, muito mal! Seu filho Theobald está preso, pois se meteu num grupo de conspiradores de jovens saxões, aqui, em Kronstadt. Mas o pai continua agitando a bandeira vermelha. Fidelidade vem da fé, ele me disse faz tempo, quando me ofereceu para comprar uma esplêndida edição da obra de Goethe. O bispo de vocês foi transferido para uma aldeia, algum lugar remoto longe dos olhos de Deus. Seu nome seja louvado."

"Desculpe-me, o nome de quem? Do bispo?"

"Não, o nome do Inominável."

Theobald, meu colega de escola, aqui... Aquele que, a partir de cálculos combinatórios, tinha mandado Armgard passear, sem consideração ao momento e às circunstâncias. Ele que tinha esboçado a sua vida como um modelo atômico e se mantido distante de tudo o que pudesse estorvar a trajetória de sua evolução. "A coisa mais sábia a se fazer, nesta época de total policiamento, é comportar-se como um elétron. Ou o observador sabe onde você está, mas não sabe quando está, ou conhece o momento da própria aparição, mas não pode averiguar o lugar." Agora, a *Securitate* sabe ambas as coisas.

Os ferrolhos ressoam. O caçador nos ordena, os quatro, que fiquemos em fila no estreito corredor diante da cama de ferro; rostos voltados à parede. Ele vira o guarda de incêndio para a direita, e agarra o "tocador de sino" pela gola da camisa e o levanta. "Uivar você pode também em pé." Quando nos viramos, sem esperar o grito de ordem, damos de cara com uma figura junto à porta, diante da qual se sente um impulso de retroceder, mas falta espaço. Alto e seco, com um chapéu escuro numa mão, e na outra uma trouxa de roupa e a caneca de alumínio, o recém-chegado deixa que o guarda lhe tire os óculos de metal. Ele tem que se esticar.

O novo hóspede diz: "Não se assustem. Numa cela como esta cabem entre onze e treze pessoas, por mês, e conseguem até se darem muito bem, amigavelmente." Ele dá a mão para cada um, apresenta-se e faz com que seus novos colegas repitam os nomes até que os tenha gravado. A mim ele diz em alemão: "Ah, o senhor é saxão."

"Posso pedir que repita o seu nome?"

"Vasvári." Ele examina o ambiente com um olhar longo, detalhado; olhos enormes resplandecem num rosto ascético.

Digo: "O senhor certamente está aqui há muito tempo."

"De onde tirou isso?"

"Um novato se comporta de maneira diferente. Ele se transtorna, começa a estrebuchar, corre para bater a cabeça na parede. Veja aquele ali, junto à mesa: ele uiva, ofega. Ou o pequeno rapaz da parede: não consegue respirar."

"Não faz duas horas que me detiveram, mas eu já conheço tudo isso." Ele passa novamente em revista as paredes. "Eu conheço isso perfeitamente. Que dia temos hoje? 23 de agosto de 1958. Nesses quatorzes anos, passei sempre uma parte fora e uma parte dentro. Deixe-me calcular: são ao todo mais de sete anos de prisão, que já cumpri. Mas estou preparado." E assinala a sua camisa comprida de fustão quadriculada de azul. "Tamanho extra largo por causa dos rins, para quando você tiver que acampar no concreto." Sua calça comprida é de tecido escuro, forte, e os pés estão enfiados num par de botinas de couro. "E não tomo a coisa toda como algo trágico. No fundo, apenas troco minha cela por outra."

"Como assim?"

"Sou um padre católico. Aqui em Kronstadt. Na Klostergasse."

"A igreja paroquial católica da cidade. Com a torre voltada para o leste. Frequentei o Honteruslyzeum."

"Aliás, o meu colega evangélico, o pastor Möckel, também está aqui, desde fevereiro." Sinto as pernas fraquejarem. Uma coisa é a suposição, outra a confirmação. "E muitos outros saxões de Kronstadt estão aqui, nesta sinistra localidade, sobretudo os jovens."

Estamos de pé no corredor entre as camas; o senhor Apfelbach e o caçador estão agachados ao fundo, no chão. O "tocador de sino" ainda soluça, inclinado sobre a mesa. E Nicolae de Fogarasch se apoia com um ar ausente na parede. "Agrupem-se", eu digo.

"*Tonio Kröger*, se eu me recordo direito." Como se alegra a minha alma ao escutar isso. Assinalo vagamente a cama de trás, que é dominada pelo console de mesa. Nós colocamos com cuidado o "tocador de sino" sobre o balde que serve de urinol. O padre tira os sapatos e se senta com as pernas cruzadas sobre a cama. Assim, sobra espaço para uma pessoa dar alguns passos diante dele.

O caçador oferece um cigarro ao senhor Vasvári antes que o seu se apague, e pergunta se é verdade que o Papa, mesmo não podendo casar, pode ter filhos. E, logo em seguida, como se receasse que o padre pudesse sair correndo, pergunta: "É verdade que o pope católico não deve casar, mas pode fazer com a governanta da casa paroquial tudo o que um homem faz com a sua mulher?"

Começamos a falar em alemão. O caçador se afasta melindrado.

À noite, forma-se uma longa fila, como numa festa de aniversário de crianças quando estas se põem a brincar de trenzinho. Contudo, é diferente, porque avançamos aos tropeços, tateando e sem ver, um atrás do outro, com a mão direita sobre o ombro do companheiro que marcha adiante; o último carrega o balde de urina, que, ao ser agitado, transborda. *"Repede, repede!"* Empurrados e apertados na latrina, mas agora mais rápido do que antes, deixamos educadamente que passem na frente os recém-chegados, cujos intestinos todavia estão cheios com os lautos menus do mundo lá fora.

Os guardas da noite nos permitem juntar duas camas. No meio, sobre a junta, eu me deito, flanqueado pelo senhor Apfelbach e Nicolae Magda. Este sussurra: "Como bem dispôs as coisas a *Sfânta Vinerea*. Agora dormiremos juntos." Pela noite, ele me abraça, balbucia: *"Arde! Te salvez!* Arde, mas eu o salvarei." Meu vizinho da esquerda não se mexe; desperta, como ele havia se deitado, virado para o lado direito. "Acostumei-me a isso no campo." Embarcamos o choroso Béla Nagy no andar de cima do beliche. A armação da cama treme quando ele se estremece de aflição.

O caçador tinha-se arrastado para debaixo da cama, com a cabeça voltada para o corredor, para que o guarda não deixasse de vê-lo. Ele escuta os terríveis barulhos da noite. O padre Vasvári tem a cama de trás só para si.

No meio da noite, a fechadura da cela volta a retumbar. Saímos assustados do sono e avistamos um ser fantasmagórico com vestimentas flutuantes. Na luz turva, eleva-se um monge ortodoxo com o seu hábito marrom, com a barba e o cabelo até o quadril. O guarda lhe indica um lugar ao lado do padre Vasvári. Quando o monge ouve que o outro é um católico, sacode a cabeça, e seu rosto desaparece por trás de uma juba negra; a barba flutua ao redor dos ombros. "Eu sou um ortodoxo."

Ele se acocora no chão, encosta as costas na parede; esconde o rosto nas mangas do hábito. Em todo caso, ele não pode estirar-se por causa das dores de barriga. Dorme sentado.

Excêntrica combinação acontece no banho de sábado à tarde. Duas cabines de banho sem portas têm de comportar a massa de homens desejosos por um banho. Cheios de respeito pelo vistoso ritual do sexo do senhor Apfelbach, nós, os restantes, nos voltamos para a segunda cabine. Ao fazê-lo, examinamo-nos às furtadelas, observamos como cada um esfrega de qualquer maneira a virilha; os órgãos genitais que se bamboleiam de uma brenha de cabelos cinzas e pretos. Em nosso espaço, feito para um só homem, a confusão é tão grande que a água do chuveiro mal encontra caminho para o buraco de escoamento. Encharcados, quase colados um ao outro, não temos como esfregar as costas do vizinho. Antes de deixar a cabine, deposito o pedaço liliputiano de sabão na clavícula do esquálido monge – um prático recipiente. Este prende o cabelo ao redor da nuca; a barba se enrosca no pescoço. Apesar de tudo, não se ganha mais espaço.

Mas o senhor Apfelbach tem uma ideia acertada para nos dividirmos: "Todos os devotos de Deus, juntem-se a mim!" Ele os chama pelo nome: o senhor reverendo, o senhor padre, por favor! O monge temeroso de Deus, Atanasie! O "tocador de sino" protestante, Béla! Sim, ele convoca para si até o homem da guarda operária; o amigo Apfelbach se inteirou bem de que aquele tinha deixado batizar os seus filhos. Um após outro, seguem a chamada, passam saltitantes para o seu lado; a mão estendida de maneira tímida sobre suas vergonhas. O caçador e eu temos agora um chuveiro para nós dois. Jogo a minha roupa branca sobre o escoamento, como eu vi o monge fazer, e piso sobre ela para que a sujeira saia com a escassa água ensaboada que escorre de nossos corpos. Enquanto o caçador e eu ensaboamos as costas um do outro, os cincos devotos de Deus disputam do outro lado cada jorro de água.

Durante o dia, o padre se senta sobre a cama de trás com as pernas cruzadas, escutando as histórias dos internos. O calor tropical cai como um elmo de ferro sobre nossas cabeças. O fumo azulado do cigarro nubla a atmosfera da cela. O guarda tem de enfiar a cabeça na cela para comprovar se estamos todos ali presentes. Quando um de nós conclui o seu relato, o padre Vasvári bate palmas e grita: "Upa, upa, que a cadeira queima!" Então mudamos de lugar, pulamos por cima dos outros, como se usássemos exercícios de ginástica, e precisamos tomar cuidado para não desconjuntar nossos membros. Entrementes, o padre nos diverte com anedotas e parábolas, gracejos e brincadeiras, como um artista do teatro de variedades. Assim, ele nos preserva que ardamos em labaredas como um archote ou que nos arranquemos a carne uns dos outros.

Repugnante é a história do "tocador de sino" de Szent-Márton, que o padre escuta com o rosto ensimesmado, como se estivesse sentado no confessionário. Em um tom choroso, Béla Nagy se queixa do destino: nas noites em que a sua mulher Ana trabalhava como um escravo na fábrica de tijolos, a sogra rolava para sua cama e abusava de sua boa vontade. Pior fizera o pastor reformado; este lhe arrancou da cama, em outubro de 1956, com a ordem para tocar os sinos como forma de animar a insurreição de Budapeste. "Pode imaginar tudo isso, senhor reverendo?" Agora ele está aqui, e os dois, o instigador e a safada, lá fora, em vez de ser o contrário. O consolo é saber que a sogra e o pastor arderiam nas chamas do inferno, e oxalá que fosse em breve! Ele, contudo, um dia desfrutaria, com sua Ana, o paraíso. O que tem, o senhor reverendo, a dizer a respeito?

O padre responde que não se podem mandar as pessoas ao inferno assim sem detenças. E muito menos alcançar o céu arbitrariamente. "Deve ter sido Lutero quem disse que, quando chega ao céu, uma pessoa fica triplamente surpresa: por todos os que não estão lá, por todos que estão lá e também por ela mesma ter conseguido chegar lá." E diz em húngaro: "Uma mulher não pode seduzir um homem à força, mesmo quando por trás se encontra a autoridade de uma sogra; a não ser que o homem o permita. O mesmo vale para o caso contrário." Béla assente com a cabeça a tudo isso. O que não tem significado algum, pois faz dias que ele não faz outra coisa.

O padre parte para os interrogatórios com um sorriso no rosto. Retorna com o mesmo sorriso. Uma vez, diz sem sorrir: "Aqueles lá de cima não conhecem nenhum perdão. Criaturas impiedosas! Eles sabem muito bem que eu, em 1943, livrei uma comunista da execução, uma jovem garota especialista em colocar bombas. Mas isso não conta." Ele conseguira a sua clemência ao falar pessoalmente com o rei. Naturalmente ele não interviera a seu favor como se ela fosse uma comunista, mas uma católica. Eu o consolo: "Méritos e delitos são assentados separadamente na Ditadura do Proletariado. É semelhante àquilo que acontecera com o nosso guarda da brigada de incêndios. Como ele apagou o fogo, receberia uma medalha do Partido. Mas por estar dormindo no início do incêndio, tornou-se suspeito." O padre responde com algo que me faz refletir: "Não se devem separar a tragédia e a moral."

O monge se mantém coberto. Seu hábito, a ortodoxia, suas dores de barriga desculpam a sua parcimônia com as palavras. Só sabemos que o detiveram no mosteiro situado na ilha de Cernica, próximo de Bucareste, forçando-o a descer de sua carroça puxada por um burro, sem que o deixassem desatrelar o seu amado burrinho. O que muito o atormenta. Mas poderiam também tê-lo arrancado de um trator, porque, segundo o último decreto do Estado, as comunidades monásticas têm de manter-se a si mesmas; constituem cooperativas de produção, cada uma segundo a sua especialidade: de confecção de tapetes à lavoura de terras.

Além disso, ouvimos ele contar, não sem virulência, que, no grande Cisma de 1054, o Papa, com suas ambições de poder, teria querido engolir a Igreja oriental com pele, cabeça e tudo. Desde então, os popes ortodoxos não devem raspar a barba, nem os monges, cortar os cabelos.

"Por quê?", pergunto irritado. "Ou vocês têm em mente permanecerem atascados no pescoço do Papa, com suas barbas mal cuidadas e os seus cabelos desgrenhados, se lhe ocorrer em breve devorá-los?" O padre Vasvári coloca cordialmente a mão sobre o meu braço. "Não tão veemente. Já faz bastante calor aqui."

O monge me olha com seus olhos amarelados e diz: "Estes cabelos e estas barbas nos foram prescritos pelos nossos veneráveis Padres da Igreja e nosso santo Patriarca para que nos distinguíssemos dos padres da renegada Igreja Católica."

"E o que dizer do ecumenismo?", pergunto.

"Muito simples. Voltem todos para a única Igreja ortodoxa, *biserica ortodoxă*."

Visto que o padre Vasvári silencia, Samuel Apfelbach intervém: "Não esqueçam, seus cristãos brigados, que o Messias de vocês era um judeu também como eu."

O monge diz: "Se o senhor é um judeu, me explique então por que Deus castigou tão duramente o povo judeu durante dois mil anos."

"Porque nos ama! Louvado seja o Santo de Israel."

"Errado! Mas eu lhe direi a razão: porque os judeus cravaram o Filho de Deus na cruz."

"Nós, os judeus, não precisamos de nenhum filho de Deus porque somos nós os filhos de Deus."

Mas antes que o monge comece a soltar suas palavras, interfiro: "Se Jesus não tivesse sido crucificado, não teria ressuscitado, e o mundo seria mais pobre sem um Salvador."

O padre diz, conciliador: "Todos somos filhos de Deus, por conseguinte, irmãos, ainda que irmãos separados."

O senhor Apfelbach completa: "Cinco mil anos se passaram desde que ele, o Fiel, nos visitou."

O caçador lembra que os judeus receberam uma região autônoma judaica socialista na Sibéria; pela primeira vez uma pátria garantida.

"Isso é uma vigarice", contra-ataca o senhor Apfelbach. "Uma brincadeira de gato e rato. Em 1941, Stálin riscou da face da terra, com uma só canetada, a região alemã do Volga. Lar dos judeus? Isso só pode ser o Estado de Israel, ora essa! O povo santo na Terra Santa e em nenhuma outra parte."

O monge diz: "Se existe um povo santo, então, somos nós, os cristãos ortodoxos, sucessores dos cristãos primitivos, aqueles que são chamados de santos."

O padre Vasvári solta uma palavra que soa como um estalo na cela: *"Apokatastasis!"* E como ficamos a mirar-nos boquiabertos, ele explica: "O fim último do plano de salvação é a recondução de todas as coisas ao amor de Deus, a reconstituição do mundo em seu estado paradisíaco pela conversão e santificação de todos os povos, homens e criaturas."

O monge bufa: "Todos? Também os judeus e os húngaros, os hereges e os patifes, as prostitutas e as bruxas?"

"Até mesmo as pulgas, os piolhos e os percevejos", objeto, "que se sentem especialmente bem nos mosteiros."

O padre diz: "A criação inteira. Ao fim virá a reparação para todas as criaturas. *Acte* 3,21."

Espasmos estomacais atacam o monge, que se contorce todo no chão. O homem de Deus, Samuel, toma a palavra: "Não no final, já agora começou o Santo Santíssimo a colheita dos perdidos. E no mesmo instante em que se concede a graça, ao indivíduo ou ao povo, de reparar suas faltas e erros. Este é o caminho da misericórdia do Senhor. Louvado seja o seu nome!"

"Através de Jesus Cristo, nosso Senhor e Salvador", completa o sacerdote católico.

O senhor Apfelbach recolhe do chão o monge, que geme de dor, e coloca-o de mansinho sobre a cama. Cada um faz algo: o padre lhe dá água; o "tocador de sino" soluça; o homem da brigada de incêndios se benze. O caçador massageia as plantas de seus pés. Bato na porta, exigindo a presença de um médico. Mas não aparece nenhum médico, nem agora nem depois.

O servo de Deus Samuel se coloca diante de seu muro das lamentações; bate com a testa na parede, como se portasse a cápsula de oração, e sussurra: *"Apokatastasis."* Ele envia beijos de mão para o corredor e pergunta: "Não foste demasiadamente ambicioso, ó Deus Poderoso, por querer congregar ao redor de teu trono tanto os bem-aventurados como os desgraçados, para que dancem juntos nos coros celestiais? E não exigiste muito dos desgraçados, que eles devessem harmonizar-se com os bem-aventurados em elevados e sagrados cantos de honra e louvor diante de ti, ó terrível Justo?"

* * *

O padre Vasvári tem de passar anos na prisão, somente porque não quis subscrever o seu nome no amplo apelo à paz mundial de Estocolmo. "Não querer subscrever um apelo à paz?", pergunto perplexo. "Paz é sempre paz!"

"A paz que pensamos não é a mesma que eles pensam", e aponta com o dedo para o andar superior.

Conto a ele, com a voz rouca, os meus planos de querer ganhar todos os saxões para o socialismo. E desejo muito que ele concorde comigo, que me dê coragem. Ele escuta, não sorri, guarda silêncio. Pergunta-me se tenho menos de trinta anos. "Ainda terá tempo." Tempo para quê?

"Para cauterizar todas as reminiscências fascistas no corpo do povo saxão… Os elementos burgueses devem ser afastados! A influência nacionalista e mística da Igreja evangélica deve ser reprimida. Como diz Bertolt Brecht: 'Naqueles tempos serão enaltecidos aqueles que sentam sobre o solo desnudo…, aqueles que se sentam entre os oprimidos, que se sentam com os revoltados'. Um programa para o qual existem poucos quadros. E Johannes R. Becher, que diz: 'Sejam duros. E extremamente implacáveis. Jamais o perdão – brando'."

Minha esperança seriam os estudantes de Klausenburg. E precisamente estes se tornaram suspeitos de contrarrevolução. Espero uma palavra de estímulo e confirmação. Finalmente ele diz: "Quem não é suspeito para estes demônios? Até o diabo é para eles suspeito."

"Com uma precisão matemática caminha a história universal em direção ao comunismo." Com um toco de sabão cinzento esboço um diagrama sobre o cobertor: "Veja aqui, venerado padre, estas duas linhas opostas evidenciam como, desde a época escravocrata, através da transformação dos sistemas de produção, as ordens sociais se dissolvem num impulso ascendente, até que as duas linhas rompidas alcancem uma convergência harmônica."

"Quando será isso?"

"No comunismo. Ao final da história universal."

"Então Cristo virá para julgar os vivos e os mortos."

Lamento que a minha missão neste ponto seja tão espinhosa, já que eu mesmo procedo de um meio enfermo; logo, tenho que pôr à prova a minha fidelidade socialista de maneira convincente e que, através de uma constelação desditosa, não será difícil provar, para aqueles lá de cima, que o círculo de estudantes não é de forma alguma tão progressista como eu o represento.

Ele sorri indulgente: "Eles! Eles provam tudo. Até mesmo que Deus existe. Meu jovem amigo, será que simplesmente não quer jogar areia nos olhos seus e dos outros? Acredita realmente em tudo o que explicou com tanta excitação; com a mão no coração?"

Hesito, digo com valentia: "Sim, eu estou convencido disso. Apesar de algumas vezes me sentir atormentado pelas dúvidas. Mas, quando estou lá em cima, durante os interrogatórios, me convenço de que é assim, sem 'se' e sem 'mas'; absolutamente…"

Ele esboça um sorriso: "*In status confessionis*, como o padre durante a missa. Mas cuida de suas dúvidas."

Eu lhe confio que afirmo tudo o que sei sobre aquilo que me perguntam, seja bom ou mau, justamente a verdade, a pura verdade.

"A verdade também pode vir do demônio."

Lamento que, no momento em que deponho contra alguém, este perca as feições, torna-se uma sombra. Espero, de todo coração, ganhar cada um dos incriminados para os ideais do socialismo – mais tarde, em seguida, quando todos nós estivermos livres. Aqueles lá de cima me prometeram, pelo mais elevado e mais sagrado, que não aniquilariam o nosso povo saxão.

"Para eles não existe nada de elevado, nada de sagrado."

"Eles me prometeram poupar os jovens, que se podem reeducar para o novo futuro."

"Eles não recuam diante de nada."

"É uma grande ideia. Conscientemente, meu reverendo, eu citei Becher e Brecht; dois burgueses que aprenderam a lidar com as fórmulas da dialética materialista. O camarada Stálin compôs quatro princípios práticos. Aprendi a decorá-los e a assumi-los na minha vida diária. Por exemplo, quando preciso ir urinar. O terceiro princípio da dialética: acumulações quantitativas conduzem a um salto qualitativo; na base se acumula a urina até atingir uma quantidade, onde a pressão faz com que o esfíncter se abra e, no esvaziamento da bexiga, nasce uma nova qualidade de vida. Simples assim!"

Não impressiona ao padre que eu faça menção a Stálin enquanto urino. "Este terá que se apresentar diante do tribunal de Deus para responder por seus crimes. Aliás, já começaram a criticá-lo. Logo nenhum galo cantará mais por ele."

"Gostaria de aprender a infligir castigos sem pestanejar, mas primeiro tenho de acertar as contas com a justiça."

"Isso Deus já o faz." Levanto a cabeça admirado.

"Um enorme trabalho de autopurificação encontra-se diante de mim, para que eu me torne, tanto nas palavras como nas ações, o novo homem que o Partido espera de mim."

Ele pergunta: "O senhor reza?" E me lança um olhar penetrante.

"Sim", respondo.

"Por quê?"

"Porque tenho muitos pensamentos que não se ajustam com o novo homem que há em mim e que eu tenho de confiar a alguém."

"Só aquele que está em Cristo é um homem novo. Todos os demais estão em autoengano. Em vão se exaltam. Passam por cima deliberadamente do que importa." O que realmente importa, ele não diz.

E se volta para os outros na cela para contar a anedota do conselho que o sábio rabi dá a um de seus cordeiros: "Como? Queixa-se de que são muitos dentro da cabana? Então ponha o cachorro para dentro e em seguida retorne. Insuportável? Traga também a cabra! Para se sufocar? E o burro ainda está lá fora? Para dentro com ele. Como? A sogra está desmaiada faz uma semana? Muito bem, então leve o cachorro e apresente-se de novo dentro de oito dias. Melhor? Lance para fora a cabra! Maravilha? Expulse também o burro! Agora sim, o céu está na Terra!" O padre me diz: "Assim é como se sentirá quando nos tirarem de sua cela."

De minha cela… "Talvez eu seja o primeiro a partir."

Ele balança a cabeça. "Isso não. Esta cela é algo maior do que as outras celas. Quem está aqui fica e ficará por muito tempo."

* * *

"Minha história é mais simples do que se pode pensar", relata Samuel Apfelbach. "Parentes eu não tenho mais. Minha família era natural de Sathmar. Quando, em 1940, a região norte da Transilvânia caiu nas mãos da Hungria, eu era estudante no ginásio saxão Bischof-Teutsch-Gymnasium de Schäßburg; assim, fiquei na Romênia. Tive que deixar a escola quando os grupos populares alemães proibiram os judeus de frequentar estes estabelecimentos de ensino. Após o bacharelado no liceu estatal romeno, fui enviado pela *Siguranţa* real ao campo de trabalho para judeus nas pedreiras de Dobrudscha. Depois do 23 de agosto de 1944, saí livre com meus próprios pés. Quando, no final da guerra, eu quis contar os sobreviventes de minha família, não havia ninguém para contar."

Quero perguntar algo; começo, como sempre: "Desculpe-me", gaguejo. E não pergunto mais nada. Somente digo: "Desculpe-me." A cela cai em silêncio. O senhor Apfelbach diz: "Olhar pra frente, olhar pra frente – só isso atenua…"

E diz, depois de um longo instante: "Aqui estou, por causa de uma única palavra." Ele nos desafia a adivinhá-la.

Uma palavra? Isso é demasiado pouco. Já no "Abaixo Stálin!" se tem duas palavras.

"Veja o senhor, como antiquário tenho de lidar, *sui generis* e *per definitionem*, com livros antigos. Portanto, de uma época anterior ao comunismo. Para pôr à prova a minha lealdade, revesti de vermelho uma das vitrines de minha loja e adornei-a com as fotos dos sete líderes do Partido em grande formato. Nenhum livro, só rostos. Na semana passada, tomam de assalto a minha loja um funcionário do Partido e um homem da *Securitate*; arrancam da vitrine os sete rostos. O do Partido me grita: "Despeje imediatamente este bandido, este miserável traidor do povo e inimigo do Estado!"

"Qual?", eu pergunto.

"Ato contínuo, não somente levaram a foto, mas também a mim. Aqui não se leva a pessoa para tomar um pouco de ar?"

"Nunca", respondo.

"Bem, mas agora eu tenho que rezar."

* * *

"E agora é a minha vez de contar-lhes uma história", diz o padre Vasvári e acena para que eu me aproxime. Passo por cima de três colegas, afasto o "tocador de sino" e sento-me aos seus pés.

Numa quinta-feira santa, eles conduziram o padre – na época, prisioneiro nos subterrâneos do Ministério do Interior – de elevador para as repartições do Ministério. O secretário de Estado, Bunaciu, o esperava. Após ser indagado, com simpática cortesia, se sabia onde se encontrava, foram ambos levados, numa limusine de luxo com chofer, pela *Calea Victoriei* a um palácio. Um senhor de terno preto conduziu os convidados através de antecâmaras pomposas, passando diante de damas que pareciam de um outro planeta – além dos radiantes vigilantes de porta –, diretamente para uma sala faustosa. "Os senhores podem imaginar: depois de meses sozinho na semiobscuridade e em lugares mal ventilados, eu só sentia vertigem. Eu precisava certificar-me de que não padecia de alucinações."

O dr. Petru Groza, o presidente da República Popular, o recebeu. Eles se conheciam da época em que este tinha entrado na polícia, como um burguês junto ao rei, e saído como líder camponês. O senhor Vasvári interrompe o seu relato, pergunta-me: "Sabia, para dizer a verdade, que este renegado morreu em janeiro, carcomido miseravelmente pelo câncer?" Eu não sei. "Veja bem, Deus não se deixa zombar."

O presidente da República Popular se levantou à entrada do prisioneiro; dirigiu-se a ele, estendeu-lhe a mão e se informou sobre o seu estado de saúde, escolhendo com cuidado as palavras. E concluiu: "Faz verdadeiramente muito tempo que não nos vemos, querido amigo!" Então os três afundaram em sofás de couro, flanqueados por luminárias de pé de ferro fundido e forjado. Groza lhe garantiu que se sabia de seus serviços prestados ao Partido Comunista durante a ilegalidade. O padre contrapôs: ele apenas realizou uma visita ao rei, para um pedido de clemência, a fim de livrar da execução uma jovem católica de sua diocese.

O presidente reiterou: "O senhor salvou uma jovem comunista da morte; arrancou-a da arbitrária justiça de classe. É um ato que aqui será sempre lembrado." Por conseguinte, nas mais altas esferas – onde isso permanece inexplicado – decidiu-se permitir que o venerado senhor padre voltasse para casa na semana seguinte.

"Era quinta-feira santa. Eu propus que me soltassem de modo a poder celebrar, ainda no domingo, a missa da Páscoa em minha paróquia. Causaria uma boa impressão aos fiéis católicos se o seu pároco... Mas aí Groza me cortou a palavra e disse a Bunaciu num tom de quase reprovação: 'Como podemos esquecer? Os nossos irmãos católicos celebram uma semana antes de nós a sagrada Páscoa. Bem! Combinado! Imediatamente após a execução das formalidades. E para casa com o senhor, venerado padre! Não podemos prescindir de causar uma boa impressão ao povo. O comunismo é uma dura lição, não se entende por si mesmo'." E me desejou, em seguida, feliz Páscoa – em húngaro.

Regressamos de automóvel: esperei até a noite no escritório do secretário de Estado, debaixo de vigilância e em pé, com o rosto voltado para a parede, até que finalmente me conduziram de elevador para o porão. Um ano mais tarde me deixaram voltar para casa – por pouco tempo. As Páscoas seguintes acabaram."

* * *

No dia seguinte, o padre me diz apressadamente: "Tenho que lhe contar algo antes que seja tarde. É uma pessoa muito boa para este regime, meu jovem. Por mais que tente, jamais conseguirá tornar-se um deles." Ele escuta o que acontece lá fora com os olhos inquietos, e volta a falar num tom preocupado: "É certo, e eu falo por experiência própria, que não há dimensão da vida que pode subtrair-se à realidade de Deus, que não há nada que tenha o direito e o poder de existir para si mesmo. Acompanha o meu raciocínio?"

"Sim", respondo com altivez. "Por causa desta pretensão ao absoluto, presente no cristianismo, que fugi da teologia."

"Uma intuição fundamental do Evangelho é que só se pode falar verdadeiramente do homem se levar-se em consideração a relação *Coram-Deo*. E isso é uma relação de amor. Eles fracassarão assim como qualquer um que tenha algo em comum com eles, porque o seu projeto de felicidade para o homem está contra o amor de Deus."

Procuro tapar os ouvidos, clamo: "O senhor acha que a visão de uma felicidade viável e factível ao homem é um discurso vazio? Quantos não arriscaram suas vidas por isso e, sim, deixaram-se morrer!"

"Cada um dos que estão aqui, nas garras dos ateus, traz o estigma de uma eleição *sub contrario*, sob a experiência do contrário. De que o lembra estas palavras? Não lhe vem nada à mente?"

"A morte de Cristo na cruz", respondo quase sem voz.

"Quem se mostra disposto a submeter-se à mais terrível humilhação, à condenação, a carregar a sua cruz, vive o maravilhoso acontecimento da ressurreição. Sua tragédia, jovem irmão, é que acha, certamente *bona fide*, que pode subtrair a sua pessoa da humilhação, da condenação da sua classe. O erro de pensamento consiste em querer afastar do mundo a relação *Coram-Deo* e apostar unicamente na relação *Coram-mundi*. Os de lá", ele levanta o dedo, "sucumbem ao vacilante juízo do mundo. Hoje acima, amanhã embaixo; hoje corretamente à esquerda, amanhã o desviar-se da esquerda ou da direita; hoje camarada, amanhã inimigo do povo. Com que frequência estive sentado em celas com altos quadros do Partido, que nem um de nós seria capaz de imaginar encontrar presos? O que eles chamam de 'unidade monolítica' do Partido, ou algo parecido, não passa de uma ilusão. Mas agora preste atenção, meu amigo, porque chegará o dia em que precisará destas palavras: acima de tudo se encontra o juízo de Deus, que não nos abandona ao juízo *coram mundo*. É pela morte na cruz de Jesus Cristo que foi libertado. Não compreenderá e nem precisará disso agora; só após ter percorrido o caminho da dolorosa penitência e da conversão. Ainda é demasiado doutrineiro. Assim, promete: quando Deus o chamar – mais tarde, após vários anos, talvez ao fim da vida –, diga, então, sim." Ele se levanta da cama, os outros cedem espaço, voltam a apertar-se. Ele me abraça; estreita-me contra o peito, faz o sinal da cruz na minha testa; beija-me apressadamente, como se acabasse de escutar passos de botas no corredor. "E presta atenção neste conselho, precisará dele: somente o amor abafa os nossos inúmeros pecados." Ele já arruma a sua trouxa. "Rezem por todos aqueles que vocês denuciaram!"

O crepúsculo enche a cela, enquanto lá fora ainda pode estar claro. Como nas tardes anteriores, ele nos pede para ficarmos em silêncio. Ele reza, inclinado sobre a cama, com o seu magro rosto entre as mãos. Ele reza, nós observamos.

Como uma granada que se aproxima pronta para explodir, estronda a porta e se abre subitamente. Com um gesto esfíngico, o soldado indica àquele que faz suas preces que pare de rezar e se prepare. Com o chapéu na mão, a trouxa e o caneco na outra, o homem de Deus é conduzido para fora da cela, às cegas e em silêncio.

25

Estamos novamente sós, eu e o caçador. Os outros desapareceram como figuras fantasmagóricas. O caçador se senta sobre o urinol e caga extraordinariamente. O fedor expulsa os espiões do postigo. Sensivelmente aliviado, ele diz: "O Partido jamais comete um erro. Só os indivíduos se enganam. É preciso permanecer fiel!" E eu compilo o meu primeiro poema político. Um soneto, porque assim se sabe quando se deve terminar. Durante dias me esfalfo com a forja das rimas.

> *Pressionando sua luz sobre as veias da Terra,*
> *eis o Sol. Mares claros levantam girando;*
> *flores riem, as aves cantando ao comando*
> *jubiloso do vento, as sombras em guerra.*
>
> *E o povo – humilde coração das gentes! –*
> *com as veias inchadas de sangue vertido*
> *em trabalho, dá a vida, em muitos sentidos,*
> *a um corpo – não do pó – de pedras ardentes.*

Na segunda parte, o poema se fez mais leve.

> *Um navio irrequieto irrompe raivoso,*
> *a varrer rios e vales de um dia vindouro.*
> *Coração do universo, nos leve ao gozo!*

"A morte fica no intestino", digo obsequioso.

Que este ser superior também tinha um corpo, era algo que me havia escapado. Eu me curvei até ela e a beijei na boca. Ela se manteve calma; seus lábios não se moveram, permaneceram lisos e frios como uma cratera da lua. Ela disse: "Ainda é muito cedo." E no mesmo fôlego: "Vamos embora." Ela soluçava.

Nós ficamos. Quando mais tarde começou a fazer frio, Elisa encolheu as pernas e cobriu os joelhos com a minha jaqueta. E perguntou: "Está com frio?"

"Não." E ela ficou assim deitada até o amanhecer, com a cabeça em minhas pernas. Quando os pássaros começaram a se mexer, levantamos acampamento. No momento em que os primeiros raios de sol se lançaram pelo céu, o gorjear dos pássaros emudeceu de repente. Nós nos lavamos na lagoa; sobre suas águas espreguiçavam-se sonolentos nenúfares. "Isso nos faz bem", disse ela, enquanto os seus dentes batiam de frio. "Agora vai fazer calor!"

Saímos através da quinta coletiva do Jardim Botânico, por cima do hospital psiquiátrico. Ela disse: "A loucura é o penúltimo modo de salvar-se do mundo estando no mundo." Ela me encarou atenciosamente com os seus olhos claros. Eu não disse nada. "Você não vai me perguntar qual eu compreendo como o último? Bem, nós sabemos."

"Quando você pensa 'salvar-se do mundo saindo do mundo' isso já é mais do que o último."

Ao nos despedirmos, ela disse: "Gostaria muito, neste verão, de percorrer de bicicleta o Burzenland. Eu não o conheço. Não gostaria de me acompanhar?"

"Sim."

* * *

Na orla oriental do Geisterwald, onde as ruínas de Kreuzburg se destacam, passamos do Alten Land para o Burzenland. Um estreito caminho entre florestas seguia por escarpadas curvas fora da mata e descia em direção à aldeia de Kreuzbach. Em uma das curvas, Elisa perdeu o controle da bicicleta e foi parar na mata espessa, arranhando os braços e o rosto. A roda dianteira ficou avariada, e só consegui destorcê-la o suficiente para fazê-la voltar a girar, mas com dificuldades. Ela ficou sentada à borda do caminho, o rosto entre as mãos, quando ouvimos algumas vozes. Dois excursionistas subiam vagarosamente pela senda do bosque. Em um deles, reconheci o meu colega de estudos, Liuben Tajew, o sobrinho do chefe de Estado búlgaro. O que ele procurava aqui no Geisterwald? Ele, o petrificado convidado de nossas rodas de discussão em Klausenburg; quando não chupava os dentes direto, ficava ali sentado em silêncio – também não aguçava os ouvidos e com olhos famintos devorava as estudantes? Perguntei perplexo: "Por que não está em casa, na Bulgária, se estamos todos de férias?" Em seu rosto não se apresentou nenhum gesto. Ele apontou para o seu acompanhante, um jovem barbudo, e disse, como se isso bastasse como explicação: "Eu tenho o que fazer aqui."

"Aqui, no meio do mato?"

"Sim."

Elisa se aproximou de nós. Ela sacudiu a terra e as folhas secas de sua saia escocesa, atou ao pescoço a sua blusa de mangas fofas e plantou-se diante de Liuben. Ela o agarrou pelos punhos e começou, cheia de raiva, a sacudi-lo e a cobri-lo com uma torrente de palavras inglesas. Ele fixava os olhos nela, sibilava algumas vezes através de uma fenda de dentes e, por fim, disse uma frase em russo, que não entendi bem. Depois disso, Elisa silenciou. Ela o deixou livre e disse para mim: "Sigamos em frente." Os dois trotaram dali.

"Seguir em frente? Devemos ficar contentes de não termos que levar a sua bicicleta nas costas e de podermos empurrá-la."

O passeio se tornou uma longa marcha a pé; o entardecer já amortecia a luz de verão quando alcançamos Kreuzbach. Decidimo-nos pela hospedagem na casa do pastor.

A esposa do pastor, com o cabelo louro trigueiro, no qual se mesclavam fios prateados, nos recebeu de calças cinzas, enchumaçadas. Sua língua soava estranha; suas palavras tinham um sentido obscuro. "Alojamento para uma noite, estudantes de Klausenburg? Não são irmãos, certo, e então, aonde com eles? No quarto vermelho – vermelho, porque os antigos móveis estão todos cobertos –, peças de família do senhor pastor. Sim, lá tem dois sofás Biedermeier; mas o jovem senhor estudante é muito comprido. Não, melhor no quarto amarelo, lá estão as camas de latão de meus falecidos sogros. Camas de casal? Isso não, visto que não são irmãos. Então, o melhor de tudo é que um fique no quarto azul com estrelas douradas, as paredes azuis como o céu de maio na Ucrânia e as estrelas douradas como aqui em Burzenland, sim, e a

E este coração és tu, Partido!
Através do povo, do universo, atravessa
as estrelas e o dia anoitece rompido!

A rotina volta a envolver-me. Somos despertados às cinco da manhã. Às dez da noite, o aviso: "Apagar as luzes!" Os dias transcorrem com três passos e meio de ida, três passos de volta, e assim uma e mais uma vez; longas dezessete horas. Histórias em tom de sussurros e, algumas vezes, planos para o futuro. Moço de estrebaria numa fazenda coletiva, eremita na montanha.

Após o café da manhã, sou levado. Com o rosto esfíngico, o mensageiro de Deus pergunta o meu nome, que ele já ouviu umas cem vezes: "Ponha o casaco, pegue os óculos. Venha! Onze degraus de escada pra cima! Levante os pés! Esqueceu como se caminha?"

Sou colocado numa sala de interrogatórios vazia, sentado atrás da porta, a uma mesinha. Além da janela com grades vou seguindo o sol, vejo como ele ilumina os desfiladeiros do Schulerau, assinala as efêmeras sombras do meio-dia e, por fim, se faz visível, enquanto rola por trás do horizonte. O soldado da guarda entra e me oferece uma compota de pera; leva-me a reboque, com os olhos vedados, até um banheiro, que dá a impressão de ser normal. Quando começa a escurecer, ele acende a luz. E, em determinado momento, me leva de volta à cela. Lá devoro de uma vez só a comida do almoço e do jantar. Nem mesmo o caçador, tão espirituoso, é capaz de fazer troça de meu apetite.

Após alguns dias, vou adquirindo o costume de deixar-me levar pelos pensamentos. Sim, uma vez me atrevo a imaginar que poderia chegar o dia em que me veria lá fora subindo os desfiladeiros de mão dada com uma garota, e eu, com um furtivo movimento de cabeça, assinalaria para trás indicando este prédio e diria: "Lá!" Ao que ela, a beleza de minha vida, me abraçaria silenciosamente.

Faz dias que me sento na sala de interrogatórios, sozinho com a monstruosa mesa de escritório, e deixo que os olhos vaguem pela paisagem enjaulada; acompanho a minha alma em passeios por destinos irreais. E sei subitamente quem seria a beleza para toda a minha vida: Elisa. Ela não dizia, todas as vezes em que eu me aproximava: "É muito cedo ainda?" Isso quer dizer, em texto límpido: agora (ainda) não, mas mais tarde seguramente que sim. Por que só agora me dei conta disso?

* * *

Quando uma certa tarde – foi no início do verão, antes de minha detenção –, eu perguntei, mais por brincadeira, a Elisa: "Posso convidá-la para passar uma noite no Jardim Botânico?"; ela me olhou bem séria e disse: "Com todo prazer!" E acrescentou, após alguns segundos: "Quem sabe ainda estarei aqui no próximo verão." Isso foi depois de uma daquelas tertúlias literárias. Hugo Hügel tinha lido partes de sua história *O Rei dos Ratos e o Flautista*, correndo, contudo, logo em seguida para a estação de trem, acompanhado por uma estudante alta com longas tranças louras.

A noite na natureza foi breve e fria. Como não brilhava a lua, não se podia passear pela paisagem oriental distante, pelas veredas serpeadas, que se precipitavam sobre escadas de tufo ou pairavam sobre pontes abobadadas. Nós escolhemos, como local de descanso, a pentagonal casa de chá japonesa. Suas paredes de madeira, artisticamente trabalhadas, estavam cobertas por trepadeiras. No meio da exótica folhagem luziam botões de flores em cores fabulosas: umbelíferas escarlates, delicadas ervilhas-de-cheiro e glicínias azul índigo. Antes que escurecesse, coloquei um barquinho de cortiça com uma vela acesa no tanque que havia diante da casa de chá.

Quando escureceu, acomodamo-nos entre a folhagem. Sentei-me sobre o banco de madeira. Ela se estendeu, deitada sobre as costas, descansando a cabeça em minhas pernas. Uma saia de lã quadriculada de vermelho cobria as suas pernas até os tornozelos. Eu a cobri com a minha jaqueta militar. Através da porta de entrada olhávamos um pedaço do céu sobre a cidade que cintilava com uma cor amarelo virulento.

"Por que pensa que não estará mais aqui depois de um ano?"

"Depois de um ano? Talvez já amanhã mesmo. Aliás, sabe quem é o nosso pior inimigo?"

"A *Securitate*?"

"Nosso corpo. Nele se esconde a morte. Muitas vezes, passo as noites em claro e penso: em que parte do meu corpo se aninha a doença que me levará à morte, me acometerá, me arrancará deste mundo?"

camarada, a senhorita, no quarto lilás – lilás, porque lá estão pendurados o retrato de um pintor que pintou todos os rostos na cor lilás, um primo do senhor pastor. Mas talvez eu devesse perguntar a ele. Por favor, entrem. O jantar já está na mesa."

"Também podemos dormir no celeiro", eu disse cordialmente, mas Elisa me fez um sinal: isso não! E mostrou seus arranhões sangrentos.

"Celeiro já não temos mais, desde que os nossos três filhos saíram de casa. Quer dizer, desde que os ciganos de Crisba tocaram fogo nele, no inverno de 1945." Ela levou as mãos às têmporas; um novo pensamento veio à tona: "Eu também posso alojá-los assim, por uma noite: um de vocês fica no quarto de recordações, mas está cheio de bonecas de madeira. O outro no quarto de trabalho do senhor pastor, mas está cheio de plantas mortas."

O pastor, num terno preto, coberto de pó de pólen, saudou-nos amigavelmente. Ele se sentou na varanda e contemplou o pôr do sol por trás de Königstein. "Sejam bem-vindos debaixo deste teto." Ele bebia chá de tília. A mesa estava posta para duas pessoas. No centro havia uma boneca de madeira do tamanho de uma criança com um insólito traje de camponês. "Ficam aqui até amanhã? Naturalmente. As fortalezas das ordens em Burzenland, belíssimas. Estudantes os dois: russo e hidrologia, isso tem futuro." A esposa do pastor pôs mais um serviço sobre a mesa; verteu o chá em duas xícaras vazias, adoçou-o com mel, colocou as xícaras diante de nós e disse a Elisa, em russo: "A boneca se chama Matrijona."

Elisa perguntou, confusa, também pronunciando em russo: "Não vai comer conosco, *gospodina*?"

"*Njet, baryschna.*"

O pastor voltou-se a nós: "Antes de começarmos a comer, vamos dar graças a Deus por suas dádivas." Sua esposa fez três vezes, ao modo ortodoxo, o sinal da cruz. Ele lhe lançou um olhar breve, e ela disse: "Assim fui acostumada a fazer na minha pátria. Aliás, o nosso reformador, o dr. Martinho Lutero, tinha também dito: o sinal da cruz é um distinto costume que agrada a Deus." Enquanto comíamos, ela permaneceu em pé ao lado do senhor pastor, as mãos cruzadas sobre o ventre, e nos observava, com olhos trêmulos, a boca e as mãos. Se por acaso caía do queixo do dono da casa alguma migalha de pão sobre o guardanapo de mesa, a mulher, então, acudia apressada e varria a sujeira com uma escova para uma pazinha de prata amolgada. Todas as vezes o pastor inclinava a cabeça, agradecendo-lhe.

Na cozinha, atrás de uma cortina, a dona da casa lavou as feridas de Elisa com uma decocção morna de cavalinha e papoula, enquanto o pastor lhe passava nos braços um unguento de calêndula; depois os envolveu afetuosamente com tiras de gaze.

A senhora Milena alojou Elisa no quarto amarelo, dando a mim o quarto com os retratos, onde rostos violetas e esverdeados me examinavam com olhos enviesados. Ela deixou aberta a porta que nos separava. "Sim, vocês vão ver! Que o anjo negro do Senhor e a Virgem Maria, sobre a lua minguante de prata, possam protegê-los de todos os maus pensamentos. Boa noite." E apagou a luz da lamparina, sem fazer mais perguntas.

"Um mistério circunda esta mulher", eu disse no escuro.

"Mistério? Antes segredos. E agora deixe-me dormir. O dia de hoje fartou-me."

No meio da noite, acordei, e fiquei pensando se não era o momento apropriado de escapulir para o outro lado – ela não havia comentado, "tão mal, como deixam supor estas bandagens, eu não estou" –, quando uma figura apareceu na porta que comunicava os dois quartos e colocou ao lado, no chão, uma lamparina. A esposa do pastor estava no limiar da porta, o rosto voltado para mim; tinha os braços estendidos, como se tivesse que impedir, com o corpo e com a vida, a entrada de alguém no outro quarto, e disse num tom suplicante: "Não faça isso! Por uma hora de felicidade colocará em risco a paz da alma de vocês. Não faça isso! Vão se arrepender até que o sangue do coração de vocês seque na terra. Sim, diga não! Apenas não!"

Ela vestia uma camisola escura, mas tão fina que à luz da lamparina se podia perceber os contornos arredondados de seu corpo, enquanto sobre o tecido de seda cintilavam milhares de pontos dourados.

O pastor, com um traje também escuro, entrou através de uma terceira porta. Ele tocou a esposa com a mão, colocou um manto sobre os seus ombros e a conduziu cuidadosamente consigo. "Vem, Milena, deixe que os espíritos alheios tracem o seu caminho à pátria de sua origem. Curve-se para os bons espíritos desta casa." Ele recolheu a lamparina; lançou um breve olhar para a minha cama. A esposa sussurrou: "O negro anjo que vela a cova dos mortos não me é estranho, e muito menos a mulher do Apocalipse sobre a lua minguante de prata!"

Adiei a visita a Elisa, na cama de casal, para tempos melhores.

No café da manhã, estávamos os três. "A minha esposa já saiu." A oração matutina consistia numa sucessão de pensamentos bastante diferentes:

"A noite passou, e o dia se aproxima.
Faz com que despertemos e sejamos sensatos e menosprezemos o que nos torna indolentes.
Senhor, nós te agradecemos pelo descanso da noite e pela luz deste novo dia.
Dá-nos a prontidão para te servir.
Torna-nos despertos para cumprir os teus mandamentos."

Antes que pudéssemos nos servir, o pastor explicou a oração: despertos e sensatos em contraposição à noite como lugar das desordens embriagadoras do corpo e da alma. Graças pela luz do novo dia – ressonâncias do medo primitivo do homem de que o sol decline para sempre e eternamente. O último pedido, como senha obrigatória para o dia que começa, seria o mais difícil: "Obediência ao mandamento do amor de Deus."

O pastor Johannes Anselm Schmal livrou-se do peso desse mandamento presenteando Elisa com a bicicleta de sua esposa. "Ela agora só vai ao campo com sua charrete." Ele se despediu de nós de maneira afável; um herbário debaixo do braço. Elisa curvou-se inopinadamente sobre a sua mão e a beijou, como é costume fazer com os popes ortodoxos. Em silêncio partimos pela rua de pedra, passando por Heldsdorf, e de lá para Brenndorf, e daí para Marienburg, e adiante, e adiante, até chegarmos a Honigberg.

* * *

A porta da sala de interrogatórios, que está em silêncio como uma capela, abre-se de supetão. O major Alexandrescu entra como uma bala; uma gorda pasta debaixo do braço. Um soldado arrasta-se para a mesa. O major ergue as sobrancelhas amarelas; parece feliz por ter-me achado depois de uma longa busca. "Que bom! Sim, aqui está o senhor! Veja, aqui tem algo de literatura, que o senhor deve traduzir: cartas, diários, literatura de gaveta... Pelo socialismo ninguém curvou os dedos para escrever, mas o senhor irá se divertir em conhecer os seus amigos e conhecidos a partir de um prisma silencioso, em suas intimidades e enganações, em seus sórdidos segredos. O novo homem socialista não tem segredos. E se tem algum, então não é o homem novo. Um comunista tem de ser transparente como uma aguardente duplamente destilada." Ele ri de maneira medonha. "O senhor trabalhará sozinho. Se algo lhe parecer suspeito, anote. Tudo é uma prova de sua fidelidade e seriedade. Se precisar de algo, é só bater palmas. O soldado faz a patrulha diante da porta."

"*Domnule maior*", eu chamo, antes que ele parta a toda pressa, "eu compus um poema. Posso escrevê-lo e apresentá-lo?"

"Bravo, muito bem! Não há ninguém que estando aqui não vire poeta. Uma propaganda maravilhosa para esta instituição: a terra poética mais pura, os Campos Elíseos. Vá em frente! Um poema de amor?"

"Não, ao Partido."

"Aha! Mas também estamos acostumados com isso. O mais terrível reacionário encontra aqui o seu amor ao Partido."

"Mas estou falando sério."

"Isso é o que veremos. E agora, ao trabalho. Fique à vontade. Nós temos tempo."

Eu me precipito sobre o feixe de escritos. O major volta a abrir subitamente a porta, enfia a cabeça, vocifera: "A coisa com o seu irmão nós esclarecemos em breve." E parte.

Oinz Erler, *O porco embriagado*. Quando eles me interrogaram, dois meses antes, acerca deste homem, tive a vista escurecida ao ler a palavra "leitão", e perdi a consciência. Desta vez, me mantenho firme. Uma pontada dolorosa no peito, breve, penetrante. Então, se impõe o automatismo: o suspeito perde o seu rosto. Seu nome torna-se uma abreviatura: por exemplo, inimigo do Estado.

Com zelo, me dedico a traduzir. Um camponês saxão, que é depenado e esfolado sob o pretexto da luta de classe, esconde a sua última porca e seus oito porquinhos no porão e os narcotiza com aguardente a fim de mantê-los calados. Mas os ciganos saqueadores descobrem a bem-aventurada sonolenta família de porcos; o cheiro de aguardente forneceu aos seus narizes a pista certa. Enquanto eles os arrastam para a luz do dia e os levam em sua carroça puxada por um burro, o camponês está sentado, com seu típico manto saxão feito de couro de carneiro, debaixo de uma nogueira, cantando com o seu cancioneiro *"Ó Senhor dos altos céus, tua força enaltecemos"* e *"Castelo forte é o nosso Deus"*. Por outro lado, aos esfomeados não assentou bem no estômago o assado de porco empapado em aguardente: eles começam a dançar como uns loucos ao redor da porca abatida e, por fim, acabam vomitando toda a delícia devorada.

Anoto logo o meu veredicto na folha em branco da frente: presunção étnica e específica a determinadas classes na representação do enredo – o super-homem saxão com seu manto típico, o cigano menosprezado em sua fome legítima.

* * *

Uma certa manhã, sou empurrado para a sala de interrogatórios, onde me sentam numa cadeira com os olhos tapados, enquanto as minhas mãos são amarradas no espaldar. Só então é que me tiram os óculos. Estou sentado de modo que tenho a parede do ambiente diante de mim. Ao meu lado estão o capitão Gavriloiu e o tenente Scaiete. À mesa de escritório, senta-se o major Alexandrescu com o rosto sério de um morto. Ele diz com uma voz severa: *"Confrutare"*. Acareação. Mas onde está a pessoa com a qual devo ser acareado? O oficial continua: "Vocês dois respondam somente as perguntas que eu lhes formular. De maneira breve e verdadeira." Ele me pergunta: "O senhor conhece algum Mircea Basarabean, aliás, Michel Seifert?"
"Sim."
"Quando e onde o senhor viu o supracitado pela última vez?"
"Na noite de minha detenção, aqui no subsolo, quando tiraram as algemas com as quais estávamos presos um ao outro."
"Antes disso; na vida civil."
"Em Klausenburg, no verão de 1957, em minha residência estudantil."
Pergunta àquele que está atrás de mim: "Conhece este homem?"
"Sim."
"Admite tê-lo visitado em sua casa no verão de 1957?"
"Sim."
"O que conversaram um com o outro?"
"Nada."
Pergunta para mim: "O que conversaram um com o outro?"
"Ele me relatou o seguinte: que a *Securitate* de Stalinstadt o tinha detido uma noite e que estava muito bem informada a respeito do círculo de conspiradores de Peter Töpfner, onde se tinha falado também de armas e insurreição."
Pergunta àquele que tenho atrás de mim: "Admite que é verdade e está correto o que acabou de escutar?"

"Sim e não. Porque primeiro espiei debaixo de sua cama, depois inspecionei o seu guarda-roupa e só então lhe contei o que disse acima, em tom de sussurro e sob a marca do silêncio."

"Repita o que você disse a ele." Ele repete o que eu dissera antes.

"O irmão do supracitado, Felix, sabe algo dos propósitos deste bando de conspiradores?"

"Não."

"Como não, se naquele inverno o supracitado Felix morava na casa de Töpfner; compartilhava o mesmo quarto com ele?"

"Porque ele nunca estava presente nesses encontros."

"Por quê?"

"Porque ele se apartou do meu caminho."

"Como foi isso?"

"Eu lhe tomei a sua garota, que mais tarde Töpfner levou consigo."

"Como se chama a garota?"

"Eu esqueci", diz ele com tristeza.

"Tomar a garota! Ah, com os diabos, vocês tratam as suas garotas à vontade, como se fossem animais de tiro." Ele foi levado, sem que eu chegasse a vê-lo. Tudo está claro: o meu irmão de nada sabia, logo não pode ter contado nada. O soldado me desamarra da cadeira, e eu me ponho novamente a trabalhar.

Ordeno os textos literários póstumos, escritos em vida, de todos esses autores e traduzo e traduzo, até que começo a falar as duas línguas ao mesmo tempo. Enquanto isso, seguem os agitados interrogatórios solapados de medos arcaicos, dos quais não consigo livrar-me.

Assim transcorre um ano.

O soldado de guarda coloca uma pasta diante de mim. Barão de Pottenhof: cartas, apontamentos, fábulas, poemas. Está assinalado em vermelho, o que tem de ser traduzido. Ele aqui! Sem querer me acomete uma tristeza que não consigo frear. Barão de Pottenhof, da mesma idade de minha mãe, nascido em Fiume... Agora começa novamente para ele a tortura da prisão, os anos detidos, três deles no presídio para condenados à morte de Aiud. Depois de uma longa estadia forçada num ninho da estepe sármata, na Valáquia, foi empregado como bedel de escola. O Barão, com sua aura piedosa, amado e venerado como um santo, limpava latrinas, esfregava o chão e o encerava com petróleo. No inverno, serrava e partia a lenha, acendia e aquecia lareira e fogões de ferro; passava todos os dias o café para os professores. Em suas cartas de Dor Marunt, descrevia a sua vida no desolado páramo, onde era obrigado a ficar, com a mesma cordialidade e entrega com que tinha passado a sua vida nômade nos anos trinta, ao longo da costa italiana. Lá, ele estivera durante anos esquecido, desaparecido, exceto pelas escassas cartas que enviava aos pais em Hermannstadt, encantado com os costumes e tradições do sul, com as solitárias árvores em meio ao antigo rigor e com os jovens pescadores apreciados à contraluz.

Aproveito o meu tempo, releio, aprofundo-me. Percorro com o estudante a costa do Mar Mediterrâneo, alimento-me de azeitonas e queijo. Descubro, ao ler os seus poemas sobre as árvores, que *A palmeira, A robínia, A murta* não são apenas plantas exóticas, mas que cada uma em si mesma comporta uma ideia e uma mensagem. Leio sobre a palmeira:

"*Murcha pende a flor desbotada.*
Impecável se alça.
O que passou, a cauda cansada de um vestido,
O que está à frente, pura escadaria..."

"Flor desbotada, cauda cansada de um vestido..." Eu não posso mais esconder isso.

Na primeira página da pasta faço a seguinte observação: "Nas fábulas de Pottenhof se identifica facilmente o duplo sentido (hostil ao regime); as figuras de animais que nelas atuam são fáceis de desmascarar como duplos de pessoas políticas da República Popular."

E decoro para mim e para o meu Deus:

"*Povos que correm como uma torrente,*
povos que deságuam, caem.
E na queda há uma grande fortuna.
Nenhum floco de neve conhece o caminho de volta."

Os textos escritos de Getz Schräg me dão trabalho. Pilhas de papel que nunca se acabam. Deparo-me com a fábula fatal do caranguejo vermelho cozido que, todavia, se sente bem como um porco na lama, e risco sem rodeios a palavra vermelho. Um caranguejo bem cozido já é vermelho por si próprio.

Insisto: como escritor, Getz Schräg – exceto alguns poemas apolíticos – sente-se comprometido com o realismo socialista; é um autor completamente fiel à linha do Partido, no geral.

Hugo Hügel, detido já algumas vezes antes pela *Securitate*, atende com poucos escritos. Há uma lista de jovens garotas com tranças e seios salientes... Os nossos não vivem certamente segundo as regras da moral proletária, penso eu. E ele tem razão: "Todo poeta de verdade precisa de sua mulher de pedra." Ele, justamente, de várias e sempre mais.

Por outro lado, não encontro, no seu premiado romance, nada que possa ser interpretado com um duplo sentido. E também *Os Atos Heroicos do Jovem Pioneiro Jupp* se presta tranquilamente para qualquer acampamento de pioneiro da República Popular.

Por conseguinte, observo na folha em branco: "Hostil ao Estado não é o que ele escreve, mas o que ele fala. Se é um dissidente, é naquilo que fala, e de modo algum em seus atos."

No verão de 1959, chego aos cadernos escritos por Herwald Schönmund. Com palpitações, reconheço a sua letra. Um deles traz o título: *"A disfarçada continuidade da fé evangélica na Ucrânia soviética. Da vida da esposa do pastor de Kreuzbach"*.

Uma cascata de imagens turva a minha vista: Elisa sozinha numa cama de casal, e entre nós dois, a esposa do pastor, Milena – com sua camisola de seda preta –, a nos implorar em russo que façamos ou deixemos de fazer algo que eu não compreenda. O pastor Schmal com a lamparina, vestido num terno escuro completamente irisado de pólen de flores. E a maneira como o homem manda a esposa passear...

* * *

Herwald Schönmund, estudante de teologia no último semestre, que prestou ajuda durante as férias de verão em Kreuzbach e, dia após dia, escrevia suas observações e experiências, tinha a intenção de tematizar a biografia dessa extraordinária mulher, no seminário de História da Igreja. Mas isso não resultou em nada.

Que a mulher do pastor vestia calças compridas, sim, portava calças compridas, era algo que se sabia na igreja rural e se consentia, como muitas outras coisas mais. Que ela era uma pessoa cheia de caprichos e esquisitices, se aceitava na aldeia com paciência e indulgência, porquanto a queriam bem.

Durante o serviço de verão, Herwald Schönmund tomava bastante do trabalho do pastor, ajudando-o nas comunidades filiais de Gelsental e Waldorf. O agraciado por Deus, culto literato, pregava sermões em que se falava menos de Jesus Cristo do que de Gottfried Benn e Thomas Mann. Mas eram bem recebidos pelas pessoas, porque o pastor pregava com uma voz sonora e cantava a liturgia tão melodiosamente "como se fosse uma opereta."

Muitas vezes, a esposa do pastor o conduzia de charrete – um carro de duas rodas atrelado por um só cavalo. Ela vestia calça comprida de algodão. Às vezes, passava as rédeas ao jovem poeta. Quando iam descendo através da floresta de acácias em direção a Gelsental e ele tinha de manter as rédeas puxadas, ela o beijava na face. As acácias floresciam tarde no ano; o seu aroma era doce e pesado. Na volta, através da floresta montanha acima, quando ele tinha de soltar as rédeas, ela se abraçava a Herwald e desabafava com ele as suas preocupações. O sol do crepúsculo aspirava o cheiro nevoento das flores.

O pastor Johannes Anselm Schmal tinha conhecido a esposa, Milena Pavlovna, em 1941, na Transnístria. Ela o seguiu desde o momento em que ele a batizara na comunidade Liebenfeld, próxima do Dniestre.

No verão de 1941, quando as tropas romenas e alemãs conquistaram a Bessarábia e avançaram sobre a Ucrânia, toparam além do rio Dniestre com aldeias, onde os camponeses e as mulheres usavam os mesmos trajes do século XVIII e saudavam os soldados, abraçando-os, na língua de Schiller e Kleist. E a primeira coisa que pediram foi um pastor evangélico: eles queriam ser batizados, confirmados; seus casamentos deviam ser consagrados. E que os mortos fossem abençoados – isso também eles queriam. As crianças – pequenos pagãos – deviam ser instruídas fundamentalmente na fé evangélica. O bispo de Hermannstadt, de quem dependiam todos os evangélicos alemães da Grande Romênia, enviou jovens pastores para o reino ampliado até o rio Bug.

Nos primeiros momentos, formavam-se enormes filas de adultos querendo ser batizados, algo visto pelos funcionários alemães com olhos vesgos, desconfiados.

Mulheres se ajoelhavam diante da pia batismal, com um bebê nos braços e um bando de crianças lourinhas perambulando ao redor... As confirmações de batismo em massa aconteceram como o milagre da multiplicação dos pães, às margens do lago de Genesaré: tomai e comei, tomai e bebei! Pão e vinho foram repartidos e as mãos estendidas para as bênçãos da confirmação. Casaram-se casais das mais diferentes idades. Era emocionante ver os anéis que se trocavam: a prata chapada e o cobre eram verdadeiras preciosidades. As pessoas traziam a terra de afastados cemitérios em caixotes de geleia. A pressa era necessária, pois nenhum ser humano acreditava que os soviéticos não retornariam em breve.

Durante o batizado, uma jovem mulher inclinou humildemente a cabeça, como tantos outros. À pergunta "Quer ser batizada?", gritou ela alto e alegre, de baixo: "Sim, eu quero ser batizada com todo o meu coração. Por favor, batizem-me!" À pergunta "Como se chama?" respondeu: "Milena Pavlovna Leidenthal, Leiden com 'ei', Tal com 'th'." A sua profissão de fé, ela ronronou num perfeito alemão de Lutero. Após as primeiras gotas d'água do batismo, porém, ela lançou a cabeça para trás, de modo que os cabelos esfumaram os olhos do jovem pastor; ofereceu-lhe o rosto – ele sentiu o seu hálito, que exalava um cheiro de carvão vegetal e aneto – e sussurrou: "Mais, muito mais água, camarada pastor, nós estamos sedentos de Deus!" O jovem pastor ordenado, Anselm Johannes Schmal, recém-instituído em Kreuzbach mas enviado para a Transnístria, tomou aquele desejo muito a sério, como tudo em sua vida: ele levantou a concha de batismo e verteu toda a água no rosto da bem-aventurada, que ficou molhada. Esta, antes mesmo da saudação de paz, o abraçou e o beijou na boca. Antes que os outros a empurrassem de lado, sussurrou: "Hoje à noite eu irei até vocês!"

Isso era excessivo, pois Johannes Anselm Schmal vinha de uma família de pastores. Antes mesmo de um filho de pastor aprender a agarrar uma chupeta ou a matar uma mosca, ele já sabe juntar as mãozinhas para uma oração; conhece desde cedo o decálogo, que é absorvido com o leite materno. E o jovem de orelhas de abano foi inculcado pela piedosa mãe: "Se beijar uma garota, terá de se casar com ela. Logo, tenha muito cuidado com qual filha de pastor você irá escolher para nós, antes de beijar uma." A mãe não explicara o que aconteceria em caso contrário. Isso era impensável.

Ele tinha que agir, agir antes que chegasse a noite. O pastor interrompeu as atividades litúrgicas e fechou a igreja. Encontrou a escolhida na ferraria de seu pai. Com o rosto enegrecido de ferrugem e um sorriso no rosto, ela fazia funcionar o fole com o pé. Os dentes cintilavam. O pai martelava ordenadamente uma ferradura. Nenhum dos dois deteve-se de suas funções quando o pároco, em seu traje luterano, se plantou junto a um tonel de água.

"É o senhor o pai da senhorita Milena?"

"Às suas ordens."

"E onde se encontra a sua honrada mãe?" Nenhuma mãe, somente irmãs mais novas.

"Permita-me pedir a mão de sua senhorita filha." O homem afastou-se da bigorna e examinou com um dedo a água da tina na qual ele tinha esfriado a peça de ferro. Em um idioma entre Schiller e o russo, ele mandou que Milena fosse buscar as meninas pequenas; a água estava quente para o banho. E perguntou lentamente o que o estranho homem queria com a mão de sua filha.

"Ele quer casar comigo", disse ela simplesmente.

"É assim? Querem nos tirar tudo: primeiro os russos, as igrejas, agora os alemães, a fé. E o senhor, a nossa menina. Nada disso!", concluiu o pai rudemente; ele precisava de Milena na ferraria, na economia da casa, sobretudo em casa. "Não dá!", e desapareceu.

"E como pode ser isso?", gritou a garota, e ria alto e efusivamente; os dentes cintilavam como pérolas em seu rosto escuro de fuligem.

O pastor disse: "Sob uma condição pode casar-se comigo, magnânima senhorita: que não me visite esta noite. A primeira noite entre o homem e a mulher é a noite de núpcias."

"Sim, isso já está na Bíblia", admitiu ela de boa vontade.

"Até logo, diante do altar em Kreuzbach, junto a Kronstadt." Ele se inclinou amistosamente e partiu. E assim foi. A noite de núpcias foi para os dois a primeira noite.

Pontualmente, nos meses de maio de 1942, 1943, 1944, nasciam os filhos, Mischa e Sascha e uma menina, Matrijona; todos os três louros trigueiros, como os campos na Ucrânia, e com os olhos azuis, como o céu de Burzenland.

Milena Schmal era diferente das outras esposas de pastores. Ela corria bramando pela casa paroquial, arrastando pelo chão polido cada um dos filhos sobre uma almofada do divã, até mesmo o bebê. As crianças e ela dormiam nuas na cama de casal, sobre enxergões preenchidos com folhas de nogueiras: "Contra as pulgas!" – enquanto o pai passava a noite no chão, aos seus pés, sobre uma pele de lebre, quieto e dedicado. É verdade que, aos domingos, ela sentava na cadeira da esposa do pastor, com braços e forrada de seda vermelha – mas no meio do culto, se as circunstâncias a permitiam (e após o sermão, para que o pastor não perdesse o fio ou a disposição), abria o corpete e amamentava o bebê com seu seio teso. Os meninos do coro olhavam para baixo e começavam a estalar a língua, marcando o compasso.

Ela conduzia, metida numa calça comprida, a charrete de um cavalo sobre os campos da fazenda paroquial. Começava a expressar-se em russo – talvez praguejasse, talvez fizesse uma oração –; vinha então o impulso e o brio para o trabalho no campo. Os ciganos do lugar e os trabalhadores diaristas romenos cuspiam nas mãos.

Houve uma vez uma interrupção no matrimônio. No fim de agosto de 1944, quando os alemães partiram e os russos chegaram, um oficial da *Wehrmacht*, o primeiro-tenente Bodo Müller, que fora alojado em sua casa, levou a esposa do pastor para o oeste no seu carro blindado: "Se ficar aqui, Milena Pavlovna, os soviéticos a fuzilarão como colaboracionista ou, algo pior, a deportarão para a Sibéria."

Somente o pastor sabia que a razão disso não era um imenso medo, mas um grande amor. Ele deixou as coisas seguirem o seu curso; precipitadamente, o casal de amantes partiu. Nesse tempo, o pastor criou Matrijona com leite de mamadeira; ensinou o mais novo, Alexander, a comer de colher; inculcou no mais velho, Mischa, que ele se chamava Michael, e lhe ensinou as boas maneiras: por exemplo, dar a mãozinha direita e fazer uma pequena reverência. Quando a mãe regressou em março de 1945, as criancinhas a receberam com gentilezas excessivamente escolhidas e puderam apresentar-lhe muitas artes.

A população saxã, nesse ínterim, fora envolvida num jogo maléfico. Quem não foi deportado para a Rússia, foi desalojado de sua casa e propriedade. A família do pastor foi empurrada à força para dois quartos da casa, a cozinha e o gabinete de trabalho. Nos dez cômodos restantes se alojou o *bulibascha* dos ciganos, Grigore Bibicu, com a sua parentela. Sobre o parquete de madeira espalharam palha seca. E começaram a queimar a antiga e venerável mobília – maravilhosamente seca depois de séculos. Quando a esposa do pastor gritou em russo para o barão dos ciganos e bateu os pés com as botas de feltro, espalhando ao redor a palha seca, aquele homem vaidoso e arrogante compreendera que era chegada a hora. Na manhã seguinte, a casa do pastor estava vazia.

Milena Schmal também cuidava da justiça e da ordem no povoado. Nos cômodos agora livres da casa do pastor, a corajosa mulher acolheu famílias saxãs – entre as mais desesperadas e desanimadas –; cada uma num cômodo, com todos os membros familiares, começando do afilhado à tia-avó solteira. Estes tinham, até então, buscado refúgio no próprio estábulo ou nas cabanas de barro dos ciganos junto ao riacho. A lei não previra isso. A esposa do pastor andou com dificuldades pela neve alta até Heldorf e voltou com o comandante de praça soviético. Quando os novos senhores viram ambos, aquele homem marcial e a exótica mulher, passeando sobre a Dorfstraße e cavaqueando em russo, esconderam-se. O capitão, trajando calças de montaria, acompanhado pelo gendarme do povoado e o *primar*, inspecionava casa por casa. E onde ele estalava o *cravache* ao encontro da bota, as coisas se arranjavam às mil maravilhas. Os repudiados regressavam para os quartos do fundo ou para as cozinhas de verão de suas casas. E, até os objetos extraviados encontraram o caminho de volta. A esposa do pastor espalhara o rumor de que o mestre de cavalaria, juntamente com os seus cossacos, faria uma busca em todas as casas. Aquele que tivesse bens roubados em casa seria deportado para a Rússia, como os saxões de dois meses antes e os ciganos de dois anos antes. De repente, estavam de volta a roda de fiar de minha avó e o sobretudo azul de meu tio, a máquina de costura Singer, o chapéu de palha com a banda preta e o quadro de parede com o lema: "O alemão não morre aqui, ele confia."

Quando Herwald Schönmund, uma década mais tarde, chegou a Kreuzbach para o seu estágio de verão, estava apenas o casal morando na gigantesca casa de pastor localizada sobre uma colina. As crianças frequentavam escolas fora. Nas férias, ficavam com os avós ou partiam em excursões com a escola. O pastor escrevia sobre as variedades de ervas de Kreuzbach, o que soava suspeito para a *Securitate*, porquanto ele utilizasse somente nomes latinos e alemães. Como assim, não havia nomes romenos para algo que crescia no sagrado solo da *Patria România*, pelo menos desde os tempos romanos e dácios, se é que não tenha sido até bem antes? É verdade que os fatos existentes ainda não eram suficientes para acusá-lo de traição à pátria, mas com a idade vem a razão. Para proteger o pastor da *Securitate*, livrá-lo da prisão, o último grande feito de Milena Schmal foi a entrega.

Nesses anos, apossou-se de sua alma uma notável inquietação. Ela deixou crescer os cabelos claros tão longos quanto possível; usava-os soltos, de modo que ondeavam desgrenhados quando ela, calçando um par de botas de borracha, semeava o campo num trabalho árduo de várias horas ou quando conduzia a sua charrete de um só cavalo ao longo de estradas de chão poeirentas. Cantava canções russas com o rosto voltado para o leste.

Na última noite de estágio de Herwald, a mulher do pastor adentrou tarde da noite no seu quartinho na torre, desnorteada e insuficientemente vestida. Ela usava uma capa de inverno sobre a camisola negra e estava descalça. Com os olhos trêmulos, ela agarrou a sua mão, enquanto ele, vestido de pijama e esparramado de maneira grosseira sobre a cama, compunha versos. Ele sabia, por experiência própria e predisposição natural, que um "não", na verdade, instigaria a paixão, mas arrancava da própria vida a cor e o prazer. Ele se deixou levar. Para onde?

Ao cemitério. Tocados por uma pressa possessa, os dois correram por atalhos limpos até o canto norte do campo consagrado, onde, separados por uma ampla faixa de terra, descansavam isolados túmulos com cruz de madeira retorcidas pelo vento: os suicidas. "Aqui está bom, fora da terra sagrada", ela murmurou. "Mas onde está o túmulo que procuro?" A lua minguante desfiava as nuvens; a luz, correndo de um lado para o outro, fazia troça dos olhos. "Aqui, junto a esta nogueira." Ela encontrara o canteiro coberto de folhas. "Este pobre diabo se alegrará. Enforcou-se! Isso é um bom costume saxão. É o habitual aqui. Entre nós, lá de onde venho, atravessamos o coração com uma faca de açougueiro. Se é para morrer, que corra o sangue. Alegrar-se-á o pobre diabo! Não teve nem um pouco de felicidade na vida e nem uma alma viva para chorá-lo. Sinta bem, senhor estagiário, a massa de musgo sobre o canteiro, como o leito nupcial da fada mágica Milenka de nossas florestas às margens do Dniestre. Aqui está bom. Enforcado! Para isso protegido pela mulher que tem aos pés a lua minguante." E ela lançou os braços ao redor do pescoço do homem, beijou-o com uma paixão desesperada; puxou-o para o leito de folhas de nogueira e almofadas de musgo.

A despedida, no dia seguinte, foi rápida. O pastor acenou com um punhado de grama na mão, e a esposa do pastor não se deixou ver. Como se diz felicidade em russo?

* * *

Relato ao major Alexandrescu: "Eu li quase tudo, mas não traduzi nada. Nada estava assinalado em vermelho. Eu acredito, porém, que não compense."

"*Sigur, sigur*, certamente, certamente", diz ele, "há outros." Ainda outros? O que ele queria dizer com isso, o caçador e eu passamos horas quebrando a cabeça tentando adivinhar.

"E os poemas?"

Digo ligeiramente: *"Doamne, Venera înfrigurată* – Ó, Deus, a Vênus com frio.

O major lança um olhar sobre os cadernos e diz distraído: "*Venera*. A pobre garota, nua e sozinha, no parque sob os rigores do inverno. O senhor mesmo pode ver como é cruel o regime burguês aristocrático. Mas continue estudando o material. Nós temos tempo."

Milena Pavlovna Schmal, nascida Leidenthal, já não mais vivia. Ela morreu de um modo autenticamente ucraniano: o sangue escorreu. Seu veículo de duas rodas bateu contra uma cruz no caminho. O Cristo enferrujado rasgou o peito da mulher. Quando a encontraram, seu coração nadava numa poça de sangue. Seu desejo de ser enterrada na terra natal, o pastor acedeu do seguinte modo: ele cortou um tufo de seus cabelos, escondeu-o na boneca de madeira de tília, vestida com trajes ucranianos (que era oca) e enviou tudo para a embaixada soviética em Bucareste com o respectivo requerimento. Anos depois, veio uma carta escrita em russo pelo soviete local 'Taras Bulba', antigamente Liebenfeld: tinham colocado a boneca Matrijona, da defunta Milena Pavlovna Schmalova, junto ao túmulo de seu pai, de sua mãe falecida (prematuramente!) e de suas duas irmãs. E para apaziguar os espantados espíritos da terra e lhes ganhar a simpatia a favor da estranha e insólita convidada, derramou-se bastante vinho na cova; e, depois, no banquete funerário, tinha-se, igualmente com muito vinho, lavado todas as dúvidas. "Porque não se deve espalhar nos olhos areia da terra natal. Como diz o poema: Nós não a trazemos no medalhão sobre o peito. Para nós ela é a sujeira nas nossas galochas, a areia no nosso pão. Mas, na morte, somos depositados em suas entranhas e nos tornamos a própria terra natal."

Assim escreveu o secretário do Partido de "Taras Bulba".

26

Um ano aqui passou voando. O que frustra, porém, é o dia que parece não passar. Um ano passou rapidamente; volta-se para trás e depara-se com o seu vazio. Longe para sempre? Não se deve, mais tarde, agitar-se por causa das lembranças vivas, quando se dirá: *in illo tempore?* Mas a imagem daquela mulher ferida, cuja saudade da pátria não encontrou consolo em parte alguma, nem no prazer nem na morte, não me deixa. Sonho que estou correndo em sua direção; ela envolvida numa mandorla e escondida atrás de nuvens douradas. Em vão, nenhum gesto de compaixão ou oração podem salvá-la.

Eu me acostumei a rezar. Rezo, dia após dia, por todos aqueles a respeito dos quais eu sou interrogado e sobre os quais expresso verdades maléficas. E descubro com inquietação que eles recuperam seus rostos, rostos com lágrimas.

De meus lábios desmorona uma oração, que Deus não deve escutar, ainda que para Ele nada seja impossível: que Ele faça com que os amigos de antes voltem a sentar-se comigo, como verdadeiros camaradas, ao redor da mesma mesa vermelha, unidos na mesma vontade de construção do socialismo em nossa pátria e no mundo inteiro.

E faço um voto, e que Deus possa levá-lo a sério, como é de seu agrado, ainda que se choque com as minhas intenções originais. Não é um voto com condições, com um *se* ou um *porém*, por exemplo: se tu porém, Senhor, abrires imediatamente os sete portais de ferro que conduzem à liberdade, então eu farei isso e aquilo... Mas é um voto de cujas consequências eu sinto medo. Então devo pronunciar-me assim: se alguma vez tu me chamares a servir-te, meu Senhor e meu Deus, eu te seguirei. Dai-me a graça de uma nova chance. E espero que aconteça já nesta manhã. E espero que não aconteça nunca.

* * *

A renovação desta grande época segue em frente. A revolução não conhece nenhum perdão. O caçador foi levado faz tempo. Não há ninguém para jogar comigo luvas vermelhas, alguém que ilumine a minha alma aflita. Não sei o que eles tencionam fazer comigo. Faz tempo que ninguém mais pergunta pelo círculo de estudantes.

No início de setembro de 1959, recebo uma citação para o dia quinze do mês, às oito – uma convocação para me apresentar diante do Alto Tribunal Militar, no Palácio de Justiça de Stalinstadt, onde devo aparecer como testemunha no processo contra... os cinco nomes estropiados decifro com esforço e dor. O chefe dos guardas, que usa bigode, o qual apelidamos de passarinheiro, estende-me através do postigo o papel que devo assinar. Ele se inclina completamente e me adverte com o dedo levantado: "Não esqueça! *Punctual camera trei!*" – Pontualmente na sala três!"

Que o diabo o leve, cachorro estúpido.

Em minha morada, com a sua geometria primitiva, na qual o padrão dos meus passos se transformou em um ritual de eterno retorno, irrompe a desordem. Milhares de coisas manifestam-se de uma só vez na minha mente. Assim é que são, no final das contas, os literatos: unidos como peças de mosaico num grupo subversivo, mas por ação de um jogo aleatório de dados. Por que precisamente estes? Há outros que escrevem coisas bem mais perigosas.

Testemunha de acusação... Devo supor que eles leram os escritos de minhas declarações? Os interrogatórios foram feitos meses atrás; aquele a respeito de Hugo Hügel, faz mais de um ano. Esmurro a porta. Mas ninguém tem tempo para mim.

Sinto-me confuso. Corro em minha jaula de um lado a outro, esbarro por toda parte em cantos e extremos. Nada me ajuda a alcançar a calma: nem o recitar de poemas, que venho cerzindo e reunindo há um ano. E nem a equação diferencial parcial, cuja solução há tempos revolvo na memória. "Não se deixe intimidar!", ouço as minhas tias no jardim silvestre me advertirem. E a voz de meu falecido avô: "*Contenance!*" Eu me obrigo a manter a disciplina, apoio a testa na parede fria, ponho ordem em meus pensamentos e procuro esboçar um esquema próprio de orientação.

Sou citado como testemunha de acusação. Li bastantes romances policiais para formar uma imagem do decurso da audiência. Primeiro, a sala estará cheia de familiares. Com isso, devo definir em público a minha posição. E mais, ser testemunha significa dizer a verdade. O que isso quer dizer realmente?

O tempo das reflexões meditativas e das definições aprendidas chegou ao fim: verdade como realidade consciente, verdade como um ponto de vista, verdade como encontro. Ou: algumas vezes, a verdade é fundamentalmente boa, outras vezes pode ser uma coisa do diabo... Ou a coroação da verdade: não há outra verdade *extra relatione coram Deo*. Meu Deus, qual é a que serve? Nenhuma, porque eu sei, e me resigno: ao pronunciar algo, isso deixa de ser verdadeiro.

No caso destes acusados, significa para mim encontrar uma verdade que seja válida para os cinco, uma espécie de mínimo denominador comum. Ainda que o meu conhecimento de suas atividades seja fragmentário, deve ser verdade para cada um em particular: ninguém, em corpo e alma, é a favor do socialismo. Por outro lado, e isso é certo para os cinco: eles são mais inofensivos do que quando falam tolices, e são melhores do que quando pensam. Na língua do Partido é assim: seu nível de consciência ideológica permanece atrás de sua produção literária – literatura como forma específica de expressão das condições sociais do presente em sua transformação revolucionária.

Como não posso consultar as minhas declarações escritas, só me resta repassar ao longo dos acontecimentos de antes; reproduzir os fatos de memória; inferir a verdade dos feitos, com todos os riscos.

Este seria o princípio material: dizer verdadeiramente como tudo se passara.

E o princípio formal? Ataviar a verdade de tal modo que, ao final, qualquer pessoa se convença da culpa dos cinco: não só o juiz militar e o procurador da República, mas também cada um dos acusados, na medida em que ainda não estão convertidos à verdade – e, sobretudo, os familiares na sala de justiça.

Não me sinto disposto. No último sábado, à meia-noite, a cela foi tomada por melodias agridoces; ressonância de um desesperado espaço distante. Alguém de nossa gente teve a coragem de dar uma festa num dos jardins suspensos que se estende desde o Zinne até a Angergasse? Junto aos Bruckner? Ou junto aos Stadelmüller? Ou com os rapazes e as garotas de Antioquia? A mortificada melodia de dança perdia-se nas nossas celas. Disso eles são culpados, que os presos se revolvam, atormentados por uma saudade dolorosa, de um lado para o outro, com a cabeça levantada e o corpo contraído. As *Noites de Florença* se desfaziam ao nosso redor, e nos davam um nó na garganta. *Estas só podem ser as pernas de Dolores*, transformam a atormentada fantasia em excitação. Sabiam aqueles jovens da velada ameaça que tinham tão perto de si? Se era assim, eles não se importavam nem um pouco. *"Das montanhas azuis nós viemos"*.

Os soldados escutam com um espírito ausente. Eles negligenciam a vigília; não examinam se no meio daquela noite mágica nenhuma mão se move para cometer suicídio ou obter do próprio corpo um prazer desesperado. Nem sequer fecharam os buracos de ventilação. Quando a música silencia, escuta-se, através das paredes, o soar das correntes de um condenado à prisão perpétua, que se arrasta até o balde para urinar.

No seu outro mundo, os jovens e as garotas cantam uma derradeira canção, túrgida, triste, audaciosa: "Eu tinha um camarada; um melhor não se achará…"

* * *

A viagem no furgão fechado até o edifício da justiça é um ataque de nervos. Prensado entre os guardas, que me obrigam a cruzar as mãos às costas, eu mal consigo me sentar. Ao redor dos olhos e do nariz me passaram um lenço, e tão apertado que impede a respiração; sobre este adorno para a cabeça postaram os óculos de metal. Ao meu redor, no espaço invisível, ressoam gemidos e suspiros humanos; um jovem rapaz soluça, e uma mulher chora. A voz do guarda ralha com ela: "*Taci!* Silêncio! Esconda-se no regaço da sua mãe!" Ela continua a chorar. Pelo trepidar sobre a ampla pavimentação, presumo estarmos na Waisenhausgasse; mais tarde acredito reconhecer a Schwargasse. Finalmente, cai a venda dos olhos. O furgão move-se com a traseira tão rente a uma porta do prédio da justiça que não posso ver o céu, e o sol, e a rua, e a liberdade. Dois soldados armados arrancam-me do carro e conduzem-me para um tabique. Lá espero com o rosto voltado para a parede. Melhor assim; mais eu não quero ver. Minha visão, habituada a quatro paredes, assusta-se em demasia com aquilo que vale a pena ver.

Desta situação de falsa tranquilidade me tira o meu comissário, o capitão Gaviloiu. De repente, ele está ao meu lado. Pega a minha mão e me conduz ao vestíbulo junto a uma janela e me diz – eu não levanto a cabeça – para olhar para a rua. Aliás, vestido como um janota, hoje este homem se assemelha a um mestre--escola rural com o seu terno de domingo. Como eu estou?

"Mal."

"O que vê lá?" Eu, que achava que o mundo sofrera um declínio definitivo, vejo o mundo. Devia ser o final da tarde, mas o sol esplendia intenso, como se jamais viesse a deixar de brilhar. Pisco os olhos: é o Galgenweiher, o tanque do patíbulo, onde as bruxas eram afogadas e os assassinos enforcados quando ainda éramos os senhores da cidade.

"Não, eu não vejo nada."

"Lá, veja, aquele grande prédio. Leia!"

"*Teatrul Dramatic*", digo indisposto. Enfim, está de pé a construção – um espetáculo gigantesco! –, depois de ter afundado por duas vezes no tanque do patíbulo como uma ruína e, em ambas as vezes, ter levado consigo toda uma tropa de engenheiros e técnicos à lama. Sabotadores! "Uma realização da classe trabalhadora! Tudo com a nossa própria força: nossos trabalhadores, nossos engenheiros! E, muito bem entendido, com ajuda da União Soviética!" Ele passa um instante em silêncio.

"E o que vê lá, na rua?" Identifico pessoas que flanam, como se a vitória do socialismo não lhes dissesse respeito. E avisto um estranho veículo, que desliza pela Brunnengasse acima, *Bulevardul Lenin*: um ônibus que, por meio de um garfo colossal, parece pender de dois cabos e, não obstante, rola com seus quatro pneus pelo asfalto. "O senhor sabe o que é isso?"

"Não."

"*Un troleibus*. Silencioso, confortável, sem escape de gases. Infelizmente, precisa de energia. Com a nossa própria força: nossos engenheiros, nossos trabalhadores." Ele suspira: *"Uniunea Sovietică."*

Não quero ver e nem ouvir mais nada.

"E acolá o novo sistema de iluminação de rua. Já tinha visto?" Como se acabássemos de nos encontrar no passeio, ele um antigo amigo, e eu, após uma longa ausência. "Com tubos de néon!" Esses eu conheço do interrogatório cruzado na noite do irmão. "Com a nossa própria força, mas não esqueça, com a ajuda da grande..."

Um dos soldados se aproxima, sussurra algo ao oficial. *"Bine!"* O outro enfia um cinturão na minha calça: "Para que você não caía no ridículo." No entanto, por força do hábito, aperto mecanicamente a calça ao corpo. O chão engoliu o capitão. Os guardas correm comigo ao longo do vestíbulo; as pistolas automáticas bamboleiam de suas espáduas. Eles param diante de uma porta. A porta se abre; sou empurrado para dentro. Uma sala.

Há bastante claridade.

Bastante claridade. Esfrego os olhos. Finalmente, distingo os objetos: nada mais do que nucas, pescoços inclinados, ombros arqueados. Esses são os familiares. Diante das janelas da parede, sobre um estrado, atrás de uma mesa de nogueira talhada, estão sentados, como num trono, três oficiais. O do meio me faz um aceno para que eu me aproxime. Obedeço hesitante: dou um passo atrás do outro; após três passos e meio, paro e seguro a minha calça; o juiz superior me atrai a si com seu inevitável olhar pesado de chumbo. Galgo o estrado das testemunhas e agarro-me à balaustrada encurvada. Encontro-me, assim, frente à frente com o senhor do tribunal. Sobre sua ombreira brilha uma estrela. Como?, penso eu, somente um major; nenhum general, nenhum coronel? Que pouca honra para estes cinco escritores. O juiz que preside a sessão está flanqueado por dois assessores do povo, *asesori populari,* oficiais de baixa patente. Dragonas verdes e pretas. De qual arma: guarda de fronteiras? Sapadores? Divisão blindada? Artilharia... O que entendem de literatura?

Os olhos castanhos do comandante do tribunal lembram os olhos de quem? Dos olhos de uma fêmea de cervo que vaga no mundo pesadamente prenhe? Não, isso não.

"Nome?" Esse é o meu nome. "Idade?"

Ouço dizer: "Anteontem foi o meu aniversário." E penso: hoje a minha avozinha faz oitenta e cinco anos. Se ainda vive? Indo ao longo do corredor central, que se encontra atrás de mim, chega-se ao Tannenau.

"Endereço de residência?"

"Securitatea Orașul Stalin."

O major não diz: "besteira!", e complementa para o secretário encarregado de registrar a sessão de julgamento: "Último lugar de residência da testemunha: Cluj, Rosetti, 28 A."

"*In arest preventiv?*"

"Desde 28 de dezembro de 1957."

"Profissão?"

"Estudante de hidrologia." O major complementa: *"Scriitor."* Seus olhos de chumbo passam por mim e, não obstante, me mantêm preso. Quanto tempo durará isso – ele e eu?

O juiz do tribunal interroga-me, por turno, sobre cada um dos acusados. Onde estão sentados os cinco, à direita ou à esquerda? Como nos exames mais difíceis de hidráulica, volatiza-se toda grandeza corpórea; sou apenas palavra e pensamento, precisão e linguagem; e, como então, um gosto amargo inunda a minha boca. Sempre que me é possível, introduzo textos como peças de prova; intercalo estereótipos, como se deduz das cartas que encontraram entre as minhas coisas e que deles partiram... Mas para o juiz as correspondências que trocamos não são tão interessantes como as conversas de homem para homem. Importante para ele são as conversas conspirativas: "Deixe as cartas de lado! Do que vocês trataram?" Após dizer o que tinha de ser dito, ele dita ao funcionário que se encontra à esquerda de sua mesa um resumo para que ele copie à mão. Apesar de ele deixar de lado o essencial, subscrevo tudo – sem olhar.

Que eu legitime Getz Schräg como o primeiro e único autor progressista, que ele, de uma forma literária vigorosa, tenha trazido à luz as injustiças sociais presentes entre os saxões da Transilvânia na sua obra literária *Visto que ninguém é senhor, não há servo*, é algo que aquele importante senhor não gosta de escutar. "Não está aqui para defender este inimigo do povo!", berra comigo. Mas não deixam de tomar nota da estimulante frase: "A testemunha afirma que o acusado escreveu livros fiéis à linha do Partido." E tão pouco se impressionam os senhores do tribunal com o fato de Getz Schräg ter composto uma *Ode a Stálin: Stalin este mort!* Em compensação, o juiz admite, e assim é registrado no processo, que eu retire o meu comentário ofensivo sobre a fábula do caranguejo vermelho cozido.

No caso de Hugo Hügel, acumulam-se os absurdos. Se eu admito ter recebido, em abril de 1957, uma carta sua, na qual ele me explicava a sua atividade literária hostil ao Estado? Trata-se da carta na qual ele me informava a efervescência causada pelo seu romance nos círculos de leitura de Burzenland.

"A carta encontra-se em poder dos senhores. Na verdade, a carta, à qual o senhor se refere, *domnule presidente*, não foi recebida por mim em abril, mas em dezembro, um pouco antes de minha detenção."

"A carta não é importante, senão o que o acusado lhe disse sobre suas atividades. Por exemplo, no Hotel Union em *Bucareste*."

Essa passagem do processo é transmitida quase sem resumo ao secretário do tribunal; inclusive com o condicional que eu me esforço para empregar: "Se poderia, com a ajuda desta clave, mudar o sentido da história em prejuízo à ordem socialista."

Ele me esmaga com os seus olhos pesados de chumbo e, todavia, não deixa de atravessar-me com o olhar. E com o dedo indicador – a unha está maravilhosamente cuidada, segundo todas as regras da cosmética –, ele folheia despreocupado as páginas do dossiê.

Pergunta de forma mecânica se Hugo Hügel se pronunciou sobre as intenções hostis dos autores de língua alemã, sobre alguma tática subversiva para com a imprensa e as editoras. Cito de memória a sua carta de dois anos e meio atrás, "que se encontra com os senhores." Hugo Hügel acalentava a vaga ideia de reunir, em torno do *Volkszeitung* de Stalinstadt, autores que soubessem escrever bem e criar, assim, um *front* contra a mediocridade dos autores politicamente engajados, assim como me advertiu dos "judeus engraçadinhos" da editora estatal de arte e literatura.

Ouço a voz do homem perguntar se eu mantenho o meu depoimento sobre Hugo Hügel, durante a prisão preventiva, perante os órgãos de informação da *Securitate*.

Esta é sempre a última pergunta, antes de passarmos para a seguinte. "Sim", digo e penso: quanto tempo mais tenho que aguentar estes olhos que me lembram opressivamente de alguém?

"Pronto? A defesa tem a palavra."

Mal fará uso dela, penso. E lembro, de uma vez por todas, quem tem os mesmos olhos do major que está diante de mim. Um herói de cinema. É o criminoso nazista que aparece inúmeras vezes nos filmes depois de 1945, o homem que é o senhor da vida e da morte, o homem cansado de olhos de chumbo, aquele que na ribalta excede a todos e, sem pestanejar, leva qualquer um da vida à morte, do mesmo modo que pode deixar escapar alguém. O mesmo que em casa é um homem agradável, joga dominó com a sogra, dança o tango com a filha núbil e cujos olhos podem faiscar cheios de charme.

Às minhas costas, pede a palavra uma voz de homem, e dirige-se ao juiz. A voz pergunta se a testemunha – esta sou eu – mantém as suas declarações com respeito a Hugo Hügel, registradas das páginas tais às páginas tais. Pausa. O juiz poderia procurar a parte do registro para esclarecer aquilo que o outro se refere, poderia fazer-se de surdo, poderia recusar a pergunta. Ele ordena: "Responda!"

Pergunto: "De que estamos falando?"

"O senhor afirma ali que Hugo Hügel é um cidadão com o qual a República Popular muito se honra, que é um autor de perfil socialista, que se move ideologicamente na linha do Partido, tanto em palavra como nos escritos. Progressista! Fiel ao Estado! O senhor mantém isso?"

Sem que o olhar plúmbeo do juiz mude um traço de brilho, ele me exige: "Responda!"

Eu digo que sim, digo que não – isso é grave.

Esta luz que entra através da janela mais ao alto, igual a uma labareda, acaba com o entendimento de qualquer um. Fecho os olhos. O que aconteceu com o meu irmão Kurtfelix?

"Responda", ordena o juiz, cujos olhos não devem ater-se a nada, porque eles podem tudo. Assim é a morte!

"Com certeza", digo eu, "responderei." E digo: "Sim, eu sustento o que disse até agora, bem como aquilo que foi passado aos autos do processo durante as investigações." Agora é o defensor que se atira sobre mim. E o faz com a voz triunfante de quem atraiu o adversário para uma armadilha. Ele pergunta: "Como o senhor explica a retumbante contradição entre estas duas afirmações? Em seu testemunho aqui, diante deste tribunal, o senhor descreve Hugo Hügel como inimigo do povo, e nos autos dos interrogatórios, que se acabou de citar, como um homem do regime?"

O major, que preside o tribunal, poderia resolver esta disputa rejeitando a pergunta da defesa. Ele diz: *"Răspunde!"*

"*Simplu*", eu respondo. "*Prin teoria marxist-leninistă despre omul nou.* O novo homem é produto das transformações sociais, que também opera sobre sua concepção de mundo. Consequentemente, uma de minhas avaliações serve para o Hugo Hügel dos anos anteriores, quando ele, devido a sua educação hitlerista, era um elemento reacionário. E onde eu o desenho como um cidadão dedicado a este país, refiro-me à sua derradeira época como redator do orgão do Partido de Stalinstadt, o *Volkszeitung*. Foi lá que Hugo Hügel começou a ser o novo homem que o Partido precisa. Pode-se ler isso em seus artigos, que cada vez mais correspondiam à linha do Partido."

O major faz um sinal; se a defesa tinha mais perguntas? Não, ela não tem mais. Nenhuma palavra desta parte da discussão entra nos autos do processo.

Em relação ao pastor de Eisenstadt, Herwald Schönmund, o major faz uma pergunta discricionária: poderia eu imaginar se este, este – o nome não é articulado por inteiro –, chegou alguma vez a escrever poemas *pe linie de partid*? Não, isso não posso imaginar. Pois seria uma pena, penso comigo mesmo. Digo apenas: "*Nu*."

Enquanto assino a minuta do processo na mesa lateral, mas sem lê-la, ouço as primeiras palavras do parecer literário – antes que o senhor do tribunal me dispense com um aceno de mão e os soldados de guarda corram comigo pelo corredor central do edifício. "A comissão de especialistas confirma exatamente o que as testemunhas de acusação haviam declarado…" Deixo o tribunal com duas informações: que eu tinha sido a última testemunha – mas não a única. Mas teria eu, porém, os convencido da verdade, os irmãos e as noivas, os acusadores e os advogados de defesa e, por último, ainda que não menos importante, os cinco?

Em minha cela, no prédio da *Securitate*, me invade uma sensação de miséria extrema. Sem deixar escapar um só gemido, permaneço inclinado sobre a mesa de parede; o rosto enterrado entre as mãos. O guarda onipresente percebe; ele derrama sobre mim uma garrafinha de extrato de bromo. Sou acometido por um estúpido cansaço, rodeando-me de aparições e vultos fantasmagóricos. Acocoro-me sobre a cama; sobre mim, os olhos plúmbeos do homem de cinema.

Todos os cinco, cada um deles, só me fizeram o bem. Getz Schräg emprestou-me dinheiro para o aluguel do meu quarto de estudante, que fiquei sem lhe pagar.

Oinz Erler leu para mim poemas de Bergengruen, nos quais a mão de Deus desprega do céu as estrelas distantes. Ensinou-me que todo escritor autêntico deve criar uma obra de tal maneira que todo o mundo se reconheça nela. "Mesmo que escreva livros a um ritmo industrial. Por exemplo, em Thomas Mann…"

"*Os Buddenbrooks*", tinha eu sugerido.

"E em Knut Hamsun?"

Além de *Fome* e *Pã* eu não conhecia nada… A resposta de Oinz Erler: "*Mistérios*! Não *Os Frutos da Terra*. *Mistérios*. Leia sem falta." Só o bem.

Hugo Hügel emprestou-me a sua bicicleta para eu correr da Sandgasse a tempo de pegar o trem na estação ferroviária. Confuso, eu lhe perguntei: "O que faço com a bicicleta quando chegar lá?"

"Deixe-a na plataforma. Ela encontra o caminho de volta. E se não, que se vire." Apesar de tudo, acabei subindo no trem errado.

E o barão von Pottenhof – lamento, mas as lágrimas secaram. Ele gostava muito de mim.

E que Herwald Schönmund esteja aqui e fique detido por cinco anos é algo que me comove profundamente. Como ele me desconcertara, a mim, o estudante de teologia do primeiro semestre, com a sua afirmação de que um negro culto da África lhe era dez vezes mais querido do que um tapado saxão da Transilvânia. Ele também me exortara a não ler mais poesia alemã "de teor nacionalista segundo a voz da raça, das forças do povo, que se enraízam na terra e no sangue. E se fosse alemã, então que eu lesse Leonhard Frank, por exemplo! E também os grandes judeus – os únicos alemães – que foram lidos nos anos trinta no exterior. Somente a literatura universal poupa e cuida de nossos olhos, e forma o espírito." Ele colocou nas minhas mãos os livros de Dostoiévski, Flaubert e Hemingway. E de Stefan Zweig.

Tudo é tão próximo. Para onde fugir? Só o soldado mudo lança um olhar para dentro da cela. Também os ratos me abandonaram.

Outras imagens oscilantes. De março até maio de 1953 fora o meu lugar de residência a clínica de doenças psíquicas localizada ao lado do Jardim Botânico. Avisto Annemarie; como ela subia às pressas, entre uma aula e outra, a montanha que levava ao hospital, com guloseimas na mochila. A insulina devorava com tanta avidez o açúcar de meu sangue que as injeções de glicose mal conseguiam supri-lo. Ela gastava toda a sua mesada com isso. E vejo como ela passava tardes inteiras passeando comigo no Jardim Botânico, escutando, no templo japonês de chá, os meus pensamentos de morte, sem questioná-los. Como ela se esforçava, com uma paciência angelical, para iluminar a minha alma conturbada. No miradouro, rodeados de corvos, ela lia para mim fábulas de Manfred Kyber. Entre os bosques de rosas ela me sussurrava ao ouvido os contos das mil e uma noites. E debaixo do terebinto de Abraão ela narrava contos de fada de Israel, e não só os que terminavam bem, mas também aqueles em que tudo ia bem. "Algo correto pedagogicamente. Em seu país, os contos de terror são proibidos. Para os judeus o horripilante se encontra continuamente no ar."

E como ela procurou, com sensual abnegação, despertar meus perdidos sentimentos. Debaixo dos ramos do pé de magnólia, carregado de flores até o chão, deitávamos sobre o seu casaco impermeável da América. Ela se despia, desnudando o mais belo umbigo do mundo, e tirava a minha roupa. Eu sentia frio. Ela me envolvia com sua vida cálida; conduzia a minha mão de madeira pelas curvas e obscuridades de seu corpo. Quantos jogos amorosos por ela imaginados para me divertir! Assim era a primavera de então.

Delicadamente, ela me advertiu, quando a minha alma começou a arruinar-se: "Eu o seguirei para todos os lugares, mas não para o abismo." E havia-me seguido até a borda, havia-se inclinado até suas profundezas; tinha feito tudo ao seu alcance para me deter.

Ali, no jardim florido, passeava um miliciano de uniforme com a sua amada. Ele afastou e levantou a cortina de flores que nos protegia e perguntou com os olhos do juiz de hoje: "*Faceți dragoste?* – Estão fazendo amor?"

"*Nu*", disse Annemarie, e encolheu os joelhos, cobrindo os seios com as mãos. Ela disse para mim: "Vire-se! Deite-se de barriga para baixo."

"*Nu? Păcat* – Não. Que pena. Isso é pecado, pois estamos em maio. Façam amor." E deixou cair sobre nós um enxame de galhos floridos. Nós fazíamos muito amor em maio. E eu ainda me lembro do que pensei no momento: não sinto nada, nem sequer que não sinto nada.

* * *

Uma certa noite claudica cela adentro o monge Atanasie, um fantasma. Seu hábito projeta na parede sombras sem formas; cabelo e barba descem flutuando até a cinta da roupa. Ele desliza em direção à cama debaixo da mesa. "Como assim, ele ainda vive?"; pergunto de mau humor. Ele também parece admirar-se: faz tempo que deveria estar com Deus. Passou-se mais de um ano desde que ele me ensinara como deixar limpa a roupa interior; sem esforços, enquanto se banha.

Agora está ali deitado, como um morto, sobre o enxergão de palha. Quando os espasmos estomacais lhe atacam, ele se retorce choramingando. Uma imagem da lamentação. Assim mesmo, começo a cobri-lo de escárnios e ofensas. "Como sofre de maneira indigna, você, um homem de Deus com pretensão de entrar no céu." Mas desta vez ele não se defende com amargor; pede água com uma voz chorosa. O caneco de alumínio escapa de sua mão com dedos de aranha. De má vontade, vou dando-lhe de beber. "Queima!" Então, que um anjo de Deus o refresque. O médico, um major de cabelos encanecidos, aperta o abdômen por cima do hábito. "Isso nós já conhecemos!" E para o guarda da noite: *Revine*. Ele vai ficar bom. Deixa ele ficar deitado por um bom tempo."

Percebo no dia seguinte que ele piora sensivelmente. As dores o acometem com mais frequência. O branco dos olhos torna-se manchado. As mãos apalpam inquietas o cobertor. Eu, porém, não posso permitir-me nenhuma compaixão. A vida que está em jogo é a dele, não a minha. Apesar de tudo, pergunto se ele não tem alguém a quem queira fazer chegar algo – depois. Um sorriso coalha sobre seus lábios. "Um ser próximo de mim, lá fora?" E me sussurra um nome; eu tenho de pôr o meu ouvido junto à sua boca, que regurgita as palavras com dificuldades. "Diz a ele que eu o espero – no céu."

A partir deste momento, eu não saio de seu lado. Limpo o suor de seu rosto. Dou-lhe de beber; ele lambe a água que escorre de meus dedos. Junto-lhe as mãos para que reze. Esfrego os seus pés para aquecê-los, cujas unhas escuras parecem garras. E sinto nas pontas de meus dedos – quando o coloco para se sentar sobre o urinol ou massageio os seus membros com a ponta úmida do hábito – como o seu corpo de papel vai tornando-se um esqueleto, um arbusto de galhos secos. Ele suplica: "Não diga a ninguém que estou no fim. E me ajude para que eu seja salvo." Eu o ajudo. Ao guarda digo que está tudo em ordem! A comida eu distribuo aos ratos, após ele ter vomitado as primeiras mordidas: nacos podres e bolhas de sangue. Passo o que sobra através da abertura: *"Nu poate mai mult."* O doente pergunta por que eu não como o que restou. Algo me impede, por mais faminto que eu esteja.

Na noite seguinte, o guarda mantém o seu rosto diante da abertura do postigo – é o cigano que trouxera o cervo à cela para ser curado pelo caçador – e sussurra no meu ouvido: "Preciso descansar esta noite." E move com temor, para a esquerda e para a direita, os seus olhos de rato. "Nós tivemos que matar a punhaladas o nosso porco de Natal. Ele estava doente. Agora cuida desse aí!" E ele se foi, o nosso "Olho de rato."

De maneira discreta começam as convulsões como antes, mas passam. Facas ardentes atravessam as entranhas do monge, ele sussurra. Então cessam as palavras, mas não os gemidos. Molho seus lábios febris com água. A ponta da língua já não consegue mais lamber as gotas de água; elas evaporam ali mesmo. Frequentemente, ele emite um som, como se alguém estivesse apertando-lhe a garganta. Isso é o que se chama o estertor da morte? Quero colocar suas mãos uma sobre a outra para uma oração. Ele as afasta de mim. Seres espirituais praticam seus jogos com ele; desgrenham sua barba, meneiam o seu nariz; sacodem-no tanto que o seu hábito esvoaça. Ou são as forças desesperadas do que resta de sua vida, que se revoltam contra... contra o quê? E então o monge jaz, morto. A noite definha, e o seu tempo também.

Ele não tem mais força para gemer. Mas sinto o hálito de seu espírito. A boca contraída só consegue esboçar o som da dor – ou são palavras? Dos olhos rompe, em ondas, o espanto. Agora corre para a porta, grita, soa o alarme! Então eu me lembro que o guarda não deve ser incomodado, morto de cansado por causa do abate de um porco. Eu não grito. Não dou o alarme.

Isso é a morte? Não queria ele morrer? Ser salvo, ir para a casa, adormecer, chegar ao céu? E morre, miseravelmente. Quantas palavras se prestam... elas mentem! A sua boca forma sons. Encosto o meu ouvido nos seus lábios repugnantes. Ele sopra: "*Ioan* 14, 6". Estranho: junto a cada acesso ele deixa para trás algo de si mesmo. Eu me sento aos seus pés, que estão frios – sinto ao recolhê-los. Orações infantis chuviscam de meus lábios: eu sou pequenino, meu coração é puro. Cansado eu estou, vou descansar.

Que desenhos são esses que ele traça no ar com as mãos, enquanto o corpo se estira esgotado e os olhos arqueiam sob as pálpebras amareladas? Agora, só mexe a mão direita: movimentos de desmaio, reflexos pavlovianos, contrações nervosas como as das coxas de uma rã? Ou as últimas disposições voluntárias para com o mundo; mensagens cifradas, enquanto a alma se desvanece.

A mão abana o ar mais uma vez. Logo perde força; deixa-se cair, pousa sobre a borda da cama de ferro e pende como um pêndulo, movendo-se sozinha sob ação da força da gravidade. Inopinadamente, os olhos se abrem. O ar foge como se escapasse de um fole.

É assim que se morre. De repente, o silêncio.

Cubro os seus pés. Fecho os seus olhos, como eu aprendi nos romances que li. Seu rosto já não é mais que o nariz. Como proceder? Abrir a janela, para que a alma possa escapar ao éter? Cobrir o espelho, para que a alma não erre o caminho? A fresta acima está aberta. Espelho não há, cada um sabe somente o que o outro procura com os olhos. O Pai-Nosso!

Não me sinto bem ao rezá-lo em alemão. Os alemães não têm alma – assim achava o morto, quando ainda vivia. *"Om să fi, nu neamț"*. Seja um homem, não um alemão, dissera-me ele. O *Tatăl nostru* romeno eu não sei. Mas, em francês, nos fez aprender a nossa venerada professora ruiva, Adriana Roşala, antes de 1948 no *Liceu Radu Negru Vodă*. Que Deus a abençoe! *"Notre père, qui est aux cieux, que votre nom soît sanctifé... Ainsi soît-il"*. Assim seja.

Escondo-me debaixo do cobertor, as mãos para fora, os olhos para cima. E estou feliz. Assim seja.

Ioan 14,6 – suas derradeiras palavras para mim; as palavras de Cristo aos seus discípulos: "Eu sou o caminho, a verdade e a vida. Ninguém vem ao Pai senão por mim."

Porém, seu pedido para mim foi: "Ao Bileam, meu jumentinho. Diz a ele que eu o espero no céu..."

Às cinco, despertam-nos. Por alguns instantes, guardo silêncio. Minutos mais tarde, tamborilo com os dedos na porta. *"Ce este?"*, pergunta o guarda com os olhos pregados de sono. Indico silenciosamente atrás de mim. O guarda abre a porta. Ele quer despertar aquele que está deitado sacudindo-o, mas o olhar do morto o traspassa como uma faca de abate enferrujada. Gritando e estrebuchando, o guarda parte às pressas com suas pantufas de uso caseiro. A porta da cela fica aberta. Fechá-la não se pode; é lisa por dentro. Permaneço, então, sentado na borda da cama, ainda de cuecas, pronto para *la program*.

À velocidade de um vento, o quarto do morto se enche de oficiais. Tarde demais. O médico confirma o que todos sabem: *"Este mort"*. O comandante da prisão puxa nervoso o bigode e levanta-se dançando sobre a ponta das botas; o moleque presunçoso! Ele precisa encontrar um bode expiatório. Ele me passa uma descompostura; por que eu não tinha evitado isso?

"Eu peguei no sono."

"Assim são os alemães. Enquanto um homem de Cristo morre, eles dormem." Como um convicto comunista ele não devia ter dito isso tão enfaticamente. Ele grita: "Para o calabouço com este saxão!"

O major Alexandrescu, o último a entrar, diz em poucas palavras: "Levem-no. Para fora com ele." Todos sabem que ele não se refere a mim. O compassivo guarda com olhos de rato não é mais visto. Ninguém me conduz a *la program*. Ao meio-dia chegam dois soldados com jalecos brancos; eu tenho de baixar as calças, e eles me pulverizam com pó de naftalina.

27

Um mês mais tarde, em meados de outubro, o tenente Scaiete me diz: "Precisamos chegar a um fim com o seu caso." Até agora nunca se havia falado disso. Não consigo imaginar como será o fim.

Ele me passa um termo de acusação. Omissão de denúncia de uma ação criminal: *omisiunea denunțării*. Estou sendo condenado por não apresentar uma denúncia. Seguramente eles podem acusar-me de muitas faltas. Repetidas vezes dei grandes voltas, cheio de horror, a fim de evitar as fortalezas da *Securitate*. Mas do que eles lembram agora? Isso é grotesco. O que é que eu não denunciei? *"Infracțiunea de trădere de patrie"* no caso do grupo de Töpfner. Não consigo conter-me e digo: "Crime de lesa-pátria, o deles? Não tenho a mais remota ideia de quando e como eles traíram a pátria. Se falta a denúncia, então me ponha em contato com os autores."

"O senhor logo lembrará de algo. Assine!"

A pena de prisão oscila entre três e dez anos.

Além disso, tomo conhecimento de que Hugo Hügel havia requerido, por causa de minhas declarações diante do tribunal, que me declarassem irresponsável pelos meus atos. Em breve, devo ser examinado pelo doutor Scheïtan. Então, o capitão Gavriloiu não tornou realidade a sua ameaça de mandar prender o médico. Este anda por aí, livre e solto, cumprindo com dignidade suas funções.

O exame, alguns dias mais tarde, na presença de meu comissário e o seu ajudante Scaiete, é rápido e indolor; o resultado do veredicto diz *stante pede*: "Quem suporta vinte meses de detenção numa cela sem perda das faculdades mentais é normal."

A audiência de meu processo é adiada em duas oportunidades. Finalmente, no dia 14 de novembro de 1959, me despacham para o prédio do tribunal de justiça. Desta vez, não apenas me vedam os olhos; as mãos também são algemadas. Os indizíveis lamentos no furgão são suportáveis. Nenhuma mulher soluça. Nos corredores procuro desesperadamente com os olhos a minha família. Ninguém. Os dois guardas, fortemente armados, me empurram para a sala de audiência. O juiz, que está de frente para nós, sobre um pequeno pedestal, nos assusta. Na porta, eu me deparo com um homem cujo rosto desfigurado me parece terrivelmente familiar. Ele é conduzido por um único soldado de guarda (para o banco dos acusados). No momento seguinte, a minha memória clareia: era Antál Simon, o esposo de nossa Irenke, o terror de todos os inimigos de classe em Fogarasch. No mesmo mês, onze meses depois daquela violenta noite na qual nos expulsou de nossa própria casa, chegara também a sua vez na fila.

Colocam-me num tabique sem janelas, que fica ao lado do corredor. Quando abro os olhos e me acostumo ao crepúsculo, quem está sentado diante de mim, vestido com um traje listrado, igual a uma sombra e encadeado ao seu soldado de guarda? Hans Fritz Malmkroger. Eu tinha-lhe recomendado a leitura da *Decadência do Ocidente*, de Splenger. O segundo é Peter Töpfner; diante de suas ásperas maneiras nós nos curvávamos, e suas engenhosas brincadeiras e piadas, fruto de um raciocínio rápido como um raio, eram apreciadas por muitos de nós. Ele morava em Skei; a sua casa era separada da casa de Annemarie Schönmund apenas por uma sebe.

Devo manifestar-me, diante do tribunal, sobre o crime de traição à pátria perpetrado por estes malfeitores e seus cúmplices. Não quero ter nada com essa gente! Eram já de arrepiar os cabelos algumas linhas do diário secreto de Töpfner, que o comandante Blau me tinha dado para ler. Sem que eu soubesse, eles me incluíram em seu gabinete obscuro de governo como principal ideólogo, como ministro de propaganda. O que eles procuram aqui nas minhas proximidades? Mundos e visões de mundo nos separam. Eu lhes dou as costas, pois me encontro sozinho comigo mesmo e não estou encadeado como eles. Meu inferno astral tornou-se suficientemente quente por culpa deles.

Eles, por sua vez, mostram as mãos para mim e sussurram às minhas costas terríveis notícias. Penas elevadas seriam impostas de maneira vertiginosa.

A Seifert-Basarabean (é o que ouço) prisão perpétua. E, então, ele entrava e saía da casa de Töpfner, o tempo todo. Mas por que também a pena de prisão perpétua ao pastor Möckel, o erudito e piedoso homem de Deus, sempre um pouco afastado do mundo terreno e com a cabeça nas nuvens? Não tenho forças para me espantar.

Alguns minutos mais tarde, sento-me no banco dos acusados, que ainda está úmido das nádegas trêmulas de Antál Simon, e tenho que confessar a minha culpa ao major que dirige o tribunal, visivelmente entediado, e aos seus apáticos assistentes; todos eles militares. O que eu teria sabido dos propósitos de traição à pátria e de atentados terroristas do grupo "Nobres Saxões", dirigido do exterior pelo agente e espião alemão-ocidental Enzio Puter? O que, então, eu teria conhecido e deixado de denunciar aos órgãos competentes do Estado?

Exceto que eu jamais tinha ouvido antes o nome "Nobres Saxões", não sei o que dizer. Assim, eu me refugio em generalidades, que conviriam a qualquer grupo de jovens saxões. O ideário nacionalista seria um assunto tocado de maneira leve em suas reuniões, emoldurado por recordações reacionárias de tempos passados... Hesito; se o presidente do tribunal perguntava quem realmente pertencia ao grupo de conspiradores de Töpfner, eu não sabia a resposta. Mas o juiz escutara bastante para formar uma imagem de minha culpa. Ele chama: "As testemunhas de acusação."

Töpfner e Malmkroger, meus amigos de antes, são trazidos. Até mesmo os soldados de guarda demonstram compaixão pelas miseráveis figuras. Um dos soldados mantém o braço solicitamente estendido, como se ele tivesse que agarrar um dos dois, a qualquer momento. O outro aferra-se ao usual *"Repede, repede!"* E, igualmente paciente, procede o senhor do tribunal: ele não os exorta a apressar--se, mas deixa as coisas seguirem o seu curso.

Agora, à luz do dia, observo com pleno horror os dois jovens rapazes, como eles se arrastam; mal se mantêm em pé. Töpfner, com a cabeça raspada, magro como um esqueleto, não tem mais do que um nariz – parece o velho Fritz, o rei prussiano – e lembra-me o já falecido monge Atanasie. Malmkroger, um tanto alheio, com os olhos pregados de sono, se arrasta lentamente pela sala. Töpfner o precede tateando; põe um pé diante do outro, como se estivesse a sondar um campo minado. Malmkroger mantém os olhos abaixados, como se procurasse rastros numa floresta. Ambos levam aferrados, com a mão livre, as calças listradas que cobrem seus corpos emagrecidos.

Durante o registro de seus dados pessoais, eu me dou conta de que cada um deve cumprir a pena perpétua com trabalhos forçados. Que eles, depois de apenas dois anos, estejam nas últimas, é algo que qualquer um percebe. Antes de passarem aos atos aquilo que deve incriminar-me, Töpfner pede com uma voz inexpressiva que o presidente do tribunal intervenha a seu favor; ele, Töpfner, padece de uma tuberculose nos rins em estado avançado; vêm-lhe do corpo, todas as vezes que urina, pus e sangue, e o seu braço parece derreter – ele arregaça a manga da camisa e todos veem o braço fino como um fuso. Töpfner aponta para o seu companheiro: "E aqui, veja, senhor major, o irmão Malmkroger! Ele está a caminho de perder por completo e definitivamente a vista, devido à alimentação deficiente." O juiz militar deixa-o falar. Não consente as queixas; isso é um tema para o médico da instituição. Basta!

"O que sabia o acusado de suas atividades traidoras à pátria e contrarrevolucionárias?"

"Nada", diz Töpfner. "Não sabia de nada pela simples razão de que jamais desdobramos uma atividade contrária ao Estado. Abstraindo o fato de que ele não estava presente em nenhuma de nossas conversas. Mas a nossa única preocupação era o destino do povo saxão. Uma preocupação legítima e…" O juiz corta-lhe a palavra: esse não é o tema do debate. Os crimes são conhecidos judicialmente. *Totul este la dosar* – Está tudo no dossiê."

"Ele não sabia de nada", diz Töpfner, e se apoia na balaustrada do estrado das testemunhas. Além disso, ele me toma por um jovem escritor de orientação progressista – no entanto; talentoso –, e se assombra de ver-me aqui.

Malmkroger é de opinião que está quase cego e não consegue reconhecer quem se senta no *box*. Ele mira o canto contrário; além disso, está tão fraco de fome que não se lembra de nada.

É assim que provam a minha culpa e a registram nos autos. Os dois reclusos partem arrastando os pés com o solene enlevo dos que assistem a um funeral depois de um enterro.

"*Procurorul!*" O procurador tem a palavra. Mas ele não a toma, pois um homem ao final da sala vazia – é o advogado de defesa – solicita a suspensão da sessão para que ele possa falar com o seu mandante. O juiz concede dois minutos. A deliberação dura menos de um. O advogado aproxima-se de mim, vindo do fundo, coloca-se ao lado dos guardas de vigia e me pergunta com o que ele pode defender-me. Respondo: "O senhor teve dois anos, para juntar o material, *domnule doctor.*" Com isso, tudo se encontra esclarecido.

O *domnule doctor* procede com tática e habilidade. Ele poderia, segundo a situação atual do caso, ter advogado uma absolvição. Mas como já se passaram dois anos, faz valer as circunstâncias atenuantes: porque eu – e ele apresenta comprovações dos atos – padeço de psicastenia e fora tratado, mais de uma vez, na clínica psiquiátrica, sim, de onde me tiraram para a prisão; porque só podem culpar-me de não haver denunciado, como era a minha obrigação, os diferentes delitos – o que, nos círculos saxões, acostumados a não denunciar, acusar e trair, não é mais do que um erro de educação; porque, como testemunha principal de acusação *in procesul autorilor germani*, eu tinha dado à honra um teor de verdade; mas, sobretudo, porque eu havia feito um nome como jovem escritor no âmbito da escola marxista-leninista – *circumstanțe atenuante*, circunstâncias atenuantes, então. É o que diz, e se afasta.

O procurador público levanta-se à direita; ele parece um bombeiro, em seu uniforme com dragonas vermelhas. Tem um rosto de dor, mas não aquela que o sujeito sofre com um dente podre. É mais como alguém que está justamente aprendendo a ler e tem de fazê-lo em público. Ele opina num leve tom de brincadeira, mas com os olhos voltados para o juiz, que se eu tivesse-me decidido em boa hora e de maneira consequente pela causa do socialismo, teria poupado este dois anos desconfortáveis, *doi ani disconfort*. Ele não propõe, como sói acontecer, a pena de morte, mas em meu caso, recomenda ao Tribunal Superior Militar uma pena mínima, para que em breve se possa contar comigo como apoio e suporte da sociedade socialista. Diz isso e fecha ruidosamente seu dossiê.

O juiz concede-me a última palavra: "*Scurt, scurt!*" – Breve, breve!. O 'seja curto e breve' transforma-se em muitas últimas palavras, que pronuncio quase desesperado diante de suas caras de pau.

"Se os senhores aplicarem as normas da luta de classe, com todas as suas consequências, à população saxã, uma comunidade estruturada de forma burguesa, camponesa, sem uma consciência de classe proletária, então o melhor a fazer é extirpar-nos de vez." Repito o que expliquei ao major com luvas de pelica durante as primeiras semanas e ditei à jovem datilógrafa. E concluo: "Com relação aos jovens, que cresceram num meio assim, de ideologias reacionárias, contaminados de mais a mais com a doutrina nazista e com as experiências de pós-guerra, deportação, expulsão e perseguição, é preciso ter paciência. Então: deem-lhes esperança. E os perdoem."

O juiz, que não me interrompera, diz para a sala vazia: "O veredicto se pronuncia mais tarde." Que ele com isso quisesse dizer três semanas mais tarde é algo que não me passou pela cabeça.

* * *

Na cela, um novato. Estudamos um ao outro. Ele olha de soslaio para minha boca, com os olhos semiabertos, como se lesse as palavras de meus lábios. Depois que nos apresentamos, ele diz em alemão: "Eu não tenho lá muito prazer em conhecê-lo aqui." O seu nome: Gustav Küster. Vou ficando desconfiado. Por que me enfiam na cela, precisamente agora, alguém tão pouco estranho a mim? Ele vem de Kronstadt; conhece os parentes do tio Fritz Dworak. O fim do círculo? Rosmarin – Küster? Depois destes dois anos de interrogatórios, não sobra quase nada sobre mim que compense ser denunciado.

Que o homem tenha doze anos de prisão nas costas, está escrito no seu rosto. Que ele deva ainda expiar uma pena de treze anos é algo que não lhe julgo capaz, tão mau é o seu aspecto. Vinte e cinco anos ao todo: poderia ser um espião. Só ao fim de vários dias, depois de observar com que parcimônia ele evitava qualquer esforço – até para abrir os lábios e mover as pálpebras –, é que resolvi dar a ele a esperança e ânimo para suportar o ingente tempo que lhe resta. Eu calculo: desde 1947, em Kittchen. Se é um espião, então o foi para o *Reich*. Ou já para os americanos? Não se fazem perguntas aqui.

O jovem de dezesseis anos, Andrei Popa, de Hermannstadt, que divide comigo a cela faz alguns dias, está visivelmente assustado. Ele nunca tinha visto um autêntico preso antes: roupas listradas, que escorregam pelo corpo, o rosto cinzento, a cabeça raspada, as mãos amareladas com unhas como garras nos dedos. Andrei se acocora sobre a tampa do urinol, espera que continuemos com a brincadeira de interrogatório. Eu me dedico a ser o investigador, ele, o acusado. Depois de inúmeros meses de detenção preventiva, conheço as fintas e as finezas com as quais eles convencem qualquer um de seus crimes e delitos contra o regime. A mãe de Andrei, Mathilde Josepha – nome de solteira, Weidenbacher –, não ensinou ao filho a língua materna. Então, foi assim que procuramos recuperar o perdido: eu o chamo Andreas; ele me entende.

Este estudante, Andrei Popa, teve a ideia, com outros camaradas do *Liceu Gheorghe Lazar*, de safar-se dali em segredo – nem um prazer mais pelos estudos! Mas de modo algum através da fronteira verde em direção ao ocidente, porém dirigindo-se ao canteiro de obras públicas da hidrelétrica de Bicaz, nos Cárpatos orientais, e lá oferecer ajuda e a sua força de trabalho. Todavia, é fácil, como constato desconcertado, ser comunista em Paris. Mas é difícil convencer alguém de seus propósitos patriotas, aqui nesta terra. Quando a *Securitate* prendeu os jovens, não acreditou em nenhuma de suas palavras, salvo que o grupo de fujões havia-se dado um nome conspirativo: *Submarinul Dox*. Este é nome do submarino numa história sem fim cheia de extravagante aventura. Traduzida do inglês norte-americano para o romeno nos anos 1930, a *story* era publicada e vendida em finas revistas. Agora só às escondidas e passada de mão em mão é que se pode consegui-la, pois é proibida.

Andrei recompensa-me pelas longas horas de ensaio para o interrogatório, ensinando-me golpes de jiu-jitsu e, em tom de sussurros, canções populares romenas.

Nosso convidado Gustav recusa-se a dar qualquer informação àqueles lá de cima até que lhe cortem as garras das mãos e dos pés, e lhe limpem as orelhas, que estão entupidas de cera. É verdade que ele entende tudo, porque conhece a leitura labial. Mas ele deseja escutar com os próprios ouvidos o que tenham para perguntar, e deseja, com os próprios ouvidos, escutar o que ele tem para dizer. Ele está aqui para esclarecer o passado.

Gustav parece ter um estoque de coisas dignas de ser escutadas por aqueles lá de cima. Assim, durante uma semana, instilam óleo morno no canal dos ouvidos. Então, é chegada a hora. Quando o enfermeiro militar o traz de volta, parece que as suas orelhas foram alargadas. Ele estremece o corpo todo quando alguém boceja. Se sussurramos algo, ele tampa os ouvidos. Se um de nós solta um peido, ele leva espantado o dedo aos lábios. O bater e o martelar, o raspar e o matraquear, que se escuta todos os dias debaixo de nossa janela provocam-lhe dores; a nós, ao contrário, curiosidade.

Eis o quanto confia em mim: ele decidiu falar depois que, no verão anterior, durante o horário de visitas na prisão de Aiud, deixaram-no ver a sua esposa e suas filhas, pela primeira vez em dez anos. Ele teve que perguntar: "Quem é você, Adelheid ou Veronika?" Ele me encara abrindo uma pálpebra: "Tome cuidado, meu jovem: o próximo para nós aqui permanece nosso próximo lá fora!"

Numa manhã qualquer, somos os três conduzidos a passo de ganso para o piso de baixo. É dezembro. Procuramos, por trás dos óculos de metal, farejar aonde podemos estar indo; as escadas descendentes não têm fim. Algo parecido aconteceu uma vez: haviam tirado a nossa radiografia num furgão que estava parado no pátio, junto ao portão de saída. O fato de que desta vez tenhamos que levar a parte de cima da roupa é algo incomum. De repente nos chicoteia uma corrente de ar frio; o soldado ordena: "Tirar os óculos!" Estamos num espaço quadrado cercado de muros altos e coroados por uma rede de arame; é como um galinheiro. Acima, um céu encanecido. Mais nada: "Mexam-se!", nos dizem. As portas de ferro são fechadas. Começo a trotar, o que me resulta fácil, porque faço exercícios de ginástica diariamente. Surpreendentemente, sinto que algo quente corre ao longo de minha perna esquerda. A bexiga tinha-se esvaziado, esgotado, ainda antes de estar cheia – contra Stálin com a sua quarta lei da dialética sobre as acumulações quantitativas e o salto qualitativo, quando a medida se enche. Gustav Küster fez pior. Ele dá alguns passos, cambaleia para a direita, cambaleia para a esquerda. Suas bochechas estão manchadas de vermelho. Ele oscila. Saltamos ao seu encontro para ajudá-lo. Tarde demais. Ele desmorona. Só Andreas Popa resiste ao passeio como um homem aprumado. Nunca mais fomos levados para tomar ar fresco.

Em três semanas estou livre. Livre? Não, vou pra casa. Pra casa? Não, serei solto. Anteontem, no dia 7 de dezembro, vinte e quatro dias após o meu processo, recebi o veredicto: dois anos de prisão por omissão de denúncia de traição à pátria – traição à pátria certamente por causa de Enzio Puter, o agente ocidental. Circunstâncias atenuantes – presumivelmente, porque me arrancaram da clínica. Um ano de perda dos direitos civis – isso dói. Confisco de todos os bens – o que possui um estudante: a bicicleta Mifa, o relógio Moskwa, o rádio Pionier, adquirido com os meus honorários como correspondente voluntário, o terno preto de fio de estambre de meu pai, a caneta esferográfica Parker com ponta de ouro de meu tio Fritz, meus livros. A prisão preventiva deduzirá a pena imposta, quase que por inteiro. Trezentos *lei* para as despesas judiciais – o prêmio, pelas três páginas de meus contos *Puro Bronze* e *Odem*, ou um mês de salário de minha mãe. Direito a uma apelação? Não!

O comandante da prisão estende-me a caneta, quase com devoção; desta vez sem ficar na ponta das botas dançando. O oficial e eu estamos de pé, tranquilamente, junto à mesa de parede da cela. A porta está completamente aberta. Aceito o veredicto. Sem direito à apelação."

A Gustav Küster pondero: "Em junho, concluo o curso de Hidrologia. Na fazenda coletiva de produção agrícola, em Freck, me espera um vasto campo de atividades: trabalhos de melhoramento, aperfeiçoamento dos solos agrícolas utilizados... A várzea do rio Aluta deve ser drenada. E os lagos de águas salinas próximos de Freck, saneados, a fim de que os trabalhadores e camponeses das redondezas possam repor suas energias com banhos de lama e sol para os novos talentos do socialismo."

Ele acha excelente a minha ideia de me mudar para a casa de tia Adele, em Freck, e entrar com toda a família na fazenda coletiva de produção agrícola. Quem passou uma vez por tudo isso deve dizer adeus ao mundo e se retirar com a família.

Respondo impressionado: "Veja bem, tio Gustav, após os primeiros passos lá fora terei a companhia constante do medo, medo de voltar a ser encarcerado aqui. Também por isso: só a família."

Ele me dá razão: a liberdade esconde maldades e perigos; é algo espinhoso de travar relações, sim, pois o homem não apenas nasceu para a liberdade, mas também para aprender a lidar com ela. "Mas é melhor do que a prisão, ela, a liberdade. Sejamos sinceros!"

Eu lhe descrevo o meu processo. Ele escuta sem se mover; a cabeça apoiada nas mãos, os cotovelos sobre os joelhos. Uma vez que é nosso convidado, ele não se permitiu nenhum movimento desnecessário.

Por fim, digo: "Compreendi que a última palavra é a única possiblidade que o acusado tem de expressar livremente a sua verdade pessoal. Em suas palavras finais, os escritores incriminados – exceto o barão von Pottenhof – reafirmaram-se leais e fiéis à linha político-socialista, dedicados à pátria e ao Partido."

"E o senhor, o que tinha no coração? O desejo, tão rápido como possível, e a qualquer preço, de voltar para casa?"

"Não", digo.

O tio Gustav diz, e desta vez ele abre os olhos, esticando-se todo, algo que parece valer a pena: "O senhor tem uma má reputação na prisão, embora se saiba que tenha resistido vários meses; mas depois caiu e se bandeou para o outro lado." Diz isso e fecha os olhos.

"Foi uma decisão minha", explico. E acrescento: "Eles jamais conseguirão cercear tanto a sua liberdade, que não fique suficiente espaço livre para tomar uma decisão por responsabilidade própria. Mesmo aqui! A frase, a saber, é falsa: eu não tinha outra escolha. Ou Deus o quis assim."

"O que quer que alegue em seu caso, eles não vão acreditar. É melhor, então, calar-se. Deixe que os outros falem ou quebrem a cabeça." E ele diz, após um momento pensativo: "Poderia ter razão, meu jovem. Ainda que a pessoa morra, ela tem a liberdade de ir à cova rezando ou amaldiçoando a Deus."

* * *

Alguns dias mais tarde a porta se abre de súbito, e Gustav Küster tem que recolher a sua trouxa. Agora mesmo ele me dá uma última lição: "Traidor é uma palavra horrosa. Mas, legalmente considerado, o traidor é aquele que tem a coragem de libertar-se das regras e da pressão de seu grupo; às vezes até por nobres motivos." Ele me abraça com cautela, me beija, sussura: "Jovem amigo, você terá um tempo difícil lá fora. Cuidado! Nenhum movimento desnecessário. Nenhuma palavra a mais." Enquanto o soldado abana de um lado a outro os óculos de metal diante de seu nariz, ele estende a mão ao Andrei: "Levante a cabeça, Johannes!" E parte caminhando como um rei caído.

Andreas fica. As bochechas rubras do início tornaram-se pálidas. Diariamente, por longas horas, ele é interrogado. Depois está esgotado, mas em boa forma. Às vezes, os interrogatórios no andar de cima se parecem com os ensaios gerais nossos aqui, em nosso buraco. Ensaiamos o próximo interrogatório, segundo o último estado das coisas – eu, o comissário; ele, o interrogado. Ele é inocente e deve convencê-los disso.

Um eczema em suas mãos teima em resistir. Assim o vejo naquela última tarde, detrás de mim, mergulhado no crepúsculo da cela, quando me conduzem para fora. Com as mãos levantadas, num gesto de lamento, cheias de abscessos com sangue e pus, ele fica para trás. Ainda escuto os seus soluços ao longo do corredor, após a porta de ferro bater, fechando-se.

* * *

Eles me soltaram, depois de dois anos e dois dias, em dezembro de 1959. Era tarde da noite, quando eu acabara de findar o último soneto. Tinha levado dois dias, dando retoques ao ritmo, tamborilando sobre a cabeça do jovem rapaz. Densos versos concluídos! *Repede, repede!*

O velho húngaro, o passarinheiro, entra na cela, me examina em silêncio, com um olhar inefável; diz com um acento húngaro as palavras mágicas, que todo recluso aguarda como um louco: "Recolha as suas coisas e venha!" A porta fica aberta. Onde estão os óculos de ferro? Não há. Com os meus olhos livres, ele me conduz ao longo do corredor entre as celas, nas quais ressoam leves zumbidos. Um calafrio apossa-se de mim. Uma vez, na primeira manhã, em dezembro de 1957, eu havia lançado um olhar ao corredor. Com grande aflição, eu tinha dado batidas na porta do banheiro, de dentro, pedindo papel higiênico. Agora vou trotando dali com os olhos descobertos e me assusto com o muito que vejo. Ótimo que seja noite. Digo em húngaro: "Tenho medo do mundo lá fora." Ele responde: *"Egye meg a fene."* Isso não significa: vai pro inferno, ou que o seu cu o devore?

Piso os dois lances de escada de onze degraus com cuidado, como se ainda tivesse os olhos vedados. Minha bagagem está pronta na sala de despachos. O silêncio é irreal, como na primeira noite. Ali se encontra a mala de couro de porco de meu pai – um objeto de disputa entre nós, os irmãos, ainda meninos. E a pasta de couro, que, com certeza, não é mais nova, senão desgastada, estropiada. Alguém a tinha usado estes dois anos. Um guarda, patente de primeiro-sargento, passa-me o cinturão de minhas calças; faz rapidamente nele um furo a mais. Um outro me oferece compota de pera, que devoro imediatamente. Não há nenhum comissário para me lembrar de meus deveres e obrigações como eu receara. Assino só um papel impresso, que diz que não revelarei a ninguém onde eu me detive. Tudo pertence a eles, também este período de minha vida.

Agora, o documento de permissão de saída. Meu nome está quase corretamente escrito.

Um porta dupla de ferro se abre. Um jipe espera perto da entrada, então eu subo direto na traseira. Ali já há alguém sentado no estreito banco. Deve ser um camponês romeno; suas brancas calças de lã brilham. O oficial, que está ao lado do motorista, proíbe-nos falar. Como o camponês não pode expressar em palavras a sua felicidade, seus pés começam a dançar a *hora* e a *sârba* de um lado a outro, durante toda a viagem até Fogarasch, a setenta quilômetros de distância. De manhã, ele dava de comer aos porcos e ordenhava a vaca; a detenção e a prisão duraram menos do que um balão furado. Deixam-no na periferia da cidade, e a mim conduzem até Wasserburg.

Tenho de descer em frente às saunas públicas. *"Repede, repede!"* Deveria ser mais de meia-noite. Em seu esconderijo noturno, os cisnes arensam dormindo. Uma lufada de vento frio abate-se sobre mim, esgadanha meu rosto, punge-me os pulmões. Como um doente, sigo adiante, cambaleando. Tinha desaprendido a andar em linha reta.

manchas
brancas

28

O sono de meus pais era profundo. Bati com a palma da mão na janela da travessa do Castelo das Ratazanas. Utilizei o sinal da época dos russos: um, dois; um, dois, três. Finalmente, a luz foi acesa. Um lustre de cinco pontas radiantes, tão *kitsch* que me assustei, iluminou um teto ornado com rosas. Por um segundo, refleti: olha só, os meus pais se restabeleceram nestes dois anos. Na janela, surgiu a cabeça de um homem desconhecido que me indagou: por que eu incomodava tão tarde da noite, na hora de dormir? Eu balbuciei: "Eu sou o filho de *domnul Felix* e estou vindo da prisão." O homem se inclinou para fora da casa a fim de examinar-me à luz penetrante dos tubos de néon. Pensei: nesse ínterim, liquidaram a minha gente.

"Qual dos rapazes?"

"Como qual?"

"Ah", disse ele e apertou, com frio, a camisa ao pescoço. "Dois ou três dos rapazes estão presos." Perguntou-me se eu sabia onde ficava a Tümpelgasse.

"Sim", disse apressadamente, "na *Ziganie*." Foi para lá, no número 32, que embarcaram os meus pais. Ele bocejou e fechou a janela sem se despedir.

Lentamente, passo após passo, cheguei ao bairro cigano, na periferia da cidade. Eu tinha tempo como nenhuma outra pessoa. Enquanto andava, abri o sobretudo: fazia um frio de verdade. Eu queria senti-lo.

Na Burgpromenade, junto à estátua da *Doamna Stanca*, parei para descansar. De uma fonte da rua, esguichavam ao léu preciosas gotas de água, que davam formas a estalactites e filetes de gelo. Realizei meu primeiro ato a favor de minha pátria recém-descoberta: fechei a torneira. O dia estava amanhecendo quando cheguei à *Strada Mocirla* 32. Um portal de madeira com abóbadas unia a fachada de duas casas. A da direita estava atravessada por fendas e rachaduras; as janelas inferiores pareciam cegas. Aqui não se podia viver! Então bati acima. Nenhuma luz, mas, de pronto, respondeu uma voz de mulher em romeno: "Quem está aí?" Desdobrei novamente a minha ladainha: filho de *domnul Felix*; vindo da prisão. A alegria parecia grande, pois disseram: "*Să dea Dummezeu!* Que Deus nos conceda a paz!" Mas a família de *domnul Felix* vivia em outro prédio.

Empurrei uma porta, abrindo-a, e me encontrei num pequeno pátio com restos de neve. Não sabia o que fazer então. Perplexo, coloquei a minha mala e a pasta no chão. Da torre da igreja franciscana soava a hora completa: quatro horas da manhã.

Mais uma hora e então nos acordará a guarda noturna. Primeiro medo ao despertar: onde estará hoje o perigo à espreita de nós? Em seguida, esperar: varrer. Esperar: *la program*. Esperar: o caldo com *paluke*. Esperar: eles vêm buscá-lo? Eles não o buscam. Logo, autosserviços à disposição: matemática. Poesia. Criação de galinhas em Freck. Garotas nuas num rio, à noite. A amada de seus sonhos. Muito tempo para nada.

Uma porta se abre. Uma figura vem voando na minha direção; ela me abraça, ela me beija, ela cola o rosto ao meu rosto. É a minha irmã Elke. E soluça, e fala, e soluça: "Você está aqui! Está aqui! Meus olhos se desfizeram de meu corpo de tanto chorar! Quase morri de saudades!" Ela parece não estar suficientemente perto de mim. Meu sobretudo atrapalha o seu caminho; ela o lança na escuridão. A minha jaqueta nos separa; ela a tira de mim e a joga no chão gelado. Só então levanto os braços e a abraço; sinto seu coração através do tecido da camisola, sinto como ele bate. Ela está descalça na neve.

Os vizinhos saltavam das portas. Vozes em diferentes idiomas, mas não havia luz em parte alguma. "A eletricidade está com problema!" Minha irmã puxou-me para dentro do que parecia uma caverna escura. Com um passo, entrei no quarto. Num cômodo inimaginável, ela me sentou numa cadeira e cobriu os meus ombros com um cobertor. No quarto vizinho, minha mãe se queixava: "Mas isso é mesmo inaudito, Felix! Nosso filho de repente sai, da prisão e não temos energia elétrica!" Escutei que a corrente elétrica para a casa dependia dos vizinhos. Se estes precisavam engomar roupa, puxavam, então, o nosso fio da tomada elétrica.

"Mas, Felix, você me faz passar por uma tola. Eles não vão engomar no meio da noite!" Minha irmã disse: "Mama, o senhor Bumbu atacou ontem a sua mulher com uma machadinha e acabou por acertar a instalação elétrica. Saltaram faíscas como num filme. Ele caiu no chão e ela começou a gritar: 'Meu pobre esposo está morto, morto!' Eles também estão no escuro."

"Essas eternas apresentações de benefícios." Este era o meu pai. O quarto tinha um cheiro de lugar abafado. Cheiro de gente pobre, dizia-se antigamente. Como na casa do sapateiro Szész, cujo sexto filho prosseguia mamando o seio da mãe, quando esta já estava morta. Cheiro de gente pobre, onde mais? Voluptuoso, desejei entregar-me durante horas ao cheiro das lembranças, como até ontem mesmo eu fazia na cela, lá, na abundância do tempo. Mas as pessoas ao meu redor não tinham tempo; não deixaram o tempo seguir adiante.

Minha mãe disse: "Maly tinha razão: a corja cigana se bate, a corja cigana se suporta. Mas por que os fósforos não estão no lugar certo? Onde voltou a esconder a lamparina? E onde foram parar as velas? Nós concordamos em manter as coisas em ordem. Em nossa família falta o respeito ao que se combina e se concorda. Agora meu filho sai, de repente, da prisão, e aqui está escuro como breu. Ainda se encontra lá fora, o meu rapaz? Onde ele se meteu?"

"Eu estou aqui", tomei a palavra, e acrescentei: "Três dias e três noites poderiam me deixar aqui sentado nesta cadeira. No escuro. Não me importo."

Um grito de espanto passa pela porta encostada: "Três dias, onde pensa que está? Logo o dia amanhece. E nós temos que ir trabalhar. Balanço mensal. Balanço anual. Três dias numa cadeira? Quem tem tanto tempo?" Minha mãe apalpou-me, recolheu e segurou a minha cabeça, beijou-me as bochechas. Nas bochechas, como ela nos havia ensinado: "Em uma família nunca se beija na boca." Quem se beijava na boca, ela não revelou a nós, as crianças.

"Se o nosso menino tivesse chegado ontem", defendia-se o meu pai, "como o advogado nos dissera, a luz estaria acesa." Por fim, minha mãe encontrou a solução, de maneira prática e magnânima ao mesmo tempo: acendeu com o isqueiro as velas da árvore de Natal.

À luz plangente dos cotos de velas de cera, nós nos saudamos, meus pais e eu, embaraçados. Discretamente, olhei ao meu redor: estranho como a minha cela na primeira noite. Custa-me reconhecer os móveis em sua tristeza. Eu não pensei:

Meu Deus, que aspecto tem isso! Pensei: Que aspecto tem isso? Então, levantei-me e comecei a caminhar para lá e para cá; três passos assim, três passos e meio de outro modo. E disse a minha segunda frase: "Muitas coisas hão de melhorar para nós aqui em casa!" Ninguém assentiu com a cabeça.

Perguntei quem da família tinha falecido. Nem a vó em Tannenau, nem o vô em Hermannstadt.

Tudo tinha mudado! Meu pai estava de pé junto ao fogão, curvado e, contudo, com a cabeça quase a tocar as vigas do teto. Minha mãe estava sentada impaciente sobre o caixote de costura, que ela, apesar de todo ocaso e decadência, conseguira trazer a salvo até aqui. Eu agora deveria tomar um café com leite; eles logo teriam que se preparar para um novo dia. "Não, obrigado." Eu só queria um pedaço de pão. O que eu dizia aflorava aos meus lábios penosamente. Meu idioma materno soava-me estranho. "O que eu tinha jantado?", queria saber a minha mãe. "Cevada."

Cevada? Ela lançou um olhar inquiridor para o meu pai, que era treze anos mais velho do que ela e, ainda que não fosse treze anos mais inteligente, era sim mais experiente. Ele silenciou. "E nada mais?" Novamente uma pergunta. Estas perguntas… Eu estremeci, desconversei, perguntei:

"O que aconteceu com a casa de Freck?"

"Vendida", disse a minha mãe audivelmente aliviada, "junto com a sua tia Adele. Graças a Deus nos livramos destas preocupações. O senhor Bartel quer pagar a metade em dinheiro vivo, você o conhece. Pela outra metade ele sustentará a tia até o fim de sua vida. Foi bom termos nos livrado desta amaldiçoada Freck."

"Foi bom", zombou o meu pai. "Isso é o que chamo de um típico negócio capaz de alegrar um ourives. A tia tem noventa anos, mesmo que ainda viva vinte anos, não se liquida a metade. Desperdiçada uma das melhores casas de Freck. E que localização! Na rua principal da cidade." Aliás, Bartel não tem por enquanto dinheiro efetivo. Mas, desde o mês passado, a tia vive na casa dele – às suas custas.

Eu decidi: "Deixem que eu resolvo isso."

"De onde vais tirar dinheiro?", perguntou o meu pai.

"Eu conto com os honorários de meus livros. Além disso, quero concluir o meu curso de engenharia antes do verão. E tenho outros planos: criação de galinhas em Freck e outras coisas mais." Eles se entreolharam, e percebi como eles se entreolharam. E não levei para o lado pessoal, como prometera a mim mesmo.

A derradeira pergunta dizia respeito aos meus irmãos. Uwe estava trabalhando no *Combinatul Chimic;* fazia o turno da noite. Turno da noite, pensei, que medonhas instituições havia no mundo aqui fora.

"E Kurtfelix?", eu trotava de um lado para o outro, seus rostos bruxuleavam seguindo os meus passos.

Meu pai disse, num tom quase inaudível: "Omissão de denúncia. Seis anos de detenção. Por causa dos 'Nobres Saxões'." Meu irmão Kurtfelix... Senti uma punhalada nas costas. "Para o chefe do bando o procurador pediu a pena de morte. Como é que você não sabe quem são? Não se fala de outra coisa. Töpfner e o pastor Möckel, estes eram os mais ferozes. Então, um certo Folkmar, e, infelizmente, também Malmkroger Buzi, o simpático rapaz amigo de nosso Luis, e o seu conhecido, Seifert-Basarabean, com seus dois nomes e duas caras, que você muitas vezes arrastava consigo nas férias."

Minha mãe disse: "Atente para isso: não puniram vocês porque disseram algo, mas porque não fizeram nada." O meu irmão, seis anos por causa de nada, e, novamente, nada! Isso era algo para ser pensado. E sobre muitas outras coisas.

"Um delito de cavalheiro", observou o meu pai.

"Não obstante; confisco de todos os bens", lembrou a minha mãe.

"Alguns pares de roupas de Kurtfelix eu recuperei, comprando-os por trezentos *lei*. Eles tinham penhorado os seus objetos. Ridículo!"

"Suas coisas de Klausenburg se foram", continuou a dizer o meu pai. "Levaram até o terno de fio de estambre que herdou de mim. E tudo o que havia de valioso no seu quarto: o rádio, o relógio, a bicicleta, os livros... Mas uma parte dos livros a tua mãe conseguiu trazer para cá, no trem." Agradeça a ela!; ele não disse. De Annemarie Schönmund dizia-se que era bibliotecária na Hontersschule. Sem detenção, mas também sem Enzio Puter.

"E o círculo de estudantes?" Meus pais silenciaram; já tinham bastante preocupações. Elke disse: "O que teria acontecido com ele, o Puter? Desapareceu após darem conta de vocês dois."

"Nenhum estudante encarcerado, nem sequer do comando do grupo: Gunther Reissenfels, Achim Bierstock, Notger Nussbecker? Paula Mathäi, Elisa Kroner?"

"Ninguém. Não buscaram mais do que dois estudantes de música: Einar Hügel, aquele das canções estúpidas do lago de Sankt-Anne. E ainda um outro; não sei como ele se chama, Klaus, Klaus... São tantos os que estão ausentes, simplesmente perdidos, desaparecidos sem deixar rastros. Este cantava canções na igreja com os estudantes; todos portavam velas nas mãos." Ainda vestida com a camisola, Elke estava encolhida na cadeira de braços; os pés calçados. O fogo da lareira tinha-se apagado. Uma corrente de ar frio soprava pela porta do pátio. Sentíamos um frio deplorável. Minha mãe cobriu a menina com um cobertor e estendeu um segundo sobre meus joelhos. Sentou-se indecisa.

"Kronstadt, com os Nobres Saxões, nos precipitou na desgraça", disse o meu pai.

Minha mãe completou: "Depois que também levaram Kurtfelix, reunimos os pequenos de Kronstadt no *Liceu Radu Negru*. Deveríamos ter ficado sem as crianças?"

"Faz quanto tempo que o levaram?", eu vou me ajustando à nossa cautelosa língua. Prenderam-no no dia 25 de junho de 1958.

"Como vieram parar aqui, neste buraco?"

"É uma casa de vigas de madeira, somente a fachada está avariada", minha mãe procurou tranquilizar-me.

"As portas conduzem diretamente ao pátio", disse Elke. "Assim, as pessoas parecem olhar diretamente para suas entranhas; tenho a impressão de estar no ginecologista."

"Pondere que são três cômodos só pra nós. E não há ratos."

"Sim, sim, minha *mamuschka*, eu não esqueci o conselho: também ver o lado bom até no mal e no pior."

"Por que tiveram que deixar o Castelo das Ratazanas?"

Elke disse: "Tivemos! Se o urso de garras tivesse escutado a mamãe, ainda estaríamos lá. No centro. A dois passos do Liceu. Mas foi isso!"

"*Tivesse* e *estaria* devem ser apagados do vocabulário de uma pessoa", ensinou a minha mãe.

O meu pai esclareceu: "Este Antál Simon nos ameaçou: se não deixássemos a casa em dois dias, insinuou que também viriam buscar Uwe. Há famílias com três filhos presos. Os Knall, em Kronstadt, por exemplo. E com dois filhos também: os Hönig, os Bergel, Muschi e Herbert Roth, Horst Depner e sua irmã... Sem perdão, inexoravelmente!"

"Inexorável é o destino", disse a minha mãe. "A família Bergel perdeu para sempre o filho mais novo e o cunhado. Uma avalanche! Como pode uma mãe suportar tudo isso?" E disse: "Eu queria esperar com paciência..."

Meu pai a interrompeu: "Sim, sim, as mulheres têm melhores nervos."

"Eu não queria ceder. Por outro lado, com vocês dois, os rapazes, desaparecidos sem deixar rastros, e agora também o Uwe em perigo. Por fim, depois que este Simon voltou a cair em tentação por nossa casa, juntamente com Otto Silcseak von der *Sec*, partimos. No dia seguinte, prenderam os dois patifes por tráfico de moradias, subornos; algo comum entre os poderosos do povoado." E disse quase com orgulho: "Esta é a nossa nona mudança em dezesseis anos em Fogarasch. Nosso grupo de senhoras, que se reúne para tomar chá, nos prestou novamente uma ajuda estupenda." E me perguntou: "Não soube absolutamente nada de nós?"

O que é que me comovia? A pergunta, a mínima pergunta. Porque cada resposta é uma decisão de vida e morte. A minha mãe desistiu da resposta. "Pensávamos que você já não mais existisse. Nenhum sinal de vida seu até agora, em setembro. E de Kurtfelix não temos notícia já faz um ano. Em seu processo, disseram que ele estava doente, que não podiam transportá-lo. Desde então, nem uma palavra sobre o seu estado de vida ou de morte. Desaparecido!" Elke começou a chorar baixinho.

As velas na árvore de Natal tinham-se apagado. Fomos dormir. Sem beijos de boa noite; senti-me aliviado. Puseram-me numa cama, na qual nunca havia deitado. Eu não rezei... Para poupar a Deus.

Por fim, chegara a primeira manhã. À luz de uma vela de Natal, meu pai se pôs, junto aos meus pés, a fazer algo; ali devia estar a pia. Ele verteu água na bacia e molhou a parte de cima do corpo; algumas gotas caíam sobre os meus pés. Secou-se, esfregando-se; tudo no escuro para não me acordar, pois não tinha dormido. O próximo; a minha mãe se enfiava por trás da cortina. Meu pai atiçava o fogo.

Ao lado de todas estas evoluções, fugi de volta para o dia de ontem. Lá o calor saía como uma torrente do radiador. No asseio matinal havia água corrente e sanitários. Quem ajudaria Andrei, com suas mãos supuradas, a manter levantadas as suas calças, a lavar-lhe o rosto?

O portão rangeu, a porta se abriu. Envolvido pela neblina, meu irmão Uwe entrou no cômodo escuro e deslizou para a cozinha. "Ele está aí?" Antes que ele fechasse a porta da cozinha, a minha mãe disse: "Deixe ele dormir, o meu filho perdido." Meus pais partiram apressados para o trabalho.

A minha irmã dormia, em algum lugar da casa. Eram as férias escolares. E em outra parte da casa, o meu irmão recolheu-se para dormir. Amanhecia.

A casa de frente acordava. Alguém mijava adiante, no pátio; diante da porta da casa, e uma voz de mulher grasnava: "Não tem vergonha, Bumbu, de ficar aí à vista de todo mundo com este seu toco sem lavar? Não percebeu que o filho estudante do *domnul Felix* acabou de sair da prisão? E a senhorita estudante está de férias." O homem rosnou algo. Uma porta de vidro estalou; os vidros tilintaram. Eu me levantei. Olhei ao redor. Fui à cozinha, alguns degraus acima. O fogo do fogão tinha-se apagado; adicionei mais lenha. Sentei-me à mesa, afastei os restos de comida. E redigi um requerimento endereçado à Grande Assembleia Nacional, no qual eu solicitava a soltura de meu irmão por razões de saúde. Anos depois, a resposta: ele expiava uma pena em uma das cadeias do país. O que fiz, em seguida ao requerimento, foi rabiscar, no caderno de receitas de minha avó, os poemas que eu sabia de memória, para que a torrente de impressões provenientes de meus sentidos não os levasse embora – os sonetos a uma garota e à pátria.

Nisso sou surpreendido pelo meu irmão Uwe. Abraçamo-nos. Comecei a propalar meus planos futuros: que eu apoiaria a nossa velha tia em Freck e que todos nós teríamos que nos mudar. Ele escutava e guardava silêncio e sorria com aquele sorriso infantil de antigamente, assombrado e desconfiado. Após um tempo, ele disse: "Olhe primeiro ao seu redor. Muitas coisas mudaram. As pessoas temem alguém como você. Nem sequer a família se entende direito com você."

Que as pessoas, e até a minha própria família, me temiam, ficou claro para mim uma semana mais tarde. Visitei a tia Maly e o tio Fritz no Tannenau; uma decisão tomada às pressas por causa de minha avó que estava acamada, pois nada me atraía a Stalinstadt, *la terre maudite*. A minha avó – eu havia beijado sua pálida mão, que pendia sobre a borda da cama e uma semana mais tarde se tornaria um pedaço morto – gritava com suas derradeiras forças: "Fritzchen! Ninguém hoje aqui vai escutar a Voz da América. Temos um comunista em casa!"

Uwe explicou: "Por exemplo, o meu camarada de escola, Rudi Anton, e seu círculo não têm coragem de me convidar para a festa de Ano Novo. A mim sim, a você não. Você tem que entender isso."

Entendi. Menos quando a minha irmã dissera: "Mas nós sim nos atrevemos." Eu levantei as mãos defensivamente. "Você virá à casa de meus amigos festejar o Ano-Novo. O que pensam os von der *Sec*? Que devemos passar a vida inteira a temê-los? Nós dançamos rock'n'roll no Trocadero tão desenfreadamente que nossas saias esvoaçavam pelas orelhas de Otto Silcseak, aquele que levou Kurtfelix. E ainda nos pagou uma rodada de cerveja."

Uwe disse: "Não sei se irei a Freck. Mesmo assim, pode contar comigo. Aliás, o banheiro fica lá trás, no pátio. Mas os do outro lado preferem utilizar o nosso, sobretudo quando o deles está cheio de merda."

Ninguém da família queria saber de Freck. "Freck? Nem para ser enterrada", disse a minha mãe, embora seis confortáveis túmulos, com vista panorâmica e à sombra de dignos pinheiros, convidassem ao último descanso; dois túmulos, embelezados com mármore branco e granito sueco. Entrar numa fazenda de economia coletiva? Duvidavam... Em geral: que eu perambulasse pelas noites, escrevendo qualquer coisa, já era uma loucura, algo sinistro. Noites são para dormir! E que, ao crepúsculo, eu lesse poesia para a família, enquanto cada um estava sentado na sua cama, com os pés recolhidos, porque o chão estava gelado, era inquietante e constrangedor. E os comentários análogos: "Que modo curioso este seu de acentuar as palavras", advertia a minha mãe. "Escutei bem: disse *demissão*?", meu pai estranhava. "Repete, por favor, o verso inteiro. Não quer dizer *frear a bicicleta*? Ou um ministro que deixa o seu cargo?"

"Mas, papai, assim não. Preste atenção: 'O pórtico em demissão'; algo que se demite nas escadas."

"Ah, bom, o pórtico românico de Michelsberg."

A família, o mundo, estranhos... Aonde ir? Aonde? Aonde?

* * *

Os primeiros a apresentarem seus cumprimentos foram os ciganos do cômodo vizinho. Depois de dias e noites bebendo, o *domnul Bumbu* não estava lá muito vivo e fresco. Quando sua esposa o arrastou de casa ao pátio, ele tropeçou na gigantesca panela de sopa que estava na soleira e na qual ele se servia quando tinha fome. O chefe de família deu um tal pontapé na terrina que a *ciorba* de feijão esguichou em nós. No total eram dez pessoas, contando com a velha mãe Rozalia, que viviam do outro lado num apartamento de um cômodo e uma cozinha. Viviam de bolsa-família; subsídios do governo.

Movido pela nova consciência de *fraternité,* beijei a mão de *doamna* Florica Bumbu. Ela, por sua vez, me chamou de *domnule inginer*. E não se deixou acanhar: "O senhor seria hoje um *inginer* se eles não lhe tivessem enfiado na prisão." Essa gente chama as coisas pelo nome.

Papai Bumbu lembrava que todas as vezes em que tinha estado na prisão se restabelecera dos tormentos de um chefe de família e, especialmente, da presença daquela esposa dos diabos.

Ao meio-dia, chegou Margitnéni, a mulher de nosso antigo capataz. Ela não deixava passar em branco nenhuma de nossas festas de família; aparecia, em nossa casa, pontualmente no dia 2 de fevereiro, data de aniversário de meu pai; no dia 17 de março, dia de Santa Gertrudes, e sempre com um presente engenhoso, e não apenas com a torta doce 'Russo Elegante', mas com um prato de geleia de carne ou uma travessa de panquecas. Desta vez, foram meias de lã. Ela não conseguia compreender que um *urfi* como eu, um jovem senhor de boas maneiras, que antes sempre saudava primeiro a eles, ela e o esposo, os anfitriões da casa, tivera de padecer um destino tão pesado. E ela disse o que diria em todas as nossas celebrações festivas durante anos, assim como o fez, um ano mais tarde, no luto por nossa mãe, após ter dado entre soluços suas condolências pelo terrível falecimento – tão jovem!, tão jovem! – "Mas agora o destino bateu também à nossa porta. O nosso querido genro, o honesto Antál Simon, que sempre pautou a vida pela ajuda aos outros, está na prisão, injustamente. E a nossa Irenke, a bondade e a beleza em pessoa, tem que trabalhar nas cocheiras."

Ela salientou ainda mais: disse que a sua filha Irenke havia perdido o seu cargo no Partido. "Sim, ela manda lembranças!" Espera que o *urfi* venha visitá-la no seu apartamento de móveis caros. Ela assoou o nariz com o seu lenço vermelho, passou a mão por cima dos meus cabelos, como fazia na minha infância, e partiu.

Ao fim da tarde chegou o círculo de amigos de nossos pais. Tios e tias, assim os chamávamos, permaneceram ao nosso lado, fiéis, em todos aqueles anos de dissabores. Eles se conheciam desde crianças.

Aquelas pessoas bondosas se sentavam embaraçadas ao redor da mesa da cozinha. Em cada família, nos últimos quinze anos, havia um deportado ou um preso de volta para casa. Eles tinham experiência, mas não prática. Em comparação, eu era uma *rara avis*. Cautela parecia uma exigência; convinha fazer poucas perguntas. O melhor era não perder palavras sobre o caso. "Que bom que esteja aqui" era o máximo.

O enérgico tio Schorsch Krakmaluck, que na investida militar rumo ao leste tinha congelado os dedos dos pés e cujos sapatos com cadarço estavam carregados com placas de chumbo, foi o único que perguntou se eu tinha-me encontrado com Kurtfelix lá. E ele fez o sinal das grades. A resposta ele mesmo deu, quando silenciei: "Todos esses carrascos deveriam, teriam de…" Agarrou a vassoura da cozinha e a brandiu no ar com o cabo virado para frente. E dava estalos com a língua: *tsc-tsc-tsc*.

A tia Ilsa, uma eminente modista, disse em francês: *"Qu'il se taise, le fou!"* Suas palavras se perderam sem ser escutadas. O tio Schorsch me trouxera de boas--vindas um casaco de algodão: "Toma, é seu! Meu *pufoika* dos *gulags* de Vorkuta!" Nas costas do casaco estava marcado um quadrado escuro com o número de preso. Quando eu o olhei, ele me explicou: "Há, à sua espera, um trabalho de ossos duros de roer, meu querido." É o que você acha!, pensei.

A tia Agnes, uma fina dama, esposa de um marceneiro, aconselhou: "Faria bem em ler Adalbert Stifter." Por nada deste mundo! Aí faltava a luta de classes. "Em sua presente situação, quero dizer, assim, entre os que estão no *front*, na terra de ninguém."

Na terra de ninguém? Para marcar de uma vez por todas a minha posição, disse e dei a entender: "As realizações e os progressos do socialismo em nossa cidade me surpreenderam agradavelmente: canalização de água e iluminação de néon. É colossal o que o regime realizou em somente dois anos." O tio Schorsch deixou escapulir da mão o cabo de vassoura. A tia Pitu lamentou que neste inverno havia nevado pouco. Um inverno sem neve não é inverno. A tia Mili, invejada por todos, porque sempre lhe ocorria a citação apropriada, disse: "No seio da terra nos aguarda a sorte serena ou amarga." Todos se apressaram para partir; tinham ficado com os pés gelados, apesar de estarem sentados e com os joelhos agasalhados sobre os tamboretes; meu pai não parava de colocar lenha na lareira. Uma corrente de ar frio vinha do pátio, passando pela porta de vidro. E sobretudo, diziam: "Pobre rapaz, ele precisa descansar!"

No entanto; a tia Jino, a mais galharda, me convidou: "Sabe, venha passar a festa de Ano Novo conosco. Sem perigo! Tudo tralha velha. Estudantes e garotas sem noção." Com isso, quebrou-se o gelo. Cada um me convidou de coração para passar por suas casas. "Não faça cerimônia! Seja como antigamente, quando ainda era um garoto bacana."

* * *

Embora fosse inverno, tinha de usar óculos escuros; a luz cortante parecia cavar nos olhos. Não ser mais conduzido como às cegas, ter que buscar o caminho por si mesmo causava-me sofrimento. Tomar constantemente decisões sobre os caminhos da vida e as horas do dia – era insuportável! Tudo era diferente, bastante diferente. Ninguém me queria, ninguém precisava de mim. Ainda assim, eu me colocava na defensiva. Reclamava meus direitos como cidadão fidedigno e incontestável da República Popular. Mas...

Tive de buscar a carteira de identidade da milícia. Fui informado a respeito antes mesmo de apresentar-me à *Securitate*. Meu coração batia fortemente. Um miliciano acompanhou-me através de pátios interiores. Diferente de Stalinstadt, não havia corças e cervos passeando em cercados bem cuidados; o comandante aqui preferia manter os estábulos ocupados com galinhas e lebres. Eu andava na ponta dos pés sobre a lama; o miliciano ia a trote apoiando-se nos saltos de suas botas.

O *căpitan* Otto Silcseak, diante do qual todos na cidade davam grandes rodeios, me esperava e me pediu, com jovial condescendência, que eu tomasse lugar num sofá acolchoado. Fiquei em pé. Ele, certamente, não tratou Kurtfelix da mesma maneira.

Ele queria cavaquear comigo, ligeiramente ofendido porque eu estava com muita pressa. Deve-se ter tempo para as pessoas! Ele lamentou a sorte de meu irmão: "O pobre Felix caiu como uma mosca no leite." Alegrou-se de ver que eu me livrara daquilo. Enquanto isso eu sentia um martelar em minhas têmporas. Como fazer para não ter de lidar mais com eles? Ele me ofereceu ajuda caso eu tivesse problemas com a minha colocação de emprego. Advertiu-me: a reincidência no delito de omissão de denúncia pode levar a uma pena de dez anos de prisão. "Em seus círculos se fala um bocado. Mas o senhor nos pode prestar grandes serviços." Era para vomitar. E me veio a vontade. Onde fica o banheiro aqui?

A porta à esquerda; a segunda pia era o indicado. "Muitos que aqui entram sentem embrulhos no estômago."

Voltei e me sentei, para surpresa do temido homem, na poltrona de clube; pedi um copo d'água, que ele não se consentiu em buscar, e disse: "Veja bem, *domnul căpitan*, nada mais me pode acontecer por omitir denúncias. Todos se afastam de meu caminho. Ou simplesmente se calam. Consequentemente, nada chega aos meus ouvidos."

"Nós sabemos disso. Para a sua gente, o senhor é um traidor de seu povo."

"E, além disso, nada mais pode acontecer à minha família. Eu estive preso. Meu irmão está detido."

Ele disse: "Ali está o saco com os seus escritos, enviados para cá de Stalinstadt; leve-o." Eu pus no ombro o saco com as escassas pastas e registradores. Ele não me deu a mão. E não disse *"la revedere."* Graças a Deus...

Fugir para onde? Em Hermannstadt, a minha avó me perguntou, com as mãos trêmulas, de onde eu vinha. Quando eu respondi: "Da prisão!", ela se deixou afundar numa cadeira, e disse: "Isso não é coisa que se diga!" Mas isso se tornou uma expressão idiomática recorrente. "Nós estivemos onde não se deve dizer: Kurtfelix e eu e muitos outros, e muitos outros não."

Elisa não estava morrendo de trabalhar, numa colônia penitenciária, como eu receava, mas aprendendo com o seu pai os segredos da tinturaria, depois que a expulsaram da universidade. Ela saiu de casa correndo, pondo nos ombros apenas um casaco, e elevou seus olhos até mim, com o rosto em um tom de palidez cadavérica – por causa da luz de néon. Mas os seus olhos de água-marinha tinham uma cor que o seu pai tintureiro ainda não conseguira produzir. Ela me estendeu a mão, que cintilava num tom violáceo até o punho. O seu pai tinha posto, no subsolo de sua vila estatizada em Rosenfeldgrund, gigantescas caldeiras de cobre, onde fumegavam todas as cores do arco-íris. E assim, em certo sentido, os dois pertenciam um pouco à classe trabalhadora. Embora, aos domingos, a família se entregasse aos prazeres burgueses: os pais e as filhas se banhavam nas caldeiras antediluvianas, à maneira medieval.

Eu disse à Elisa: "Frequentemente, eu escrevia o seu nome com sabão no cobertor, lá, onde não se pode falar. No seu nome, e no meu, se encontram as mesmas vogais numa ordem idêntica. Isso também já tinha chamado a sua atenção?"

Não tinha chamado a sua atenção. Neste mesmo instante chegou Elke, admoestando: "Temos que ir. A nossa avó se preocupa."

"Até amanhã", eu disse.

Em presença de minha avó, que portava sobre os olhos uma pala branca, porque a catarata tinha voltado a instalar-se, li para Elisa poemas sobre a nova vida na República Popular e a luta de classes como motor da história. Ela escutava gentilmente. E disse – tinha desta vez as mãos da cor azul-celeste: "Além da luta de classes, existe infinitos conflitos." Disse: "Cada coisa esconde um mistério, adquirido pela renúncia." Disse: "Poesia é o âmbito onde nem tudo se chama pelo nome." E concluiu: "Isso é algo que eles não entendem. Mas aprendi do poeta socialista Alfred Margul-Sperber. Ele tem uma capacidade poética de fazer assim ou diferente. Por exemplo, *Mistério e Renúncia...*" Embaixo, junto à porta, próximo ao camburão de lixo, eu quis beijá-la, a beleza de minha vida. "Muito tarde!"

"Muito tarde?", eu não confiava nos meus ouvidos.

"Eu estou noiva. E irei embora para bem longe quando casar."

"Disso fazem parte dois." O segundo era Liuben Tajew, com seu rosto de torta marrom-glacê. Para bem longe não significava nas proximidades do palácio presidencial em Sofia, como eu poderia pensar, mas sim num vilarejo em Dobruja, povoado por búlgaros, na costa da Romênia junto ao Mar Negro. Elisa estava contente, e seus olhos irradiavam uma luz exuberante; alegrava-se com a poesia da vida simples de lá: cabanas de barro cobertas com telhados de palha, a fachada ornada com folhas de tabaco e espigas de milho, cercadas por sebes de hastes de girassóis, e, ao redor, cabras e burros; no horizonte, uma torre com o campanário em forma de cebola, como nas igrejas ortodoxas. Ela poderia, finalmente, se libertar de seu passado; já não teria mais o que recear. Ao Liuben já tinham dado um posto como diretor de escola. Ela ensinaria alemão e inglês às crianças, como professora-assistente, e com os parentes de Liuben e com os vizinhos falaria russo, que se assemelha ao búlgaro como dois irmãos gêmeos.

"E limpar o chão de barro com merda mole de vaca."

"Mil vezes melhor do que tudo isso aqui." Ela assinalou com suas mãos, que cintilavam tons verde venéfico à luz do néon.

Eu só fiz mais uma pergunta: "E como este Liuben explica que ele nos tenha ridicularizado de maneira tão indigna?"

"Ele nos considerava arrogantes; queria sair-se bem diante de nós. Inclusive para mim só ele admitiu todas as suas maluquices bem mais tarde."

"Fico feliz em saber que ele não afirmara ser um assassino. Isso é o que fazem alguns que estão presos para ganhar o respeito dos demais."

"Fala bonito dele! E eu levo um filho dele em minhas entranhas, abaixo do coração." Não deixou que eu a acompanhasse até a casa. Eu não desejava mais beijá-la.

A minha senhoria Clotilde Aporia tinha morrido. Aquela pobre alma não conseguira libertar o cardeal húngaro com suas orações. Elisa a visitava regularmente, provendo-a com mantimentos e cuidados. Um dia encontrou a condessa morta; não com as mãos piedosas juntas, mas enganchadas na cortina como garras. "Como se quisesse arrancar a cortina para colher cristais de gelo."

"E o funeral?"

Os nobres, presentes no enterro, trajavam a suntuosa vestimenta da aristocracia húngara. O povo embasbacado pensou que estavam rodando um filme. O cortejo deu uma volta pelo centro da cidade. Os milicianos saudavam. Diante do Palácio Apori, onde agora residia o Partido, o séquito fúnebre se deteve em silenciosa devoção. Os membros do Partido estavam nas janelas e erguiam ligeiramente seus gorros de trabalhadores. O padre rezou uma missa.

A princesa Pálffy e a sua camareira estavam na prisão. Quando dois oficiais do comissariado de finanças quiseram taxar com impostos e multá-las pela produção de pães e torradas, a princesa, mais por complacência do que por raiva, descarregou a sua maça de guerra sobre a cabeça de um deles. Este caiu, coberto de massa, e como um saco vazio, instantaneamente morto. Para poder acompanhar a sua senhora ao cárcere, sua fiel ajudante teve logo que acertar o outro, com o rolo da massa, bem no meio do crânio. Este executou uma *danse macabre* antes de tombar. Ambas receberam penas semelhantes.

Não se podia também considerar o quarto de minha avó um alojamento. Tudo aparecia naquele lugar: do espelho centenário de Kiel ao pêndulo de Fiume. Mas a aparência enganava.

* * *

Mensagens ruins crepitavam pela casa; de manhã, o cachorro do vizinho enfiava o focinho através das traves apodrecidas de madeira, lambendo-me com uma língua de lixa, enquanto eu ainda estava na cama.

Notificação da universidade de Klausenburg: expulso! Minha matrícula tinha sido anulada por ausência às aulas. Fui lá e, no postigo de uma janela, despachado por uma voz feminina: "Muito tarde, *amice*!" Eu me curvei profundamente: "Por tudo no mundo, a senhora conhece o axioma da física segundo o qual não se pode estar ao mesmo tempo em dois lugares diferentes." Então eu não deveria ter estado em outro lugar, senão aqui; respondeu-me o nariz da dama.

"Mas eu só quero concluir meus estudos. Três exames e pronto."

"Ainda é muito cedo. O que pensa o senhor? Acabou de ser solto e já quer ver, com um simples bater de palmas, todos os direitos restituídos. Isso leva anos!" O decano e o reitor não estavam disponíveis para se falar. Em Bucareste, no Ministério da Educação, um porteiro enxotou-me de maneira indelicada.

Meus livros? Em vão os procurei pelas livrarias.

Na Editora Estatal, disseram-me que o contrato para as minhas obras tinha sido rescindido – por culpa do autor. Eu me pronunciei em Bucareste insistindo no seu cumprimento, já que não tinha ferido nenhuma de suas mil cláusulas. "Deveria dar-se por satisfeito por não lhe termos cobrado os custos de edição e produção", respondeu-me a diretora, Olga Goldbaum. "Os livros foram amassados. Acalme-se." Diferente foi a minha editora, a senhora Erika Constantinescu, que me convidou a sua casa, como antigamente. "O que passou, passou, deixe em paz. Mas escreva. Sente-se imediatamente e escreva. Vá ao hotel e comece logo uma história. O senhor tem mais talento e fantasia que muitos desses 'poetaloides' e 'escrivinhadores' que circulam por aqui." Tomávamos o chá em xícaras de vidro com asas de prata. O seu esposo, uma pessoa típica de Bucareste, filigranado e até quebradiço, continuava o mesmo branquelo de sempre; o seu pai, inalteradamente robusto, como um camponês das montanhas. O gato *J'accuse* reinava sobre o trono de sua cadeira e bocejava majestosamente. Era como antes. E, no entanto, diferente.

Junto ao camarada Enric Tuchel, o redator-chefe da revista *Die Neue Literatur*, busquei informar-me sobre um poema que eu tinha enviado no segundo dia após a minha chegada: *O grande jardim de minha infância*; escrito, naturalmente, a partir da perspectiva da casinha do jardim.

O camarada literato residia num antigo palácio de boiardos com uma pomposa entrada e um vestíbulo abarrotado de objetos.

Os últimos anos também não passaram incólumes sobre este Enric Tuchel. A gravata azul de aviador, com *stukas* pegando fogo, dera lugar a uma gravata simples de cor vermelha, enfeitada com a foice e o martelo em prata. Nem cheguei a completar o meu pedido, ele me cortou a palavra e explicou: "Quer saber, camarada? Este seu grande jardim de infância é o mais puro revanchismo. Algo parecido, não faz muito tempo, ao que exigiam os alemães dos Sudetos: queriam ter de volta todos os grandes jardins de sua infância, que agora pertencem à Polônia. Como? Não sabe de nada? Ah, tá, somente agora saiu de lá. Desde que os inimigos do Estado inventaram este... é, é, este inversionismo na literatura, temos que estar, os nossos, *vigilent* como um rato de igreja. Veja o grande Marbul-Sperger, ele entendeu esta coisa com o inversionismo; ele disse assim: 'Como a árvore engole as nuvens, assim engolirá o glorioso proletariado o capitalismo'. Isso está claro como o sol no céu. Sim, e então, não esqueça que o senhor é um criminoso político; não se livrará disso em toda a sua vida, como o gato do guizo que leva preso ao rabo." Tocou um sininho e pediu uma xícara de café. "Traga-me, por favorzinho, minha senhorita camarada, uma caneca de café sem açúcar e com *chantilly* em cima." Eu me despedi.

Na antessala, cruzei com Pitz Schindler. Eu lhe estendi a mão, que ele segurou com a ponta dos dedos, como a um colega, e disse: "Estamos, nós dois, sentados no mesmo barco." Com isso eu quis dizer que ele e eu tínhamos trocado de *front*, e agora éramos tratados pela nossa gente como traidores do povo. Ele não respondeu, de maneira que julguei oportuno me expressar com mais clareza: "O senhor pode contar comigo quando for pôr mãos à obra para derrubar, com uma picareta, a estátua do bispo saxão Georg Daniel Teutsch de seu pedestal. Um duro e pesado trabalho para dois homens sozinhos." Ele fugiu.

A secretária disse: "Preste atenção, jovem rapaz de rosto pálido como se tivesse saído de um romance russo, o senhor comete um erro. Leva demasiadamente a sério este regime, toma ao pé da letra o que dizem seus seguidores. Por isso acaba assustando todo mundo, inclusive os lá de cima." E agitou o braço ao largo das portas. "Também o camarada Tuchel se assustou com o senhor. Foi por isso que ele pediu um café com bastante *chantilly*. E também meteu medo a valer ao camarada Schindler." Ela disse aberta e francamente, sem lançar ao redor um olhar temeroso. "Aliás, Pitz Schindler estava hoje com muita pressa. Esperam por ele no Comitê Central."

Por mim, não esperam no Comitê Central. Então, onde? Fui, então, fazer uma representação, por assim dizer, junto à gigantesca fábrica de construções mecânicas *Mârşa*, em Freck; três mil trabalhadores. O chefe de quadros me enxotou horrorizado: "Nós já temos aqui um antigo preso político, não podemos sobrecarregar a fábrica com dois."

Restou-me a Secretaria de Trabalho de Fogarasch. Gente solícita. "Sem dúvida, segundo a Constituição o senhor tem direito ao trabalho." Não fazia diferença que faltasse pouco para concluir os meus estudos técnicos. Para alguém como eu, havia uma vaga na antiga fábrica de tijolos Stoofisch; pagamento por dia trabalhado. Eu agradeci. O camarada Popa Zamolxe, o diretor da Secretaria, me estendeu a mão, porque meu pai tinha um bom nome em Fogarasch.

Fiquei à toa por um tempo. Apresentação de requerimentos em todos os lugares possíveis de Bucareste... Reportei-me à minha sentença com a pena mínima, argumentei que eu tinha atuado como testemunha de acusação no processo dos autores, apelei ao meu credo socialista – viva a amizade com a grande União Soviética! –, exigi a minha readmissão na universidade, pretendi um posto de acordo com a minha qualificação, reclamei uma moradia digna para os meus pais, pedi a libertação de meu irmão, requeri... e fui mandado embora ou punido com o silêncio. Busquei refúgio em Adalbert Stifter, li *O Castelo dos Loucos*. Pus de lado. Devorei *Rotchina vence*. Atormentei-me com *Nu entre Lobos*. À merda com isso.

Em Bucareste, eu tinha dito à senhora Erika que não iria ao hotel e escreveria uma história, mas que tinha outros planos: gostaria de marcar com um neurocirurgião, o doutor Popp de Popa, uma operação de lobotomia. O que seria isso? Um leve corte no lóbulo frontal do cérebro. "Aqui na frente, assim se fica mais estúpido e mais feliz." Isso é o que eu pensava: mais estúpido e, pelo menos, um pouco feliz.

29

Quem segurava os meus passos? Somente minha irmã. Apoderou-se de mim um furor de peregrino, que me impulsionava a sair de casa todos os dias. Não para um passeio curto, mas para impulsivas marchas através da paisagem invernal, até os povoados próximos ao norte do Aluta: para Felmern, Scharosch, Kaltbrunn... Sim, íamos, inclusive, até Rorhbach, que se localiza atrás das sete montanhas. Lá, tínhamos passado agradáveis verões com os nossos pais; lá, fizemos longos passeios de bicicleta; lá, tínhamos conduzido, com ciganos barbudos, o gado – na vida simples e resguardada de antigamente. No começo, me acompanhava uma estudante, Manuela Weinbrandt, que eu tinha beijado na noite de Ano-Novo, quando as sirenes e os sinos soaram, e ela tinha ficado quieta como uma ovelha na tosa. Por fim, somente a minha irmã Elke ainda tinha paciência para semelhantes passeios.

Eu trilhava esses campos de um passado proibido com sentimentos variados; prometia-me solenemente que não afeiçoaria o meu coração a mais nada. Então poderiam buscar-me a qualquer hora; eu não verteria uma lágrima pelo mundo aqui de fora.

Já de manhã bem cedo, quando Elke se lavava na pia aos pés de minha cama, corria a cortina e perguntava curiosa: "Aonde iremos hoje?" Ela me despertava de minha angústia matinal: o que fazer comigo no mundo, o que fazer com o meu tempo hoje?

Não havia neve, mas a terra estava gelada. Andava-se bem na terra firme. Eu tinha esquecido, diante das puras manchas brancas das paredes, que os campos no inverno conhecem uma infinidade de matizes e tons castanhos. Bando de pardais se dispersavam saindo das sebes de espinheiros, com uma cor que assentava com o solo da terra. Sobre a árvore pousava uma águia, com a penugem marrom e quase invisível. A escrevedeira-amarela passou voando com um sinal de verão.

A neve caía. Nós não perdíamos o passo, Elke e eu. Caminhávamos sobre superfícies brancas, eu, protegido com um par de óculos escuros, pois meus olhos sofriam. Íamos um ao lado do outro, sem darmos as mãos. Tínhamos os rostos virados um para o outro. O hálito gelado pairava ao redor de nossa boca e nariz.

Elke Adele, a última a nascer, a filha ardentemente desejada, depois de três meninos, era vários anos mais nova do que eu. Mas houve ocorrências e acontecimentos em comum. "Você se lembra, nós dois juntos, antigamente…" Eram para mim aparições de um livro ilustrado rasgado: eu a conduzira pelos cômodos da casa em seu amplo carrinho de bonecas – ela ainda sentia cócegas na barriga –; eu lhe dera coragem para pular no rio do arco mais alto da ponte sobre o Aluta. "Nós dois fomos ousados!" Eu lhe trouxera da fazenda um vidrinho com creme de leite de búfala. "Nós dois o lambemos todo!" Tomara-lhe os livros de Pucki e, além da biografia de Jawaharlal Nehru, também tínhamos lido juntos a *Morte em Veneza* e *Beyond* de Galsworthy. "Por fim, ambos disputando um com o outro." A princípio ela ficara amuada. E não suspeitara que se podem derramar lágrimas pelas vidas e homens fictícios, frutos da fantasia.

Nós submergimos nas florestas que abobadavam sobre os cumes das colinas, contemplávamos da orla do bosque uma igreja fortificada, um povoado à luz matinal, e retornávamos. Só não tão perto! Também deixávamos à esquerda Kaltbrunn. O pastor Arnold Wortmann fora transferido para lá. Apesar de, logo após a minha chegada, ele me ter feito saber que se alegraria com uma visita minha, eu me sentia retraído. Era algo quase como um rancor, que brotava dentro de mim; talvez também um certo receio.

Passeávamos os dois pelo campo coberto de neve, muitas vezes, seguindo em zigue-zague o rastro de uma lebre ou à procura de uma raposa enlaçada. Elke evocava recordações, eu silenciava. Nunca mencionávamos o nome de Kurtfelix.

* * *

E, no entanto, deixei-me convencer por Elke a voltar a Kaltbrunn, à paróquia por trás do bosque de acácias. Era meio-dia. Estávamos mortos de frio e com muita fome. "Não tenha medo, você não vai encontrar ninguém. O filho dela, Theobald, recebeu uma pena de seis anos de prisão por omissão de denúncia, o mesmo que o nosso irmão Kurtfelix. Ele não era um colega seu de colégio?", como ela sabia que não podia esperar de mim nenhuma resposta, continuou: "E a esposa do pastor, a senhora Emilie? Nunca vi pessoa mais amável."

"Como? Mais amável que a nossa avozinha?"

"Não, mas de forma distante. Aliás, ninguém sabe por que o pastor veio parar neste lugar tedioso." Eu sabia. "Antes pastor da cidade em Elisabethstadt; agora, Kaltbrunn, uma aldeia praticamente vazia. As pessoas correm de lá para a cidade. De todos os povoados ao redor, vem gente até nós, em Fogarasch. Nunca houve tantas crianças saxãs na escola como de uns anos para cá. Seus pais trabalham nas fábricas. E todos constroem casas, ordenadas por vizinhos, como estavam acostumados a fazer aqui, no campo. Nova Kaltbrunn, junto ao cemitério judeu. Junto à fábrica de tijolos, Nova Rohrbach. Junto ao matadouro, Nova Felmern. E o que fazem na casa da cultura! Coral, grupos de danças folclóricas, grupos de leitura; encenação de peças de teatro... É pra morrer de rir! Igualzinho ao que você descreveu em sua obra, *Puro Bronze*." Senti um arrepio correr pelo corpo: e, no meio de tudo e de todos, dança a *Securitate*! Um tango da morte!

"Vamos!", ela me puxou para que subíssemos à casa paroquial. "Nós viemos aqui algumas vezes aos domingos com a mamãe. O único lugar onde esquecíamos a nossa miséria. É como num conto de fadas, como numa outra estrela. Você gostava de encontrar o pastor, não? Faz coisa de um ano que ele está aqui."

A casa paroquial, ao lado da igreja fortificada e da escola, encontrava-se sobre um outeiro. No enorme frontão, podia-se ler a data: 1751. Diante do portão, uma cigana espalhava cinzas sobre o caminho nevado. Ela pegou Elke pela mão e a conduziu com cuidado em direção ao portão. O venerável reverendo alegraria-se. A piedosa mãe tinha acabado de pôr a mesa.

Sentamo-nos na cozinha, cujas janelas estavam voltadas para o sul. No horizonte, os cumes dos Cárpatos chuviscavam a luz do sol. A mesa da cozinha estava dividida por uma cortina florida: numa ponta, a esposa do pastor acabara de colocar os talheres, a outra metade estava abarrotada de papéis e documentos. Escritório e cozinha em um, mas separados de maneira delicada e limpa por uma tela de tecido. O quarto de estudos da senhorial casa paroquial de Elisabethstadt oferecia aos olhos um aspecto distinto. Mas, como de costume, os peixes dourados seguiam volteando em seu recipiente. Um aquecedor de azulejos dispersava o calor. A chaminé era tão espaçosa que, na época dos russos, jovens garotas tinham conseguido esconder-se ali, como nos contava a esposa do pastor. A cama de casal estava bem perto do aquecedor; num canto, um divã duplo convidava ao descanso. Num só espaço estava tudo o que o ser humano precisa para viver e morrer.

Sem perder uma palavra, a esposa do pastor estendeu a toalha, retirou os pratos e talheres da mesa e colocou novos.

O pastor Wortmann abraçou-me, mas reteve minhas mãos nas suas por um bom tempo e observou-me com atenção e interesse. O que ele pensava com este olhar? Se eu saíra vitorioso do perigo, segundo o sentido de suas expectativas? "O que passou recentemente, meu jovem... Uma noz difícil de quebrar. Mas, veja bem, aquilo que chamamos de golpes do destino deve ser para nós sinais do misterioso mundo de Deus, que nos permitem um conhecimento mais profundo."

Com gestos distintos, pôs-se a remexer a forragem para os porcos. "Assim, e agora conversem um pouco com a minha mulher. No campo vale uma regra de ferro: primeiro os animais, depois o homem e por último o bom Deus." Ele saiu, balançando desembaraçadamente o balde com a ração para os porcos; ao redor de seu pescoço esvoaçava um cordão de seda lilás.

Depois de uma vida cheia de amabilidade para com os homens, o rosto da esposa do pastor estava pespontado por radiantes estrias e rugas. Ela não fez nenhuma pergunta. Não quis saber dos acontecimentos na prisão ou se eu sabia algo de seu filho Theobald, nem se a amada do coração de meu irmão, Gerhild, esperava fielmente por ele ou se era verdade que se encontrava mortalmente doente, num campo de prisioneiros no delta do Danúbio. Em contrapartida, descreveu a nossa mãe com tanta consideração e humor que Elke ria de maneira iluminada. Sem dúvida, a esposa do pastor deixava transparecer, nas palavras, um tom de tristeza, mas se alegrava ao saber que, apesar de tudo, a nossa mãe continuava cantando árias e canções de operetas.

Na mesa, o pastor disse uma oração: "Vem, Senhor Jesus, e sejas nosso convidado. A mais antiga oração da Cristandade." Havia sopa de estragão e almôndegas. Eu não toquei em nada, uma atitude que ninguém compreendeu, nem mesmo a minha irmã. Porque eu escutava a voz do capitão Otto Silcseak brocando nos meus ouvidos: "Como é que afirmou que a sua visita a este pobre saxão foi por acaso, se você mesmo almoçou lá, ao meio-dia? O que urdiram, o que tramaram? Todo mundo sabe que o seu filho é um criminoso político."

Depois que o pastor levantou-se da mesa, disse: "As damas tenham a gentileza de nos desculpar, mas vamos para o quarto de estudos." Disse e correu a cortina sobre a metade da mesa. "Agora estamos na *camera caritatis*."

Ele se voltou para mim. "Deixou muitas coisas ruins para trás. Sim, desagradáveis. Fuma? Não?" Ele acendeu um Aroma.

"*In medias res. Primo*: sem a completa destruição do futuro não há um novo começo. Os castelos de vento que construiu lá precisam ser deixados de lado, inclusive criar lebre nas ilhas dos bem-aventurados ou ter uma vida simples no campo."

"Uma dama de Fogarasch me falou de uma terra de ninguém entre um *front* e outro; foi onde eu caí", respondi educadamente.

"Terra de ninguém, isso não existe; não passa de um conceito estético. Deve olhar as coisas dolorosas de frente. E, *secundo*, também faria bem em rever aqueles princípios, aos quais ainda se sente obrigado ideologicamente e pelos quais acredita ser moralmente responsável. Querido amigo, eu lhe peço que não cometa nenhum ato de violência. Já foi o bastante o que teve de passar até agora. Portanto, tenha coragem e se afaste de tudo aquilo que não pode afirmar com todo o seu ser, que se encontra em franca discordância com a sua natureza."

"Uma pessoa só sobrevive com um punho fechado", disse.

"Mas agora, trata-se de abrir o punho para uma mão estendida. Anime-se e declare-se partidário de seu passado, do que é a parte íntima de sua biografia, onde a sua alma encontra refúgio, o que era bom…" Pasmo, eu olhava fixamente para os peixinhos dourados. Seria este aquário a única coisa que ligava o pastor, o meu cicerone no caminho para o socialismo, ao seu passado? E repliquei: "Isso já dissera Lênin: assumir o bom desde cedo."

"Pode ser. Salve, então, do passado, o que seja bom para você. E, como já dito, acabe com todas essas ilusões do futuro e utopias. *Tabula rasa*. Caso contrário, forças exteriores cuidarão do vazio redentor. Só assim você pode começar uma vida nova. Estou equivocado?" Não, não está. Mas, contudo, eu não queria, a este preço – a nova vida! Como não respondi a pergunta, silenciei.

"Olha, é uma regra básica da psicologia, expressada de maneira clássica na primeira bem-aventurança: 'Felizes os pobres de espírito, porque deles é o Reino dos Céus'. Quer dizer: os mesquinhos, os vazios de espírito e os que se sentem miseráveis neste mundo, só deles é o Reino dos Céus. Somente onde impera este vazio, pode dar-se o céu na Terra, céu como metáfora para a plenitude e a perfeição, já aqui. E isso é o que você quer, não é?"

A conversa tinha-se afastado muito da ideologia oficial. Eu me apartei do assunto: "A senhora sua esposa, uma Müller von Kornberg, nascida na nobreza da Monarquia Imperial e Real... Como assim?"

"Como chegou a um Kornberg? Meu sogro, Samuel Müller, pastor em Altbrück, acompanhou voluntariamente, em setembro de 1916, quarenta reféns saxões, que os romenos levaram de sua comunidade durante a sua retirada. Seis perderam a vida neste *parforcetour*. Imagine: a pé através do desfiladeiro de Roter Turm, e até mais adiante de Bucareste. O mais velho, um certo Friedrich Schlattner, de oitenta e três anos, foi levado nas costas pelos mais jovens, até que tiveram de deixá-lo à beira da estrada, onde ele entregou a alma a Deus. Poderia ser um parente seu." Certamente, mas eu guardei para mim. Era meu bisavô. "Mas estou desviando-me do assunto. Em suma, meu sogro tinha descoberto, no famigerado Forte Jilava, quando a administração militar alemã de Bucareste expedia transportes de trigo para o *Reich*. Assim, o príncipe Starhemberg conseguiu interceptá-los em Viena e distribuir o trigo para a população faminta. Isso lhe valeu um *von* no nome.

"Como pastor, não lhe deveria ter feito a menor diferença para quais famintos se daria o trigo, se alemães ou austríacos. Há uma solidariedade internacional entre os que vivem na indigência."

"Nem tanto! Meu senhor sogro já afirmava, na virada do século, que os alemães seriam os culpados de nossa decadência. E nós, os saxões da Transilvânia, na medida em que – aproximadamente desde a fundação do *Reich*, em 1871 – nos comportávamos como alemães."

"Nosso Estado dá a cada nacionalidade a possibilidade de desdobrar-se." Era como se eu estivesse citando o pastor de outrora. "O secretário-geral do Partido disse que, enquanto houver uma nação romena, as nacionalidades que aqui convivem entre si terão o seu direito a uma existência."

"Isso é uma oferta que se afina com o *cantus firmus* da liturgia política. Para isso se deveria saber quem e o que se é."

"E o que somos?", perguntei, enquanto a esposa do pastor nos servia uma sobremesa – torta doce de maçã.

"Sirva-se, filho, deve estar faminto como um lobo. Ou está jejuando?"

"Os saxões da Transilvânia são um povo à parte. Demonstramos isso, já em 1918, quando apresentamos nossa declaração de lealdade ao rei Ferdinand, em Bucareste, e, outrora, quando nomeamos a nossa igreja *Ecclesia Dei Nationis Saxonicae*."

"Um povo, inclusive segundo os quatros critérios de Stálin para definir uma nação", completei, e enumerei: "Uma língua em comum, uma economia em comum, um território em comum e os traços psíquicos essenciais em comum. De resto, neste país, cada um tem o direito de registrar-se como deseja. Se você disser: sou um esquimó; será apresentado como esquimó. Muitas vezes, gostaria de ser um."

"Não fuja, olhe pra frente!"

Mas eu queria olhar para os lados e disse: "Pouco depois da obtenção do título nobiliárquico de seu sogro, o *Kaiser* abdicou, Karl, o Último."

"Não abdicou! Mas perdeu o trono. Os Habsburgos só abdicam para dar lugar a um outro Habsburgo. Além disso, temos na Monarquia Imperial e Real um exemplo de como treze povos podiam conviver, sem renunciar a sua identidade étnica."

Eu me levantei. Era esta a estação final do pastor Alfred Wortmann com sua bandeira vermelha? No lugar da primavera dos povos, a cripta dos capuchinhos? Mas o pastor me fez voltar a sentar na cadeira.

"Em minha casa não tem que ter medo de nada. O medo mutila o ser humano. E o primeiro que o medo devora é o amor. Mas falaremos disso em outra ocasião. Não se deve enfiar todos os pensamentos num só sermão. Não há somente o Deus da ira, o *Deus absconditus*; pelo contrário, na maioria das vezes, Deus é o *Deus revelatus*, o Deus do amor. Seus juízos podem ser formas de amor. Eu lhe asseguro: Deus também lhe mostrará o seu lado bom, quando for o momento certo."

"E quanto ao senhor, reverendo?"

"Arrastou-me para cá, de modo que aqui permaneço, cheio de curiosidade espiritual. Permaneço, se necessário, até o fim. Vê aquele cemitério no outro lado? Ali, por baixo da cerca, no canto mais afastado, é para lá que irei ao morrer."

A cortina colorida se abriu, e a senhora Emilie disse: "Isso eu não permitirei, meu querido Arnold Caeser. Você merece um lugar melhor. Perdão por ter incomodado." E puxou de volta a cortina, e continuou a conversar com a minha irmã: "O que pensa em fazer após o bacharelado, Elke, querida? Pediatria? Por que as crianças são seres tão preciosos e indefesos e tão carentes de ajuda? Você nos disse isso uma vez, de maneira tão bonita, em Hermannstadt. Lá mora a sua querida vovó. Para você seria uma profissão de sonho. Sonhos devemos ter, até na idade mais avançada. Eu, ainda hoje, sonho que o meu querido Arnold me rapta para me levar a Veneza, como ele me prometeu em nosso casamento."

O pastor suspirou: "Escuta-se tudo o que se fala através da cortina. A comunidade mal consegue fornecer a lenha suficiente para aquecer um cômodo como este. Espero que fiquem ainda alguns homens na aldeia para arrastar o meu caixão até lá, ao lugar de meu descanso."

Contudo, escuto, com a metade do ouvido, o que conversam as mulheres. Ouvi que Elke tinha recusado o primeiro pedido de casamento. Um jovem rapaz a tinha seguido uma tarde, desde a escola até a casa. Ela não conseguira livrar-se dele, embora tivesse corrido como uma lebre. Apenas entrou em casa, gritando: "Mami, vem alguém aí atrás de mim!", quando um jovem oficial romeno, abrindo as portas, bradou quase sem fôlego: "Onde está a linda fada maravilhosa? Tenho de me casar com ela agora mesmo!" A fada tinha fugido para o seu quarto e se escondido no guarda-roupa. A muito custo, meus pais tranquilizaram o jovem fogoso e o despediram gentilmente.

"Só mais uma palavrinha, como correção à imagem de sua história; talvez com consequências para os seus próximos intentos... Admito que tudo foi para mudar a sua presente situação. Que correu de um lado a outro a fim de conseguir justiça própria e para o irmão. Mas para não gastar tempo e energia, convença-se do seguinte, refletindo bem: sei que como marxista está comprometido com determinada mecânica da história..."

"Mas é óbvio! O materialismo histórico coloca ao alcance da mão um método seguro para explicar todos os fenômenos históricos e sociais através dos fatores econômicos."

"Não todos", o pastor soltou um sorriso. "Explique-me, por favor, quais foram as causas materiais da transição do românico ao gótico."

Eu disse com altivez: "O desenvolvimento econômico condiciona as transformações sociais." E tive uma iluminação: "Ao mesmo tempo em que os aldeões se mudam daqui para Fogarasch e lá encontram trabalho, a sua consciência social se transforma. Mais uma prova a favor da doutrina marxista." Deixei de lado o românico e o gótico.

"Sim, muito bem. Mas há ainda um outro *typus* de decurso histórico. É o modelo do antigo Egito. E, a saber, no antigo Egito a história era delineada como ritual. O tempo e o futuro eram celebrados como cerimônias litúrgicas. Sabia-se a qualquer hora *quando*, *o que* e *como* tinha que acontecer, e acontecia. O curso das coisas, segundo uma vontade divina, só poderia ser corrigido por uma pessoa, o faraó, e mesmo este se encontrava restringido pelo memorial religioso do tempo. Por quê? Só ele era pessoa, um só. Qualquer outro ser humano era *não-pessoa*."

"Não-pessoa", que palavra mais estranha, eu pensava, quando a porta subitamente se abriu e entrou de arremesso uma jovem, bem alta, que só então, à ombreira da porta, falou: "Desculpem-me, eu estou atrasada. Já passou a hora do chá? Ah, temos visita. Theobald tem, contudo, razão. Por isso que ele não quer abandonar a sua torre." As lentes de seus óculos embaçaram-se. Ela tirou os óculos, bafejou as lentes e as secou. Em seguida, fixou a vista em mim. Arregalou os olhos. Voltou a tirar os óculos do nariz; limpou-os com veemência. Encarou-me e disse: "Como? Não está morto? Depois de tudo o que fez, ainda vive? Eu achava que estivesse morto!" Era Paula Mathäi, aquela que rompera em lágrimas, em Klausenburg, ao fazer uma leitura de *O Guarda-roupa* de Thomas Mann, aquela que na noite de Natal obrigara Annemarie Schönmund a entoar "Noite Feliz", aquela que ajudara, na casa de Armgard, a transportar os móveis, a estudante de mineralogia, agora aqui...

"Este homem, outrora em Klausenburg", ela apontava para mim, "quando eu estudava lá, naquele tempo, era nosso Deus. Mas agora, por que não está morto? Este homem... bem, agora eu tenho de ir. Bom dia, camaradas." Ela girou nos calcanhares e saiu em disparada. Não fechou a porta.

O pastor Wortmann disse hesitante: "Nosso Theobald... Ele saiu antes do tempo. Mas a nossa alegria não está completa. Ele se oculta o tempo todo na torre de defesa, se esconde lá também nas noites amargas e frias. Faz meses que está assim."

"A Igreja Evangélica do *Reich* comprou a sua liberdade. Cem mil marcos foi o preço", disse a senhora Emilie, orgulhosa.

O pastor sussurrou: "Mas a coisa toda tem um defeito." Justamente, pensei completamente confuso, por que ele e não o meu irmão Kurtfelix? Este também foi batizado numa igreja evangélica.

"Um defeito! Porque o nosso rapaz se tornou católico na prisão. Ficou muito tempo na cela com um padre de nome Vasvári. Desistiu do estudo de teologia."

"Mas agora uma boa notícia", disse a senhora Emilie. "Ele noivou com uma namorada de juventude. Ele é de opinião que um elétron, que foi afastado de sua trajetória, precisa um núcleo sólido para não se perder."

"Quem é?", perguntou Elke.

A esposa do pastor se voltou para mim: "Você deve conhecê-la, Armgard Deixler, a amiga de escola de vocês." Eu a conhecia. Portanto, uma visita a ela não mais se realizaria.

"Aquela tia de vocês, que criava um monte de gatos, faleceu recentemente. Durante o enterro, no cemitério elevado de Kronstadt, na periferia da cidade, todos os seus vinte gatos foram caminhando atrás do caixão, com a cauda levantada e em fila de dois, como convém num enterro alemão. O pastor Keintzel sentia-se como Francisco de Assis. No sermão, logo em seguida, ele ficou falando dos gatos."

"Voltando ao Egito", disse o pastor com uma vivacidade um tanto forçada, "agora ao âmago da questão. Uma coisa é certa – no culto ao eterno retorno do tempo, onde cessa qualquer forma de história e o sagrado vazio é garantido, porque o futuro contingente é destruído –, quer se trate da primeira ou da quadragésima, a imagem permanece a mesma. Importante é compreender que certas coisas só podem acontecer em determinados momentos – nem antes, nem depois. Há um momento para tudo, diz também o nosso Eclesiastes." Eu escutava atentamente, mas o meu estado de espírito permanecia conturbado: Theobald e...

"E agora voltemos ao seu caso, porque desejo muito que ele não provoque mais estragos em sua alma. Considero... Sim, estou convencido de que neste momento você não pode melhorar a sua situação; não importa o que faça ou por mais acertados que estejam os seus argumentos."

"Segundo Marx, o homem só se aplica atentamente numa tarefa que ele pode realizar. Eu quero somente o possível e o realizável."

"Claro! Mas tende a descuidar do fator do tempo projetado. Porque a maneira com que este país lida com o tempo e o futuro lembra surpreendentemente a liturgia histórica do antigo Egito. Por exemplo, nos planos quinquenais se decreta tudo, até o pontinho do *i*; prescreve-se o que, quando e como tem de acontecer. O futuro deve realizar-se até nos últimos âmbitos da vida privada. Só aquilo que é contemplado no tempo, pode mudar algo. Lembrei-me de um paralelismo próximo: em determinado momento da sagrada liturgia ortodoxa se diz ainda hoje: 'As portas, as portas, fechem as portas!' Praticamente nenhum pope sabe o que significa esta chamada, mas ele a repete todos os domingos na missa."

E me lembrei da aula, sobre o simbolismo, no primeiro semestre de teologia: "Com isso se queria, nos primeiros tempos, excluir do serviço religioso sacramental os não batizados. Só podiam juntar-se à missa depois de terem sido batizados na noite da Páscoa."

"Isso mesmo. E nem antes, nem depois. Por isso se diz esperar o *Kairos*, o momento apropriado."

"O tempo querido por Deus: um Deus do terror, que confisca por inteiro o nosso futuro!"

"Por amor... Mas sobre isso falaremos em outro momento. Os processos monstruosos de hoje em dia não são mais do que uma variação da grande liturgia estatal. Todos aqueles que neles estão implicados, do juiz até a vítima, tem de adaptar-se ao supremo plano de direção; fora deste plano nada acontece."

"O senhor acredita que é um absurdo o que quer que uma pessoa empreenda?"

"Algo próximo a isso. Os acusados, no processo contra os escritores, tentaram provar que são fiéis à linha do Partido, salvo o barão von Pottenhof, que assoviou uma cançoneta. Inutilmente. Não deu frutos. Quando chegar a hora sairão livres, até mesmo antes do tempo."

Eu disse: "De acordo com a direção teatral de Deus, Cristo tinha de morrer. Mas ai daquele que o entregou à cruz! Uma coisa é algo imposto de fora; outra, a responsabilidade pessoal – tragédia e moral. Minha obstinação não me deixa roubar."

"Ninguém questiona isso. Mas, voltando às minhas reflexões: tem de esperar – isso é ruim! – até que chegue o seu tempo. Então, tudo se arranja por si mesmo. Concluirá seus estudos em dado momento. As portas da prisão se abrirão por inteiro. Ninguém cumprirá a pena até o fim; tampouco o seu irmão. E vice-versa: tentativas e requerimentos prematuros não frutificarão. Somente quando o faraó e sua casta de sacerdotes fixarem lá em Bucareste: agora permite a liturgia que..."

Levantei num pulo. A conversa tinha tomado um rumo perigoso, condenado, amaldiçoado. Eu já escutava o comissário me cercar com perguntas: "Não passaram a noite toda calados, mortos de aborrecidos?" E onde, por Satanás, se haveria de passar o tempo? Escurecia. A esposa do pastor acendeu a lamparina, que pendia sobre a cortina com a sua tela de seda verde e iluminava os dois espaços: o escritório do pastor e a cozinha. Ela ofereceu chá num bule azul. "Nós já vamos", disse eu com uma voz rouca. As pessoas da casa replicaram, como se falassem de uma só boca: "O chá! O chá está quente. Tília com mel. Produto nosso. Vocês precisam ficar. Está muito escuro lá fora. Podem dormir aqui conosco, na cozinha. No divã. Theobald não se deixará ver até amanhã à noite."

"Não", disse eu, descortês.

"Não tenham medo", disse o pastor com um sorriso angelical, "tudo se decide lá." E apontou para cima.

"Certamente", disse. "E se é assim, logo podemos partir." Como ele decidiria, aquele de cima, por trás das vigas escurecidas pela fumaça? Eu não tinha prometido esperar por sua chamada quando eu lá estava, onde não se pode falar? Já diante da porta, eu disse: "O senhor sabe por que no Egito a história não prosseguia a girar como um moinho de orações tibetano?" E, sem esperar uma resposta, completei: "Porque um escravo abandonou o seu papel de escravo. Este rebelde inventou a roda hidráulica egípcia que bombeava automaticamente a água do Nilo sobre os campos. Ele era o homem livre, que não tinha de girar nenhuma nora (a roda de madeira, sem fim) sem cérebro; ele que se esquivou do cerimonial obrigatório do faraó, e podia, graças à sua invenção, dispensar o *Kairos* estabelecido, mandando-o passear. As forças produtivas, as…"

"Você se engana!", o pastor gritou atrás de nós, e o seu cabelo brilhava à luz da lua. "Foi Jesus, o Cristo. Ele pôs um fim a tudo aquilo ao elevar cada indivíduo humano à condição de pessoa. Ele concedeu a cada um, pouco importava se escravo ou mendigo, mulher ou imperador, um valor incomensurável, a saber: o de ser filho do Pai no céu, um amigo de Deus. Com isso se quebrou para sempre a supremacia dos faraós e ditadores! Deus os guarde, e voltem sempre!"

* * *

No bosque das acácias, Elke começou a contar como eles prenderam o nosso irmão. O caminho mostrava-se visível como uma faixa clara entre os bastidores das árvores. A neve granulada amortecia o passo.

Em 25 de junho de 1958, Elke, Kurtfelix e nossa querida amiga Gerhild pretendiam dar um passeio de bicicleta. A partida se atrasou. Uma daquelas bicicletas de antes da guerra, marca Brenabor, apresentava um problema e tinha de ser levada a uma oficina. Era pela tarde, quando meu irmão, flanqueado por dois homens, apareceu em casa, sem a sua bicicleta. Preparadas pelas detenções em massa que já vinham ocorrendo desde alguns meses, as garotas compreenderam imediatamente o que tinha acontecido. Elas foram rudemente obrigadas a empacotar roupa interior e comida para uma semana: *"Repede, repede!"* Elke ficou como que paralisada. Mas Gerhild não se limitou a fazer o que exigiam; disse também, com raiva: "Vão querer também aniquilar esta família? E todos nós, saxões? Então é melhor que seja no lugar certo, no patíbulo. Vão em frente! Levem-me!"

"Cale esta boca fedorenta, senão a levaremos também!" Os comissários olharam o relógio e a porta. Entre as três e as quatro, os pais viriam do trabalho. Otto Silcseak se dirigiu ao meu irmão; ele era o único culpado por tudo ali se estender tanto. Por que ele tinha perdido tempo na oficina? E quem já tinha visto tantos livros numa moradia privada? Onde estavam as pastas secretas? Em nenhuma parte. Então eles teriam de revisar tudo o que havia ali de escrito e impresso. Um deles sentou-se no sofá. Levantou-se como se picado por uma agulha: *"Dracule!* – Diabos – Até aqui tem livros!"

"E então eles o levaram. Ele teve de vestir calças largas. Ainda vejo a sua camisa azul diante de mim. Nenhum casaco; fazia calor."

Saímos da floresta. A luz da lua era tão clara que eu protegia os olhos. A depressão do Aluta desaparecia no meio do brilho leitoso. À borda, elevavam-se as montanhas como quimeras.

"Há um diário de nossa mãe escrito em cartas direcionadas a vocês, seus filhos na prisão. Caíram por acaso nas minhas mãos. Começa contigo. Melhor não ler. Nunca. Duas coisas quero lhe dizer. A mamãe, em seu desespero, procurou a instância suprema em Bucareste; que eles permitissem a ela cumprir a pena no lugar de vocês, ainda que, como ela escreve, lhe causasse pavor estar num lugar como aquele." Nós andávamos, e ela falava: "Eu jamais poderia suspeitar que a nossa *mamuschka* estivesse tão desesperada. Ela nunca nos importunou com a sua dor. Para falar a verdade, cada um de nós se fechava em seus próprios sentimentos. Sim, e depois que eles vieram buscar Kurtfelix, ela escreve: "Minha esperança de que o destino nos trate com indulgência perdeu-se. De agora em diante, devemos estar preparados para o pior."

"O que ainda pode vir de pior?", perguntei.

"Quem sabe!"

Nossa mãe, que trabalhava no matadouro municipal, apressara-se em fazer o caminho mais curto do escritório para casa, pela rua da *Securitate*. Ela viu, vindo pela calçada, o nosso irmão, bem vestido, acompanhado por dois senhores. Eram três horas e sete minutos. "Como, não houve o passeio de bicicleta?", pensou a minha mãe e o saudou com a mão, sorrindo. Quando o grupo se aproximou, percebeu que ele ficara vermelho e escondera o rosto entre as mãos. Foi o momento em que a minha mãe reconheceu Otto Silcseak num dos homens vestidos de civil. E ela, então, compreendeu tudo. Apoiou-se num poste de telefone. Escutou o oficial praguejar: "*La dracu!* – Ao diabo! – Só faltava isso agora. *Stai locului!* Não se afaste do lugar!"

Mas o filho se afastou do lugar. Ele deixou os homens parados, cruzou a rua e se dirigiu à sua mãe; beijou-a. A mãe disse: "Você também tem de ir?" Ele silenciou e partiu. Ela gritou para os dois homens do outro lado, que se escondiam debaixo de seus chapéus: "Pelo amor de Deus, também levam o meu segundo filho?" O capitão Silcseak disse, gentilmente: "Tem de ser. *Mussai!*" Alguns passos a mais e o grupo desapareceu por trás da porta de ferro da *Securitate*. Uma mulher, que estava numa janela, tirou as mãos de debaixo dos seios e as levou à cabeça: "*Vai de mine!*" – Ai de mim!. As pernas se recusavam a obedecer a nossa mãe. Mas ela não se deixou desmaiar. Recobriu o ânimo e seguiu ereta para casa.

* * *

Não nos atemos ao conselho do pastor: "Vão pela estrada, o caminho mais conhecido é o mais curto." Escolhemos, após deixar para trás o bosque das acácias, o atalho que nos conduziria à ponte suspensa junto à fábrica de tijolos de Stoofischen. "Eu sei bem onde estamos", disse a minha irmã; "ganhei aqui um concurso de orientação. Poupamos meia hora de trajeto. Nossa *mamuschka* se preocupa um bocado. E o nosso Tatzebrummerl resmunga cada vez mais."

Nesse ínterim, a lua tinha surgido. Quando ela se elevou sobre as copas das árvores, nos pareceu um gesto de delicada ternura. Mais tarde, iluminou os campos nevados com uma nitidez que produzia um efeito impiedoso. À sua luz, as coisas perdiam suas sombras; apareciam caracterizadas de maneira vergonhosa. Não é de estranhar que perdêssemos o atalho e, de repente, nos achássemos no meio da noite junto ao rio procurando em vão entre os salgueiros a ponte suspensa.

"Vamos atravessar por aqui. O gelo está firme e grosso", impeli a minha irmã às pressas.

"Não é assim tão simples. Há correntes quentes erodindo a crosta do gelo. Se você se afunda, as correntes o engolem."

"Ah, que é isso! Você é uma especialista? Não acontecerá nada." Enquanto deslizávamos pelo declive da borda, segurávamos firmes um no outro. De mãos dadas, tateávamos a superfície do rio, infinitamente largo. Dessa vez, a luz da lua veio a calhar. Como um rastreador, inclinei-me sobre o gelo; pelas suas cores eu distinguia a sua firmeza: branco, esverdeado, cinzento; às vezes, a superfície espumosa, que se desfolhava facilmente sob nossos sapatos, nos indicava que debaixo havia uma espessura firme e segura. "Mais depressa", advertiu Elke, "a nossa mãe nos espera." Eu não me deixei sair de meu ritmo. Olhe lá! Nas proximidades da outra margem, no declive do rio, havia um buraco com água. A água ali era profunda; formavam-se redemoinhos. E havia fontes que vertiam suas águas no rio. Tinham a temperatura média anual do ar, aproximadamente dez graus. Melhor evitar. Mas a minha irmã não queria fazer nenhum rodeio: "Temos que chegar à casa!"

Dei ainda dois passos, quando o gelo mudou de cor. Um oval, claro como um espelho, se formou no meio da crosta cristalina; debaixo se podiam ver movimentos serpiginosos. "Volte, minha querida", disse eu em voz baixa, a fim de não assustar a minha irmã. Eu sentia debaixo dos pés a vibração da fina camada. Mas ficamos parados, como que enfeitiçados; inclinamo-nos sobre o gelo. Caretas, com uma mímica medonha, surgiram das profundezas. E desapareceram.

"Rostos produzidos pela lua", eu disse, ligeiramente.

"Não", disse ela, "é a Virgem das Águas, Aluta, e sua numinosa mãe, Slaviga. Eu pensava que isso era coisa de conto de fadas. Finalmente, vi o seu rosto. Deus amado, elas acenam!" De súbito, a minha irmã se elevou, me olhou e disse: "Quando eu morrer, virá e colocará flores no meu túmulo?" Eu prometi.

Estava tão claro que víamos os picos das montanhas faiscarem. Inclinei-me novamente, mas só se via uma superfície polida como a de um espelho, onde resplandecia misteriosamente o rosto de Elke com as cores da lua e de cristais de gelo: os olhos, que se encheram de lágrimas, as faces pálidas, apesar do frio, como a de um duende fantasmagórico, e os cabelos, cortados curtos. Eu lhe coloquei o gorro branco, que tinha deslizado da cabeça.

Em casa, a alegria foi grande. Ninguém havia tido grandes preocupações. Nesse momento, já ninguém acreditava que pudesse acontecer algo pior. "Há uma energia na infelicidade que se esgota porque as vítimas não querem sofrer mais", consolou-me o pastor Wortmann em Kaltbrunn.

"Deveriam ter dormido lá. É um pedaço do Paraíso", divagou a nossa mãe, enquanto o pai, já na cama, resmungou: "Que bom que as crianças estão aqui. Mas agora me deixem dormir."

30

Uma vez mais, deixei-me conduzir pela esperança. Das altas instâncias do governo ficavam por vir respostas aos requerimentos por mim apresentados na universidade, na Editora Estatal e para vagas de trabalho. E diariamente aguardávamos a notícia do indulto de nosso irmão.

Gunther Reissenfels, que continuava tão arrojado como antes – como estudante, passara uma vez com uma moto por cima de um carro de bois –, rompeu o muro do silêncio. O meu colega de outrora tinha sido expulso como dentista para longe dos olhos de Deus. Ele exercia a profissão em vários nichos montanhosos do Banato, onde tratava os dentes segundo categorias morais: dos maus ele arrancava os dentes sem anestesia, dos bons ele os extraía com arte e entendimento. O imperturbável amigo ofereceu-me um posto de cocheiro, empregado do Estado, em seu posto médico. Era um emprego magnífico, mas mal remunerado. Poderia ganhar um pouco mais se eu o ajudasse, com a minha experiência moral, a distinguir acertadamente os bons dos maus. Com certeza receberia melhor do que como peão numa canteira de mármore.

Achim Bierstock não só me perguntou por carta pelo meu estado de saúde e quis apoiar-me com dinheiro – ele era professor de alemão em Heldendorf – como também se informou se eu não estava interessado em fazer alguma coisa com uma eventual literatura de cela prisionária. Senti faltar-me a respiração.

Manuela Weinbrandt, a garota de dezessete anos que na noite de Ano-Novo me havia oferecido serenamente os lábios apareceu um dia no pátio com um vidro de pepinos em conserva. Era um presente singular, de modo que todos se precipitaram contra as portas: meu pai, minha mãe e os ciganos, às dezenas – portas voltadas para o pátio havia muitas. Em lugar de pedirem à garota ruborizada para entrar ou me deixarem sair, todos davam a sua opinião sobre os pepinos: pepinos no molho de mostarda, pepinos fermentados, pepinos no vinagre?

"Somente para ele", assoprou; deixou o vidro na neve e partiu correndo. Enquanto isso, o menorzinho da família Bumbu aproveitara o atordoamento espiritual dos adultos para mijar na panela de sopa, o que percebemos quando o seu pai virou a *ciorbă* na sua cabeça. "A comida de uma semana!", gritou a mulher e quis arrancar os olhos de seu marido. "Como as mulheres gostam de jogar com o destino", observou meu pai.

Manuela, a órfã, morava com a tia Thusnelda Weinbrandt. Às vezes, ao entardecer, eu me arriscava a ir até lá. Na primeira visita, a dama saudou-me com duas bofetadas: "Merece muito mais, moleque tolo. Mas do resto cuida a Providência. Isso é o que acontece à pessoa quando trai os valores eternos!" Quais seriam estes, poupei-me de perguntar. Uma centelha de felicidade comoveu-me, quando o gato azul se espreguiçou nas minhas pernas ronronando. Escondido entre jarros de plantas serviram-me *Vogelmilch*, torta de chocolate com calda de baunilha e limão.

Ao meu pai, um diretor tinha prometido, por tudo o que é elevado e sagrado, que, como último dos remédios, me colocaria numa manufatura de botões. "Um trabalho higiênico e inteligente", disse quando me apresentei; sim, ele até estendeu-me a mão para saudar-me. "E o correto para alguém que é quase um engenheiro." Precisava-se de uma boa cabeça para distinguir as espécies e variedades: botão de chifre, botão de plástico – algo inteiramente novo –, botão de pano e de linha, ou: botão de camisa, botão de calça, botão de punho, também, botão para o colarinho e para os sapatos. Os botões teriam algo importante para prestar à classe trabalhadora: eles tinham que manter unido o que devia pertencer-se mutuamente e, se as circunstâncias o permitissem, deviam coser-se. Que desagradável quando os botões da braguilha de um camarada, durante um *meeting*, por exemplo, não cumpriam o que prometiam, ou a blusa de uma excelente trabalhadora rebentava no momento em que se lhe pregava a medalha de honra ao mérito! Ele gargalhava alto, e eu gargalhava com ele, por educação.

Maria Bora, minha colega de estudos, filha de um combatente na ilegalidade, recentemente *doamnă inginer* Posea – as bofetadas daquele Posea com os lábios grossos tinham mostrado, portanto, o seu efeito –, escreveu de Bucareste contando detalhadamente quem tinha desembarcado onde, quem tinha se casado com quem, quem tinha tido não sei quantos filhos. Todos os meus colegas ou tinham sido nomeados para funções-chave ou ascendido a postos superiores. Os poucos hidrólogos formavam uma seleção de especialistas. Ruxanda Stoica, porém, foi parar no Canadá. Tirei um peso de meus ombros. Ninguém me tinha confiado tantas coisas perigosas como ela. Teria ela nadado de Constança até Istambul, como pretendia fazer? "Venha nos fazer uma visita. Posea é secretário do Partido no Ministério dos Recursos Hídricos. Não pode acontecer nada." A quem? A eles? A mim?

Mas as aparências enganavam. O horizonte tornou-se sombrio. Más notícias vindas de Klausenburg, de Bucareste. Ninguém queria ter nada a ver comigo. As coisas voltavam a cair no vazio.

* * *

Acredito que foi a invenção de Uwe e Elke para me fazer pensar em outras coisas: o diretor de escola, Caruso Spielhaupter, fez um convite a nós três no 1º de Maio, depois de que ali se ouvira falar (só agora) de meu "feliz e real regresso a casa." Vamos lá, então! Nesse momento sem censuras, senti uma sutil alegria. Estar lá parecia ser bom! Fomos de bicicleta, cruzando Rohbach, Groß-Schenk, Agnetheln; Uwe, bem à frente, com a sua nova bicicleta de quatro marchas, marca Diamant, fabricada na RDA.

Chegando lá, corri para os braços da esposa do professor. Ela estava ali, sobre as escadas da casa. Quando ela me reconheceu, ficou parada, entorpecida. Desapareceu silenciosamente. Ouvi-a gritar: "Meninas, onde vocês estão, venham rápido, tenho de escondê-las. Temos um comunista em casa!"

O professor saudou-me embaraçado: "Ainda bem que temos o estábulo, ali ninguém nos escutará." Sim, ali eu tinha escutado, então, os seus monólogos filosóficos. Então, faz três anos, fui bem recebido nesta casa como estudante e poeta, um daqueles que "escreve nos jornais." Nesse intervalo de tempo, tinham-se acabado as absurdidades solipsistas. Tudo havia começado quando o avô morreu, o que, à primeira vista, dera a impressão de um engano dos sentidos: ele estava encostado no galinheiro e parecia distribuir ordens com a mão estendida.

E, apesar de tudo, estava morto. "Sabe", disse o professor, lançando um olhar ao redor, "uma única coisa pode significar muitas outras. Nesse caso, a morte, o braço levantado apontava para o campo, onde findam todas as ilusões – se é que isso não é também uma ilusão."

Tinha findado, além disso, todas as criações da fantasia; porque o professor começara a sentir o incômodo que podia ser a *Securitate*, mesmo quando ela não estendia o braço sobre você, mas também quando só mexia o dedo mindinho. A mim tinham interrogado ligeiramente sobre ele. Eu lhe apresentei como um inofensivo fantasista, e talvez topado com a crença dos interrogadores a respeito. Só lhe aconteceu coisas de pouca monta: fora proibido, como funcionário do Estado, de tocar o órgão na igreja. A solução era fácil e genial: enquanto o pastor Hell de Spiegelberg efetuava o ofício divino com as janelas abertas, o professor Caruso – ele ficava sentado ao pequeno órgão no quarto de sua casa localizado bem próximo da igreja – enviava, nos momentos precisos, as canções e melodias que ia tocando. Em lugar algum, nem mesmo na ditadura ateia, se pode proibir de tocar música na própria casa, caso os vizinhos concordem. Estão de acordo com isso!

Outra mudança, que agravava a situação, foi a introdução da luz elétrica. No meio da noite, podia-se descobrir, com a velocidade de um raio, quem dormia ou vagueava, feito assombração – e por onde.

Não obstante, recebi, tarde da noite, uma visita em meu ninho das nuvens, no patamar da escada que conduzia à torre de defesa. Embora ainda fizesse muito frio nas noites de princípio de maio, a rabugenta senhora da casa destinou-me este lugar como alojamento, sem que eu tivesse o direito de escolher, como antes, ofertas mais nobres – por exemplo, pernoitar no quarto de casal. A distinção, de dormir com os cônjuges, foi concedida ao Uwe, a quem eles chamavam expressamente de "nosso príncipe".

Primeiro, deslizou a sardenta Bettina pela cortina vermelha. Ela me encontrou encolhido, na cama, numa roupa de *training*, embrulhado em minha rede; os cobertores tinham enrolado nos meus pés. "Está com frio?", perguntou, e se postou indecisa à borda da cama. Sua respiração saía acelerada.

"Sim", disse eu. Ainda não tinha visto nenhuma das garotas frente a frente. No silencioso jantar, *paluke* com leite, só estavam presentes os professores.

"Vou buscar mais um cobertor", disse, e desapareceu silenciosamente.

Pouco depois, aconteceu um pequeno milagre, no qual eu jamais havia pensado e que só havia desejado – mais por curiosidade! –, antes e vagamente, nas silenciosas horas de solidão passadas por trás das grades: a desajeitada Beate, de cabelos negros, aproximou-se tateando. Ficou parada junto à cortina; sussurrou com a voz rouca, pela qual eu a reconheci: "Posso incomodar?"

"Você pode. Mas, por favor, não diga o que quer dizer. Conte-me o que tem feito." Era enfermeira na clínica psiquiátrica de Sankt Marten. Nada mais foi ouvido. Se seus olhos eram azuis ou castanhos, algo que eu tinha tentado advinhar fazia dois anos – eu não devia sondar novamente. Ela se sentou sobre um canto da cama e mencionou, sussurrando e hesitando, que elas, as duas irmãs, tinham rezado por mim, noite após noite, oitocentas vezes. "E Bettina pendurou uma foto sua sobre a cama dela."

"E lá já não está mais pendurado, não é mesmo?"

"Nossa mãe a arrancou, depois que, depois que…"

"Depois de quê?"

"Falam tantas coisas de você. Posso sentar-me ao seu lado?" Eu lhe dei espaço, pus o braço sobre seus ombros e perguntei: "Algum homem já a beijou?"

"A mim, sim; eu, a nenhum." Ela tocou com os lábios a minha face. Nunca mais afeiçoar o seu coração a algo, pensei. E a beijei na boca. A escura cortina sussurrou.

Bettina aproximou-se furtivamente; trazia numa das mãos uma coberta de lã quente, macia: "Quem mais está aí?"

"A sua irmã mais velha."

"Ah", disse ela, e aconchegou-se ao meu lado. Procurou a minha mão e beijou-a com humilde dedicação. Ela tinha concluído seus estudos no Stefan-Ludwig-Roth-Lyzeum, mas reprovado no exame de admissão à Escola de Ensino Superior de Trabalho Têxtil em Jassy. Agora, era vendedora no comércio da cooperativa do povoado: sal, galochas, folhetos vermelhos.

"Estávamos à sua espera, Beate e eu. E nos consolávamos mutuamente." Nós três nos enfiamos por baixo da coberta de lã. Assim transcorreu a noite.

"E a mãe de vocês?"

"Ela tem um sono pesado. Então, esqueça-se dela. Perdoe-a. O susto de hoje atravessou seus membros. Desde que a nossa irmã faleceu…"

Bettina a interrompeu: "Ainda no vagão a caminho da Rússia; ela não tinha mais do que dezesseis anos."

"... nossa mãe se assusta com qualquer ratinho."

Ao amanhecer, o tempo esfriou a valer. Mandei-as descer. Elas me convidaram para o seu quarto. Eu disse não. Partiram de mãos dadas, nas pontas dos pés. No vento da manhã, a tília reagia tranquila. Não soltava um só ruído. Suas folhas eram demasiadamente tenras para se queixarem.

No dia seguinte, nos despedimos do professor antes do café da manhã. Uwe e Elke agradeceram a hospitalidade. A dona da casa não apareceu. A avó não se deixou ver de nenhuma maneira. Não chegamos a ter nenhuma discussão filosófica no estábulo: Florica tinha dado um coice – uma fera realmente imprevisível, embora o professor tivesse se aproximado da búfala com seu conveniente vestido de mulher a fim de ordenhá-la. Ninguém se despediu de nós acenando a mão à porta como acontecera há três anos. Fiquei feliz com isso. Em vão, eu me questionava sobre essas pessoas.

* * *

Fiz um pequeno passeio a Mediasch; procurei o irmão do caçador Vlad Ursescu. O antigo major de cavalaria estava sentado numa sela de cavalo no meio da sala de estar, o queixo apoiado sobre um sabre, e fitava tenazmente os olhos num ponto ao leste, nas estepes da Rússia. Era verdade, o pai tinha sido maestro da Capela Real; a mãe, filha de um jardineiro alemão rico, mas o cavaleiro nunca tinha ouvido falar de um general da *Securitate*, nem como amigo da família nem de outro modo. O irmão Vlad, por sua vez, isso sim, tinha sido um grande caçador aos olhos de Deus e um ativista do Partido ainda maior. Mas não exerceu a profissão de fresador num banco de trabalho, senão a de miliciano, que se deixou subornar junto à concessão de licença de porte de armas em troca de dinheiro e champanha. Por causa disso, ele estava a cumprir uma pena de sete anos de prisão. E para as suas duas filhas deixei uma boneca e um boneco de engonços feitos pela minha mãe.

Mas aonde? Aonde? A tia Maly me escreveu do Tannenau: "Comenta-se aqui que você conseguiu um alto cargo no Partido."

E Annemarie Schönmund, a quem encontrei na Portengasse de Kronstadt – vinha de um enterro, vestida de preto como um anjo de cemitério –, compassiva e leal, mirando-me com seus olhos incrivelmente belos, através dos quais percebi que me evitava; estendeu-me a mão e disse: "É ruim ser um agente da *Securitate*." Haviam passado quase quatro anos desde o dia em que eu lhe dera as costas. A resposta, cortante como uma faca, saiu, desta vez, imediatamente: "Pobre de você, fala certamente por experiência própria."

Uma rua adiante, na Klostergasse, alguém pôs a mão no meu ombro. Ao virar-me irritado, dou de cara com o major Blau. Estava vestido de civil e me convidou à pomposa confeitaria Dolores Ibarruri, la Pasionaria. Uma estranha alegria apossou-se de mim. Finalmente um, a quem não devo temer que logo venha a perguntar-me: "O que vocês trataram?"

O senhor Blau calçava luvas vermelhas. Ele não as tirou. Elas realçavam luminosas sobre a mesa de mármore. Pedimos bolo de manteiga com molho de baunilha e tortinhas doces Ischler. "Isso me faz lembrar os meus avós", disse ele. A mim também, mas não o disse. Talvez ele tivesse tido avós piedosos que iam, todas as tardes de sexta-feira, à Sinagoga da Waisengasse e rezavam por ele diante de seu severo Deus.

Se eu já tinha visitado o dr. Nan de Racov?

"Não."

"O senhor já sabe o que aconteceu, não?" Não, não sabia... Não sabia que o médico tinha ficado aleijado, ao saltar, ao invés de matar-se. Ele se precipitara do primeiro andar da antiga e venerável clínica psiquiátrica de Socola, em Jassy. "Mas voltou a trabalhar, todavia, numa cadeira de rodas. Um de nossos melhores psiquiatras."

Que eu não quisesse trabalhar na fábrica de tijolos, ele compreendia; que eu pretendesse apresentar-me junto às autoridades regionais para pedir um cargo adequado, ele também compreendia. E disse: "É preciso ir aonde o Partido nos envia, mesmo que não nos faça bem. O Partido não comete erros." E ilustrou esta afirmação consigo mesmo.

Naquele tempo e até o fim, havia, em cada cidade da República Popular, uma notável repartição pública: *Oficiul de Deratizare*, órgão oficial de dedetização, uma autoridade máxima encarregada de exterminar os ratos da cidade e do campo.

O major fora nomeado pelo Partido diretor de todos os caçadores de ratos de Stalinstadt. Enquanto bebericávamos o nosso café moca e comíamos a torta, escutei algumas coisas estupendas sobre os ratos. Eles constituem um gênero de roedores que, para sobreviver, desenvolvem a engenhosidade de uma inteligência quase milagrosa. "Vinte quilos mais pesados, achava Einstein, e eles seriam os senhores do mundo." Nos momentos de perigo conseguem mutações quase genéticas para se defenderem e se adaptarem. Se se quer, por exemplo, afogá-los nos canais subterrâneos, vedam a via de afluência da água fazendo um tampão com seus próprios corpos. Nesse ínterim, escapa a horda. Mesmo contra venenos eles desenvolvem, num piscar de olhos, reações defensivas. Até das ratoeiras escapam e vão vivendo com a metade do corpo. Eu poderia cantar uma canção sobre isso.

Já que o Estado e o Partido jamais cometeram um erro, esta tinha de ser a posição de frente na qual o major Blau poderia fazer a sua mais efetiva contribuição para a construção do socialismo, pensei. Porque praticamente não deixei escapar mais nenhum pensamento. Sim, ao fixá-la bem, aquela me pareceu uma incumbência honrada, adequada à profissionalização e à distinção espiritual deste mestre da perseguição e da redução de todos os inimigos do Estado à inatividade.

À minha afirmação de não querer voltar as costas ao país, ainda que a minha família tivesse muito o que sofrer aqui, ele respondeu com estas palavras: "Não se deve abandonar o lugar do sofrimento, mas trabalhar para que o sofrimento abandone o lugar. É preciso a pessoa saber onde está o seu lugar e residência."

"Onde ela tem os seus mortos, não é ali que se encontra o seu lugar?"

Ele me olhou surpreso. Sentávamo-nos à mesma mesa, ele de frente para mim, só que, desta vez, eu podia mover a mesa e a cadeira. "Bravo! Concreto e lapidar. Lembre-se de que o patriarca Abraão foi o primeiro e o único que comprou um campo para descanso dos mortos na terra que o nosso Deus lhe tinha prometido."

"*Machpela.*" E pensei: nosso Deus – pensara Ele também em mim?

O senhor de todos os ratos de Stalinstadt concluiu suas considerações com as palavras: "Sem passado não há futuro. O senhor verá que a classe trabalhadora também tem de recorrer ao passado. Sim, ela monopolizará toda a história da humanidade, desde a comunidade primitiva até o mais alto capitalismo." Ele pagou toda a conta, tirou as luvas vermelhas e disse, pensativo: "Luvas vermelhas, uma brincadeira de crianças. Tanto para vocês como para nós, uma brincadeira bastante apreciada entre os meninos." Ele me estendeu a mão desnuda e disse: "*Schalom*, aqui e noutra parte." Deixou as luvas vermelhas sobre a mesa de mármore.

* * *

Fui ver o padre Vasvári na igreja. Acabara agora mesmo a missa da tarde; Vestia-se de roxo – era tempo da Paixão. Aproximei-me dele ansioso. Ele me olhou de maneira penetrante, durante algum tempo. Somente Deus vê o fundo do coração, veio-me à mente. Não acolheu a mão que eu lhe deixei estendida, confuso. Eu disse: "23 de agosto de 1958, cela 28."

"Eu não o conheço." Virou-me as costas com seus suntuosos ornamentos e dirigiu-se à sacristia, seguido pelo sacristão com o cálice de ouro. À porta da sacristia, ele se voltou e disse: "Quando sofrem as suas criaturas, Deus sofre junto." Ao menos isso! "Pense em Nosso Senhor Jesus Cristo na cruz." Eu pensei no dr. Nan e fiz uma oração para ele.

* * *

Meu ânimo tornava-se cada vez mais sombrio. Eu já não beijava mais a mão de Florica, a cigana da frente, embora continuasse a saudá-la: "Beijo as suas mãos." Por outro lado, brincava com seus filhos, ajudando-os a construir castelos diante da porta. Deleitava-me com a graça inata e o zelo com que eles mantinham em pé as pequenas construções. E me causava surpresa que a eles não importava de modo algum o ter e o conservar. Apenas tinha acabado de coroar o castelo, a obra de arte era pisoteada com gritos de júbilo. Terminei pisoteando com eles as formações de areia construídas com tanto zelo. Dos ramos de salgueiro, que recolhemos do Aluta, entalhei flautas, como aprendi a fazer em Rohrbach, quando criança, com os pastores ciganos. No concerto de flautas, cada um podia tocar o que lhe desse na telha, com o que se ressentia a harmonia daquele coro de infantis olhos negros, que me olhavam com devoção.

Tudo malograva. Até o plano de eu ser contrabandeado para a fábrica de botões fracassou, apesar de todas as intervenções dos potentados de boa vontade nos escalões intermediários. "Como", me xingava o chefe de quadro funcional, Samoila Jurj, a quem eu não olhava no rosto, senão a braguilha da calça – que estava realmente aberta; os botões falharam –, "é que alguém como você, um criminoso político dos famigerados outubristas e, além disso, com estudo universitário, quer entrar numa empresa tão nobre como a fábrica de botões? Chegar e entrar como se fosse uma *cofetaria*. Isso não, camarada!" Foi à sala do diretor da *Cooperativa Economica*, fazendo soar pelo chão a sua perna de pau, e entrou sem bater, enquanto eu fiquei à espera na antessala; apareceu pouco depois e agitou triunfante um papel diante do nariz: "Aqui, leia!" Acima estava escrito de través: "Empregado como operário, que ganhará por dia trabalhado, na fábrica de tijolos; turno de trabalho na linha de produção." A vaga estaria à disposição até setembro. "Guarde nesta cabeça, amiguinho, que, como peão diarista, nós podemos despedi-lo qualquer dia sem aviso prévio. E, em três meses, até você dar bom resultado, não terá assistência médica e nem seguro-saúde." Isso não, camarada! A nossa mãe tinha colhido informações sobre este horripilante chefe de quadro de funcionários. "Tem de entender esta hostilidade contra alguém como você. Ele não terminou mais do que o quarto ano numa escola de aldeia. Depois os alemães lhe arrancaram a perna. Além disso, ele está construindo no campo uma casa com as próprias mãos; ele mesmo fez e cozeu as telhas e os tijolos, quer dizer, não roubou nada. É preciso compreender..." – que anda por aí com a braguilha aberta, pensei. Meu pai pôs tudo nos seus justos termos: "Isso são instruções que vêm de cima." A tia Maly escreveu, numa carta, não só o quanto ela tinha de trabalhar duro desde que a avó morreu, mas também isso ou aquilo de um filme, no qual um *cowboy* do Oeste selvagem encontrara trabalho e uma nova pátria, o que levou os meus pais, iniciados em tais discursos cifrados, a deduzir que eu tinha de tentar, com todas as minhas forças, ir para o oeste.

"Tem de partir, aqui você não tem futuro", diziam também, a portas fechadas e por trás de mãos fechadas sobre a boca, tias e amigos.

Não obstante, eu continuava a empenhar-me: vamos ver se eu não consigo remendar aqui uma biografia. Neste país!

* * *

Certa manhã, vindo do pátio, Irenke Simon entrou aos pulos, na cozinha, onde eu passava a limpo um requerimento. Não pulamos no pescoço um do outro, como teria sido possível entre duas crianças que se tinham escondido no mesmo jardim entre os gladíolos. Eu lhe pedi que se sentasse num banquinho.

Alguma coisa mudara nela, sem que eu pudesse distinguir o quê; talvez porque eu evitasse mirar as pessoas. Enquanto isso, ela ia palrando sem parar. Ela queria que eu lhe relatasse como eram as coisas na prisão, já que o seu marido estaria lá; inocente, mas lá. E como seria, num lugar assim, a *viața sexuală*. E outras coisas mais. Eu fiquei calado, e ela me disse com um suspiro: "É verdade que vocês, os presos políticos, têm de manter a boca fechada." Ela continuava a usar saia de couro, mas me parecia demasiadamente curta. Quando ela cruzou as pernas, os pelos das pernas me saltaram à vista, tão finas eram as meias de nylon. Ela acendeu um Virginia verde. Fumei com ela. As unhas dos dedos pintadas de vermelho papoula terminavam em garras, uma indicação coquete de que as suas mãos serviam à beleza; pelo menos que não tivesse de realizar nenhum trabalho grosseiro. Veio-me à mente o que a minha mãe havia dito num tom de queixa: Irenke agora tem de trabalhar nos estábulos. Onde ela encontrara trabalho? Na *Cooperativa Economica*. "Em qual seção?" Na melhor, na fábrica de botões. "Porque eu ainda os tenho todos na mão."

Minha vista subiu até seus seios. Não estavam teatralmente levantados debaixo de uma blusa muito transparente para esta estação do ano? Estavam à vista pequenos pés-de-galinha. E chamava a atenção a maquiagem com o uso de grossas sombras de olhos de cor verde. Ela olhou ao redor com desembaraço, farejou o ar, disse: "Isso aqui lembra a minha infância." Sim, algo parecido era a casa do capataz. E tinha um cheiro semelhante. E era apertado lá. E encantador. Nós, os meninos, nos enfiávamos ali com frequência, nos acocorávamos na cozinha, por onde todos passavam tocando nas coisas, desde a nossa avó até a menina; farejavam, cheiravam, degustavam, comiam deliciados pão com toucinho e alho.

Ela não desistiu, até que eu prometesse lhe fazer uma visita. Ela viria buscar-me. Eu iria sentir-me em casa; lembrava algo de nossa morada de então na Villa de Wenkisch – ela imitava muito o gosto de minha mãe. Além disso, ela poderia ajudar-me a encontrar uma boa vaga de trabalho. Não necessariamente como engenheiro-chefe numa fábrica de dinamite, e tampouco um trabalho duro, mas um trabalho burocrático, melhor colocado que o dela. Afinal de contas, eu era uma pessoa de estudos. Ela agora tinha de partir; o turno da tarde... Ela me beijou na boca. E se foi. Não cheirava mais a gente pobre em nossa casa; era um odor de perfume forte. Com que cobiça desesperada eu desejei aquela mulher (nua!); pintei a cena milhares de vezes em tons luxuriosos e com gestos desenfreados, lá, onde não se podia falar. E algo semelhante me importunou naqueles dias, depois que Irenke se apresentou na cozinha em carne e osso, como a mulher daqueles sonhos, visível até as ligas da meia: uma mulher mais velha, untada com todos os cosméticos e pomadas, com certa atmosfera graças a algumas recordações, sem nenhum homem à vista no momento. Mas, antes de tudo, percebi como eu me julgara digno: o coração permaneceu indiferente.

* * *

Já na saída, ao entardecer, Irenke pegou sem mais nem menos na minha mão, segurou-a e acariciou-a; deixei, como se a minha mão fosse de madeira – nem sequer com a minha irmã eu tinha ido de mãos dadas, salvo uma vez à noite, sobre o rio gelado. Quando dobramos para entrar no bairro dos blocos de apartamentos do Schweinemarkt, ela me agarrou por baixo do braço e apertou a minha mão no seu seio esquerdo. O que é isso? Ela é casada, e o esposo está na prisão! Assim pensei. E deixei que acontecesse.

Um apartamento de quatro quartos no primeiro andar se abriu. "Por quê? Vocês não são mais do que duas pessoas."

"Por causa da minha coleção de móveis." E, num tom de voz repreensivo, lembrou: o seu esposo não teria sido prefeito da cidade e, mais tarde, chefe do Departamento de Moradia Pública – nos últimos dez anos, um dos cargos mais difíceis nesta cidade?"

Tudo, até mesmo o quarto das vassouras, eu tive de visitar: o imenso balcão, coberto com flores artificiais, e também os dois banheiros, com seus sanitários e duchas. "E agora tire os sapatos; eu lhe mostrarei o apartamento da sala de visitas até o dormitório."

"Nem pensar. Que ideia! Aliás, não se deve mostrar o quarto de dormir."

E fiquei de meias. Tinham estendido folhas de plástico sobre os tapetes orientais, que rangiam a cada passo dado. Eu me deixei cair num *fauteuil* de couro e levantei de um pulo, como se picado por uma agulha. Era o estofado do tio Dani! Voltei a sentar-me e olhei ao meu redor. Uma mistura maluca de peças mobiliárias de tudo quanto era espécie. Ela esperava gritos entusiasmados. Fiquei calado. Com um movimento imperial de mão, ela descreveu um círculo e disse emocionada: "Império e Biedermeier."

Eu ri alto: "Não fale besteira. O pequeno armário de duas portas é da tia Fritzi Haupt. Passagem do século. Em Fogarasch, seu marido despojou três famílias saxãs: os Haupt, os König e nós. E só o diabo sabe quantas famílias romenas e húngaras. As melhores peças estão aqui. Olha, o aparador da família König. Anos 1930. Quer continuar escutando? Ali, aquele armário com o tampo de mármore rosa; sentiram falta dele os Şerbans de Voila. Vocês confinaram estes senhores em dois pequenos quartos: *repede, repede*, tudo durante a noite." Apoderou-se de mim um prazer singular em chamar as coisas pelo seu nome; colocar para fora o que eu trazia dentro de mim.

"Vamos deixar isso. Afinal, nós queremos passar uma noite agradável", disse ela, impassível. Empurrou-me para o dormitório. "Eu vou trocar de roupa. Sirva-se de um conhaque. Logo vem o café. Os cigarros estão ali, Virginia verdes, como sei que você gosta."

Junto à janela, estava a mesinha turca de fumar do *colonel* Procopiescu, nosso inquilino na Casa do Leão, com mais quatro tamboretes. Nesta mesinha com arabescos, sobre o tampo de latão, estivemos sentados, eu e meus irmãos, como convidados da dama de seu coração, a *doamna* Lucretia. Nossos cabelos estavam penteados para trás com muita água e nos esforçávamos bravamente para não infringir as regras do bom tom. A *doamna* Lucretia nos mimava com sorvete e *dulceață*, e nos instruía com histórias sobre a vida amorosa de Napoleão.

E olhe lá, a lendária cama dupla do *colonel*, vinda de Paris, provida de luminárias em um jogo de cores que iam do normal até o violeta e o vermelho, com cinzeiros removíveis e uma estante de livros encoberta de vidro na cabeceira! Até a minha avó de Hermannstadt acostumou-se, com o passar do tempo, à ideia de que isso não era uma cama de bordel, ainda que o *colonel* e a *doamna* Lucretia passassem ali algumas noites juntos, sem estarem casados.

Eu e Irenke já tínhamos visto no cinema, antes da guerra, suficientes filmes franceses para saber a sequência e a ordem que ela agora se punha a calcular. Portanto, um roupão com rosas gigantes sobre um fundo negro cobrindo o corpo nu, com botões de cima desabotoados de modo que se pudesse ver o contorno arredondado dos seios. Cigarros, café, conhaque, levados com dedos abertos aos lábios pintados. Palavreado com efeitos de luz: primeiro a iluminação do teto se apaga – não era este o lustre da nossa sala de jantar? As cúpulas em forma de lírios? Eu não queria saber. Abajur à cabeceira da cama ligado, para harmonizar com a luz amarela. Agora se abrem todos os botões de cima; a camisola desce deslizando com um murmúrio sedoso. Aqui está ela, vibrando de paixão e em deslumbrante nudez. Ela o levanta do sofá. A partir de agora, não pode ir muito rápido: ela tira a sua blusa. O resto tem de cuidar você mesmo. Por um momento, respirando com sofreguidão, ela aperta os seios ao seu encontro. Em seguida, arrasta-o para a cama de bordel. Junto ao ponto de ebulição, luz vermelha ou violeta. Com o seu temperamento, tudo se torna vermelho. O certo é que não cairemos um sobre o outro e nem rolaremos como loucos sobre o chão coberto de folhas de plástico. A cama de Paris nos obriga.

Para mim, tudo dá na mesma. Esquecer, finalmente.

Ela entrou no quarto como uma diva, com um vestido de uso doméstico, violeta com rosas vermelhas. O ritual poderia começar, o futuro estava planejado. Deixei que tudo acontecesse comigo, camisa abaixo, a pele quente sobre o coração. Deixei acontecer segundo a sua direção. Deixei acontecer – até um ponto.

Livrei-me dela quando já estava ao seu lado na cama gigante – a mesma cama na qual, em tempos remotos, meu irmão Kurtfelix e eu resolvemos uma briga, pois o *colonel* tinha viajado de férias e nós invadimos a sua casa por uma porta que estava obstruída; uma luta que terminou empatada e na qual, pela primeira vez, me dei conta de que, embora eu fosse o mais velho, já não era o mais forte – e, diante de sua estranha nudez, passei a sentir calafrios; justamente ao lado dela, que já não se detinha mais aos pontos do cerimonial. Pelo contrário, perdeu a cabeça, antecipou de forma desenfreada a ordem dos acontecimentos e se apoderou de meu corpo com suas garras, ao passo que sussurrava palavras que eu conhecia das criadas húngaras. Levantei num pulo, e sabia: ela não me perdoará por isso. E recolhi a minha roupa. Acendi a luz do teto. Sentei-me sobre uma banqueta. Acendi um cigarro. O que eu queria? Fugir? Ficar? Sobretudo ganhar tempo.

Parecia-lhe difícil compreender. Em certo momento, ela afastou para o lado a cintilante colcha de cama. Não conseguiu pronunciar uma palavra. Em contrapartida, deixava escapar gemidos selvagens, desgostosos. Com as unhas das mãos arranhou a pele da barriga e das coxas. Sentou-se, balançando-se na borda da cama de um lado a outro, com os movimentos de um menino mendigo. A coitada cobria os seios, abraçando-se. Os mamilos se destacavam numa coloração arroxeada. Seria um sinal da ira desmedida, tinha explicado-me o caçador. Agora ela vai arrancar-lhe os olhos! Com efeito, o melhor a fazer era seguir o meu caminho. Fugir como fez o caçador aquela vez, quando a mulher da espingarda o tinha forçado a fazer amor sob a mira de uma arma e ele escapara nu em pelo, perseguido pelo sibilo das balas, com a lebre morta na mão.

Eu não me mexi.

De repente, ela levantou os braços bem alto, os seios caíram e penderam flácidos; nas axilas enrugadas se mesclavam fios crespos e cinzentos. Deixou cair para trás o busto; ficou assim, o ventre voltado descaradamente para cima, e nas coxas formigavam espasmos de diminutas veias. Não se ouvia um som; ela apenas respirava.

Ela então se pôs de pé, com uma lentidão infinita, veio até onde eu estava e se colocou diante de mim. Muito perto, eu a afastei cautelosamente, fazendo-a recuar até a parede com as mariposas prateadas e as orquídeas. Ela então se sentou numa banqueta forrada de veludo; fumou um cigarro.

"Que bicho o mordeu?" Falávamos em romeno, uma língua neutra para ambos.

"Meu irmão está preso."

"Isso não é a razão. Meu esposo também está preso."

"Porque roubou. Meu irmão, porém, por motivo nenhum. Ele não fez nada para estar preso. E muitos outros irmãos, com ele."

"Essa é a sua arrogância burguesa. Vocês, os presos políticos, julgam-se melhores do que um pobre ladrão. Por isso são mais perigosos do que todos os demais juntos: porque querem trazer de volta os velhos tempos."

"E o que você faz? Exatamente o mesmo. Só que pior. Isso aqui é como num pan-óptico. Todos estes móveis você roubou para evocar os velhos tempos e neles se aninhar. Algo a que você nunca pertenceu. E quando Simon Antál nos expulsou de casa, lembra-se? Estava, naquela noite, ao nosso lado. Acreditávamos que vinha, como uma boa vizinha, em nosso socorro. Sabemos agora que esteve lá para ajudar o seu futuro marido. E cuidar do melhor para os dois. Mas vocês nos roubaram. E tantos outros mais. Na verdade, eu deveria ter chamado a milícia. Porque, mesmo segundo as leis de vocês – as leis de vocês, eu digo –, é uma ladra, uma bandida. Mas um corvo não arranca o olho de outro corvo." Como me fez bem jogar a verdade, nua e crua, no rosto dela!

Ela disse, e o seu rosto se tornou horrível (pleno de maldade!): "Isso se chama luta de classes. A justiça equitativa. Os ricos têm de ficar depenados. Nós tomamos de volta o que vocês nos arrancaram ao longo de séculos e séculos." E ela acrescentou cheia de ódio: "Vocês!"

"Tome nota de uma frase de meu avô; você o conheceu, teve carinho por ele, sempre que você o via, dizia 'beijo suas mãos'... Ele dizia: 'Bens adquiridos injustamente não trazem benefício!' E de mim tome nota disto: ao invés de lutar, como uma proletária com consciência de classe, por um mundo novo, onde reine a autêntica liberdade e a justiça para todos, conduz um jogo duplo, desperta em si e nos outros uma falsa impressão e arruína a sua vida." Eu queria humilhá-la, mas não feri-la. "Querida Irenke", disse quase rogando, e me aproximei de onde ela estava: acariciei os seus seios arroxeados, porque eram eles quem melhor manifestavam a miséria e a mesquinhez desta menina. Ela, porém, agarrou a minha mão e a mordeu. "Ai, sua besta!"

Eu disse: "Em vão você se enfeita com plumas alheias. Jamais será uma dama. Nem nua, nem vestida. Coloque-se diante do espelho do toucador de minha tia Fritzi. Lá, você poderá estudar a sua silhueta até as ancas, pela esquerda e pela direita e pela frente... Examine no espelho a alma e o corpo. E, então, me dará razão. Não é nenhuma dama. Por que deveria? Tem outros talentos e missão mais importantes do que imitar a burguesia. Antes de tudo, tem futuro. O que eu já não tenho. E acabe de uma vez com estas histórias de mentira, Império e Biedermeier. Nenhuma só peça de móvel, nesta mistureba, é verdadeiramente antiga."

"Você está mentindo!", gritou, selvagem e furiosa. E era tão autêntica em sua dor que eu podia tê-la amado. "Quer vingar-se de mim! Vingar-se, porque você e a sua família se tornaram uma grande merda! E você, a maior de todas as merdas! Trabalhar numa fábrica de tijolos – o fundo do poço! Que seus ossos apodreçam lá! Mas vou cuidar disso; ainda tenho muita influência junto às autoridades." Ela apanhou o roupão, cobriu o ventre. E disse num átimo: "Mas eu ainda o pegarei, *urfi*. Coloquei isso na minha cabeça desde que você passeava pelo cascalho do jardim da casa de vocês, vestido com bermuda de couro tirolesa, enquanto eu tinha que arrancar urtigas e podar as roseiras."

"Você, uma ativista do Partido, possui só para si um apartamento de quatro quartos, enquanto meu vizinho, o cigano Bumbu, um autêntico proletário, vive com a família de dez pessoas num quarto e cozinha. Por que não confiscaram tudo isso, depois que o seu esposo tinha malversado tanto dinheiro? De mim e de meu irmão arrancaram até as cuecas."

"Mais uma palavra e lhe arranco os olhos!"

"Eu quero ainda dizer algo, e você o denuncia para a *Securitate* de Stalinstadt ou aonde você queira: já não tenho mais fé na justiça de vocês, e que queiram o bem-estar do povo. Desde que vi isso aqui, agora sei como Lênin tinha razão: a aristocracia dos trabalhadores é muito mais perigosa do que eram as tradicionais classes de exploradores." Eu me despedi com uma pérola da retórica húngara: "*Alázatos szólgájo*, seu mais obediente servidor!" E parti. Completamente vestido. E sem uma lebre morta na mão. Ninguém atirou em mim.

* * *

Cheguei tarde da noite à casa. Aqui, esperava-me a habitual resposta negativa de uma repartição pública qualquer. De Kurtfelix, nada. Minha mãe, que não conseguia dormir, escutou as últimas palavras que iria proferir (por um bom tempo): "Futuro vazio." Mas não o meu último pensamento: quem está lá, onde não se deve falar, pode ter esperança. Quem está aqui, não.

Eu me enfiei no meu pequeno quarto, cobri a janela com o disfarce da bandeira americana; saia azul com estrelas brancas, corpete vermelho e branco; pendurei em cima o pano negro da bandeira de luto. Dia e noite deveriam tornar-se *trevas*! E não me mexi, em seis semanas, de meu lugar escuro... Para desespero de minha família, que não dizia nada.

O concerto de flautas das crianças ciganas ficou sem eco, ali embaixo ao pé da janela cega, apesar de suas boas intenções e estridência. Foi em vão que a minha irmã deslizou todos os dias até onde eu estava; encontrando-me estendido sobre a cama, vestido e calçado, mirando impassível o teto de madeira. Foi inútil que ela se sentasse ao meu lado, acariciasse as minhas mãos e as pousasse de volta como um pedaço de madeira; suas lágrimas escorriam em silêncio. Nada conseguia levar-me a falar.

Um trabalho amoroso dissipado; eram as palavras do pastor Wortmann, que minha mãe me fez chegar juntamente com a comida pela porta entreaberta: "Finalmente, a crise salutar! Muito bem! O futuro destruído cria um vazio numinoso. É somente assim que Deus pode mostrar o seu melhor aspecto, fazer brilhar o seu semblante, como nós dizemos." Palavras vazias, vocabulário chinês sem sentido nem lógica, que a minha mãe levou embora com a comida. Eu mal tocava em algo, para não ter sequer que me arrastar até a latrina, um ato de vontade que me assustava.

Eu vivia por cortesia. Mais precisamente: porque me faltavam forças para deixar de viver. Isso a minha gente sabia. Noite adentro, um após outro entrava furtivamente até a minha cama e escutava. E, durante o dia, todos me dedicavam tempo, o que eu desdenhava.

Meu pai mal chegava do trabalho e já enfiava a cabeça no meu quarto, dizendo todas as vezes: "Ânimo, Johannes! Tudo passa, tudo segue, a cada dezembro sucede novamente um mês de maio." Ele, que nunca soltava uma palavra sobre a Rússia e também não perdia palavras falando, para grande pena de nossa mãe, encostou-se à minha cama no quarto escuro um dia depois e disse somente estas palavras: "Rússia! Quarenta graus negativos. Saí do galpão entre os mortos. Pesava quarenta quilos quando voltei para casa; os amigos tiveram que me ajudar a subir no trem." E disse: "Quarenta é um número estranho. Na Bíblia ele corresponde à penitência e ao castigo: quarenta dias de dilúvio, quarenta dias jejuou Jesus. Mas não devemos nos fechar ao mundo por mais tempo do que isso. Aliás, meu menino, se repouso, me enferrujo. Ao tempo de tribulação sucede algo bom. Porque quarenta é também o número do tempo cumprido. Assim, os mesmos tantos dias permaneceu Cristo ressuscitado na terra. Sim, e quarenta anos errou o povo judeu pelo deserto, e só depois..."

"Que nem eu", disse de forma audível. Então todos se alegraram bastante. E fizeram circular as minhas palavrinhas, como as pérolas finas escondidas no campo. Uwe comprou um gravador, marca Tesla; todas as suas economias como eletrotécnico se foram nele; gravou todos os tangos que eram escutados na cidade, porque sabia que os tangos teriam alegrado-me o ânimo – naquela época. E algumas vezes um rock'n'roll – para que eu me acostumasse aos novos tempos.

A minha mãe não dizia uma palavra. Ela se deitava comigo na cama, quando vinha do trabalho. Descansava um pouquinho ao meu lado, ela que, aliás, de um modo geral, já deixava o casaco à porta e desabotoava o vestido a fim de não perder tempo antes de dedicar-se às tarefas domésticas.

Deixei tudo acontecer... Mas como não se pode viver sem pensamentos, preenchi os meus com um poema de Paul Celan: "Ponha sua bandeira a meio mastro, memória, a meio mastro, agora e para sempre." E deixei que esse pensamento passeasse em vigília por minha cabeça, quarenta dias e quarentas noites.

* * *

No quadragésimo dia, à tarde, a porta rangeu e escutei a minha gente gritar na cozinha: "Dois senhores *de la Sec*!" Eu me aproximei da janela, reparei como eles, conscientes de seu objetivo, se dirigiam à porta da casa, de terno e chapéu.

Um leve abalo de alegria e um novo pensamento: "Graças a Deus, a terrível liberdade chega a um fim. Agora voltará para os seus camaradas. Eles não mais o repudiarão."

Onde eu estaria? "Doente. Espiritualmente doente", disse a minha mãe.

"Nós sabemos." Eu deveria levar o mais necessário. Eu, porém, respirei fundo: de volta àqueles que se reuniram ao meu redor na obscuridade azulada! E de repente sabia: eu os amo, amo todos; não importa se se chamam Hugo Hügel ou Hans Fritz Malmkroger e Peter Töpfner, se sofreram por mim ou eu por eles; eu os amo desesperadamente. Aqui fora, estaria separado deles a vida inteira. Por isso, eu tinha de voltar, voltar a eles!

Eles estariam lá, amanhã bem cedo, prontos para me acolherem. A voz de minha mãe tremia: "Desta vez não vou deixar. Ele é manso como um cordeiro. Não dirige uma palavra a ninguém. Os anos que passou lá acabaram com seus nervos, acabaram com ele. E com todos nós. Ele precisa de um tratamento médico."

"Isso mesmo! A senhora, *doamnă*, escreveu uma carta ao doutor Scheïtan. Mas, em Stalinstadt, não há vaga no hospital. Lá também não é um lugar onde o seu filho poderia receber a cura. Por isso, o levaremos a Tîrgu-Mureş, ao Hospital Universitário. E nem uma palavra diante de qual pessoa seja. Oficialmente, ele trabalha como topógrafo no campo. *La revedere!*"

31

O doutor Matyas Matyas, diretor do andar superior do Hospital Universitário de Tîrgu-Mureş/Marosvásárhely, saudou os senhores da *Securitate* – para a sua perplexidade, em húngaro. Inclusive ao seu: *"Bună ziua";* respondeu ele: *"Tessék parancsolni!* Por favor, às ordens." Importaram de Budapeste o famoso psiquiatra. Na verdade, para a República Popular Romena, mas em especial para a região autônoma húngara.

A conversa não corria com fluidez. Diante de meus sombrios acompanhantes, que me tinham trazido no carro oficial de Fogarasch, eu não disse que sabia o húngaro. Eles sussurravam confusos: "Como? Não podemos fazer uso, em nossa República, de nossa língua de Estado?" Como as palavras não serviam para nada, deixaram ao senhor de uma língua estranha a pasta com os atos sobre a mesa de serviço e partiram sem se despedir. O professor diretor tocou uma campainha. Meus joelhos, porém, tremeram quando o doutor Kamil Nan de Racov entrou na cadeira de rodas; é verdade que de jaleco branco, mas com um manto sobre os joelhos. Eu me deixei cair sobre um sofá sem que ninguém me pedisse, como se quisesse tornar-me invisível. Ele me examinou com um olhar; não deixou, porém, transparecer que nos conhecíamos. O professor silenciosamente me assinalou. Eu me levantei, me inclinei ligeiramente, mas não tive forças para pronunciar o meu nome em voz alta.

O professor examinou-me após permitir a tradução de meus atos pelo doutor Nan, mas, por sorte, não perguntou nada e aprovou: "Morram as experiências traumáticas do passado! É preciso que a psique debilitada se sinta bem. O melhor a fazer é tolher por inteiro a memória: através de uma espécie de pneumotórax." Mais tarde retornariam as lembranças positivas. Exercícios físicos seriam convenientes; fazia-me falta movimento. Ele falava em alemão. Ao doutor Nan disse: "Abaixo com ele. O senhor já sabe."

No corredor, nos saudamos formalmente. Cometi logo um erro de querer empurrá-lo, em seu veículo, até o elevador. Sem dizer uma palavra, afastou as minhas mãos do manípulo. O dr. Nan fora transferido para cá num posto subalterno, porque, como diretor de um sanatório para neuroses profissionais – "estas são as únicas neuroses autênticas" –, tinha recusado peremptoriamente a dirigir-se "aos pobres mutilados do trabalho" de outra maneira que não fosse *domnule, doamnă*. "Isso eu devo ao nosso rei", em cujo palácio de verão fora alojado aquele lugar de repouso.

"O fato de que o senhor tenha resistido dois anos de prisão numa cela é para mim motivo de grande consolo, e para o meu amigo Freud, uma alegria." Ele sorriu, fixando os olhos em mim. "Mas o que o chefe pensou para o senhor é a quadratura do círculo." Descemos ao patamar mais baixo: no subsolo da clínica, onde se encontrava a estação intensiva de internamento. Não se podia descer mais.

Era uma sala onde imperava uma babélica confusão de vozes, e onde os homens trotavam por todos os lados feito loucos: "Não se assuste: não passam de loucos inofensivos e idiotas estúpidos. Vou fazer de tudo para tirá-lo daqui." E se afastou com sua cadeira de rodas. Freou, deu meia-volta: "Pelo menos, dá para fazer caminhadas." Mas eu queria isso? Eu tinha de fazê-lo no meio de uma sala turbulenta. Não se podia sentar em silêncio e contemplar o próprio ânimo num canto escuro. A todo momento, agarrava-o pelo nariz um Brukenthal ou um Molotov, e arrastava-o trotando. Corri boas horas, com os perturbados da cabeça, praticando o *slalom* por entre as camas. Nós portávamos um traje remendado, do qual qualquer um podia deduzir de onde tínhamos saído.

Fiquei nove semanas no manicômio e devia estar curado. De quê? Do pavor à liberdade? Das manchas brancas do passado? O doutor Nan nunca me visitou. Por mim, tudo bem! Assim, eu podia entregar-me, sem ter de sentir vergonha, à minha desventura, à minha aflição. Havia gritantes paralelismos com a prisão. Muitas coisas eram como lá e muitas diferentes. Lá, como admoestação, havia as barras de ferro diante das minúsculas janelas. Aqui, todavia, podia-se pôr de ponta de pé e mirar lá fora os sapatos dos homens e a barriga da perna das irmãs. Como acontecia lá, nas portas dos banheiros, espiões ficavam à espreita; só se podia, ademais, ir à latrina de mãos dadas, um louco e um meio louco juntos.

Por outro lado, comíamos num refeitório em mesas parafusadas ao chão. No entanto, olhar os camaradas de mesa que se tinha ao redor não era nem um pouco agradável: além da razão, tinham perdido os bons modos; mascavam o alimento, deixando-o escorrer pela boca. Comíamos com colheres de alumínio em canecas de latão. Faltavam o garfo e a faca. Também não se podia aqui voltar a mão contra si mesmo, nem sequer para se barbear. Todos os utensílios afiados foram afastados pelos enfermeiros. Estes, como os de lá, com seus olhos plúmbeos, pavoneavam-se ao largo de nós, vestidos de branco, com tamancos de madeira cujo barulho anunciava a sua chegada; diferentes dos sapatos de feltros dos guardas. Os internos desobedientes não eram trancados de pé em cabines, mas envolvidos em camisas de forças como múmias e estendidos inertes sobre as camas.

Diferente de lá, éramos impelidos todos os dias para um gigantesco curral, cercado por alto gradil, para tomarmos ar, onde se formava um espetáculo de loucas pantomimas e imagens vívidas, completamente amalucadas.

Tudo aqui, à margem do mundo, acontecia ao mesmo tempo: os enfermeiros tomavam café e jogavam dados; de vez em quando surpreendiam um pobre coitado que, cansado da vida, procurava roer as próprias veias, e o amarravam fortemente; interrompiam o jogo e a boa conversa para agarrar pelo colarinho o estudante Anatol – enlouquecido por causa de uma paixão amorosa – e arrastá-lo ao canto, ao aparelho para eletrochoques; ele se contorcia como um peixe no anzol: "Não me roubem as lembranças de meu sofrimento!" Ali o afivelavam com força numa maca com correias e lhe colocavam na fronte úmidos eletrodos. Um aperto no botão de comando, e o passado findava. Seu corpo se revoltava em convulsões contra o roubo de lembranças. Quando ele abria os olhos, perguntava: "Como eu me chamo?"

O cleptomaníaco roubava o próprio sapato do pé e dançava festejando o seu triunfo como o duende Rumpelstiltskin. Ao mesmo tempo, o frenético estremecia na camisa de força.

O presidente da cooperativa de Schnakendorf rasgava a camisola desde o peito até o joelho e saracoteava com seu bucho tomado por cicatrizes vermelhas. Ai se você levantasse as mãos nas suas proximidades, para com os dedos pôr em ordem os seus cabelos! Imediatamente, ele lhe acertava um tapa; excitado, ficava com o pênis ereto. Antes de ser internado, ele, em uma certa noite de verão, se aproximou demasiadamente de uma moça de estábulo e rasgou com um garfo para feno a sua camisa e a sua calça, assim como a pele do corpo. Seminua, com a roupa esfarrapada e gritando de dor e medo, ela atravessou galopando a aldeia. O Partido mandou prendê-lo e recolhê-lo a uma instituição psiquiátrica. Com isso, perdeu a razão; só aqui que ficou louco.

E o antigo soldado de uma divisão blindada da SS, Emil, cantava com brio, com uma voz digna de um cantor de igreja, as melodias "Colunas cinzentas cruzam o sol" e "Katjuscha"; sem receios e sem cerimônia, canções de soldados dos tempos de Hitler e Stálin, e, todavia, eram toleradas.

Morriam aqueles, cujos dias estavam contados. E eram levados por entre fileiras de respeitosos loucos, que os reverenciavam com o sinal da cruz ou com cusparadas. Tudo de uma vez.

À minha esquerda alojava-se um homem afetuoso. "Chame-me", ele parou pensativo, "vamos dizer, *domnul* Göring." Eu estava à sua disposição. Várias vezes ao dia, eu lhe guardava um chapéu de senhora e um sutiã. Ele os roubava com astúcia e estratagema, com intuito de vingar-se de sua mulher. Ele a tinha surpreendido na cama com um amante. "Madame", ele tinha dito, "eu vejo que você pode virar-se muito bem sozinha. Hoje pela manhã vai ficar a apanhar fumaça." Apanhou o sutiã e o chapéu e fechou a porta do quarto.

A cama à direita, arrumada com desmazelo e que permanecia vazia, foi uma alegria que durou pouco. Era a cama mortuária. Para cá vinham os candidatos à morte do hospital. Aqui expirava o seu espírito ou partiam, gritando, à cova. E mesmo neste caldeirão de bruxas morria-se como lá: de repente, no meio dos pacientes, fazia-se silêncio, ainda que ao redor se continuasse a vociferar. Eu me exortava a correr e a socorrer este pobre diabo. Mas não foi imediatamente! No começo eu me afastava cheio de nojo. Então, me apareceu o monge Atanasie, o imortal, e me advertiu, lembrando-me como se sentira contente por morrer ao meu lado. Então recobrei o ânimo e não voltei a afastar o olhar. Dupla era a minha ajuda: se o interno estava morto, eu fechava seus olhos, cobria o seu rosto e o pegava para levá-lo à capela mortuária. Se ainda estava vivo e solicitava, eu, então, rezava sobre ele orações desajeitadas – com a consciência pesada, é verdade, pois eu estava experimentando uma quebra ideológica –, mas em sua língua materna. Não tinha nenhuma Bíblia comigo, só *A Hidrologia* de Walter Wundt e um livrinho de Benn, *Morgue*. Não obstante, ocorria-me, às vezes, dizer coisas boas.

Minha disposição a ajudar se espalhou ao redor. Os enfermeiros me deixavam acarretar a comida para as horas das refeições. Era preciso arranjar um mobiliário: um bar móvel para o diretor superior, que não me reconheceu, talvez porque, desta vez, eu falasse em húngaro.

Até agora, a terapia do movimento... Mais difícil que a destruição de minha biografia estava sendo o treinamento físico. Como eu conseguiria esquecer o passado, neste lugar medonho, se ambas instituições tinham uma semelhança tão espantosa que podiam confundi-las? Talvez eu me opusesse a isso, porque o tempo entre as grades encerrava o que tinha ficado: não me arrebatavam as lembranças! Eu era abarrotado de remédios em doses crescentes: *deconectante*. Via o mundo, ao fim, como através de um filtro verde. Não me fez nada bem. O monge falecido me visitava, o rosto transtornado de Andrei aparecia. A pressão na nuca persistia: meu irmão.

O soberano lá de cima prescreveu eletrochoque. Caminhei com passos firmes para o banco de provas. Sabemos a nossa culpa. E experimentei o quão maravilhoso é o mover-se fora do tempo, manter-se num instante eterno, como uma estrela-do-mar ou, melhor, como um floco de neve.

Beate Spielhaupter veio e se agachou diante da minúscula janelinha com grades, que excedia um pouco a calçada. Reconheci uma jovem mulher com sapatos de fivela pretos – o doutor superior tinha-me deixado a capacidade de identificar o presente. Ela colou o rosto ao chão para poder fitar-me os olhos. Eu perguntei: "Quem é você?" Ela começou a chorar, as lágrimas respingavam sobre a calçada. Ela se levantou lentamente e partiu.

Numa manhã de julho, quatro de nós arrastamos uma gigantesca mulher para o necrotério. Seu corpo exuberante engoliu a maca. Diante de sua autêntica corpulência, mal sabíamos aonde agarrar. O lençol de linho não a cobria por inteiro; os diminutos pés assomavam de fora, cortavam o ar.

O dr. Nan apareceu na sua cadeira de rodas e disse algo que me assustou profundamente: "Nós dois sabemos que o senhor não está doente. Apenas a sua relação com o tempo está transtornada. Procura, como já fazia antes, o impossível: apear-se do tempo. Ninguém consegue, nem sequer o eremita e nem o condenado à prisão perpétua. O senhor também não conseguiu, lá... Ao mesmo tempo em que nega o presente, recusa o futuro. Eu lhe aconselho o seguinte: responda às exigências do tempo, mas o faça com a cabeça e o coração. Eu finalmente consegui convencer o velho Matyas-Rex de que fosse solto. O chefe queria consultar a *Securitate*, mas consegui demovê-lo de seu plano. Neste país, graças a Deus, não há comunistas, só membros do Partido. Infelizmente, não me deixaram descer com o senhor ao Orco. Mas hoje à noite o senhor é o meu convidado. Acredite em mim: portas serão abertas. Aqui e em outro lugar." Ao dizer isso, não apontou para o leste, mas para o ocidente. "Atire-se de corpo e alma ao trabalho. Aceite o que se oferece. E pare de agredir-se, de enfiar-se numa camisa de força."

"Somente com o punho cerrado se sobrevive. Aqui também. E se voltarem a buscar-me, não me fará a menor diferença."

"Isso é indigno de um homem. Não pode passar os dias da vida olhando de través aquele poderoso superego para ver se aprova tudo o que pensa ou faz. Eles só têm poder sobre aqueles que os temem. Ou que os levam a sério."

Foi uma longa conversa no necrotério, onde se tinha escorrido da maca a gigantesca mulher e agora repousava sobre o próprio ventre; estendida no chão como uma massa de carne manchada entre os pés e a cabeça ondulada.

O dr. Nan designava o necrotério como o único lugar de verdadeira paz. Na vida nada se encontra pela paz, nem sequer na própria cabeça, com seus inúmeros pensamentos latentes, e tampouco na alma, inquieta em si mesma. Os joelhos do médico estremeciam debaixo da coberta. Sentia frio? Ele me puxou do quarto dos cadáveres para a luz do dia. Sentei-me num banco. Ele se sentou na cadeira de rodas parada ao meu lado. "Permita uma aproximação do amor."

"Meu irmão mais novo está preso. E muitos outros irmãos."

"O senhor não tem o direito de martirizar as pessoas que o amam."

Diante de meus olhos, que eu deixava errar hesitantes, se desenrolavam jardins públicos bem cuidados, que desciam em terraços em direção ao rio. Ele disse: "Quem trabalha e ama é saudável. E qual seria o resultado de sua experiência aqui?"

"Eu experimentei uma ponta de eternidade. Tudo aqui, neste submundo, acontece no seu momento oportuno. Além disso, vivenciei um pedaço de Kakânia:[1] aqui, no reino do submundo, senti algo da antiga Áustria…"

---

[1] Em seu romance *O Homem sem Qualidades*, Robert Musil cunhou o termo "Kakânia" (*Kakanien*, de "k. k." para *kaiserlich-königlich*; imperial e real) para designar a monarquia austro-húngara. (N. T.)

"Ops!", disse o médico, e sorriu, porque o sol brilhava.

"Cada um aqui pode falar em seu próprio idioma, como lhe cresceu no bico. E com isso é feliz."

Se algo tinha mudado em mim? Hesitei: "Levo comigo um minúsculo grão de curiosidade."

* * *

O dr. Nan fora alojado numa casinha de portaria, de quarto e cozinha. Quando eu bati, à noite, à porta de entrada, disseram: *"Entrez!"* Eu abri a porta e me vi no meio da sala de estar. O doutor estava sentado na cadeira de rodas. Ele vestia um sobretudo e tinha um cobertor sobre os joelhos. Aos seus pés estava um *collie* de pelos sedosos, com a metade de seu delgado focinho enfiado por baixo do cobertor de seu dono. À esquerda do paralítico, sobre o carpete, havia uma jovem mulher com calças escuras de pescador. Ela encostava a face no joelho dele. Os longos cabelos cobriam o seu rosto. Eu disse aparvalhado: *"Bună seara!"*

"Minha esposa." Ela afastou o cabelo do rosto, sem levantar a cabeça de seu joelho. Tive que me curvar bastante para beijar a sua mão. Ela disse: "Irina." O cão se chamava Wischinskij. "Wischinskij, um aristocrata, que traiu a própria classe." Junto à porta havia duas malas de viagem. "Minha mulher viaja hoje à noite ao litoral. Para Tomis."

Um carro parou diante da casa. Bateram à porta. O dr. Nan disse: "O senhor doutor é pontual." Sorrindo, entrou o médico assistente, dr. Radu Merino. Ele me estendeu com jovialidade a mão: "Ouvi falar que o senhor escapou do Hades. Quem quer ficar bom nesta casa de loucos precisa ter nervos de aço. O senhor conseguiu." Apanhou as malas e as levou para fora, fervorosamente disposto. A senhora Irina levantou-se com um movimento displicente. Ela era jovem e bonita. Fiz menção de partir, mas o dr. Nan deu a entender que não, e disse em alemão: "Fique um pouco. Logo tudo isso será passado." Antes que eu pudesse virar-me, ela beijou o esposo na boca. O jovem médico retornou, segurou a mão da senhora Irina e a levou para trás de si; ela o seguia hesitante, e jogou um beijo com a mão ao seu esposo. *"La revedere, la revedere!"* O cão não levantou a cabeça e nem abanou o rabo. "*Adieu*, Wischinskij, cuide de seu dono!", ela gritou.

Nós escutamos Mozart e Chopin até tarde da noite. "O senhor deve saber: os moribundos não desejam escutar Bach nem Beethoven. Mas Mozart... Sim, e eu, além disso, Chopin."

Uma carta de minha mãe alcançou-me antes que eu deixasse o Hospital. Ela escreveu que a velha Rozalia, a cigana de frente, passava o dia quebrando sementes de abóbora com seu único dente e com isso ficara redonda como um bolinho doce. Ela mal conseguia arrastar-se até a latrina; as varizes podiam estourar a qualquer momento. Para que Rozalia não se perdesse por lá, minha mãe tinha pintado a sua parte como uma casinha de chocolate: João olhava de fora, Maria em pé, ao seu lado, e ria de maneira dissimulada. Onde está a bruxa?, perguntavam as pessoas. Ela estufava-se. Este capricho artístico tinha alegrado um pouco o ânimo de minha mãe. Mas ela queria dizer algo diferente: na verdade, a família da velha se comportava de maneira muito simpática com ela. De modo algum a sua gente a abandonara numa instituição estatal para inválidos, verdadeiras casas de mortos. Seu genro, Bumbu, um cábula notório, tinha construído com madeiras um veículo simples e prático: no lugar de rodas, rolamentos de trator, e a armação, que serviu de chassi, de uma confortável cadeira de vime, que ele entrelaçou a mão com fibras de junco. Ali se sentava a matrona e era levada para passeios pelos sete netos. Ela, que nunca saíra de casa, conhecia agora a cidade. Quando se aproximava da Burgpromenade, formava-se um grande ajuntamento de pessoas. "Todas as vezes é um divertimento, como na época dos ursos dançarinos, quando vocês eram crianças e nós éramos felizes."

O último refúgio continua sendo a família que se congrega em torno de alguém. "Venha para casa! Não está doente, só não sabe a quem pertence. Você nos pertence. Nós nos congregaremos a seu redor com todo amor."

* * *

Minha família não chegou a me puxar num carrinho de rolimã pela Burgpromenade. Tia Maly apareceu com um plano. "Ele tem que me ajudar lá no Tannenau, esse bolchevique. Na casa, no jardim, o trabalho é tanto que vai terminar me sepultando. Desde que a mamãe faleceu, já não dou mais conta. E Fritzschen, quando chega da fábrica, é como um intestino perfurado."

No dia 4 de junho, à tarde, o tempo estava ventoso e frio. Os meus pais tinham acabado de voltar pra casa vindos do trabalho, e eu estava arrumando as minhas coisas para a viagem; Elke queria ir para o treino de basquete. Cada um ia de um lado para outro. A tia Maly, para não ficar sem fazer nada, tinha feito pela manhã uma torta de *paluke*, que se chamava *malai*. E desejava que a comêssemos. "Pra que esta pressa toda de judeus? Gozemos de uma horinha de conforto e paz." A minha mãe fez um chá de urtigas. Então bateram à porta. Em resposta à nossa voz unissonante: "Entre!", abriu-se a porta; uma dama entrou. A conversa parou interrompida. Um estranho cheiro flutuava pelo cômodo.

"Hoje é o seu dia de santo, prezada Gertrud Berta, não é mesmo? Ou não?" Nós nos olhamos. Tia Maly tirou o chapéu de anão, que ela tinha colocado porque estava ali à mão, entre a madeira da parede. Seus cabelos, enfeitados com duas tranças falsas, se levantaram, como o teto de um pagode cinzento. Nossa mãe se voltou para a visitante: "Que gentileza de sua parte a lembrança. Permita-me que eu lhe apresente. A senhora Adelheid Hirschorn."

"Ah", soltou a tia Maly, e todos nós sabíamos o que ela estava pensando: uma judia!

A dama trazia um presente, embrulhado em papel de seda, amarrado com um laço prateado, com uma rosa dentro. As duas mulheres se abraçaram.

Enquanto Elke aproximou um banquinho para a senhora Adelheid, minha mãe desfez o embrulho de presente. Apareceu uma compoteira, enfeitada com cerejas e chocolates. Sentimos água na boca. Minha mãe disse: "Muito obrigada. Este precioso presente, em tão distinta apresentação, lembra-me os tempos de outrora."

A dama, num vestido cinza claro, olhou lentamente ao redor: "E isso aqui com a senhora, prezada Gertrud, lembra também os tempos de outrora." Ela se sentou somente sobre a metade do banquinho; o gesto devia significar: é só por um momento, a visita. Ela, então, lançou um olhar para o livro sobre o peitoril da janela e disse despretensiosamente: "*Dispersado pelo vento*. Isso nós já lemos no passado. Mas então, então também líamos justamente este romance, em alemão, em romeno, em húngaro, em francês, na língua que cada um melhor compreendia."

Ela bebericou o chá de urtiga, provou a torta de *paluke* – que estava tão viscosa que grudava nos dentes e depois se prendia na garganta – e disse: "Fiquei muito tempo pensando, prezada Gertrud Berta, o que eu poderia desejar-lhe. Sempre se deseja ao outro o que é bom para si mesmo. Da mesma forma que só deve presentear com uma coisa que agrada a si mesmo."

Escapei para o cômodo próximo. Seu esposo fora dentista da polícia, com a patente de capitão.

"Bem, agora eu desejo a nós duas isso: que a senhora e eu, as duas juntas, possamos viver o tempo que se aproxima nos sentando despreocupadamente na Burgpromenade e cantando duetos de operetas, ou com nossas crianças, sim, os nossos netinhos, indo a passeio no Burggraben Tschinakel, como antes, muito antes. Não como antes, prezada Berta, mas muito anterior ao antes, quando nenhum de nós tinha o que temer e em casa nos sentíamos tão à vontade. A senhora exatamente como eu. E eu exatamente como a senhora. É isso que desejo a nós duas."

Tia Maly disse: "Sei que não era nada fácil ser judeu na Romênia antes de 1944, como não é nada agradável ser alemão hoje em dia. Agora é a nossa vez."

A senhora Hirschorn refletiu. Ao fazê-lo, fitou o chão de tacos. E disse: "Querida senhora, há uma diferença agravante entre vocês e nós, entre antigamente e agora. Vocês, saxões, só têm hoje que se afligirem com os seus haveres, enquanto nós, os judeus, tínhamos de temer por nossa integridade, por nossas vidas, noite após noite, e durante o dia também."

Disse isso, levantou-se, acariciou os cabelos louros de Elke e calçou as luvas. "Na verdade, existe ainda outra razão pela qual estou aqui. Eu queria felicitá-la, querida Gertrud, e o senhor, prezado Felix, porque um de seus filhos retornou." E estendeu a ambos a mão já enfiada na luva de camurça.

Na porta, sussurrou algo à minha mãe.

A tia Maly disse: "Não se sussurra em sociedade."

"Eu e Adelheid sempre nos demos muito bem. Tivemos filhos na mesma idade." Meu pai veio em socorro à minha mãe: "E o seu pai foi um amigo de negócios meu, o velho Bruckental Sami." Tia Maly não tinha acabado ainda: "O seu marido eu conheci, este tira-dentes. Antes colocava coroas de ouro nos dentes dos oficiais alemães, agora chumba os dentes dos policiais comunistas. Sim, os judeus sempre caem em pé. E vocês perceberam: meias de nylon sem costuras! O derradeiro grito da moda!" Ela escapou para a casa da velha Rozalia, *vis-à-vis*.

Minha mãe me disse: "Adelheid acha que se as coisas continuarem a não dar certo com você, devemos procurar o seu esposo; talvez ele possa fazer algo por você."

* * *

Quando descemos em Kronstadt, disse a tia: "O trabalho torna a vida mais doce, a preguiça enrijece os membros. Deus ajuda quem cedo madruga, mas também tem chumbo no traseiro quem cedo tem de levantar. Não vamos morrer de trabalhar. Deixemos ao tempo! Os camponeses das montanhas da Baviera sabem usufruir da vida."

O que a tia ordenava, eu fazia. As maçãs, que eu recolhia todas as manhãs no imenso jardim, de variedades *Lederäpfel* e *Schafsnase*, eu prensava para obter o mosto. Os meninos de rua se acocoravam ao redor da bandeja e saboreavam o doce sumo com canudinhos, rodeados de abelhas e vespas. Eu regava os canteiros com tanto brio que as flores desabrochavam até se tornarem plantas de tropical voluptuosidade. A água do poço tinha de repousar durante um dia inteiro em tinas. A baronesa Hortensia Zotta de Czernowitz – ela veio para nos pedir emprestado quatro batatas – viu-se atrapalhada no jardim do jovem senhor, que lhe excedia em altura. Tive de resgatá-la com a muleta de marfim: "O senhor é um cavalheiro irrepreensível!" Com o tio Fritz, consertei a velha sebe que corria ao longo de quatro ruas. Pouco lhe servira que chegasse da fábrica com um intestino poroso: o senhor ancião teve que entrar no trabalho e me ajudar, até cair em pé de sono. Não deixei que ele subisse no desvão, onde a tia Maly nos acossava para esvaziar as calhas da água da chuva. Vedar as partes deterioradas lhe parecia uma brilhante ideia. "Aprendeu realmente alguma coisa nos estudos; continua extravagante como a sua mãe. Mas, por favor, não vai arranjar problema."

Reservei o celeiro, que servia de depósito para coisas velhas, como alojamento. Anestesiei-me com leituras para não dar espaço a nenhuma ideia descontrolada. Apanhava os livros mais grossos da estante; bombeava o espírito com despropositadas biografias; devorei *A Santa e o Seu Louco*, de Agnes Günther, e de Egon Conte Corti, *Elisabeth, a Estranha Mulher*. À noite caía num sono de bronze. Eu tinha armado a minha cama na câmara do pobre criado Johann. Quando crianças, espiávamos o seu cubículo, em silencioso tremor, através de uma janela cega, o seu cubículo. Falava-se dele em sussurros. E se sabia que ele em vida havia sido o mais fiel servente dos Dworak e tinha morrido na flor da idade sob terríveis dores no corpo. Finalmente descobri a porta, a abri com violência e entrei. Um armário com algumas roupas. A armação de uma cama com um enxergão, cuja palha se desintegrara em pó. Ao lado, a caixa de ferramentas. Uma cômoda de escritório rústica, pintada com flores e pássaros. O móvel transmitia um efeito esquisito: três gavetas vazias, em cima uma tábua, à direita e à esquerda gavetinhas. Percebi que as gavetinhas eram mais curtas do que a profundidade do móvel, e as medi: atrás devia haver compartimentos secretos. Mas onde ficava o acesso? E o que o criado teria para esconder?

Perguntei ao tio. O pobre Johann, lacônico, de confiança, trabalhador. E solteirão. Assim, aos quarenta, passou a não regular bem. A sua morte? Não ocorreu de forma correta. Tio Fritz olhou de soslaio para a tia Maly, que também não fazia as coisas de forma correta. No meio do dia ela se deitava na cama, os membros "todos sem distinção pesados como o chumbo." A culpa seria deste "demônio de pés de cabra" – este seria eu – "que se aloja no tabique do maldito criado." Tio Fritz preparava o almoço do domingo. Não se devia distraí-lo. Não obstante, perguntei: "O que aconteceu quando da morte?" Quando ele serviu a sopa de macarrão – a tia tinha-se levantado gemendo –, vimos que aquilo também não estava correto. Formigava de vermes vivos. Como tinham sobrevivido tão folgazões à fervura da sopa? Nós sorvemos a sopa primitiva com sentimentos confusos.

"O pobre Johann! Eu era então um rapaz de cabelos encaracolados." Como se algo tivesse feito em farrapos as suas entranhas, ele vomitara sangue; eliminara sangue pelos órgãos inferiores. Tinha sido horrível. O moribundo não permitira a aproximação de nenhum médico. Só consentira junto à sua cama a cigana da casa, Crina, recém-admitida nos serviços domésticos. Sua mãe, Florica, desde sempre na casa, tinha morrido um mês antes. Crina não se afastou de seu lado desde a sexta-feira, quando as convulsões começaram abruptamente, até o domingo de madrugada; ocupou-se de tudo sozinha. No domingo pela manhã, ela chamou o pai do tio Fritz: "Venha! Minha falecida mãe chamou a Ioan. Tudo chegou ao fim." Ele estava lá, deitado no caixão. "Uma vela à cabeceira e os sapatos nos pés, algo completamente anormal."

"Meias bastavam!", gritou a tia Maly lá da antiga cama alemã.

Perguntei onde vivia Florica. "Ela teve o melhor lugar da fazenda", assim explicava a tia Maly. "No estábulo. Junto com a sua filha Crina, numa rede entre as vacas, agradável e quentinha." Lá ela tinha parido Crina e lá ela tinha perecido de morte natural, com os olhos abertos.

O tio achava que o mal do criado já tinha começado um verão antes. Parecia que ele tinha perdido o juízo. Por exemplo, ele confundiu a pá do esterco com o garfo do feno. Sim, já não ia dormir com as galinhas. E falava consigo em romani. "Já depois de morto ele apareceu para a Crina. Duas vezes desinfetamos a câmara com formol e já fizemos incensá-la por dois popes. Mesmo assim, o fantasma aparece. Não deveria ter-se instalado lá." A tia Maly via a coisa de modo mais sóbrio: "O pobre cachorro inchou de tanto comer vinagreira."

Ela não me deixava ficar parado, a tia Maly. Sua receita bem simples era: não deixar tempo para os pensamentos estúpidos. Para tudo tomar tempo, menos para pensar! "'Em frente! Quem descansa, enferruja', gostava de advertir-me o meu muito querido pai, o homem mais trabalhador da face da terra. Morreu com cinquenta anos. Morreu de trabalhar. O mesmo vai acontecer com o pai de vocês."

Eu estava junto à nogueira, e removia o musgo e o líquen de seu tronco com uma escova de cerdas grossas. "Nic Sturm, o nosso herói alemão, já perguntou três vezes por você. Ele o espera em seu ateliê quando escurecer."

"Não", eu disse, e escapuli no crepúsculo através do bosque até a Villa Suíça. Entrei pela porta de trás, subi com um passo os três degraus que conduziam ao cômodo de canto, onde ele desenhava e pintava. O pintor recebeu-me em pé. E mirava o chão, como sempre fizera. Ele enfiou o pincel atrás da orelha e estendeu-me as pontas dos dedos para saudar-me. Avistei, através da janela, a silhueta escura dos pinheiros, que se impunham de encontro a um céu claro: um salto pela janela e os bosques o engoliriam. Nas paredes pendiam armas de ponta e de talho, as quais ele usara como defesa quando os russos quiseram prendê-lo. Uma outra parede estava ilustrada com os quadros do círculo "Nunca mais a guerra" — gráficos de esqueletos com uniforme e soldados que perderam a vida entre arames farpados. Mas agora ele se dedicava a temas mais agradáveis: a saga dos lenhadores suábios da floresta dos Cárpatos; pululavam fadas elegantes, ninfas nuas, herboristas encurvadas e duendes.

Olhando para o chão e para mim, ele disse: "Não se entregue a ilusões. Nós portamos, por toda a eternidade, algo como uma marca e jamais deixaremos de ser estranhos." Por toda a eternidade?, pensei. Não bastava: para sempre?

"Ninguém nos protege. Nem a amante na cama e nem a esposa fiel em casa, ou o fugaz amor das crianças ou o respeito de alguns loucos. Não escapamos de nosso passado."

Eu respondi: "Talvez."

"Assim falam todos os principiantes. Entenda uma coisa: nós podemos modelar as lembranças, estilizá-las. O que não nos deixa é a culpa, que se agarra com unhas e dentes à consciência, da qual ninguém dá conta de livrar-se. Eis porque nós dois somos irmãos, ainda que separados, pois tivemos experiências similares." Ele abriu a janela. Junto ao lago de Schobel, as rãs coaxavam em coro a plenos pulmões, incessantemente, loucas e em delírio apaixonado. "A culpa… Tentei impôr-me corajosamente e fazer uma figura honrosa. Mas a culpa me apanha. Pode parecer uma bagatela, mas não para mim. Veja, eu saí, após seis anos, não somente livre, senão que poderia estabelecer-me da melhor maneira possível, abençoado pelo Estado e pelo Partido. Mas um de meus homens, um partidário, um pobre diabo, completamente insignificante, cujo nome esqueci, foi condenado e encarcerado aqui, neste país. E ele ainda está lá – no seu nono ano."

"Anton Rosmarin de Temesvar", eu disse. Nic Sturm levantou a cabeça, olhou-me com os olhos trêmulos. "É melhor o senhor ir agora."

A tia veio buscar-me no cercado onde ficavam os perus, que, vermelhos de raiva e gorgolejando, se voltaram contra ela assim que entrou. Eu varria o esterco.

"Precisa relacionar-se com as pessoas, senão vai criar minhocas na cabeça. De uma maneira ou de outra, seu pobre pai se afiliou por casamento com uma família completamente exaltada. Mas, por favor, nada de aborrecimento." Joguei a vassoura de piaçava num canto; os perus se abalofaram e gorgolejaram zangados. "Faça-se elegante! Nós temos de levar a Tulea, aquele pobre pedaço de toucinho, uma cesta cheia de batatas novas. Foi o que eu prometi fazer à avó, que Deus a tenha, no seu leito de morte. O esposo dessa Tulea, o doutor Rusu, está preso faz uma eternidade. E ela é um crânio: pôs a filha na Escola Alemã; não deixa *la Sec* se intrometer no assunto. Melhor assim! Chegará o tempo em que todos os romenos e ciganos vão querer ser alemães. É preciso considerarmos, com a ajuda de Deus, que um povo tão talentoso como o nosso volte a ocupar o lugar de primeiro no mundo." E, olhando-me de soslaio, disse: "Até esses seus comunistas da RDA são os líderes no bloco soviético. Ordem prussiana!"

A distância até Fliederweg não era grande, mas a tia Maly mal conseguia avançar. Ela tinha de trocar uma palavrinha com todos, envolver-se em pequenas conversas. "Vá na frente. Já reparou que o povo me saúda como a uma rainha. As pessoas ficam felizes quando tenho uma palavra para elas. Compreende agora o significado de ser afável?"

Diana Rusu lembrou-se imediatamente que eu tinha estado lá, fazia quatro anos, com a minha avó numa missão semelhante.

"E a sua avó?", perguntei. "Paraskiva Marva."

"Ela morreu." Falecera logo após a mãe de Diana ter sido solta. Pelo cesto, com as batatas novas, a garota agradeceu com tanta cortesia como se fosse uma compoteira com chocolates. Ela não me despachou na porta, como eu havia esperado, mas me convidou a entrar, entrando primeiro. Sua saia de verão descia até os joelhos. Percebi que ela puxava pelo pé esquerdo. "Você se feriu?" Paralisia infantil. Se eu bebia um pouco de chá?, perguntou. Melhor lá em cima, na sacada.

A mãe trabalhava no segundo turno na fábrica. "Ainda numa fábrica, quanto tempo tem de passar expiando suas culpas? Ela estudou!" Ela ficou calada. "E o seu pai? Já cumpriu treze."

"Ainda faltam doze anos, se ele aguentar."

"O que foi feito de sua prima Ruxanda Stoica?", perguntei hesitante. "Ouvi dizer que ela está no Canadá."

"Ah, a Ruxi, sua colega de universidade? Se mandou, pela Turquia."

"Nadou até lá?", perguntei surpreso.

"Não diretamente. Mas pela Turquia."

A casa estava repleta de livros até o teto; espalhavam-se até pela escada de madeira. Além de autores romenos e algumas traduções, estavam os nomes e as obras da literatura mundial no original, inclusive do russo. "A sua gente sabe todas estas línguas?"

"Não todas. O meu pai pretendia aprendê-las. Justamente para poder ler no original. Não chegou a isso."

Um quarto na mansarda abria-se, levando a uma sacada. Esta estava suspensa sobre o jardim da frente com as silenciosas figuras de pedra. Não havia nenhuma fileira de casas em frente. O bosque de pinheiros elevava-se até o Krähenstein; era preciso levantar bem a cabeça para vê-lo.

"Sente-se!" Móveis de vime como os de nossa casa de antes. Vários volumes de poesia. O pai era um verdadeiro maníaco por livros. E um presidiário político. Eu mudei o assunto da conversa: "O que você acabou de fazer?" Ela comparava o *Cornet* de Rilke em francês e em romeno com o alemão. "O *Cornet* em romeno? Traduzido por quem?"

"Por Eugen Jebeleanu."

"Impossível. Ele é um comunista." Ela disse: "Singular é a diferença já no início. Este: *reiten, reiten, reiten* [cavalgar, cavalgar, cavalgar], no alemão e também no francês, está no infinitivo: *chevaucher, chevaucher, chevaucher*. Mas para nós aparece no conjuntivo, condicional: *Să călărești*. Não soa mais pessoal? *Cavalgues, cavalgasses, cavalgarias.*"

Curvamo-nos sobre o livro; nossas cabeças se tocaram. Seus cabelos tinham um cheiro de resina. E eu disse – e não tinha a sensação de revelar algo proibido: "O que deve amparar o seu pai na prisão é que ele pode falar diferentes idiomas. E, também, que ele possa contar aos outros histórias dos livros que já leu. Sim, e que ele tenha bastante tempo para compor poesia."

Ela olhou para o bosque adiante e perguntou se eu seria capaz de imaginar por que razão ela se chamava *Diana Lăcrimioara*.

"Como se chama exatamente?"

"Flor-de-maio. Elas crescem aí em frente. E também são conhecidas pelo nome de lírio-do-vale."

"Eu agora só a chamarei de *Lăcrimioara*, Flor-de-maio, Lírio-do-vale."

"Se me chamar assim, atenderei. Os outros me chamam de Diana." Sobre uma pequena mesa estava aberta a Bíbilia romena. Perguntei: "Quem é, na verdade, o Lutero de vocês?"

Ninguém. Aquela era a versão de Gala Galaction. "Poeta e pastor. Você não tinha estudado teologia também? Escrito livros?" E no mesmo fôlego de voz: "Não reparou que já não há demônio no céu?"

Já me tinha ocorrido. "Varrido para a terra. Caído. Só na terra é tolerado." Ela se recostou na cadeira de vime, cruzou as mãos sobre o regaço; queria saber o que significava para mim a frase: Jesus Cristo se manifestou para destruir a obra do demônio. "Como? Alguém que esteve nas garras do demônio", olhei ao redor; nem um sopro de vento em parte alguma, "não se preocupou com isso?" Ela me olhou com uns olhos nos quais estavam refletidos os pinheiros. "Essas palavras me tiraram todo o medo. Considere as consequências; elas são sensacionais: eu não tenho que lutar contra o mal, eu não tenho que me bater com ele. Isso só diz respeito à Santíssima Trindade. Em contrapartida, posso empenhar-me completamente para o bem; fazer o bem com o corpo e a alma."

"Entende-o por mal?", perguntei perturbado.

Ela cismou; os olhos repousavam sobre minhas mãos. "O mal, o que é ruim, não é o poder de destruir o todo e o bom e o belo, e estar contra o bom Deus e contra a natureza humana? Como se diz em alemão: traição, maldição, guerra, câncer, o regime, a loucura." E enquanto ela assim se expressava, seus olhos reluziam. Mas eu disse num tom severo: "Loucura não. E o regime deixemos de lado. Mas como é que se tornou tão versada na Bíblia?"

"Da parte de minha querida avó", disse a Flor-de-maio, "nós falávamos muito uma com a outra; rezamos muito."

Ela já tinha concluído o bacharelado, mas nada mais a esperava; só a fábrica de tijolos, onde a mãe arruinava a saúde. Os colegas de classe, que raramente tinham ido adiante, estavam espalhados pelo país. "Vocês têm uma expressão: na terra de qualquer um."

"Terra de ninguém", eu corrigi. Como filha de um preso político e de uma mãe que esteve na prisão quatro anos por supostas intrigas políticas, o que mais poderia estar à sua espera? Já aquilo que lhes causara tanta perseguição teve como resultado a insistência da mãe em enviar a filha para estudar na Honterusschule. Ela agora sabia falar perfeitamente o alemão.

Enquanto ela descera a fim de buscar uma jarrinha com creme de leite, decifrei na xícara de chá a marca "Winterling Bavaria." Winterling, como Elisa ou os Hirschorn. Assaltou-me uma saudade do grande jardim de minha infância com seus esconderijos esquecidos. Trinquei os dentes. Afligia-me a saudade das festas infantis nos espaços ao ar livre, onde adejavam as borboletas…

A escada rangeu, marcando um compasso, um-dois e três. A aleijadinha estava de pé à porta, um brilho vermelho sobre os cabelos. Ela me examinou enquanto eu baixava a vista. "Está pálido como giz." Ela verteu o creme em minha xícara.

"Branco como esta parede. Aconteceu alguma coisa, não se sente bem?" Ela assestou a cadeira; uma vez, perto, uma vez, longe. Sentou-se. Sim, eu me sentia mal.

Sua mãe, *doamna* Lucretia, chamada Tulea, saudou-me sem entusiasmo. Quando recitei o meu discursinho sobre os feitos do socialismo, empreendido na *patrie* nos últimos anos, ela disse, cheia de desprezo: "Não dissimule, por favor. Socialista aqui em casa quer dizer separar-se com violência do que é humano." Isso me acertou o coração. "Estes abusaram do socialismo. Ladrões. Mas a nossa casa eles não confiscaram. E a mim não submeteram à sua vontade nos campos de arroz de Arad; todos os dias até os joelhos enfiada na água." E de maneira decidida: "Há o Deus dos órfãos e das viúvas. Com as minhas orações eu amassei a Deus como se fosse uma maçã. Quase perdi o juízo: a menina sozinha com a avó, indefesa, exposta à ação destes criminosos. Mas Deus conta as lágrimas das mulheres."

E, de maneira imperiosa: "Meu jovem! Todo ser humano razoável é a favor do socialismo. Também nós somos, meu esposo e eu. Por isso nos prenderam, esses falsos cães." A senhora Lucretia mostrou sem qualquer *pathos* as suas mãos maltratadas.

Respondi, com uma voz quase inaudível, que estas mesmas coisas me esperaravam: a fábrica de tijolos. Ela me explicou: ao cabo de três dias rebentam as bolhas de sangue; mais tarde a pele se torna tão dura que eu poderia partir um tijolo com o canto de minha mão. Isso nos reconciliou, porque ela se despediu beijando-me na testa, e disse: "Venha sempre que quiser. À Diana faz bem falar o alemão. Venha sempre!" Eu me despedi confuso da cabeça ao coração.

* * *

Acabaram-se as minhas noites sem sonhos, pesadas, insones. Durante o dia, eu negligenciava o programa da tia Maly. Eu li pela terceira vez, como um possesso, *Os Buddenbrooks*, reconhecendo-me melhor, desta vez, no irmão Christian, que engatinhava até a janela aberta para não cair em tentação de atirar-se por ela. Durante as noites, eu ficava deitado desperto e tinha sonhos. O capitão Gavriloiu, com seu perigoso nariz, metido numa jaqueta da moda, com calça de veludo escuro e sapatos sem cadarços, me esperava em Fogarasch precisamente quando eu saía da igreja. Ele cochichava: "Traiu as coisas elevadas do socialismo", e me cravava uma lima triangular no peito. Não doía. Mas me paralisava o pensamento de que eu pudesse cair e entregar o espírito num charco, como Thomas Buddenbrook, o homem de gosto e de *contenance*. Tia Maly impeliu a *Lăcrimioara* para a minha câmara secreta. Foi à tarde. Eu estava espreguiçando-me e lendo. A tia quis sentar-se conosco, refletiu um pouco e partiu voando.

Diana olhou ao redor: "Como num conto de Andersen." Ela fez saltar da cabeça uma cartola que provocou uma nuvem de poeira. "Ficamos preocupadas com você. Não foi mais me visitar. Preste atenção: acredito que há algo em você que não vai bem. Ou de outra forma: um espírito maléfico paira sobre você, os fantasmas o perseguem." Ela se sentou sobre a cama. "O quê? Mas isso não é mais um enxergão de palha! Merda seca de cachorro. À noite, nós o enchíamos de palha na casa de meu tio Samoilă. Não o conhece? O irmão de minha mãe. Ele é camponês." Ela portava uma saia com bolinhas e uma blusa cavada sem mangas, costurada por ela mesma. Nas axilas encrespavam-se os pelos ruivos. Ela se estirou sobre a cama, a cartola na cabeça, as mãos na nuca, a saia até os tornozelos. "Aqui esteve escondido o seu pai. Para não meter os Dworak num imbróglio, ele saiu por si mesmo."

Flor-de-maio concordou com a cabeça. "Eles o pegaram na casa de minha *bunică*."

Eu lhe contei a história do pobre criado Johann. Ela disse: "Este é um ótimo lugar para purificar a sua alma. Aqui muitos homens fizeram penitência. O romeno diz: um prego extrai outro prego. Em alemão soa estúpido."

"Ferro destroça ferro. Aliás, penitência em grego é *metanoia*; mudança de ideias, conversão."

"Isso mesmo! Tem de converter-se, mudar as suas ideias. Mas antes temos de saber por que o criado Johann morreu tão miseravelmente. Qual é o problema com a cômoda?" Nós tateamos à procura de gavetas secretas, meio que de joelhos, meio que deitados. "Aqui, um ferrolho!" Ela enfiou a mão por baixo, levou o meu dedo a uma ranhadura pouco perceptível; nossas faces se tocaram levemente. Ela empurrou o ferrolho, ele cedeu; um buraco se abriu bocejando. Nada. No outro lado, o ferrolho encravou. Nós dois sacudimos como se a glória de minha alma dependesse deste achado. Um empurrão, rangeu. Da abertura se desprendeu um troço de papel, caiu oscilando. Era uma carta. "O que está escrito no envelope? Eu não sei ler a letra gótica."

Estava escrito: "Abrir após a minha morte." Por consequência, abrimos a carta. Dentro dizia: "Por causa de uma grande paixão devo deixar a minha jovem vida. Não pode ser que um autêntico saxão tenha o seu amor em outra parte. E por isso não fica bem que eu, como um saxão – que já não sou mais digno de ser – me enforque. Quero morrer de maneira diferente por causa de minha grande paixão. Que o bom Deus me perdoe e os proteja. Johann, o grande criado dos Dworak." Portanto, não apanhara uma indigestão devido à vinagreira.

Os saxões enforcam-se, os ciganos o fazem com pregos enferrujados. Assim ele também o fez: pregos enferrujados. Por isso os cortes no corpo e os vômitos de sangue. Consequentemente, sua grande paixão deveria ter sido uma cigana. "Crina", supôs *Lăcrimioara*. "A sua mãe, Florica", presumi.

Passamos um bom tempo sentados no enxergão de palha seco, meditando sobre o terrível acontecimento. Eu pronunciava aqui e ali uma palavra, ela se opunha com veemência. Mas, ao despedir-se, ela disse de modo conciliador: "Imagina o que diz Isaías: Não tenhais medo. Deus vos deu nomes de amor." Ela me encarou com uns olhos que me levaram a acreditar. "Uma vez na vida, cada um tem de pôr à prova este nome de amor."

* * *

Parecia feitiço. Minha camisa de mangas compridas, que me protegia das queimaduras do sol, desaparecera. O enxergão de palha, novamente cheio, empinava-se como um cavalo, deitava-me ao chão. Pelas noites, eu via fantasmas com os olhos abertos: a santa e o seu louco eram perseguidos e suplicavam, eu devia escondê-los. O que fazer? Eles condenaram à morte Andrei, o estudante. Com as mãos feridas, ele pedia que eu o ajudasse a atravessar a fronteira verde. A gigantesca mulher morta se aproximava vacilante com pés de *putto*. Beate me encarava com seus olhos cor-de-rosa; punha flores no meu túmulo. O caçador escapava correndo, com uma lebre decapitada na mão, o uniforme de presidiário feito farrapos: sim, senhor! Esta era a aparência que se tinha após cinco anos nas masmorras da *patrie*! O cego Malmkroger conduzia o adoentado Töpfner; ambos caíram na cova.

Lăcrimioara, que tinha prometido ter um olho em mim, não aparecia.

Eu já queria voltar para o meu quarto azul de Fogarasch quando ela apareceu junto à minha cama; a cartola sobre as orelhas. "É um fantasma?" Eu senti, pela primeira vez desde a minha vinda, as lágrimas correrem aos olhos, e me admoestei: com um punho cerrado! E escondi o meu rosto. Ela se sentou ao meu lado; a palha fresca rangeu. "Como cheira bem!" Ela acariciou acanhada os meus cabelos. "Aqui você tem a sua camisa. Amanhã bem cedo partiremos daqui por alguns dias. Então, tudo vai ficar bem. Eu agora estou segura de que você se livrará dos espíritos ruins, de que mudará de ideias." Ela falava muito depressa; eu mal lhe podia perguntar: "Minha camisa?" Virei-me para ela, que segurou a minha mão. Ela sorriu embaraçada: "Eu levei a sua camisa à casa de minha tia-avó Stefania."

"Para lavar?"

"Ela é freira na *Mănăstire Sfântu Baritmeu*, na borda do mundo. Iremos até lá em peregrinação; lá o diabo perdeu seus direitos. E justamente ali eu passei estes dias. Nós passamos três tardes rezando sobre a sua camisa. E cada manhã na *utrenie*…"

"As matinas", disse eu.

"Nas matinas, rezamos, então, pela alma perdida do pobre Johann. Levei o envelope de sua carta. Assim que colocar a camisa, agora, dormirá com ela como um recém-nascido. Reze antes esta oração de libertação contra os espíritos imundos." Ela me estendeu um papelinho com uma oração em romeno. "Seu espírito encontrará a paz. E também o espírito do pobre Johann, que agora, finalmente, vai poder voltar a Deus; a sua culpa está expiada, porque ele libertou outras almas com a sua morte miserável." Palavras que compreendi pouco, mas lhes dei fé, de alguma forma. Ela fora coxeando por mim até o fim do mundo…

"Amanhã, às oito, partimos!" E ela se foi. Fiquei com a camisa na mão; ela cheirava a incenso.

32

Nós tomamos o café da manhã em Räuberbrunnen. Pão com toucinho e tomates. Bebemos água da fonte. Em Dârste, atravessamos a estrada de Bucareste. Seguimos por um vale transversal desde o desfiladeiro de Predeal, e vimos ao meio-dia, sobre as copas das árvores, sete cúpulas de bronze: o monastério de São Bartolomeu, o santo protetor dos cegos. No caminho, descansamos de maneira original: eu me sentei com as costas apoiadas num tronco de uma árvore, ela encostada em mim. Eu firmava o meu queixo em sua cabeça; ela punha o seu ouvido em meu coração. Fazia silêncio no bosque.

Uma estrada de terra nos acolheu. As casas ficavam quase invisíveis, encobertas por plantas de jardim e árvores. Ao redor dos poços, à margem da estrada, aglomeravam-se túmulos sobre os quais se podiam ler os nomes dos mortos. A mulher que tirava água entre as cruzes de madeira disse: "Os mortos estão com sede, e procuram a proximidade nossa, dos homens. Ao tirarmos a água celebramos o reencontro."

"O pobre criado Johann", dissemos os dois com uma só boca, "onde saciará a sua sede?" Resolvi colocar uma cruz para ele junto ao poço, não muito distante do celeiro.

Balançamo-nos sobre uma ponte suspensa que nos levou à ermida. Tive que puxar a garota comigo. "Essa coisa monstruosa e pouco segura!" Eu lhe ensinei: "Para que não balance, tem de fazer como uma raposa constritiva, passo a passo." Difícil para uma coxa. A sua mão se agarrava à minha. Quando, ao final, eu a desci num meio de uma moita de verbasco, ela quis dar-me um beijo. Eu me esquivei, toquei com o queixo a sua cabeça e senti as cócegas provocadas pelo seu cabelo e o cheiro de resina.

Uma cerca, feita com pedras do rio, rodeava a ermida; somente a cúpula da torre da capela se via por cima da copa. O portão era estreito. Um homem, agachado ou num caixão, podia transpô-lo. Ao bater de uma aldrava em forma de cabeça de anjo acudiu uma jovem monja, cujo rosto, de inclemente beleza, assustava. Ela disse em alemão, sem que me lançasse um olhar. "Eu sei quem é o senhor, eu sei tudo a seu respeito." E virou-se.

"Eu não conheço a senhora", disse desconcertado; apanhei o debrum de seu hábito e beijei o tecido, como a tia Maly me tinha inculcado e como convinha a um homem pecador diante de uma mulher consagrada. "Eu me chamo Claudia Manu." Eu quebrei a cabeça: ela sabe tudo, está claro, sabe alemão; ela sabe tudo...

"Está pálido como a parede", sussurrou Diana, "o que esta pessoa lhe disse?"

Atrás do portão, uma robusta mulher com um manchado traje de trabalho nos deu boas-vindas. Ela era a moleira do monastério, Aglaia. Ela agitou Diana como um saco de grãos e me abraçou tão fortemente que eu a senti. Estava aqui após uma vida de pecado, como ela mesma se manifestou, e agora aguardava ansiosa pelo chamado de Deus para abraçar os hábitos de monja.

"Oh", protestou a reverendíssima *Protostareţa*, que havia escutado tudo, "com tantos pecados é preciso esperar bastante. Mas entrem, benditos ao Senhor!" Sobre a relva ao redor da capela secavam penugens e penas, que as piedosas mulheres tinham selecionado de cobertores esfarrapados. A madre Stefania, com um lenço frontal, que só deixava escapar dois tufos de cabelo nas junções dos olhos, levantou de um banquinho, virou a cabeça escutando e disse: "Falem alto! Assim eu posso achá-los mais facilmente. Meus olhos hoje estão melhores." Ela beijou a sobrinha. Sobre a minha testa ela fez três vezes o sinal da cruz. E passou os dedos suspensos sobre o meu rosto e ao longo de meu corpo, como se quisesse entender o desassossego de meu ânimo e a confusão de minha vida. Mas ela não perguntou nada, só se admirou que eu cobrisse cada parte de meu corpo, até mesmo luvas eu calçava. Diana respondeu por mim: "O sol se põe sobre ele, fazendo-lhe mal."

A superiora nos pediu para nos sentarmos num banco. À volta do monastério murado caía pesadamente o calor do verão. Ela disse para a monja de olhos inclementes: "Uriela, pode ir agora." Estremeci: Uriel, o arcanjo, a chama vingativa de Deus... Como ela não se movia de seu lugar, a madre Stefania disse: "Estes queridos hóspedes iluminaram os meus olhos. Durante as vésperas, minha sobrinha me ajuda com a leitura. Acima, no convento, a esperam cegos de verdade."

Leitura, cegos… Era ela, Claudia Manu, a estudante que tinha lido para Annemarie Schönmund quando esta estivera cega, além de ter despachado para ela a sua correspondência com Enzio Puter e aprendido também com ela o alemão. Eu jamais escaparia desta Annemarie Schönmund! Esta mulher não deixava ninguém livre, nem sequer a cega monja Uriela! A superiora disse: "Ela escolheu o nome Uriela, carregado com a ira de Deus, em sua consagração."

Jamais estarei livre desta mulher! Mas eu me enganava. Que prestígio deveria ter a reverendíssima abadessa nas fileiras celestes que lhe ajudou a romper o feitiço, de uma vez e para sempre. Nunca mais esta Annemarie cruzou o meu caminho, nunca mais caiu a sua sombra sobre o meu ânimo.

As poucas celas estavam vazias. "O ditador expulsou todas as monjas menores de cinquenta anos. Ele precisava de força de trabalho."

"E esta Uriela?", perguntou Diana visivelmente aborrecida.

"É um enigma para mim. O comunismo é um sopro pra lá e pra cá de extravagâncias. Por isso desfiamos as plumas, cosemos os cobertores. As celas do convento se encherão."

Para passar a noite escolhi a cela que dava para o moinho, onde eu podia escutar o rumorejar da queda d'água. O banheiro dos hóspedes era um conto de fadas: sobre o grosseiro buraco da privada, um assento, semelhante a um trono, com o espaldar em madeira esculpida, e a tábua de sentar-se e os braços revestidos com veludo vermelho. Ele teve um sério prelúdio: na consagração do convento, o demônio perdeu-se por ali. "Essa foi a única vez em que o impuro, o de sete peles, passou por aqui, e nunca mais! O senhor agora deve depor todos os seus pensamentos obscuros e gozar da paz celestial."

Como acontecera aquilo? "Bem, o demônio não tenta os pecadores tíbios, os que Deus também cuspiu de sua boca. Não, o que ele deseja é levar à queda os santos e os santíssimos." Assim foi que o demônio escolheu o augusto dia da solene consagração e enfiou-se nas entranhas das hierarcas consagradas. Com um efeito imediato, funesto e digno de compaixão. E com consequências permanentes e eternas: a tranquila cadeira foi restaurada conforme à sua categoria original. As mulheres riam. Aquela que mais ria era a grande pecadora; todo o seu corpo mundano estremecia. Realmente, o demônio perdera aqui o seu poder.

Sentamo-nos à mesa junto à madre superiora. O ambiente era sóbrio como a câmara do pobre criado Johann: cama, mesa, armário; com certeza, ícones nas paredes, e um aquecedor.

Ardiam sete velas. Diante da anfitriã havia uma; duas junto ao serviço de mesa de Diana. Em meu lugar, próximo de mim, se elevava um candelabro de três braços. Em virtude de tanta luz, eu reconhecia somente os olhos das pessoas; os seus rostos se desvaneciam em esplendor. Cada um de nós tinha uma taça de vinho tinto diante de si. Os pratos tinham um tom tostado. Na oração de graças, nos sentimos levados à face de Deus, o que comoveu os nossos ânimos. Fez-se um pedido pela intenção do pai de Diana, que Deus colocasse um fim a sua prisão quando a sua fé começasse a vacilar; pelas faltas da moleira Aglaia e até pela esposa do pope ortodoxo, que Deus a perdoe, quando ele considerar que o tempo de sua penitência se consumou; também pelo meu irmão Felix, na fornalha ardente com tantos outros jovens, para que os anjos vivos os guardem.

Por fim, pediu-se a Deus algo que lhe devia ser fácil: abrir o entendimento do ditador de Bucareste à salvação em Cristo. As mulheres fizeram três vezes o sinal da cruz. A superiora molhou o pão consagrado numa vasilha de sal; estendeu um pedaço para cada um. Ela colocou um pedaço, que brilhava com os cristais de sal, entre os meus lábios. Eu não o enxaguei com o vinho; deixei que se desfizesse sobre a língua, até que as lágrimas vieram-me aos olhos. Levantamos as taças e nos inclinamos respeitosamente uns aos outros.

Para comer havia pão preto com queijo de cabra, acompanhado com cebolas doces. Um pequeno jejum foi anunciado para o dia 15 de agosto, o dia em que a Santa Maria foi elevada ao céu enquanto dormia. Por ordem da superiora, a noviça Aglaia – ela portava um traje preto de feriado – deveria ler um capítulo do lecionário que ela escolhesse. Como era esperado, expôs a história da grande pecadora. A mulher penitente recitou com um *pathos* repreensivo. A voz se tornou mais viva quando escutamos o momento em que a pecadora salva lavava os pés de Jesus, os ungia com perfume de nardos e os secava com seus próprios cabelos. A superiora disse: "Quando o Senhor Deus misericordioso retira o peso dos pecados das costas de uma pessoa, ficam para o resto da vida glória e gratidão."

"O que a reverendíssima madre entende por pecado?", desejei saber.

"O que o separa de Deus." Isso era muito, quase tudo.

À Aglaia, ela disse: "Pode tirar a mesa e, em seguida, vá deitar-se. Hoje você está cansada." Diana quis ajudar. A superiora fez um gesto que não. Quando o bruxulear das velas se aquietou, ela disse: "Prestem atenção: não se pode anular o passado, mas ele pode ser remediado."

"Como assim?", perguntei.

"Na santidade e através do amor." Deus procura, cheio de misericórdia, o passado ruim: os momentos em nossas vidas onde nos tenhamos sentido mais carregados com a culpa de pensamento, palavra e obra, onde nos tenhamos apartado do mandamento do amor. "Em sua infinita bondade, o Senhor Deus a tudo renova, como estava previsto desde o princípio no Paraíso. Ele restitui tudo ao centro de seu coração, purificado da desfiguração provocada pelo pecado. Também aqueles, afastados de Deus na terra, tornam-se partícipes de uma futura conversão." Pensando esta ideia em toda a sua radicalidade caberia supor que também Hitler e Stálin poderiam cantar hinos de louvores diante do trono de Deus. E, todavia, que consolo mais ousado! Deus se torna bom àquilo que se corrompeu debaixo de nossa mão, e reúne à sua mesa os separados e os réprobos num círculo de reconciliação.

"Onde está escrito isso?"

De mau humor, a superiora pegou a Bíblia, folheou e leu: "Por exemplo, Colossenses 1,19-20. 'Pois nele aprouve a Deus fazer habitar toda a Plenitude e reconciliar por ele e para ele todos os seres, os da terra e dos céus, realizando a paz pelo sangue da sua cruz'. Ou dos Atos dos Apóstolos 3,21: 'Ele, a quem o céu deve acolher até aos tempos da restauração de todas as coisas, dos quais Deus falou pela boca de seus santos profetas'."

"Amém", disse Flor-de-maio.

A superiora prosseguiu: "Contenta-me saber que, no Sábado Santo, o Redentor desceu aos infernos junto aos mortos e procurou e salvou a todos, tanto os maus como os bons." Ela levantou o rosto emoldurado pelo pano preto com uma dignidade que não deixava espaço a nenhuma réplica. "O início está nas suas mãos, meu filho. É preciso decidir-se. Os insípidos o Senhor cuspirá de sua boca. E outra coisa: não imagina, meu filho, que *metanoia* significa que tudo se torna bom num instante. Segue-se o tempo de expiação dos pecados."

Diana a apaziguou: "Não o assuste, minha tia querida."

"A santidade é de Deus. O amor, porém, é nosso. Este é o outro caminho para a reparação. Somente o amor cobre a quantidade imensa de nossos pecados."

Eu não havia escutado isso antes? "O amor? Mas ele é algo destrutivo. Como, então?"

"O que é que disse? Isso lhe foi sussurrado pelo demônio, o imundo." Diana também levantou os olhos assustada, repetiu: "Algo destrutivo?"

"Como, o senhor pergunta? Quando nos voltamos ao próximo."

"Quem é o meu próximo?"

"Meu Deus, é assim que perguntam os fariseus. Alguém que precisa de sua ajuda e de seu amor. Sempre há criaturas, nas suas proximidades, que são mais miseráveis do que você, que sofrem mais, que estão jogadas ao chão." A monja pegou a Bíblia e perguntou: "O que acha que eu escolhi especialmente para você?" Meu Deus, ela voltou a tratar-me por "você". Eu respondi prontamente: "A parábola do filho pródigo." Não era isso, mas a história do bom samaritano.

"Com quem você se compara?" Mas, antes que eu proferisse uma palavra, a severa mulher julgou por bem dizer: "De modo algum se compraz com o papel daquele que está estirado ao chão. Deus projeta coisas melhores para você. Mas decida por você." As velas tinham-se apagado. Na janela aberta aparecia a noite com mil estrelas. Diana disse: "Querida tia, não temos em nós os dois tipos de pessoa: aquela que ajuda e aquela que está estirada ao chão?"

"Com certeza", confirmou a dama anciã, e completou, respeitosamente: "O bom Deus instituiu assim, em sua sabedoria, que ninguém passa pelo mundo sozinho, sem alguém que se torna o seu próximo." Eu senti anseio por alguém.

Para as orações da noite, fomos à capela, onde, ardendo num vermelho vivo, flutuava a luz do sacrário protegida por um invólucro de vidro. E onde a insone Aglaia murmurava fervorosas orações, quem sabe para quê. Eu também me ajoelhei. Na hora da monótona recitação dos salmos, tornei-me impaciente; as articulações dos joelhos começaram a doer. Ao meu lado, ajoelhada, estava Diana. Ela tinha a cabeça encostada numa imagem da santa Paraskeva, a santa protetora de sua avó e de toda a Romênia. Ela murmurava suas misteriosas orações e fazia o sinal da cruz, cada vez que a superiora, com os olhos luminosos, pronunciava o nome do Cristo Salvador. E então, aconteceu algo estranho: a certa altura, o tempo terreno se volatizou e a própria corporeidade desapareceu. Uma corrente de luminosa leveza passou e levou consigo lembranças e ameaças. Quando a madre Stefania apagou as velas, a garota teve de tocar-me. Senti, pelos meus membros rígidos, que o tempo avançara; fazia-se tarde. Os sinos do convento acima anunciavam a meia-noite. "Vocês, crianças, acostumem-se a ir dormir antes da meia-noite. Cada dia traz seus tormentos." Sob o rumorejar da queda d'água, dormi como nunca.

Antes que nos puséssemos a caminho, a madre Stefania pediu para que fôssemos à capela. Chegando lá, mandou que nos ajoelhássemos; estendeu sobre nós um paramento roxo e nos abençoou em nome do Pai, do Filho e do Espírito Santo e da Santa Mãe de Deus, Maria. Ela pediu a paz do Pai; evocou que o amor de Cristo se derramasse sobre nós dois, e implorou a força do Espírito Santo para nos proteger de todos os maus espíritos no corpo e na alma. Por fim, deu-nos o beijo da paz. "Ontem, na capela, nós só rezamos por você, meu filho. Lide sabiamente com isso!" Ela beijou a sobrinha e fez o sinal da cruz sobre minha testa. A moleira deu-nos um lanche para a viagem, abraçou-nos e fechou o estreito portão atrás de nós. Uriela não se encontrava em lugar nenhum.

* * *

A fim de evitarmos a insegura ponte suspensa, atravessamos o regato junto ao moinho. Fazia calor. A moleira do convento ainda não tinha começado a trabalhar. Desloquei uma tranca. Um jato d'água, habilmente conduzido, chocou-se contra uma roda com palhetas, montada sobre um eixo vertical, que logo começou a mover-se como um carrossel. Tirei a roupa, coloquei-me na escudela lavada debaixo do moinho e deixei-me encharcar de água pelas palhetas oblíquas das rodas. Eu via Diana através de um véu de gotas. Sua voz dominava o rumorejar: "Está muito engraçado! Claro e castanho como um São Bernardo. Mas as mãos e o rostos brancos como uma condessa russa." Parei a roda do moinho. Algo estalou, estalou com um disparo. Estremeci, me sacudi de modo que as gotas respingaram ao redor e perguntei com a voz rouca: "O que foi isso?" Ela ria. "Heinrich, o coche quebrou! Não, senhor, não foi o coche. É o ligamento de meu coração. Às vezes, ele rebenta louco por você."

Nós partimos dali coxeando, e eu me apanhei a puxar o pé esquerdo de vez em quando. Poderia ser por simpatia? Ou me ajustava por compaixão? Ela percebeu;

ficou vermelha. Cobri com as mãos a sua boca: "Não diz nada! Eu sei o que está pensando." Ela riu. "Há uma solidariedade que é falsa. Eu li uma vez que uma mulher branca na África do Sul, que tinha feito amizade com os negros, queixara-se: 'é um castigo ser branca entre os negros!'" A força do lugar, onde o maléfico inimigo não tinha poder sobre mim, parecia que nos acompanhava. Íamos de mãos dadas.

Quando tivemos que descer a íngreme vereda de Brandstätte até Räuberbrunnen, ela me abraçou: "Estou com medo!" Ela me apertou, se agarrou a mim, encostou a cabeça no meu peito e, de repente, se deixou cair e me levou junto. Rolamos montanha abaixo; perdi o chapéu, os óculos escuros e as luvas. A água do riacho abaixo respingou quando caímos dentro. Ela ficou um pouco de bruços na corrente e fitou os regatos ao longo do imenso céu. Eu recolhi as minhas coisas. Completamente ensopada, ela procurou um lugarzinho ao sol. "Sabe por que eu fiz isso? Aqui eu passo por uma lebre. Não me importo de subir. Mas descer a montanha com a minha perna coxa me causa horror e espanto." Ela tirou a blusa, torceu-a, e a colocou na mochila. "Agora podemos continuar o nosso caminho. Conheço um atalho escondido onde ninguém vai nos ver."

Quando saímos do bosque junto à sua casa, ela se pôs na ponta dos pés. Antes que eu pudesse esquivar-me, ela me beijou. "Agora vamos entrar no palco oficial!" Ela abotoou a blusa. Estava seca. No jardim de frente, entre as figuras de pedra sem nariz e dedos, todas com os olhos vazados, ela ficou de pé, com as costas voltadas para mim. E disse para si, voltada para o longínquo Zinnengrat, distante de mim, sem que eu pudesse ver os seus olhos: "Eu o amo!" Ela o disse no meu idioma, a Flor-de-maio. Eu dei meia-volta.

Abaixo do Zinne, junto ao cemitério dos heróis alemães de Stalinstadt, eu encontrei o capitão Gavriloiu. Ele estava de uniforme. Fiz força para encará-lo. Mas ele afastou o olhar.

* * *

Eu mal tinha retornado do Tannenau e escapado ao tempo na câmara azul, quando a minha mãe, de manhã bem cedo, abriu subitamente a porta: Hlibic de Volkssport procura trabalhadores. Ele está construindo uma casa junto à fábrica de tijolos, lá onde os Rohrbacher tinham suas casas. "Ele paga cada tarde no ato, e, certamente, tanto quanto eu ganho numa semana. Levante-se! Pode, finalmente, equipar-se com calças de veludo e sapatos com cadarços. Prepare-se! Um bom prelúdio para a fábrica de tijolos." Ela me puxou o cobertor e me salpicou com água. "Aqui está o lanche, o almoço Elke levará." A novidade tinha vindo do Wochenmarkt, onde vagabundeavam os que não podiam ou não sabiam fazer nada, e de tal maneira que a milícia do povo não os apanhava ou os levava embora nos furgões fechados.

O camarada Hlibic era um importante homem do Partido local. Não obstante, ele tinha mandado vir para este dia três popes. Assim como ele estava disposto a pagar um salário pelos serviços eclesiásticos.

O fundamento e a base da casa já estavam prontos e tinham sido vedados por nós com cartões de alcatrão. Agora era a vez do clero. Tudo tinha de ser benzido, tão logo as circunstâncias permitiam, isto é, antes que o diabo pudesse aninhar-se ali. Juntamente com os cantores foi-me permitido dar uma mão aos popes. Eu segurava os livros sagrados diante de seus olhos para que pudessem entoar suas litanias. Retirei o hissope da água benta, acendi o incensário e respondi ao coro.

Nos quatro cantos da casa, os pedreiros tinham deixado nichos livres. Dentro foram colocados cálices com grãos de milho fermentado. E tudo rebocado com argamassa, enquanto os popes salmodiavam cantos eternos, no que se incluía tudo o que a Bíblia dizia sobre casa, fazenda e construção, e espíritos malignos.

Com um feixe de ramos de salgueiro aspergiu-se com água benta os componentes da construção, assim como os futuros moradores, para que prosperassem e se multiplicassem e ficassem imunes aos ataques do demônio e da morte; até eu mesmo, o herético luterano, tive o meu quinhão de bênção e senti-me parte de algo. Uma mesa cheia de vela levava a pátena com pãezinhos em forma de dado, que tinham sido benzidos na santa e divina missa do domingo anterior e em cuja crosta estava marcada (assada no forno) a palavra *Niké*, vitória, em forma de cruz. O pope ia colocando pedacinhos do pão entre nossos lábios.

Em seguida, os religiosos e nós, os leigos, equilibrávamos, na ponta dos dedos, uma bandeja com mingau consagrado. Por fim, a construção, pronta e planejada, estava sob proteção da graça de Deus, enquanto desaparecia numa nuvem de incenso. O dono da casa mandou-me trabalhar; instigava-nos batendo palmas para que nos apressássemos – as horas dissipadas tinham de ser recuperadas.

Os clérigos tiraram suas casulas suntuosas e sentaram-se com os cantores à mesa para comer. Sobre a toalha de linho tecida à mão, aglomeravam-se garrafas e pratos. A magnificência do banquete estimulava água na boca dos comensais, e de seus lábios gotejavam saliva; eles tinham uma vez e outra de limpá-los com o dorso da mão. Bebia-se aguardente de ameixa em copos de vinho. Escutávamos os arrotos até na fossa de cal. Gigantescos bocados de pão caseiro com manteiga de búfala e queijo de cabra eram devorados avidamente pelos convidados. Em suas bocarras abertas enfiavam talhadas de cebolas roxas e rábanos vermelhos. Com as bochechas cheias ainda mastigando, mordiam os tomates, cujo sumo respingava no vizinho. A salada de feijão sorviam diretamente da travessa. Por fim, serviram um bolo, lardeado de hissope, a especiaria bíblica. Dava-nos água na boca quando passávamos por perto, às pressas, com baldes cheios de argamassa.

Com o pagamento do primeiro dia de trabalho comprei uma jaqueta com capuz. Marrom. Mandei tingi-la de preto, a minha cor por muitos anos. Para que todos pudessem ver-me em uma nova roupagem, fui flanar à tarde – tão abalado eu estava – pela primeira vez na rua principal de Fogarasch. O lugar, onde o maligno inimigo não tinha poder algum sobre mim, me acompanhava por toda parte. Em algum momento vi passar ao longe o *căpitan* Otto Silcseak. Devia conhecê-lo? Não!

Uma manhã, aproximou-se de Hlibic um trabalhador que eu contava como colega. Eu lhe disse na cara que ele acabara de ser solto. Como assim? Por acaso eu seria um profeta? Rosto ossudo, descarnado, a pele queimada do sol, o gorro enfiado a fundo na cabeça; debaixo, uns olhos inquietos, que começavam a tremer quando uma pessoa lhe fitava detidamente. Para prová-lo lhe ofereci um cigarro. Ele o fumou até os lábios queimarem. Era isso.

"Baragan, a marca mais barata", constatou ele, "feito com as migalhas que juntam na fábrica. Um *leu* o maço". Ficara dois anos preso por *"hooliganismus"*.

"Isso não passa de uma palavra. Em concreto?" Em concreto, ele tinha-se enchido de cerveja, subido no alpendre da bodega onde se fabricava a cerveja e urinado – fazendo um amplo arco – sobre a cabeça da classe trabalhadora em folga do dia de trabalho.

Quando tivemos a nossa, disse-me na cara que eu tinha sido um preso político. Quem lhe tinha sussurrado aquilo? É só olhar! Alguém como eu, com luvas e curso universitário, misturando cimento? Estava claro como a água. "Vocês são os aristocratas", admitiu, "mas isso tem um preço. Estão perdidos! A nós, os porcos vulgares, eles ao menos nos deixam com vida." Eu lhe dei o resto dos cigarros e, quando superei a mim mesmo, a nova jaqueta com capuz.

Elke não só me trouxe o almoço numa marmita, mas também me substituiu no trabalho, para que eu pudesse descansar. Ela carregou tijolos com o *hooligan* Trandafir Smarandache, que agora se enfiava envergonhado entre os arbustos quando a bexiga lhe apertava. A minha irmã introduziu uma inovação, mediante a qual os pedreiros, nos andaimes, tinham material suficiente ao alcance da mão: ela se sentou acima, sobre um ressalto de muro, prendeu a saia de verão entre as pernas e pediu a um servente de pedreiro que lhe fosse passando os tijolos. Como um equilibrista, ela agarrava os cubos vermelhos como fogo que voavam ao seu redor. Era muito bonito ver como o seu busto, debaixo de sua blusa arejada, se curvava e inclinava, como se ela dançasse. Sorrindo e com os olhos resplandecentes, ela dominava o jogo. Parecia que suas mãos às vezes agarravam tudo ao mesmo tempo. Um jogo que todos seguiam de boca aberta, na frente do dono da casa em pessoa. Enquanto isso eu descansava; dormia no canavial, onde, de vez em quando, uma raposa me lançava um olhar. Ou me enfiava na casa vizinha, que já estava levantada. O senhor Hlibic tinha conseguido que o Partido lhe adjudicasse um terreno no meio da colônia Klein Rohrbach: "*Este bine!* Ter os saxões como vizinhos é uma excelente ideia. Eles não roubam ninguém e estão sempre ao seu lado, no bem e no mal." Quando minhas bolhas estouraram, Uwe me substituía – quando ele fazia o turno da noite. Na central elétrica do complexo químico, era ele quem via o que se passava na sala de comandos. O funcionamento era automático. Assim, ele podia dormir com tranquilidade. O que seu chefe lhe encarregou foi de sacudir os tapetes todas as manhãs.

Tudo girava em torno de mim. Meu pai conseguira obter carne por meio de importantes contatos, inclusive carne bovina. A minha mãe fez um caldo substancioso e comida caseira. À tarde, como tinha prometido, a família se reuniu, amorosamente ao redor de mim, que estava numa imensa bacia no meio da cozinha. As janelas foram cobertas timidamente por cortinas. Todos se uniram ao meu redor. Meu corpo estava tomado por manchas brancas, mesmo ali, onde eu tinha protegido a pele. Manchas brancas provenientes dos salpicos de cal ou sabe lá o diabo de quê. Para dizer a verdade, elas desapareciam com esfregações e essências, mas logo voltavam, quando a pele secava.

Elke gritou, enquanto passava os dedos indescritivelmente suaves sobre a minha pele: "Nunca estivemos tão unidos como agora, até mesmo o Tatzebrummerl está presente. Isso é um bom presságio. Logo voltaremos a estar todos juntos, os seis, e para sempre."

"Que a sua palavra chegue aos ouvidos de Deus", desejou a minha mãe, e o meu pai completou: "Ânimo, Johannes!" Mas Deus se fez surdo, surdo dos dois ouvidos.

Muitas vezes, Elke se sentava comigo durante a pausa de almoço no canavial, junto ao Toten Aluta, um braço do rio assoreado; ela jogava carne e restos de comida para a raposa, e me contava de Slaviga, a mulher sem alma que vivia nas águas, e de sua filha Aluta, uma bondosa fada do rio. "Mas com a Slaviga é um tormento." Esta ninfa maluca deve temer a morte como nós, ainda que não envelheça. Sentindo-se em casa em todas as águas que fluem da terra, teria vindo até a filha a partir do Volga, a partir do Tejo. "Sabe por onde corre o Tejo."

Ela me olhava com um sorriso maroto: "Pela lua!" E gargalhou: "Acredito que pelo Marrocos. Já prestou atenção que aqui, junto de nós, na maioria das vezes, são os homens e os rapazes que se afogam?"

"As mulheres sabem nadar melhor", presumi.

"Não, está relacionado com outra coisa." Slaviga se tornará humana quando um homem se casar com ela. Infelizmente, os homens ficam tão fascinados por sua beleza que morrem de felicidade diante de seu aspecto, tão logo a ninfa das águas lhes toca. "Algumas vezes ela se vinga nas jovens mulheres. E continua com esperanças. Um círculo diabólico, pode-se dizer. É para lamentar e recear a sua situação. Então, quem quer ter uma morte bela deve aproveitar o momento em que ela está aqui. Por outro lado, é algo que só se sabe quando um homem ou um rapaz se afogou. Fatal!"

À tarde, a fumaça da fábrica de tijolos enegrecia o sol. A casa de Hlibics estava quase pronta para o alboroque. Nós subimos o andaime, carregados pesadamente, o colega Trandafir e eu. Dois senhores de terno e chapéu se aproximaram. Sua aparição provocou um estranho efeito na paisagem sob o sol negro, que fora danificada pelas construções e fábricas. O pó do caminho estragava os seus sapatos Romarta. Os senhores se aproximaram caminhando lentamente; *flâneurs* que se perderam do corso, à rua principal. Pararam em pé nos arredores invisíveis, mas ao alcance da voz. Mas eles não a elevaram. Fizeram discretos sinais. Eu deveria conhecê-los? Não, não deveria. Pareciam aflitos. Ainda que o lugar onde o inimigo maligno não tinha poder sobre mim tivesse-me acompanhado até aqui, a carga de tijolos nas minhas mãos começou a estremecer, mas tão violentamente que Trandafir perdeu o equilíbrio, deu um trambolhão e caiu, acompanhado pelo barulho dos tijolos. Virou a caldeira de breu, que ardia sobre o fogo aberto, e se borrificou com nódoas negras, que comiam esfumacentas a roupa e lhe queimaram a pele. Mergulhou de cabeça para baixo na tina de água. Tudo por causa dos dois senhores de chapéu. Eu presenteei Irandafir com a minha calça. Os dois pândegos se retiraram do terreno. Dissiparam-se no nada, como era o seu modo – estando, contudo, bem presentes.

À noite, minha mãe me passou um envelope. "Dois senhores *de la Sec* estiveram aqui, suados, empoeirados e esgotados. Não os convidei para entrar." Os lábios de minha mãe tremiam, e seus olhos me fitavam de maneira estranha.

Eu me fechei na câmara azul. Informação detalhada sobre quem, sobre o quê? Sobre a conversa com o diretor da repartição de dedetização de Stalinstadt, Aron Blau, na confeitaria *Dolores Ibarruri, la Pasionaria*, então, e em tal dia. Para remeter de volta a um endereço privado em Stalinstadt. Duas folhas de papel. Uma delas eu joguei no cesto de lixo; a outra, utilizei da seguinte forma: assinei cada um dos lados com o meu nome completo na margem inferior, como é exigido para um interrogatório futuro. Sobre a segunda folha, aquela que estava em branco, conclui com a fórmula usual num protocolo de interrogação: "Esta é a verdade e somente a verdade." Dobrei o papel quatro vezes, coloquei-o num envelope, escrevi o destinatário na carta; queria colá-lo... Fui assaltado por um calor ardente: meu Deus do céu, eles podem escrever qualquer coisa sobre o seu nome no espaço em branco. Fiz uma cruz com a esferográfica sobre cada folha. Lembrei-me: eles poderiam ainda averbar o que quisessem em cada um dos quatro retângulos. Então, preenchi os dois lados com círculos da grossura de um dedo, nos quais se poderia, no melhor dos casos, marcar com rostos de lua. Devolvi um papel cheio de manchas brancas.

De repente, minha mãe estava em pé à porta; disse com uma voz inaudível: "É preciso continuar assim? Não foi suficiente o que fez até agora? Pense em seu pai. Em todos nós. Em Kurtfelix." Ela se aproximou de mim vindo de trás, colocou o rosto no meu ombro e chorou amargamente, pela primeira vez desde que eu estava em casa. E saiu sem dizer uma palavra.

Uma semana mais tarde esvoaçou uma carta casa adentro; vinha de Klausenburg, com o remetente de meus antigos senhorios. Dentro havia um cartão-postal de Jerusalém com a Cúpula da Rocha.

Schalom, escrito em hebraico; era fácil de decifrar, ainda que as palavras no antigo idioma bíblico se constituíssem simplesmente de consoantes. Ao lado, escrito também da direita para a esquerda, eu li: *alef, resch, nun.* E, separado: *bet, lamed, vav.* Debaixo estava escrito: "Luvas vermelhas – nenhuma brincadeira de criança."

* * *

Uma noite eu disse a Elke, de quem a minha mãe achava que era o anel de prata que mantinha a nossa família unida: "Eu sei algo. Nós vamos ao Aluta." Eu me encontrava na bacia gigante, branco e despido, momentaneamente imaculado. Mas todos estavam à espera do reaparecimento das manchas fatais. "A Aluta é uma boa fada, pode remediar muitas coisas. Espero que a imprevisível Slaviga não esteja no país. Sim, ninguém morreu afogado."

As noites de agosto aqui na Transilvânia… O céu é incapaz de conter o salpicar de estrelas brilhantes; dão mostras de estarem loucas. Muitas disparam como estrelas cadentes em direção às margens do universo, de modo que o homem pasmado não consegue reunir suficientes desejos no coração para enganchar em cada uma delas. Em pleno verão, a terra conserva o calor do dia até a manhã seguinte. As pessoas se sentam até meia-noite diante das casas: os romenos, de pijamas e chapéu; os saxões, de bermudas e camisa; os ciganos, com o peito tatuado, cheio de ninfas e corações transpassados. Todos admiram o céu estrelado. Se a lua brilha, fica tão claro que se pode ler o jornal ou jogar dama e dados, que juntos soam ternamente. Se a lua não brilha, histórias de guerra são contadas.

"Lua cheia", disse eu, "como daquela vez, quando vínhamos de Kaltbrunn."

Elke disse: "Você ainda se lembra do que me prometeu?" Eu lembrava. Ela contou: "A Aluta…"

Diferente de sua belíssima mãe, Aluta só tinha outorgado coisas boas aos homens com suas cuidadosas mãos de mulher: indicava o vau aos carreteiros; crianças, que caíam num redemoinho, ela as tirava; conduzia às margens, com suave violência, as garotas que tinham-se atirado em suas águas por causa de algum desgosto amoroso; lavava e limpava os animais e os homens de seus arranhões e sarnas; atraía para si, à noite, casais em desavença e os reconciliava num banho a dois. "A Aluta conhece as agruras dos homens. As gotas presentes nos poços de Slaviga, por trás do bosque de Mylius, são as mesmas lágrimas que se encontram nas fontes e poços da cidade. Aparentemente, transbordou um pouco antes do início da guerra."

Nós, quando meninos, tínhamos brincado de "Forte Apache" junto ao poço. E, mais tarde, tínhamos construído, com as meninas, cabanas de varas e folhagens sobre seus prados. "Ainda existe?"

"Não, secou!"

No verão seguinte, os poços manaram durante uma semana como há tempos não acontecia. A cidade nadou em lágrimas.

Nós estávamos descalços. Arrastávamos os pés com gosto pela poeira do caminho. Dentre os dedos, subia uma sensação de calor, como se andássemos nas nuvens. Eu disse: "Você veio correndo ao meu encontro, descalça, pela neve." Descalça, ela mesma não se tinha dado conta. Quando passamos junto ao cemitério judeu, ela observou: "Eles deixaram tudo para trás. Os túmulos do cemitério judeu devem estar vazios, sem uma alma dentro, disse o meu amigo." Eu não perguntei nada: "Só os nomes dos mortos estão nas pedras. Os seus túmulos estão no ar."

"Também nos cemitérios saxões você encontra nomes de homens e mulheres com o aditamento: enterrado em terra estrangeira."

"Terra não é ar", disse a minha irmã.

O bosque da margem nos acolheu. E então nos sentamos à beira do rio no meio da noite. "Você se lembra", eu disse, "que no verão, antes de minha partida, eu a levei na minha canoa remando até a ponte? Éramos quatro."

"Sim, claro. O meu cachorro e o meu gato vieram conosco. Todas as pessoas aplaudiram, até aquelas que estavam na água."

O rio brilhava com o reflexo da lua. Estava tão claro que poderíamos ter tido vergonha. Com as costas curvadas, os joelhos recolhidos com as mãos, fitávamos a água, que lavava rostos de prata. O calor descia macio, como longos fios de cabelo, por nossos ombros. As ondas da margem, que limitava com a campina do bosque, formavam uma claridade aberta ao rio.

Minha irmãzinha expressava a sua dor com o enigma da vida. Ela se afligia com a desgraça humana e sofria pelos homens. "Às vezes, sinto-me saturada da vida como um homem velho." Ainda que todos os habitantes do planeta estejam sentados no mesmo barco, e além disso, sejam iguais desde o nascimento e como criaturas mortais, reina entre eles uma harmonia vã e um amor como o que existe entre um cão e um gato. Um ilimitado respeito lhe infundia que a nossa mãe jamais tivesse discutido com um vizinho, embora desde o seu nascimento em Budapeste tenha mudado de casa vinte e quatro vezes, quer dizer, a cada dois anos. E nem na família, nem sequer com a tia Maly. "Acredito que a nossa mãezinha sempre soube manter o equilíbrio entre estar muito perto e se afastar em demasia. Faça o bem, mas não se insinue na intimidade de alguém, ela diz. Olha como nos entendemos bem com os Bumbu."

Elke contou de um café da manhã com os filhos de Bumbu. Os sete sentaram-se em nossa cozinha ao redor da mesa. Elke tinha escancarado a porta que dava para o pátio a fim de ter mais espaço e permitir a entrada do sol. Como contribuição de sua parte, as crianças tinham trazido suas canecas de sopa e um punhado de sementes de girassol. "Imagine, eles comem tudo com a colher de sopa. Um amor!" As galinhas de Bumbu entraram passeando, saltaram sobre a mesa e bicaram as migalhas. "E agora se segure: cada galinha buscou uma criança e se sentou sobre o seu ombro. E isso apanhou com agudeza a nossa galinha, Monika, que fazia tempo cacarejava com inveja na soleira da porta. O que ela fez? Voou para a minha cabeça, agarrou-se ao meu cabelo e pôs-se a comer. Ah, como nos divertimos!" E disse pensativa: "Meu Deus, nós, enquanto crianças, não podemos escolher os nossos pais. Nós também poderíamos ter vindo ao mundo como ciganos ou judeus."

"É possível. Podemos pensar que sim."

"É assim que imagino o comunismo. Todos se sentam juntos ao redor de uma grande távola redonda e se servem alegremente. Uma vez eu dei um pulo no ar, no meio de uma aula, quando o professor de marxismo disse que no comunismo já não existe mais o dinheiro. Em contrapartida, qualquer um pode servir-se do que precisa no comércio. Se é um piano, ele o recebe. Se eu preciso de uma máquina de costura, aqui está ela. Como num conto de fadas. O que você tem a dizer?"

"Talvez."

"O meu amigo afirma que só nos *kibutzes* em Israel existe o autêntico comunismo, porque lá também Deus tem uma palavrinha a dizer. Mas isso com Deus é toda uma coisa. Na verdade, só o conhecemos de ouvir dizer."

"Certamente", eu disse.

"O meu amigo…"

"Quem é este, afinal?"

Ela me olhou embaraçada: "Ele ainda não tem um nome. Para vocês." E mesmo assim revelou algo: ele lhe tinha presenteado um exemplar do *Diário de Anne Frank*, em romeno. "Acredita que chegará um dia em que possamos deixar sair qualquer pensamento?"

"Não", respondi.

"Sim, ele assevera firme e seguramente que sim. Mas somente após Deus enxugar todas as lágrimas, com suas próprias mãos e usando o próprio lenço, é que o sofrimento e os gritos de dor cessarão. O que pensa a este respeito?"

"Talvez."

"Oxalá se alcance antes, e que seja aqui, na terra, que todos os homens se tornem bons e se queiram bem."

"Talvez…"

Ela me deu um beijo no rosto. "Acho que você já conhece um dito engraçado: se uma mulher diz 'não', quer dizer 'talvez'; se ela diz 'talvez', quer dizer 'sim'. E o oposto: se um homem diz 'sim', poderia ser 'talvez'; se ele diz 'talvez', poderia ser 'não'."

Quando uma brisa vibrou as folhas dos salgueiros, Elke disse: "Vamos entrar na água, lá deve estar mais quente." Ela pegou na minha mão, e descemos deslizando o declive argiloso, que, contudo, estava úmido devido às brincadeiras das crianças durante o dia. Deixando para trás os castelos de areia, em cujos portos baloiçavam barquinhos de cortiça, vadeamos até a metade do rio, que fluía pacatamente em direção ao vale. Lá, nas tardes quentes de verão, as mulheres mais velhas se acocoravam em roda, fruíam as cócegas provocadas pela areia, ao ser arrastada pelos pés, e mexericavam longas horas, sob o abrigo de amplos chapéus da Calábria e folhas de ruibarbo.

Minha irmã seguia na frente. A água estava mais quente do que o ar; até a areia debaixo de nossos pés estava quente. As ondas extinguiam suas feições passo a passo. Um banco de areia nos obrigou a subir de volta ao ar fresco. Ela se virou para mim, a água lhe alcançava os joelhos. A lua iluminava o seu corpo. Ela me estendeu o seu punho: "Consegue ler o que está escrito aqui?"

Eu me aproximei dela, me inclinei, e meu cabelo roçou a sua pele. Decifrei o meu nome em um dos pulsos e, no outro, o do meu irmão. "Percebeu em qual das mãos está o seu nome?"

Na esquerda. Antes que eu pudesse falar-lhe de esquerda e do coração, e do porquê um pároco tem de dirigir-se ao altar primeiro com o lado do coração, ela caiu sobre mim e se pendurou em mim com todo o seu peso, com suas mãos envolvidas no meu pescoço, e me derrubou. O espelho d'água arrebentou. Arquejando rolamos para o meio do rio, submergimos, cuspimos água. Deixei-me cair. Deixei-me arrastar.

Vale abaixo se chegava à foz do riacho próximo ao matadouro municipal. Repetidas vezes, senti as estranhas mãos da fada do rio acariciando a minha pele. Eu velava para que ao menos as pontas de meus dedos tocassem a minha irmã.

Longo era o trajeto desde a ponte até a foz do regato. O rio murmurava mais adiante. A lua descansava nas copas dos salgueiros, não se movia de seu lugar.

Assustamo-nos e enganchamo-nos um no outro como dois afogados. A repentina queda arrastou as águas em rápida correnteza adiante. Elke tinha advertido: "Somente ali não! Este pobre riacho está cheio de viscosidade e porcarias do matadouro. Argh, pelo diabo!"

Acabamos sendo levados para o meio desta turba de peles e entranhas. Pelos nossos pés escorria serpeando a água gelada do riacho da montanha, e os intestinos gigantescos dos ruminantes se envolviam em nossos membros. Os estômagos inchados de porcos e ovelhas empurraram-nos o corpo. A fressura me levou ao fundo. Eu me deixei levar. Ainda que não se tenha ouvido que nenhum homem morrera afogado, eu senti: ela estava ali. E Elke também sabia.

Minha irmã agarrou com tanta força o meu punho que senti dor. Fincamos os pés no fundo escorregadio, viscoso, e lutamos onda a onda a fim de alcançar a margem; ela adiante. A correnteza era forte; estancava em seu peito, formando uma torrente com duas elevações. Em algum momento, consegui agarrá-la; esforçávamo-nos os dois à mesma altura em avançar, nossas mãos se tocavam frouxamente. De repente, a água se tornou mais profunda; davam até o pescoço. Ela gritou: "Continua! Estamos quase no seco!" Finalmente percebi que seu corpo se elevava da água, pescoço e ombros reluziam, os seios se desprendiam do espelho d'água, o ventre se tornou visível, chuviscado de gotas. Nós tínhamos conseguido. "Que nojo isso que ficou preso nos pés!" Mas apenas escalamos a margem, e a coisa pegajosa, entrelaçada em nossos corpos, se perdeu por si mesma. A nossa respiração seguia acelerada. Sacudimo-nos a água. Elke gritou: "A fêmea malvada não nos pegou! Sentiu as mãos da Aluta?"

"Sim."

Ela me olhava, sorria enigmática: "Nós dois viveremos bastante, você e eu, agora eu sei." Eu estava estendido no chão, o rosto para cima, e sentia na pele o calor da terra e as cócegas que a grama provocava. E sentia o fluir sensual do tempo, que escapava do seio de todas as coisas; talvez do coração de Deus.

Minha irmã jogou a cabeça para trás. "Estrelas cadentes continuam a cair do céu, como uma queda d'água. Um homem, porventura, não pode ter tantos desejos assim. Percebeu?" Eu tinha percebido.

Ela me levantou do chão me puxando. "Levante!, assim disse a raposa para a lebre, não escuta o caçador tocar a corneta?" Caminhamos pela senda ao longo da margem através de moitas e arbustos. Minha irmã serpenteava entre eles agilmente, afastava-se, abaixava a cabeça, agachava-se ao chão, soltava gritos de júbilo, como se tratasse de uma vitória numa luta, enquanto eu me lançava às cegas adiante, deixando que os ramos e as folhas me desgrenhassem o cabelo. Uma vez mais pulei na água; mergulhei no rio noturno.

No prado da margem, o ar era suave. Minha irmã tomou uma toalha e começou a friccionar-me com ela. "Está cheio de estrias e arranhões, no peito, na barriga, até os joelhos." Preocupada, ela esfregava a toalha na minha pele: "Parvo!"

Ela colocou os braços ao redor de meu pescoço. O vento da noite havia secado a sua nudez. Tínhamos quase a mesma altura. Nossos rostos se tocaram. Eu teria facilmente beijado a sua testa, os seus olhos. O rio noturno estava parado quieto. O tempo esquecia-se de si.

Depois de um tempo, ela se soltou de mim. Descreveu um arco ao meu redor, me examinou e disse: "Inacreditável! As manchas brancas estão de volta." Ela me fez girar em presença da lua de um lado a outro. "As manchas brancas, elas ficarão contigo a vida inteira. É para morrer de rir." E se abaixou para recolher a sua roupa. "Vem, vamos nos vestir logo; mamãe está esperando. Está na hora."

Em agradecimento à senhora Brigitte Hilzensauer, que me acompanhou também neste livro, em terreno difícil.
Eginald Schlattner, Rothberg / Siebenbürgen, outono de 2000.

Dados Internacionais de Catalogação na Publicação (CIP)
(Câmara Brasileira do Livro, SP, Brasil)

Schlattner, Eginald
    Luvas vermelhas / Eginald Schlattner; tradução de Karleno Bocarro.
– São Paulo: É Realizações, 2014.

    Título original: Rote Handschuhe : Roman
    ISBN 978-85-8033-152-3

    1. Comunismo 2. Ficção romena 3. Prisioneiros políticos - Romênia - Transilvânia - Ficção 4. Romance autobiográfico 5. Traição - Ficção I. Título.

13-12855   CDD-859

Índices para catálogo sistemático:
1. Ficção: Literatura romena   859

Este livro foi impresso pela Assahi Gráfica e Editora para É Realizações, em março de 2014. Os tipos usados são da família Adobe Garamond Pro. O papel do miolo é off white norbrite 66g, e o da capa, cartão supremo 250g.